Holeschowitz
VII
Hlavka-Brücke
Hetz-Insel
Janatschek-Brücke
straße
Karolinenthal
X
Moldau-Bhf.
Sudetenstraße
Deutschherren-Gasse
Bahnhof Mitte
Hiberner Gasse
Veitsberg
XI
Hus-Platz
Heinrichgasse
Bredauergasse
Wenzelsplatz
Neustadt
II
Hauptbahnhof
Stephansgasse
Smetana-Park
Wolschaner Friedhof
National-Museum
Rundfunk
Theater
Reichsplatz
Kgl.Weinberge
XII
XIII
Werschowitz
Hst.Weinberge
Botitschbach
Botitschbach
Nusl
XIV
Pankrác
Prag 1945
0
1000 m
W0193427

Knaus

K

Pavel Kohout

Sternstunde der Mörder

Roman

Übertragen
von Karl-Heinz Jähn

Albrecht Knaus

Titel der tschechischen Originalausgabe
HVĚZDNÁ HODINA VRAHŮ
Mladá Fronta Verlag, Prag, 1995

Lektorat der deutschen Erstveröffentlichung
Dr. Albrecht Knaus

Umwelthinweis:
Dieses Buch und sein Schutzumschlag wurden auf chlorfrei gebleichtem Papier gedruckt.
Die vor Verschmutzung schützende Einschrumpffolie ist aus umweltschonender und recyclingfähiger PE-Folie.

Der Albrecht Knaus Verlag
ist ein Unternehmen der Verlagsgruppe Bertelsmann

1. Auflage
© 1995 Pavel Kohout
© für die deutschsprachige Ausgabe
Albrecht Knaus Verlag GmbH, Berlin 1995
Gesetzt aus Korpus Sabon
Satz: Filmsatz Schröter GmbH, München
Schutzumschlag: Ondřej Kohout
Foto: Oldřich Škácha
Druck und Bindung: Graph. Großbetrieb
Pößneck GmbH · Printed in Germany
ISBN 3-8135-0112-4

Für Jelena

FEBRUAR

Als unmittelbar nach dem Jaulen der Sirene die Türklingel schrillte, war Elisabeth Baronin von Pommeren überzeugt, der tschechische Hausmeister sei da, um sie mit dem Fahrstuhl in den Keller hinunterzubringen; sie warf sich den schwarzen Pelz wieder über, den sie eben erst hinhängte, nahm ihr Luftschutzköfferchen, hakte die Sicherheitskette auf und wußte, daß sie ihrem Mörder geöffnet hatte.

Sie hatte den Mann mit der prallen Schultertasche flüchtig auf dem Vyšehrader Friedhof wahrgenommen, es war ihr nichts Ungewöhnliches mehr, daß die Tschechen bereits in aller Öffentlichkeit die Gräber ihrer Nationalheiligen schmückten, den deutschen Okkupanten zum Trotz. Er hatte den Eindruck eines Handwerkers gemacht, der dort auf einen Sprung bei seiner Runde vorbeikam, und sie bemerkte ihn deshalb nur flüchtig, weil sein Gesicht gegen die scharfe Sonne wie das eines Negers wirkte. Jetzt blickte sie in Augen wie aus Glas, farblos und ausdruckslos. Ohne jede Hast keilte er seinen abgewetzten Schuh mit der dicken Gummisohle zwischen Türflügel und Schwelle und schob ebenso langsam seinen in eine wattierte Bundjacke gezwängten Körper hinterdrein. Und schließlich sah sie die lange und seltsam schmale Klinge. Ein Tranchiermesser! erinnerte sie sich.

Die Baronin wußte, daß sie sterben würde, doch sie unternahm nichts, es zu verhindern. Nicht nur, weil ihr Schrei hier im obersten Stock, wo sie allein geblieben war, im Gedröhn der Flugzeugmotoren, das sie so in Prag noch nie gehört hatte, untergegangen wäre: Die Baronin wollte nicht mehr leben.

Als Katholikin durfte sie nicht Hand an sich legen, und so war sie schon seit langem auf die Strafe Gottes gefaßt. Dieser Krieg konnte nicht anders enden als mit der Vernichtung aller, die ihn gebilligt hatten! Ihren Mann hatte ein russischer Partisan erschossen, ihren Sohn ein Maquisard in der Bretagne. So schien es ihr nur verständlich, daß jetzt ein Mann vom tschechischen Widerstand kam, um auch an ihr Rache zu nehmen.

Das gewaltige Patrizierhaus begann zu beben. Ein überirdisches Glockengetön schwoll an. Die rasch näher kommenden Detonationen ließen die Fensterscheiben, die Lüsterbehänge und die Weingläser in der Vitrine immer stärker erzittern.

Barmherziger Gott! betete Elisabeth von Pommeren, in den Salon zurückweichend, als bitte sie den Gast herein, ob Bombe oder Messer, wenn es nur schnell geht!

Ihr Mörder stieß die Tür mit dem Fuß hinter sich zu und öffnete mit der freien Hand die Tasche, die voller Riemen war.

Donnert es? fragte sich Oberkriminalrat Buback verwundert, jetzt im Februar? Doch noch ehe er zu Ende denken konnte, schlug es ein. Da wußte er, daß eine schwere Fliegerbombe verdammt nahe niedergegangen war.

Das Gebäude der Prager Gestapo, in dem er als Verbindungsmann des Reichskriminalpolizeiamts tätig war, schwankte eine ganze Ewigkeit wie wild, stürzte dann aber doch nicht ein. Es folgte die übliche Stille nach dem Schock, die angehaltene Zeit. Bis mit Verspätung die Sirenen aufheulten und die Referenten und die Sekretärinnen auf der Treppe draußen in den Schutzraum hinunterpolterten.

Unbewegt starrte er in die beiden Gesichter.

Der Keller der ehemaligen Petschek-Bank war ihm zuwider. Einige der Tresore waren zu Zellen umgebaut worden; wie es hieß, half man dort den Politischen ziemlich rigoros beim Erinnern nach. Diesmal blieb er jedoch vor Staunen hier oben: Es war, als hätten das Krachen und das Gerüttel Hilde und Heidi wiedererweckt.

Das gerahmte kleine Bild war mit ihm gemeinsam durch den Krieg gezogen. Seine Arbeitsstätten wechselten wie die Städte und Länder, doch überall lächelten ihm diese beiden gedankenvoll zu, das ältere und das jüngere Abbild einer still leuchtenden Anmut, in der er seinen Frieden fand. Über ihre Gesichter hinweg, die er im letzten Vorkriegssommer auf Sylt so lebensecht festgehalten hatte, erledigte er seine Beratungen und Verhöre, zumeist nahm er sie dabei überhaupt nicht wahr. Doch nicht eine Stunde gab es, da er sich nicht in einer Aufwallung von Freude bewußt war, daß sie beide irgendwo anwesend waren, in der Ferne, aber lebendig und die Seinen.

Im vorigen Jahr in Antwerpen hatte er sie auch vor Augen gehabt, als vor dem Rückzug die Männer aus anderen Abteilungen auf dem Hof Akten verbrannten. Er nieste gerade, denn der beißende Rauch reizte seine Schleimhäute, und eine Weile verstand er die fremde Stimme am Telefon nicht, die ihm zur Kenntnis gab, daß die beiden tot seien. Das Lächeln auf dem Foto, damals noch warm von ihrer Gegenwart in ihm, die zwischen Lebenden Entfernungen aufhebt, schloß das, was er hörte, aus. Der Offizier von der Berliner Zentrale las ihm darum den Polizeibericht vor.

In dem fränkischen, von mittelalterlichen Wehranlagen umgebenen Dorf, in das man zu seiner Erleichterung Hilde vorletztes Jahr aus dem bedrohten Dresden versetzt hatte, um Kriegswaisen zu unterrichten, wurde seit Menschengedenken nur Wein angebaut, es konnte auf keiner Zielliste der Alliierten stehen! Hilde und Heidi wurden als einzige von der verirrten Bombe getötet, die ohne Vorwarnung genau mittags auf das Haus mit der Lehrerwohnung fiel.

Als er das endlich begriffen hatte, erstarrten die lebhaften Gesichter auf dem Bild zu leblosen Grimassen. Er stellte dann das Foto noch auf weitere Schreibtische, doch es verströmte Grabeskälte, rief nichts in ihm wach. Nicht einmal Trauer. Bis zu dem Augenblick, als eine andere Bombe dicht neben ihm einschlug.

Ja! wußte er plötzlich, genau so muß es geschehen sein, wie jetzt in dieser Prager Mittagsstunde. Bestimmt haben sie einander gegenübergesessen, mit dem Stuhl und dem Teller für ihn am Tischende, woran sie seit seinem einzigen Besuch hartnäckig Tag für Tag festhielten. So war er auch in jenem Augenblick bei ihnen, als Luftdruck und Gluthitze sie ohne Angst und ohne Schmerz in Rauch und Asche aufgehen ließen!

Mit der unerwarteten Sprengbombe in unmittelbarer Nachbarschaft schien jetzt auch in ihm die befreiende Erkenntnis explodiert zu sein, daß der Engel eines gnädigen Todes seine Lieben hinaufgeholt hatte. Nun hatte er sie ihm wiedergegeben. Die erstarrten Züge auf dem glänzenden Papier wurden weich, die frühere Wärme kehrte in sie zurück, erneut waren sie beide mit ihm vereint, Hilde und Heidi, so wie er sie damals aufgenommen hatte und solange sie lebten. Dadurch tief bewegt, verstand er zunächst nur halbwegs die Nachricht, mit der Kroloff etwas später bei ihm eintrat.

Sein Adjutant und vielleicht auch Aufpasser, weil von der Gestapo zugeteilt, der sich täglich den hohen schmalen Schädel rasierte, um sein schütter werdendes Haar für die Friedenszeit zu kräftigen, meldete, ein Volltreffer habe das Eckhaus ihres Blocks weggerissen. Genau gegenüber dem Nationalmuseum, bedauerte er, ein paar Meter weiter, und den Tschechen wäre die Lust vergangen, sich über die noch rauchenden Trümmer des Zwingers zu freuen!

Ein paar Meter weiter, dachte Buback, und ich wäre ohne Schmerz und Angst mit ihnen vereint gewesen... Zerstreut hörte er weiter zu und mußte sich die zweite Nachricht wiederholen lassen. Seit langem war er überzeugt, ihn könnte nichts mehr überraschen. Kroloffs Meldung beraubte ihn jedoch einer weiteren Illusion. Er entschied, über eine derartige Perversität müsse er selbst Standartenführer Meckerle Meldung machen.

Morava erkannte Prag nicht wieder. Ihm war, als sei die Stadt nach sechs Jahren aus dem Trauma der Münchener Kapitulation erwacht. Bei der Ausfahrt aus der Polizeigasse auf die Nationalstraße–Národní, wie die zweisprachige Tafel besagte, mußte sein Fahrer etliche Minuten warten, bis die Kolonnen der Feuerwehr- und Sanitätswagen samt ihrer Schleppe aus Ruß und Holzgas vorbeigeholpert waren. Auf den Gehsteigen trabten Männer und stolperten Frauen in ein und dieselbe Richtung: zur Moldau. Die verbotenen Radiostationen berichteten seit dem frühen Morgen über den vernichtenden nächtlichen Angriff auf Dresden, und der hiesige Bombenüberfall in der Mittagsstunde, so kurz er auch war, hatte die panische Furcht erzeugt, Prag könne vom gleichen Schicksal ereilt werden.

Diesen Gedanken teilte der Kriminaladjunkt nicht. Zum einen war er der geborene Optimist, zum andern glaubte er nicht, daß die Alliierten zum Ende des Krieges die Hauptstadt eines okkupierten Landes in Trümmer legen würden, dessen Unabhängigkeit sie bekräftigt hatten, und obendrein lagen bereits Meldungen vom Luftschutz vor, die besagten, daß hier nur einige Bomben von ein paar Flugzeugen abgeworfen worden waren. Auf der Polizeidirektion herrschte die Meinung vor, das Ganze sei der tragische Irrtum eines Navigators gewesen, den die Ähnlichkeit beider Großstädte getäuscht habe.

Trotzdem trat automatisch der Alarmplan in Kraft. Männer aller Abteilungen rückten zu den getroffenen Orten aus, um die Bergungsarbeiten zu beaufsichtigen und sich einen Überblick über Schaden und Verluste zu verschaffen. Auch Morava wollte sich auf den Weg machen und war überrascht, als Hauptkommissar Beran ihn vom Hof weg an den Schreibtisch zurückbeorderte.

«Katastrophen bringen nicht nur Samariter auf die Beine, sondern auch Marodeure, halten Sie, Morava, hier in der Direktion die Stellung!»

Der Chef der städtischen Kriminalpolizei war in der Masaryk-Republik zur Legende geworden und zum Schrecken der Prager Unterwelt, doch weil er damals schon hartnäckig fern allen Parteien gestanden hatte, zogen auch die Deutschen seine Kompetenz nicht in Zweifel. In diese fielen allerdings nur tschechische Übeltäter, seine eigenen verhörte und bestrafte gegebenenfalls auch der Apparat der Okkupationsmacht selbst.

Morava wußte, daß er seine Zeit eigentlich für die Bearbeitung der anstehenden Fälle zu nutzen hatte. Die immer näher rückende Front spülte vom Osten her nebst unglücklichen Menschen auch Gesindel aller Art heran. Für das war er nicht gerade in Stimmung. Er drehte das Radio an, um mehr über die Bombennaht zu erfahren, die sich wie das Werk einer gewaltigen Nähmaschine quer durch Prag von Smíchov über das Zentrum bis zu dem Außenbezirk Pankrác zog. Gesendet wurde ernste Musik, die Zensur bastelte anscheinend immer noch an einer möglichst harmlosen amtlichen Nachricht.

Ihn überkam der dringende Wunsch, Jitka zu sehen. Er wird es wieder einmal mit dem Verlangen nach ihrem köstlichen Ersatzkaffee begründen! So faßte er sich ein Herz und begab sich durch den Korridor in Berans Büro. Sie hob ihre großen braunen Augen zu ihm auf, die ihn stets aus der Fassung brachten. Was hat dieses scheue Schäfchen hier in dieser Abteilung für Widerwärtiges und Scheußliches verloren? Ach, anders wäre er ihr ja nie begegnet! Bevor er dazu kam, sie anzusprechen, ging das Telefon.

«Nein, bitte», sagte sie wie eine brave Schülerin, «der Herr Hauptkommissar ist dienstlich unterwegs ... nein, das weiß ich leider nicht ... alle sind nach dem Luftangriff bei den Sicherungsarbeiten, nur der Herr Kriminaladjunkt ist da ... ja, bitte sehr, ich übergebe!»

Sie reichte ihm den Hörer, und er versank so tief in ihrem ernsten Lächeln, daß er nicht gleich verstand, wer ihn da ankläffte.

«Wie heißen Sie?»

«Stellen Sie sich zuerst einmal selber vor!» gab er ärgerlich zurück.

«Rajner. Werde ich jetzt auch Ihren werten Namen erfahren?»

«Morava ... Jan Morava ... verzeihen Sie, Herr Polizeipräsident ...»

«So, also Morava!» fuhr die Stimme des gehaßten und gefürchteten Mannes seltsamerweise freundlicher fort, «hören Sie mir gut zu. Nehmen Sie sich einen Fahrer oder auch ein Taxi und machen Sie, daß Sie zum Moldaukai fünf kommen, oberster Stock, aber flott! Dort hat man eine prominente Deutsche umgebracht, auf verdammt häßliche Art, wie es aussieht.»

Moravas Gehirn sprang wieder an. Er wagte einzuwenden.

«Die deutschen Fälle löst die Gestapo selbst, Herr Präsi ...»

«Genau die will den Beran haben. Bevor ich ihn endlich aufgetrieben habe, melden Sie sich wenigstens an Ort und Stelle! Geben Sie Obacht, Mann, verstanden?»

Der verlängerte Arm der Nazis hatte aufgelegt, Morava hielt aber immer noch den Hörer ans Ohr, und sein Gesicht war offenbar blutrot. Jitka war zerknirscht.

«Du meine Güte, ich hab Ihnen nicht gesagt, wer das ...»

Er versuchte ein Lächeln.

«Ist nichts passiert, glauben Sie mir! Läßt sich ein fahrbarer Untersatz auftreiben?»

«Ich besorge Ihnen bestimmt was, warten Sie ein Momentchen unten!»

Er eilte ihr nach, verliebt in ihren schwebenden Gang. Um so größer war seine Eifersucht, als auch der Hausschönling, Garagenmeister Tetera, ihrer Bitte sofort nachgekommen war und ihn sogar höchstpersönlich mit seinem Dienstwagen fuhr, den er eben erst gewaschen hatte.

Kaum bogen sie hinter dem Nationaltheater nach links ab, als er Brandgeruch verspürte und gleich darauf die Rauchsäule erblickte. Das Eckhaus an der früheren Jirásek-Brücke, unter den Deutschen auf Dienzenhofer umbenannt, war halb zerstört und brannte. Sie rollten in ein schwarzes Gestöber hinein. Vom blauen Himmel herab rieselten Rußflocken und halbverbrannte Papierfetzen. Das Auto fuhr an einer Schlange stehender Straßenbahnen entlang und blieb vor einer Wagenburg aus Feuerspritzen stecken. Morava ertappte sich dabei, daß er nicht anders als sein Fahrer offenen Mundes in die Höhe starrte. An die Ermordeten hatte er sich mit der Zeit gewöhnt, die betrachtete er wie sonderbare Schaufensterpuppen. Aber noch nie hatte er die herausquellenden Eingeweide eines Wohnhauses gesehen.

Die vier Stockwerke, die ins erste herabgestürzt waren, hatten auf der Wand des benachbarten Mietshauses ein buntes Schachbrettmuster aus Farben, Tapeten und Kacheln zurückgelassen. An diesem hängengeblieben waren Bilder, Gobelins, Spiegel, Wandlampen, Bücherborde, Handtuchhalter und Kleiderhaken mit Morgenröcken, aber auch Wasch- und Klosettbecken. Morava dachte an deren Benutzer, und ihn schauderte. Den gewaltsamen Tod hatte er bei seinem Handwerk als die schlimmste Verletzung der Normen des Zusammenlebens begreifen gelernt; er hatte gewöhnlich ein Motiv, das zuweilen krankhafter Natur, doch stets erkennbar war. Die Austilgung so vieler Menschen, die jene Flieger obendrein als ihre Schutzengel angefleht hatten, ergab nicht den geringsten Sinn.

Ein erregter Polizist forderte sie auf zu verschwinden. Morava schickte den Garagenmeister fort und fragte sich zugleich, ob der sich nicht bei Jitka seinen Dank abholen würde. Dann zeigte er seinen Ausweis und schlich sich zwischen den Helfern und deren Geräten durch bis zur Nummer fünf, dem zweiten Haus neben dem bombardierten. Die paar verstümmelten Leichen auf Planen und Brettern nahm er bloß zur Kenntnis, sie erinnerten ihn an seine üblichen Fälle. Er gab vor allem darauf acht, daß er sich in den Pfützen bei den Hydranten die Schuhe aus Lederersatz nicht kaputtmachte.

Vergebens betätigte er die einzige Klingel, die wohl zum Hausmeister führen mußte. Dann drückte er prüfend auf die Klinke der schweren, zweiflügeligen Tür und stellte fest, daß sie nicht verschlossen war. Der mit Marmormosaiken verkleidete und mit der Aufschrift SALVE geschmückte Hausflur lenkte seine Schritte zu einem Aufzug aus dunklem Holz, geräumig wie ein kleines Zimmer. Vornehm, bedächtig und geräuschlos trug er ihn in die Höhe. Noch beim Aussteigen oben glaubte er, an der falschen Adresse zu sein.

Kurz darauf flog die einzige Wohnungstür der Etage auf, und auf der Schwelle stand ein Typ im Ledermantel, der nichts anderes als ein Gestapomann sein konnte.

«Der Hauptkommissar? Na endlich!»

«Ist unterwegs», sagte Morava, «ich bin sein Assistent, mich schickt der Herr Polizeipräsident Rajner.»

Das gute Deutsch tat seine Wirkung. Mit einer Kinnbewegung bedeutete der Kerl ihm um einiges höflicher, ihm zu folgen. Im Salon standen ein paar Männer. Und auf dem Tisch lag etwas, das er noch nie gesehen hatte. Als ihm aufging, was das war, hob sich ihm nach Jahren wieder der Magen.

Von der kleinen Parkbank auf der Smíchover Seite der Moldau her tat sich ein märchenhaftes Bild vor ihm auf. Ein Blick wie aus der Loge, dachte er bewegt, oder direkt wie von der Empore! Trotz des frühen Nachmittags drang die Februarsonne nicht durch den Panzer der kalten Luft, ihm jedoch war geradezu heiß. Er knöpfte sich die wattierte Bundjacke auf, stellte das Gepäck zwischen seine Füße und breitete die Arme auf der Rücklehne aus. Schlaff hingelagert betrachtete er das Theater gegenüber und fand allmählich wieder zu sich.

Er genoß es, von keinem gestört zu werden. Die sonst so lebhafte Uferpromenade war menschenleer, die Stadt verhielt sich wie ein eingerollter Igel, der immer noch Gefahr wittert. Nur um das zertrümmerte Eckhaus auf der Flußseite gegenüber schwärmten Feuerwehrleute und Sanitäter. Verständlicherweise interessierte ihn vor allem das Haus, das er unlängst verlassen hat, wie lange war das wohl her? Er richtete den Blick auf sein linkes Handgelenk, sah deutlich die Zeiger der Armbanduhr, war aber außerstande, sich zu konzentrieren.

Er muß eine gewisse Zeit gelaufen sein. Erst nachdem er wie im Traum an den brennenden Trümmern vorüberkam und über die mit Scherben und Ziegelsplittern besäte Brücke schlenderte, ja viel später noch, als er schon auf der Bank hier ausruhte, ertönte drüben das Feuerwehrsignal, und das erste Spritzenauto erschien. Dafür langten zwei Personenautos viel früher, als er erwartete, bei SEINEM Haus an. Dieser Mensch! fiel ihm ein, dieser Schwachkopf, der mich auf der Treppe grüßte. Den hätte ich AUCH...

Nein! Er konnte nicht einfach so einen Unschuldigen umbringen, schon gar nicht einen Mann. Er ist kein Verbrecher, er ist ein WERKZEUG. Er ist auserwählt, um zu LÄUTERN. Darum wurde ihm auch die ART UND WEISE vorgeschrieben. Damals in Brünn hat er gepfuscht, ja schmählich versagt. In den Zeitungen hieß es, wer derartiges tun kann, muß ABARTIG veranlagt sein. Doch er war nur ungeschickt. Und verschuldete damit, daß man die BOTSCHAFT nicht erkannte. Sein Glück, daß er wegen seines Versagens nicht selbst bestraft wurde!

MAN BRAUCHTE MICH NOCH!

Er lachte laut auf vor Freude, daß es heute so perfekt klappte. Was müssen die dort für Augen machen? Was sagen sie dazu? Diesmal werden sie begreifen! Sie werden ganz anders über ihn schreiben! Vielleicht bringen sie auch ihr Foto, bestimmt, so etwas läßt sich doch nicht mit Worten schildern. Ihn erregte der Gedanke, daß sie ihm so von selbst einen Beweis beschaffen: ein unbestreitbar getreues Abbild seines Werkes, so sehr dem BILD ähnlich, das SIE ihm einst als Vorbild zeigte.

Eigentlich kam ihm erst jetzt zum Bewußtsein, was in der Wohnung alles vor sich ging. Wie er sich erinnerte, war er auf seltsame Art abwesend, während er es tat, als lenkte ihn wirklich ein fremder Wille. Was er machte, sah und hörte, erreichte weder sein Bewußtsein noch sein Gefühl. Es wurde aufgezeichnet. Und begann sich erst jetzt, mit Verspätung, wie ein rückwärts laufender Film abzuspulen.

Die Vergangenheit wurde wieder gegenwärtig, mit der Sonne löschte sie auch den Fluß vor ihm aus, tatsächlich erlebte er erst jetzt jeden seiner Handgriffe im Dämmerlicht des Zimmers nach, nahm jede ihrer Reaktionen wahr. Und er staunte über seine Kaltblütigkeit und Geschicklichkeit, mit der er so rasch und exakt diese schrecklich, schrecklich komplizierte Aufgabe erfüllte. Nein, er war nicht mehr der armselige Stümper aus Brünn; ohne es zu bemerken, reifte er in diesen scheinbar fruchtlosen Jahren zu einem Meister heran, vergleichbar mit jenem unbekannten Maler...

Auch sie hat das merken müssen! Während das Brünner

Flittchen noch bettelte und wie von Sinnen kreischte, sich dabei sogar bemachte, pfui! gerade das stieß ihn am meisten ab, erkannte diese hier augenblicklich sein RECHT an. Vielleicht hätte sie auch ohne Knebel nicht geschrien, doch das konnte er nun doch nicht riskieren. Sie hörte auf zu leben, ohne daß er es gleich gewahrte, da sie auch nachher noch fast hündisch die Augen auf ihn richtete. Er tat, was noch zu tun war, und als er zurücktrat, sah er, daß ES GUT WAR.

Damit war der Film zu Ende, das Licht ging an, und wieder war der Fluß da. Er bemerkte, daß die Rast ihn noch mehr ermüdete. Mitleidlos gebot er jedoch seinen erschlafften Muskeln, ihn samt seiner Tasche aufzuheben und durch die wenig vertraute Stadt zu bewegen, auf der Suche nach einem Ort, wo er IHR, die ihm den Befehl erteilt hat, die Ausführung melden wollte. Am besten in einer Kirche doch!

Durch das Fenster, das unter der Druckwelle zerborsten war, zog der frostklare Tag herein. Die scharfe Luft korkte den Magen zu. Kriminaladjunkt Morava mobilisierte dabei seinen ganzen Geist, so wie er es zu Beginn seiner Laufbahn getan hatte, diesmal, um in den Augen der Deutschen nicht als grüner Junge dazustehen. Ihrer waren hier sechs, alle bis auf einen in langen Ledermänteln, welche auch im Protektorat Böhmen und Mähren zur Ziviluniform der Geheimpolizei geworden waren. Ihr Häuptling schien der Riese zu sein, dessen Brustkasten das dicke Leder zu sprengen drohte.

Morava stellte sich lieber allen zugleich vor, und da sie nur abwartend nickten, nahm er das als Aufforderung, mit der gewohnten Amtshandlung zu beginnen. Ohne weitere Worte zog er sein zusammengeknifftes Heft aus der Tasche und trug auf einer leeren Seite seine Bemerkungen für den späteren Bericht ein. Berans Schule: Der Polizeifeldscher, Morava, würde sich schieflachen, doch unsereins verschafft sich auf diese Weise ein menschliches Bild, bevor es vom Fachrotwelsch verwischt wird!

Tatsächlich ließen sie ihn bei seiner Arbeit in Ruhe, unterhielten sich sogar nur halblaut, als wollten sie ihn nicht stören. Der geübte Blick von der Seite erlaubte ihm, auch sie zu beobachten, um zu erraten, was sie wohl von ihm haben wollten. Zumindest mußte er sich nicht mit seinem ganzen Kopf diesem ekelerregenden Bild widmen.

Allein der Zivilist im beigefarbenen Raglanmantel verhielt sich wie ein Kriminalist: Schweigend sah er Morava zu, wie er durch den Schnee aus feinen Scherben rund um den Tisch mit dem Frauentorso watete und die linierten Seiten mit winzigen Schriftzügen füllte. Doch als er fertig war, sprach ihn der Vierschrötige an. Ein hoher SS-Dienstgrad stand ihm auf die Stirn geschrieben, er trat sogar breitbeinig vor ihn hin und stemmte, getreu dem Vorbild seines Führers, die Arme in die Seiten.

«Ihre Meinung?»

In aller Knappheit, so wie man es ihm beigebracht hatte, antwortete er.

«Ein sadistischer Mord.»

Der Deutsche herrschte ihn an.

«Das haben sogar auch wir schon erkannt. Mehr wissen Sie nicht?»

Von jeher hatte Morava sein Problem mit Leuten, die ihre Stimme steigerten. Sein polternder Vater hatte ihn bis zu seinem Tod für einen Angsthasen gehalten, und dieser Ruf hing Morava noch in Prag an. Erst Hauptkommissar Beran erkannte, daß dies ein angeborener Abscheu gegen jede Kraftmeierei war, mit der sich Denkschwäche tarnte, und heilte ihn mit Vertrauen. Morava mußte sich jetzt räuspern, erwiderte dann aber fest.

«Im Augenblick weiß ich nicht mehr, als ich gerade sehe. Ich müßte eine Untersuchung einleiten, in diesem Fall jedoch ...»

Der Mann, den er für einen Kriminalisten hielt, fiel ihm ins Wort.

«Der Herr Standartenführer wollte wissen, ob Sie darin irgend jemandes Handschrift erkennen?»

Morava blickte wieder auf die Leiche. Die Übung hatte gesiegt, er war in der Lage, in ihr das bloße Objekt einer Amtshandlung zu sehen. Die bizarre Art, in der der Mörder mit ihr umgegangen war, erinnerte ihn an nichts, was er in seinen wenigen Lehrjahren gelesen oder erfahren hatte. Er schüttelte den Kopf. Der Mann fragte weiter.

«Hat es hier eine Sekte gegeben, die zu so einer Tat fähig wäre?»

Zu dumm, daß er darauf nicht gekommen war. Ja, dahinter konnte sich ein Ritus verbergen, aber welcher? Aus der nationalen Geschichte war ihm nichts Derartiges bekannt.

«Ist mir nicht bewußt.»

«Wo steckt Ihr Chef überhaupt?» tobte der Vierschrot ungeduldig los.

Früher, als Morava noch unter Brüllen litt, hatte er immer versucht, sich die Schreiaffen ohne Kleider vorzustellen. Das klappte auch jetzt. Vor ihm stand ein gemästetes Schwein, das ihm keine Angst einflößte.

«Mit allen anderen Kollegen auf Besichtigung», erklärte er ihm, «die Stadt ist zum erstenmal bombardiert worden.»

«Ach nein!» der SS-Mann wurde wieder giftig, «das haben wir kaum bemerkt! Wissen Sie, was Bombardieren heißt, Mensch? Schauen Sie sich Dresden an!»

Er wirkte plötzlich fast beleidigt. Morava vergegenwärtigte sich die Waschbecken und Klosettschüsseln, die aus der Wand des Eckhauses ragten und kurz zuvor noch von den Bewohnern benutzt worden waren. Die haben es bestimmt bemerkt! Die wächserne Leiche auf dem Tisch, dieser ganze panoptikumähnliche Altar holte ihn in die Gegenwart zurück.

«Der Herr Polizeipräsident hat Weisung erteilt, nach dem Hauptkommissar suchen zu lassen, er wird bestimmt bald zur Stelle sein.»

Wiederum schaltete sich der Sachliche ein. Schlank, mittleren Alters und schon mit ergrauten Schläfen, sah er am besten von allen aus und unterschied sich von ihnen nachdrücklich in Benehmen und Tonfall.

«Werden Sie ihn abwarten oder die Fahndung selbst einleiten? Wie schnell werden Sie eine Gruppe beisammenhaben?»

Klar, ein Kollege! Noch einmal versuchte Morava, ihm die Sachlage zu erläutern.

«Laut Instruktionen ist unsere Polizei nur berechtigt, die Straftaten von Tschechen zu untersuchen ...»

«Die hier wird sie übernehmen.»

«Aber das Opfer», wandte er ein, «ist doch eine Deutsche!»

«Leider. Nur ist der Mörder ein Tscheche. Der Hausmeister ist ihm begegnet.»

Morava stand sprachlos da. Instinktiv hatte er auf einen deutschen Flüchtling oder Deserteur getippt, der seiner Landsmännin durch Folter Geld und Schmuck hatte abpressen wollen. Eine derartige Fleischhackerei hatte hierzulande keine Wurzeln.

«No nazdar!» seufzte er.

Oberkriminalrat Buback war für seine neue Wirkungsstätte in Prag, wohin man ihn im Verlauf des Krieges von Antwerpen über Straßburg abkommandiert hatte, nicht nur mit langjährigen Erfahrungen auf seinem Gebiet, sondern auch mit perfekten Tschechischkenntnissen gerüstet.

Der unwillkürliche Stoßseufzer des jungen Tschechen belustigte ihn. Er stellte sich vor, was ihm in nächster Zukunft alles zu hören beschieden sein würde. Daß Standartenführer Mekkerle diesen Fall der tschechischen Protektoratspolizei aufhalste, war einer seiner meisterhaften Schachzüge, derentwegen er sich höchster Gunst erfreute.

Den Anlaß für dieses Vorgehen lieferte beileibe nicht die Nationalität von Täter und Opfer. Die Familie von Pommeren stand in einem zwielichtigen Ruf: Neben der allgemeinen Vorsicht dem zumeist hochnäsigen Adel gegenüber, gab es berechtigte Zweifel an ihrer Loyalität zum Führer.

In den Augen der Tschechen stellte die Baronin jedoch logischerweise die deutsche Elite dar, ihre Ermordung war dazu angetan, neue blutige Vergeltung heraufzubeschwören. Das kam freilich nicht in Betracht, es war nicht klug, die einheimische Bevölkerung eines Raumes zu reizen, der bald zum Schauplatz des entscheidenden Zusammenstoßes Deutschlands mit seinen Feinden werden sollte.

Gerade vor dem Einsatz der kriegsentscheidenden Vernichtungswaffe, die sich im letzten Teststadium befand, wußte Meckerle, war es notwendig, in diesem Gebiet unter allen Umständen die Ordnung aufrechtzuerhalten. Und dazu gehörte die vollständige Kontrolle der hiesigen Polizei, die nach der Auflösung des kleinen, aber unzuverlässigen tschechischen Protektoratheeres nicht nur über ein gewisses Waffenarsenal – das spielte keine ernsthafte Rolle –, sondern vor allem über ein gutes Kommunikationsnetz verfügte.

Die Aufklärung dieses Mordfalls wird ihr als Aufgabe von allerhöchstem Interesse übertragen werden. Möge sie sich selbst als Geisel fühlen! Einen Täter dieser Art sucht man wie eine Stecknadel im Heuhafen, hatte Meckerle sich von Buback versichern lassen. Im Nacken werden wir ihnen sitzen! Die Sporen werden wir ihnen geben und zugleich die Zügel straff ziehen! Und durch Sie, so hatte er es zuvor Buback vor der verunstalteten Leiche wie an der Schultafel dargelegt, werden wir sie dabei ins Visier kriegen!

«Frau Elisabeth von Pommeren», belehrte jetzt der Oberkriminalrat die Tschechen, «war nicht nur Angehörige des ältesten deutschen Adels, sondern auch die Witwe eines Generals der Wehrmacht, dem posthum das Ritterkreuz verliehen wurde. Deswegen machen wir von der Verordnung über die Sicherheit im Protektorat Böhmen und Mähren vom 1. September 1939 Gebrauch, Teil zwo, Paragraph 12, nach der, ich zitiere, ‹die Polizeibehörden des Protektorats den fachlichen Weisungen der deutschen Kriminalpolizei zu entsprechen haben›, Zitatende. Es steht zudem zu erwarten, daß der Herr Reichsprotektor auf die Ergreifung des Täters eine Belohnung aussetzt. Der Mörder muß ausfindig gemacht werden. Laschheit wird als Sabotage angesehen und kann unabsehbare Folgen zeitigen!»

Wie für Meckerle war auch für ihn dieser Grünschnabel kein Partner, der bei seiner emsigen Schreiberei fast die Zunge herausstreckte, dabei war Buback aber überzeugt, daß er alles genau nach oben weiterleiten würde. Vor dreiunddreißig Monaten hatten hier Tausende von Geiseln mit ihrem Kopf für den stellvertretenden Reichsprotektor Reinhard Heydrich bezahlt, der bei einem Attentat getötet worden war. Ein Tscheche konnte sich bestimmt vorstellen, was für ein Gemetzel dieses Massaker da hervorzurufen vermochte, falls man ihm politische Motivation beimaß.

«Wünschen Sie, daß Ihre Leute die Spuren sichern?» fragte der junge Mann überraschend sachlich.

«Wir wünschen», polterte Meckerle von neuem los, «daß Sie diese Bestie rasch unters Beil bekommen, wie, das ist Ihre Sache! Oberkriminalrat Buback wird Ihnen dabei auf die Finger schauen. Fehler oder Verschleppungen, für die er nicht verdammt gute Gründe findet, werde ich persönlich auf die Burg und nach Berlin melden!»

Des Standartenführers Ausbrüche brachten sogar dessen eigene Leute oft aus der Fassung. Buback hat es gereizt, daß dieser Knabe sich wieder nur räusperte.

«Ich verstehe. Darf ich das Telefon benutzen?»

Meckerle zog sich die Handschuhe an.

«Richten Sie Ihrem Vorgesetzten aus, daß ich seine Abwesenheit hier nur ganz ausnahmsweise entschuldige. Morgen Punkt acht null null erwarte ich in der Bredauergasse seinen persönlichen Rapport über den Stand der Fahndung. Und zwar», er vermochte seine Stimme noch zu steigern, «auch wenn der Donner kracht und Bomben fallen!»

Buback vergegenwärtigte sich, daß in diesem Augenblick vielleicht weitere Bomben auf sein geliebtes Dresden fielen. Ob die Wände noch stehen, in denen er so lange glücklich war? Kaum. Und eigentlich auch schon egal! Nachdem die anderen draußen waren, ließ er seine Gereiztheit an dem Tschechen aus.

«Was glotzen Sie hier herum? Das Telefon ist im Korridor, wetzen Sie hin und sorgen Sie dafür, daß die Sache in Gang kommt. Wir haben hier nichts angefaßt, nun geht es bereits um Ihren Hals!»

Er bedauerte, daß er ihn nicht in seiner ehemaligen Muttersprache abkanzeln durfte, auf deutsch klang das alles recht farblos. Der junge Mann stürzte zum Apparat und bat irgendwen namens Jitka, ihm umgehend die Mannschaft zusammenzutrommeln. Nun war Buback allein hier. Er betrachtete den menschenähnlichen Gegenstand, der noch vor kurzem eine lebendige Frau war, und erschauerte. Wer hat das nur tun können? Ein Mensch? Vielleicht sollte man ihn lieber hier den Tschechen lebend als Zuchttier belassen...

Flüsternd meldete er IHR, wie er es ausgeführt hat, und vernahm erwartungsgemäß ein Lob. Aus der Kirche trat er als ein neuer Mensch, die unerträgliche Anspannung der letzten Tage war dahin. Er hat es geschafft! Er hat die Schande von Brünn getilgt. Er hat sich IHRES VERTRAUENS würdig erwiesen, und das hieß, daß er fähig war, die ihm gestellte Aufgabe zu erfüllen. Noch heute morgen zweifelte er wieder an sich, es schien ihm übermenschlich zu sein. Unglaublich, daß gerade dieses Weib seine Befürchtungen im Nu zerstreut hat! Sie hat in ihm ihren Richter erkannt.

Sein Geist stand also nach Jahren in voller Rüstung da. Er hatte jedoch eine neue Sorge: Ihm schien, als lasse sein Körper ihn immer öfter im Stich. Mochte er auch noch so lange ausruhen, ihm war, als habe er einen Gewaltmarsch hinter sich. Doch selbst DABEI mußte er nicht einmal Widerstand überwinden. Woher dann dieser Schwächezustand, warum zog ihn selbst das leichte Gepäck zu Boden?

Die Erklärung, die sich sogleich einstellte, war so einfach, daß er lachen mußte. Aus dem Torweg eines Hauses führte eine Frau ein Rad, im Gehen in eine Brotkante beißend, und sogleich krampfte sich schmerzhaft sein Magen zusammen. Ja! wurde ihm bewußt, er hat seit gestern vor Aufregung weder gegessen noch getrunken!

Er setzte die Last auf dem Gehsteig ab und zog ein altmodisches Portemonnaie aus der Gesäßtasche seiner Arbeitshose. Aber ja doch, Lebensmittelmarken hat er selbst jetzt, in der Monatsmitte, noch reichlich, in den letzten Tagen hat er sich ja kaum um sich gekümmert. Damit muß Schluß sein! Wenn er bestehen und die HÖCHSTE AUFGABE weiterhin erfüllen soll, braucht er Kraft!

Er sah sich auf der unbekannten Straße um und war keineswegs überrascht, als er auf der anderen Seite, gleich gegenüber, ein Restaurant erblickte. «Zum Engel»? Wie passend! Sein Körper war sofort wieder da, das Wasser lief ihm im Mund zusammen.

Hauptkommissar Beran hatte ein hervorragendes Alibi. Bei einem Haus im Vorstadtviertel Pankrác, unter dessen Schuttmassen zumeist Angehörige von Männern verschiedener deutscher Dienststellen begraben lagen, war er auf den Konvoi von Karl Hermann Frank gestoßen, dem ewig zweiten Mann im Protektorat, der dafür alle Ersten gesund und munter überlebte. Der befahl ihm, ihn über die ganze Trasse des Luftangriffs zu begleiten. Als ein Beauftragter von Polizeipräsident Rajner Beran ausfindig gemacht hatte, um ihm Standartenführer Meckerles Befehl zu überbringen, schüttelte Frank nur kurz den Kopf.

Der Bericht der Gestapo, der eine Stunde später eintraf, sorgte jedoch dafür, daß der knochige Mann mit dem steinernen Gesicht zum erstenmal außer sich geriet.

«Ekelhafte Schweinerei!» schrie er den Hauptkommissar an, als habe er in ihm soeben den Schuldigen für den Luftangriff entdeckt, «ich erwarte, daß Sie den Täter unverzüglich dingfest machen lassen! Und ich wünsche Ihren Landsleuten, daß er ein Perverser ist und nicht so ein beschissener Widerständler, der versucht hat, den Prager Deutschen Angst einzujagen. Sonst würde ich rasch dafür sorgen, daß die Tschechen bis zum Jüngsten Tag nicht mehr aus dem Schlottern rauskommen!»

Beran fuhr stracks zum Tatort, fand dort aber nur einen

Polizisten vor verschlossenem Haus, der gerade im Aufbruch war. Die Einsatzgruppe habe soeben Schluß gemacht, meldete er, und die Überreste seien in die Pathologie geschafft worden. Was denn für Überreste? Der Wachmann hatte sie selber nicht gesehen, und seine Schilderung aus zweiter Hand mutete wie die Ausgeburt einer kranken Phantasie an. Der Hauptkommissar begab sich also weiter zur Bartolomějská-Gasse und zerbrach sich den Kopf, wen er auf den Fall ansetzen sollte. Seinen besten Mordfachmann hatte man während der Heydrich-Affäre erschossen, Billigung des Attentats! und seine beiden ältesten Experten lagen mit Grippe darnieder. Froh war er, daß gerade der eifrige Morava in der Not eingesprungen war, er hoffte nur, der habe mit seiner mährischen Sturheit kein Malheur heraufbeschworen.

Der Kriminaladjunkt saß ihm dann am Schreibtisch gegenüber und las, da die Fotos noch nicht vorlagen, aus seinem Heft Dinge vor, die den an alles gewöhnten Verstand des Chefs offensichtlich stocken ließen.

«Zu a: Das Opfer, eine Frau, fünfundvierzig Jahre alt, sehr gepflegt und gut erhalten, hat ihrem Mörder offenbar nicht den geringsten Widerstand entgegengesetzt, abgesehen von den weiter unten genannten Verstümmelungen weist sie weder Abschürfungen auf noch unter ihren Fingernägeln Kampfspuren von seiner Haut;

zu b: Der Täter hat ihr mit mehreren breiten Klebestreifen, wie sie jetzt zur Sicherung von Fensterscheiben gegen Druckwellen verwendet werden, nicht nur den Mund, sondern auch die Vagina verklebt; dem ersten ärztlichen Augenschein nach wurde sie nicht vergewaltigt;

zu c: Der Täter, den Hautabschürfungen nach zu schließen, fesselte das Opfer mit Riemen rücklings auf dem Eßtisch, so daß der Kopf über den Rand ragte; unter der Tischplatte schnürte er ihr an den Knöcheln Hände und Füße zusammen;

zu d: Der Täter trennte beide Brüste unmittelbar am Brustkorb ab und legte sie neben dem Opfer auf eine ovale Servierplatte, die er dem verglasten Geschirrschrank entnahm;

zu e: Der Täter schlitzte dem Opfer den Bauch von der Brust bis zur Scheide auf, holte den kompletten Dünndarm heraus, rollte ihn geschickt zu einem Knäuel und legte ihn in eine Suppenschüssel;

zu f: Der Täter schnitt dem Opfer den Hals bis zum Rückenmark durch, durchtrennte ihn aber nicht ganz, so daß der Kopf unter der Leiche hängenblieb und das Blut in ein Messinggefäß lief, aus dem der Täter zuvor einen Blumentopf samt Gummibaum entfernt hatte;

und schließlich zu g: Auch der Arzt konnte bei der ersten Leichenschau nicht ermitteln, in welcher Phase der Folter das Opfer gestorben war. Dessen aufgerissene Augen», fügte Morava, sein Heft zuklappend, hinzu, «brachten uns jedoch zu der gemeinsamen Vermutung, daß dies leider nicht sofort geschah!»

Der Chef reagierte ähnlich wie Morava am Tatort.

«No servus! Der Traum eines wahnsinnigen Metzgers?»

«Beziehungsweise eines Chirurgen ...»

«Und die Deutschen kamen auf die Idee, das wäre ein Werk des Widerstands?»

«Denen genügte, daß der Täter ein Tscheche war.»

Der Hauptkommissar begann, die stenografischen Notizen durchzugehen, die er sich während des Referats gemacht hatte.

«Wird etwas vermißt?»

«Die wertvollen Schmuckstücke an den Händen und am Hals des Opfers sind alle da. Weitere Wertgegenstände und eine große Summe Bargeld wurden in der Handtasche der Frau und in ihrem Luftschutzgepäck an der Wohnungstür sichergestellt.»

«Wie ist der Mörder in die Wohnung gelangt?»

«Sie muß ihm selbst aufgemacht haben. Die Schlüssel steckten von innen im Schloß, beim Weggehen hat er die Tür einen Spalt offengelassen.»

Gespannt sah Morava zu, wie Beran seine gefürchteten Fragezeichen wegstrich. Alle richtig zu beantworten, das war die ganze lange Zeit in diesem Haus das Ziel seines Ehrgeizes gewesen. Bis jetzt hatte er es nie geschafft, heute fühlte er sich diesem Ziel am nächsten. Er nahm sich vor: Wenn es ihm gelingt, wird er sich heute auch Jitka offenbaren, bevor irgendein anderer mit ihr anbandelt!

«Wird das Haus nicht abgeschlossen?»

«Doch. Jeder Mieter hat seinen eigenen Schlüssel.»

«Wer hat den Täter hereinlassen können?»

«Wie es aussieht, das Opfer selbst.»

«Was spricht dafür?»

«Der Hausmeister hat sie von seiner Wohnung aus gesehen, als sie heimkam, und hat den Lift gehört. Bald darauf gingen die Sirenen los, und er wollte wie immer kontrollieren, ob alle im Luftschutzkeller waren. Da fielen schon die Bomben, in seiner Panik ist er auf das Moldauufer hinausgerannt, ohne Schlüssel, wie er später feststellte. Also hat sie die Haustür nicht abgeschlossen, und das hat sich der Mörder zunutze gemacht.»

«Es sei denn, er hat in der Wohnung auf sie gewartet.»

Morava erschrak.

«Wie hätte er das gekonnt ...?»

«Können wir ausschließen, daß er vor ihr ins Haus gelangt ist? Etwa als Lieferant, Bote oder was weiß ich? Läßt sich ausschließen, daß er die Schlüssel von ihr hatte?»

Morava begriff, daß er seine Zielmarken heute wieder nicht erreichen würde.

«Nein ...»

«So können wir eigentlich nicht bestimmen, wie lange er für sein Schlachten gebraucht hat.»

Schlachten! Der Chef hatte das richtige Wort gefunden. Und gleichzeitig prüfte er ihn.

«Doch, das können wir», Morava gab nicht auf, «schließlich hat er nicht ohne sie anfangen können!»

Beran schmunzelte beifällig, und Moravas Selbstbewußtsein stieg, weil er wenigstens nicht auf die Fangfrage hereingefallen war. Sein Lehrer entzifferte weiter das eigene Krickelkrakel.

«Der Hausmeister behauptet, er hat mit seinem Rundgang eine Viertelstunde nach dem Angriff begonnen.»

«Eine halbe, würde ich sagen.»

«Warum?»

«Ich habe seinen Weg zusammen mit ihm abgeschritten. Unter der Brücke hat er noch eine Zeit auf weitere Bomben gewartet. Er muß dabei ständig in Panik gewesen sein.»

«Auch eine halbe Stunde ist wenig für eine so komplizierte Vivisektion. Daraus lassen sich mancherlei Schlüsse ziehen.»

«Die Sache ist sonnenklar», bot Morava aufgeregt seine Theorie an, «er war von Anfang an darauf vorbereitet, er wußte genau, was er tun wollte und wie. Wie ein fachkundiger Handwerker hatte er alles dabei. Ich denke, wir werden kaum fremde Fingerabdrücke finden. Und erstaunlich geschickt muß er gewesen sein, so daß der Hausmeister ihm nach dieser Metzelei nichts angemerkt hat.»

«Was dachte er, als er ihm begegnete?»

«Draußen herrschte ein Tohuwabohu, die Gas- und die Elektromänner gingen die Häuser ab, um Schäden zu ermitteln.»

«Und Sie schließen aus», Berans Stimme verriet Mißtrauen, «daß es ein Phantom sein könnte?»

Morava war empört.

«Sie meinen, der Hausmeister hat sie selbst ausgeweidet? Herr Kommissar, da müßten Sie ihn kennen! Als er die Tür oben offen fand und die Tat entdeckte, da ging ihm auf, daß er soeben dem Mörder begegnet war. Er war sich sicher, der kommt zurück und bringt auch ihn um, und hat sich vor Angst in die Hosen gemacht.»

«Morava, übertreiben Sie nicht.»

Der schilderte daraufhin das unwahrscheinliche Bild des Zeugen, der sich während der Befragung seine langen Unterhosen wusch.

«Bei dem ist alles total weg. Selbst unser Doktor hat sich vergebens mit ihm abgemüht. Der Mann behauptet, der Volltreffer hätte gleich das Nebenhaus erwischt, und begann sich schon einzureden, sie wäre dabei draufgegangen. Den Täter hat er vor Angst aus seinem Gehirn gebrannt, er weiß von ihm nichts.»

«Überhaupt nichts?»

Morava war auf der Hut, weil Berans Blick erkennen ließ, daß ihm etwas Wichtiges entgangen war. Was wohl??

«Nur, daß es ein Mann war...»

«Und woher weiß er dann, daß er ein Tscheche war?»

Ach, ich, ach, dachte er mutlos, er hätte doch lieber zur Post gehen sollen!

«Ich weiß nicht...», hauchte er gedemütigt.

«Wer von den Deutschen ist damit rausgerückt? Der Standartenführer?»

«Nein, ihr Polizeimann. Der hat natürlich bluffen können!»

«Wo ist der Hausmeister?»

«Wahrscheinlich zu Hause...»

«Sagen Sie Jitka, sie soll uns von Tetera einen Wagen bereitstellen lassen!»

Gott sei für das «Uns» gedankt, tröstete er sich, als er das Büro verließ, er hätte mich gleich zu irgendeiner Speichereinbruchslappalie abschieben können. Das Mädchen lächelte ihn wie immer wehmütig an, und sein Herz begann zu rasen. Hat sie etwa Mitleid mit ihm, fragte er sich, pflegt Beran ihr zu sagen, was ich für ein Trottel bin? Schon wieder wußte er, daß er keine Chance hatte, bei ihm so wenig wie bei ihr.

Als er den Teller mit dem letzten Knödelhappen auswischte, fühlte er sich so behaglich, daß er wieder an SIE dachte. Im Magen muß es so gemütlich sein wie in der guten Stube, sagte sie immer. Das mährische Kraut war nach seinem Gusto, wie haben die das hier in Prag gelernt? Er war kein Biertrinker, doch selbst das Siebengrädige war süffig, für den Krieg ein Wunder, es zeugte von tief gelagerten Fässern und gut gereinigten Röhren. Die Wirtschaft war fast leer, nur ein paar Stammgäste drängten sich am Ausschank und redeten über irgendein Ereignis so laut, daß er sich erinnerte. Der Luftangriff! Da war doch der Luftangriff...

Angestrengt kramte er in seinem Gedächtnis, wann das war. Ja, er sah sich DABEI durch Glassplitter waten, die urplötzlich den Teppich bedeckten, sah sich an einem Haus vorbeigehen, gerade von einer Fliegerbombe getroffen, wie kommt es nur, daß er nichts gehört hat? Sonderbar. Sosehr er sein Gehirn auch zermarterte, von allem, was kurz DAVOR und kurz DANACH war, blieb ihm in allen Einzelheiten nur DAS.

Der Friedhof, ja, dort wußte er noch alles. Später blieb ihm nur noch der Rücken in Erinnerung, dem er mit Abstand bis zu jenem Haus folgte. Danach nahm er offenbar nur noch ihre Augen wahr, die so aufmerksam verfolgten, was er mit ihr machte. Seine TAT hat in ihm sogar die Bomben verdrängt, übrigens kann es kein purer Zufall sein, daß sie gerade heute das erstemal fielen, heute, wo er DAMIT begonnen hat!

Von allen denkbaren Gefühlen waren ausschließlich Erleichterung und Stolz am Platz. Warum ist er dann auf einmal wieder unruhig? Und warum macht sich sogar sein Magen so unangenehm bemerkbar, der doch gut mit Speis und Trank versorgt ist? Warum macht sich in seinem Innern erneut die Spannung breit, derer er sich über Mittag so wunderbar entledigt hat? Wonach fahndet so aufgeschreckt sein Gehirn, wenn doch heute alles geleistet worden ist, sogar mit einem Lob? Plötzlich wußte er es. DIESER MENSCH!

Dieses Männlein, das er ohne weiteres an sich vorbeigehen ließ, dessen Gruß er sogar erwiderte, genau der kann alles in Gefahr bringen. Kann alles VERNICHTEN! Wie konnte er das unterschätzen? Will er seine SENDUNG erfüllen, darf er nicht erkannt werden. Nun war es leider unumgänglich, das nächste Mal die bequeme Kluft samt der handlichen Tasche abzulegen! Für ihn kein großes Problem, aber: was, wenn dieser Mensch ein Gedächtnis für Gesichter hat??

Warum verschonte er ihn eigentlich? Bestimmt war er auf dem Weg zu ihr! Wohin konnte er sonst gehen? Einen Mann hatte sie nicht, die Witwe, wahrscheinlich trieb sie es lustig mit ihm! Ja, bestimmt hat er sie nach diesem Schreck bespringen wollen. Wie der Eber die Sau. Auch solche verdienen ZÜCHTIGUNG!

Aber wer ist er? Wo findet er ihn? Nachdem er die Ursache seiner Unruhe erkannt hat, erwachte sein Kopf aus der Ohnmacht und dachte wieder scharf. Der Kerl war im Hemd ohne

Jacke gewesen, im Februar! Wahrscheinlich also aus dem Haus. Und dieses Haus wurde sichtbar von der Oberklasse bewohnt, der er eindeutig nicht angehörte. Und warum bemühte er sich die Treppe hinauf, statt den herrschaftlichen Lift zu nehmen? Natürlich. DER HAUSMEISTER.

Deutlich zeichnete sich vor seinen Augen die schmale Tür unten im Hausflur ab. Aber wenn er nicht allein wohnt? Dann sei das Schicksal den anderen gnädig, indem es ihn aufmachen läßt.

Er stand auf, um zu zahlen und zu handeln.

Die Naturalwohnung bestand aus einer kleinen Küche und einer Stube. Der Hausmeister, anscheinend Witwer, war nach wie vor auf Sauberkeit und Ordnung bedacht. Sie sahen ihn schon vom Gehsteig aus, die geplatzte Fensterscheibe mit einem Klebestreifen reparieren. So wie der Mörder sie benutzte... dachte Morava. Der Mann öffnete ihnen noch im Dunkeln und tappte dann zum Fenster, um das Verdunkelungsrollo herabzulassen, ehe er Licht machte. Morava amüsierte sich, wie Beran schnupperte. Wittert er die Unterhosen?

Der Hausmeister konnte oder wollte sich immer noch nicht erinnern, wie der Unbekannte im Treppenhaus ausgesehen hatte. Um ihn abzulenken, fragte der Hauptkommissar ihn dann eine geraume Weile über die Baronin aus. Er entlockte ihm nur ein paar oberflächliche Wahrnehmungen, keiner aus der Familie von Pommeren konnte Tschechisch, und der Hausmeister beherrschte höchstens zwei Dutzend der notwendigsten deutschen Ausdrücke. Er wußte nicht viel mehr, als daß der General kurz nach der Besetzung der Tschechoslowakei von Berlin hierher versetzt worden war, er und sein Sohn waren später an der Front gefallen, und die Baronin hatte die Urnen auf dem nahen Vyšehrader Friedhof beisetzen lassen, wo sie die beiden täglich besuchte.

Morava verfolgte gelehrig, wie Beran die Angelschnur der ausgeworfenen Fragen immer mehr verkürzte. Er konnte im voraus sagen, wann jene fallen würde, auf die der Befragte anbeißen sollte.

«Sie haben diesen Mann zuerst gegrüßt, nicht wahr?»

«Jo», sagte der Hausmeister, ohne zu zögern.

«Wie?»

«Na ... Tag ...»

«Und er sagte?»

«Dasselbe. Er hat auch Tag gesagt, ja, genau!»

«Daß Sie sich ausgerechnet daran erinnern?»

«Er hat das irgendwie sonderbar gesagt ...»

«Wie sonderbar?»

«Weiß ich nicht ...»

«Hat er gestottert? Oder war er heiser? Rollte er das R? Hat er mit der Zunge angestoßen? Hat er genäselt? Geknurrt? Hatte er womöglich eine Fistelstimme?»

Morava bewunderte den Chef, wie der immer neue Angebote aus dem Ärmel holte, doch der Hausmeister hörte nicht auf, den Kopf zu schütteln.

«Was war daran so sonderbar?»

«Weiß nicht ... irgendwie hat das nicht gepaßt zu ihm.»

Morava wagte es, sich ins Spiel zu mischen.

«Etwa zu seiner Kleidung?»

«Schon möglich ...»

Beran sprang in die Bresche.

«Na, und wie war er gekleidet?»

«Wenn ich das wüßte. Schaun Sie, mir langt's heute, hat Ihr junger Mann Ihnen nicht erzählt, was mir passiert ist? Beschissen hab ich mich dabei!»

Es klang beinahe stolz. Der Hauptkommissar gab für diesmal auf und erhob sich. Morava hatte eine Eingebung.

«Und Sie haben bestimmt zu ihm gesagt ... wie war das gleich?»

«Tag ...», wiederholte der Hausmeister unsicher.

«Und er?»

«No, dasselbe ...»

«Und hat er nicht vielleicht guten Tag gesagt? Guten ...»

«Ja! So hat er's gesagt. Wie Sie. So richtig wie in der Schule, wissen Sie?»

Morava beflügelte die Anerkennung in Berans Blick.

«Und zu der Art, wie er sprach, da hat was nicht zu ihm gepaßt?»

«Kann wohl sein ...»

«Was käme Ihnen dafür passend vor?»

«Na ... so was, was Sie anhaben, der Hut, der Wintermantel ...»

«Und unpassend?»

Es beschwingte Morava, daß der Kommissar ihn machen ließ.

Der Hausmeister blickte flüchtig auf seine abgetragenen Arbeitshosen.

«Was ich anhab ...»

«Er trug also etwas Ähnliches?»

Morava hatte längst die Erfahrung gemacht, daß Menschen von geringerer Intelligenz, die man zu angestrengtem Nachdenken zwingt, beinah körperlich leiden. Das Gesicht des Mannes verriet Schmerz, als er bat.

«Schaun Sie, lassen Sie mich drüber schlafen, jetzt quetsch ich nichts mehr raus aus meinem blöden Schädel.»

Der Hauptkommissar ließ sich von ihm noch die Wohnung der Baronin aufschließen. Eine Hundekälte empfing sie. Sie zogen wenigstens die Brokatvorhänge, die hier als Verdunkelung dienten, vor dem zerborstenen Fenster zusammen, um Licht machen zu können. Beran ging um den Tisch herum, unter seinen Füßen zerbarsten auch weiter Glassplitter; schon wieder witterte er wie ein Hund.

«Hat hier einer die Teppiche ausgewechselt oder was?» fragte er verwundert.

«Wir haben hier nichts von der Stelle gerückt!» beteuerte Morava.

«Nach dem, was Sie mir geschildert haben, habe ich eine gewaltige Blutlache erwartet.»

«Wie ich Ihnen gesagt habe, muß er unheimlich geschickt sein. Er hat es fertiggebracht, das Blut vollständig in den kleinen

Messingbehälter von dem Gummibaum laufen zu lassen. Ich habe alles in die Pathologie geschickt.»

«Auch die Brüste und die ... Därme?»

Morava erlebte zum erstenmal, daß sich Beran vor Ekel schüttelte.

«Die sind auch in der Gerichtsmedizin. Selbst die dort waren entgeistert, haben zugesagt, die Ergebnisse eiligst zu liefern.»

«Entschuldigen Sie», meldete sich der Hausmeister vom Gang her, «mir ist wieder kotzübel, können Sie hinterher abschließen?»

«Wir kommen mit», entschied der Hauptkommissar.

Unten hatte der Mann wieder Farbe, war aber nicht minder aufgeregt.

«Wie soll ich hier schlafen heute?»

«Sie sind doch nicht allein im Haus.»

«Aber doch. Der Zahnarzt vom ersten Stock hat sich gleich aufs Land abgesetzt, und drunter ist die Praxis.»

«Und auf den übrigen Etagen?»

«Da ha'm Juden gewohnt. Jetzt sind das irgendwelche Amtsräume von die Deutschen.»

Morava machte den Mund auf und schloß ihn wieder, als er Berans warnenden Blick gewahrte. Der Hausmeister öffnete die Haustür. Im Dunkeln draußen roch es nach Verbranntem. Die Feuerwehrleute waren abgerückt, ein Stück weiter, vor den Trümmern, drückten sich ein paar Gaffer herum.

«Gute Nacht», sagte der Kommissar, «hier der Herr Adjunkt kommt morgen früh vorbei, um Sie zu fragen, ob Ihnen noch etwas im Traum eingefallen ist. Litera», das galt dem Fahrer, «zischen Sie los!»

Der Alleingelassene schlotterte und schien Anstalten zu machen, sich zu ihnen ins Auto zu zwängen. Sie fuhren zurück in die Bartolomějská-Gasse vier, zum «Vierer», ihrer Zentrale, und Beran machte ein finsteres Gesicht.

«Den können wir vergessen. Selbst wenn wir ihm den Täter vor die Nase schieben, erkennt er ihn vor lauter Angst nicht wieder.»

«Was der Mörder leider nicht weiß», fiel dem Adjunkten ein.

«Was wollen Sie damit sagen?»

«Ich wundere mich, daß er von ihm abgelassen hat. Seinem Augenzeugen eigentlich. Er muß doch selber tüchtig mitgenommen gewesen sein.»

«Gut, Morava!» wann immer der Hauptkommissar das sagte, erinnerte er ihn an den gestrengen Klassenlehrer, nach dessen Lob er einst ähnlich gelechzt hatte, «aber das hieße auch ...»

«Daß er seinetwegen wiederkommen wird.»

Beran nickte.

«Veranlassen Sie die Bewachung lieber gleich. Und kommen Sie anschließend zu mir.»

Morava ging zur Bereitschaft und verdolmetschte dort die Anweisung Berans. Im Vorzimmer hatte er zu dieser Zeit dann nicht mehr Jitka vermutet und brachte nur ein törichtes Lächeln zustande.

«Jee, was haben Sie hier noch zu ...»

«Ich dachte, Sie brauchen vielleicht noch etwas ...»

Ja, ja, nur, was er brauchte, war, sie in die Arme zu nehmen und ihr zu gestehen, daß er die ganzen zwei Jahre, seit sie hier war, vor allem an sie gedacht hatte, allein deshalb war er nicht weggelaufen, als ihm klarwurde, daß er es bis zu seiner Pensionierung mit verunstalteten Leichen zu tun haben würde. Wie gewöhnlich faßte er sich auch nach dem jüngsten Erfolg bei Beran kein Herz und fragte nur linkisch.

«Was denn so?»

«Ich habe von daheim ein bißchen Suppe mitgebracht, für den Herrn Hauptkommissar mache ich sie schon warm, möchten Sie auch was davon?»

Erst jetzt vertrieb ihm ein lieblicher Duft aus der Kindheit den Gestank von Blut und Ruß aus der Nase.

«Leberwurstsuppe!»

«Die Unseren ...», sie senkte ihre Stimme zu einem kaum vernehmbaren Flüstern herab, während sie hier, im Hauptquartier der tschechischen Polizei, das schwere Vergehen gegen die Kriegswirtschaft beichtete, «haben geschlachtet!»

«Gern», sagte er schwach, «ich ... danke. Danke sehr ...»

Er ließ seinen zärtlichen Blick nicht von ihr und trat deshalb rückwärts beim Chef ein. Der legte gerade den Hörer auf.

«Ich habe mit der Pathologie gesprochen. Das Obduktionsprotokoll entspricht Ihrem Bericht. Er hat sie bei lebendigem Leibe fast ganz ausgeweidet. Neu ist, daß er sich etwas zum Andenken mitgenommen hat.»

«Was?»

«Ihr Herz.»

«O nein!»

«Und dazu noch ...?»

«Was?»

«Doch, die Riemen, mit denen er sie gefesselt hat. Was folgert daraus?»

Der Schüler Morava wußte es.

«Daß er es wieder tun wird.»

«So ist es. Ich gebe Alarm.»

Erwin Buback schlug sich die Tote vorerst aus dem Kopf. Es war nicht sein Fall. Er entdeckte, daß die versöhnliche Stimmung von heute mittag in seinem Innern bis in die Nacht angehalten hatte. Sie wurde selbst durch die scheußliche Mörderei nicht verdrängt, der er in dieser Ausführung während seiner langen Praxis noch nie begegnet war. Er hatte sie pragmatisch in ein System bloßer, emotionsferner Fakten übertragen, im Grunde nicht anders, so gestand er sich ein, als heute dieser junge Tscheche.

Allein wie immer, hinter einer Palisade betonten Desinteresses an jeglichem Kontakt verschanzt, saß er schon die zweite Stunde in der Ecke des Bartresens im Deutschen Haus Am Graben, nippte an einem mäßigen Cognac verdächtiger Herkunft, ach, wo ist es hin, das süße Frankreich? und hatte zum erstenmal seit dem Augenblick, da er seine beiden verlor, das Bedürfnis, sich Gedanken darüber zu machen, was er später, was er dann tun würde ...

Das unbekannte Dann. Ein unheilverkündendes Dann oder ein Dann der guten Hoffnung? Wann tritt es endlich ein? Welche Gestalt wird es annehmen? Und wie soll er sich darauf einstellen? Soll er mit Gewalt die innere Schranke niederreißen, die ihn seit gewisser Zeit daran hinderte, an eine grundsätzliche Wende des Krieges zugunsten der Achse Berlin–Tokio zu glauben, wie es der Herr Reichsminister für Aufklärung und Propaganda dem Volk in jeder seiner Reden fanatisch einhämmert? Ein Kriminalist pflegt ein Elefantengedächtnis zu haben, wie hätten ihm da all die Goebbelschen Versprechensversprechen der letzten zwei Jahre entfallen können?

Doch übertreibt er seine Skepsis nicht? Ist er nicht womöglich durch seinen Beruf gefährlich deformiert, der ihn zwingt, keiner Behauptung zu trauen?

Warum sollte man nicht probehalber, einfach so ins Unreine, dem Gedanken stattgeben, daß der Führer, der doch die einst glorreichen europäischen Armeen aufs Haupt geschlagen hatte, den Alliierten eine gigantische Falle stellte, zu der auch der vorgetäuschte Rückzug an allen Fronten gehörte? Warum sollte man es sich nicht vorstellen können, daß die Gegner von einer zusammengepreßten Spirale am kritischen Punkt zurückgeschleudert und gleich darauf von einem riesigen Hammer oder Blitz dezimiert werden würden, so daß das Dritte Reich im Bunde mit Japan die Welt am Ende doch beherrschen könnte? Was würde ein Sieg, der die bisherigen Gesellschaftsordnungen zugunsten einer neuen Geschichtsepoche niederreißt, für Oberkriminalrat Buback mit sich bringen?

Sollte das schicksalsträchtige Dann in naher Zukunft eintreten, worauf die schlichte Tatsache hindeutete, daß bald kein weiterer Rückzug mehr möglich sein würde, dann könnte er in die kommende Zeit als Mittvierziger eintreten, der über einen hohen Polizeidienstgrad und ein Spitzengehalt verfügte, doch mutterseelenallein dastand.

Seit jenem Tag, da ihm die fremde Stimme, die durch das Ausrichten ähnlicher Botschaften längst abgestumpft war, mehr der Ordnung halber erklärte, daß die beiden Stützen seines

Lebens gleichzeitig zu existieren aufgehört hatten, war auch der wichtigste Teil seines Wesens abgestorben, der zuvor ihnen gehört hatte. Frauen, die ihn noch in Belgien hatten trösten wollen, wie auch alle, die sich später für ihn entflammten, stießen schon beim ersten Versuch auf eine Wand aus Eis. Einige von ihnen verbreiteten rachsüchtig, er sei kein echter Mann. Er ahnte es, widersprach aber nicht. Es war der krampfhafte Versuch, dem Schicksal eine Korrektur abzutrotzen, als ob seine Treue dazu angetan gewesen wäre, die beiden wie durch ein Wunder aus der Asche auferstehen zu lassen, in die sie sich verwandelt hatten.

Die Bombe von heute mittag hatte ihm den Frieden zurückgegeben. Als das Haus zu beben aufhörte, war auch die vielmonatige Erschütterung in ihm zu Ende, und er wurde gewahr, daß Hilde und Heidi inzwischen unmerklich zu einem Teil seines lebenden Ichs geworden waren. Die unterbrochenen Kontakte hatten sich wiedergefunden wie Nerven, bei einer Operation durchtrennt. Er begann wieder zu empfinden.

Falls das Reich wirklich den Krieg gewinnt und er dabei nicht draufgeht, dann wird er den Rest seiner Jahre doch nicht in Trauer verbringen. Die Toten müssen ersetzt werden! Hätte Hilde ihn überlebt, wußte er jetzt, hätte sie wohl genauso empfunden und auch gehandelt...!

Die Bar füllte sich rasch, der Lärm schwoll an, und vor allem drohte die Gefahr, daß sich einer von Meckerles Schlagetots zu ihm setzte. Diese Kerle hatten den Tick, ihre Angst mit Tiraden vom Endsieg zu betäuben, im Nu würden sie das in Zweifel ziehen, woran er von neuem zu glauben versuchte. Und das, was er von morgen an entschieden vorantreiben wollte.

Er mied die bereits verlassenen, stinkenden Trümmer des Eckhauses und, dem Geländer folgend, hinter dem die steinerne Mauer steil zum unteren Ufer abfiel, ging er so langsam wie möglich an SEINEM Haus vorbei. Obwohl ihn kein Mensch in dieser Finsternis wahrnehmen konnte, blickte er nur aus den

Augenwinkeln zur obersten Etage hinauf. Schon wieder durchflutete ihn das Wonnegefühl, daß er ES schaffte. Jetzt wird er noch die Gefahr bannen, es könnte bei diesem Mal bleiben.

Auf der Nachbarbrücke wurde noch fieberhaft gearbeitet. Dort hat offenbar eine andere Bombe ein paar Statuen umgeworfen. Ein Autokran brachte eine davon gerade von den Straßenbahnschienen weg, sie sah wie ein riesiger Leichnam aus. Er blieb stehen und blickte sich um. Hier zwischen den Brücken war er auf der Uferstraße völlig allein.

Er stellte die Umhängetasche auf den Gehsteig, machte sie auf und suchte, tief niedergebeugt, zuerst einmal DAS DING. Das Wachstuchpäckchen war immer noch weich, vorsichtig schob er es in die Ecke der Tasche, wo es besser geschützt schien. Dann ertasteten seine Finger den Griff des schmalen langen Messers in der Lederscheide. Als er es herausnahm und in die Bundjacke schob, gab er acht, daß er sich nicht verletzte. Damit hat seinerzeit in Brünn sein Mißgeschick begonnen.

Im Souterrainfenster gegenüber zeichnete sich ein schmaler Lichtstreif unter dem Rollo ab. Alles war bedacht. Er wird klingeln und dann sagen, falls das überhaupt nötig sein wird: Luftschutzkontrolle! Er muß nur die Mütze abnehmen und seine Stimme verstellen, nachdem er dem Mann mittags so dumm geantwortet hat. Dann genügen der Fuß als Keil, der Ellbogen als Brechstange und zur Sicherheit zwei Stiche. Er trat auf die Fahrbahn, als die Sirenen allseits Warnung gaben.

Der frisch verwundeten Stadt genügte sie. Die Leute an beiden Brücken rannten in die Schutzräume. Noch war der letzte Ton nicht in der Tiefe verhallt, als die Sirenen wieder losgingen, diesmal kündigten sie mit wild auf- und abklingenden Glissandi den kurz bevorstehenden Fliegerangriff an. Er befürchtete, auch der Hausmeister könne im Keller verschwinden, und setzte sich in Bewegung, um ihn abzufangen, als sich die Tür schräg gegenüber von selbst öffnete. In dem dunklen Schlund blinkten die blauen Lichter zweier Taschenlampen auf.

SCHEISSPOLIZEI!!

Ein paar Meter weiter führte eine breite Eisentreppe zum

Flußufer hinunter, dorthin hat er sich ursprünglich absetzen wollen. Früher, als er es vorhatte, rannte er zum dunklen Wasser hinab. Nichts zu machen, er wird demnächst wieder herkommen, inzwischen muß er sein Äußeres verändern. O ja, das kann er doch jedesmal tun! Wieviel Zeit blieb ihm überhaupt bis zum Zug? Er mußte seinen Arm nahe an die Augen halten, um die Zeiger zu erkennen. Dann bekam er einen Schreck, als die Nacht zum Tage wurde. Haben sie ihn gefunden??

Das Dröhnen der hoch fliegenden Maschinen und das ferne Gebell der Flak beruhigten ihn. Er wußte, daß die Leuchtbomben an den Fallschirmchen die Luftabwehr blenden, doch statt in Angst zu geraten, sah er gebannt dem Reigen zahlloser Stanniolstreifen zu, von denen die Zielgeräte der deutschen Schützen zusätzlich abgelenkt werden sollten.

Mit diesem Feuerwerk hat ihm bestimmt SIE gratuliert.

Morava wurde von dem Lichtzauber bei Jitka überrascht. «Nehmen Sie sich ein Motorrad, schaffen Sie sie und sich selber heim und morgen früh wieder her!» entschied Beran; die Straßenbahnlinien nach Pankrác waren immer noch unterbrochen, und der Hauptkommissar hatte ein schlechtes Gewissen, weil er die beiden bis tief in die Nacht dabehalten hatte.

Allein der dienstliche Auftrag, mit dem der Chef ihn so unerwartet auszeichnete, brachte Morava aus der Fassung, und die zusätzliche Mission verwandelte den blutigen Tag in einen persönlichen Festtag. Zwei Freuden verquickten sich zu einer, doch selbst deren vereinte Kraft reichte nicht aus, ihm die Scham zu nehmen, die sogar die sprichwörtliche Scheu des Mädchens übertraf.

Bestimmt hätte er sie nur bis vor die Tür des Vorstadthäuschens, fast romantisch in einer der Sackgassen mitten im bewaldeten Felsenhang gelegen, begleitet und sich mit bravem Händedruck von ihr verabschiedet, wären da nicht die Flieger gewesen, die aus rätselhaften Gründen in diesem Moment statt neuer Bombenlasten eine langsam herabsinkende Lichtflut über Prag abwarfen. Offenbar wollten sie sich nur vor einem neuen folgenschweren Irrtum bewahren, Jitka aber sah es als Vorspiel einer Katastrophe an.

«Rasch!» befahl sie ihm mit einer Entschiedenheit, die er nie zuvor an ihr bemerkt hatte, «lassen Sie das Motorrad stehen, und rein in den Keller!»

Natürlich protestierte er nicht, aufgeregt fügte er sich. In einem ganz gewöhnlichen Hauskeller, dessen eilig geräumte Hälfte mit Gartenmöbeln aufgebessert war, warteten sie zusammen mit den vorjährigen Kartoffeln; die Hausbesitzer, ein Kellner und eine Köchin, mit Jitka verwandt, arbeiteten in einem nordmährischen Sanatorium, zur Zeit deutsches Lazarett. Als schließlich die Entwarnung kam, lud Jitka ihn, weil die Küche im Erdgeschoß nicht geheizt war, zum Aufwärmen auf einen Tee mit väterlichem Sliwowitz in ihre Dachstube ein.

Er wärmte sich so sehr auf, daß er endlich den Mut faßte.

«Entschuldigen Sie ...», schon wieder mußte er sich räuspern, um weitersprechen zu können, «entschuldigen Sie die Art, wie ich Sie frage, aber ich habe darin keine Übung ... meinen Sie ... glauben Sie, daß ich Sie ... daß Sie mich ... daß wir uns, daß wir uns vielleicht gut vertragen könnten ...?»

Meckerle hatte wieder mal seine Tage, wie man es bei der Gestapo flüsternd nannte, wenn er schon die Posten am Eingang anschiß. Bald sprach sich herum, warum das heute so war. Der Feuersturm gestern hatte auch die Villa in Dresden weggeputzt, die der Standartenführer vor Jahren arisiert und mit der er sich als sichtbaren Beweis seiner Bedeutung gebrüstet hatte. In seiner Stabsrunde von Offizieren und Beamten war es nur Buback, der nicht vor Angst zitterte.

Er wußte, daß er unter diesen protektionierten Amateuren, darum meist auch Stümpern, der einzige war, der sich auf sein Handwerk verstand. Und er wußte, daß auch Meckerle sich dessen sehr wohl bewußt war. Dafür erkannte er seinerseits an, daß der Riese von SS-Mann, der an den «Bösen Mann» in den

Ringarenen der Vorkriegszeit erinnerte, nicht nur zu allem fähig, sondern tatsächlich auch fähig war, die Schlüsselzentrale der Okkupationsmacht zu leiten, notabene in Zeiten, da schon lange nicht mehr gesiegt wurde.

Er stimmte mit ihm überein, daß der Mord an der Baronin eine einmalige Gelegenheit bot, die Eingeweide der tschechischen Polizei zu durchleuchten, die sich erstaunlicherweise gegen die Gestapo zu behaupten wußte; von der Existenz geheimer Strukturen zeugte, wie rasch die bislang angeworbenen Spitzel von allen interessanten Informationen abgeschnitten wurden. Noch gestern hatte er die Arbeit seiner kleinen Dienststelle so organisiert, daß sein Vertreter Rattinger sie zu leiten vermochte, ein erfahrener Kriminalist, den er sich aus Belgien mitgebracht hatte. Er wußte von dessen Gelüst auf seinen Sessel, vor allem aber von dem Problem, das dieser Karriere im Wege stand. Rattinger trank, und Buback deckte vorausschauend seine Affären, womit er sich ihn verpflichtete und sich seiner versicherte. Auf jeden Fehler von ihnen beiden lauerte hier das fanatische Gehirn unter dem kahlgeschorenen Schädel Kroloffs, vermutlich überzeugt, daß Leute wie sie für Deutschland den Krieg verlieren.

Den Fall der an sich unbedeutenden deutschen Witwe gedachte Buback im Einvernehmen mit Meckerle aufzublasen, indem er ihn von deutscher Seite aus persönlich im Auge behalten würde. Damit nötigte er seinem tschechischen Gegenüber die gleiche Geste ab. Nur würde er es sein, der sich unter dem Dach des anderen niederließ und dort seine Geheimwaffe, die Kenntnis der Sprache, einsetzte. Bei soviel Jahren Erfahrung in ähnlichen Apparaten konnte ihm nichts entgehen, was nach Vorbereitungen der Prager Polizei zu einem Aufstand gegen das Reich gerochen hätte.

Als der Standartenführer die hohen Chargen genügend zusammengestaucht und anschließend mehr hinausgeworfen als entlassen hatte, blieb Buback unaufgefordert zurück. Wie er vorausgesehen hatte, beruhigte sich Meckerle im Handumdrehen und kredenzte ihm ein Gläschen Cognac, der diese Bezeichnung verdiente. Er vertraute ihm sogar völlig ungewohnt seinen jüngsten Kummer an.

«Schweine!» drohte er den fernen Piloten mit der Faust, «ich hoffe, wir machen möglichst bald ihre Städte platt. Aus dem Führerhauptquartier weiß ich, daß es tatsächlich bald soweit ist, die V-eins und die V-zwei sind Kinderspielzeuge gegen die neuen Waffen. Aber ich hoffe stark, die andern bepflastern dieses Nest da vorher noch ordentlich, damit den ausgewichsten Schlawinern die Lust vergeht, uns in den Rücken zu fallen!»

Punkt acht erschien der Adjutant und meldete, die Tschechen säßen bereits im Warteraum. Meckerle ließ sie dort noch zwei weitere Cognacs lang hocken. Melancholisch zeigte er Buback Fotos seiner Luxusvilla und teilte ihm auf die höfliche Frage, ob sich die Bewohner wenigstens in Sicherheit gebracht hätten, ohne Begeisterung mit, seine Gattin habe sich dank eines puren Zufalls gerade in Prag aufgehalten. Buback wußte wie alle hier von seinem glühenden Verhältnis mit einer kleinen Ballettratte vom inzwischen geschlossenen Prager Deutschen Theater, es herrschte Verwunderung, daß er dieses Fliegengewicht bisher weder zerrissen noch zerquetscht hatte. Sie schwelgten noch eine Weile in Erinnerungen an die Stadt, mit der sie sich beide verbunden wußten, bis der SS-Mensch vor Leid und Wut rot anlief, sich brüsk erhob und die leeren Gläser wegräumte.

«Also, nehmen wir sie uns zur Brust!»

Herein trat eine Dreiergruppe, die dem Auge ein tristes Zeugnis von der Exekutivgewalt des Protektorats ausstellte; der Polizeidirektor, klein und rundlich, an einen Falstaff erinnernd, Hauptkommissar Beran, schlank und rank, ein Don Quijote, und der junge Mann von gestern, breitschultrig und mit roten Wänglein, eine tschechische Märchengestalt, die Buback jetzt um so mehr mißfiel, als er sie in der Kindheit geliebt hatte: der dumme Hans. Von früher her wußte er jedoch, daß bei den Tschechen der Schein trog. Diese unschuldigen und armselig wirkenden Typen hatten im Nu perfide Tücken parat, und die Pfiffigkeit dieser nur scheinbar dummen Hänsel wurde von ihrer Kraft nur noch vervielfacht.

Der Standartenführer hatte auch schon seine Meinung über sie. Er erachtete sie selbst einer lässig erhobenen Rechten nicht für würdig und polterte gleich los, als stünde er vor einer angetretenen Formation. Er wiederholte, was jeder von ihnen einzeln schon gestern von ihm und von Staatssekretär Frank gehört hatte, und legte dann dar.

«Großdeutschland betrachtet den bestialischen Mord an Elisabeth Baronin von Pommeren als ein Signal von Agenten der verräterischen Londoner Regierung für eine Terrorwelle, die sich gegen alle deutschen Bewohner des Protektorats richtet. Wird der Täter nicht ergriffen, um einer angemessenen Strafe zugeführt werden zu können, ist das Reich zu einer noch härteren und umfassenderen Vergeltung entschlossen, die alles in den Schatten stellen wird, was selbst bloßen Befürwortern des Attentats auf Reichsprotektor Heydrich zuteil geworden ist. Ich bin bevollmächtigt, Ihnen verbindlich zu erklären: Großdeutschland steht unmittelbar vor der endgültigen Wende im totalen Krieg gegen die Plutokraten und jüdischen Bolschewiken, die auf ihrem eigenen Territorium ausgerottet werden. Deshalb wird es ohne Erbarmen alle liquidieren, die sich mit der Absicht tragen, ihm das Messer in den Rücken zu stoßen!»

Eher mit dem Messer den Bauch auszuweiden... dachte Buback.

«Wir sind entschlossen, diesen urgermanischen Boden mit Bächen von tschechischem Blut zu tränken, falls wir damit einen einzigen Tropfen deutschen Blutes retten. Es liegt in Ihrer Hand, meine Herren...», man merkte ihm an, wie wenig er sie für Herren hielt, «ob Sie das Unheil, das eine Handvoll ausländischer Abenteurer zynisch plant, von Ihren Landsleuten abwenden oder nicht. Ich befehle Ihnen, eine Sondergruppe für die Fahndung aufzustellen, für deren Ergebnisse Sie die volle Verantwortung tragen. Ich werde darin durch den hiesigen Verbindungsoffizier des Reichskriminalpolizeiamts, Oberkriminalrat Buback, vertreten sein. Er ist mir für eine ständige und genaue Information über den Stand der Untersuchung verantwortlich, wird Ihnen aber auch gegebenenfalls die Unterstützung durch unsere Dienststellen vermitteln. Das ist alles. Nun will ich von Ihnen hören, wer für die Tätigkeit der Gruppe persönlich haften wird.»

Polizeipräsident Rajner verbeugte sich so ehrfürchtig, wie es sein Bauchspeck zuließ, und wandte den Blick, der bis jetzt auf den Standartenführer gerichtet war, zu seinem hageren Nebenmann.

«Hauptkommissar Beran ...»

Das hatte Buback erwartet. Er war gespannt auf die Zusammenarbeit mit dem Mann, der ihm schon in ferner Vergangenheit ein Begriff gewesen war. Beran erntete damals ein von allen Blättern der ehemaligen Republik unisono gesungenes Lob, als er aus dem Belagerungsring der Gendarmen auf einen verbarrikadierten Eifersuchtstäter, der seine Frau samt ihrem Geliebten umgebracht hatte, losgestiefelt war und gerufen hatte, Wenn du mich nicht totschießt, versprech ich dir, daß ich dich gleich vom Knast auf ein Bier abhole! Selbst Jahre später wirkte er hier auf ihn als ein Mann, der Wort hielt und gegen Angst gefeit war. Es war für Buback ein erregendes Gefühl, daß er einen solchen Rivalen durchschauen und unschädlich machen sollte.

Bude to fuška! würde er als Tscheche sagen, das wird eine Mordsarbeit!

Der Genannte nickte auf zivile Art und setzte in annehmbarem Prager Deutsch so unformell hinzu, als plaudere er über das Wetter.

«Die Personalsituation zwingt mich, nebenher auch weiterhin die ganze Prager Kriminalpolizei zu leiten, die voraussichtlich in immer stärkerem Maße durch den Ansturm der Flüchtlinge aus dem Osten belastet wird. Mein bevollmächtigter Vertreter, der ausschließlich für diesen Fall abgestellt wurde, ist Kriminaladjunkt Morava.»

Buback spürte, daß die Reihe an ihm war, Beran in ebenso legerem Ton zu antworten.

«Das liegt in Ihrer Kompetenz. Ich werde in meiner Vollmacht Maßnahmen von Ihnen verlangen, die zur Erfüllung der Aufgabe in kürzester Zeit führen!»

«Das ist sowieso unsere normale Pflicht», erwiderte der Hauptkommissar höflich und sah ihm fest in die Augen.

Ein Blödsinn, daß wir Feinde sind, bedauerte Buback, wir wären ein ideales Paar. Zugleich bemerkte er, daß Meckerle sich unverkennbar, aber sicher zu langweilen begann. Dem Rausschmiß, der auch ihn betroffen hätte, beugte er vor, indem er Haltung annahm, um die Tschechen daran zu erinnern, daß sie hier nicht im Kaffeehaus waren.

«Standartenführer, gestatten Sie, daß ich die Herren zu mir entführe, um den Bericht über den Stand der Ermittlung entgegenzunehmen.»

Jetzt straffte sich auch Meckerle und führte ihnen zum Abschied vor Augen, welch ein Berg von Körper und Willenskraft hinter seinen Worten stand.

«Hier will ich ihn in Kürze sehen!» herrisch wies er auf den Raum zwischen sich und ihnen, «ich will ihn als erster persönlich fragen, warum er das getan hat. Ich denke, wir sparen uns das Henkersalär.»

Dann endlich schoß er den Arm zum deutschen Gruß hinauf.

Sein Lampenfieber verlor Morava wie gewöhnlich schnell, nach ein paar Worten beruhigte ihn das Bewußtsein, gute Arbeit zu liefern. Daß von Beran Zutrauen zu ihm funkte, spornte ihn an.

Die umwälzenden Ereignisse des gestrigen Abends schienen sein Gehirn, das der Kommissar mehr als einmal als «Schrottmühle» bezeichnet hatte, noch mehr geschärft zu haben. Er war, wie er es sich vorgenommen hatte, sogar nach seiner ersten Liebesnacht um fünf aufgewacht. Eine Weile hatte er in ungläubiger Verzückung das Mädchen neben sich betrachtet, das selbst im Schlaf seine liebreizende Miene nicht verlor. Nachdem er sich vergewissert hatte, daß er nicht träumte, fand er in der ihm unbekannten Küche im Erdgeschoß Zichorie und bereitete sich einen einigermaßen annehmbaren Kaffee. Beim Trinken schrieb er in nicht nachlassender Glückseligkeit in Schönschrift nieder, was bereits auf seine Weisung hin geschehen war, was gerade unternommen wurde und was alles in nächster Zukunft zu geschehen hatte.

Abhaken konnte er die Besichtigung des Tatorts und die Obduktion. Einen detaillierten Bericht, aus dem unter anderem hervorging, daß der Mörder konsequent Handschuhe benutzte und keine Spuren hinterließ, hatte er Jitka noch gestern abend im Büro diktiert, zur alten Zeitrechnung! dachte er lächelnd, bevor das große Licht sich über sie beide herabgesenkt hatte ... der Kommissar hatte ihn noch in der Nacht ins Deutsche übersetzen lassen, so daß der Gestapomann jetzt nur staunen konnte.

Die Verbreitung einer genauen Information lief auf vollen Touren, der Telegraf tickerte sie an alle Polizeireviere im Protektorat, oder Kuriere leiteten sie weiter. Sie schloß mit der Anweisung, sämtliche Dienstjournale sorgfältig durchzusehen und alle gleichgearteten Fälle, selbst wenn sie nur entfernt ähnlich waren, nach Prag durchzugeben. Bei diesem Punkt verstummte Morava und blickte seinen Chef an.

«Ich ersuche um Ihre Zustimmung», sagte der Hauptkommissar zu dem Deutschen, «daß die Erlaubnis erteilt wird, zu diesem Behuf auch die Journale aus der Zeit der ehemaligen Republik zu öffnen.»

Der antwortete, ohne zu zögern.

«Ich gestatte es unter dem Vorbehalt, daß ein Mitarbeiter der zuständigen Reichssicherheitsbehörde anwesend ist und anschließend die sofortige Wiederversiegelung vorgenommen wird.»

Er versteht zu denken und hat Vollmachten! benotete ihn Morava. Dann fuhr er in der namentlichen Aufzählung der Ermittlungsbeamten und Techniker fort, die für die das ganze Land erfassende Auswertung der eingegangenen Informationen vorgesehen waren, und schloß mit der Frage, ob der Herr Oberkriminalrat einen ergänzenden Vorschlag habe.

«Untersagen Sie der Presse, selbst die geringste Nachricht über den Fall zu bringen!»

Morava war erfreut, daß dieser offenbar erfahrene Fachmann

keine andere Lücke in seinem Konzept gefunden hatte und daß er auch diese sofort zu füllen vermochte.

«Die Zensurbehörde ist bereits im Bilde, sie darf aber nur die tschechischen Publikationen kontrollieren.»

«Um die deutschen werde ich mich kümmern!» beschied ihm der Mann hinter dem Schreibtisch höchst unwirsch.

Warum ist der denn so aufgebracht? wunderte sich Morava, er kann froh sein, daß wir keine Dorftrottel sind; wenn wir diesen Irren nicht schnappen, kriegt er doch auch Ärger, weil er uns nicht im Griff gehabt hat.

Geräuschlos öffnete sich die Polstertür. Ein junger Mann mit rasiertem Schädel, dem nur die gekreuzten Knochen unterm Kinn fehlten, brachte ein Blatt herein und verschwand. Der Deutsche überflog die Nachricht und wandte sich wieder Beran zu; Morava nahm sich als erstes seiner Ziele vor, daß dieser Mensch es verlernte, über ihn hinwegzusehen.

«Wieso sind Ihre Leute immer noch in dem Haus an der Moldau?»

«Ich habe Anweisung erteilt, den Hausmeister zu bewachen», nahm Beran die Verantwortung auf sich, «der Täter könnte versuchen, den Kronzeugen zu beseitigen.»

«Ziehen Sie sie ab! Dort befinden sich Büros deutscher Organisationen, darum kümmern wir uns selber!»

Wieder nickte Beran freundlich. Morava ahnte, was er dachte. Wir sparen Überstunden und wissen obendrein, wo ihre Abwehr sitzt.

Ihr Gegenüber stand auf. Auch er hielt sich nicht mit Höflichkeiten auf.

«Ich erwarte Ihre Informationen täglich um acht, um vierzehn und zwanzig Uhr. Im geeigneten Moment werde ich mich der Untersuchung anschließen. Richten Sie mir bei sich ein Büro mit zwei Telefonanschlüssen ein.»

Er grüßte nicht, hob aber auch nicht den Arm. Im schrägen Winkel erkannte Morava auf dem Schreibtisch zwei Frauengesichter in einem kleinen Rahmen. Unglaublich! dachte er. Was immer er heute getan und gesagt hatte, immer war Jitka gegenwärtig. Können auch diese Deutschen nach allem, was sie begangen haben, noch Liebe empfinden?

Als sie drei, dreimal kontrolliert, im Erdgeschoß der Gestapofestung anlangten, mischten sich diesem Gedanken weitere widersprüchliche Überlegungen bei. Ihn fröstelte bei der Vorstellung, daß ihn nur ein paar Stufen von jenem berüchtigten Keller trennten, der auch einige seiner Kollegen verschlungen hatte, darunter Berans frühere rechte Hand; von dort führte der Weg nur ins KZ oder zum Militärschießplatz der Vorstadt Kobylisy.

Morava glaubte gern, daß der Hüne und Eisenfresser, der das alles hier befehligte, nicht im mindesten gescherzt hatte. Liefern sie ihm nicht den Kopf des Mörders, dann nimmt er sich einen der ihren, und Morava hatte keine Zweifel, welchen der drei anwesenden Köpfe man am ehesten entbehren und am besten zur allgemeinen Abschreckung verwenden konnte.

Es hatte Zeiten gegeben, da ihn die Schmach der Nation so sehr kränkte, daß er fähig gewesen wäre, für ihre Freiheit sogar zu sterben. Bis jetzt war er jedoch noch keinem begegnet, der ihm Gelegenheit dazu geboten hätte. In der vergangenen Nacht wurde seine irdische Existenz mehr als von den grellen Magnesiumlichtern zum erstenmal von der Liebe erhellt, und ihn überkam plötzlich eine unheimliche Lust zu leben.

Ist das Glück womöglich eine Falle, in der die ihres Mutes beraubte Seele ängstlich zappelt?

O nein! Im Namen dieses Glücks schwöre ich dir, mein Liebes: Ich kriege ihn!

MÄRZ

Ein zwingender Gedanke weckte ihn: HEUTE!
Er schlug die Augen lieber nicht auf, um die Bilder nicht zu verjagen, auf die er wartete. Sie kamen. Wieder sah er die zweite, wie sie sich fast freiwillig vor ihm auf den zur Opferstätte umgewandelten Eßtisch legt. Schon ein paarmal hatte er sich in den letzten Tagen IHREN strengen Vorwurf anhören müssen, er hat wiederum den Mut verloren. Er verteidigte sich, er sei erkältet, anscheinend habe er DORT Zugluft abgekriegt, als die Druckwelle, wie er sich später doch noch erinnerte, die Fensterscheiben eindrückte. Er wußte jedoch selbst, daß das nichts weiter als eine Ausrede ist. Irgend etwas widersetzte sich in ihm, er war auf einmal von neuem ganz kraftlos, mußte sich zusammennehmen, damit seine Kollegen nichts bemerken.

Immer noch saß ihm das verdammte Brünn in den Knochen, obwohl das damals schließlich keine totale Katastrophe war. Auch wenn er alles verpatzt hat, blieb er wenigstens selbst für das Kommende erhalten, und es wurde in allen Zeitungen lange breitgetreten; selbst aus den Worten, die ihn erniedrigen, zu den Geisteskranken abschieben sollten, klangen schlecht verhehlte Bewunderung und Angst. Letztlich überwog das beklemmende Bewußtsein der Erfolglosigkeit. Hinzu kam die Erinnerung daran, wie die erste brüllte und stank, alles das band ihm für Jahre die Hände.

Als er sich endlich so weit faßte, daß er wieder imstande war, DEN BEFEHL ENTGEGENZUNEHMEN, und als sein Werk so voll und toll gelang, wartete er erregt darauf, was die diesmal schreiben würden. Er vermochte noch zu begreifen, daß die Blätter am zweiten wie am dritten Tag nur Aufnahmen der entstellten Opfer des ersten Luftangriffs auf Prag brachten, obwohl es ihn kränkte, daß gerade im Vergleich mit der zufälligen Wirkung von Sprengstoffen seine SAUBERE ARBEIT nicht hervorstach.

Am vierten Tag war er ständig in Versuchung, die strengen Regeln zu brechen, die er sich selbst auferlegte, und während einer kurzen Abwesenheit des Direktors noch zur Arbeitszeit in sein Büro einzudringen, wo alle Tageszeitungen lagen. Schließlich hielt er durch und war am Abend um so mehr enttäuscht. Im Mittelpunkt der Berichterstattung stand das Staatsbegräbnis der Prager Opfer. Von DEM keine Zeile.

Nun war er in dem riesigen Gebäude ganz allein, kontrollierte längst, was zu kontrollieren war, und konnte heimgehen. Dort müßte er jedoch BERICHT ERSTATTEN. Er hockte sich lieber auf die breite Marmortreppe, knipste die Taschenlampe aus und überlegte im Dunkeln, wie er das alles verstehen soll. Die Stille begann unerträglich zu rauschen, und dieses Geräusch, dessen Herkunft er nicht zu deuten wußte, weckte in ihm den Verdacht, ob er nicht tatsächlich verrückt ist. Oder unter Schock? Es hat doch dort ganz in der Nähe eine schwere Bombe eingeschlagen! Er wußte allzugut, was eine Kontusion ist, seit ihm im Jahre zwanzig die ungarische Granate beinahe auf den Kopf gekracht ist und seine ganze Karriere beim Militär vereitelt hat. Ja! vielleicht hat sich der fromme Wunsch durch die neue Erschütterung in reine Phantasie verwandelt?

Ehe er wirklich den Verstand verlieren konnte, kam ihm die rettende Idee. Der schmale Lichtstrahl seiner Taschenlampe leitete ihn in den Keller hinab, längst wählte er die Schlüssel an dem großen Schlüsselbund nur nach Gefühl. Vor dem stillgelegten Kesselraum spuckte er auch heute wütend aus, im Februar klapperten sie hier vor Kälte mit den Zähnen, weil die Germanen ihnen den Koks requirierten! Weiß glitzerte das Eis an der hinteren Wand.

Schon als hier im Dezember die aus dem zugefrorenen Fluß gehackten dicken Schollen eingelagert wurden, hatte er sich einen Winkel ausgesucht, in dem auch jetzt noch an die drei Dutzend Blöcke lagen; mindestens bis Mitte Mai hat er nichts zu befürchten. Obwohl er hier nach Belieben Licht machen durfte, blieb er bei der Taschenlampe. Er kniete sich vor der Wand hin und langte mit der freien Hand hinter die Eisstangen, so weit sein Arm reichte. Die Finger ertasteten ein Päckchen und zogen es heraus.

Er stellte die Lampe auf die Erde, um beide Hände frei zu haben, und wickelte äußerst nervös das Wachstuch auf, da der darin befindliche Gegenstand unnatürlich hart war. Aber es war DAS! Wenn auch gefroren, doch das wollte er. Er beglückwünschte sich, daß er im voraus mit einer Krise rechnete. Es war da, so wirklich wie seine TAT, und es hielt auch die abscheuliche Seele gefangen, die nicht mehr davonfliegen konnte.

Zu Hause langte er bereits völlig ruhig an. Sein vom Alpdruck befreites Hirn lief mit ganzer Leistung: Diese Dreckspolizei hat es sicher verboten, eine Nachricht über seinen Triumph zu veröffentlichen! Das schien ihm um so gemeiner, als er sich daran erinnerte, wie lange sie sich über seinen ersten Mißerfolg verbreiteten. Wille und Ehrgeiz zogen in ihn ein. Endlich hatte er IHR DA OBEN wieder etwas zu sagen.

Also gut, ich werde ihnen meinen Dienst FRÜHER präsentieren, als ich vorhatte. Und dann IMMER WIEDER! Wir werden schon sehen, wer die stärkeren Nerven hat. Drei werden reichen, um wirken zu lassen, was in diesem Lande keine Zensur zu verhindern weiß: die Flüsterpropaganda!

Trotzdem besaß er noch immer nicht die notwendige Kraft, die ihn zuletzt in dem Haus am Ufer beflügelte. Er hat ihr Schwinden schon damals wahrgenommen, als er sich halb sitzend, halb liegend hinterher schlaff auf der Bank niederließ. Später glaubte er, das Mittagessen habe ihn wieder auf die Beine gestellt, doch im Zug verfiel er erneut in einen Dämmerzustand, der nicht abzuschütteln war.

Tags darauf konnte er noch bei Tageslicht von der Arbeit heimgehen. Er wählte einen Umweg durch den städtischen Park, um den Modergeruch des ungeheizten Gebäudes in der lauen Luft loszuwerden, und stellte fest, daß es dort Attraktionen gibt. Ein paar armselige Buden täuschten im fünften Kriegswinter

Fastnachtsfröhlichkeit von einst vor. Er kam an einer Schießbude vorbei, als ein junger Mann in langem Mantel alle fünf Papierrosen herunterschoß und sich von dem Besitzer, einem mürrischen Krüppel, den Gewinn aushändigen ließ. Er blieb stehen und stierte ihn an. Zum erstenmal erlebte er, wie einer gewann, was er sich seit seiner Kindheit wünschte: den berühmten ABESSINIER! Natürlich war die große Puppe nur der Schatten einer jener in glänzend bunten Satin gekleideten Vorkriegsnegerleine, doch selbst hier, zwischen den ärmlichen Trophäen, strahlte sie als das höchste aller Ziele.

Er ertappte sich dabei, daß er dastand und neidisch den glücklichen Gewinner beobachtete, der Applaus von einem Häuflein Gleichaltriger erhielt. Der junge Mann überreichte das Negerlein mit dem Turban einem der beiden Mädchen und provozierte damit das Gebettel der anderen, die auch eine Puppe haben wollte. Der Scharfschütze geriet in Verlegenheit und zierte sich. Das Drängeln der Gruppe und die Vorwürfe des zu kurz gekommenen Mädchens beendete er mit dem schlichten Geständnis.

«Ein zweites Mal treffe ich nicht!»

Davon mußte auch der Standbesitzer überzeugt sein, der witterte, einen Teil des Verlustes zurückzukriegen. Schließlich widersetzte sich der Jüngling nicht länger und kaufte sich weitere fünf Schuß.

Er sah ihm erstarrt zu, denn er gewahrte SEIN EIGENES PROBLEM: Auch er sträubte sich aus Angst, er könne die einmalige Leistung vom Februar nicht wiederholen, er würde sich nächstens ebenso blamieren wie schon einmal. Er wußte vom Militär, daß die Wahrscheinlichkeit einer gleich guten Serie gering ist, und das sogar bei einem gut gepflegten Gewehr. Er sah sich als den Zeugen seines eigenen Mißerfolgs, während er den verwegenen Burschen beobachtete, der sorgfältig die fünf Kugeln in eine Reihe legte, die Büchse knickte und lud, um den ersten Schuß abzugeben. Mir wird es genauso ergehen wie ihm, suggerierte er sich kleinmütig.

Er kam zu sich, als er den Jubel vernahm. Der grimmige

Budenbesitzer überreichte auch dem anderen Mädchen einen herrlichen Abessinier.

Das Bild der Puppe begleitete ihn bis in den Schlaf. Und als er erwachte, wußte er, daß er BEREIT ist, daß er ES wieder KANN. Blieb nur, sich ein Alibi, Zubehör und ein neues Kostüm zu holen.

Für seine und wahrscheinlich auch ihre Verfassung «danach» fand Jan Morava für sich selbst kein besseres Wort als – stilles Staunen. Wenn im Liebestaumel seine Ellbogen ermüdeten und er sie unbarmherzig mit der ganzen Last seines stämmigen Körpers beschwerte, erwartete er jedesmal einen Schmerzenslaut. Doch sie blieb so schweigsam wie beim Lieben, nur ihr Atmen ließ langsam nach, und ihre Augen blickten ihn auch nach einem Monat noch ebenso überrascht an wie in der Nacht jenes vierzehnten Februar, da eine neue Bombenfurche Prag zu durchpflügen drohte.

Bald wurde ihm mehr und mehr bewußt, daß auch er, sobald die Welle der Begierde abebbte, nicht begriff, wieso ihre scheue Zärtlichkeit seinen begehrlichen Ansturm ohne Widerstand hinnahm und überdauerte, wieso sie ihn von neuem in ihre Abgeschlossenheit eindringen ließ, die er als erster Mann gestört hatte, und wieso er dieses selbe Glück bis an sein Lebensende immer wieder herbeirufen durfte. In solchen Augenblicken glaubte er fest daran, daß er nicht nur den Todeskrampf des Krieges überstehen, sondern mit Jitka auf ewig leben würde.

Schon in der ersten Dunkelheit, die sie beide so unerwartet leicht ihrer angeborenen Scham entkleidete, hatte er begriffen, daß dies der Augenblick der Erkenntnis für sie wie für ihn war. Beide stammten sie aus ehrsamen mährischen Familien, deren Gesetz seit undenklichen Zeiten die heilige Kralitzer Bibel war, ganze Generationen hatten ihre Nacktheit gegenseitig erst in der Hochzeitsnacht entdeckt. Einmütig bekannten sie am anderen Tag, wie entsetzt sie gleich darauf über ihre eigene Kühnheit gewesen waren, bis sie das, wenn auch noch nicht ausgesprochene Bewußtsein erleichterte, daß sie bestimmt so bald wie möglich heiraten würden.

Ohne zu fragen, brachte er sie deshalb auch am nächsten Tag heim, und sie war nicht verwundert, sie kochte ihnen beiden eine Kartoffelsuppe mit getrockneten Pilzen, und dann sprachen sie so lange über ihre Angehörigen aus den nicht weit voneinander entfernten Dörfern, daß sich seiner erneut Scham bemächtigte. Was er gestern nicht mehr zu denken vermocht hatte, weil alles sich wie selbstverständlich aus ihrer beider plötzlichem und ununterdrückbarem Begehren ergeben hatte, verwandelte sich in ein Rätsel. Wie sollte er daran anknüpfen? Wo beginnen? Was sollte er sagen? Wie sie berühren? Er war so verzweifelt über die peinliche Unwissenheit und Unfähigkeit, die sein Mannestum in Zweifel zogen, bis er beschloß, sich lieber in seiner Höhle zu verkriechen. Da lächelte Jitka ihm zu und streckte die Hand nach der Stehlampe aus. Wie einfach! dachte er dankbar, beim Rascheln der Kleider glühten ihm noch die Wangen, doch dann war alles nur noch wunderbar.

Dieses Ritual wiederholte sich Abend für Abend, und Morava machte eine weitere Entdeckung: Die gleiche Eröffnung führte jedesmal in eine andere Richtung, ihm war, als entdeckte er bei ihr immer neue Räume, und gleichzeitig schien Jitka immer neue Schichten in ihm freizulegen. Die erwachende Vorstellungskraft ließ ihn spüren, daß sie beide bei allem noch immer schüchtern waren, er begann zu ahnen, zu welcher Leidenschaft sich aufzuschwingen sie gemeinsam fähig wären, dennoch hatte er keine Eile, verzaubert von der allmählichen, aber nicht nachlassenden Verquickung ihrer Wesen.

Den nächtlichen Festen schlossen sich bald auch die des Morgens an. Sie gewöhnten sich daran, einer in des anderen Armen einzuschlafen, und so erwachten sie auch, er mit dem Kinn in ihrem Haar, sie mit dem Mund an seiner Brust wie festgesaugt. Sie sahen sich nicht, und wer zu sich kam, erriet, ohne sich zu regen, ob der andere schon wach war. Ganz langsam bewegten sie sich dann, er nach unten, sie nach oben, bis ihre Augen sich trafen. Sie begrüßten einander mit verschlafenem Lächeln und einem kleinen Kuß, der nach Kindheit duftete, schlossen die Augen wieder und blieben so liegen, bis das Rasseln des Weckers sie aufscheuchte.

Die Schrecken des gemeinsamen Handwerks ließen sie ohne Absprache in dem Gebäude zurück, aus dem sie am Ende des Tages traten, und verloren daheim kein einziges Wort darüber. Dafür nahmen sie das Wüten des Krieges Abend für Abend bewußt auf. Jan Morava steckte in das Radiogerät eine gut getarnte Spule, volkstümlich «Churchillchen» genannt, mit der ihn der Hauptkriminaltechniker heimlich ausgestattet hatte, und fischte zwischen den Wurfnetzen der Störsender nach tschechischen Stimmen, die Hoffnung wie Sorge brachten: Mit jedem Tag wurde es klarer, daß das Ringen der Welt mit dem Dritten Reich sich im Kampf um die Festung Böhmen und Mähren entscheiden würde.

Seit er denken konnte, hatte Morava trotz seiner Friedfertigkeit nie Angst gehabt, er war eben ein Schmiedesohn, selbst die großen Jungen fürchtete er nicht, und die kriegten bald sehr wohl spitz, daß er zumindest versuchte, jede Beule mit Anstand zurückzugeben. Obwohl er in seinem Beruf täglich von neuem staunender Zeuge widerwärtiger Schändlichkeiten war, die von Menschen an Menschen verübt wurden, kam ihm nie der Gedanke, selbst einmal Opfer zu werden. Höchst seltsam, aber wahr: Erst die Liebe weckte über Nacht die elementare Angst in ihm.

Er erinnerte sich, wie er als Kind mitten in der Nacht aufgeschreckt war, weil seiner Mutter etwas Schlimmes zustieß. In seinem Flanellnachthemd, feucht vom warmen Schweiß, tappte er zur Tür der Stube, wo das solide Bett der Eltern stand, öffnete sie geräuschlos und spitzte die Ohren, um neben dem lauten Schnaufen des Vaters auch ihren schwachen Atem zu erlauschen. War er sich nicht sicher, dann stahl er sich ans Bett heran, um vorsichtig tastend zu prüfen, ob ihre Hand oder ihr Gesicht auch warm waren. Obwohl sein Vater ein stattlicher Mann war, vermochte Jan sich nicht vorzustellen, wie sie ohne die Mutter überleben könnten.

Zwanzig Jahre später war für ihn der Gedanke ebenso bedrückend, etwas Furchtbares könnte Jitka aus seinem Leben reißen. Wenn sie sich liebten, war der Tod absurd, dann schien ihm, als schüfen sie gemeinsam ein Kraftfeld, das alles abstieß, was nach Unheil roch. Um so verletzlicher wirkte sie, wenn er sie aus seinen Armen lassen mußte, und deshalb verzögerte er die Umarmungen auch über das Weckerscheppern hinaus.

An diesem Märzmorgen trieb vom Vyšehrad, von der Kaiserwiese und von den Pankrácer Feldern her der kräftige Duft der erwachenden Erde bis in ihr Dachzimmer. Seit er in Prag war, wohnte er inmitten der Stadt, so klein und unbequem sein Quartier auch war, konnte er doch nicht genug von ihr haben. Mein Rasen ist jetzt der Asphalt und meine Bäume die Schornsteine, schrieb er einmal nach Hause und vergrämte damit seine Mutter. Es war kein Krampf, er war in die Stadt eingerastet, als wäre sie sein ureigenes Element, nachträglich erkannte er, welchem Unglück er aus dem Weg gegangen war, als er den Bruch riskierte und die elterliche Schmiede nicht übernahm. Das einzige, was er hier gelegentlich vermißte, waren eben die Urgerüche, die ihm seinerzeit zu Hause schon beim Aufwachen den Stand von Natur und Wetter vermittelt hatten.

Die scharfe beißende Witterung, die der Wind herübertrug, verkündete, das wußte er mit Sicherheit, den Augenblick, da die winterliche, dem Nichtsein so ähnliche Starre unversehens nachließ und das Keimen einsetzte, dieses ureigene Zeichen des Lebens. Nie vergaß er, wie ihn sein Großvater einmal in aller Frühe auf den Damm des Dorfteiches mitnahm, um ihm, dem Begriffsstutzigen, nur ein paar Minuten lang mit schwieligem Finger die große zugefrorene Oberfläche zu zeigen, bis sie plötzlich von selbst mit dumpfem Donnern mitten durchriß und das befreite Wasser aus dem Spalt hervorsprudelte.

Morava hätte wetten können, das gleiche Schauspiel habe auch heute früh bei ihnen zu Hause stattgefunden, doch die übliche Freude über das Vergehen des Winters, die den Dörfler auch in der Stadt bis ans Lebensende begleitet, stellte sich nicht ein, im Gegenteil, ihn durchfuhr eine Angst, die um so größer war, je mehr er das Mädchen in seinen Armen anbetete. Mein Liebes, flüsterte er ihr in Gedanken zu, was fange ich an, wenn ich dich verliere? Er verspürte Tränen in den Augen, was ihm seit dem Tod des Vaters nicht mehr geschehen war.

«Du weinst...?» sagte sie überrascht.

Er nickte stumm.

«Aber warum??»

«Ich habe Angst um dich!»

«Aber warum...?» wiederholte sie ratlos.

Zum erstenmal sprach er aus, was ihn schon seit langem bedrückte, seit es Beran einmal angedeutet hatte: daß sie beide in der Löwengrube sitzen. Käme der Krieg erst hierher, dann würden weder die Deutschen mit den Protektoratsbehörden liebevoll umspringen noch die Hurrapatrioten, die sich um so rabiater aufführen würden, je mehr Butter sie sich selbst vom Kopf zu waschen hätten.

«Wenn es nach Zusammenbruch aussieht, Jitka, mußt du um jeden Preis weg aus der Bartoloměјská!»

«Wohin?»

«Niemals zu den Deinen, dort wird die Front verlaufen, außerdem könntest du in den Fall deines Vaters hineingezogen werden. Du bleibst einfach ein paar Tage hier, schlimmstenfalls im Keller. Ich werde Beran sagen, er soll dich nicht suchen lassen, bestimmt wird er das begreifen. Nur versprich mir, wenn ich gerade nicht hier bin, daß du bei der allergeringsten Gefahr auf mich hörst!»

«Und du...?» fragte sie verständnislos.

«Ich muß bei ihm bleiben, doch hab keine Angst, ich sorge schon für mich.»

Sie löste sich von ihm, drehte sich auf den Rücken und schob mit ihren jetzt freien Händen das Federbett beiseite. Das Licht in dem kleinen Zimmer hatte zugenommen, und zum erstenmal spürte er sie nicht nur, sondern sah sie auch nackt. Ihr weißer Leib mit den vollen Brüsten und dem schattigen Schoß wirkte noch wehrloser.

«Jan, Liebster, ich werde auf dich hören, aber ich habe auch einen Wunsch.»

«Ja ...?»

Also sprach sie wie eine erwachsene Frau, nie zuvor hatte er sie so gehört, die Strenge der Mütter klang aus ihren Worten.

«Solltest du trotz allem nicht für dich sorgen können, dann will ich wenigstens dein Kind haben.»

Oberkriminalrat Buback erstattete um acht Uhr null null Standartenführer Meckerle Meldung. Er teilte mit, daß an der Leistung der Prager Kriminalpolizei vorerst nichts auszusetzen sei. Sie hatte es im Eiltempo geschafft, einen Bericht über sämtliche sadistischen Morde seit Beginn des Jahrhunderts zusammenzustellen, ja, ihre Kartei reichte tatsächlich bis in die Zeiten der Monarchie zurück.

Drei Wochen nachdem er zum erstenmal in dem Büro Platz genommen hatte, das man für ihn eilends in der Bartholomäusgasse einräumte und wo er fast täglich ohne Ankündigung zu verschiedenen Zeiten erschien, legte er heute die Ergebnisse seiner Beobachtungen vor.

«Im Bereich des Kriminaldienstes habe ich nicht die geringsten Anzeichen von Aktivitäten festgestellt, die den Rahmen ihrer Zuständigkeit überschreiten würden. Hauptkommissar Beran ist offensichtlich seinem Grundsatz aus Vorkriegszeiten treu geblieben, daß diese Sparte Polizei konsequent unpolitisch zu bleiben hat. Diesen Grundsatz verletzt hat, soweit der Gestapo bekannt, allein sein Untergebener, der im Juni 1942 wegen Billigung des Attentats auf Heydrich hingerichtet wurde. Seine Schuld muß mir jedoch zweifelhaft vorkommen, da die Anzeige von einem Konfidenten stammte, den er einmal wegen Betrügereien hinter Gitter gebracht hatte.»

Meckerle, der selbst in seinem maßgefertigten Sessel, in den zwei normale Männer hineingepaßt hätten, fast eingeklemmt war, verzog wissend das Gesicht.

«Jetzt kommt aber das ‹Aber›!»

Buback nickte. Zu den wenigen sympathischen Zügen seines Vorgesetzten gehörte, daß mit ihm schnell zu reden war; Langatmigkeit, gepaart mit Langeweile, machte ihn aggressiv.

«Der Behauptung des Polizeipräsidenten Rajner, daß vor allem die Fachgruppen Loyalität uns gegenüber bewahren, messe ich trotzdem keinen Glauben bei, er selbst weiß einen alten Dreck. Obwohl keiner der tschechischen Kriminalisten ahnt, daß ich sie verstehe, waltet mir gegenüber allgemeine Vorsicht. Meine häufige Anwesenheit hat sie aber abgestumpft, und nicht jeder ist imstande, seine geläufigen Gefühle zu verbergen. Bezeichnend ist die Stimmung morgens, wenn sich die Leute mit neuen Nachrichten begegnen. Sie müssen nicht unbedingt einen Feindsender gehört haben, die Protektoratszeitung reicht ihnen leider auch, denn in den Meldungen des Oberkommandos der Wehrmacht werden immer öfter die Namen von Städten genannt, die im Osten der einstigen Republik liegen. Beim Malzkaffee oder Ersatztee, die dort hektoliterweise gekocht werden, herrscht im ganzen Haus eine geradezu greifbare Begeisterung, manch einer macht sich selbst in meiner Gegenwart nicht mehr die Mühe, wenigstens den Schein zu wahren.»

«Haben wir einen Agenten da?»

«Sogar zwei, einen Techniker und vor allem den Garagenmeister. Aus ihren saftlosen Berichten läßt sich nur schließen, daß sie nicht mehr an unseren Sieg glauben und um ihre Haut fürchten. Meine Erfahrungen aus den Niederlanden lehren mich, daß gerade solche Leute uns zuerst in den Rücken fallen, um sich ein Alibi zu verschaffen. In den operativen Einheiten der tschechischen Polizei ist die Situation gewiß noch schlimmer, weil es sich um einen Teil des Repressionsapparats der Kollaborateursregierung handelt. Die Gefahr, daß sie fünf vor zwölf offen gegen uns auftreten, um sich zu rehabilitieren, wird bei weiterer Frontverschiebung akut.»

«Wie läßt sich dem vorbeugen? Sollen wir ein paar von ihnen einsperren? Oder umlegen?»

Verdammte Arbeit! dachte Buback, daß nicht mal dem etwas Klügeres einfällt...!

«Ich fürchte, das würde die tschechische Polizei unnötig radikalisieren, immerhin gibt es allein in Prag ein paar hundert zwar schlecht bewaffnete, dafür aber gut ausgebildete Leute.»

«Also was dann??»

Meckerle begann sich offenbar gefährlich zu langweilen.

«Lassen Sie mir etwas Zeit, Standartenführer! Ich werde versuchen, das Vertrauen einer jungen Beamtin, der persönlichen Sekretärin von Beran, zu gewinnen.»

Die Augen des Riesen verrieten erneut Interesse.

«O ja! Zwei Fliegen mit einer Klappe? Endlich. Für den ewigen Witwer sind Sie viel zu jung. Und zu ansehnlich. Also nutzen Sie das.»

«Ebendas habe ich vor ...»

Er stand immer noch unter dem außerordentlichen Eindruck, den die Begegnung mit der jungen Tschechin in ihm hinterlassen hatte: Im Vorzimmer des Hauptkommissars der Prager Kriminalpolizei blickten ihn scheu und wehmütig die Augen seiner Hilde an, als er ihr das erstemal begegnet war ...

«Und wie sieht es nun mit dem Abartigen aus?» entsann sich Meckerle, als Oberkriminalrat Erwin Buback sich erhob, um sich gemessen abzumelden.

«Die heißeste Spur führt nach Brünn. Heute nachmittag fahre ich mit Berans Assistenten hin. Brünn liegt nahe der Front, auch unsere eigentliche Problematik läßt sich dort um so besser ermitteln.»

Beran unterbrach ihn mit keiner verräterischen Frage, er folgte den Ausführungen, die Morava ihm aus seinem linierten Heft vortrug, ohne sich eine einzige Notiz zu machen, und Moravas Selbstvertrauen nahm mit jeder Seite zu.

«Es ist also mit an Sicherheit grenzender Wahrscheinlichkeit anzunehmen, daß der Täter dieselbe Person ist, die 1938 den sadistischen und nie aufgeklärten Mord an der Näherin Maruška Kubílková in Brünn begangen hat. Die Unterschiedlichkeit der verwendeten Mittel kann nicht verbergen ...» Morava hob die Stimme, um seine Nervosität zu übertönen, denn in diesem Punkt spürte er selbst die Angreifbarkeit seiner Theorie, «daß derselbe Täter jetzt das gleiche versucht hat, was ihm vor sieben Jahren nicht gelungen ist, entweder aus Unerfahrenheit oder weil sich das erste Opfer rasend gewehrt hat.»

Selbst jetzt wandte der Hauptkommissar nichts ein und machte sich auch keine Notiz. Morava bedauerte schon, die Verbindungstür aus Angst vor Blamage geschlossen zu haben, so hätte Jitka unmittelbare Zeugin seines ersten ungetrübten Erfolgs sein können, mit eigenen Ohren hören, wie Beran anerkennend die magische Formel aussprach, Gut, Morava!

Sie hat den Löwenanteil an meiner Ameisenarbeit! dachte er dankbar.

«Ich fasse zusammen», fuhr er laut fort, in der Hoffnung, seine Liebste werde den Grund für diese ungewöhnliche Lautstärke verstehen, «am zweckmäßigsten scheint es mir, den erwähnten Fall wiederaufzunehmen, dessen Ermittlungen im März 1939 unterbrochen wurden, als nach der Errichtung des Protektorats Böhmen und Mähren zwei verantwortliche Mitarbeiter der Brünner Polizei nach England flohen. Die Akte schließt mit der Feststellung, alle begründet Verdächtigen hätten damals ein Alibi beigebracht und seit jener Zeit sei keine nicht einmal entfernt ähnliche Tat auf unserem Gebiet registriert worden, was den Schluß zuließe, auch der Mörder hat sich rechtzeitig ins Ausland abgesetzt. Die neuen Erkenntnisse zwingen mich jedoch zu der Vermutung, daß er die ganze Zeit hier war und noch einmal gesucht werden muß, vor allem im Kreis der ursprünglich Verdächtigen.»

Morava schloß und wartete in einem Ansturm neuen Zweifels darauf, daß der unüblich untätige Chef ihn spätestens jetzt mit einer Bemerkung oder Feststellung niedermachte, die seine sinnreiche Argumentation ins Lächerliche zog. Statt dessen stand Beran auf und überraschte ihn mit der seltsamen Frage.

«Hätten Sie nicht Lust, einen kleinen Spaziergang zu machen? Meine Frau behauptet schon seit einer Woche, wir hätten Frühling draußen.»

Als Morava hinter Berans Rücken durch das Vorzimmer ging, versuchte er, Jitka mit einem Achselzucken anzudeuten, daß er keine Ahnung habe von dem, was vorging. Der Hauptkommissar hatte es so eilig, daß er trotz seiner Länge kaum mit ihm Schritt hielt. So ließ er sich bis zur Schützeninsel führen, ohne den Mut zu finden, als erster das Schweigen zu brechen. Wenig später ertappte er sich dabei, daß er tatsächlich die schwellenden Knospen betrachtete, was er seit Ewigkeiten nicht mehr getan hatte. Als sie von der Brücke über eine Steintreppe auf den Parkweg gelangten, glaubte er, sein Chef wolle ihn tatsächlich nur an die frische Luft führen. Deshalb erlaubte er sich schließlich zu bemerken.

«Oberkriminalrat Buback wartet auf Bescheid, wann ich mit ihm nach Brünn aufbreche...»

«Ja», bestätigte Beran, «seinetwegen drehen wir hier unsere Runden.»

Morava mußte wohl ein ziemlich dummes Gesicht machen. Der Hauptkommissar lächelte amüsiert.

«Haben Sie gedacht, Morava, ich will Ihnen zeigen, wie die Weidenkätzchen sprießen? Das besorgt Jitka bestimmt besser!»

Der Kriminaladjunkt spürte wieder, wie seine Wangen verräterisch glühten. Und Beran, eine ungewöhnliche Geste! tätschelte ihm die Schulter.

«Sie können doch nicht annehmen, ich hätte Augen nur für Leichen. Meinen Glückwunsch, weder Jitka noch Ihnen konnte Besseres widerfahren. Bleibt nur, gesund über den Krieg wegzukommen.»

«Sie hat schreckliche Angst um ihren Vater. Er ist wegen Schwarzschlachtung verhaftet worden.»

«Ich vergesse das nicht. Ich komme schon drauf zurück.»

Der Rundgang führte sie zu der gegen die Karlsbrücke gerichteten Inselspitze. In der klaren Luft ragte der Hradschin, von hier aus durch keine Fahne der Okkupanten entstellt, nicht als Sarkophag eines minderwertigen und deshalb untergegangenen Volkes empor, sondern als das unvergängliche Symbol einer Metropole, deren Ruhm im Geiste der alten Sage bis zu den

Sternen reichen würde. Selbst an diesem abgelegenen und verlassenen Ort blickte sich Beran wachsam um.

«Wie denken Sie über Buback?»

«Ohne Zweifel ein fähiger Kriminalist... davon zeugt auch seine Stellung, oder...?»

«Eben. Ein etwas zu großes Tier für einen so kleinen Fall, meinen Sie nicht auch?»

Morava fühlte sich getroffen. Damit war auch seine Rolle gemindert.

«Mir schien, Sie messen dem Fall außerordentliche Bedeutung zu, Herr Hauptkommissar...»

«Natürlich, natürlich!» als ob ihn Beran besänftigen wollte, «deshalb habe ich mich doch selbst seiner angenommen. Doch in Wahrheit befassen Sie sich damit, und ich lenke weiter den Gang der ganzen Kripo. Ziehen wir in Betracht, daß auch Buback die ganze deutsche Dienststelle in Prag leitet, widmet er da dem Fall nicht allzuviel Aufmerksamkeit und Zeit?»

«An der Bedeutung des Opfers gemessen...», wandte Morava ein.

«Ich hab meine Fühler ausgestreckt und einen interessanten Umstand festgestellt. Die Familie von Pommeren war den Nazis zutiefst verdächtig. Die posthume Auszeichnung des Generals sollte hervorheben, daß auch der alte deutsche Adel zu Hitler steht, doch in den Kreisen der Prager Deutschen hält sich das Gerücht, russische Partisanen seien der Gestapo nur knapp zuvorgekommen. Der General war schon längst der Unterstützung jener Richtung verdächtig, die letztes Jahr erfolglos zum Anschlag auf den Führer führte.»

«Aha...», Morava versuchte rasch zu begreifen, «das bedeutet also, die spielen ihr Interesse nur vor, um Terror entfachen zu können?»

«Berlin wie auch Frank werden es sich bei der jetzigen Kriegslage kaum erlauben können, die Bevölkerung unmittelbar hinter der Front unnötig auf die Barrikaden zu bringen. Nein, Morava, den Deutschen geht es höchstwahrscheinlich darum, uns jederzeit in den Topf reinschauen zu können.»

«Warum sollte sie unser Kriminaldienst so ungemein interessieren?»

«Weil der Kriminaldienst immer und überall das Herzstück der ganzen Polizei ist. Wir sind eine Handvoll, doch wir überdauern jedes Regime, ich bin das lebende Beispiel dafür. Damit sind wir unter bestimmten Umständen mit unserer Kenntnis des Apparats fähig, die ganze Polizei zu befehligen, und nicht nur die!»

Morava hatte immer noch nicht begriffen.

«Unter was für Umständen ...?»

So vernahm er schließlich statt des ersehnten Lobs doch noch eine weitere jener Fragen, die ihm wiederholt das Zeugnis eines Mannes von minderem Geiste ausstellten.

«Ist Ihnen noch nie der Gedanke gekommen, Morava, daß neben Feuerwehr und Eisenbahn nur noch die Prager Polizei imstande ist, diese Burg da oben wie ganz Prag im gegebenen Fall vor der Vernichtung zu bewahren? Und der Wehrmacht den Rückzug nach Westen zu verlegen, wenn sie vor den Russen zu fliehen beginnt? Geht es dann den Deutschen nicht hauptsächlich darum, uns bei dieser Gelegenheit in Tuchfühlung abzuklopfen, um uns rechtzeitig unschädlich machen zu können? Nicht zu vergessen, Morava: Buback ist nicht nur Kriminalist, sondern auch Gestapomann.»

Barbora Pospíchalová ging eigentlich gern auf den Friedhof. Ihren Mann hatte der Tod unbarmherzig lange hingehalten, hatte mit ihm gespielt wie eine satte Katze mit der Maus. Als er ihn schließlich erdrosselte, war das eine Erlösung für ihn wie für seine Frau.

Sie hatte ihren Jaroslav nach langem Wählen erst mit Dreißig aus Liebe genommen, die durch seine bald ausgebrochene schleppende Krankheit nur noch stärker wurde. Deshalb war sie selber zutiefst überrascht, wie bald sich nach seinem Tod der Friede in ihr ausbreitete. Sie hätte geschworen, sie würde Monate, vielleicht gar Jahre einer normalen Existenz unfähig sein.

Und geradezu absurd, ja unappetitlich schien ihr die Vorstellung, sie könnte noch irgendwann einen Liebhaber, geschweige denn einen Ehemann haben. Doch schon einen Monat nach der Beerdigung bekam sie eine neue Liebeserklärung und zugleich einen Heiratsantrag.

Daß dies geschehen konnte und daß sie nicht mit einem kategorischen Nein darauf antwortete, sondern nur um geziemenden Aufschub bat, wie es das Gedenken an den Toten und die Schicklichkeit erforderten, war einem erleichternden Umstand zu danken: Der Bewerber war Jaroslavs Bruder Jindřich, der unermüdlich an ihrer Seite für ihn gesorgt hatte, bis dieser seinen letzten Atemzug tat. In all der langen Zeit hatte er seine Gefühle nie offenbart und ging auch jetzt auf ihren Wunsch ein. Um so tiefer war sie ihm zugetan.

Damals hatte sie beschlossen, ein halbes Jahr abzutrauern, und das war gerade abgelaufen. Morgen wollte der Schwager zum Abendessen kommen, und Barbora war sich sicher, daß er bei ihr bleiben würde. Plötzlich wurde ihr bewußt, daß selbst hier, wo nur eine Schicht Erde sie von dem Körper trennte, den sie voll Liebe umfangen hatte, sie sich auf die nahe Liebesnacht freute. Verzeih, mein bester Jaroušek! tat sie flüsternd Abbitte. Einen Augenblick lang kam sie sich scheußlich animalisch vor und überlegte, ob sie Jindřich nicht abschreiben sollte.

Dann, als wäre sie aus eiskalter Tiefe aufgetaucht, hörte sie die Stimmen der ersten Vögel, die nach dem Winter in die Baumkronen hier zurückkehrten und den Friedhof in einen Park verwandelten. Sie erkannte im Windgesäusel den Vorboten der Frühlingsdüfte, und der vorherige Gedanke schien ihr lebensfremd. Jaroslav war tot, verwandelte sich nach und nach in Humus, aus dem in Kürze frisches Grün sprießen würde. Warum sollte nicht genauso aus der Liebe zweier Menschen zu ihm ein neues Gefühl entstehen, das sie im Grunde alle drei vereinte?

Barbora holte Wasser für den Blumenstrauß und wischte wie immer die kleine Marmorsäule mit dem vergoldeten Namenszug und den beiden Lebensdaten ab. Mit Sidol putzte sie dann die kleine blaue Messinglaterne, die sie schon letztes Jahr hier für bessere Zeiten aufgestellt hatte: Nach dem Luftangriff im Februar hatten die Prager selbst die schlecht brennenden Ersatzkerzen für die Luftschutzkeller aufgekauft, und mit Anbruch der Dämmerung galt auch für Friedhöfe die strenge Verordnung vollständiger Verdunkelung. Als sie endlich ihr Gebet gesprochen, sich bekreuzigt hatte und vom Grab zurücktrat, stieß sie gegen einen Mann.

Sie erschrak, denn sie war es gewöhnt, hier um die Mittagszeit meist keiner Menschenseele zu begegnen. Der Mann entschuldigte sich überstürzt. Sein Tschechisch hatte einen ungewöhnlichen Akzent, doch mehr noch nahm sie sein seltsames Aussehen gefangen. Der schwarze Anzug im Vorkriegsschnitt paßte nicht zu dem abgewetzten braunen Koffer. Oder ist er etwa gleich vom Bahnhof zur Beerdigung gekommen? Aber es findet doch gerade gar keine statt. Hat er sich vielleicht im Ort oder in der Zeit vertan?

Natürlich hatte sie nicht die Absicht, ihn auszufragen, sie gab nur ein höfliches Keine Ursache! von sich und überlegte auch nicht, was sie vor allem an ihm stutzig machte. Sie wandte sich dem Ausgang zu, als er fragte, wo er das Grab Smetanas finden könne. Sie führte ihn also hin, denn es war zur ungeschriebenen Pflicht eines jeden geworden, dem es vergönnt war, hier ein Grab zu haben, den Weg zu den Größen der Nation allen zu weisen, die an ihren Gräbern von jener Hoffnung zehren wollten, die schon einmal vor hundert Jahren die Tschechen aus ähnlich tödlicher Ohnmacht erweckt hatte.

Unterwegs konnte sie sich der Frage nicht erwehren, woher er komme, und war von seinem Schicksal erschüttert. Er hatte Weib und Haus bei einem kürzlichen Luftangriff auf Zlín in Mähren verloren und war auf dem Weg zu seiner geschiedenen Schwester in Prag. Bis diese von der Arbeit heimkomme, vertraute er sich Barbora an, wolle er sich wieder Mut machen durch den Besuch des denkwürdigen Ortes, auf den er sich seit seiner Schulzeit vergeblich gefreut hatte.

Als sie sich vor dem Slavín, der Ruhestätte tschechischer

Genien, verabschieden wollte, erhob sich ein Wind, der ihr in Erinnerung brachte, daß der Winter noch längst nicht vorüber war. Sie begriff, was sie an ihm so störte, und fragte, warum er keinen Mantel anhabe. Der sei doch in seinem Haus geblieben, erklärte er schlicht, und sie errötete, daß sie darauf nicht gekommen war. Ihr Schrank war noch immer voll von Jaroslavs Überziehern, in denen der dürre Jindřich wie eine Vogelscheuche aussehen würde, und überhaupt: Ihr wäre ohne diese Sachen wohler zumute...

«Ich wohne in der Nähe», sagte sie in aufwallendem Mitgefühl, «mein seliger Mann hat eine Menge Sachen hinterlassen, Sie können sich etwas aussuchen.»

«Der Herrgott vergelt's Ihnen, vielen Dank», sagte er etwas altväterlich in mährischem Tonfall, wie sie bereits erkannt hatte, und hob den prallgefüllten Koffer auf.

Kriminaladjunkt Morava war Oberkriminalrat Buback schon mehrmals begegnet, doch noch nie war er so lange so nahe mit ihm zusammengewesen. Er bot ihm zuerst den Beifahrersitz an, dann wollte er ihn wenigstens hinten allein sitzen lassen, doch der Deutsche befahl ihm, sich neben ihn zu setzen, sie wollten sich doch nicht die Worte zuschreien müssen! Unter dem frischen Eindruck von Berans Belehrung wartete er darauf, daß der Gestapomann ihn auszufragen versuchte und war überrascht: Er sollte ihn nur über die vier Verdächtigen ins Bild setzen, die nach jenem Mord in Brünn ergebnislos vernommen worden waren. Mit Hilfe seines Heftes wurde er damit mühelos und rasch fertig.

Josef Jurajda, geboren am 5. 3. 1903 in Olmütz, die Adresse versprachen die Brünner zu ermitteln, nach der Lehre Zimmermaler bei der Firma Valnoha und Sohn mit Filialen in ganz Mähren, war mehrmals wegen sexueller Abartigkeit bestraft worden. Er verschaffte sich die Höhepunkte, ohne mit den Frauen zu verkehren, zwei Prostituierte verschnürte er nacheinander mit einer Wäscheleine, brachte sie mittels eines Knebels zum Schweigen, onanierte vor ihnen und stach ihnen dabei mit einer Stecknadel in die Brüste. Das Alibi für den schicksalhaften Zeitpunkt schien seinerzeit unerschütterlich: Er arbeitete bei einer Firma in Košice, und die Eisenbahnverbindungen zwischen den Zeiten, zu denen er von Mitarbeitern gesehen worden war, hätten ihm für das zeitaufwendige Verbrechen in Brünn nur knappe zwanzig Minuten erlaubt. Die Ermittlungsbeamten hielten es wegen des spärlichen Verkehrs auf den slowakischen Straßen für ausgeschlossen, daß er sich als zufälliger Mitfahrer in einem Auto hätte rechtzeitig hin- und zurückfahren lassen können.

Alfons Hunyady, geboren am 16. 12. 1915 im damals noch ungarischen Komarom, der Herkunft nach Zigeuner, Analphabet, von Gelegenheitsarbeiten lebend, vor allem aber von kleinen Diebereien, war neben anderen Strafen als Jugendlicher 1931 und ein zweites Mal 1935 wegen Vergewaltigung auf «unbedingt» verurteilt worden. In beiden Fällen fesselte er die Opfer mit Draht und schnitt ihnen in die Brüste, um sie sich gefügig zu machen. Die zweite Frau war nur durch ein Wunder nicht verblutet. Hunyadys Alibi für die Oktobernacht, da Maruška Kubílková zu Tode gemartert wurde, war kurios. Er verbrachte sie im Städtchen Ivančice bei Brünn im Gemeindekarzer, der jedoch laut Aussage anderer Arrestanten frei zugänglich war: Gegen eine Gebühr lieh der notorische und deshalb ewig eingesperrte Ortsdieb seinen Dietrich aus. Der Leiter der Gendarmeriestation wies bei der Hauptverhandlung diese Verleumdung erbittert zurück, und weder der Richter noch der Staatsanwalt riskierten aus Gründen des öffentlichen Interesses einen Prozeß wegen Meineids mit dem Vertreter der Staatsgewalt. Alfons H. behielt man bis 1941 im Rahmen der politisch veränderten Grenzen im Auge, dann schloß die Akte plötzlich mit einem unheilverkündenden Tilgungsvermerk aus der Einwohnerkartei.

Überaus interessant schien damals wie heute die dritte der verdächtigen Personen.

Jakub Malatínský, geboren am 6. 4. 1905 im mährischen

Mikulov, war ein Weinbauernsprößling, der es bis zum Kellermeister im berühmten Valticer Kreuzkeller gebracht hatte. Seine Karriere endete 1926 über Nacht, als er seine junge Ehefrau erstach, die er, offensichtlich zu Recht, der Untreue verdächtigt hatte. Der Toten schnitt er beide Brüste ab, was er bei der Gerichtsverhandlung mit seiner maßlosen Wut rechtfertigte, daß ein anderer Mann sie berührt habe. Der Staatsanwalt forderte «lebenslänglich», doch das Gericht neigte, dem Plädoyer des offenbar ausgezeichneten Verteidigers folgend, der Auffassung zu, der Angeklagte habe im höchsten Affekt gehandelt, und blieb bei fünfzehn Jahren. Wegen tadelloser Führung und tätiger Reue wurde er im Frühjahr 1937 nicht nur entlassen, sondern sogar noch als Hausmeister des Gerichtsgebäudes angestellt. Am Mordtag hatte er sich als einziger der vier Verdächtigen in Brünn aufgehalten, jedoch als Patient der internen Klinik nach einer Blinddarmoperation. Zur inkriminierten Zeit war er zwar schon größtenteils beschwerdefrei, teilte jedoch das Zimmer mit einem schwachsinnigen Patienten; doch auch in diesem Fall widersprach es jeder Logik, daß er es geschafft haben könnte, das Mädchen, eine junge Witwe, deren Bekanntschaft ihm nicht zu beweisen war, ausfindig zu machen, sie bestialisch zu ermorden und noch vor Mitternacht unbesudelt in sein Krankenhausbett zurückzukehren, wo eine Schwester mit ihm sprach. Erst vorletztes Jahr hatte er es gewagt, in seinen Heimatbezirk zurückzukehren, wo ihm die guten Empfehlungen noch einmal zu einem Posten als Kellermeister verhalfen.

Die unselige Gruppe der vier beschloß Bruno Thaler, geboren am 12. 8. 1913 in Iglau, deutscher Herkunft, gelernter Fleischer, der 1936 in psychiatrische Behandlung kam, weil er nach wiederholter Vivisektion an Tieren – er schlitzte beispielsweise Schweinen den Bauch auf, ehe er sie tötete – den Mitarbeiterinnen angedroht hatte, auch sie bei lebendigem Leibe auszuschlachten, falls sie ihn anzeigten. Seine Aussage, er sei in den Tagen um den Mord als Angehöriger von Henleins Stoßtrupps in Österreich gewesen, die von dort aus gegen die Tschechoslowakei operierten, hatte der Gauleiter persönlich per Stempel bestätigt, und nach der Besetzung des Landes wagte niemand mehr, es zu bezweifeln.

«Auch Thaler wurde dann als Volksdeutscher aus den Akten der tschechischen Behörden herausgenommen», schloß Morava sein Referat.

«Ich werde es überprüfen!» kommentierte Buback lakonisch.

Dann lehnte er sich hoch aufgerichtet in seine Ecke und blieb mit geöffneten Augen die letzten langen vier Stunden so sitzen, bis sie sich zwischen Militär- und Zivillastwagen nach Brünn hineinlavierten. Morava kämpfte angestrengt mit dem Schlaf, denn er wollte gerade vor diesem Menschen nicht die geringste Schwäche zeigen.

Da», sagte sie zu dem vom Schicksal geprüften Mann aus Zlín, «suchen Sie sich was Warmes aus.»

Barbora Pospíchalová stand vor dem geöffneten Kleiderschrank und hätte ihn beinahe wieder mit einer Ausrede zugemacht, nochmals schien ihr, als schreibe sie Jaroslav auf verräterische Weise ab, obwohl während des ganzen Heimwegs, auf dem sie dem armen Teufel ihr Schicksal geschildert und auch Jindřich nicht verheimlicht hatte, ihr das Herz sagte, es sei alles so, wie es sein müsse. Der Gast stand still und starr neben ihr, das Gepäck in der Hand, und wirkte verlegen, als habe er ihre Gedanken gelesen. Beherzt ermunterte sie ihn, um die Sache wenigstens rasch hinter sich zu bringen.

«Nur keine Hemmungen, ich hätte es sowieso weggegeben!»

Der Flüchtling stellte den Koffer ab, machte ihn auf und fing aus unerfindlichen Gründen an, darin zu kramen. Dabei fiel ihm ein mehrfach zusammengefalteter grüner Stoff auf den Teppich. Als er aufschlug, erkannte Barbora einen guterhaltenen Lodenmantel.

«Aber Sie haben doch ...», stieß sie verblüfft hervor, dann verschlug es ihr die Sprache, als sie in der Hand des Mannes Riemenzeug sah; auch sein bisher sanfter Blick war urplötzlich kalt und farblos wie Wasser.

Gleich darauf schlug er ihr mit der freien Hand zwischen die Augen. Das vertraute Zimmer, immer noch vom Mittagslicht durchflutet, zersprang in einem bunten Kaleidoskop. Sie fiel in den Schrank, sank langsam zwischen den dicht hängenden Kleidern nieder, und der Geruch der Mottenkugeln wich dem Duft Jaroslavs.

Erwin Buback wollte von dem tschechischen Polizisten nichts. Sein Eindruck, gleich bei der ersten Begegnung von dem Schulheftchen vermittelt, hatte sich mit der Zeit vertieft. Der junge Mann war fähig und strebsam, kein Wunder, daß Beran ihm so vertraute. Gleichzeitig war er jedoch das geradezu beispielhafte Exemplar einer «Lotosblüte», wie Hilde allzu offene und vertrauensvolle Seelen immer nannte. Diesen Titel hatte sie sich bald selbst von ihm verdient. In der Zentrale der Prager Kripo, wo er auf so etwas am wenigsten gefaßt war, stieß er gleich auf zwei solcher Exemplare. Neben dem Adjunkten war es auch Berans Sekretärin, dieses Beinaheporträt der jungen Hilde.

Während er steif im Wagen saß, was er in Gegenwart von Bürgern der okkupierten Länder seit Kriegsbeginn immer tat, preußisch soldatische Haltung weckt für sich allein schon Respekt! wußte er nicht zu sagen, welche der beiden Frauen er gerade mit seinem inneren Auge wahrnahm. Seit Antwerpen widerfuhr ihm dies zum erstenmal, und er wußte sich damit keinen Rat. Frischt dieses unbekannte tschechische Mädchen das Andenken seiner geliebten Frau auf, oder hat die unauslöschliche Erinnerung an Hilde eine Beziehung in ihm geweckt, woran er erst kürzlich in der Bar gedacht hat? Ist es überhaupt möglich, diese verblüffende Ähnlichkeit des Gesichts und des Charakters anders zu verstehen als einen Wink des Schicksals?

Ein paar Tage lang wußte er absolut nichts von dem Mädchen, er wehrte sich selbst gegen das Gefühl, wollte nicht einmal vom Türschild wissen, wie es hieß. Er sah sie eigentlich nur für Augenblicke, wenn er an Berans jederzeit offenem Vorzimmer vorüberkam oder an ihr vorbei zu ihm hineinging.

Für merkwürdig hielt er außerdem, daß er Hilde einst auf die gleiche Weise zu Gesicht bekommen hatte. Sie war eine gerade ausgelernte Zuckerbäckerin, die Besitzertochter der Dresdener Schloßkonditorei. Hier hatte Buback seine wechselnden Freundinnen ausgeführt, bis eines Tages hinter dem neuen technischen Wunder, einer Kühlvitrine der Marke Electrolux, ein scheues Geschöpf mit großen Augen auftauchte, um nachzusehen, welches Naschwerk ergänzt werden mußte.

Dieses ganz kurze Ereignis, bei dem nichts geschah, stellte sein Leben auf den Kopf. Er begann jede freie Minute für einen Gang in die Konditorei zu nutzen und hielt einen bewundernden Blick für sie bereit, der, wie er wußte, bei seiner äußeren Erscheinung noch nie seine Wirkung verfehlt hatte, hier jedoch blieb er ohne Erfolg, da er sein Ziel nicht traf: Das Mädchen hob nicht ein einziges Mal den Blick von der süßen Ware.

Später gestand sie ihm eine kleine List. Durch die Jalousien der Backstube hatte sie ihn von Anfang an immer kommen sehen, so daß sie auch seine zahlreichen Begleiterinnen kannte. Gerade weil er sie mit seinem männlichen Aussehen und feinen Benehmen auf den ersten Blick erobert hatte, fürchtete sie, daß sie nur mehr als eine weitere seiner flüchtigen Bekanntschaften enden würde.

Er überzeugte sich später, daß dies nicht aus Berechnung geschah, sondern aus Selbsterhaltungstrieb. Als wäre sie für eine einzige große Beziehung geboren und aufgewachsen, war Hilde entschlossen, ihre ganzen Gefühle nur einmal und für immer zu vergeben. Wenn sie sich geirrt hätte, sagte sie ihm bald nach der Hochzeit, würde sie zerspringen. Wie? er verstand nicht. Wie Glocken zerspringen! Sie halten zwar nach wie vor zusammen, doch ihren Klang und damit auch ihren Sinn sind sie los.

Ihm blieb keine Wahl, als über seinen eigenen Schatten zu springen und zum erstenmal im Leben die Verantwortung für eine Bekanntschaft ausschließlich auf sich zu nehmen, er, dem die Frauen bislang nachgelaufen waren. Die einzige zeitgemäße, als höflich geltende Art war freilich um so gewichtiger.

«Wertes Fräulein Schäfer», schrieb er ihr, «ich bitte um

Vergebung, daß ich Sie belästige, zur Entschuldigung führe ich an, daß ich Sie zumindest vom Sehen her kenne, ich bin ständiger Gast Ihres Etablissements, Justizkonzipient Erwin Buback. Hiermit bitte ich Ihre geschätzten Eltern und Sie in aller Form, mir zu gestatten, Sie an diesem Sonntag zum Fünfuhrtee in das Café-Restaurant Waldruh einzuladen. Im Falle Ihrer freundlichen Zusage werde ich Sie um halb fünf am Privateingang der Schloßkonditorei abholen, in tiefempfundener Hochachtung ergeben...»

Als er den behutsam zustimmenden Brief Ludwig Schäfers erhielt, erschien er mit einem Blumenstrauß für die Mutter und ließ die Droschke warten, um höflich Konversation zu führen, was gehörigen Eindruck machte. Hilde wurde mit der Mahnung entlassen, spätestens um halb acht zu Hause zu sein.

Er brauchte eigentlich nur die ersten zehn Minuten. Bis der Tee kam, hatte er die Möglichkeit, durch ihre zärtlichen Augen die Tiefe ihrer Seele zu erschauen, und während sie den Tee umrührten, sprach er sie an.

«Ich weiß nicht, wie es gekommen ist, wertes Fräulein, und ich weiß, daß es allen guten Sitten widerspricht, doch ich liebe Sie einfach. Eigentlich habe ich noch nie im Leben geliebt, und ich war schon überzeugt, daß mir die Fähigkeit zu echtem Gefühl fehlt. Dann sah ich Sie, und seit jenem Augenblick weiß ich, was Liebe ist. Ich bitte Sie inständig, Ihre Scheu und Ihr Mißtrauen zu bezwingen, das Sie gegen mich als einen Unbekannten gewiß hegen. Erhören Sie mich, wertes Fräulein, als einen Menschen, der zum erstenmal empfunden und ausgesprochen hat, daß er ohne einen anderen nicht leben kann. Was antworten Sie mir?»

Daran erinnerte er sich jetzt im Auto, das über die schlaglochzerkerbte Landstraße nach Brünn fuhr, als sei es gestern gewesen, und plötzlich kam ihm der Gedanke, er könne zu der jungen Tschechin, die er etwa genauso lange kannte wie damals Hilde, ohne Befangenheit und Verstellung fast die gleichen Worte sagen.

Was damit? Soll er es tun, obwohl alles, aber auch alles

dagegen spricht? Damals war er auf den schwachen und infolge Hildes Zustimmung im voraus wirkungslosen Widerstand des Vaters gestoßen, der die unsinnige Befürchtung hegte, dem Bewerber sei mehr an dem Café als an der Tochter gelegen, doch sie wurde dann, wie sie es immer wollte, Lehrerin, und die dufterfüllte Oase übernahm zum Ende der guten alten Zeit ihr Bruder, ehe sie jetzt wahrscheinlich die Bomben wegrasierten. Heute handelte es sich zwischen Tschechen und Deutschen um das ewige blutige Rächen der Montagues und Capulets ... dazu mit einem beträchtlich modernden Romeo, dachte er bitter.

Aus den Überlegungen riß ihn die zweite «Lotosblüte», die in all den Stunden wie ein Klotz neben ihm gehockt hatte. In seiner komischen Art räusperte Morava sich zunächst schüchtern, ehe er ihn ansprach.

«Wir haben die Vorstadt von Brünn erreicht, Herr Oberkriminalrat ...»

«Na und?»

«Möchten Sie zuerst ins Hotel?»

Von dem steifen Sitzen taten ihm die Knochen gewaltig weh, gar zu gern hätte er sich für ein Stündchen ausgestreckt, doch er wollte erst einmal auf andere Gedanken kommen.

«Nein. Gehen wir gleich an die Arbeit.»

Er saß im Schaukelstuhl und verlagerte seinen Schwerpunkt langsam hin und her. Vor. Zurück. Vor. Zurück. Die regelmäßige Bewegung beruhigte ihn, zugleich aber wußte er genau, daß er zu mehr vorerst keine Kraft hat. Seine Hände und Füße schienen sich wieder in Gewichte zu verwandeln, aus denen sich alles verflüchtigte, was sie normalerweise zu Teilen seines lebenden Körpers machte, weder Gefühl noch Tastsinn sind darin verblieben, sie WOGEN nur.

Auch sein Geist konzentrierte sich völlig auf die beiden Befehle, die den Sessel schaukeln ließen. Zurück. Vor. Zurück. Vor. Ja, so ist es gut, so fühlt er sich am wohlsten! Bestimmt am besten würde er sich ausruhen und schnellstens seine Kräfte wiedererlangen, wenn er sich in das Ehebett legt, das er von hier aus bei jedem Rückruck durch die Verbindungstür erblickte, doch das war zu weit weg. Dann also einfach weiter. Vor. Zurück. Vor. Zurück.

Er hatte das Gefühl, als waberte in seinem Hirn weißer Dampf, wie in dem türkischen Bad, das er so gern aufsuchte, aber das erfrischte ihn, was liegt er hier so träge herum und bringt nicht seine Muskeln auf Trab? Bestimmt gehorchen sie ihm, wenn es darauf ankäme... aha, wußte er wieder, er braucht doch nirgendwohin zu eilen. Sie hat ihm doch von ALLEIN gesagt, daß sie immer noch ALLEIN hier lebt! Er fand die beiden gleichen Wörtchen mit unterschiedlichem Sinn lustig und schaukelte behaglich weiter. Zurück. Vor. Zurück. Vor.

Zu dem angenehmen Gefühl, daß ihm diesmal keine Gefahr droht, gesellte sich das wohlige Bewußtsein, daß er es WIEDER geschafft hat. Und wieder OHNE FEHLER. Und nicht nur das! Unter Tausenden hat er gerade DIESE gefunden! Es war richtig von ihm gewesen, sie zu täuschen, denn sie hat es VERDIENT! Sie gestand ihm doch ohne Umschweife, daß sie eine HURE ist! Ihr neuer Eber wird sich morgen wundern, wie man sie ihm hier für das Beilager hergerichtet hat!

Mit diesem Gedanken kehrten seine Kräfte zurück, die Beine trugen ihn wieder. Aus anderer Perspektive erblickte er jetzt auf und unter dem Tisch sein Werk und empfand Stolz.

KEINE WEISSE TAUBE!

Heute wird es ihm wieder ein leichtes sein, IHR vor ihrem strengen Blick Meldung zu erstatten!

Sie wurden von allen erwartet, die in Brünn dazugehörten. Der Chef der hiesigen Kriminalpolizei, Matulka, verdankte diesen Posten seinem eifrigen Kollaborieren, er war in der «Vlajka-Fahne», in der «Nationalen Gemeinschaft», in der «Liga gegen den Bolschewismus», und höchstwahrscheinlich denunzierte er obendrein, Beran hatte ihn heute früh auf der Moldauinsel als den «größten Fleck auf dem Rest von Ehre der tschechischen

Kriminalpolizei» bezeichnet. Er durfte es sich sogar erlauben, nicht Deutsch zu können, man flüsterte, er habe sich während des ganzen Krieges gerade bis zur dritten Lektion durchgekämpft. Morava übersetzte also für Buback und den hiesigen Gestapomann.

Der Brünner sprach zunächst kriecherisch Bruno Thaler von jedwedem Verdacht frei, wegen seiner großdeutschen Herkunft und, wie er es nannte, erwiesenen patriotischen Aktivität außerhalb des Protektorats zur Zeit des Mordes an der Näherin Kubílková. Völlig aus dem Konzept brachte ihn Bubacks Bemerkung, die Tat sei noch während der ehemaligen Republik begangen worden und er werde dem Alibi persönlich nachgehen. Morava war überrascht, daß die beiden Deutschen ihrem hiesigen Verbündeten gegenüber eine geradezu beleidigende Geringschätzung an den Tag legten. Stinkt Verrat auch jenen, die sich seiner bedienen?

Dem Mann mußte dies klargeworden sein, er begann zu schwitzen und zu stottern, bis er endlich das Wort seinem Stellvertreter Váca übergab, der leider auch nicht nach einem Polizisten alter Schule aussah. Aus Papieren, die er anscheinend das erste Mal vor Augen hatte, las er ihnen stockend Informationen über zwei weitere Verdächtige aus dem Jahr 1938 vor.

Josef Jurajda, seinerzeit Invalide, da er beim Anstreichen des Brünner Rathauses von einer hohen Leiter gefallen war, wurde von der Stadt als Nachtwächter im Gebäude des Arbeitsamtes beschäftigt. Für den 14. Februar bestätigt ihm nur seine Frau das Alibi. Ihr zufolge verschlief er diesen Tag wie üblich, während sie im Grandhotel Geschirr spülte. Wann er den abendlichen Rundgang im Arbeitsamt begann, darüber gab es keine direkte Zeugenaussage, auf jeden Fall waren ihm um fünf Uhr früh des folgenden Tages die Putzfrauen begegnet. Die Herren aus Prag könnten ihn hier jederzeit verhören.

Jakub Malatínský hatte zur Zeit des Prager Mordes einen Abbummeltag, worüber er vorerst jede Auskunft verweigerte, er behauptete aber, er werde nötigenfalls ein stichfestes Alibi beibringen. Auch ihn hatte Brünn über die örtliche Polizei angewiesen, sich von seinem Wohnort nicht zu entfernen. Falls die Herren es wünschten, könne er unverzüglich herbeigeschafft werden.

Morava geriet in Begeisterung, als Buback erklärte, er wolle morgen persönlich nach Schloß Celtice fahren. Lieber Gott! er wollte es nicht berufen: Sollte es unterwegs möglich sein, die Mutter zu besuchen ...??

Was Alfons Hunyady betraf, schloß Váca, sich mit dem Taschentuch über den Nacken fahrend, so wurde dieser in die Registratur des Rasse- und Siedlungshauptamtes übernommen, wodurch sich die weitere Untersuchung der Kompetenz der Protektoratspolizei entzöge, die deshalb den Herren Deutschen nicht dienen könne ...

Als Morava mit dem Dolmetschen fertig war, fragte er Buback, ob er neben dem Fall Thaler auch diesen überprüfen wolle. Ihn befremdete, daß er das erste Mal einem verständnislosen Blick begegnete. Dann sagte der Deutsche, er solle den Zigeuner ruhig vergessen. Damit war das Programm der Besprechung erschöpft.

Für Matulka war es offenkundig nur ein bloßes Vorspiel gewesen, denn er lud die Anwesenden vielsagend zu einem geselligen Abend, den er sich für sie im Grandhotel zu bestellen erlaubt habe. Berans Theorie, diese Untersuchung sei nur die Leimrute, auf welche die ganze tschechische Polizei fliegen solle, bekam für Morava einen weiteren Riß, als Buback die Einladung ziemlich schroff ausschlug, das Verhör Jurajdas auf die achte Morgenstunde ansetzte und sich mit dem Brünner Gestapomenschen entfernte.

Morava konnte nicht ablehnen und wollte es auch nicht, der Verlauf der Sitzung hatte ihn nicht befriedigt, und so hoffte er, Matulka und Váca weitere interessante Einzelheiten zu entlokken. Bald erkannte er, daß Buback auch diesmal einen guten Riecher gehabt hatte. Die beiden wußten nicht mehr als das, was ihnen offensichtlich von ihren Leuten, die sie nicht hinzugezogen hatten, um sich mit fremden Federn schmücken zu können, auf den Tisch gelegt worden war. Sogar ihm, dem kleinen

Assistenten, krochen sie auf unerträgliche Weise in den Hintern, und er begriff rasch, daß sie fast unzurechnungsfähig vor Angst waren.

Was die Zentrale mit ihnen vorhabe? wollte der hiesige höchste Gesetzeshüter wissen, während er hastig die Mährischen Spatzen vertilgte, die er im Hotel, an und für sich eine Straftat! markenfrei besorgt hatte, falls die Front hierherkäme? Niemand in Brünn zweifle daran, beeilte er sich Morava nachdrücklich zu versichern, damit es bis nach Prag gelangte, daß das Großdeutsche Reich siegen werde, doch wie sollte man sich in der kurzen Zwischenzeit verhalten, wenn der Führer es eventuell aus strategischen Gründen für günstig erachte, die Front vorübergehend nochmals zu verkürzen? Rechne man etwa damit, daß die Brünner Mitarbeiter mit ihren Erfahrungen ihre Prager Kollegen im Kampf gegen die kriminellen Elemente, die die Ereignisse mißbrauchten, unterstützen könnten?

Jan Morava hatte keine Ahnung gehabt, wie schadenfroh er zu sein wußte. Die menschliche Furcht, die aus ihren verlogenen Phrasen klang, war ihm verständlich, doch Matulkas Ruf und sein Verhalten machten ihn hart. Im Grunde, so teilte er ihnen mit, habe sich der Herr Polizeipräsident Rajner im Februar in seinem Beisein bei der Gestapo dahingehend ausgesprochen, der gesamte Apparat des Protektorats habe unter allen Umständen getreulich an seinem Platz auszuharren; Standartenführer Meckerle habe darauf geantwortet, daß das Reich nichts anderes erwarte.

Nicht doch! dachte er dabei entsetzt, seit wann kann er andern so ins Gesicht lügen? Und wird nicht mal rot? Offenbar nicht, denn Matulka und sein Speichellecker Váca, der sich seiner würdig erwies, blökten um die Wette, sie würden ein solches Vertrauen nicht enttäuschen. Ob der Herr Adjunkt ihnen aber andeuten könne, wie sie sich konkret zu verhalten hätten, falls Brünn, Gott bewahre, daß sie es erwarteten, doch rein theoretisch, von den Bolschewiken kurzfristig besetzt würde? Mit den Amerikanern sei wohl kaum zu rechnen, oder habe der Kollege andere Nachrichten aus guter Quelle?

O nein, bestätigte er ihnen mitleidlos, falls sich die Dinge so entwickelten, wie sie es gerade selbst andeuteten, kämen mit Sicherheit die Russen her. Die übergeordneten Stellen erwarteten, daß alle Dienstgrade der Polizei auf ihren Posten verblieben, um das öffentliche Leben wieder in Gang zu setzen und die Sicherheit der Bevölkerung eben vor den ihrerseits erwähnten Elementen zu gewährleisten.

Aber wie, so brach jetzt aus Váca ihre ganze Panik hervor, sei auf mögliche Anzeigen zu reagieren, sie seien Werkzeuge des Okkupationsregimes gewesen? Wer würde ihnen bestätigen, daß sie nur die Befehle der Zentrale ausgeführt hätten, wenn sich die Front zwischen sie schiebe? Sollten sie ihre Posten nicht lieber gleich weniger exponierten Leuten übertragen und sich nach Prag absetzen, bis sie hierher zurückkehrten, um der wiederhergestellten Protektoratsmacht erneut voll zur Verfügung zu stehen? Morava verlor jedes Erbarmen mit ihnen.

Sie seien doch Kriminalisten wie ihre Prager Kollegen, sagte er bereits kühl, und er kenne in Prag niemanden, den ähnliche Gedanken plagten. Falls sie hier der allgemeinen Ordnung gedient hätten, wie es ihre einzige Pflicht gewesen sei, und nicht auf eigene Faust außerdienstliche politische Tätigkeiten entwikkelt hätten, dann hatten sie doch gar nichts zu befürchten, eine Kriminalpolizei werde doch von jeder Macht benötigt. Doch jetzt mögen sie ihn freundlicherweise entschuldigen, er habe morgen eine Menge Arbeit zu erledigen, um zu ermitteln, was ihre Untergebenen nicht ermittelt hätten, und er würde gern ein wenig schlafen.

Er ließ sie dort samt ihren ungeleerten Gläsern und unverscheuchbaren Sorgen sitzen und gelangte mühelos ins Hotel, durch menschenleere Straßen gehend, die er während der Prager Jahre fast schon vergessen hatte. Bevor er beim Pförtner klingelte, hielt er inne und lauschte. Nein, er hatte sich nicht verhört, die kühle Windstille wurde von einem schwachen, doch erkennbaren Donnern erschüttert, das sich abschwächte, verstärkte und wie einst die Aprilgewitter über Südmähren hin und her rollte.

Die Front, begriff er. So nah waren sie schon?

Dann dachte er nur noch an Jitka, denn er ging in den letzten drei Wochen das erste Mal ohne sie schlafen.

Der Mann der Brünner Gestapo gab Buback zuallererst zu verstehen, daß er zwei der Verdächtigen ruhig streichen könne. War das Alibi Bruno Thalers von 1938 noch mehr als problematisch, so hatte er für den 14. Februar dieses Jahres ein absolut hieb- und stichfestes: Er gehörte zum Wachkommando des Konzentrationslagers Buchenwald und hatte in diesem Jahr noch keinen Urlaub gehabt. In ein anderes, momentan nicht zu ermittelndes Lager war schon vor drei Jahren in einem Transport mährischer Zigeuner Alfons Hunyady mit dem Vermerk «Parasit» abgegangen.

Die Einladung der Brünner Machthaber hatte Buback vor allem deshalb abgelehnt, weil diese Leute nutzlos waren. Aus jedem ihrer Sätze ging hervor, daß sie sich nazistischer als eingefleischte Nazis gaben. Im Falle eines Aufstandes würden die Widerständler in der Protektoratspolizei vor allem diese beiden primitiven Helfershelfer kaltstellen.

Er trank mit seinem Kollegen und Volksgenossen im hiesigen deutschen Kasino zwei überraschend anständige Whiskys und brachte es fertig, eine Stunde lang über alles und nichts und wieder nichts zu reden. Komisch! dachte er, wie seit einer gewissen Zeit, genauer gesagt, seit dem Ende von Stalingrad, spätestens aber seit der Landung der Alliierten vor der Normandie, derlei Gespräche jeden Sinn verloren hatten. Unter Umständen war selbst eine sarkastische Bemerkung über das Wetter gefährlich: als Anspielung auf die häufigen Ausreden des OKW. Die Situation an den Fronten war bereits gänzlich tabu.

Sie hatten gesagt, was über den Mord an Baronin von Pommeren zu sagen war, plauschten danach über den mährischen Wein, den Buback aus seiner Jugend nicht kannte, und ließen einander in Ruh, als es ihnen gelang, gleichzeitig zu gähnen. Der Oberkriminalrat wies höflich Begleitung zurück und beschloß, als er beim Hotel war, den Spaziergang auszudehnen. Ganz in der Nähe ragte vor dem dunklen Himmel die noch dunklere Silhouette einer ziemlich steilen Anhöhe auf. Er hatte schon lange keine Bewegung mehr gehabt und stieg deshalb scharfen Schrittes bergan.

Wenige Minuten später lag ihm die Stadt zu Füßen, die verdunkelte, feindliche und unbekannte, wenn auch zweitgrößte Stadt des Landes, in dem er geboren war. Wohin gehört eigentlich ein Deutscher aus der nicht existierenden Tschechoslowakei? Notabene aus Prag? Notabene, wenn seine Muttersprache das Tschechische ist?

Erwin Buback entstammte einer Prager Mischehe, in der die Mutter dominierte, so daß er die tschechische Volksschule besuchte. Dann verstarb die starke Ehefrau, und der Vater, ein Versicherungsbeamter, heiratete ein zweites Mal, und zwar eine begüterte Deutsche aus Karlsbad, wo er zur Kur weilte. Dort absolvierte der Sohn das deutsche Gymnasium und wurde zum Studium der Rechte nach Dresden geschickt, die Eltern, die keine weiteren Nachkömmlinge mehr hatten, wollten ihn in der ihnen gemeinsamen Nationalität festigen.

In der herrlichen Stadt an der Elbe fand er dann seine Hilde und blieb schließlich bis Kriegsausbruch dort. Bald verdiente er sich die ersten Sporen in einem Fach, zu dem er sich früher zwar nicht hingezogen fühlte, das ihm aber in den Jahren der wirtschaftlichen und politischen Erschütterungen zur verläßlichen Basis wurde. Auch die Kriminalpolizei war dann selbstverständlich von den Nazis befehligt, die jedoch begriffen, daß sie, wenn sie sich auf den Rechts- und Strafapparat stützen wollten, darin Fachleute arbeiten lassen mußten.

Das hieß bei weitem nicht, daß die Kriminalisten den Nazis Widerstand entgegengesetzt hätten, auch Buback empfand Bewunderung für die Rasanz, mit der sie binnen kurzer Zeit wieder Ordnung im zerrütteten Deutschland herstellten. Auch er begrüßte den Führer als Erneuerer der deutschen, vom Versailler Vertrag befleckten Ehre, doch seine Loyalität war weit entfernt vom Fanatismus der Mitarbeiter anderer Bereiche. Er war Deutscher. Punktum!

Er, seine junge Frau, ihre Eltern und Bekannten stimmten enthusiastisch der Entscheidung des Führers zu, der wiedererweckten Nation alle von Deutschen bewohnten Gebiete zurückzuholen. Stürmisch begrüßten sie den Anschluß Österreichs. Erwin war zutiefst glücklich, als sein Böhmen in den Schoß des Reiches zurückkehrte. Er erlebte die berauschende Nacht der Fackeln im befreiten Karlsbad und hatte Tränen der Rührung in den Augen, als das Banner des neuen Deutschlands auch über seiner Geburtsstadt Prag wehte. Er feierte mit den Kollegen die Blitzsiege in Polen und im Westen. Von Freude und Wein berauscht, sagte er einmal zu Hilde, daß ihm Adolf Hitler wie ein antiker Jagdgott erscheine, der immer neue und frisch erlegte Stücke Wild an seine Lanze hänge.

Obwohl ihn früher die neu entstandenen Sicherheitskräfte mit ihrer zur Schau gestellten Roheit abstießen, begriff er die Eingliederung seiner Behörde in sie als notwendiges Übel, als unumgänglichen Schulterschluß aller Kräfte des kämpfenden Stammes. Nach Frankreich, Holland und Belgien abkommandiert, wo er das ordnungsgemäße Zusammenleben seiner Volksgenossen in den besetzten Gebieten zu sichern hatte, widmete er sich weiter seiner ursprünglichen Profession. Über manches wunderte er sich, manches sah er im Geiste kritisch, doch für alles empfand er eine unmittelbar persönliche Verantwortung.

Erste Unruhe erfaßte ihn an jenem Junisonntag 1941, der außer dem Angriff auf die Sowjetunion auch seine erste Meinungsverschiedenheit mit Hilde mit sich brachte. Als er wissen wollte, warum sie nicht wie üblich eine häusliche Feier ausrichte, holte sie Heidis Erdkundebuch und schlug die Karte Europas und Asiens auf. Das Fleckchen Deutschland stieß an die riesige Fläche Rußland. Er unterdrückte seine Gereiztheit und machte ihr nur mild den Vorwurf, daß sie als Lehrerin kartographische Verzerrung außer acht lasse und viel wichtigere Faktoren als den bloßen Raum nicht bedenke.

Der Krieg ließ ihn später selten nach Hause kommen, wo er bemüht war, sich ganz an Hildes und Heidis Gegenwart zu sättigen, es war also verständlich, daß sie sich an private Themen hielten. Allerdings konnte ihm nicht entgehen, daß seine Frau allen anderen fast krampfhaft auswich. Als es ihr einmal nicht gelang, kam es zwischen ihnen zum einzigen wüsten Streit ihres Lebens.

Wohl um sich selbst zu überzeugen, so beschuldigte er sich heute, begann er vor einem Jahr, beim Spaziergang in den fränkischen Weinbergen, von der gerade geborenen Idee zu reden, der Führer werde durch den Rückzug an allen Fronten das Volk wie jene Sprungfeder aufziehen, die dann die Alliierten mit einemmal in den Atlantik, in das Nördliche Eismeer und Mittelmeer wie hinter den Ural zurückschleudern würde. Unerwartet fragte ihn Hilde, ob sich der Führer seinem Volk nicht schon längst entfremdet habe.

Wie könne sie nur, wie könne sie es wagen, schrie er sie an, denn ringsum zogen sich nur niedrige Rebengehänge hin, und kein Mensch weit und breit, ihre Stimme solch niedrigem Zweifel leihen, in einer Zeit, da nur der einheitliche und stählerne Wille aller Deutschen imstande sei, den zum Glück ideologisch so gespaltenen Feinden die Stirn zu bieten.

Unzählige Male rief er sich später diese Szene in Erinnerung, sah die Farben, spürte die Düfte, hörte Hilde und sich, und zu dem Vorwurf, mit diesem Streit ihren letzten gemeinsamen Tag zunichte gemacht zu haben, fügte sich der immer stärker werdende Verdacht, ob sie vielleicht so unrecht doch nicht gehabt hatte. Was war eigentlich von den Vorstellungen und Versprechungen geblieben, die die Deutschen so beflügelt hatten, daß sie fast wie ein Mann und fast gegen die ganze Welt aufstanden? Und selbst wenn, selbst wenn ... er mußte zugeben, daß es ihm leider je länger, desto weniger wahrscheinlich erschien, selbst wenn eine Teufelswaffe tatsächlich das Kräfteverhältnis umzukehren vermochte, was von diesen Träumen ließe sich dann noch verwirklichen?

Jawohl, die zerstörten Städte würden von den Besiegten wieder aufgebaut, die außerdem als Ersatz für die maßlosen Schäden und Aufwendungen ihre schlecht verwalteten und spärlich besiedelten östlichen Gebiete würden an die Sieger abtreten müssen, doch konnte es noch gelingen, Grundwerten der Menschheit, die in den Jahren allgemeinen Tötens zerstört worden waren, wieder Geltung zu verschaffen? Und konnte ihm, selbst bei günstigster Entwicklung und bei höchster Gunst der Sterne, irgendwann irgendwas auch nur entfernt seine Hilde und Heidi ersetzen?

Als Kriminalist kannte er das klassische Mißverhältnis zwischen dem Motiv eines Mordes und dem Gewinn daraus. In dieser Nacht, da er einen Hügel in einer Stadt bestieg, die wahrscheinlich alsbald jubeln würde, weil sie die Deutschen los war – er nahm sehr wohl den fernen Kanonendonner wahr und hatte schon ein paarmal erlebt, wie blitzschnell er sich zu nähern vermochte! in dieser Nacht kam ihm ein erschütternder Vergleich: Verschafften vielleicht die weltweiten Blutbäder dem Führer der Deutschen, der sie entfesselte, eine ähnlich perverse Befriedigung wie dem unbekannten Mörder die Frauenschlächterei?

Der ungeheuerliche Gedanke eben stellte ihn im Handumdrehen in eine Reihe mit den Schwerstverbrechern, die von seinen Kollegen aus den anderen Etagen in der Bredauerstraße erst in den Keller und von dort nach kurzem Prozeß auf Transport oder direkt auf den alten Militärschießplatz am Rande von Prag geschickt wurden. Er stellte sich Meckerles Reaktion vor, hätte er es laut ausgesprochen; unter vier Augen, dann hätte er ihn vielleicht nur ins Irrenhaus abkommandiert, wär es aber in der Stabsrunde geschehen, hätte er ihn vielleicht auf der Stelle abgeknallt. Er erzitterte.

Und dennoch: Der Eiseshauch wurde nicht von Angst verursacht, darunter hatte er nie sehr gelitten, und obendrein war er viel zu erfahren, ja! gerissen, als daß er selbst in das Messer gelaufen wäre. Ihn entsetzte, daß er sich zum erstenmal nicht in sich selbst auskannte. Wer war er denn, wenn ihn nach Jahren des Glaubens aus heiterem Himmel ein Verdacht anwandeln konnte, der so unendlich weit über die Grenzen von Hildes Frage im Vorjahr hinausging? War er ein niederträchtiger Verräter? Ein feiger Kapitulant? Ein Opfer der Feindpropaganda? Oder... oder hat er nur so spät den geschichtlichen Fehler erkannt, dem er zur Welt mitverholfen hatte, und bangte nun um sein eigenes und seines Volkes Schicksal?

Die letzte Erklärung drängte sich als die moralisch am ehesten gerechtfertigte auf, aber: Was für ein Unterschied war dann noch zwischen ihm und der Unzahl unbekannter Bürger, die, wie er aus den anderen Referaten des Reichssicherheitshauptamts und immer häufiger sogar aus Zeitungen und von den berüchtigten roten Plakaten wußte, für viel gemäßigtere Überlegungen in Strafkompanien, Zuchthäusern, Lagern und auf Richtplätzen büßten?

Er mußte stehenbleiben, der Weg endete hier vor dem verschlossenen Tor in einer riesengroßen alten Mauer. Der hiesige Gestapomann hatte ihn vorhin an die Existenz der Brünner Burg erinnert, die der verschwundenen Monarchie als berühmtes politisches Gefängnis gedient hatte. Im Vergleich zu heute eigentlich komfortabel, hatte der Kollege lachend gesagt, die Wiener haben ihre Störenfriede mit Glacéhandschuhen angefaßt, und dementsprechend war auch ihr Ende!

Er nahm das Rascheln vorjährigen Laubes wahr, keuchenden Atem und schließlich zweistimmiges tschechisches Geflüster.

«Lieb mich! Ja! Lieb mich! Ja, ja, ja!»

Unglaublich! die kalte Nacht, der schlüpfrige Hang, in der nächsten Nähe die düsteren Verliese, in Hörweite der Massentod, und inmitten von alldem vereinten sich zwei zerbrechliche Menschen in Liebe. Und das war der ewig neue Anfang, der selbst die größten Bestialitäten der Geschichte berichtigte!

Dann dachte er nur noch an das Prager Mädchen mit den braunen Augen.

Er fand in der Speisekammer ein Dutzend kleiner Schmalztöpfchen, anscheinend ließ sie die einzelnen monatlichen Speckzuteilungen aus, und einen Topf Linsensuppe, erstaunlicherweise mit einem großen Stück Rauchfleisch, die er sich auf dem Kanonenofen wärmte, es genügte, ihn durchzuschüren. Sogar eine Flasche Holunderwein entdeckte er. Er ließ sich den für einen anderen vorbereiteten Festschmaus mit Gusto schmecken. Am Ofen lag ein Vorrat Holzscheite, in der kleinen Küche wurde es im Nu fast heiß. Seine Beute im Wachspapier legte er vorsichtig zu den zusammengerollten Riemen in dem dünn gewordenen Stoffkoffer und legte ihn lieber in dem kühlen Korridor ab.

Der bleiche Körper auf dem Eßtisch begann wieder warm zu werden. Er berührte die Haut an der Schulter. Sie war rauh und trocken. Tote schwitzen nicht! stellte er überrascht fest. Dafür war sein Hemd nach dem Essen ganz schön feucht, und der Wein brachte seine Wangen zum Glühen. Doch ins Schlafzimmer, wo es bestimmt angenehmer sein mußte, ging er trotzdem nicht. Zum erstenmal hatte er die Möglichkeit, sich gründlich und in Ruhe anzusehen, was er getan hat.

MEIN WERK!

Er war zufrieden, daß ihm heute endlich einfiel, wie er es anfangen soll. Er hat sich wie ein Idiot benommen und Wahnsinniges riskiert, als er die ersten beiden zunächst zu Tode erschrekken ließ. Die von Brünn hat sich in ein Tier verwandelt, das um sein Leben kämpfte, mit Ach und Krach und dazu Glück hat er sie bezwungen. Bei der zweiten war es offenbar seine Rettung, daß sie ihn ANERKANNTE und sich ihm ergab, eine andere hätte ihm in ihrem Selbsterhaltungstrieb ganz schön zusetzen können. Das wurde ihm klar, als er daheim alles noch einmal durchging, und er hat deshalb beschlossen, das nächste Mal zuerst DAS VERTRAUEN zu gewinnen.

Der heutige Tag gab ihm recht. Er hat sie so gut betäubt, daß er ohne Eile DAS NÖTIGE vorbereiten konnte. Sie kam erst auf dem Tisch zu sich, entblößt, zugepflastert und angeschnallt, zur rechten Zeit, um zusehen zu können, was mit ihr geschieht. Er wählte das gleiche Verfahren und war zufrieden, daß er damit viel weniger Arbeit hatte als kürzlich am Moldaukai. Zu hören war nur ein Wimmern, und das Rucken des Körpers hinderte ihn nicht, alle Schnitte so auszuführen, wie es ihm vorgezeichnet war. Sie hielt überraschend lange durch, wie ihm schien, bis zu dem Augenblick, da er ihr ES herausschnitt.

Jetzt zog er die Handschuhe noch einmal aus und berührte die

Bestrafte an weiteren Stellen, um dann mit demselben Finger an sich selbst zu prüfen, ob das ein anderes Gefühl ist. Das schien ihm nicht so. Um so mehr überraschten ihn ihre Haare. Er hatte sie dabei gepackt, da sie lang waren; als sie im Schrank versank, glitten sie ihm durch die Hände, auch während er an ihr arbeitete, waren es immer noch Haare. Als er sie jetzt anfaßte, gingen sie nicht auseinander, sie erinnerten ihn an das Werg, mit dem er öliges Werkzeug zu putzen pflegte. So machte er eine neue Entdeckung: HAARE STERBEN ZUERST.

Dann sah er sich aus der Nähe die Finger an, von denen er noch aus dem Ungarnfeldzug wußte:

NÄGEL UND BART LEBEN AM LÄNGSTEN.

Hat er doch damals bei der Beerdigung eines blutjungen Rekruten geholfen, der noch seinen ersten Bart bekam, ehe aus der Etappe der entschwundene Sargdeckel nachgeliefert wurde. Er hob jetzt den fast abgetrennten Kopf an und nickte befriedigt: Über der Oberlippe sprossen deutlich Schnurrbarthaare.

Dann sagte er sich plötzlich, genug für heute und an der Zeit, sich auf den Rückweg zu machen. Er zog die Handschuhe wieder an, die er nur ablegte, als er sie berührte, prüfte sorgfältig, ob er auch keine andere verräterische Spur hinterließ, schlüpfte in den Lodenmantel und stopfte schließlich in einer plötzlichen Entscheidung den Ofen mit Scheiten voll, bis er nicht mehr zuging. Mochte dieses VERDORBENE WESEN tüchtig VERDERBEN, bis sich ihr Amant einstellt!

Sein Ohr vernahm durch die Tür nur die Stille des Treppenhauses, leer war auch die kurze Straße, als er vorsichtig aus dem Haus lugte. Er ging sie hinunter, ohne einem Menschen zu begegnen. Dennoch ließ ihn der beunruhigende Gedanke nicht los, er habe etwas vernachlässigt. Erst am Smíchover Bahnhof kam er drauf: der Hausmeister! Er hatte sich doch heute vor der Abfahrt den Hausmeister vornehmen wollen. Aber es war ziemlich spät, und die Nachtzüge wurden jetzt oft gestrichen. Im übrigen kann der Kerl ihn nicht erkennen, solange er ihn nicht vor sich sieht! Die Hauptsache ist deshalb das Alibi, nicht der Schatten eines Verdachts darf auf ihn fallen.

Im verdunkelten Abteil las er in der Zeitung von versenkten britischen Bruttoregistertonnen, von abgeschossenen amerikanischen Flugzeugen und vernichteten bolschewistischen Panzern, doch er vergaß es gleich. Er malte sich aus, was man morgen ÜBER IHN schreiben wird.

Der frühere Zimmermaler und jetzige Nachtwächter Josef Jurajda wurde in der Morgenfrühe von Váca persönlich aus den Federn geholt, er hatte seine freie Nacht gehabt. Ja bittschön, seine Frau ist gestern nach Olmütz gefahren, stammelte er, um die Tochter und die Enkelkinder zu holen, es sieht so aus, als wird die Stadt umkämpft werden, sie haben ein kleines Häuschen da und einen untiefen Keller. Nein bittschön, er ist nicht mitgefahren, er schläft sich aus, wann immer er kann, doch es reicht nie. Ja bittschön, der 14. Februar war für ihn ein normaler Tag wie die meisten Tage im Jahr, morgens um sechs ist er wieder zu Hause gewesen, hat bis zum Abend geschlafen und ist um acht wieder angetreten. Nein bittschön, beschwören kann er das nicht, jahrelang kommt er sich wie in einem Karussell vor, eine Nacht wie die andere, und über die Tage weiß er noch weniger, doch seine Frau erinnert sich, daß an diesem Tag Prag bombardiert wurde, und er hat es abends von ihr erfahren. Bittschön, ja, er weiß es noch, sie hat es ihm erzählt, als sie ihn zum Dienst weckte, so erfährt er fast alles erst hinterher. Bittschön, nein, wem hätte er in dem Gebäude begegnen können? Er kommt, wenn alle längst fort sind, erst gegen Morgen treffen die Putzweiber ein.

Morava hatte keine Fragen mehr und blickte auf Buback. Der Deutsche schüttelte den Kopf. Offenbar wunderte er sich auch, wie dieser trottelige Alte mit den Kaninchenaugen und den Hamstertaschen vor zehn Jahren gefesselte Prostituierte mit der Nadel in die Brüste stechen und dabei onanieren konnte.

Jedenfalls notierte er sich, daß dieser halbgebildete Sadist im Ruhestand reinstes Schrifttschechisch sprach. Wie die meisten Mährer, schmeichelte er sich, und sogleich fiel ihm ein, was der

Hausmeister vom Moldauufer über den Mann sagte, der die arme Baronin von Pommeren zerstückelt hatte. Ja! Er war sein Landsmann! Das adelte ihn nicht, doch es engte den Kreis der möglichen Täter von sieben auf drei Millionen ein...

Er wurde sich bewußt, daß Buback, dem Deutschen, das sprachliche Erkennungsmerkmal entgangen sein mußte, behielt es aber für sich, bis er sich mit Beran beraten hätte. Er ließ noch den Nachtwächter polizeiamtlich en face und zweimal en profil für den Prager Zeugen fotografieren und empfahl Váca, ihn einstweilen wieder ins Bett zu schicken. Dann fuhren sie schon gen Süden.

Er setzte sich gleich neben den Deutschen und fragte ihn, ob er an einer bestimmten Fahrstrecke interessiert sei. Nein, erfuhr er und stellte die nächste Frage, ob der Herr Oberkriminalrat unterwegs Mittag zu essen wünschte. Als Buback nickte, erkühnte er sich, ihm sogar den Ort vorzuschlagen: Auf direktem Weg gebe es ein anständiges Wirtshaus, gegen Mittag seien sie da, inzwischen werde er, mit Verlaub, kurz bei seiner Mutter vorbeischauen.

Zum erstenmal, seit sie sich kannten, bekundete der Deutsche so etwas wie menschliches Interesse. Morava setzte ihm kurz auseinander, daß er, nomen est omen, aus Morava, also aus Mähren, stamme, genauer gesagt aus dem einstigen mährisch-österreichischen Grenzgebiet, wohin sie unterwegs seien, weshalb er von Kindesbeinen an leidlich Deutsch spreche, daß sein Vater schon lange tot sei und seine Mutter allein in der Schmiede wohne, die der Familie gehöre, die sie aber verpachtet habe, als er, der einzige Sohn, zum Jurastudium entlaufen sei und seine Schwester ihren Vikar geheiratet habe. Ihn habe dann die Schließung der tschechischen Hochschulen bestraft, und so sei er als Halbalphabet bei der Polizei gelandet.

Reicht eine Stunde? fragte Buback darauf im Telegrammstil, und der Kriminaladjunkt grub sich ohne Stift ins Gedächtnis, daß hier eine Schuld zu begleichen war, mochte der Mann auch ein Nazi sein.

Erneut schweigend, denn auch Berans Lieblingsfahrer Litera

war heute noch ungesprächiger als sonst, schleppten sie sich dann die schmalen Bezirksstraßen dahin, die den doppelten Verkehr des Frühjahrs und des Krieges nicht zu bewältigen vermochten. So gut es eben ging, überholten sie Ackerwagen mit Mist wie Feldküchen, selber ununterbrochen von wild hupenden Stabsautos und Kurieren auf schweren Motorrädern überholt. Plötzlich tauchten die Eisenfresser der gefürchteten deutschen Feldgendarmerie auf, deren Brustschilder Morava an blecherne Spucknäpfe erinnerten. Die Ausweise der Protektoratspolizei stießen bei ihnen auf Gespött, schon wollten sie den Wagen zur Umkehr zwingen, als der Mitfahrer seine Nützlichkeit bewies.

Donnerwetter! dachte Morava anerkennend, als er sah, wie die drei Räuber sich urplötzlich in Lämmchen verwandelten, dieser Buback steht also ein ganzes Stück über Beran...

Der Krieg verdrängte das Frühjahr jetzt völlig von der Fahrbahn, alle paar hundert Meter verrieten tiefe Rinnen im Ackerboden, die zu den nahen Wäldchen führten, daß die ganze Gegend mit einer Riesenmenge Militärtechnik gespickt war. Beim Anblick der bereits ausschlagenden Bäume durchschoß Morava der Gedanke, daß hier vielleicht noch vor dem Knospenknall Granaten explodierten, und er bekam es mit der Angst um die Mutter.

Das Wirtshaus auf dem Dorfplatz war verschlossen. Ein zahnloser Greis, den Morava nicht kannte, gab nuschelnd Auskunft, der Wirt sei mit Familie nach Brünn geflüchtet. Doch ehe sich dem Kriminaladjunkten das Herz verkrampfen konnte, beging der Deutsche eine weitere gute Tat, indem er trocken bemerkte, er sei keineswegs hungrig und vertrete sich gern ein halbes Stündchen die Beine an der frischen Luft. Morava war ihm dankbar dafür. Sie setzten Buback ab, und Litera kurvte durch matschige Gäßchen zur Schmiede. Der Pächter beschlug gerade ein Pferd, und die Mutter hielt den Huf.

«Jeníček!» schrie sie vor Glück auf und setzte den Huf vorsichtig auf den gestampften Boden, «aber nein! Aber nein! Aber nein!!»

Das wiederholte sie noch mehrmals in der guten Stube, als er, während der Fahrer in der Küche Brotstücke mit Speck verschlang und tüchtig mit Hagebuttentee nachspülte, ihr überstürzt berichtete, daß er sich in das bravste Mädel unter der Sonne verliebt habe und sie zur Frau nehmen wolle, weshalb er sein Mütterlein möglichst bald nach Prag holen möchte, damit Jitka und er sich bei ihrer Arbeit Enkelchen gestatten könnten.

Je länger ihre Fahrt durch das Land dauerte, das sich gerade in ein gigantisches Heerlager verwandelte, desto mehr schämte sich Erwin Buback seiner nächtlichen Depression.

Die Gesichter der Offiziere und Soldaten auf den Ladeflächen der Lkws wie auf den Sitzen der Stabswagen loderten zwar nicht vor Begeisterung, doch so sehen in allen Armeen der Welt die Gesichter von Menschen aus, die seit etlichen Jahren das zermürbende Kriegshandwerk ausüben. Andererseits las er keineswegs Verzagtheit in ihnen, selbst Müdigkeit nicht, sie wirkten ausgeruht und strahlten ruhige Entschlossenheit aus und das nötige Vertrauen, daß sie schließlich wieder Erfolg haben und obendrein überleben würden.

Dieses Phänomen hatte er schon in der Normandie beobachtet, in Flandern und zuletzt vor der Gegenoffensive in den Ardennen, deren Vorbereitung er noch miterleben konnte. Trotz des Rückzugs auf allen europäischen Kriegsschauplätzen bedurfte es nur irgendwo eines Teilerfolgs, und die Stimmung der Truppe war von einem Tag zum anderen nicht wiederzuerkennen. Die Vorwärtsbewegung, erkannte Buback, war heilsam, einige Tage Vormarsch reichten schon aus, um den Soldaten einen Vorrat an moralischen und physischen Kräften für weitere Monate der Defensive zurückzuverschaffen.

Allerdings kannte er die Pläne des Generalstabs nicht und verstand nichts vom Militärhandwerk, den Rang eines Majors und jetzt Sturmbannführers hatte man ihm verliehen, um seine Autorität besser zur Geltung zu bringen, deshalb wagte er nicht abzuschätzen, was hier eigentlich vor sich ging. Das hügelige Gelände, dessen Südhänge zumeist von Weingärten bestanden waren, eignete sich bestimmt zur Errichtung einer neuen Hauptverteidigungslinie, doch die große Zahl der Panzer, mochten diese sich auch nur durch ihre Kettenspuren im feuchten Boden verraten, berechtigte zu der Annahme, daß es genau in diesem Abschnitt zu der lange angekündigten Wendung kommen konnte.

Auf den deutschen Seelen lag immer noch wie ein schrecklicher Alptraum die unerwartete und zudem vernichtende Niederlage von Paulus' 6. Armee bei Stalingrad und dann die erfolgreiche Invasion der Alliierten in Frankreich. Verjagen konnte ihn nur ein vergleichbar grandioser Sieg. Standartenführer Meckerle, der ausgezeichnete Verbindungen zum Führerhauptquartier unterhielt, hatte kürzlich unverhüllt angedeutet, der jüngste Rückzug aus Ostpreußen, der stellenweise kopflos wirken mochte und es dem Russen erlaubte, auf uralte Reichsgebiete vorzustoßen, sei Teil der großartigsten Falle in der Kriegsgeschichte. Kein Märchen, keine Fama, meine Herren! Nicht eine Armee, sondern mindestens zwei Armeegruppierungen der Bolschewiken, anderthalb Millionen Mann stark, werden in diesem gigantischen Kessel zu einem einzigen Borschtsch verkocht! Den ließ er sogar im Offizierskasino der Prager Gestapo servieren, und dessen dunkelrote Farbe wirkte sehr anschaulich und ermutigend.

Während des kurzen Spaziergangs auf dem Anger dieses Nestes, dessen Name gleich seinem Gedächtnis entfallen war, fuhr eine gewaltige Artilleriekolonne an ihm vorüber, die sie unterwegs nicht überholt hatten, so daß sie aus einer anderen Richtung verlegt worden sein mußte. Die schweren Zugmaschinen und die Länge der Anhängerfahrzeuge verrieten, daß unter den Planen mit den Tarnfarben Haubitzen in ihre neuen Stellungen fuhren. Ihr Trommelfeuer eröffnete doch jeden Großangriff! Wiederum warf er sich seine gestrige Schwäche vor. Sie war keine Lösung!

Noch im vergangenen Jahr hatte er im Bunde mit allen, die er kannte und nicht kannte, das Attentat auf den Führer verurteilt.

Aber waren die Täter nicht vielleicht doch Patrioten, denen ähnliche Zweifel wie Hilde und ihm gekommen waren? Sollte das zutreffen, dann blieben sie gewiß nicht die einzigen. Wenn er sich nicht irrte, riskierten gerade weitere tapfere Menschen, wie Meckerle im engsten Kreis referierte, gleichfalls an Fleischerhaken und dünnen Saiten aufgehängt zu werden, damit sie besonders schmachvoll und lange starben.

Buback glaubte nicht, daß einer von ihnen insgeheim in den Reihen der Gestapo tätig war. Auch unter seinen eigenen Leuten gab es keinen richtigen Kriminalisten, alle kamen geradewegs aus den SS-Junkerschulen mit einem politischen Auftrag, der für sie in der Hauptsache darin bestand, echten oder vermeintlichen Widersachern die Zähne auszuschlagen, denn kleine Vergehen von Volksgenossen wurden längst nicht mehr untersucht, und wer wollte, konnte auf legale Weise töten und dafür auch noch befördert werden.

Ebensogut wußte er, daß kaum jemand aus anderen Polizei- oder Militäreinheiten auftauchen würde, um ihn zur illegalen Mitarbeit am Werk der nationalen Rettung zu bewegen, denn er selbst müßte ihn für einen Provokateur halten und zur Sicherheit vielleicht sogar anzeigen! Dieser Gedanke war um so unerträglicher, als er wahrscheinlich war; viele konnten Interesse daran haben, den wahren Zustand seines Inneren zu erforschen, weil es ihre Aufgabe war, gerade die Träger schädlicher Ideen unschädlich zu machen.

Praktisch blieb also eines: die letzte Kraft zu unterstützen, die gewährleistete, daß Deutschland nicht aufs Haupt geschlagen würde, ehe sich jene Hoffnung erfüllte, die einige hohe Offiziere mit dem tragisch mißlungenen Versuch angeboten hatten, den bösen Geist mit Gewalt aus dem Weg zu räumen. Ebendiese Armee zu unterstützen, die er jetzt beobachtete und an der er bewunderte, wie ungebrochen sie in die vielleicht entscheidende Schlacht zog.

Diese Überlegungen drückten sich auch in seinem Verhalten gegenüber den beiden Tschechen aus. Im Geiste gab er zu, daß auch für sie Hitler alle Deutschen verkörpern konnte. Diesen irrigen Eindruck wollte er plötzlich nicht länger unterstützen. Deshalb nahm er zur eigenen Verwunderung auch das Geschenk an, das sie ihm mitbrachten, ein in eine schneeweiße Serviette eingeschlagenes Brot mit Butter und Speck. Auch während des Essens und danach wahrte er zwar Abstand, um nicht Verdacht zu erregen, doch er wußte geschickt Nutzen daraus zu ziehen, daß Berans Assistent sich ihm gegenüber spürbar verpflichtet fühlte und deshalb wohl oder übel aus seinem Schneckenhaus herauskam. Der junge Mann erachtete es sogar für notwendig, ihm zu verraten, er habe mit seiner Mutter sprechen müssen, um ihr zu eröffnen, daß er zu heiraten beabsichtige.

Buback hielt das Gespräch ohne verdächtige Fragen in Gang. Trotz seiner Natur konnte doch der junge Mann, der sich auf diesem anspruchsvollen Gebiet so gut bewährte, nicht auf den Kopf gefallen sein, bestimmt rechnete er damit, daß das Interesse eines Verbindungsoffiziers der Gestapo nicht bei einem ruchlosen Mörder endete. Aber auch so erfuhr er viel über die tschechische Mentalität, die sich im Laufe der Okkupation stark verändert hatte.

Dann fiel mehrmals ein Frauenname, und er kam erst mit Verspätung dahinter, daß es der Name jenes Mädchens war, an das er in den letzten Stunden öfter als an Hilde gedacht hatte...

Das Gespräch mit der Mutter beruhigte Morava. Jahrelang hatte er sich nicht damit abgefunden, daß er ihren Traum, das Familienhandwerk auch künftigen Generationen zu erhalten, zerstörte. Beflissen fuhr er immer wieder einmal zu ihr hin, doch nie verspürte er Erleichterung.

Bis heute das Wunder geschah. Als er, von der Zeit gehetzt, ihr in aller Eile von Jitka erzählte, erschrak er zuerst über ihre Tränen. Wird sie obendrein auch noch eifersüchtig? Doch sie legte sogleich die Arme um ihn und sagte, er habe sie unaussprechlich glücklich gemacht.

Also schlug er ihr gleich vor, wenigstens für einige Zeit nach Prag zu kommen, sie könne in seiner Junggesellenbleibe unterkommen, da er sowieso bei Jitka wohne, sie werde ihnen beiden die Sorge um ihr Schicksal hier nehmen, wo es nach baldigem Kampf aussehe. Auch das versprach sie hoch und heilig und gab ihm beim Abschied für Jitka ein seidenbesticktes Brusttuch von der Großmutter mit, das sie selber beim Kirchgang trug.

Er begrüßte noch kurz den Pächter, legte ihm ans Herz, die Mutter beim geringsten Anzeichen von Gefahr in den Zug nach Prag zu setzen, und sah dann auch schon mit verrenktem Hals und voll Rührung zu, wie sich die Frau, in der sein Leben begonnen hatte, entfernte und kleiner wurde, bis nur ein heller Punkt von ihr blieb, den bald der Horizont mit den Rebstöcken verschluckte.

In ungewöhnlich guter Stimmung begrüßte er es, daß die Unnahbarkeit des Deutschen nachgelassen hatte. Freilich stellte er nach wie vor selbst dessen unschuldigste Fragen auf den Kopf, ehe er darauf antwortete, und überlegte blitzschnell, wie Beran sie beurteilt hätte. Dieser Mensch aber schien sich erstaunlicherweise für die hiesige Gegend zu interessieren, und Morava konnte in der Gewißheit, keinen Bock zu schießen, von seiner Kindheit erzählen. An manchen Stellen bildete die Chaussee jetzt die unbewachte Grenze zwischen dem Protektorat und dem Sudetengebiet der einstigen Republik, das nach München dem Reich als Anzahlung auf den Rest zugefallen war, wie wird es hier nach dem Krieg aussehen? hätte er plötzlich gern gewußt, wird er hier, falls sie nicht gefallen sind, seine Mitschüler wiedersehen, die damals in der Klasse Heil! schrien und Heim ins Reich! in der Turnhalle brüllten? Wird es noch möglich sein, hier nebeneinander zu leben?

Dem Deutschen schilderte er begreiflicherweise nur, wie hier noch vor zehn Jahren jedermann in zwei Sprachen plauderte und keiner von der jeweils fremden behauptete, sie sei die schlechtere von beiden. Durch eine weitere harmlose Frage ermutigt, erinnerte er sich, wie man ebenda in den kleinen Weinkellern beim gemeinsamen Verkosten tschechische und deutsche Lieder sang und auch zur «zabijačka» je nach Bekanntschaft eingeladen wurde, nicht nach der Sprache. Was das sei, interessierte sich der

Deutsche, und Morava schoß Berans Anweisung bei der gestrigen Verabschiedung auf der Insel durch den Kopf.

Umsichtig, doch plastisch beschrieb er den Brauch, bei dem das grundlegende menschliche Bedürfnis nach Nahrung auf etwas treffe, das bereits die mühsam gezüchtete Frucht von Zivilisation und Kultur sei: dem Fremden vom eigenen Bissen anzubieten und dadurch jener animalischen Begierde vorzubeugen, aus der letzten Endes Kriege entstanden. Das sagte er allerdings nicht mehr, sondern betonte, daß auch in Zeiten wie diesen, da Essen zu etwas Kostbarem und zum Objekt der Spekulation geworden sei, in Südmähren weiterhin der Hunderte von Jahren alte Brauch gelte: Wer früher schon mit einem Gastgeschenk von dannen gegangen ist, hat es auch heute verdient. Was dem, der freigebig schenkt, zum Schicksal werden kann, sagte er und erzählte kühn, wie Beran es ihm geraten hatte, die Geschichte von Jitkas Vater, der ein Schwein geschlachtet hatte, nicht für den Schwarzhandel, sondern um auch Verwandte und Freunde teilhaben zu lassen.

Er bedauerte diesen Einfall, nachdem sich sein Nachbar wieder versteifte, als habe er ein Lineal verschluckt, doch noch ehe er sich strafwürdiger Einfalt zeihen konnte, vernahm er die recht freundliche Versicherung, die Behörden des Reichs, wie er übrigens wissen müßte, respektierten nicht nur das Recht, sondern verstünden auch damit umzugehen. Er, Buback, nehme persönlich nicht an, daß der Vater dieser... wie heiße sie eigentlich? Jitka Modrá? ja, also von diesem Fräulein Modrá, sie sei gewiß ledig, nicht wahr? so jung wie sie sei? ja, also daß er als Saboteur bestraft werde, wenn sich bestätige, was er hier eben gehört habe. Der Kollege solle nur, wenn sie wieder in Prag seien, dem Fräulein sagen, sie könne ihn, Buback, in dieser Sache ohne weiteres ansprechen, bestimmt werde er sich über den Fall informieren, er benötige nur die Personalangaben.

Morava wollte den Bogen nicht überspannen und behielt das Geständnis, daß es sich hier um seine Braut handle, für sich, ihm schien es vorteilhafter, nicht aus einem so persönlichen Grund als Fürsprecher aufzutreten. Da wuchs aus den Weingärten auch schon der Turm des Schlosses auf, wo der tatverdächtige Jakub Malatínský auf sie warten sollte. Daß er es nicht tat, sollte nicht die letzte Überraschung dieses Tages sein, es genügte aber, ihnen beiden die Stimmung zu verderben, da sich damit die Heimreise auf unbestimmte Zeit verzögerte.

Das Gespräch mit dem jungen Tschechen über Jitka Modrá versetzte Buback in Erregung. Der Apfel einer solchen Schüchternheit mußte von einem ähnlichen Baum gefallen sein, er glaubte gern, daß der Vater des Mädchens einer alten Tradition entsprechend gehandelt hatte und er ihm helfen konnte. Vor einiger Zeit war ihm Goebbels' vertraulicher Vorschlag für den Führer in die Hände gelangt, das Reich solle so schnell wie möglich seine Politik gegenüber den slawischen Völkern überdenken, deren Gebiete es sich bereits einverleibt hatte. Eine Bevölkerung, der keine Überlebensperspektive vergönnt sei, verbünde sich eher mit Tyrannen, die wenigstens die gleiche Sprache sprechen, hieß es dort so ungefähr.

Buback war völlig damit einverstanden, doch wenig später erkannte er, daß das Memorandum des Führerlieblings diesmal auf taube Ohren gestoßen war. Das Kriegstheater im Osten, erfuhr er von seinen Vorgesetzten, schließe alle Nachgiebigkeit aus, nur brutale Gewalt sei dazu angetan, in den okkupierten Gebieten eine allgemeine Rebellion zu verhindern. Diese Ansichten teilten bei Gestapo und SS alle. Sein Instinkt sagte ihm jetzt aber, daß nicht unbedingt heute gelten mußte, was gestern richtig gewesen sein mochte.

Die Aufgabe, mit der er jetzt betraut wurde, nahm zweifellos eine Variante vorweg, die noch vor kurzem, laut ausgesprochen, den Tatbestand des Hochverrats erfüllt hätte: daß das stolze Reich, das seit Jahren fast den ganzen Kontinent beherrscht hatte, auf dessen Mitte zusammenschrumpfen würde. Die Millionen dort lebender Tschechen, die den Verlust ihrer Selbständigkeit nie verwunden hatten, konnte man weder evakuieren noch schnell liquidieren, höchstens durch geschicktes Wechseln von Zuckerbrot und Peitsche dazu bringen, nicht aufsässig zu werden.

Buback war sich gewiß, daß im gegebenen Fall, wo er Beran und seinen Leuten einen Kollegialitätsbeweis liefern konnte, der im Grunde nichts kostete und große Wirkung zeitigen würde, Meckerle nicht nein sagen konnte. Der Prager Gestapochef hatte schon im Herbst davon gesprochen, daß man die Prioritäten ändern müsse, und bändigte seine Untergebenen jetzt ebenso, wie er ihnen früher die Sporen gegeben hatte. Jawohl, der Vater dieses Mädchens paßte einfach ins Spiel, und Buback, der sich an seine Regeln hielt, bewahrte zusätzlich vor Angst und vielleicht auch vor einem Unglück die Wiederverkörperung seiner Hilde.

Die Feststellung, daß der verdächtige Jakub Malatínský entgegen der Weisung aus Brünn nicht anwesend war und keiner eine Ahnung hatte, wo er sich herumtreiben könnte, durchkreuzte seine Gedanken. Doch noch ehe er sich gezwungen sah, die Anwesenden gehörig abzukanzeln, dolmetschte sein Begleiter bereits, die Vorladung habe nicht zugestellt werden können: Malatínský habe schon vorher zwei Tage freigenommen.

«Worauf warten Sie denn noch?» schnauzte er wenigstens den Ortspolizisten an, der vor Furcht fahlgrün wurde, «schicken Sie jemand nach ihm, lassen Sie ihn suchen, was weiß ich, doch stehen Sie hier nicht wie einer rum, der frisch vom Himmel gefallen ist! Ich will zur Nacht in Prag sein!»

Sich ihm zu widersetzen wagte der junge Mann.

«Kann das, bitte, eine halbe Stunde warten?»

«Warum??» bellte er schon gereizt los.

«Vielleicht kommt er von selbst. Um zwei beginnt seine Schicht.»

Macht er sich vor den Leuten über mich lustig? dachte Buback, doch dann blickte er wieder in Augen, in denen selbst professionelles Mißtrauen keine Falschheit erkannte. Er willigte ein, wies zur Strafe aber das Angebot zum Besuch des angeblich berühmten Schloßkellers barsch zurück. Während sein Begleiter die linierten Seiten fleißig mit Angaben über den Verdächtigen vollkritzelte, hörte er aufmerksam zu und versuchte den Eindruck zu erwecken, daß er aus Unkenntnis der Sprache durchs Fenster eine Schar Krähen beobachtete, die mit gezielten Anflügen einen geeigneten Baumsitz suchten.

Der schweißgebadete Polizist führte Malatínský zwei Minuten nach zwei vom Hof herein. In wattierten Leinensachen und Filzstiefeln trat ein Kerl wie ein Baum ins Zimmer, fast stieß sein Kopf an den Türstock. Buback dachte unwillkürlich an Meckerle, ließ den Vergleich aber rasch fallen. Das hier war kein Sack Fleisch, sondern ein Bündel Sehnen und Muskeln. Er hatte ein ebenmäßiges und festes Gesicht unter einer schwarzen Mähne und kein einziges graues Haar, beim Gehen straffte er Knie und Schenkel fast wie eine Balletteuse, wobei aber eine animalische Manneskraft von ihm ausging.

Dann fing Buback den untergebenen Blick des Kriminaladjunkten auf und winkte ihm loszulegen. Der Tscheche bat die lokalen Würdenträger, den Polizisten ausgenommen, sich zu entfernen, und forderte den Vorgeladenen auf, sich zu setzen. Auch das tat dieser auf eine Weise, die einer besseren Gesellschaft würdig war. Er schlug die Beine übereinander und faltete seine ansehnlichen Hände im Schoß. Obendrein führte er vor, daß er Deutsch sprach, mit starkem Akzent freilich, doch dafür mit einem ordentlichen Wortschatz. Auch er stammte doch aus dieser gemischten Region.

Nach der üblichen Einleitung, bei der man seine Personalien überprüfte und ihn belehrte, stellte der Mähre aus Prag ihm dieselbe Frage wie schon dem Jurajda heute morgen in Brünn: Wo befand er sich am 14. Februar dieses Jahres, und wer kann ihm das bestätigen?

«Das schreibe ich mir lieber nicht auf», erwiderte zähneblekkend der Befragte.

«Dann werden Sie sich erinnern müssen.»

«Wieso ist das so wichtig?»

Der junge Mann kam gleich zur Sache, und Buback wußte, daß er nicht anders gehandelt hätte.

«Sie sind im Jahre 1929 wegen eines brutalen Mordes verurteilt und nach Ihrer Entlassung im Herbst 1938 wegen eines anderen Mordes vernommen worden, ohne Ergebnis. Wir suchen einen Täter, der am vierzehnten Februar dieses Jahres auf ganz ähnliche Weise eine Frau in Prag umgebracht hat.»

Jawohl, billigte es Buback, nur weiter so. Wenn er der Mörder war, wußte er genau, warum wir hier waren, und würde sich bald eher verkrampft benehmen. Der Mann lachte jedoch, als habe er einen guten Witz gehört.

«Und warum suchen Sie ihn ausgerechnet hier?»

«Eine bekannte Firma zu fragen», sagte Berans und jetzt Bubacks Famulus ebenso ungezwungen, «ist immer ein guter Anfang und oft auch das beste Ende. Haben Sie es getan?»

«Nein», versetzte der andere nach wie vor beinahe amüsiert, «solche Dummheiten liegen ein für allemal hinter mir. Hätte ich meine Frau damals kurzerhand auf der Straße durchgewatscht und ihr die Klamotten nachgeschmissen, hätte ich mir zehn Jahre meines Lebens erspart und nicht hundert bessere Weiber verpaßt. Nur war ich leider zwanzig und saublöd dazu.»

«Die Art, wie Sie die Tat begingen», fuhr der junge Mann im Gesprächston fort, «zeugte von keinem Affekt, sie wurde von den Geschworenen als Äußerung eines besonders widerwärtigen Sadismus qualifiziert. Der Staatsanwalt forderte lebenslänglich.»

«Das Gericht aber hat mir fünfzehn aufgebrummt, weil es mich verstand. Sie war meine erste, ich war damals eben rasend eifersüchtig. Im Kittchen ist mir das für alle Zeit vergangen.»

«Wo waren Sie am vierzehnten Februar dieses Jahres?»

«Was war das für ein Tag?»

«Ein Mittwoch.»

«Wahrscheinlich auf Arbeit.»

«Stimmt nicht», jetzt lächelte der Gegner, «wir wissen bereits, daß Sie zwei Tage Urlaub genommen hatten. Warum?»

«Ich war wohl müde. Eine Woche lang wurden hier die großen Fässer gereinigt.»

«Sie nehmen oft Urlaub.»

«Ich nehm Urlaub, wann ich will und kann. Sie nicht?»

«Und wie verbringen Sie ihn? Etwa den von heute. Daran erinnern Sie sich doch wohl?»

Malatínský lachte, daß sein weißes Gebiß funkelte.

«Ja, das schon.»

Er hat nicht eine einzige Plombe! stellte Buback neidisch fest. Der Kerl ging ihm immer mehr auf die Nerven. Dich sollte mal einer von Meckerles Boxern in die Mangel nehmen, dachte er und schämte sich sogleich: Ich bin schon wie die!

«Herr Malatínský», sagte sein Gefährte plötzlich in sehr ernstem Ton, «ich möchte Sie darauf hinweisen, daß das Opfer eine Bürgerin des Deutschen Reiches war. Die Untersuchung überwacht daher hier der Herr Oberkriminalrat Buback von der Prager Gestapo. Wenn Sie mir keinen Beweis Ihrer Unschuld liefern, dann wird seine Behörde ihn einfordern. Sie können wählen.»

Dieser Knabe liest meine Gedanken, wunderte sich Buback und steuerte einen eiskalten Blick bei, den er gut beherrschte. Dem Vorgeführten verging das Lachen.

«Ich war es wirklich nicht. Ich habe für den Februar ein genauso gutes Alibi wie für gestern. Nur kann es mich meine Stelle kosten ...»

Sein Selbstbewußtsein hatte einen Sprung bekommen, der sich rasch vergrößerte. Der Prager Kriminalist wandte sich dem hiesigen Ordnungshüter zu.

«Darf ich Sie bitten, hinauszugehen?»

Der Angesprochene, der bis dahin den Blick zwischen beiden hin und her hatte wandern lassen, verstand nicht gleich, er zog Malatínský am Ellbogen, er solle aufstehen und ihm folgen. Als Morava seine Aufforderung wiederholte, errötete er wie ein getadelter Schüler und ging selbst eilig hinaus. Erst jetzt fuhr der junge Mann fort, diesmal fast freundschaftlich.

«Wir haben kein Interesse daran, Ihnen Schwierigkeiten zu machen, falls Sie unschuldig sind. Sollte Ihr Alibi überzeugend sein, behalten wir es für uns.»

«Ich war in Brünn.»

«Was haben Sie da gemacht?»

«Gefickt», sagte der Mann in seiner Muttersprache, «ich weiß nicht, wie das auf deutsch heißt.»

Es erheiterte Buback, daß der Tscheche ihm dieses Wort beim Übersetzen verlegen umschrieb; er hatte diesen Ausdruck einst als erster in der Klasse gekannt.

«Sie verstehen», fuhr der junge Mann fort, «daß wir das noch prüfen müssen.»

«Ja. Ebenda liegt der Hase im Pfeffer.»

«Ist die Dame vielleicht verheiratet?»

«Welche?»

«Wieso welche ...?»

«Meinen Sie die vom Februar oder die jetzige?»

«Uns interessiert die vom Februar!»

«Ja, hm ... aber könnten Sie sie nicht fragen, wenn die andere nicht dabei ist?»

«Warum sollte sie dabei sein ...?»

«Es sind Mutter und Tochter.»

Der Kriminalist war auf einmal ein verstörtes Jüngelchen, und Buback schien es, als suchte der Verhörte jetzt männliches Verständnis bei ihm. Er hatte das Gefühl, eingreifen zu müssen.

«Welche war das im Februar?»

«Die Mutter.»

«Und wo finden wir sie?»

«Na hier.»

«Sie sprechen von Brünn.»

«Dort war ich mit ihr im Hotel. Jetzt mit der Tochter auch.»

«Und wer ist diese Mutter?»

«Die Frau vom hiesigen Verwalter. Sie wohnt gleich hier im Schloß. Aber von der Tochter reden Sie mit ihr doch nicht?»

«Nein», sagte Buback.

«Und könnten Sie sie unauffällig befragen?»

«Ja», sagte Buback.

Was ist mit mir los? dachte er verwundert. Zuerst wünsche ich ihm Prügel, und jetzt errichte ich eine dreifache Mauer um ihn? Werde ich ihn vor dem Ehemann und vor zwei betrogenen Geliebten decken? Nun, wie auch immer, der sechste Sinn des erfahrenen Fachmanns sagte ihm, daß die bestialische Tat, die dieser Mann seinerzeit begangen hatte, anscheinend doch nicht der Ausdruck angeborener Abartigkeit war, sondern ein Wutausbruch gedemütigter Männlichkeit. Er zweifelte nicht daran, daß sein Alibi überzeugend bestätigt werden würde, dieses Mannsbild verströmte eine solche Vitalität, daß er seine Wollust wahrlich nicht durch Quälen und Töten ersetzen mußte. Nein, der Ausflug hierher könnte nur in einer Hinsicht von Nutzen sein: Er würde versuchen, seinem Begleiter und damit seiner eigentlichen Aufgabe noch näher zu kommen.

Auch Morava konnte sich nicht genug wundern. Der Deutsche, den er in der ganzen Zeit ihrer ungleichen Zusammenarbeit, wobei der eine die Arbeit machte und der andere ihn nur beaufsichtigte, nicht anders als einen zugeknöpften Patron kennengelernt hatte, zwar nicht so arrogant wie die anderen Gestapoleute, doch auch kein Kollege, zu dem er hätte Vertrauen haben können, dieser Mann hatte sich in den letzten paar Stunden so verändert, daß er ihn kaum wiederzuerkennen glaubte.

Daß er ihn seine Mutter besuchen ließ, daß er die Intervention zugunsten von Jitkas Vater nicht ablehnte und schließlich so unkonventionell bei Malatínskýs Vernehmung auftrat, konnte natürlich, falls Beran recht hatte, ein klassischer Trick sein, doch auf jeden Fall atmete es sich in der neuen Atmosphäre leichter. Die Öffnung einer Beziehung, wußte Morava, verschafft beiden Seiten gleiche Vorteile, man muß nur mehr die Ohren spitzen und seine Zunge besser hüten.

Malatínský gaben sie wieder in die Obhut des Polizisten und baten die Frau des Verwalters, der im Keller herumwerkelte, schlicht und einfach um einen Kaffee. Als sie ihn brachte und Morava aus heiterem Himmel Bubacks Frage übersetzte, wo und mit wem sie am Dienstag, dem 14. Februar, gewesen sei, verwandelte sich die nette und hübsche, eine Spur zu üppige, doch allen Freuden des Lebens sichtlich zugetane Frau in ein Häuflein Unglück. Vor Schreck stand ihr der Mund offen, und ihre Lippen zuckten. Noch ehe sie in Tränen ausbrechen oder gar ohnmächtig werden konnte, ließ Buback ihr übersetzen, daß alles hier unter ihnen bleibe, ihr Mann werde auf keinen Fall davon erfahren.

Sie erinnerte sich erstaunlicherweise sofort, hielt sich an dem Versprechen wie an einem Rettungsring fest und sagte so beflissen aus, daß es Morava heiß überlief, ja, sie sei an jenem Februartag, wie fast jeden Monat, mit dem Angestellten des Schloßkellers Jakub Malatínský in Brünn gewesen, sie kenne, falls die Herren das wissen wollten, auch dessen schreckliche Vergangenheit, glaube aber dennoch, daß das Ganze eher eine Tragödie war, er habe offenbar mit seinem ganzen jungen Herzen geliebt, und dieses Flittchen habe ihn eben betrogen, sie selbst kenne ihn als feinen und empfindsamen Mann, ja, trotz all seiner Kraft, zum Beispiel liebe er auch sie über alles und dränge sie trotzdem nicht, ihren Mann zu verlassen, der, wie er sagte, ihr und ihrer Tochter viel mehr bieten könne als ein einfacher Kellermeister, von denen in Mähren zwölf aufs Dutzend gingen, ja, sie seien damals wie üblich zwei Tage und zwei Nächte zusammengewesen, nur diesen Monat hätten sie ausgelassen, er meinte, sie könnten sich nicht so regelmäßig und gleichzeitig von hier entfernen, so sei er diesmal allein zu seiner Mutter gefahren, ja, im Hotel meldeten sie sich immer vorschriftsmäßig an, ein Bekannter an der Rezeption schreibe sie bloß auf zwei Zimmer ein, doch sie sei mit Jakub in einem zusammengewesen und schwöre, er habe sich die ganze Zeit nicht wegbegeben, allenfalls zum Klo, ja, sie unterschreibe auch das Protokoll, verlasse sich aber, um Gottes willen, auf das Wort der Herren, daß niemand davon erfährt, denn sonst würde diesmal ihr Mann einen Mord begehen.

Morava brachte mit Bubacks Zustimmung eine ganz knappe Erklärung zu Papier, der Frau zitterte die Hand, doch gelang es ihr, die Unterschrift darunterzusetzen, die beiden Männer tranken aus und gingen ins Büro zurück. Malatínský unterhielt sich dort gesellig mit dem Polizisten. Als sie eintraten, lachte er noch, stand aber ehrerbietig auf. Und es war Buback selbst, der ihm mit einem beinah freundlichen Nicken zu verstehen gab, daß seine Aussage bestätigt worden sei. Dafür hielt dieser dann entgegenkommend sein Gesicht und beide Profile hin, als Morava ihn fotografierte, damit sich sicherheitshalber der Prager Hausmeister auch zu ihm äußere. Dann waren sie fertig und durften nach Hause fahren, was für Morava bedeutete: zu Jitka.

Kurz vor der Abfahrt kam es zu einer bemerkenswerten Episode. Als er sich im Schloßparterre breitbeinig vor die lysolstinkende Rinne des schlichten Angestelltenaborts stellte, während Buback frische Luft schöpfen ging, knarrte die Tür, und der Ortspolizist trat neben ihn. Von draußen drang das Knarren der Rollwagen herein, welche die Holzkisten mit den Flaschen transportierten, über ihnen klatschte metallen die alte Ventilation, und Morava hörte anfangs überhaupt nicht, daß der Mann zu ihm sprach. Als er es mitbekam, mußte er zurückfragen.

«Was haben Sie gesagt?»

Sein Nachbar hob leicht die Stimme und schielte nach der Tür.

«Herr Kriminaladjunkt, was sollen wir tun?»

«Nichts. Solange wir uns nicht melden, lassen Sie ihn in Ruh.»

«Sie haben mich nicht verstanden. Was sollen wir überhaupt tun? Wenn es losgeht? Wenn die Deutschen uns zum Beispiel mobilisieren? Wem unterstehen wir eigentlich?»

«Wie lange sind Sie bei der Polizei?»

«Na ... seit dem Jahr zwanzig.»

Morava blickte in Augen, in denen er nicht, wie in Brünn, die panische Angst eines Kollaborateurs sah, sondern die sehr verständliche Pein eines Menschen, dessen Gewerbe ein Vierteljahrhundert lang der Dienst am Gesetz war, das von einer wechselnden Obrigkeit verschieden bestimmt wurde. Er dankte seinem Schicksal, daß es für ihn eine zwar traurige, im Grunde aber vom Wetter der Macht unabhängige Arbeit ausgewählt hatte.

«Oder auch», fuhr der Mann nervös fort, «wenn, wie es

aussieht, der Russe kommt? Wird die alte Republik wieder kommen? Oder bleiben die Slowaken und die Sudeten separat? Wem sollen wir dann gehorchen, Beneš oder Stalin?»

Morava war viel zu sehr Schüler Berans, als daß er gänzlich auf Gefühle gegeben hätte. Ein Polizist, der alle Regime überlebt hat, konnte ein ganz durchtriebener Lump und Provokateur sein, vielleicht sogar ein Mann im Sold der Deutschen und in Bubacks Regie. Er antwortete, wie er antworten mußte.

«Wir haben keine Zeit. Und wir kennen uns nicht. Halten Sie sich einfach an die Vorschriften.»

Er las in den Augen des alten Kollegen Enttäuschung und ertrug dies nicht länger. So entschloß er sich zu einer salomonischen Lösung.

«Haben Sie in der Armee gedient?»

«Ja, in der ersten Republik ...»

«Also haben Sie einen Eid geschworen?»

«Ja. Aber unter den Deutschen auch ...»

«Auch freiwillig?»

«Nein ...»

«Was fragen Sie dann?»

Sie knöpften sich die Hosenschlitze zu.

«Ich danke Ihnen», sagte der Uniformierte, «halten wir uns die Daumen, daß die Woge über uns hinweggeht.»

Ehe er sich bückte, um ins Auto zu steigen, erblickte Morava im ersten Stock des Schlosses die Verwaltersgattin. Ihr wohlbeleibter Mann in Weste, Pumphosen und Gummistiefeln, der sich mit ihnen verabschiedete, sah keineswegs wie ein von Leidenschaft Geschüttelter aus, der aus Eifersucht eines Totschlags fähig war. Die Frau hinter ihm im Fenster faltete trotzdem blitzschnell die Hände und hielt dann einen Finger an den Mund. Die von ihrem Mann geliebte Gattin liebte ihren Liebhaber, der soeben mit ihrer offensichtlich geliebten Tochter Liebe gemacht hatte. Jan Morava hatte keinerlei Verständnis dafür, er empfand vor diesen Lügnern tiefen Abscheu.

Warum schenken wir dem betrogenen Winzer eigentlich nicht reinen Wein ein? Du Schwachkopf! tadelte er sich sogleich, du tust Dienst auf einem Friedhof, dessen Gräber heute und täglich von entfesselten Trieben aufgefüllt werden. Danke dem Himmel, daß dich keine beuteln, da er dir einen Engel geschickt hat, und spiel nicht die Gerechtigkeit. Sei gerecht!

Das Bild der Landschaft, durch die sie auf ihrer eigenen Spur heimkehrten, war nicht wiederzuerkennen. In der Dämmerung passierten und überholten sie jetzt nur heimkehrende Gespanne mit Pflügen, Eggen oder Sämaschinen, das riesenhafte Heer, falls es nicht ohnehin ein Trugbild gewesen war, schien wie vom Erdboden verschluckt. Buback, an ein derartiges Auftauchen und Verschwinden von Truppen gewöhnt, verfolgte jedoch sehr wohl die Spuren ihrer Allgegenwart und bewunderte um so mehr die ungebrochene Disziplin.

Den Gesprächsfetzen, die ihm im Amt oder an der Bar des Deutschen Hauses zu Ohren gekommen waren, entnahm er, was er im übrigen noch aus der Heimatkunde behalten hatte. Dieses wellige Stück Erde, das sich im mährisch-slowakischen Grenzgebiet bis nach Schlesien hin erstreckte und weiter westlich in den böhmisch-mährischen Höhenzug überging, stellte für sich allein einen mächtigen natürlichen Schutzwall dar. Die Schlacht, die über das Schicksal des Krieges und die künftige Gestalt der Welt entscheiden sollte, würde bestimmt hier stattfinden.

Wie fühlte das dieser Junge, der doch seine Mutter hier hat? mußte er denken und erkundigte sich geschickt. So erfuhr er, daß sein Reisegefährte die Mutter zu überreden hoffte, für einige Zeit nach Prag zu den Jungvermählten umzuziehen. Und gleich darauf stellte ihm der junge Mann die erste Frage, die aus dem Rahmen ihrer Beziehung fiel: ob er auch Familie habe.

«Nein!» gab Buback fast schroff zurück und richtete wieder die Stacheln auf, obwohl ihm sogleich klarwurde, daß dies unberechtigt war, er selbst hatte mit dieser privaten Ausfragerei angefangen und so keinen Grund, sich als Angehöriger einer Herrenrasse aufzuspielen. Deshalb setzte er hinzu.

«Meine Frau und meine Tochter sind letztes Jahr bei einem Luftangriff umgekommen.»

Im Wagen war es schon lange dunkel, doch als keine Antwort kam und er deshalb den Kopf seinem Nachbarn zuwandte, begegnete er Augen, in denen deutlich Anteilnahme zu lesen war. Diese Reaktion überraschte ihn, er wußte sich mit ihr keinen Rat, und so sahen sie sich ein paar lange Sekunden an, bis der Tscheche wieder sprach.

«Als einer, der seine Liebe gerade gefunden hat, bedauere ich das sehr, Herr Buback.»

Der erinnerte sich nicht, wann ihn jemand so wie dieser junge Mann das letztemal aus der Reserve gelockt hatte, und verfiel in der Eile auf nichts Besseres als danke!

Den Rest der Fahrt verbrachten beide halb schlafend, halb wachend auf den Rücksitzen. Litera mußte jetzt so fahren, wie es ihm die blaugestrichenen Scheinwerfer erlaubten, die nur einen schmalen waagrechten Lichtstreif durchließen. Buback sprach den Tschechen lieber nicht mehr an, ab und zu versank er in phantasmagorischen, inhaltslosen Träumen, um dann wieder eine Zeitlang über die regungslosen Schultern des Fahrers in die schwarze Finsternis zu starren, die auch in den verdunkelten, eher wie Kulissen wirkenden Städtchen nicht wich.

Weit nach Mitternacht hörte er, wie der Fahrer nach hinten meldete, sie hätten Prag erreicht, wen er wo absetzen solle. Ums Haar hätte er auf tschechisch geantwortet und zuckte zusammen; eigenartigerweise erschreckte ihn mehr als der Verlust des heimlichen Vorteils der Gedanke, sich gerade vor seinem Begleiter so zu blamieren. Der ließ ihm wiederum den Vortritt, und so konnte sich Buback eines weiteren, aus Müdigkeit begangenen Fehlers zeihen, als er wider alle Regeln seine Privatadresse angab. Er versuchte es damit zu korrigieren, daß er schon ganz am Fuß der Villenstraße ausstieg, sich knapp verabschiedete und den steilen Hang allein hinaufging.

Klein-Berlin hieß dieses Viertel bei den Tschechen jetzt. Die früher meist jüdischen Villen wurden zu Dienstwohnungen der aus dem Reich herbefohlenen Funktionäre. Buback war sehr spät gekommen, für ihn reichte es nur zu einer Mansarde in einer Jugendstilvilla, die der Vorsitzende des Prager Volksgerichts mit seiner vielköpfigen Familie bewohnte. Die war froh, als er sich den Schlüssel zu dem schmalen Hinteraufgang für das Personal erbat, so mußten sie miteinander keinen Umgang haben. Es kam jedoch ein paarmal vor, daß er zur gleichen Zeit wie der Richter aus dem Hause ging, der ihn dann in seinem Dienstauto mitnahm, das auf dem Weg zum Pankrácer Gericht und Gefängnis sowieso an der Gestapo vorübermußte.

Bei solchen Begegnungen befragte ihn dann der dickliche selbst im strengen Winter schwitzende Mann hastig nach seiner Meinung zur Kriegslage. Buback antwortete grundsätzlich im Geiste der Leitartikel des «Völkischen Beobachters», die Situation auf den Kriegsschauplätzen sei nicht ausschlaggebend, da der Kampf, wie schon so oft in der Vergangenheit, allein durch einen genialen und deshalb unvorhersehbaren Zug des Führers entschieden werde. Der Richter pflichtete ihm begeistert bei, und abends erfuhr Buback dann aus den Rundfunknachrichten von den neuesten Arbeitserfolgen seines Nachbarn, die sich in der Zahl der heute Hingerichteten niederschlugen.

Am Scheitelpunkt der Straße angelangt, vernahm er gedämpfte Geräusche und sah, daß sich vor seinem Haus etwas im Dunkeln bewegte. Er blieb stehen und überlegte zum erstenmal, ob er in dieser Zeit und in dieser Stadt wie überall, wo die Front näher kam, nicht doch wieder seine Pistole tragen sollte. Er erkannte jedoch deutsche Laute und ging deshalb darauf zu. Der große bauchige Schatten verwandelte sich in einen Möbelwagen, in den gerade vier breitschultrige Männer mit Gurten einen Flügel schleppten. Vor dem Essen am Heiligen Abend, zu dem er eingeladen worden war, hatte die Frau des Richters Weihnachtslieder gespielt und sich damit großgetan, es sei der berühmte Steinway, eine Hinterlassenschaft der Vorbesitzer. Sogar die abgedunkelten Taschenlampen der Männer ließen Buback erkennen, daß der geräumige Laderaum schon fast voll war.

Aus der Dunkelheit tauchte ein weiterer Muskelprotz auf und herrschte ihn an.

«Was haben Sie hier zu suchen?»

«Was haben Sie hier zu suchen?» erwiderte er kühl, «ich wohne hier.»

Der Mann, zweifellos eine Charge in Zivil, hielt ihn für einen einfachen Volksgenossen, dem er es jetzt zeigen wollte.

«Den Ausweis!»

«In Ordnung, Herr Hauptwachtmeister!» rief eine keuchende Stimme gedämpft, der Richter höchstselbst eilte herbei, «das ist Oberkriminalrat Buback, unser Nachbar! Guten Abend!»

«... n' Abend», sagte Buback und betrachtete unverwandt die Szene, wobei ihm ihr Sinn aufging.

«Die Mutter meiner Frau», sprudelte der Richter hervor, «liegt schwerkrank darnieder, ihr Vater wohnt am Bodensee, und so fährt sie hin, sich um die Eltern zu kümmern ...»

Daß dieser Mensch, der allen Grund hatte, um seine Haut zu bangen, seine Familie beizeiten in Sicherheit brachte, kam Buback menschlich begreiflich vor, doch daß er als Haupt der hiesigen Reichsjustiz mit Hilfe von Gefängnispersonal einen hundsgemeinen Raub beging, verschlug ihm den Atem. Schon zum zweitenmal war er heute keines Wortes fähig, schweigend blickte er auf den schweren Flügel, der im Wagen verschwand.

«Die Kinder», schnatterte der Richter weiter, was ihm auf die Zunge kam, «lernen grad spielen, wir möchten nicht, daß sie aus der Übung kommen, bis sie wieder zurück sind ...»

Ratte! dachte Buback wütend. Ratten wie du haben alle Völker Europas gegen uns aufgehetzt, und jetzt verlassen sie als erste mit ihrer Beute das Schiff. Er wandte sich so energisch zum Hintereingang, daß der zerknirschte Aufseher ihm gerade noch aus dem Weg springen konnte. Der Mann, der Hunderte Menschen vor die Gewehrläufe oder unters Beil geschickt hatte, rief ihm fast flehend nach.

«Ich habe die Genehmigung vom Amt des Reichsprotektors, Herr Buback, und ich persönlich bleibe selbstverständlich in meinem Amt ...»

Buback ließ seine Wut an der Tür aus, er schmetterte sie zu, daß das Haus erbebte, doch er wußte, es schlief sowieso keiner darin, denn die Frau Gemahlin saß mit den Kindlein bestimmt schon im Dienstwagen, der sich durch dunkle Nacht gen Westen bewegte.

Die Bilder der Armee, die zu der geschichtlichen Schlacht antrat, und das Bild dieses feigen Kapitulanten regten ihn so sehr auf, daß an Schlaf nicht zu denken war. Er stöberte in der engen Küche eine Flasche mit einem Rest Brandy auf und ließ ihn auf der Stelle durch die Kehle rinnen. Der Druck im Gehirn ließ augenblicklich nach, die Erregung wich einer schlappen Müdigkeit. Dann bemerkte er aber, daß auf dem Parkett ein Briefumschlag lag, den man ihm offenbar unter der Tür durchgeschoben hatte.

Er riß ihn auf und las Kroloffs Bericht.

Morava erschrak, als er Jitka so spät noch wach vorfand.

«Was ist denn passiert?»

«Mir nichts. Ich warte auf dich.»

«Ich hab doch überhaupt nicht gewußt, wann ich wieder da bin! Wir hätten bis morgen dort herumhocken können.»

«Hat euch denn Berans Mitteilung nicht erreicht?»

«Nein, welche denn?»

«Ich habe schon heute nachmittag ein Fernschreiben an die dortige Polizeistation geschickt.»

«Aha», er begriff, «der Ortspolizist war die ganze Zeit mit uns zusammen. Und was wolltet ihr von uns ...?»

«Er hat wieder zugeschlagen. Der Aufschlitzer.»

«Nein! Wann?»

«Gestern. Das heißt schon vorgestern, doch man hat sie erst gestern gefunden.»

«Wen? Wo?»

Als wäre sie im Büro, referierte sie ihm mit ihrer umflorten Stimme knapp die jüngste Schreckenstat. Der Brand, der in der Parterrewohnung des alten Hauses in der Podskalská-Gasse Nr. 131 in Prag XV.-Podolí ausbrach, war spät bemerkt worden, da die umgebaute Küche keine Fenster besaß. Er beschränkte sich zwar auf die betroffene Wohnung, die jedoch völlig ausbrannte. Der teilweise verkohlte Leib wurde der Wohnungsinhaberin Barbora Pospíchalová zugeordnet. Erst gestern mittag machte man in der Gerichtsmedizin eine Entdeckung, die die bisherige Untersuchung auf den Kopf stellte: Die Frau, ihrem Schmuck und Gebiß nach tatsächlich mit der Genannten identisch, war noch vor Ausbruch des Feuers auf die gleiche Weise ermordet und entstellt worden wie die deutsche Baronin. Unglücklicherweise hatten die Feuerwehrleute mit ihren Spritzen alle Spuren vernichtet, und als sie später neben den glimmenden Überresten den sonstigen Schutt auf die Halde schafften, waren auch die abgeschnittenen Brüste spurlos verschwunden. Daß das Verbrechen vom selben Täter begangen worden war, werde durch das fehlende Herz belegt, das der Mörder vermutlich auch diesmal mitgenommen hatte.

Die Vernehmung aller Hausbewohner erbrachte keine verwendbaren Fakten, das Opfer hatte regelmäßig Besuch nur von seinem Schwager bekommen, der gleich nach der ersten Information zusammenbrach und ins Krankenhaus geschafft werden mußte, mit anderen Männern war die Witwe nie gesehen worden. Der einzige und außerdem wenig zuverlässige Fingerzeig war die Aussage eines kleinen Mädchens, das vor dem Brand aus dem Zwischengeschoß nach seiner Mutti ausgeguckt hatte und behauptete, aus dem Haus wäre mit einem großen Koffer ein Wassermann gekommen, was auf einen grünen Mantel schließen ließ.

«Möchtest du einen Tee?» fragte Jitka, als sie fertig war.

«Mit Sliwowitz», sagte er automatisch und rappelte sich aus der Erkenntnis wieder auf, daß der Weg, auf dem er fast einen Monat lang gefahndet hatte, von Anfang an eine Sackgasse war. Der Mann, der vor Elisabeth von Pommeren und Barbora Pospíchalová vielleicht auch die Näherin in Brünn zu Tode gefoltert hatte, gehörte nicht zu den bisher Verdächtigen und hatte mit hoher Wahrscheinlichkeit ein sauberes Strafregister aufzuweisen. Da er bis zum zweiten Mord siebeneinhalb Jahre und von da bis zum dritten nur noch einen knappen Monat gebraucht hatte, war zu befürchten, daß er Gefallen an seiner Tötungsart gefunden hatte.

Morava spürte, wie ihm der beißende Duft des Ersatztees und des echten Zwetschgenbrands in die Nase stieg, vor allem aber fühlte er, wie sich ihm ihre Arme leicht um den Hals legten.

«Du wirst ihn finden!» sagte sie, und er war sich dessen sicher, daß er sie nicht enttäuschen würde.

«Meine Mama», antwortete er, «ist glücklich und freut sich auf den Tag, an dem sie dich kennenlernen wird. Sie schickt dir ihr Lieblingstuch. Und Buback hat mir so gut wie versprochen, deinem Vater zu helfen.»

«Was fehlt uns dann, Liebster?» fragte sie, «vielleicht nur noch das Kindl. Bist du sehr müde?»

«Jitka ...», flüsterte er und versenkte den Blick in ihre Pupillen, um alle scheußlichen Bilder in diesem warmen Braun zerfließen zu lassen, «mein Liebes, wo warst du so lange? Das ganze Leben habe ich auf dich gewartet, und das ganze Leben wirst du mich nicht mehr los.»

Seine Neugier war größer als seine Vorsicht. Sicherheitshalber tat er freilich in der Kantine so, als repariere er die Türklinke, bis der Direktor sich zum Essen niederließ, irgendeinem grauen Brei mit roter Rübe, brr! so was nähme er nie in den Mund, seine Zunge war für immer durch SIE verwöhnt. Dann schlenderte er, für fremde Augen lässig, mit dem Werkzeug in der Hand zum Direktorbüro, klopfte an, wartete und trat ein. Im hinteren Zimmer legte er Hammer und Zange auf den Schreibtisch und blätterte eilig die Tagespresse durch. NICHTS!

Wie er ungläubig auf die Rückseite des letzten Blattes starrte, nahm er in der «Schwarzen Chronik» die Notiz über den Brand in der Podskalská-Gasse wahr. Das Schild an der Straßenecke hat sich ihm vorgestern eingeprägt, weil ihm zuerst die deutsche Bezeichnung Podskalaergasse ins Auge gefallen ist, die keinen Sinn ergab. Er muß sich den Absatz Silbe für Silbe vorlesen, bevor er begriff. Er konnte gerade noch die Zeitung zusammenfalten, das Werkzeug zusammenraffen und weggehen, ehe er zu zittern anfing.

Er riegelte sich auf der Toilette ein, setzte sich angekleidet auf die Schüssel und betrachtete ohnmächtig seine schlotternden Arme und Beine. Wer hat sich da gegen ihn verschworen? Wie konnte es passieren, daß der pure Zufall ein weiteres Meisterwerk von ihm vernichtete? Er hat fest damit gerechnet, daß man ihn diesmal voll und ganz zur Kenntnis nehmen wird und endlich seine ABSICHT zu erraten beginnt. Statt dessen wieder NICHTS, NICHTS, NICHTS!!

Gerade jetzt, als er zu der Überzeugung kam, daß sein TUN einen regelmäßigen Rhythmus haben muß, damit sie MIT IHM RECHNETEN. Dachte er sich den unglücklichen Anfang in Brünn weg, der ihn für etliche Jahre handlungsunfähig gemacht hat, war er sich fast sicher, daß es künftig mehr oder weniger wie das letztemal ablaufen wird: Zwei Wochen brauchte er, um ES ZU VERDAUEN, und zwei Wochen, um SICH VORZUBEREITEN, wie der Mond! wußte er, auch er wird ab- und zunehmen.

Zwölf im Jahr, die Zahl kam ihm angemessen und zugleich bedeutungsvoll vor, auch darin steckt ein Symbol. Damit es jedoch als Warnung verstanden werden kann, muß er erst einmal bekannt werden, alle müssen diesen Rhythmus begreifen und auf die kommende STRAFE warten, nur so kann es funktionieren, nur so können die Frauen, die sie verdienen, sich fürchten und Buße tun, besser werden, ein Beispiel sein, das immer mehr befolgt wird, bis die Welt GEREINIGT ist.

Wäre das Feuer nicht gewesen, das natürlich kein anderer als SATAN legen konnte, wäre seine Absicht schon Mitte kommenden Monats deutlich geworden, er hätte das Schicksalspendel in Bewegung gesetzt, das mit jedem Schwung ein sündiges Herz vernichtet. Und statt dessen? «Zwar hat der rote Hahn das übrige Haus verschont», wiederholte er bei sich die Nachricht, «doch die Wohnung so verwüstet, daß die Inhaberin nur an ihren Zähnen und Ringen identifiziert werden konnte.»

Irgendwer betrat hastig den Raum, drückte auf die Klinke seiner Kabine und rüttelte ungeduldig daran. Was ist?? Haben sie mich entdeckt?? Wie?? Voll Panik überlegte er, ob er die Lüftungsklappe hinter sich aufmachen und in den Lichtschacht hinabsteigen soll. Beim Gedanken an die Tiefe schoß ihm ein fürchterlicher Schmerz durch die Hoden, der Schwindel nahm ihm stets die Kraft, bestimmt würde er gleich loslassen und am Grunde des Schachts zerschmettern. Nein!! Er wird die Tür so heftig entriegeln und aufreißen, daß der dahinter wenigstens für ein paar Sekunden das Gleichgewicht verliert, auf dem Flur und im Treppenhaus wird er ihn kaum mehr einfangen... es sei denn, es sind mehrere!

Er schwitzte vor Entsetzen, denn ihm wurde zum erstenmal bewußt, wie rasch und auf wie dumme Art er entlarvt werden könnte. Eine kurze Haussuchung genügt, um die Riemen in seiner Wohnung und im hiesigen Keller DIE DINGE zu finden! Er wird sie kaum davon überzeugen können, daß er DAS GUTE verkörpert. Sie werden ihn mit der gleichen Leichtigkeit aburteilen, wie sie heute und täglich Hunderte gewöhnlicher Leute richten, die nicht im entferntesten so wie er den Versuch unternommen haben, DAS BÖSE zu bezwingen. Ihm sprang das Bild vor Augen, wie sie ihn gefesselt zum blutigen Richtblock schleifen, und da wurde ihm übel.

Der Unbekannte draußen fluchte, ging eilig hinaus und schlug die Tür hinter sich zu. Er konnte sich gerade noch umdrehen und vor die abgeschlagene Schüssel niederknien; würgend erbrach er das ganze Frühstück. Ihm war leichter, doch er blieb auf den Knien, die Handflächen auf die schmutzigen Fliesen und das Kinn auf das kalte Porzellan gestützt, die Augen blind von der Sturzflut der Tränen, bis seine Nase den beißenden Säuregeruch wahrnahm. Er spülte und schöpfte dann mit der Hand das nachlaufende Wasser, um sich den Mund zu säubern. Es beruhigte ihn weiter, daß er sich weder Hemd noch Pullover beschmutzt hat, sorgfältig wischte er die Kabine mit dem geschnittenen Zeitungspapier aus, und als er nachspülte, merkte er, daß ihm die Hände nicht mehr zittern. Er konnte gehen.

Auf dem Flur, wo ihn frische Luft umfächelte, kam ihm einer der ersten Armeepiloten in den Sinn, der sich bei einem Flugtag mit dem Fallschirm aus einem abstürzenden Doppeldecker retten mußte. Das erste, was er nach der riskanten Landung verlangte, war der sofortige Start mit einer anderen Maschine. Ihm wurde bewußt, daß auch er sein Pech SOFORT überwinden muß.

Als Beran ins Büro kam, referierte Morava ihm in aller Knappheit über die Dienstfahrt mit Buback und fragte, wobei ihm das Herz bis zum Halse herauf pochte, was für Aufgaben man für ihn habe.

«Die eine reicht Ihnen nicht?» fragte Beran verwundert.

«Sie lassen mir den Fall?»

«Haben Sie die Courage verloren?»

«Ich will Ihnen keine Unannehmlichkeiten bereiten.»

«Dann tun Sie's nicht!»

Der Vorgesetzte sah ihm bedeutungsvoll in die Augen. Morava mußte sich wieder einmal nervös räuspern.

«Sie wissen sehr wohl», fuhr Beran fort, «daß es um mehr geht als unser Prestige, ich habe versucht, Ihnen das kürzlich zu erläutern.»

«Ja ...»

«Falls Sie dabei Kopfschmerzen bekommen, können wir wieder einen Spaziergang machen.»

«Ja ...»

«Außerdem habe ich Ihrem Bericht entnommen, daß die Zusammenarbeit mit dem Herrn Beauftragten ebenfalls funktioniert.»

«Ja. Er scheint keine Vorbehalte gegen unser Vorgehen zu haben.»

«Falls die Deutschen den zweiten Mord so einschätzen wie wir, können sie die These fallenlassen, daß es sich um Akte des tschechischen Widerstands handelt.»

«Aber dann hätten sie keinen Grund mehr ...», wandte Morava ein und verstummte, als der Hauptkommissar den Zeigefinger an den Mund legte.

«Ich setze voraus», sagte Beran, «daß man den Herrn Oberkriminalrat schon aus reiner Kollegialität nicht von hier abberufen wird. Der Mörder hat demonstriert, daß er keine Unterschiede macht, die deutschen Frauen sind weiterhin so gefährdet wie die tschechischen. Außerdem kann Herr Buback mit Ihnen die deutschen wie unsere Sicherheitsvorkehrungen für die potentiellen weiteren Opfer koordinieren. Welche schlagen Sie vor?»

Morava formulierte laut, was er sich in der morgendlichen Straßenbahn zurechtgelegt hatte. In den drei bisherigen Fällen, den Brünner Fall eingeschlossen, falls der dazugehörte, deutete nichts darauf hin, daß der Täter mit Gewalt in die Wohnung seiner Opfer eingedrungen war, im Gegenteil, alles sprach dafür, daß er immer freiwillig eingelassen wurde, obwohl die beiden Prager Frauen mißtrauische Einzelgängerinnen waren. Wie machte er das denn? Wo sprach er sie an? Wie gewann er ihr Vertrauen?

«Das bringt mich zu der Überlegung, ob unsere Maßnahme richtig war, den Fall einer strengen Zensur zu unterwerfen. Die Angst vor der Panik kann die positive Wirkung nicht überdekken: Die Frauen würden sich mehr vor unbekannten Männern in acht nehmen, die sich bei ihnen einzuschmeicheln versuchen.»

«Das unübersehbare Risiko bleibt», sagte Beran, «daß der Mörder sich durch die Veröffentlichung ermuntert fühlen und noch aktiver werden kann, ganz wie ein eitler Künstler. Erörtern Sie das mit Herrn Buback, es geht um übereinstimmendes Vorgehen beider Seiten.»

«Sinn hätte das freilich nur», spann Morava seinen Faden weiter, «wenn wir den Mut hätten, diese Greueltaten im Detail zu schildern. Diese Schlächterei erinnert wahrhaftig an ein Ritual, zu dem es irgendeine Vorlage geben muß. Bei all seiner Scheußlichkeit ist das wirklich so etwas wie eine finstere Kunst.»

Berans Miene verdüsterte sich.

«Davor hätte ich Angst. An einem gewissen extremen Punkt wird Abstoßendes attraktiv. Ich bin im Leben zahllosen Nachahmungstätern, sogenannten Kopisten begegnet, ich würde ungern einen weiteren von der Sorte dazu inspirieren, den unseren übertrumpfen zu wollen. Nein, nein, Morava, glauben Sie, ich bin altmodisch, aber so einen Hokuspokus unterschreibe ich nicht. Seien Sie nicht enttäuscht, es gibt immer einen lebensfreundlichen Kompromiß.»

«Im vorliegenden Fall welchen?» fragte Morava skeptisch.

«Geben Sie eine kurze Nachricht über einen abartigen Mörder raus, der das Vertrauen unvorsichtiger Frauen mißbraucht. Und schicken Sie, ja, jetzt fällt es mir ein, gleichzeitig eine äußerst detaillierte Information an alle unsere Dienststellen. Damit sie vertraulich einen Kreis von Personen einweihen können, die in ihrem Bereich mit einer größeren Zahl Leute in Kontakt kommen und bei jemand einen Zusammenhang entdecken können mit dem, was Sie Ritual nennen. Ich denke an Ärzte, Pädagogen, aber auch an Briefträger – bestimmt fallen Ihnen noch weitere ein. Wenn Sie recht haben, muß es etwas geben, das ihn inspiriert hat. Falls Herr Buback zustimmt, bringen Sie es noch heute auf den Weg, mir sagt meine Nase, daß wir wenig Zeit haben.»

Morava erwähnte noch das Gespräch mit Buback in Sachen von Jitkas Vater und erhielt die Zusage, daß sich der Hauptkommissar bei nächster Gelegenheit der Intervention anschließen würde.

«Aber Morava», schloß Beran, nachdem er sich vergewissert hatte, daß Jitka zur Zeit nicht im Vorzimmer war, «machen Sie ihr keine Illusionen! Wir sind alle sterblicher, als wir es je waren, denn dieser Krieg gewinnt zur Zeit eine Eigendynamik, unabhängig von den diversen Heerführern. Bald werden nicht nur Gesetze, Institutionen und Autoritäten ihre Geltung verlieren, sondern auch die Logik selbst, von der Moral ganz zu schweigen. Den Elementen läßt sich nur bis zu einer bestimmten kritischen Grenze trotzen, danach kann der Mensch nur noch versuchen zu überleben. Ich habe Ihnen die Verantwortung für alle weiteren Frauen übertragen, auf die eine unbekannte Gefahr lauert. Doch außerdem haben Sie gerade selber, wie mir nicht entgangen ist, die Verantwortung für einen einzigen Menschen übernommen, weil Sie ihn lieben, nicht wahr? Sollte es zum

Widerstreit dieser beiden Pflichten kommen, gehen Sie nicht fehl!»

Mit dieser unklaren Warnung entließ ihn der Chef.

Als Morava eine Stunde später die kurze Verfügung zur vertraulichen Mitarbeit der Ärzte, Briefträger und anderer öffentlich tätiger Personen diktierte, fragte Jitka.

«Und die Pfarrer?»

Auch Buback beschränkte seine Meldung an Meckerle auf das Notwendigste. Und auch ihm war der einfache Gedanke gekommen, das neue Verbrechen ließe eine jede politische Motivation bezweifeln. Dennoch stimmte er zu, daß man den Fall der Baronin weiter aufblasen sollte, als ständiges Menetekel für alle deutschen Frauen in Prag, damit das nicht erlahmende Interesse der Gestapo glaubwürdig bleibe. Nachdem er seine Wahrnehmungen über die Brünner Polizei mitteilte, erwähnte er auch seine Reiseeindrücke aus Südmähren. Daraufhin senkte selbst der große Standartenführer die Stimme.

«Lieber Buback», redete er ihn an, wie er es noch nie getan hatte, «Sie sind hier weit und breit der einzige, der etwas weiß und kann, alle übrigen sind Scheißer, die hier unter Protektion ihre ruhige Kugel schieben. Deshalb habe ich Ihnen eine Aufgabe übertragen, wichtiger, als Sie annehmen. Alles deutet darauf hin, daß die Geheimwaffe, die den Krieg in einigen wenigen Tagen zu entscheiden verspricht, schon Mitte Mai zum Einsatz kommen kann. Ihnen muß ich keinen Borschtsch kochen, und mir selbst kann ich das Goebbelsche Ammenmärchen von der größten Falle der Kriegsgeschichte ersparen, in die wir die Anglo-Amerikaner und die Bolschewiken reinlocken sollen. Wir gehen zurück und brauchen uns deswegen nicht zu schämen, denn der Feind ist uns vorderhand mehrfach an Menschen und Material überlegen. Bis die neue Waffe dies Verhältnis umkehrt, müssen wir einfach durchhalten, mehr noch, wir müssen uns für jeden Fall absichern, verstehen Sie mich?»

Er sah, daß Buback damit nichts anzufangen wußte, und

beugte sich mit dem ganzen Rumpf über den Schreibtisch, um noch eindringlicher sprechen zu können.

«Der Führer hat soeben einen Befehl erteilt, den er persönlich den höchsten Parteiführern in Militär, Sicherheit, in der staatlichen und öffentlichen Verwaltung übermittelt hat. Demzufolge sind, wie schon in den besetzten Ländern, auch auf dem Reichsgebiet beim Rückzug sämtliche Verkehrs- und Nachrichtenanlagen, sämtliche Industrie- und Versorgungseinrichtungen total zu zerstören. Total, Buback. Begreifen Sie, was das bedeutet?»

Er begriff und spürte, wie es ihn heiß überlief. Hilde hatte recht! Und er hat Angst, dachte er, Herrgott, ich habe Angst! Von klein auf hatte sie ihn nie belastet, in kritischen Situationen war er eher kühl neugierig gewesen, verängstigt nie. Dieser Entschluß entsetzte ihn. Er nickte.

«Ich verrate Ihnen viel mehr, damit ein Vernünftiger hier gleich weiß, was zu tun ist und wie, falls ich plötzlich ins Gras beiße. Reichsminister Speer hat laut Zeugen Widerspruch gewagt. Mein Führer, soll er gesagt haben, die konsequente Durchführung Ihres Befehls würde die Lebensbasis des deutschen Volkes vernichten. Verlieren wir diesen Krieg, Speer, hat der Führer darauf erklärt, dann soll auch dieses Volk verloren sein, das seine Daseinsberechtigung nicht verdient hat.»

In Meckerles Augen stand eine klare Frage, doch Buback sah sich außerstande zu antworten. Provoziert er mich? wirbelte es in seinem Kopf herum, stellt er mich auf die Probe? Was will er?? Eine Weile blieb es still, dann zog der Riese erstaunlicherweise eine traurige Grimasse.

«Ich weiß, was in Ihnen jetzt herumspukt. Nein, ich will Ihre Meinung nicht hören, im Gegenteil, ich teile Ihnen die meine auf eigenes Risiko mit. Aber! Ich habe Sie abklopfen lassen und bin dabei nicht auf den geringsten Beweis gestoßen, daß Sie ein Fanatiker und Denunziant wären. Ihre völlige Inaktivität in der Partei läßt darauf schließen, daß Sie ihr irgendwann beigetreten sind, um bei Ihrer Arbeit bleiben zu können, die in jeder Gesellschaft als ehrenhaft gilt. Und Ihr Verhalten zwingt mich zu glauben, daß Sie kein höheres Ziel kennen als das Überleben unseres Volkes, mag es vielleicht wiederum nicht erreicht haben, wozu es sich aufgeschwungen hat. Übrigens, falls mir der geringste Verdacht kommt, Sie könnten mein Vertrauen verraten, dann treibe ich Ihnen das für immer aus, Buback!»

Er bekräftigte das mit einem Hieb beider Fäuste, wobei der wuchtige Tisch erzitterte. Dann lehnte er sich wieder bequem im Sessel zurück und fuhr in beinahe gleichmütigem Ton fort.

«Der Reichsminister und mit ihm die große Mehrheit der Anwesenden beschloß auf einer weiteren Beratung, die ‹Aktion Nero›, wie sie irgendwer genannt hat, als ernsthafteste Warnung des Führers zu interpretieren, um die Nation zum heroischen Widerstand zu mobilisieren. Es wurde einmütig beschlossen, den Befehl auszuführen, wie sonst! ihn aber nur zweckmäßig zu modifizieren. Die westlichen Reichsgebiete, deren Verlust sowieso unabwendbar ist, werden minimal beschädigt übergeben werden, damit sie als Ausgangsbasis für das Leben der Nation nach Abschluß der Kämpfe dienen können. Sämtliche Kräfte und Mittel werden im strategischen Raum Mitte zusammengezogen, aus dem heraus die neue Waffe eingesetzt werden soll. Der wird notfalls bis zum letzten Mann verteidigt und während der taktischen Rückzugsbewegungen so vernichtet, wie der Führer es verlangt. Da es sich überwiegend um das Protektorat handelt, wird die Lebensbasis eines fremden Volkes ausradiert. Verstehen Sie jetzt?»

«Ja», sagte Buback schließlich, «nur begreife ich immer noch meine Aufgabe nicht.»

«Was Sie gestern in Mähren gesehen haben, war bereits der Beginn dieser Operation, eine der größten Truppenverschiebungen aller Länder und Zeiten. Binnen eines Monats wird eine riesige Festung entstehen, die jeden beliebigen Angreifer zurückzuwerfen vermag. Allein ihr östliches Hufeisen bilden zwei Millionen Kämpfer, der Kern dieser Streitmacht besteht aus der Heeresgruppe Schörner. Ich will von vornherein einen eventuellen Widerstand von innen ausschließen. Damit bin ich bei Ihnen, Buback. Wir beide wissen, der einzige, der hier zu einer organisierten Aktion fähig ist, das ist die tschechische Polizei. Natürlich können wir ihr auch den Rest der leichten Waffen abnehmen, doch das würde hier die öffentliche Ordnung drastisch verschlechtern, ebenfalls zu unserem Nachteil, und vor allem: Die meisten dieser paar tausend Leute können von früher her noch kämpfen und befehlen, jeder einzelne ist in der Lage, den Angriff auf eine kleinere deutsche Einheit zu organisieren und hundert Leute im Umgang mit der Waffe zu schulen. Wir brauchen sie nur zusammenzuholen und vielleicht sogar zu erschießen, nur handeln wir uns damit leicht den Effekt des Warschauer Ghettos ein, einen Aufstand aus Verzweiflung. Also, Buback, die Baronin von Pommeren bleibt weiter der deutsche Fuß in der tschechischen Tür und Sie unser Trojanisches Pferd. Halten Sie Augen und Ohren offen, und genieren Sie sich nicht, mir zu sagen, wie ich Sie unterstützen kann.»

Vor das Bild der Apokalypse schob sich plötzlich ein scheues Gesicht. Buback sagte.

«Ich benötige ein Entgegenkommen der Abteilung für Schwarzschlachtungen. Soeben wurde der Vater von Berans Sekretärin wegen einer vermeintlichen verhaftet. Eine großzügige Geste unsererseits könnte mir die Arbeit erleichtern.»

«Ich werde den Hinterpichler anweisen, sich mit Ihnen in Verbindung zu setzen.»

Buback atmete auf. Und seine Empfindungen setzten ihn in Erstaunen. Vielleicht liebe ich sie! gestand er sich schließlich ein. Er erhob sich und grüßte, doch Meckerle hatte es heute seltsamerweise nicht eilig. Er kratzte sich das rasierte Kinn, daß die Haut rot wurde.

«Sagen Sie, Buback...», fragte er zögernd, «da Sie jetzt endlich als Mann auftauen, würden Sie mir einen Kavaliersdienst erweisen?»

Noch nie hatte er ihm eine solche Vertraulichkeit entgegengebracht, Buback war nicht darauf vorbereitet, stand da und wußte nicht, wie er reagieren sollte. Gerade noch rechtzeitig stieß er hervor.

«Aber selbstverständlich, Standartenführer...»

«Heute findet im Deutschen Haus ein Ball statt, das wissen Sie doch?»

«Nein ...»

«Es ist auch kein echter Ball, weil die ja nun nicht stattfinden dürfen, vielmehr eine Gedächtnisveranstaltung zum sechsten Jahrestag unserer Besetzung von Prag. Das bißchen Tanzen wurde uns ausnahmsweise genehmigt, um die Stimmung der Kommandeure und ihrer Frauen zu heben. Ich hab dazu schon vor einiger Zeit eine charmante deutsche Künstlerin eingeladen, aber Sie wissen ja, meine Frau ist hier, die glücklicherweise dem Schicksal Dresdens entgehen konnte. Zum Ball komme ich natürlich mit ihr, doch ich möchte ungern meine ... diese schöne Frau beleidigen oder gar zurücksetzen. Deshalb wollte ich sie zusammen mit Ihnen als ihrem ... sagen wir Freund, an meinen Tisch bitten.»

«Aber ich tanze nicht ...», hielt Buback ratlos dagegen.

«Das bringt sie Ihnen im Handumdrehn bei. Sie hat es sogar mir beigebracht!»

Er stand auf und stellte genüßlich seine Figur zur Schau, die Balkone hätte stützen können. Dann streckte er ganz zivil die Rechte aus.

«Also abgemacht. Um acht in Galauniform. Ich schicke Ihnen meinen Fahrer vorbei, der weiß Bescheid.»

Buback sträubte sich immer noch.

«Es ist noch kein Jahr her seit dem Tod meiner Frau und meiner Tochter ...»

«Mensch, in einem Krieg wie diesem gelten andere Gesetze. Höchste Zeit, daß jemand Sie tröstet. Doch Vorsicht!»

Meckerle löste den schmerzhaften Händedruck und drohte scherzhaft mit dem Finger, der allein schon ein normales Handgelenk brechen konnte.

«Nicht sie»! er grinste, «ich bin ein bißchen eifersüchtig, kapiert?»

Bis Mittag wußte auch Morava alles, was man wissen konnte. Viel war das nicht. Die Spuren, soweit der Mörder welche hinterlassen hatte, waren völlig vernichtet worden. Das kleine Mädchen vom Mezzanin blieb bei seinem Wassermann, außer der grünen Farbe und dem Koffer hatte es sonst nichts behalten. Der Schwager des Opfers, den er im Krankenhaus besuchte, stand immer noch unter schwerem Schock, zwischen Tränenstößen sagte er viel weniger über die Tote aus als ihre Nachbarn. Die Bilder glichen sich: eine brave, stille Frau, die sich musterhaft um ihren Mann bis zu seinem schmerzvollen Tod kümmerte und danach sein Andenken rührend bewahrte. Sie lebte bescheiden von ihrer Witwenrente, möglicherweise auch von der Unterstützung seitens ihres Schwagers, des einzigen Menschen, wie es schien, der zunächst das Ehepaar und dann sie allein besuchte. Innen an der Tür hing eine kräftige Kette. Rätselhaft war, warum auch sie, wie schon die Baronin, ihrem Mörder geöffnet hatte. Hat sie ihn gekannt? Kaum! Er mußte Vertrauen geweckt haben. Wodurch? Ach! Der Koffer! War er vielleicht ein fliegender Händler mit einem heute begehrten Artikel? Kerzen? Kernseife? Echtem Malzkaffee? Sonstiger Ware, die längst aus den Geschäften verschwunden war? Warum aber war dann dem Hausmeister ein so auffälliger Gegenstand wie der große Koffer nicht im Gedächtnis geblieben? Warum hat sich ihm die ungewöhnliche Färbung der Kleidung nicht eingeprägt, wenn er sich schon die unübliche Aussprache gemerkt hatte? Und das ernsthafte Mädelchen sah nicht danach aus, als hätte es sich nur was ausgedacht. Nach der gerichtlichen Obduktion gab es keine Zweifel, daß es der gleiche Täter war. Warum dann so viele unterschiedliche Merkmale? Änderte er vielleicht mit Absicht sein Aussehen? Also kein mordender Primitivling, sondern auch noch ein schlauer Kopf? Dann aber hatte seine Tötungstechnik wahrhaftig einen tieferen Sinn. Ein Symbol? Wovon? Eine Botschaft? Welche?

Beran hatte ihm schon vor seiner Rückkehr gestern zwei weitere Leute zugeteilt, Šebesta und Marek, erfahrene Matadore, denen es trotzdem nichts ausmachte, von einem Knaben kommandiert zu werden, so alt wie ihre Söhne. Sie teilten Berans gute Meinung über ihn und hatten ihre Dauerstellung als gewöhnliche «Spürhunde» seinerzeit freiwillig gewählt, weil ihnen die Arbeit im Gelände Spaß machte und sie keine Lust hatten, Deutsch zu lernen. Schnell rekonstruierten sie Barbora Pospíchalovás tägliche Bräuche und Besorgungen. Am letzten Lebenstag war sie morgens auf der Post, um einen Teil ihrer Pension aufs Sparbuch einzuzahlen, kaufte in der Fleischerei für ein ganzes Viertel ihrer Monatsabschnitte Geselchtes, im Kolonialwarenladen hatte sie Linsen auf Zuteilung vorbestellt gehabt und Holunderwein abgeholt, den man ihr zu besonderem Anlaß besorgte. Morgen komme nach einiger Zeit wieder der Bruder ihres Mannes! hatte sie ganz aufgeregt der Ladenbesitzerin verraten. Vor dem Mittagessen schaffte sie die gewaschene Bettwäsche zum Mangeln und kaufte Himmelschlüsselchen, die man dann in der Vase auf dem Vyšehrader Friedhof wiederfand; sie war nach Auskunft des Totengräbers jeden zweiten Tag und auch öfter dorthingekommen.

Niemand hatte bemerkt, wann sie wieder nach Hause zurückgekehrt war, die genaue Todeszeit ließ sich wegen des Brandes nicht bestimmen, um dem Mörder die Tür zu öffnen, blieben ihr also etliche Stunden, es sei denn, sie hatte ihn, was sich weder ausschließen noch bestätigen ließ, selbst mitgebracht. Fragen gab auch das Feuer auf. Wurde es etwa absichtlich gelegt? Warum hatte sich der Mörder aber bei der Baronin solche Mühe mit dem Todesaltar gegeben, und warum hat er sein Werk diesmal vernichtet? War es ihm vielleicht nicht so gelungen, wie er es vorgehabt hatte?

Nachmittags verfaßte Morava mit Jitka die beiden Texte, sie kürzten, schrieben um und feilten wieder daran herum, einen für die Öffentlichkeit, den anderen für einen ausgewählten Personenkreis bestimmt.

Um fünf nachmittags erstattete er zunächst Buback Rapport. Die Aufgeschlossenheit, der seine frühere Zugeknöpftheit im Laufe der Fahrt gewichen war, schien bei dem Deutschen schon wieder verschwunden, er wirkte, wie man ihn zuvor noch nicht erlebt hatte, fast wie ein Mondsüchtiger. Schließlich sagte er, er sei mit dem Entwurf prinzipiell einverstanden, morgen dann würden sie ihn gemeinsam Punkt für Punkt durchsehen, er müsse jetzt dringend fort.

Als Morava auf dem Weg zu Beran an Jitka vorbeikam, konnte er sie, im Vorzimmer ganz auf das Telefon konzentriert, überraschen. Er beugte sich nieder und blies ihr von hinten aufs Haar, doch als sie ihm hastig das Gesicht zuwandte, stand kein Lächeln in ihren Augen, sondern Bestürzung. Sie hielt die Sprechmuschel zu und flüsterte eindringlich.

«Jan, warte!»

Sie mußte dem Präsidium irgendwelche statistischen Angaben über den Bedarf an Büromaterial durchgeben, angesichts der näher rückenden Sturmflut völlig absurd, unterdessen kam Beran von irgendwo zurück. Aufmerksam las er jede Version zweimal durch und segnete sie ebenfalls ab. Verstimmt war er über Moravas Information, die Veröffentlichung und Versendung müßten noch einen Tag warten, da Buback seine endgültige Zustimmung auf morgen verschoben habe.

«Wollen wir hoffen, daß der Mörder nicht auch noch ungeduldig ist», meinte er bedrückt, «falls er der Welt tatsächlich etwas mitteilt, dann spannen wir ihn mit unserem Schweigen auf die Folter. Er könnte sofort von neuem zuschlagen, damit sein Tun endlich ruchbar wird.»

«Warum hat er dann die letzte verkohlen lassen?»

«Das Epizentrum des Brandes lag zweifellos beim Öfchen; möglicherweise hat er es vollgestopft und nicht richtig zugemacht.»

«Was können wir also noch tun?»

Beran sah ihn fragend an.

«Sie sind Christ, nicht wahr?»

«Ja ... Böhmische Brüdergemeinde ...»

«Dann können Sie entschieden mehr tun als ich, ein Mann ohne Religion: beten. Leider, Morava. Das sind und bleiben immer, wenn es um einen mordenden Maniak geht, unsere schweren Stunden. Er muß in dieser Partie neue Züge machen, um endlich einen Fehler zu begehen, der ihn überführt. Uns bleibt nur: warten und warten.»

Er ging mit ihm hinaus, um sich von Jitka die Post zur Unterschrift zu holen, und deshalb erfuhr Morava erst, als sie mit beträchtlicher Verspätung aus der Durchfahrt in die Bartoloměјská-Gasse hinaustraten, was seine Liebste so verschreckt hatte.

«Buback war bei mir!»

«Wird er dem Vater helfen?»

«Hat er nicht gesagt...»

«Was wollte er dann?»

«Er hat mich eingeladen...»

Morava blieb verblüfft stehen.

«Was...?»

Durch die streng verdunkelte Národní huschten Schatten von Menschen und Fahrzeugen. Die beiden standen sich gegenüber und sahen sich kaum.

«Er hat mich zum Abendessen eingeladen», ergänzte sie.

«Wann?»

«Morgen.»

«Und wo?»

«Er sagte, er holt mich ab, wann ich will...»

«Und du??»

«Ich habe ja gesagt!»

Er wußte, das war die einzig mögliche Antwort. Er selbst hatte Jitka schließlich zu dieser Chance verholfen. Jitka? dessen war er sich jetzt nicht so sicher, oder Buback? ihm krampfte sich der Magen zusammen, und so machte er zum erstenmal die Entdekkung, daß er schrecklich eifersüchtig war.

«Ist das schlecht?» fragte sie bestürzt.

«Nein», versetzte er tapfer, «Buback ist ein Deutscher, einer von der Gestapo, ich kenn ihn kaum, doch ich glaube nicht, daß er ein Erpresser und Gewaltmensch ist. Als er mir sagte, seine Frau und seine Tochter wären durch eine Bombe umgekommen, war überhaupt kein Haß dabei, nur Trauer. Das hat mich bei ihm überrascht. Ich glaube, er wird deinem Vater helfen.»

Sie standen immer noch an der Ecke der schmalen Gasse, obwohl sie denselben Weg hatten.

«Ich habe trotzdem Angst ...»

Auch ihm war bange, doch als Mann mußte er ihr Sicherheit geben.

«Vor was solltest du?»

«Daß er ... daß er womöglich ... eben weil er allein ist, daß er von mir verlangt ...»

Er umarmte Jitka und flüsterte ihr auf der dunklen, lärmenden Straße ins Ohr, als könne sie irgend jemand auf dieser Welt hören.

«Das wird er nicht tun! Sobald er dir gegenübersitzt und du ihn anschaust, wird er es nicht wagen!»

Er verschränkte die Hände hinter ihrem Rücken, zog sie an sich und redete sich und sie in seine Hoffnung hinein.

«Krieg oder Nichtkrieg, Deutscher oder Nichtdeutscher, irgendwo macht auch die Bosheit halt, denn Gott hat Menschen wie dich geschaffen, mein Liebes, denen keiner je ein Leid zufügen kann.»

Als jaulte die ihrer Allmacht beraubte Bosheit vor Wut auf, begannen die Sirenen zu heulen. Die nächste befand sich direkt über ihnen, ihr Lärm betäubte sie. Die Schatten der Straßenbahnen blieben stehen, die der Menschen setzten sich in Trab. Sich bei den Händen haltend, gingen beide langsam zum Luftschutzbunker im Polizeitrakt zurück, längst allein, wie ein Liebespaar beim abendlichen Bummel.

Die Sirene löste Bubacks Problem, noch bevor es sich ihm stellte. Ehe es überhaupt zum Tanzen kommen konnte, bot er Marleen Baumann den Arm und geleitete sie statt aufs Parkett in den Keller. Alle machten Meckerle und seiner Gattin höflich Platz, so daß das Paar wie in einer Luftblase zur Treppe segelte, während die beiden sich Fuß um Fuß durch das Gedränge zum Hals des Trichters schoben. Zum Glück setzte das unheilverkündende Gedröhn der anfliegenden Verbände immer noch nicht ein, so daß die Nervosität der Menge nicht in Panik ausartete. Buback konnte sich die Hysterie der Frauen vorstellen, die an den täglichen Atem des Krieges nicht gewöhnt waren.

Die junge Frau an seiner Seite schien aus anderem Holz zu sein. Schon als er sie, nach einem Jahr wieder in der Uniform, in dem ziemlich modernen Mietshaus in der Prager Neustadt abgeholt hatte, überraschte sie ihn durch ihr Äußeres. Obwohl ihr enganliegender Hosenanzug lange Beine verriet, wirkte sie klein, nicht nur was ihren Körper betraf, sondern auch ihr Gesicht, das ungewöhnlich schmal war, unterstrichen noch durch helles Haar, das sie, für die Zeitmode ganz unüblich, über den Ohren straff nach hinten gekämmt und unterhalb des Nackens mit einem Gummiring zum kurzen Schweif zusammengefaßt hatte. Für sich nahm sie ihn auch durch ihre Reaktion auf seine Mitteilung ein, er erlaube sich, sie anstelle von Standartenführer Meckerle zu begleiten. Sie zuckte mit keiner Wimper, als sie antwortete.

«Das ist edelmütig und weitsichtig von ihm. Mit mir tanzen scheint ihn wohl zu überanstrengen.»

Der Fahrer kannte sie anscheinend gut, so daß sie sich in seiner Gegenwart auf höfliche Konversation beschränkten. Noch als er sie dem Ehepaar Meckerle vorführte, wußte er absolut nichts über sie, ertappte sich jedoch dabei, daß er es bewunderte, wie ungezwungen und natürlich sie sich ihrem Geliebten vorstellen ließ. Na und? bemühte er sich, diese unnütze Sympathie zu unterdrücken, eine Komödiantin eben!

Die Gattin des Riesen, die er auch zum erstenmal sah, selber groß und wuchtig, war bestimmt die einzige Person auf der Welt, die ihm gewaltig einzuheizen verstand, so gesehen war Buback die Wahl der Geliebten verständlich, ein schärferer Kontrast schien kaum möglich. Die Freundin eines wichtigen Mitarbeiters, wie Meckerle sie und Buback seiner Frau gegenüber genannt hatte, weckte in ihr nicht den geringsten Verdacht, weshalb sie eine zweite Frau am Tisch mit einer gewissen Zuvorkommenheit hinnahm.

Bei echtem Champagner, den man nur in einigen Ehrenlogen

kredenzte, hörte sie nicht auf, um die Villa in Dresden zu barmen und sich über das fade Leben in Prag zu beklagen, sie ließ die beiden Männer nicht zu Wort kommen und schon gar nicht Bubacks Begleiterin, die sie gar nicht mehr zur Kenntnis nahm, bis nach einer kurzen und trotzdem langweiligen Ansprache des Staatssekretärs Frank und seinem Prost auf den Führer als Schöpfer des Protektorats die einleitenden Takte eines Walzers erklangen.

In der nächsten Sekunde gaben die Sirenen ohne Luftwarnung sofort Fliegeralarm, woran sich seit dem 14. Februar stets die katastrophale Vorstellung knüpfte, im nächsten Moment würden schon die Bomben krachen. Unterwegs zum Luftschutzraum herrschte Grabesstille, in der nur das Schurren der Absätze zu hören war. Die Körperhitze der Masse erzeugte im gutgeheizten Gebäude den Gewächshauseffekt. Den Männern stand der Schweiß auf den Stirnen, den Frauen zerfloß der Puder auf den Wangen.

Zuerst schritt Buback vor seiner Schutzbefohlenen, um ihr den Weg zu bahnen. Bald spürte er, wie die Menge sie grob gegen seinen Rücken stieß, und konnte sie auch in diesem Gedränge mit einer Wendung vor sich schieben. Sie verstand, daß er ihr dadurch Atemfreiheit verschaffte, und wandte den Kopf nach hinten.

«Danke ...»

Ein noch besserer Lohn war ihm der angenehm bittere Duft ihres Haars, in das seine Nase tauchte.

Bomben fielen immer noch nicht, und so gelangten sie dann verhältnismäßig rasch zur Treppe, die zu dem ausgedehnten Bunkerkomplex hinabführte. Die geräumigen Keller des Deutschen Hauses waren mit einigermaßen bequemen Bänken ausgestattet, sie hatten auch, wie sich zeigte, ein angenehmes Klima, als nach dem Wärmeschock auch der Anflug von Kühle abgeklungen war. Auf Anweisung der Ordner gingen sie weiter nach hinten und mieden dabei die Koje für die Prominenz, von Meckerle überragt, der gerade mit Karl Hermann Frank sprach. Buback war plötzlich froh, daß der Riese sie nicht bemerkte und sie beide zwischen unbekannten Paaren landeten, in einer ganz gemütlichen Ecke, gerade für zwei bestimmt. Dort dankte sie ihm noch einmal.

«Sie waren nicht nur höflich, sondern auch sehr geschickt. Schade, daß wir nicht tanzen konnten, wahrscheinlich sind Sie auf dem Parkett auch so.»

«Bedauern Sie es nicht», sagte er ehrlich, «wahrscheinlich hätte ich Sie eher enttäuscht.»

«Sie tanzen nicht?» fragte sie überrascht, «das hätte ich von Ihnen nicht geglaubt.»

Zum zweitenmal in vierundzwanzig Stunden wiederholte er, was er monatelang vor keinem Menschen laut geäußert hatte, in der einfältigen Hoffnung, das Unausgesprochene könne vielleicht nicht wahr sein.

«Ich habe vor einem halben Jahr meine Familie bei einem Luftangriff verloren.»

Und setzte überflüssigerweise hinzu.

«Mir ist noch immer nicht nach Tanzen zumute.»

Sogleich stand ihm das rührende Gesicht von Berans Sekretärin vor Augen. Und nach einer neuen Liebe doch? fragte ihn die innere Stimme. Zugleich blickte er jedoch in graue Augen, in denen er das gleich tiefe Mitgefühl fand, das ihn gestern bei dem jungen Tschechen so überrascht hatte.

«Nehmen Sie mein Beileid entgegen, Herr Buback. Sie ahnen nicht, wie ich Sie verstehe. Meine Eltern und beide Brüder, die durch eine Fügung des Schicksals gleichzeitig auf Urlaub waren, sind beim ersten Angriff auf Hamburg umgekommen, und meinen Mann habe ich letztes Jahr beim Rückzug aus Ostpreußen verloren. Anders als Sie habe ich aber die Kraft zur Trauer eingebüßt. Nicht nur, weil ich sie mir als Frau schlechter erlauben kann, sondern weil ich es, ehrlich gestanden, nicht gerade wollte. Mit ihm kann man zumindest über diese blöde Zeit...»

Sie wies mit dem Kopf in die Richtung, wo nebst Gattin und dem Staatssekretär ihr stämmiger Liebhaber Zuflucht vor dem Feind gefunden hatte.

Eigentlich erst jetzt hatte er Gelegenheit, sie gründlich zu betrachten. Dabei wunderte er sich. Warum hatte sich dieses hohe Tier, dessen Macht selbst die Volksgenossen erzittern ließ, unter allen jungen deutschen Frauen, die in Prag herumliefen, Kontrast hin, Kontrast her, ausgerechnet so was von dünn ausgesucht? Jung? In dem abgedunkelten Hausflur, im Dämmerlicht des Autos, aber auch im Ballsaal, wo sie neben ihm saß, mochte sie ihm dank ihrer Schlankheit wie ein Mädchen vorgekommen sein. Das grelle Licht des Luftschutzraums gab jedoch ein paar haarfeine Falten preis. Dreißig? Fünfunddreißig? Noch älter? Dagegen sprach die Energie, die aus allen ihren Bewegungen sprühte.

In jedem Fall war sie das genaue Gegenteil des germanischen Frauenideals, wie die Freikörperkultur sie pries, doch auch gänzlich unähnlich seiner Hilde und dem Prager Mädchen, das er für morgen eingeladen hatte... wohin eigentlich? Und was würde er ihr sagen, wenn sie über den Fall ihres Vaters gesprochen hatten? Daß sie mit zu ihm nach Hause kommen sollte? Wie würde sie wohl reagieren? Und wie sollte er sich verhalten? Falls sie einwilligte? Falls sie ablehnte? Bei diesen Gedanken sah er offenbar regungslos Marleen Baumann an, die ihn mit einer unerwarteten Frage in die Wirklichkeit von Zeit und Raum zurückholte.

«Sie halten mich wahrscheinlich für eine bessere Art von Nutte, oder?»

Er brachte nur einen verworrenen Protest zustande. Erstaunlicherweise genügte ihr das.

«Freut mich. Ich war jetzt übrigens auch lange allein, verstehen Sie? Die meisten deutschen Männer hier sind mir herzlich zuwider. Der da...», sie wies mit dem Kinn erneut in dieselbe Richtung, und Buback ahnte, daß sie Titel und Namen auszusprechen vermied, «ist wenigstens keine Memme und kein Arschkriecher.»

Sie lachte mit einer rauhen Stimme los, die so wenig zu ihrer zerbrechlichen Erscheinung paßte wie ihr Wortschatz. Überhaupt, ihr ganzes Gesicht, das er gerade aus der Nähe sah, bestand eigentlich aus einer Vielzahl störender Details. Ihre taubengrauen Augen lagen auffällig weit auseinander, ihre von der Wurzel einer großen Nase aufsteigenden Brauen schwangen sich zu den äußeren Augenwinkeln in einem Bogen hinab, der an ein geschminktes Clownsgesicht erinnerte. Sie hatte ein langes Kinn, eine etwas zu hohe Stirn und sehr schmale Lippen, die ziemlich tief unter der Nase lagen und ihr, wenn sie nicht sprach, obendrein ein spitzes Profil verliehen. Plötzlich entdeckte er auch eine schräge Linie, die sich vom linken Ohrläppchen fast über den ganzen Hals zog, wie kommt es, daß er sie nicht früher bemerkt hat? ach ja! sicher war sie vorher unter dem Puder verborgen gewesen. Die Falte oder Narbe in dem schwer bestimmbaren Ton zwischen Hellgrün und Ocker deutete ein Geheimnis an.

Als habe sie diesen Gedanken gelesen, sagte sie.

«Wer mich ein Jahr nicht gesehen hat, erkennt mich nicht wieder, Herr Buback. Ich habe in ein paar Tagen den Sinn des Lebens verloren und die ganze Scheußlichkeit der Welt erfahren. Als ich begriff, daß ich mich nicht töten kann, weil ich mehr als alles andere den Tod fürchte, lernte ich zu überleben. Ich kann so prachtvoll lügen, daß selbst Sie mir glauben würden, wenn ich es wollte.»

«Warum wollen Sie nicht?» fragte er, um überhaupt etwas zu sagen, da er von seiner neuen Entdeckung völlig eingenommen war. Ja, auf beunruhigende Weise rätselhaft war dieses ganze Gesicht, das sich, sobald sie sprach, im Nu veränderte, zur Dominante wurden dann gerade ihre Lippen, plötzlich so voll wirkend, daß sie es völlig abrundeten, und alle scheinbaren Makel vereinigten sich zu einem Bild, weit entfernt von jeder Ufa-Schönheit, doch gerade dadurch reizvoll und vor allem: ungemein attraktiv.

Buback wußte jetzt, was der große Meckerle an ihr hatte. Diesem Gesicht konnte man sich einfach nicht entziehen, es ließ sich nicht übersehen und kaum vergessen.

«Warum ich nicht will?» wiederholte sie und lachte wieder, «offenbar hege ich Vertrauen zu Ihnen!»

«Wie komme ich dazu …?»

«Männer, die nur halb so interessant sind wie Sie», sagte sie ihm ohne einen Hauch von Koketterie ins Gesicht, «leben in unserer Götterdämmerung, solange ihnen das Atmen noch gestattet ist, nur für den jetzigen Augenblick, sie pflücken den Tag wie die Nacht. Sie dagegen sind Ihrer Liebe treu geblieben. Das bewundere ich um so mehr, je weniger ich selbst dazu fähig bin.»

Wieder trat ihm die junge Tschechin vor Augen, doch er hatte nicht die Kraft und vorerst auch keinen Grund, Marleen Baumann zu berichtigen. Indes folgte er gern ihrer Bitte und erzählte von seiner Frau und seiner Tochter.

Die über dem Protektorat kreuzenden alliierten Verbände hielten sie fast bis Mitternacht im Bunker fest. Als die Entwarnung kam, mußte der verärgerte Meckerle mit Gattin, die von der Kellerluft Kopfschmerzen bekommen hatte, ins Bett. Durch seinen Adjutanten konnte er der Geliebten noch einen Gruß ausrichten und Buback mitteilen lassen, sein Fahrer werde auch sie gleich abholen. Obwohl der Abend erst jetzt in Schwung zu kommen suchte, verstanden sie beide die Nachricht so, wie sie zu verstehen war. Als er ihr am Wagenschlag die Hand küßte und sie sah, daß er sich nicht zu ihr setzen würde, nutzte sie die Geräuschkulisse des Motors zu einer Frage, auf die er nicht gefaßt war.

«Interessiert es Sie als möglicher Freund nicht, wann ich Zeit habe?»

«Nein...», bekannte er offen, «der Standartenführer hat nicht unterlassen zu betonen, daß er das nicht wünscht.»

«Ich bin nicht sein Eigentum», erklärte sie mit Nachdruck, «nie werde ich jemandem gehören. Ich bin eine unbesetzte Seele. Sollten Sie sich irgendwann imstande sehen, mir so zuzuhören wie ich heute Ihnen, dann wissen Sie, wo Sie mich finden können. Er wird nichts erfahren, unser Oberspitzel!»

Während der langen Wanderung nach Hause, zu der er sich ganz plötzlich entschlossen hatte, war er unfähig, sich auch nur auf einen vernünftigen Gedanken zu konzentrieren. Er kam sich wie gespalten vor. Er gehörte seiner Liebe, wurde von einem Traum angezogen und fühlte sich jählings mit einem unbekannten Geschöpf seltsam verwandt, das dem höchsten Polizisten des Protektorats seine Gunst schenkte.

Hedvika Horáková fand auf dem Friedhof eine Freundin. Ein Vierteljahr lang hatte sie zweimal wöchentlich allein am Grabe ihres Ehemannes gestanden, der beim «Totaleinsatz» in Essen von einem umstürzenden Kran erschlagen worden war, bis eines Tages im Februar eine frische Grube in unmittelbarer Nachbarschaft sie überraschte. Anderntags war sie zugeschüttet, und eine Leidensschwester stand schluchzend davor.

Sie verstanden sich auf Anhieb. Marta Pavlátová hatte am Vormittag des 14. Februar für ihren Mann gekocht, der Nachmittagsschicht in den Praga-Autowerken hatte. Seine ewige Rumliegerei ging ihr wieder mal auf die Nerven, so daß sie ihn zum Kolonialwarenladen an der Ecke hinüberschickte, um die Kartoffelzuteilung zu holen. Vom Küchenfenster im ersten Stock sah sie ihn noch mit dem Netz aus dem Geschäft kommen, als eine riesige, unsichtbare Hand sie unversehens hochhob und durch die ganze Wohnung trug; sie schlug mit ihrem Körpergewicht die Tür zum Gang auf und kam erst mit dem Aufprall gegen die Wohnungstür zum Stillstand.

Als sie wieder aufstehen und in die Küche zurückhinken konnte, bot sich ihrem Blick durch das zersplitterte Fenster eine so noch nie gesehene Straße dar. Das Haus mit dem Laden war in zwei Hälften gespalten, die linke war auf den kleinen Platz gestürzt. Erst jetzt bemerkte sie, daß die auf dem Pflaster liegende Puppe Hose und Pullover ihres Mannes anhatte.

Hedvikas Trauer war hundert Tage älter, sie konnte Marta bereits Mut machen. Beide waren sie siebenundzwanzig, beide hatten sie sich für das Kinderkriegen Zeit bis nach dem Krieg gelassen und waren nun allein, also dankten sie ihrem Schicksal, daß sie sich begegnet waren. Hedvika schneiderte zu Hause, Marta war vom Kinobesitzer im Hause als Platzanweiserin angestellt worden, fürs erste hatten sie weder Grund noch Lust, sich nach Männern umzuschauen. Jeden Mittwoch- und Sonnabend vormittag trafen sie sich auf dem Vyšehrader Friedhof, zu dem es beide etwa gleich weit hatten, Marta aus Pankrác und Hedvika von Emauzy, brachten die Gräber in Ordnung und begaben sich dann zu den Schanzen. Gemächlichen Schrittes umrundeten sie schweigend den öffentlichen Teil der alten Festungsanlagen, das Bild ihrer Heimatstadt in sich aufnehmend, die sich ähnlich langsam dem Winter entzog und dem Frühling entgegenging.

Danach wandten sie sich entweder bergauf oder bergab, je nachdem, welche daheim auch für die andere das Mittagessen zubereitet hatte. Dabei erzählten sie sich von ihren Schicksalen und stellten Vermutungen darüber an, wann und wie der Krieg zu Ende gehen würde und was sie danach täten. Bald bekannten sie einander, daß ihre Männer sie eigentlich enttäuscht hatten. Sie ehrten ihr Andenken, glaubten jedoch, mit der künftigen Freiheit würde auch der bessere Teil ihres Frauenlebens beginnen.

Auch heute trafen sie sich auf dem Friedhof, Marta immer noch in Schwarz, Hedvika, die diese Farbe nach einem Vierteljahr nicht mehr ausstehen konnte, in der beliebten Kleidung der Pragerinnen, einer langen beigefarbenen Hose und Wattejacke, das Kopftuch zu einem Turban geschlungen. Diesmal begaben sie sich anschließend nach dem obenliegenden Pankrác, wo bei Marta schon Kartoffelnudeln mit dem rar gewordenen Mohn warteten.

Kaum machten sie sich daran, sie auf dünnem Kaninchenschmalz zuzubereiten, schlug die Klingel an. Martas Mann hatte jede dritte Woche nachts arbeiten müssen und auf Wunsch seiner Frau die Tür mit einer stabilen Kette versehen. Auch diesmal öffnete sie ohne Angst. Sie erblickte einen unbekannten Mann in aufgeknöpftem Winterstutzer, der einen mausgrauen Anzug freigab. In der einen Hand trug er eine pralle Beamtenaktentasche, mit der anderen lüftete er den Hut.

«Entschuldigen Sie, daß ich Sie belästige», sagte er höflich, «doch mir wurde gesagt, ich würde bei Ihnen Frau Horáková finden.»

«Ja freilich...»

Obwohl ihre Bekanntschaft erst einen Monat zurücklag, überraschte es Marta nicht, daß man bei ihr nach der Freundin fragte. Aus gewohnter Vorsicht löste sie die Kette trotzdem nicht und rief in die Küche zurück.

«Hedvika, da fragt ein Herr nach dir...»

Die zeigte sich ebenfalls nicht sonderlich erstaunt, auch sie hatte in der kurzen Zeit nicht mehr unterschieden, wo sie zu Hause war. Sie trat in den Gang, und der Mann im Türspalt hob erneut den Hut.

«Frau Horáková?»

«Ja...»

«Ich überfalle Sie ungern, aber es liegt in Ihrem Interesse. Ihr Mann hat bei dem Februar-Luftangriff den Tod gefunden, nicht wahr?»

«Nein! Das ist ein Irrtum!»

Seine Hand, die gerade den Hut aufsetzte, begann auf einmal heftig zu zittern. Beide glaubten sie im Augenblick, er habe einen Schwächeanfall.

«Das war doch mein Mann», sagte Marta verlegen, «Radomír Pavlát!»

«Mein Gatte», ergänzte Hedvika, «Ludvík Horák, ist letztes Jahr beim Totaleinsatz im Reich ums Leben gekommen!»

Der Besucher beruhigte sich sogleich.

«Ach, dann habe ich nur die Namen verwechselt, wofür ich mich zutiefst entschuldigen möchte. Zufällig betrifft es aber Sie beide. Die Protektoratsbehörden haben beschlossen, den Hinterbliebenen von Opfern der Luftangriffe und des Totaleinsatzes eine einmalige Unterstützung zu gewähren. Ich verteile die Fragebogen, die sofort auszufüllen und zu unterschreiben sind. Als man mich herschickte, wäre es mir nie in den Sinn gekommen, daß ich Frau Pavlátová gleich miterledigen kann.»

«Kommen Sie doch herein!» forderte Marta ihn auf und drückte die Tür an, um die Kette zu lösen.

«Wer hat Sie eigentlich hergeschickt?» wollte Hedvika wissen, «ich glaube nicht, daß in unserem Hause jemand weiß...»

Der Mann war schon in der Wohnung und stieß die Tür mit dem Fuß hinter sich zu. In der freien Hand hielt er plötzlich ein langes, schmales Messer.

«Einen Muckser», zischte er, «und ich schneid euch beiden die Hälse durch!!»

Obersturmbannführer Hinterpichler, der Chef der Abteilung zur Bekämpfung von Schiebereien und Wirtschaftssabotage, auf den ersten Blick der Liebhaber eines guten Tropfens, dem eine kurze Lederhose eher anstand als die stramme Uniform, war durch Meckerle nicht nur informiert, sondern auch entsprechend motiviert worden. Das Blatt Papier, auf dem Buback am Morgen den Namen von Jitkas Vater und dessen Anschrift notiert hatte, die er sich telefonisch direkt von Beran geben ließ, überreichte er dem Adjutanten mit dem Befehl, ihn sofort mit dem Leiter der zuständigen Dienststelle zu verbinden.

Er bot Buback aus einer Karaffe Cognac an, den er als alten französischen bezeichnete, frisch beschlagnahmt, und plauderte mit ihm über Nichtigkeiten wie ein Kneipenkumpan, bis einer der Apparate auf seinem Schreibtisch schrillte. Einem Schauspieler gleich, der nach einem Schluck Kaffee die Bühne in der Rolle eines Herrschers betritt, änderte er im Handumdrehen Stimme und Tonfall, war mit jedem Zoll gleich der hohe Repräsentant eines Amtes, das wohl jedermann fürchtete, seine Mitarbeiter eingeschlossen.

Nachdem er auf diese Weise sich selbst seine Macht demonstriert hatte, hörte er sich an, was ihm ein Untergebener aus Mähren meldete, ohne ihn ein einziges Mal zu unterbrechen, selbst der goldene Füller in seiner Hand blieb untätig. Schließlich fragte er.

«Wie ist er physisch drauf? Hält er ein paar Ohrfeigen aus?»

Kurz darauf nickte er zufrieden und schloß den Fall ab.

«Dann hauen Sie ihm ein paar runter, aber sehen Sie zu, daß Sie es nicht übertreiben. Anschließend brummen Sie ihm eine gepfefferte Strafe auf und lassen ihn laufen. Heil Hitler!»

Er legte den Hörer auf und war, gleichsam in die Kulissen zurückgekehrt, wieder jovial, als er Buback wie einem Kumpel zuzwinkerte.

«Die kleine Abreibung wird den Verdacht zerstreuen, wir hätten ihn zur Mitarbeit verpflichtet, das ist doch wohl in Ihrem Sinne?»

Ungern erklärte er sein Einverständnis, wußte nur nicht, wie er es der Tochter beibringen sollte. Er erhob sich, um seine Verlegenheit nicht zur Schau zu stellen.

«Danke, Obersturmbannführer, das wird mir bei einer anderen Aufgabe hilfreich sein.»

«Keine Ursache», grinste Hinterpichler zufrieden, «Schlachtfeste gehören da unten wohl tatsächlich zur Folklore, wir müßten sie eigentlich alle miteinander aufknüpfen, deshalb bestrafen wir lieber nach Bedarf, um die Sache in vernünftigen Grenzen zu halten.»

In seinem alten Büro atmete Buback mehrere Male durch, beruhigte sich aber nicht. Schließlich half ihm, daß er wütend auf sich wurde, eine Angewohnheit, mit der er seine Lebenskrisen meisterte. Hat er den Verstand verloren? Fängt er an, sich wie ein pubertierender Knabe zu benehmen? Er ließ sich mit den Tschechen verbinden und vernahm gleich darauf ihre Stimme, was ist eigentlich an ihr so einmalig? ja! entdeckte er, es ist, als erwache sie jedesmal aus Träumen.

«Buback», schaffte er es unpersönlich zu sagen, «Fräulein Modrá?»

«Ja ...»

«Sie waren so liebenswürdig, meine Einladung zum Abendessen anzunehmen.»

«Ja ...»

«Paßt es Ihnen heute um halb acht?»

«Ja ...»

«Wo darf ich Sie abholen?»

Er notierte sich die Adresse, wobei es ihm gelang, das Gespräch in dem gleichen Amtston zu beenden, in dem er es begonnen hatte.

«Richten Sie dem Herrn Kriminaladjunkten aus, daß ich ihn umgehend bei mir erwarte, diesmal in der Bredauergasse.»

Er legte auf und gestand sich ein, noch immer nicht zu wissen, was dieser Abend für einen Sinn haben sollte. Da er momentan nichts zu tun hatte, was seine Aufmerksamkeit hätte ablenken können, mußte er sich weiter den Kopf zerbrechen.

Er verfiel nicht der Illusion, eine normale Tschechin könnte sich in der jetzigen Lage in einen Deutschen verlieben, obendrein in einen Gestapomann, für den sie ihn notwendigerweise halten mußte und was er ihr nicht erklären durfte, und gar in einen Mann, der gerade so alt war, daß sie seine Tochter sein könnte. Mehr als zwanzig Jahre lagen zwischen ihnen! Er überlegte, was ihm überhaupt die Hoffnung auf einen Erfolg suggerierte, und fand es: Er hatte in den fünf Kriegsjahren eine Menge Menschen in Krisensituationen erlebt und mehr als einmal staunend zugesehen, wie Beziehungen entstanden, die sonst völlig unmöglich gewesen wären.

Die Verhältnisse im Protektorat könnten sich doch über Nacht so dramatisieren, und das geschieht offenbar bald! daß derselbe Mann, der schon den Vater gerettet hatte, auch der einzige Beschützer der Tochter werden könnte. Etwa dadurch, daß er sie rechtzeitig vom Schauplatz des Schlags gegen die Prager Polizei wegbrachte, den er vorzubereiten half.

Aber wie, um Gottes willen, soll er sich heute abend verhalten?

Er unterbrach seine Überlegungen, als Berans junger Mann eintrat. Er tat so, als habe er heute Bereitschaftsdienst, um einen Vorwand zu nennen, warum er nicht in seinem Arbeitszimmer in der Bartholomäusgasse amtierte. Das machte ihn erst recht wütend auf sich und veranlaßte ihn, sich nicht gerade von der angenehmsten Seite zu zeigen, was ihn obendrein aufbrachte. Ein Circulus vitiosus. Disziplin, Erwin! Er nahm sich zusammen, fand die Vorschläge des Tschechen vernünftig. Beide Texte genehmigte er ohne Bemerkung und wies Kroloff an, die Veröffentlichung für morgen in sämtlichen deutschen Protektoratszeitungen zu veranlassen.

Das also war erledigt, doch der junge Mann blieb sitzen. So sachlich und ruhig sein Verhalten eben noch war, so gespannt war sein Blick, mit dem er ihn jetzt ansah.

«Noch was?» fragte Buback.

Der Tscheche schüttelte den Kopf und stand hastig auf, doch bevor er sich mit einem Gruß zur Tür wandte, wurde sein Gesicht rot. Was hatte er auf dem Herzen? Wollte er um eine weitere Fürsprache bitten? Warum kam er dann nicht damit heraus? Meckerle hatte eigentlich grünes Licht gegeben, damit konnte auch in weiteren Fällen geholfen werden, falls die Großzügigkeit der Gestapo nicht zu großen Verdacht erregte. Um sein Ziel zu erreichen, täte er das um so lieber, je mehr er persönlich für Jitka Modrá eintrat.

Die Erinnerung an sie lenkte seine Gedanken wieder in eine einzige Richtung, mit einer Eindringlichkeit, die ihn fast erschreckte. Wie kann das sein? Vor einem Monat noch existierte für ihn nur eine Frau, Hilde, auch als Tote hatte sie sein Leben auszufüllen vermocht und keinen Funken eines anderen Gefühls zugelassen. Wie schaffte das diese unbekannte, unauffällige und so gar nicht eroberungssüchtige Sekretärin, dazu noch eine Nichtdeutsche? Es wurde ihm wieder bewußt, kaum daß sie vor dem Häuschen unter einer erblindeten Gaslaterne erschien.

Ihre friedfertige Schönheit, anders konnte er sie nicht bezeichnen, trat in diesem Halbdunkel noch deutlicher hervor, ihre verträumte Stimme rührte ihn, selbst als sie nur erklärte, sie habe nicht gewartet, nein, sie sei eben aus dem Haus gekommen, da ihr eingefallen sei, wie schwer man sich hier zurechtfinde. Er hielt ihr die rechte hintere Wagentür auf und setzte sich dann von links zu ihr. Was ist das nur für ein seltenes Parfüm? wollte er schon fragen, als er noch rechtzeitig darauf kam, daß es gewöhnlich Seife war, die so duftete.

Er erwog freilich nicht, sie ins Deutsche Haus einzuladen, obwohl man dort markenfrei essen konnte. Er wählte das «Reprä», das alte «Repräsentationshaus der Stadt Prag», vor allem von Tschechen besucht, die es sich leisten konnten, also von Kollaborateuren! dachte er jedesmal schadenfroh, die aufs falsche Pferd gesetzt haben. Er kannte schon aus seiner Kindheit das berühmte Jugendstillokal, wohin ihn seine richtige Mutter zum Neujahrs- und Ostermahl mitgenommen hatte.

Als er das Mädchen in dem langen schwarzen Rock und der weißen Bluse unter den strahlenden Lüstern zu dem bestellten Tisch führte, spürte er, daß die Spannung, die ihn seit dem Morgen nicht verlassen hatte, umschlug in etwas, das er schon monatelang nicht mehr empfunden hatte: in Freude. Er war dankbar, daß im Moment der Ober die Konversation allein bestritt. Sie hatte keinen Wunsch, also empfahl er ihnen beiden Tafelspitz nach Wiener Art. Entschieden wies sie dann aber Bubacks Zuteilungsmarken zurück und zog ihre eigenen hervor.

Dann ließen sie noch jene Zeremonie über sich ergehen, die in gehobenen Restaurants um so absurder wirkte, als der Ober eine Schere aus den Frackschößen zog und die kleinen Quadrate abschnitt, die Dekagramme Fleisch, Mehl oder Fett darstellten. Buback konnte sich dabei eines Schamgefühls nicht erwehren, daß die Zuteilung für Tschechen um soviel niedriger als die seine war. Ihr schien das entweder natürlich oder nicht der Rede wert, sorgfältig legte sie anschließend die übrigen Marken in die einzelnen Fächer der kleinen Zelluloidhülle zurück, faltete die Hände auf dem Tisch und richtete ihre großen braunen Augen mit einer stummen Frage auf ihn.

«Gnädiges Fräulein», sagte er also, «ich habe den Fall Ihres Herrn Vaters überprüfen lassen, weil mir an einem guten Klima bei der tschechischen Polizei gelegen ist, mit der ich so eng zusammenarbeite. Zu meiner eigenen Zufriedenheit kann ich Ihnen mitteilen, daß er nur mit einer Buße belegt wird und bald wieder rauskommt. Ich möchte Ihnen jedoch nicht verhehlen, daß ich nicht mehr verhindern konnte... man hat ihn nicht gerade mit Glacéhandschuhen angefaßt, was ich sehr bedaure. Die Hauptsache, ihm geschieht nichts mehr.»

«Mein Vater ist stark», sagte sie schlicht.

«Im übrigen», fügte er entschuldigend Hinterpichlers Gedanken hinzu, «entzieht er sich damit wenigstens dem Verdacht, sich die ungewöhnlich niedrige Strafe auf unehrenhafte Weise erkauft zu haben.»

«Das würde auch so keiner von ihm denken.»

Er bewunderte ihre Gradlinigkeit, die dennoch nicht dreist wirkte. Sie drückte auf einfachste Art aus, was sie für richtig hielt. Auch das hatte er nur bei Hilde erlebt.

«Ich danke Ihnen, Herr Oberkriminalrat», fügte sie hinzu.

Er unternahm den ersten Schritt zur Annäherung.

«Könnten Sie den Titel vergessen?»

Sie lächelte ihn herzlich an.

«Ich danke Ihnen, Herr Buback.»

«Erwin...»

Sie nickte.

Er bestand nicht darauf und versuchte, sie lieber unaufdringlich ins Gespräch zu ziehen. In ordentlichem Deutsch erzählte sie ihm von ihrer Familie und von ihrer Jugend.

«Also sind Sie eine Landsmännin von Herrn Adjunkten Morava?»

«Ja...», antwortete sie schüchterner als sonst, «im Frieden wären wir uns dort wohl längst auf Tanzvergnügen begegnet, der Krieg hat dafür gesorgt, daß wir uns erst in Prag kennenlernen durften. Er spricht auch die gleiche Sprache wie ich, bei uns fängt langsam das Slowakische an.»

Sekundenlang war er schon drauf und dran, sie jetzt auf tschechisch anzusprechen, damit ihre Worte den doch recht schmalen deutschen Sprachpfad verlassen konnten. Selbstverständlich verwarf er den Gedanken rasch. Er benahm sich wirklich wie ein aller Sinne beraubter Primaner!

Im rechten Augenblick kam das Essen, und er durfte sich am Anblick ihrer langen Finger erfreuen, die das Besteck mit ungewöhnlicher Grazie hielten, an der Betrachtung ihres kleinen Mundes, der sich beim Essen kaum bewegte, ihres Kopfes, der leicht zur linken Schulter geneigt war, so daß ihr Haar malerisch die rechte Schläfe beschattete; urplötzlich dachte er an Marleen Baumanns dramatische Gesichtszüge, die eine Erwartung umwälzender Geschehnisse weckten, wogegen dieses Gesicht eine

Gemütsruhe ausstrahlte, die Frieden und Glück erzeugte. Lange halte ich diesen Abstand nicht mehr aus, dachte er, und ich erkläre mich ihr!

Warum eigentlich nicht? Warum sollte er es nicht versuchen? Was riskierte er schon außer einer höflichen Ablehnung? Büßt er nicht viel mehr ein, wenn er diese unwiederbringliche Gelegenheit verpaßt?

Warum sollte er seine Absicht nicht zur Tat werden lassen??

Ich weiß nicht, wie es gekommen ist, teures Fräulein, und ich weiß, daß es gegen alle Regeln unserer Zeit verstößt, aber trotzdem: Ich liebe Sie. Ich habe im Leben nur einmal geliebt, dafür aber um so stärker, ich liebte meine Frau bis zu ihrem Tod, und dann glaubte ich, nach dieser Liebe wird es keinen Platz mehr für eine neue Beziehung geben. Dann sah ich Sie, und seit jenem Augenblick liebe ich Sie noch mehr, als ich je geliebt habe. Ich denke sogar, sie hat Sie mir gesandt, und ich beschwöre Sie, Ihre Abneigung zu überwinden, die Sie gegen mich als Deutschen gewiß hegen. Erhören Sie mich, teures Fräulein, als Menschen, der keinem anderen bewußt Unrecht getan hat und inmitten der Raserei eine Insel des Rechts verteidigen will. Zum Beweis dafür mache ich Schluß mit meiner einzigen Lüge und spreche zu Ihnen in Ihrer Muttersprache, die auch die meine ist. Was antworten Sie mir?

Offenbar mußte er sie die ganze Zeit nur stumm angesehen haben, denn sie fragte.

«Haben Sie etwas ...?»

Die Frage riß ihn aus seiner Wunschvorstellung. In ihren Augen stand Verlegenheit. Er wußte nicht, wie lange sein Ausfall gedauert hatte. Sie war inzwischen mit dem Essen fertig. Er legte sein Besteck auf dem halbgeleerten Teller zusammen und wollte jetzt Zeit für einen richtigen Versuch gewinnen.

«Entschuldigen Sie ...! Wünschen Sie ein Dessert?»

«Nein danke. Es war sehr liebenswürdig von Ihnen, mich zu einer so guten Nachricht auch zu einem guten Essen einzuladen, doch es ist reichlich spät. Mein Verlobter könnte sich Sorgen um mich machen.»

Hast du gesagt, wer?» fragte Morava gespannt.
«Das genügte», sie schüttelte den Kopf, «er rief sofort den Ober. Und blaß wurde er. Dieser endlose Blick zuvor ... Jan, es ist mir peinlich, weil es eitel klingen könnte, aber ich fürchte ... ich fürchte, er hat sich in mich ...»

Endlich verstand er und rief unwillig.

«Der kannte dich doch überhaupt nicht!»

Sie hob den Blick und verriet, daß auch sie rot werden konnte.

«Hast du nicht gesagt, dir wäre es bei mir ähnlich ergangen ...?»

«Aber er ist doch ein Deutscher! Ein alter Mann! Und hat erst vor kurzem seine Frau verloren!»

«Ich kann doch nichts dafür ...», flüsterte sie schuldbewußt.

Er lachte gezwungen auf.

«Entschuldige! Ich benehme mich wie der erste Mensch. Ich sollte mich doch um so mehr freuen.»

«Ich bitte dich, warum ...?»

«Weil ich schnell genug war, als erster um dich anzuhalten. In dich muß sich anscheinend jeder verlieben!»

«Jan!»

Er wollte sie umarmen, doch sie sperrte sich dagegen. Daraus schloß er, daß Buback sie nach wie vor beschäftigte, und das reizte ihn.

«Du hast ihm reinen Wein eingeschenkt, und er hat dich trotzdem korrekt nach Hause gebracht, dir die Hand geküßt und gute Nacht gewünscht, um was geht's noch?»

«Wenn er nun Papa fallenläßt ...?»

«Nein, ich glaube, dein Vater kommt zurück?»

«Ich verstehe nicht, warum ich das gesagt habe», zermarterte sie sich immer noch den Kopf, «der hat bald raus, daß du das bist.»

«Na und? Glücklicherweise steht bis dahin keine Todesstrafe darauf.»

«Er kann dir auf andre Weise schaden!»

«Jitka, Liebes, solltest du recht haben, dann gibt es noch eine zweite Möglichkeit: ihn zu erhören!»

«Du bist verrückt geworden!»

«Na siehst du. Also mußt du es ihm überlassen. Es gibt einige Hoffnung, daß er mit mir andere Absichten verfolgt, die keine persönliche Rache dulden.»

«Welche?»

Ihr gegenüber wagte er die Schweigepflicht zu durchbrechen. Er verriet ihr Berans Verdacht.

«Und so ist es nicht ausgeschlossen», endete er seinen kurzen Bericht, «daß auch sein Interesse an dir ein Teil dieses Spiels ist.»

Zuvor hatte sie verstehend genickt, das aber wies sie entschieden zurück.

«So etwas spielt man wohl ein bißchen anders, Jan. Er hat doch überhaupt kein Wort gesagt, nur geschaut. Und ist dabei völlig in Gedanken versunken... Aber du hast recht, das ist seine Sache, und ich werde mich verhalten wie üblich. Nur du, darum bitte ich dich, paß gut auf dich auf!»

Beide hörten ein Auto näher kommen, wurden aber erst aufmerksam, als es vor dem Häuschen bremste. Jitka sprang entsetzt auf.

«Das ist er!»

«Dann mache ich ihm auf!» ihre Angst brachte ihn in Harnisch.

Sie rannte um den Küchentisch herum und flüsterte verzweifelt.

«Geh nach oben, ich bringe das mit ihm in Ordnung! Ich bitte dich!»

Es schellte.

«Das hat keinen Sinn», wandte er ein, «er wird mich hören.»

«Er weiß doch, daß ich nicht allein lebe. Aber er muß nicht gleich wissen, mit wem. Keine Angst, ich will ihn nur nicht unnötig... lauf, ich schaff's schon!»

Das Klingeln wiederholte sich.

«Hallo!» rief eine vertraute Stimme, «hallo, hallo!»

«Das ist nicht Buback», erkannte sie zuerst, «das ist der Chef...»

Sie gingen beide aufzumachen. Der Hauptkommissar hatte nur für Morava Augen.

«Ich freue mich, daß ich Sie hier finde. Nach Buback hab ich vergebens gesucht. Nehmen Sie Ihr Heftchen und sagen Sie gute Nacht zu ihr. Er hat es wieder getan, und gleich zweimal.»

Kroloff ließ Buback die Meldung noch am Abend unter der Tür durchstecken, doch der war nicht nach Hause gekommen.

Kaum war die Haustür hinter Jitka Modrá ins Schloß gefallen, da fühlte er sich ähnlich wie im Jahr davor, als irgendwer ihm fast teilnahmslos mitteilte, daß er allein auf der Welt geblieben sei. Weder Verzweiflung bemächtigte sich seiner noch Bedauern, ihn erfüllte die alte Leere. Als stünde er plötzlich neben sich, beobachtete er sich kühl. Nun ja, das hier war doch sein wahrer, durch nichts beschönigter, sein unverfälschter Zustand: die Einsamkeit von Seele und Leib. Wie konnte er sich so absurde Gefühle einreden, wie brachte er es fertig, sich über einen Monat selbst in die Irre zu führen?

Zu der Überlebenstaktik, die er sich nach Antwerpen angeeignet hatte, kehrte er jedoch nicht zurück. Etwas hatte sich grundlegend in ihm verändert. Er verspürte nicht die Spur Lust, bei einem Glas in der Bar des Deutschen Hauses vor sich hin zu starren und hinterher in seiner trostlosen Junggesellenbude zu landen. Ein längst totgeglaubtes Bedürfnis bemächtigte sich seiner. Er entließ den Fahrer auf dem Wenzelsplatz und durchmaß energischen Schrittes die menschenleere Stadtmitte. Lange drückte er auf die erste Klingel von oben, ungeachtet des Risikos, daß sie vielleicht nicht allein war. Es dauerte eine Weile, bis sich eine matte Stimme meldete.

«Ja...»

«Erwin Buback», meldete er sich trotzdem entschlossen, «darf ich weiter?»

«Gewiß!» sagte sie ebenso knapp, «warten Sie!»

Keine Minute danach plumpste neben ihm auf den Gehsteig ein in Zeitungspapier gewickelter Schlüssel.

Noch ehe der Fahrstuhl ihn bis unter das flache Dach des Hauses aus den dreißiger Jahren beförderte, schaffte sie es, selbst im weißen flauschigen Morgenrock wieder wie auf dem Ball auszusehen. Als sie die Tür der gemütlichen Doppelgarçonnière hinter ihm abschloß, fragte sie.

«Die Eifersucht des großen Meckerle verursacht Ihnen keine Gänsehaut mehr?»

«Ich bin nicht gekommen, um mit Ihnen zu schlafen», antwortete er und meinte das auch.

«Hurra!» rief sie lachend, «es war schon immer mein Wunsch, eine Freundin zu haben.»

Das Rätsel ihres Äußeren erläuterte sie im Nu: Sie war eben erst völlig gerädert von einem Auftritt bei deutschen Einheiten zurückgekehrt, zu denen täglich Gruppen des Opernensembles mit Operettenmelodien fuhren, und fand noch keine Zeit, sich abzuschminken. Fast allein leerte er in kurzer Zeit wie ein Verdurstender eine Flasche französischen Champagner. Als sie verstand, daß er ganz in sich selbst versunken war, machte sie noch eine Flasche auf, offensichtlich aus Meckerles Beständen, legte eine Platte mit einer wilden amerikanischen Musik auf und entschuldigte sich, sie müsse erst gründlich duschen.

Er sagte auch dann noch nichts, als sie in ihrem Frottee aus dem Bad kam, die vor sich hin kratzende Platte anhielt, die dritte Flasche holte und eine Zigarette nach der anderen in einer langen Perlmuttspitze rauchte, wobei sie immer wieder Grammophonplatten mit Musikstücken auflegte, die im Reich allesamt als Produkte niederer Rassen verboten waren. Trotz des Geplärrs der Saxophone schlief er wohl für einen Moment ein, denn Stille weckte ihn und ihr Versuch, ihm das Sakko auszuziehen.

«Entschuldigen Sie», sagte sie, «aber Sie können es sich hier ruhig bequem machen, unser Herr und Gebieter ist jetzt abgemeldet. Macht in Familie.»

Langsam kam er zu sich.

«Danke, Marleen, ich will Ihnen auf keinen Fall das Leben komplizieren.»

«Also, erstens ist Marleen ein sogenannter Künstlername, der an diese Nutte Lili erinnern soll, wie es mein Gruppenleiter beschlossen hat, ich bin ein gewöhnliches deutsches Gretchen. Zweitens hat er, selbst wenn seine Frau Gemahlin nicht da wäre, keine Ahnung, daß ich heute zu Hause bin, wir sollten für die Nacht in Marienbad bleiben. Und drittens kompliziere ich mir das Leben gern selber, wenn ich Lust dazu kriege, was Sie andererseits auf keinen Fall so verstehen sollen, daß ich Sie verführen möchte. Mir schien nur, als hätten Sie heute Gesellschaft nötig.»

Er erinnerte sich und zitterte innerlich vor Scham.

«Weiß Gott, und ob!»

«Wenn Sie schlafen möchten, bringe ich Sie nebenan unter.»

Er hatte nicht die Kraft, so zu tun, als wolle er es nicht. Nachdem er heiß geduscht hatte, um seine Müdigkeit zu vervollständigen, schlüpfte er wieder in das Unterhemd und die Unterhose und schlang sich außerdem ein Badetuch um die Hüften, damit er in ihren Augen besser angezogen erschiene. Wieder erntete er herzliches Gelächter.

«Ein Keuschheitsgürtel? Ich hab schon mal einen nackten Mann gesehen.»

Wenig später lag er auf der schmalen Couch in der Wohnküche und starrte ins Dunkel. Im Hause wie im Hof herrschte völlige Ruhe, nur er war auf einmal hoffnungslos munter wie am hellichten Tag! Jetzt! Jetzt kommt es so, wußte er, jetzt tun sich alle persönlichen Wunden auf und am Ende auch der Abgrund, in den der schicksalhafte Zauberschwindler sein ganzes Volk zu treiben entschlossen war.

In diesem Augenblick kam ihm die Gewißheit, daß die berühmte Geheimwaffe nichts anderes war als eine letzte Lüge, ein Bluff, ein Quatsch, ein Trick, eine List, ein gemeiner Betrug, der die Dämmerung der falschen Götter um ein paar Wochen hinauszögern sollte, und daß alle, die darauf hereingefallen und auf einen ungeheuerlichen Befehl hin sogar das eigene Land in Wüste zu verwandeln bereit waren, die keinen mehr ernähren konnte, daß all die Hunderttausende junger Deutscher, die in dieser Vorfrühlingsnacht in Südmährens Wäldern froren, von vornherein zum Verderben bestimmt waren, genauso wie er, der höllisches Glück haben würde, wenn man ihn hier nur erschoß und nicht zu Tode folterte.

Warum wartete er eigentlich darauf? Er ist doch aller Fesseln ledig, die einen Menschen zwingen, für andere zu leben, der letzte Sinn seiner irdischen Existenz wurde die Schnüffelei in den Reihen der tschechischen Polizei, die diesen Krieg ungefähr so beeinflussen konnte wie ein Schwarm Mücken das Wetter. Warum tut er nicht das einzige, was er aus freien Stücken noch tun kann, zumal er sogar das Mittel dazu hat?

Aber er hatte seine Pistole wieder zu Hause liegen lassen!

Er stand auf, machte Licht, und es gelang ihm, die Verbindungstür geräuschlos zu öffnen. Marleen-Grete runzelte im Schlaf die Stirn und stützte das Kinn auf die Hand, wobei sie aussah, als denke sie angestrengt nach. Er lehnte die Tür an und suchte in dem engen Lichtstrahl den Kleiderbügel, auf den sie seinen dunklen Anzug gehängt hatte. Als er in die Küche zurückschlich, um sich anzuziehen, warf er einen letzten Blick auf sie und begegnete offenen Augen.

«Wollen Sie nicht doch zu mir ...?» fragte sie.

Er hängte den Bügel auf die Stuhllehne.

«Ja ... das will ich ...!»

Er zog sich aus. Sie hob das Deckbett auf. Sie war nackt und nahm ihn auf sich.

Als er Grete in die Arme schloß, schienen Dämme zu brechen, er kehrte zu seiner einstigen Uferlosigkeit zurück, leidenschaftlicher durch seine monatelange Enthaltsamkeit.

Er spürte, daß er sich mit ihr um das Leben liebte.

Und er verstand, daß auch sie sich ihm ganz ergab.

Er kam aus dem Staunen nicht heraus, über welch unglaublichen Energievorrat dieser scheinbar fragile, in Wahrheit aber feste und geschmeidige Körper verfügte; er peitschte auch ihn bis zum äußersten auf, vereinnahmte ganz und gar seine Sinne. Entweder hatte er schon vergessen, aber vielleicht noch nie erfahren, welche hinreißenden Erlebnisse und Genüsse sich ein

Menschenpaar verschaffen konnte, wenn es die Scham, den Egoismus und alles Gewohnte über Bord warf.

Selbst der Morgen traf sie noch beim Liebeskampf an, wer sich dem anderen mehr und besser hingebe, sie waren spitz und aschfahl vor physischer Müdigkeit, doch ihr Wissen um die Einzigartigkeit dieses Ereignisses nahm ihnen die Kraft, den Willen, sich voneinander loszureißen.

Um sieben ging der Wecker. Es dauerte eine Weile, bis sie mit der Hand hinter ihren Kopf tastete, um das Rasseln abzustellen.

«Entschuldige», sagte sie heiser, «ich muß auf Tournee...»

«Und ich zum Dienst...»

«Ein Glück, daß ich Chormädel bin.»

«Ein Glück, daß ich Untergebene habe.»

Nach ein paar knappen Minuten kam sie aus dem Badezimmer angekleidet, gekämmt und geschminkt zurück. Er staunte erneut.

«Du bist wie ein Soldat!»

«Ich bin ein Kriegsliebchen.»

Als er aus dem Bad trat, duftete auf dem Tisch starker holländischer Kakao, wie er ihn wohl seit seiner Kindheit nicht mehr getrunken hatte. Sie hielt die Tasse mit beiden Händen an den Mund, trank aber nicht, sondern schüttelte nur gedankenverloren den Kopf.

«Ist etwas passiert?» wollte er wissen.

«Ja, etwas. Wenn ich Worte dafür habe, sag ich's dir.»

SIE lobte ihn sehr. Ja, er durfte STOLZ auf sich sein! Was für eine Eingebung, EINE DER ANDERN den Mund zukleben und die Füße fesseln zu lassen. Doch morgens stand in den Zeitungen WIEDER NICHTS!

Er wußte aber bereits genau, daß er es NICHT GETRÄUMT hat. Hinter den Eisbarren im Keller liegen schon VIER. Wie kommt es dann, daß sie über ihn IMMER NOCH SCHWEIGEN?

Gleichzeitig sagte ihm etwas, daß sie nur noch wenig brauchen. Er wird es einfach WIEDER UND WIEDER tun.

Um diesmal unbemerkt nach Prag entschwinden zu können, entschloß er sich für Sonntag. Es werden viele Leute dort sein, doch so verliert er sich um so leichter in der Menge. Er wird sich zu helfen wissen, wie er sich MIT ALLEN zu helfen wußte.

Am übernächsten Tag, als er in der Zeitung nichts mehr zu finden hoffte, entdeckte er unerwartet, was er suchte.

«Gewarnt wird vor einem Sadisten», mahnte eine kleine, aber unübersehbare Titelzeile auf der dritten Seite. «In Prag wurden in letzter Zeit brutale Morde verübt, deren Opfer, alleinstehende Frauen, ihren Mörder freiwillig in die Wohnung einließen. Der Unbekannte tötete und verstümmelte sie darauf sadistisch, ohne sie zu berauben. Die Polizei fahndet nach Mörder und Motiv und appelliert an die Bevölkerung, auf verdächtige Personen zu achten. Vor allem alleinlebende Frauen sind gehalten, keinem, den sie nicht genau kennen, die Tür zu öffnen. Hinweise, auch anonymer Natur, nehmen alle Polizeidienststellen im Protektorat entgegen.»

Er war im ganzen zufrieden. Vor allem freute ihn ihr Zugeständnis, daß er KEIN RÄUBER war. Und das Bewußtsein, sich endlich für eine gewisse Zeit der verdienten Ruhe hingeben zu können, bevor er REGELMÄSSIG WEITERMACHT.

Zu Ostern fielen das zweite Mal Bomben auf Prag. Wieder bei hellem Tageslicht, doch diesmal zweifellos gezielt, im Visier lagen die Fabrikkomplexe in den Vorstädten. Wegen der Feiertage waren die Verluste an Menschen gering, dafür lagen die meisten Objekte in Trümmern.

«Saubere Arbeit», meinte Beran, als sie von der Besichtigungsfahrt zurückkamen, «nur leider ein bißl schmutzig.»

Morava verstand nicht.

«Vor zwei Jahren», erklärte ihm der Hauptkommissar, «hätte es vielleicht den Krieg um Monate verkürzt. Heute drängt sich die Frage auf, ob das nicht die erste Visitenkarte der Nachkriegskonkurrenz ist.»

Dieser Gedanke ging Morava gegen den Strich.

«Das sind doch die Verbündeten!»

«Morava, Morava, lieber guter Morava, wenn dieser Krieg vorbei ist, geben Sie acht, daß die Welt für Sie nicht zusammenbricht. Sie als Mordspezialist wie als Tscheche leben in einem zweifachen Märchen, wo das Gute das Böse bekämpft. Ich als Mensch, der bereits das relativ Gute, ich meine damit die alte Republik, zwanzig Jahre tagtäglich erlebt habe, erkläre Ihnen, daß es einem zuweilen ganz schön auf den Magen schlägt.»

Morava ließ nicht nach.

«Nach dem Verlust von Ruhrgebiet und Schlesien können nur noch die tschechischen Fabriken die Nazis nachrüsten!»

«Auch wahr», seufzte Beran, «im übrigen hat die Jugend ein Recht auf neue Hoffnungen, unsere Skepsis ist der Keim kommender Kapitulationen. Erzählen Sie!»

Da befanden sie sich wieder auf der Direktion, und es ging um die Arbeit der Sonderkommission.

«Bisher liegen vierhundertzwölf Hinweise auf Verdächtige vor», referierte Morava, «die meisten kamen über unsere Reviere. Grob die Hälfte davon sondern wir als unwesentlich oder irreführend aus, alle übrigen werden überprüft. Vorzugsweise in Mähren, denn der russische Vormarsch auf Wien kann die Region bald abschneiden.»

«Heiße Spuren?»

«Nein. Jeder der Genannten hatte für einige der Daten ein einwandfreies Alibi. Aber es laufen immer neue Meldungen ein.»

«Hat Herr Buback etwas ermittelt?»

«Er hat bestätigt, daß Hunyady, der Zigeuner, in irgendeinem Arbeitslager gestorben ist, und Thaler, dieser deutsche Metzger, soll zuverlässig Dienst in Polen tun. Wir können also mit Sicherheit annehmen, daß unsere Kollegen in Brünn damals nicht den Richtigen aufgegriffen haben.»

«Apropos», erinnerte sich der Hauptkommissar, «gibt es was Neues über Jitkas Vater? Ich hab sie heute hier noch nicht gesehen.»

«Ich hätte mit einer Entschuldigung anfangen müssen. Sie hat ganz plötzlich freigenommen, gestern abend kriegte sie ein Telegramm, sie soll heute um zehn auf der Hauptpost einen Anruf entgegennehmen, aber dort soll man ja bis zu einem halben Tag herumhocken. Ihr Vater ist vielleicht schon zu Hause.»

«Na wunderbar. Dann gratuliere ich auch Ihnen.»

Dabei hob er fragend den Blick, und Morava schüttelte wie jeden Tag den Kopf, nein, es gebe keine Anzeichen für andere Interessen Bubacks. Dann bemerkte er noch.

«Wir sind beide glücklich, doch wir machen uns Gedanken, wie ihre Eltern und meine Mutter die möglichen Kampfhandlungen überstehen werden.»

«Wissen wir vielleicht, wie wir sie überstehen werden? Die können das Glück haben, daß die Front wie ein Wind über sie hinwegfegt, und wir das Pech, daß Prag als Festung erobert wird. Überlassen wir das dem Schicksal. Sie doch dem lieben Gott.»

Endlich durfte Morava mit ihrem Plan herausrücken.

«Eigentlich kann man ihn heute schon den Witwenschlächter nennen. Und Jitka ist auf den Gedanken gekommen, daß er seine Opfer auf dem Friedhof aufspüren kann. Er rechnet möglicherweise damit, zu ihren Wohnungen gelotst zu werden, wo sie höchstwahrscheinlich allein leben. Vielleicht hat er ihnen Grabsteine angeboten oder so...»

Beran stand auf.

«Die vier verstorbenen Ehemänner liegen...»

«Alle auf dem Vyšehrader Friedhof!»

«Den Sie sofort bewachen lassen!»

«Seit er heute geöffnet wurde, sind zwei meiner Leute da. Ich fahre von hier gleich hin, um ein Bewachungssystem zu organisieren.»

«Gut, Morava!» sprach Beran nach langer Zeit, und der Gelobte wurde von einem Glücksgefühl übermannt, obwohl die Anerkennung ja vielmehr Jitka gebührte, «sehen Sie zu, daß Sie hinkommen!»

Es wehte kühl und nieselte, auf dem ganzen Friedhof waren

am Vormittag nur drei Frauen und der Totengräber, weit und breit kein anderer Mann. So konnten Morava und seine Leute gründlich beratschlagen. Als Problem erwiesen sich die drei Eingänge. Der Neuling Jetel, als Notnagel herangezogen, schlug vor, zwei davon einfach zu schließen. Sie machten ihm klar, daß dies die beste Art sei, den Mörder auf andere Begräbnisstätten zu verscheuchen. Nein, sie müßten sich damit bescheiden, hier lange Stunden als Laubkehrer, Steinmetze, Gärtner, Bettler oder trauernde Hinterbliebene zu verbringen. Sie kamen nicht umhin, auch den Totengräber ins Vertrauen zu ziehen, dem die Anwesenheit immer gleicher Gesichter nicht entgangen wäre. Zuvor vergewisserte Morava sich jedoch, ob dieser Muskelprotz hier an den Mordtagen auch tatsächlich Gräber ausgehoben hatte.

Er kehrte in die Bartolomějská zurück, um einen dritten Mann auf den Friedhof zu schicken und eine zweite Schicht für morgen festzusetzen. Dann rief er in der Bredovská an und erfuhr, daß Buback wieder hier bei ihnen sitze. Seit jenem sonderbaren Abendessen mit Jitka hat er sich nicht blicken lassen; wartete er ab, bis ihr Vater tatsächlich entlassen war? Morava klopfte an und machte auf.

Der Oberkriminalrat war in einen Stapel Akten vertieft. Jetzt zuckte er zusammen, als habe der Ankömmling ihn bei etwas Unerlaubtem ertappt.

«Was ist das??» fuhr er ihn ohne Gruß an.

Morava wußte nicht, was er meinte, und erlaubte sich zu fragen.

«Darf ich sehen?»

Buback schob ihm die Papiere hin.

«Ich habe Anweisung erteilt», sagte Morava stutzig, «Ihnen Kopien sämtlicher Meldungen zu übergeben, die auf unseren Aufruf hin eingegangen sind ...»

«Und wo ist die Übersetzung?»

Also deswegen tobte er? Ein Versehen!

«Ich entschuldige mich, gleich werde ich jemanden beauftragen!»

Wen? dachte er verzweifelt, zwei Leute brauchten eine Woche für die Übersetzung! Zu seinem Erstaunen beruhigte sich der Deutsche so schnell, wie er aufgebraust war.

«Nicht nötig. Sie haben doch keine überzähligen Kräfte. Stellen Sie eine ab, sie wird mir jeden Morgen mündlich Auszüge aus den wichtigsten machen.»

Wer soll sich auskennen in dem Kerl? grübelte Morava, fühlte sich aber erleichtert. Er informierte Buback über die gerade angelaufene Aktion, um schließlich eine Bitte vorzutragen. Nur deutsche Stellen entschieden über die Genehmigung von Telefonanschlüssen. Einer würde unbedingt in der winzigen Stube des Totengräbers gebraucht, um im Bedarfsfall eine Großfahndung einleiten zu können.

«Ich erledige es!» versprach Buback.

«Ihr Übersetzer wird in einer Viertelstunde hier sein!» versprach Morava im Gegenzug, und als ihm einfiel, daß er Buback noch mehr schuldete, fügte er hinzu, «Fräulein Modrá telefoniert wohl gerade mit ihrem Vater. Auch ich möchte mich bei Ihnen herzlich bedanken.»

«Bei mir sind Sie an der falschen Adresse», fertigte Buback ihn kurz ab, «ich habe Ihnen schon gesagt, das Reich ist ein Rechtsstaat. Dafür erwartet es, daß vor allem die Protektoratspolizei das Recht unbeirrt respektiert.»

«Natürlich», versicherte Morava und ging.

Nur möglichst weit weg von diesem Mann, der ihn, auf einmal glaubte er Jitka, ebenso unberechenbar vernichten konnte, wie er ihr geholfen hatte.

Offenbar hatte sie auf der Hauptpost so lange warten müssen, daß es sich für sie nicht mehr lohnte, zur Arbeit zu kommen, doch warum hat sie ihn nicht wenigstens angerufen?

Schon recht ungeduldig wartete er die neu eingegangenen Meldungen ab, schickte zu Buback den Dolmetscher und ließ sich flüchtig auf dem Vyšehrad blicken, um seine Leute nach den ersten Eindrücken zu befragen. Er war zufrieden, als er selbst lange brauchte, um sie zu entdecken, sie hatten es schon gelernt, auch auf diesem beengten Raum kaum sichtbar zu bleiben.

Daheim begrüßte ihn der Duft von Weißkohlpuffern, die er so liebte, dazu ein Strauß Tulpen, die fast so teuer und selten wie Fleisch waren.

«Vater ist also schon zu Hause!» rief er froh und schwenkte sie im Kreis herum.

«Großvater!» verbesserte sie ihn.

«Wieso ...»

«Vater wirst du sein! Paß auf, daß du mir das Kind nicht aus dem Leib rüttelst, du Papi, du!»

APRIL

Jana Kavanová kam von der Beerdigung und lächelte vor sich hin. Im Katzenkopfpflaster unter ihren schwarzen Halbschuhen und schwarzen Strümpfen sproß mit Macht das grüne Gras, über die Festungswälle herab wallten die Ranken der Hundsrebe mit ihren Blatttrieben, der Himmel über der Straßenschlucht war amethystblau und wie in all den letzten Wochen wieder frei von Flugzeugen. Jana war von einem so absoluten Glücksgefühl durchströmt, daß sie sich schämte.

Oben am Grab hatte sie ihre ältere Schwester zurückgelassen, die soeben ihren geliebten Mann begraben hatte, während sie eilte, um sich ihrem jungen Geliebten in die Arme zu werfen. Denn ihre Schwester konnte und würde sie auch noch morgen, übermorgen und alle folgenden Tage trösten, aber Robert blieb ihr nur noch heute. Sein Aufenthalt in Prag, wo es derzeit von Gestapoleuten nur so wimmelte, war allzu riskant, und sie selbst hatte Vorkehrungen getroffen, ihn morgen früh mit geliehenen Papieren in ein Versteck zu schaffen, wo er das Kriegsende in Sicherheit abwarten sollte.

Die knapp dreißigjährige Jana war ihrem Robert erst vor zwei Monaten im Luftschutzkeller unter dem Hauptbahnhof begegnet. Der lange Schlaks in der Arbeitsuniform der Räumtrupps, der ihr mit Kavaliersgeste ein kostbares Geschenk, eine Zigarette! anbot, hatte eine tiefe Stimme und sah bei der Notbeleuchtung wie ein Gleichaltriger aus. Sie hatte seine Einladung zu einem abendlichen Rendezvous bereits angenommen, als sie feststellte, daß er ein gerade erst zum Arbeitseinsatz verpflichteter Unterprimaner war. Ihr Wort nahm sie aber nicht zurück und bedauerte es nicht.

Er landete am selben Abend bei ihr, die meisten Lokale und

Cafés waren geschlossen, die übrigen gähnend leer, entweder mangelte es den Gästen an Marken oder den Köchen an Lebensmitteln oder allen an Appetit.

Ich bin längst nicht seine erste! dachte sie eifersüchtig, als sie gewahr wurde, wie geschickt er war, doch sie hatte sich seit einem halben Jahr mit keinem Mann mehr geliebt, seit sie sich wieder mal in einem mächtig getäuscht hatte, und dieser Junge da war sowieso nichts anderes als nur ein momentaner Zeitvertreib, bis sie letztlich den Richtigen fand, offenbar erst nach dem Krieg, wenn mit den tschechischen Truppen die bessere Sorte Männer heimkehren würde. Also machte sie sich keine großen Gedanken und schlief mit ihm.

Offensichtlich sagte sie ihm ebenso zu. Er gestand ihr, es noch nie mit einer so... reifen Frau gemacht zu haben, wie er es umschrieb, das gab ihr einen Stich, doch zugleich kam sie sich gewürdigt vor. Von nun an erschien er Nacht für Nacht und schilderte ihr belustigt das zunehmende Entsetzen seiner Tante, bei der er hier wohnte. Dann war Jana nicht weniger niedergeschlagen, als er Mitte März erfuhr, er müsse schon in zwei Tagen mit der ganzen Klasse nach Nordmähren.

Die Oberprimaner der Protektoratsgymnasien waren schon längst zum Totaleinsatz im Reich, die Unterprimaner zog man jetzt zum Bau eines Schutzwalls gegen die erwartete russische Großoffensive ein. Ein paar Häuflein Achtzehnjähriger sollten die gigantischen Schanzarbeiten unter der Aufsicht deutscher Wachtposten ableisten. Wer abhauen wollte, setzte seine Familie schwerer Strafverfolgung aus. Robert fuhr also.

Wie vereinbart, schlich sie sich an jenem Morgen zwanzig Meter hinter ihm aus dem Haus, viel zu jung, um ihn wie die anderen Mütter umarmen zu können, viel zu alt neben den jungen Mädchen, die ihre Freunde begleiteten. Der Lastwagen mit seinen Holzbänken verschwamm ihr in Tränen.

Einen ganzen Monat lang kam keine einzige Nachricht, doch nach und nach befreiten sie aus der anfänglichen Verzweiflung Informationen, die sie hartnäckig über alle möglichen Bekannten einholte. Schließlich ertrug sie es nicht mehr, mit ihrer vereinsamten Liebe allein zu sein, und vertraute sich ihrer Schwester an. Es überraschte und erfreute sie, als ausgerechnet die ihr nachdrücklich zuredete, sich über ihr Alter keine Gedanken zu machen und sich zu freuen, daß sie froh war.

Auch heute hörte sie auf sie.

Ihre Schwester hatte darauf bestanden, daß sie von der Beerdigung gleich nach Hause ging. Sie wußte, daß Robert sich für kurze Zeit bei Jana verborgen hielt. Je näher der sowjetische Kanonendonner aus dem Ostrauer Umland kam, desto stärker wurden die Schikanen der Nazis; alarmierende Nachrichten gingen um, man wolle die tschechischen Gymnasiasten in letzter Not als lebenden Schild gegen die Panzer jagen. Weil seine Mitschüler trotz allem Angst hatten, gemeinsam zu fliehen, riskierte Robert es allein.

Im Gewaltmarsch erreichte er in zwei Nächten Olmütz, und das Glück ließ ihn sogar dann nicht im Stich, als er per Anhalter weiterzureisen wagte: Ein Lkw-Fahrer setzte ihn auf den Platz seines erkrankten Kollegen und nahm ihn mit nach Prag. Die erste Nacht durchliebte Jana mit Robert, am Tag danach suchte sie seine Tante auf, die unter diesen Umständen außer sich vor Freude war und dazu praktisch: Sie versprach, dafür zu sorgen, daß ihr Neffe sicher in ein Versteck gebracht werde, wo er bis Kriegsende bleiben könne.

Heute also wartete auf Jana die für unbestimmte Zeit letzte Nacht mit ihm, und so war sie ihrer Schwester dankbar, daß sie keine einzige Minute von der begrenzten Zeit einbüßen mußte. Aufrichtig gedachte sie am Grab des braven Schwagers, warf eine Schaufel Erde auf den Sarg, küßte die Schwester innig und eilte von den Wallanlagen hinab zur Straßenbahn. Der Tod war im Nu vergessen, in Jana blieb nur die Sehnsucht, die sie schon den dritten Tag nicht verließ, seit sie Robert die Tür geöffnet hatte.

Sie dachte so unablässig an ihn, daß sie die Welt erst in der Straßenbahn wahrzunehmen begann, als der Schaffner sie nach der Fahrkarte fragte. Beim Bezahlen bemerkte sie den Briefträger mit der prallgefüllten Tasche. Warum kam er ihr so bekannt vor? Ihre Gehirnzellen erwachten aus der Benommenheit. War er nicht auf dem Weg vom Friedhof an ihr vorbeigekommen? Aber wenn er sich zum Friedhof hinaufbegeben hatte, wie konnte er sich dann hier befinden?

Gleich vergaß sie ihn wieder und schmiedete während der restlichen Fahrt in die Vorstadt Smíchov Pläne. Robert darf natürlich nicht vom Land nach Prag kommen, doch warum sollte sie an den Sonntagen nicht hin zu ihm können? Die Züge fuhren immer noch, wenn auch mit Verspätung, als gäbe es die alliierten «Kesselflicker» nicht, die im Tiefflug mit ihren Maschinengewehren die Lokomotiven beharkten. Vor denen hätte sie jetzt keine Angst, die Liebe erschien ihr wie eine Rüstung.

Als sie leise aufschloß, schlug ihr das Herz bis zum Hals. Auf Zehenspitzen schlich sie durch den Korridor und öffnete geräuschlos die Schlafzimmertür. Robert lag nackt im Bett und atmete tief. So männlich er war, so sehr verriet sich im Schlaf seine immer noch erkennbare Knabenhaftigkeit. Sie betrachtete ihn verzaubert und war in diesem Augenblick überzeugt, daß trotz des Altersunterschieds sie beide nichts trennen könne.

Die Türglocke schreckte sie auf. Wer mochte das sein? Die Polizei? Oder gar die Gestapo?? Unsinn! wies sie sich zurecht, außer der Tante und ihrer Schwester war niemand im Bilde, und die zwei hätten ihn nie verraten. So beruhigt kehrte sie ermutigt zur Flurtür zurück und fragte beherzt.

«Wer da?»

«Ein Expreßbrief», kam es zurück.

Sie dachte an den Mann in der blauen Pelerine, die sich über der dicken Tasche blähte, und mußte lachen, daß sie mit ihrem Briefträger in derselben Straßenbahn gefahren war. Oder war es ein anderer? Wahrscheinlich! Sie öffnete.

Er war es.

Die unausgesprochene Vereinbarung, daß über die Schwelle ihrer bescheidenen und unsicheren Zuflucht – die Besitzer des Häuschens hatten Jitka bei sich aufgenommen, solange sie allein bliebe! – das Gräßliche und Scheußliche ihres Berufs nicht gelangen durfte, galt nach wie vor; das Bedürfnis nach Ruhe und Behaglichkeit lag ihnen im Blut.

Beide waren in Familien aufgewachsen, die eigene Welten für sich darstellten. Ihre Vaterhäuser waren keine Taubenschläge, aus denen man ungebunden zu anderen ausflog; wer vom Schicksal meilenweit von hier fortgeweht wurde, der wußte bis zum Tod, daß hier der Stützpfeiler seines Daseins stand. Und wer dablieb, der sandte den Enteilten das ganze Leben lang Botschaften der Liebe nach.

Bevor Jitka und Jan sich nicht lange nacheinander in die gleiche Richtung aufmachten, um sich fern der Heimaterde für immer zu finden, hatten sie ihre Kindheit und frühe Jugend in einem ähnlichen Umkreis rauher Zärtlichkeit verbracht. Nördlich der mährischen Weinberge schienen der Natur die Gaben ausgegangen zu sein, mit denen sie weiter südlich geradezu um sich warf, hier verhätschelte sie keinen. Sie zwang jene, die sie bestellten, zu schwerer Arbeit von dem Augenblick an, da die Fingerchen das Garbenband zu winden vermochten, bis die Hände, vom Alter gekrümmt, nicht einmal mehr den Strauchbesen halten konnten.

Gespart wurde an allem, beim Essen angefangen. Die Kinder erbten voneinander Schuhe und Kleider, bis sie zerfielen, das gute Stück der Erwachsenen war ein Kleid oder ein Anzug, der alle Sonntage, Feiertage und Festlichkeiten hindurch zu halten hatte, vom Altar bis zum Sarg. Allgemein galt, wer auch nur die geringsten Schulden mache, komme letztlich unter den Hammer, und so schnallte man nach einer Mißernte lieber monatelang den Gürtel enger, um nicht zum Juden zu müssen.

Die Zuneigung zu den jüngsten Sprößlingen drückte sich hier nie in Naschereien oder Geschenken aus, sondern in einem Streicheln, das oft weh tat, wenn die liebevolle Hand von Schwielen verhärtet war. Und wenn diese Hand einmal, selten zwar und ungern! strafte, hinterließ sie auf der Haut tagelang sichtbare Abdrücke. Eins war jedoch keinem von beiden erinnerlich: bewußte Ungerechtigkeit. Das einzige Mal, als Jan die

Prügel für den wirklichen Übeltäter einsteckte, einen Knecht, der ihm die Schuld am zerbrochenen Krug in die Schuhe schob, bis er von einem anderen der Lüge überführt wurde, kniete sich die Mutter vor dem Knaben hin und küßte ihm die Hand, auf die sie geschlagen hatte.

Als sie sich, beide auf diese Weise erzogen, zum erstenmal in Berans Vorzimmer sahen, er bereits kurz vor seiner Beförderung zum Kriminaladjunkten, sie frisch vom Arbeitsamt zugeteilt, das auf Befehl der Deutschen die Jugend in entfernte Gegenden abkommandierte, damit sie zu Hause nicht zum Widerstand zusammenwachse, brachten gleich ihre ersten Worte sie einander näher: Die südmährischen Akzente waren so bestimmbar wie Blumendüfte, und die ihren verrieten eine enge Nachbarschaft. Die Scham, die ein wichtiger Baustein dieser Erziehung war, erlaubte ihnen allerdings nicht, dies allzu deutlich zu zeigen. Noch ein Jahr danach grüßten sie sich nur und siezten sich bis zuletzt, aber es war gerade ihrer beider entgegenkommendes Lächeln, das seine wohl nicht weniger scheu als das ihre, das ihre Zusammengehörigkeit bestätigte.

Während junge Paare sich sonst an ein unvermutetes und unbekanntes Zusammensein zumeist schwer gewöhnen mußten und vielfach auch an ihm scheiterten, unfähig, den Egoismus unterschiedlicher Gewohnheiten zu überwinden, traten Morava und Jitka in ihre Gemeinschaft genauso ein, wie sie jederzeit ihr Heimathaus hätten betreten können: als hätten sie es nie verlassen. Seit dem ersten gemeinsamen Erwachen unter einem Dach hatte ihre fast identische Sprache die nicht allzu verschiedenen Pegel ihrer Charaktere ausgeglichen. Auch ihre Ansichten und Bedürfnisse gingen ineinander über. Sie wurden zur Verkörperung des Ideals «Eine Seele – Ein Leib».

So kamen sie ohne langes Erläutern gleich überein, daß sie, anders als ihre Altvordern, das tagtägliche laute Gebet vor dem Essen oder das abendliche Bibellesen nicht brauchten. Jan war längst der Ansicht, daß Gott draußen auf dem Lande mehr zugegen war, um den Raum der Einsamkeit auszufüllen. Seinen in den Ameisenhaufen der Zivilisation geworfenen Kindern überließ er es, ihn selbst zu suchen, wenn sie ihn brauchten. Jan wandte sich beim Einschlafen regelmäßig an ihn und hoffte, da er keine Träume hatte, er würde zu ihm hinaufsteigen. Ohne zu fragen, wußte er, daß Jitka ähnlich empfand.

Der ging es am Ende des zweiten Monats schlimmer denn je. Die häufige Übelkeit sorgte auch über Tag für Müdigkeit, die Abgeschlagenheit hinderte sie am Essen, und die nachfolgende Schwäche bewirkte neue Magenreizungen; eine endlose Spirale, die sich ständig verengte und so den Teufelskreis beschleunigte. Beran schonte sie, so gut es ging, er schlug ihr sogar vor, einen Erholungsurlaub zu nehmen, doch sie lehnte ab.

«Dann würde ich wirklich krank werden. Es ist vor allem die Arbeit, die mich auf den Beinen hält.»

Morava war sich gewiß, daß sie ihn während seines endlosen Mißerfolgs nicht im Stich lassen wollte, und aus Dankbarkeit verschaffte er ihr einen Auftrieb: Am 28. April, einem Samstag, sollte ihre kirchliche Trauung in Jitkas Heimatort stattfinden, wo er schon das Aufgebot bestellt hatte. Für den Fall, daß die Front dramatisch vorrücken sollte, so vereinbarte er brieflich mit beiden Familien, wollten sie vorerst auf dem Prager Standesamt heiraten; es war nicht denkbar, daß Jitka künftig mit ihrem schwellenden Bäuchlein länger ledig blieb.

Dieser Tag wurde dann für ihn zu einem magischen Datum. Von Beran hatte er gelernt, ein guter Kriminalist müsse sich allen widrigen Umständen zum Trotz, und sei es nur für sich selbst, eine Grenze setzen, bis zu der er seinen Fall abzuschließen habe. Jetzt, da die wiederholte Zeitungsnotiz und die an immer neue Adressen verschickte vertrauliche Information einen Strom von Hinweisen und Anzeigen auslösten, war das auch seine Pflicht gewesen. Er zweifelte nicht daran, daß der Aufschlitzer zu einem neuen Schlag ausholen würde, und wollte diesmal unbedingt schneller sein.

Er sah es als sehr wahrscheinlich an, daß er ihn schon längst in seinem dichten Fangnetz hatte, und fürchtete deshalb um so mehr, er könne dank einem unglücklichen Zufall durch eine allzu große Masche entschlüpfen. Obwohl er alle seine Leute zur

Durchsicht der Hinweise einsetzte, es sei denn, sie schoben Dienst auf dem Friedhof, war er bemüht, die eingegangenen Meldungen selbst zumindest zu überfliegen. Dabei wurde ihm bewußt, daß er sich mehr und mehr auch auf Buback verließ.

Seit einem bestimmten Tag, eigentlich seit jener rätselhaften Verabredung mit Jitka, aus der sie bis heute nicht, und wahrscheinlich auch niemals mehr, klug werden würden, hatte der Deutsche konzentriert und fruchtbar mitzuarbeiten begonnen. Bei den täglichen Besprechungen konnte es Morava nicht entgehen, daß der Oberkriminalrat im Grunde auf dieselben Personen tippte wie er. Eines Tages sagte er es ihm und gewann den Eindruck, sein Aufpasser habe sich darüber sogar gefreut.

Heute, da Jitka schlafen ging, kaum daß sie zu Hause angekommen waren, holte er aus der Aktentasche seine Unterlagen, die er vorausblickend aus dem Amt geschmuggelt hatte. Leise ging er in die Küche hinunter und legte wie Patiencekarten auf dem Tisch jene neuen Briefe aus, über die sich seine Intuition mit der Erfahrung des Deutschen deckte.

Die gute Hälfte der Angaben bezog sich auf wiederholte Quälerei von Frauen, Kindern und Tieren; sie hatten sich aber hinter verschlossenen Haustüren abgespielt und sind von der Umgebung bislang verlegen als Privatangelegenheit zur Kenntnis genommen worden.

Einen ganzen Stapel bildeten die Kneipenraufbolde, die ihren Kumpanen wegen einer anderen Ansicht, wegen angeblichen Falschspiels oder einfach nur im Suff roh zugesetzt hatten. Ein paarmal war die Rede sogar von Folterei, und die Zeugen machten sich nachträglich den Vorwurf, nicht den Mut zum Einschreiten gefunden zu haben. Im übrigen endete alles sowieso in irgendeinem Vergleich und in der Übereinkunft sämtlicher Beteiligten, den Fall lieber nicht ans Licht zu bringen.

Morava interessierte sich natürlich am meisten für Vergewaltigungen. Er staunte, wieviel schwere Übergriffe, bei denen Frauen sogar gefesselt und sadistischen Praktiken unterworfen wurden, straflos blieben, weil sich die Opfer oder deren Nächste entweder auch bestechen ließen oder aber keine Gerechtigkeit zu suchen wagten aus Angst vor noch schlimmerer Rache. Eine dringende Überprüfung ordnete er bei einem Friseur an, der laut Mitteilung eines Chirurgen seiner unfreiwilligen Gespielin beide Brüste mit dem Rasiermesser zerschnitten, die Frau dann aber durch Bitten erweicht und offenbar auch entschädigt hatte, so daß sie von ihrer Aussage abgewichen war.

Es folgten Briefe mit Wahrnehmungen, die in kein Fach paßten: Exhibitionisten, Sodomiten, Voyeure und sonstige Abartige, die ihre Gelüste mittels Aggression durchsetzten. Da gesetzwidriges Halten von Schußwaffen für Tschechen den sicheren Tod auf dem Schafott bedeutete, wurde eben zum Hauptinstrument für derartige Übergriffe das Messer.

Übrig blieben ein paar unklare Bescheide, die keinen direkten Verdacht, sondern das Ansuchen um Kontakt enthielten. Keiner klang dringlich genug, um vorrangig geprüft zu werden, für Morava bildeten sie die Reserve, falls keine andere Spur zum Ziel führen würde. Obenauf lag zum Beispiel ein Brief, die Herren von der Polizei möchten doch freundlicherweise das Pfarramt in Klášterec bei Teplitz aufsuchen, zwecks Information über das Verschwinden des Bildnisses der heiligen Reparata, das der Dieb später wieder zurückgebracht hatte.

Er schüttelte den Kopf und nahm sich vor, den Neulingen unter seinen Männern einen kleinen Vortrag über Achtsamkeit bei der Arbeit zu halten. Den Brief versah er mit dem Vermerk, er sei an die zuständige Abteilung weiterzuleiten.

Dann saß er vor dem sortierten Häuflein und versuchte, wie Beran es ihn von Beginn an gelehrt hatte, sich in diesen Menschen hineinzudenken. Warum tat er das? Warum immer auf die gleiche und aufwendige Art? Was ist das für ein geheimnisvoller Ritus? Nur das herausgeschnittene Herz ließ ihn schon seit dem ersten Fall an den abstrusen Brauch der alten Inkas denken, der so vielen Spaniern zum Verhängnis geworden war.

Das einzige, was sich ihm immerfort aufdrängte, war das schockierend ähnliche Bild der mährischen Hausschlachtung...

Es war lange nach Mitternacht, als er den Ordner schloß, seine Haut mit einer eiskalten Dusche zum Glühen brachte und dann langsam und leise, um Jitka nicht aufzuwecken, unter das gemeinsame Federbett kroch.

«Ich schlafe nicht», sagte sie.

«Seit wann?»

«Ich hab überhaupt nicht geschlafen.»

«Ist dir was?» fragte er erschrocken.

«Nein ...»

«Warum dann?»

«Ich mache mir Vorwürfe, weil ich es wollte... unser Kind...»

Sie sagte das mit abgewandtem Gesicht, und er richtete sich heftig auf, machte Licht und beugte sich über sie, um ihr in die Augen zu sehen.

«Jitka, ich bitte dich! Schau mich an!»

Sie hielt die Lider krampfhaft geschlossen und schüttelte den Kopf.

«Wir wollten ... wir wollen es doch beide, Jitka!»

«Das ist immer Sache der Frau. Ich habe es eigentlich nur aus Angst um dich gewollt.»

«Ja und?»

«Ich hätte seinetwegen Angst haben sollen. Es ist so wehrlos!»

Es gelang ihm, sie wenigstens zu sich zu drehen. Auch in dieser gemeinsamen Einsamkeit flüsterte er.

«Es ist in bester Sicherheit, die es haben kann: in dir. Und ich bin bei euch!»

«Aber wenn du gerade nicht da bist? Schau, was für ein Jammerlappen ich jetzt bin!»

«Das geht doch bald vorüber! Du weißt, was dir deine und meine Mutter geschrieben haben, ihnen war übel bis zum Anfang des dritten Monats, dann war es mit einem Schlag vorbei!»

Sie war nicht zu beschwichtigen, drehte sich abermals von ihm weg, und an ihren zuckenden Schultern erkannte er, daß sie weinte. Er wußte sich keinen Rat.

«Ich bitte dich ...»

«Nein, Liebster... das ist keine Welt, in die man Kinder setzen darf...»

Zum erstenmal erlebte er, daß ihr Denken und Fühlen auseinanderging. Angestrengt suchte er nach Worten, mit denen er sie überzeugen könnte.

«Sie war niemals gut. Davon zeugen die Deckel eurer Familienbibel. Aber sie war schon besser und wird es wieder sein. Wer hätte vor drei Jahren geglaubt, daß die Wahrheit noch irgendwann siegen würde? Und jetzt ist sie in Sichtweite. Vielleicht wird es ein paar Monate dauern, doch das Reich wird zusammenbrechen, das liegt so klar in der Luft wie der Frühling, daran ändert auch der Tod Roosevelts nichts. Es gibt Frieden, der Freiheit bringt, und darin wird unser Kind leben!»

Sie sagte etwas, er verstand sie nicht sogleich.

«Was ...?»

«Aber das Ungeheuer auch! Fang das Ungeheuer, Jan! Vor dem graut mir mehr als vor Hitler ...»

Nach der ersten Nacht mit ihr, als ihn trotz aller Müdigkeit bis zum Abend der Wunsch nicht mehr losließ, wieder bei ihr zu sein, festigte sich in ihm die Gewißheit, daß er nie eine tollere Geliebte hatte. Ihn hemmte nur ein peinliches Gefühl: Als Meckerle sie ihm anvertraute, verließ er sich auf seine Anständigkeit ...

Den Streit mit der Seele entschied der Leib, als er sich vor Mitternacht plötzlich vom Barhocker im Deutschen Haus erhob und zu ihr eilte. Nach dem Klingeln kam er nicht erst dazu, seinen Namen zu nennen, da sich zugleich ihre Stimme meldete.

«Wo bist du??»

Diesmal erwartete sie ihn in dem weißen Frottiertuch, das er gestern umhatte.

«Was willst du mir sagen?» fragte sie, ehe er ein Wort herausbrachte, «daß du das Vertrauen deines Vorgesetzten enttäuscht hast? Oder sogar meins?»

«Nein ...», bekannte er, «daß es hinreißend mit dir war!»

«Aha ...? Also dann, Buback», sprach sie ihn nach Männerart an und nahm ihm damit, wie er bald erfahren sollte, für immer seinen Vornamen, «wenn du mich weiter haben willst, erfülle mir, wie es einstmals gute Sitte war, drei Wünsche. Nerv mich nie mit der Uhr! Es reicht, daß ich einmal am Tag pünktlich zur Arbeit muß. Laß mich immer die Wahrheit sagen! Ich hab fast mein ganzes Leben vom Blatt gelogen, ehe ich sterbe, und das muß jetzt nicht lange hin sein, möchte ich erkennen, was Wahrheit in mir ist und was Lüge. Und auf das dritte komm selbst, wenn du so was wie ein Detektiv bist.»

Dann schlug sie das weiße Tuch wie einen Vorhang auf.

Von der Leidenschaft bestärkt, mit der sie sich ihm wiederum hingab, versuchte er, sie in den nächsten Tagen ebenso fest an sich zu binden wie seinerzeit Hilde. Er stieß jedoch auf heftigen Widerstand. Sosehr er sie besaß, solange er sie in den Armen hielt, so völlig verlor er sie, kaum daß sie sich wieder angezogen hatte. Sie schien ihn noch eher aus dem Sinn zu verlieren als aus den Augen, dachte er und sprach es aus.

Sie hasse Abschiede, verkündete sie. Und sie habe beschlossen, sich nie mehr von Trauer und Enttäuschung übermannen zu lassen. Wie sie im voraus erkenne, daß ihr dergleichen drohe? fragte er. Wie die Fledermaus, lachte sie auf, sie habe endlich gelernt, Unglück und Verrat blindlings zu erspüren, und weiche ihnen rechtzeitig aus.

«Hinaus ins Freie, Buback! Ich hasse Wände, ich muß freien Raum um mich fühlen!»

Er erkannte, daß Freiheit für sie so etwas war wie die Luft, ohne die erstickte sie, um die rang sie rasend wie eine Ertrinkende. Ob sie ihn morgen sehen wolle? aber wie könne sie das heute wissen? er solle sich doch morgen selbst überzeugen! Ob sie seine Zweitschlüssel nehme? Ja, wenn er sie für keine andere brauche ...

Mit ihrer Wahrheit kam er noch weniger zurecht. Schon bald begann sie ihm an der Kette aus Zigaretten, die sie wie Munition in die Spitze schob, die Geschichte ihres Lebens aufzuhängen. Mit fünfzehn der erste Liebhaber, ein nur drei Jahre älterer Tänzer, der über zehn Jahre durchhielt, es war lange eine fröhliche junge Liebe, Hänsel und Gretel, die später sicher in

Verbundenheit übergegangen wäre, hätte es da nicht Martin Siegel gegeben. Hieß nicht so der berühmte Schauspieler? fragte er verwundert. Ja, er war es.

Und der, auf den alle weiblichen Stars von Hamburg flogen, heftete plötzlich seinen Blick auf sie, die Elevin, bis Hans ins Schlottern geriet. Ihr fiel ein, daß sie zu seinem Fünfundzwanzigsten kein würdiges Geschenk hatte. Ich schlafe nicht mit Siegel! versprach sie ihm, um ihn aufzuwerten. Diesen Dreh beherrschte sie offenbar gut, der große Martin verhielt sich genauso wie dann der Riese Meckerle. Statt sich mit der nächsten Anwärterin zu trösten, blieb er an ihr hängen.

Er begann sie nun mit erhöhter Aufmerksamkeit auszuzeichnen, die sich bald in eine regelrechte Belagerung verwandelte. Zu Blumen kamen Gedichte. Amüsiert las sie die Verse Hans vor und erlebte, wie er geradezu außer sich vor Eifersucht geriet. Was spinnt er, hielt sie dagegen, der Kerl ist doch dreißig Jahre älter, für sie ein Greis! Aber wenn ihn das so stört, fiel ihr ein, dann möge er sie heiraten, sie würden dem Meister eine Anzeige schicken, und wenn er auch dann noch keine Ruhe geben würde, könnte der Ehemann ihn zum Duell fordern!

Leicht gesponnen, von Hans begeistert aufgenommen und von beiden mit ihrer ganzen jugendlichen Verve in die Tat umgesetzt. Von Martin Siegel war zwar ein beleidigend aufwendiger Blumenstrauß eingetroffen, doch mit einem entwaffnenden Begleitbrief: Er entschuldige sich, sie aus Unkenntnis der Lage bedrängt zu haben, und wünsche ihr und ihrem Gatten ein langes Glück. Auf einmal, gestand sie, empfand sie Enttäuschung, weil die eigentliche Verliererin sie gewesen war. Und als zwei Jahre darauf sogar die Ufa-Wochenschau ausführlich von Siegels pompöser Hochzeit mit einer jungen und schönen Berliner Schauspielerin berichtet hatte, kam noch der Neid hinzu. Inzwischen war ihr klargeworden, daß Hans gerade die dreißig Jahre mehr gebraucht hätte, um bei ihr Oberhand zu behalten, ihre Liebe zu ihm war bereits weder jung noch fröhlich und eigentlich nicht einmal Liebe mehr. Damals fing sie an, ihm untreu zu sein.

In all den Jahren mit ihm hatten sich viele Männer um sie vergeblich bemüht; jetzt war deren Zeit gekommen. Sie entdeckte ein neues Spiel, brachte es fertig, daß sie sich schnell Hals über Kopf in sie verliebten, und wußte einen jeden zu überzeugen, er sei der Erwählte, während die anderen nur als Deckmantel dienten. Ja, wenn sie etwas besonders gut lernte, dann Liebe vorzutäuschen. Denn, und jetzt möge er die Ohren aufmachen! nach Hans gelang es auch keinem anderen, die Wollust in ihr zu wecken, die sie ihnen so glaubhaft vorspielte. Dann stieß sie noch einmal auf Martin.

Er kam zu einem Gastspiel nach Hamburg, und als er sie erblickte, begrüßte er sie so liebenswürdig, als wären sie vertraute Freunde. Ob er es sich erlauben dürfte, fragte er, sie und ihren Mann zu einem Dinner einzuladen. Und sie log ihm vor, Hans sei nicht in der Stadt, sie aber komme gern auch allein. Er wohnte standesgemäß im Atlantik, sie schwelgten in Hummern und französischem Wein, und er kam dann auf ihrer beider Geschichte zurück. Mit dem Korb damals hatte er sich nicht abfinden können, denn sie, meinte er lachend, sei die erste gewesen, die ihn mit Fünfzig zum alten Eisen abgeschoben hatte, und gut zwei Jahre sei mit ihm nichts anzufangen gewesen, ein Glück, daß er bald Ursula traf, so alt wie sie, die ihn rasch von diesem Alptraum befreite.

Grete lachte mit ihm, fühlte sich jedoch elend, als wäre sie plötzlich von der ganzen Zeit verschüttet, die sie mit Hans vertat, statt sie mit diesem aufregenden Mann zu verbringen, der immer noch eine Haut hatte wie Hans und viel jüngere Augen! Bei dem Gedanken, er würde sie in Kürze von der Hoteldroschke heimbringen lassen, hätte sie beinah losgeheult. Nachdem, sagte er rechtzeitig, sie alles geklärt hätten und ihrer beider Leben längst in festen Bahnen liefen, dürfte er sie vielleicht zum Schluß in sein Appartement einladen; jeden Abend erwarte ihn dort ein Champagner auf Eis. Im Lift beschloß sie, seine Geliebte zu werden.

«Und dieser Mann, den ich drei Jahre vorher als uralt abgeschrieben hatte, führte mich als erster auf die Gipfel... so wie du jetzt, Buback... warum siehst du so gequält drein, wenn ich dich so lobe? Komm, lieb mich lieber!»

Er gehorchte allzugern, doch ihre Vergangenheit störte ihn mehr und mehr. Warum? Er wußte es nicht, versuchte sich aber gegen sie mit der eigenen zu wappnen. Er gestand ihr seinen Gefühlsausbruch gegenüber dem tschechischen Mädchen. Sie lachte, als er dann das Fiasko im Restaurant sein Glück nannte, es habe die angestauten Hemmungen in ihm beseitigt und ihn von der vermeintlichen zur wahren Geliebten geführt.

«Du hast mich also als Ersatz gekriegt? Das wirst du büßen. Ich laß dich nie wieder zu mir!»

Er hielt das für einen Scherz, doch als er sie zu liebkosen begann, stieß er auf ein Schloß gekreuzter Schenkel. Er wollte sie mit Gewalt zwingen, immerhin hatte er sechzig Pfund mehr als sie und war früher mal Ringer gewesen. Sie wand sich jedoch so in seiner Umklammerung, daß es ihm nicht gelang, ihre Hände zu packen oder ihre Beine zu lockern und schon überhaupt nicht, sie auf den Rücken zu drehen. Dabei sprach er auf sie ein, immer atemloser, warnte sie, er könne ihr weh tun. An der Grenze zur rohen Gewalt gab er dann lieber auf und versank nach der einwöchigen Euphorie in tiefste Depression. Er entsann sich all jener, denen sie falsche Hoffnung gemacht hatte, und war überzeugt, daß sie für ihn endgültig verloren war. Ist sie vielleicht zu Meckerle zurückgekehrt? Schweigend lockerte er seine Umklammerung, damit sie aufstehen konnte. Statt dessen wurde er selber von ihren Armen und Beinen umfangen.

«Komm! Lieb mich, Buback! Wie es nur geht!!»

Viel später, als für sie der höchste Genuß wieder die Zigarette schien, wollte er wissen, warum seine Wahrheit im Unterschied zu allen ihren bestraft worden war.

«Deine Schicksalsliebe heißt Hilde, meine Martin. Andere haben zwischen uns keinen Platz, oder?»

Da gab es noch etwas, das er sich nicht zu deuten wußte. Als würde sich aus heiterem Himmel, in allen Situationen, vom Lieben abgesehen, beim Musikhören oder mitten im Gespräch, ihr Geist zeitweilig entfernen, erschien auf ihrem Gesicht ein seltsames bitteres Lächeln, das einen Wechsel in ihr ankündigte, den Wetterumschwüngen ähnlich, wie er sie von Sylt her kannte: Kalter Wind löste dort in einer Sekunde die warme Windstille ab. Als er darauf zu sprechen kam, versetzte sie gereizt, sie sei doch kein launisches Weib, sie denke nur zuweilen nach und könne nicht wie eine Irre über alles kichern; falls er sie überhaupt haben wolle, was er selbst zu entscheiden habe, solle er sie nicht nötigen, ihm immerzu etwas zu erklären, und mit ihr so umgehen, wie sie ist.

Er fragte sich, warum er sich eigentlich den Kopf über die Grillen eines Weibes zerbrechen sollte, mit ihr durch das bloße Bedürfnis verbunden, einen unersetzlichen Verlust zu verdrängen. Das hatte ihm dann die erste von den Nächten beantwortet, als sie nicht kam. Obwohl er endlich richtig hätte ausschlafen können, starrte er stundenlang ins Dunkel und rief sich das Geräusch rascher Schritte im seitlichen Treppenhaus herbei. Was sie in ihm wachgerüttelt hatte, wollte nicht wieder abklingen. Bei Hilde war er ein guter Ehemann gewesen, jetzt war er einfach ein ganzer Mann geworden. Aber wie reimt sich eine solche Seelenqual darauf? Er nahm sich fest vor: Wenn Grete ihm nicht erklären würde, warum sie ihn vergebens warten ließ, machte er Schluß!

Als sie dann aber in der Nacht darauf tatsächlich zu seiner Tür heraufkam, hatte sich alles in ihm vor Begierde gestaut. Und als sie ihn leidenschaftlich küßte, verging ihm die Lust, seine Frage zu stellen. So war sie also weiterhin zu ihm gekommen und manchmal auch nicht, weil sie allein sein wollte, und falls sie da war, trank sie, rauchte, erzählte und liebte ihn dabei, wie ihm schien, immer intensiver, rief dabei den Himmel an und beim Nachnamen auch ihn, strahlte auch dann noch anmutig, wenn sie ihn im Bad von sich abschwemmte, und kam er selbst von der Dusche zu ihr zurück, schlief sie schon wieder, als denke sie tief nach, das Kinn auf den rechten Handrücken gestützt.

Gerade heute abend, als er in die Wanne stieg, ohne zu wissen, ob er Grete sehen würde oder nicht, bilanzierte er ihre gemeinsame Zeit. Er kannte sie knapp dreißig Tage, und trotzdem hatte sie sein Dasein von Grund auf verändert. Sie hatte bewirkt, daß er wieder etwas wie ein Ziel hatte, selbst wenn dieses fürs erste zumeist in Warten auf sie bestand.

Wie einst in Dresden, in den Zeiten seiner kriminalistischen Anfänge, studierte er täglich die frischen Meldungen über den möglichen Witwenschlächter, so wie sie ihm verkürzt von den Dolmetschern vorgelesen wurden und die er dann selbst in Ruhe im tschechischen Original las und analysierte, nachdem er seine Bürotür abgeschlossen hatte. Er beriet sich mit Morava, was einer näheren Untersuchung würdig wäre und was nicht, und maß dabei mit der Unbeirrbarkeit eines Barometers den Druck und die Temperatur in den Reihen der tschechischen Polizei. Heute früh konnte er das erstemal Meckerle zufriedenstellen.

«Das Trumpfas der Tschechen, falls es hier zu einem Aufstand gegen uns kommen sollte, ist höchstwahrscheinlich der Rundfunk, Standartenführer.»

«Ach nee!» schnaubte der andere geringschätzig, «eine Entdeckung! Seit der erfunden wurde, war er das immer!»

«Ich meine nicht den Protektoratsrundfunk, zu dessen Besetzung reichen ein paar Panzer und eine Kompanie Grenadiere. Ich spreche vom Stadtfunk.»

«Und das ist was?»

«Die Zentrale für Zivilen Luftschutz bei der Prager Polizei. Sie bedient nicht nur die Sirenen, sondern kann sich auch auf alle Straßenlautsprecher durchschalten.»

«Dafür reichen doch wohl ein Panzer und ein Trupp, was?»

«Für die Zentrale auf jeden Fall. Bei der technischen Begabung der Tschechen nehme ich aber an, sie wären in der Lage, von jedem Ortsknotenpunkt aus per Telefon zu senden.»

«Aha...!» Meckerle wurde aufmerksam, «und was soll damit geschehen? Wollen wir ihnen die Anschlüsse kappen?»

«Die können wir natürlich auf der Hauptpost abschalten, riskieren dann aber auch das Leben unserer Leute, denn wir haben kein eigenes Warnsystem.»

Meckerle beugte sich im Sessel vor und stemmte krachend die

Ellbogen auf den Tisch wie immer, wenn er von den Untergebenen eine bündige Information erwartete.

«Also was?»

«Ich werde mit Ihrer Zustimmung unsere Techniker anweisen, zusammen mit den tschechischen den Zustand des gesamten Stadtnetzes zu überprüfen. Dabei wird unser Agent anwesend sein und sämtliche Standorte eintragen. Den genauen Plan sollte ein von Ihnen beauftragter Offizier übernehmen, der eine Einheit aufstellt mit dem Auftrag, im gegebenen Augenblick alle Knotenpunkte schlagartig zu besetzen oder auszuschalten.»

Meckerle zwängte sich wieder in den Sessel.

«Diktieren Sie den Befehl. Man soll ihn mir zur Unterschrift bringen.»

Buback straffte sich.

«Darf ich abtreten, Standartenführer?»

«Nein...», der andere zögerte sichtlich, ehe er sich entschloß, «tun Sie mir einen persönlichen Gefallen, Mensch. Bringen Sie diesen Brief zu... na, Sie wissen schon!»

«Ja», sagte er und hoffte, daß er in seinem Alter nicht noch rot wurde, «soll ich auf Antwort warten?»

Der große Häuptling freute sich wie ein Kind.

«Großartige Idee, Buback! Ich danke Ihnen.»

«Eine dumme Idee, Buback...», meinte Grete, während sie, soeben von ihrem Auftritt gekommen und auf dem Wannenrand sitzend, den Brief überflog.

«Entschuldige», sagte er zerknirscht, «irgendwie kam mir der Gedanke, es könnte seinen möglichen Verdacht zerstreuen...»

«Der hat momentan andere Sorgen», erklärte sie, «er steht selbst unter schwerem Verdacht.»

Ihm schoß das Gespräch über die Verschwörung der hohen Würdenträger des Reichs durch den Kopf, die den Führerbefehl «Nero» unterliefen.

«Wer verdächtigt ihn und warum?» fragte er gespannt.

«Seine Frau Gemahlin. Wegen mir. Das ist auch der Grund, warum ich soviel Zeit für dich habe.»

Bubacks Phantasie war verflogen.

«Aber wie hat sie, um Gottes willen, davon erfahren können?»

Grete warf den Brief hin, stand auf und begann sich flink auszuziehen. Dabei lachte sie herzlich.

«Von mir, mein Geliebter! Ich habe ihr einen anonymen Brief geschrieben. Laß mich zu dir in die Wanne . . .!»

Wie immer las er im Nachtzug die Tageszeitungen. Über ihn NOCH NICHTS. Dafür kaute man schon den dritten Tag die neue deutsche Hoffnung durch, der plötzliche Tod des amerikanischen Präsidenten werde auch das westliche Bündnis mit den Bolschewiken sprengen. Er kannte sich in der Politik nicht besonders aus, doch das war für ihn nur Geschwätz. Das Reich liegt auf dem Rücken wie ein Käfer, dem man einen Tritt versetzte! dachte er und grinste, während er sich Straßen voller Nazis vorstellte, die mit den Stiefeln in der Luft zappeln.

Er spürte, daß er sich schon wieder BERUHIGT hatte, wenngleich ihm noch eine gute Stunde bis nach Hause blieb. Er war längst allein im Abteil, die meisten Fahrgäste fuhren allenfalls bis Beroun von der Arbeit heim. In Richtung Pilsen stieg keiner mehr zu, es ging auf Mitternacht. Er brauchte sich also nicht zu verstellen, aber selbst das war nicht nötig. Trotz des Schocks, den er überstanden hatte, war er erstaunlicherweise NICHT MÜDE. Nicht ein bißchen! Er war zufrieden.

ICH KOMME IN FAHRT!

Natürlich kann er sich nicht verhehlen, daß er beinahe einen Schicksalsfehler beging. Diese Hure von Witwe, die niederträchtigste von allen, wie er erkannte, die er diesmal schon vor dem Friedhof abfing, von wo sie nicht schnell genug zu ihrem Beschäler kommen konnte, war wirklich mucksmäuschenstill, als sie, das Messer am Hals, gehorsam vor ihm zurückging. Dann allerdings tat sie etwas, auf das er nicht gefaßt war. Sie riß eine Tür auf, hinter der ein Bett erschien.

«Robert!» schrie sie und stieß seine Hand mit solcher Kraft weg, daß er das Messer verlor. Gleichzeitig sprang ein nackter, doch verdammt großer Bursche mit beträchtlichen Bizepsen aus dem Bett. Ihm brach der Schweiß aus, seine immer wiederkehrende Panik lähmte ihn so, daß er außerstande war zu fliehen. Wahrscheinlich war das seine Rettung, denn so konnte er noch begreifen, daß der lange Bursche in seiner Schlaftrunkenheit überhaupt nicht mitbekam, was sich da tut. Die hastig zurückweichende Frau stieß jetzt an die niedrige Bettkante und fiel aufs Lager.

Das genügte ihm, sich im Selbsterhaltungstrieb zu bücken, den Griff unterhalb der langen schmalen Schneide zu packen und nur noch zuzustoßen. Ihn traf er mit dem ersten Stoß ins Herz, bei ihr brauchte er drei oder vier, er zählte nicht mit. Das Erstaunliche war, daß er sie töten konnte, ehe der Körper des Mannes über ihr zusammensackte, und daß keiner der beiden mehr aufschrie.

Er überzeugte sich, ob ihm von ihnen auch wirklich keine Gefahr mehr droht, und setzte sich zu ihnen aufs Bett. Er wartete so lange, bis sein Atem sich beruhigte und sein Schweiß trocknete. Dabei beschimpfte er sich murmelnd. Warum gerät er sooft aus der Fassung? Wo blieb denn das Soldatische in ihm? Damals war er doch auch in höchster Gefahr kaltblütig! Er muß wieder dazu finden ...

Andererseits, wie konnte er ahnen, daß bei ihr schon ein neuer Stier wartet?

Er blickte dem Toten ins Gesicht und bemerkte erst jetzt, daß er kein erwachsener Mann war. Seine hohe Figur und die breiten Schultern täuschten, das Gesicht war jungenhaft, bis jetzt noch nicht von großer Trauer oder Leidenschaft gezeichnet. Plötzlich tat er ihm leid.

DAS HABE ICH NICHT GEWOLLT!

In diesem unzüchtigen Verhältnis war der Jüngling eindeutig das Opfer, gerade für solche Männer bestrafte er sie. Und wird nicht aufhören.

BIS ICH SIE ALLE AUSROTTE!

Nach einer Weile warf er die Pelerine hin und stellte die Posttasche ab.

Ohne Eile tat er dann seine Pflicht. Den unglücklichen Jungen richtete er zum Schluß nur im Bett auf und deckte ihn bis zur Brust mit dem Federbett zu, die unbesudelte Seite nach außen. Er drückte ihm die aufgerissenen Augen zu, so daß es aussah, als schlafe er.

Als er zu dem Riemenzeug, das er diesmal nicht benutzen mußte, diese verdammte SEELE im Wachspapier in die Tasche legte, beschloß er, sein Aussehen noch hier von neuem zu verändern. Irgendwer könnte sich doch wundern, daß ein unbekannter Briefträger erst nach so langer Zeit wieder aus dem Haus geht. Dabei fiel ihm wieder der Hausmeister an der Moldau ein, bis auf diesen Tag der einzige, der ihn richtig zu Gesicht bekam, sollte er nicht gleich bei ihm vorbeischauen? Nein, das Risiko stand nicht dafür, dort könnten immer noch die Schnüffler rumstehen.

EINES TAGES ERWISCH ICH IHN DOCH!

Nach einiger Suche fand er im Küchenschrank ein Knäuel Hanfschnur. Er schlug die Tasche in die Pelerine und verschnürte das Ganze kreuz und quer zu einem unförmigen Paket, wie es die Flüchtlinge aus dem Osten mit sich zu führen pflegten. Die Postlerhose konnte er nicht wechseln, doch die Windjacke des Jünglings lenkte von ihr ab.

Wie schon dreimal vorher begegnete er auch diesmal niemandem im Treppenhaus und hatte auch nicht das Gefühl, daß ihm irgendwer auf der Straße besondere Aufmerksamkeit schenkte.

Als er nun im Zug die Zeitungen durchlas, interessierte ihn mehr als der Kriegsverlauf nach Roosevelts Tod, was übermorgen ÜBER IHN darinstehen wird. In einem war er sich sicher: Der Sittenverfall, davon hat er sich heute überzeugt, breitete sich dermaßen aus, daß er seine Pläne ändern muß.

ICH WERDE JEDE WOCHE EINE STRAFEN!

Noch einmal verspürte er ein unangenehmes Kribbeln, als er in Pilsen ausstieg. In letzter Zeit mehrten sich die Lebensmittelkontrollen bei den Zügen vom Land. Beim Schnellzug aus Prag erlebte er bisher noch keine. Auch heute war der Bahnsteig leer.

Außerdem, grinste er, konnte es für sie kaum interessant sein: ein einziges SAUHERZ.

Beim Lieben und ihrem Erzählen tranken sie zwischendurch immer noch den Champagner, von dem sie gleich beim erstenmal mit dem Taxi drei Kisten mitgebracht hatte, Meckerles ganzen Vorrat, er hat ein Heeresversorgungslager bei mir angelegt! spöttelte sie, und Buback traute sich nicht, die nächste quälende Frage zu stellen.

Sie hockte auf dem Bett, die Knie umarmend, nach ihrer Art wieder in das Badetuch gehüllt, schon beim erstenmal war ihm aufgefallen, daß sie geradezu besessen war von ihrem Reinheitsdrang, sie duschte mehrmals in der Nacht. Wie sie das in Frontnähe gemacht habe? erkundigte er sich, sie habe sich immer ranghohe Liebhaber mit fließendem Wasser ausgesucht! scherzte sie? und wie war das beim Rückzug aus Ostpreußen? Mit einem Schlag war sie aschfahl.

«Ich habe dir gesagt, daß ich nie im Leben mehr darüber sprechen will!»

Er wäre froh gewesen, wenn sie für heute mit allem Schluß gemacht hätte, auch die Aufgabe des Beichtvaters war psychisch erschöpfend, er konnte sich geschmeichelt fühlen, doch manchmal wirkte ihre Offenheit geradezu brutal, natürlich gab sie ihm auf diese Weise die Ungebundenheit ihrer Beziehung zu verstehen, doch warum so augenfällig? In dieser Nacht war sie jedoch offenbar entschlossen, die Historie abzuschließen, deren Anfang er bereits kannte.

Grete erreichte es, daß Martin Siegel sich zum zweitenmal in sie verliebte und sich nach einem kurzen, stürmischen Verhältnis sogar scheiden ließ. Ihre eigene Scheidung endete mit einer Katastrophe: Ihr lieber Hans, der bis zuletzt an Versöhnung glaubte, stürzte unterwegs von dem Scheidungsrichter vor einen U-Bahnzug, sie konnte nur rätseln, ob es Unfall oder Selbstmord gewesen war; es geschah, als sie bereits die Rolltreppe hochfuhr, gewissermaßen also in ihrer Gegenwart. Da war sie schon selber so sehr in Martin verliebt, daß dieses Unglück, obwohl sie sich dafür schämte, ihr weniger naheging als der unerwartete Wandel, der sich in ihm vollzog.

Die banale Geschichte, die sich plötzlich zur Tragödie aufgeschwungen hatte, vermochte Bubacks müde Lider zu heben.

«Hat er sich eine andere gesucht?»

«Nein, das nicht! Ich denke, er hat mich in unserer ganzen Zeit nie betrogen. Aber ich war die letzte seiner Eroberungen, die allesamt, wie ich erst jetzt verstand, damit endeten, daß er immer wieder zu seiner wahren Liebe zurückkehrte: zum Theater. Ich hätte das schon daran erkennen sollen, wie leicht ich ihn seiner Frau ausspannte, vielleicht habe ich sie sogar von ihm befreit. Sobald er eine große Rolle studierte und spielte, war ich für ihn so gut wie nicht vorhanden. Der Othello oder der Mercutio entzogen ihn mir mehr, als es etwa ein Weibsstück vermochte, das hätte ich bestimmt mühelos ausgestochen. Martin, dieser phantastische Liebhaber, hörte ausgerechnet bei mir mit der Erotik auf. Schon wieder hat er mich überspielt! Und obendrein zur Konkubine degradiert, die Ehe haben wir doch wohl beide hinter uns, nicht?»

Dann wurde der totale Krieg ausgerufen. Die Schauspieler von Martins Kaliber mußten nicht ins Feld, wenn sie sich bereit fanden, bei der Truppenbetreuung in der Etappe mitzuwirken. Sie hatte ihn gezwungen, dafür zu sorgen, daß sie als Chorsängerin mit ihm in einer Künstlergruppe mitreisen durfte, die den abgeschmackten Namen ‹Freudenkiste› trug. Seiner Umgebung entrissen, in der er König gewesen war, würde er, so hoffte sie, mit ihr zu dem gemeinsamen Ausgangspunkt zurückkehren, den hinreißenden Nächten in Hamburg. Bald strich ihm aber der Gruppenleiter, zwar entschuldigend, doch kategorisch, auch noch das bescheidene, aus kurzen Monologen bestehende Programm, das ihm das Erlebnis der großen Stücke wenigstens zum Teil ersetzte, die Soldaten aber langweilte. Er wurde dazu verurteilt, laszive Verschen aufzusagen, welche den Männern, auf die mobilen Bordelle angewiesen, eine andere Art Ersatzgefühle vermitteln sollten.

Martin war unerträglich! Weil er den Mann nicht züchtigen konnte, erzählte sie, sich eine neue Zigarette anzündend, während Buback sich rasch, damit sie es nicht sah, die müden Augen rieb, quälte er an dessen Statt sie; er mußte gewußt haben, wie groß ihre Sehnsucht nach ihm war, und vielleicht sehnte er sich zuweilen auch nach ihr, doch er konnte sich so unmenschlich beherrschen, dieser Schuft, er fiel ins Bett, drehte sich um und schlief ohne einen Gutenachtgruß ein, so blieb ihr keine andere Wahl, als ihn wieder mal zur Strafe zu betrügen, doch mit wem? Die Soldaten und Offiziere, die sich damals in Rom von den Kämpfen auf Sizilien erholten, mochten sie auch tagelang am Strand baden, stanken nach Gott weiß was, wahrscheinlich nach Tod. Und dann geschah es.

In einem Rosenstrauß, den sie nach einer Vorstellung für die italienischen Verbündeten bekam, steckte eine Visitenkarte mit der Bitte, eine Einladung zu einem Souper im Hotel Dei Principi anzunehmen, der Chauffeur warte draußen bei dem silbernen Lancia, cordialmente Gianfranco Bossi. Sie hätte ruhig abgesagt, hätte Martin nicht hinzugesetzt, sie solle nur hingehen, vielleicht warte endlich ein Überbock auf sie, der ihre Nymphomanie befriedige. Sie schminkte sich wütend um und fuhr.

Der Chauffeur in Livree hatte sie dem Türsteher übergeben, der Türsteher dem Pförtner, der Pförtner geleitete sie persönlich zum Oberkellner. Ihr Weg endete an einem Tisch, hinter dem sich ein schlanker, braungebrannter Mann mit unwahrscheinlich grünen Augen erhob, der ebenso dreißig wie fünfzig sein mochte. Falls sie es wünsche, sagte er, während er ihr die Hand küßte, würden sie gemeinsam hier soupieren. Sollte sie aber nichts dagegen haben, würde er sie gern zum Abendessen zu sich nach Hause einladen. Er gefiel ihr, sie war böse auf Martin, sie stimmte zu.

Sein «Zuhause», fuhr sie versonnen fort, als sähe sie es wieder vor sich, war ein alter Palazzo voller Dienerschaft, die in ihrer Lautlosigkeit geisterhaft wirkte, eine Szene wie aus einem Film, Silber, Kerzen, Austern, die Musik eines verborgenen Quartetts, am Ende konnte nichts anderes auf sie warten als ein Himmelbett ... doch interessiere ihn das überhaupt? fragte sie Buback, aber natürlich! erwiderte er rasch und wurde hellwach, weil er fürchtete, hier morgen nacht allein zu sein. Der Italiener war bei allem fast stumm gewesen, er lenkte den Lauf der Dinge mit einem Wink seiner schönen Finger, eigentlich sprach nur sie, über Hamburg und Berlin und das Theater, immer gespannter, wie dieser Mann, ohne Zweifel ein Aristokrat, die Kurve vor dem anvisierten Ziel nehmen würde.

Er nahm sie ganz anders, als sie erwartet hatte. In einem bestimmten Augenblick stand er auf, trat zu ihr und bot ihr den Arm. Dann führte er sie bis vor den Palast, wo der abgedunkelte Wagen stand, um sie zurückzubringen.

Der Mann lud sie Nacht für Nacht ein, viermal hintereinander, wobei nur die Speisen und die Musikstücke wechselten. Wenn die letzte Tasse vom Tisch verschwand, verstummte auch die Musik. Dann rührte er sich nicht mehr, sah sie nur an. Aus Verlegenheit hatte sie den Gesprächsfaden allein weitergesponnen, bis er sich wieder erhob. Zur Abfahrt aus Rom verblieben zwei Tage, als sie eine Idee hatte: Mit dem Ausbruch der Stille verstummte sie ebenfalls. Wortlos sahen sie sich einige lange Minuten an.

Er wisse, daß sie übermorgen abreise, sagte er plötzlich, und er selbst kehre morgen nach Sizilien zurück. Aber dort sind doch schon die Alliierten! wunderte sie sich. Ach ja? lächelte er, das mache nichts, er liebe Veränderungen. Und sähe es gern, wenn sie mit ihm führe! Als was ...? Als seine künftige Frau.

Aber sie sei doch mit ihrem Mann hier! sagte sie verblüfft. Aber der sei doch nicht ihr Mann! wußte er. Nicht auf dem Papier, das hätten sie beide nicht für nötig befunden, doch sie lebe mit ihm schon viele Jahre zusammen! Warum lasse er sie dann nächtelang mit einem fremden Mann allein? Wäre sie Sizilianerin, ihre Brüder hätten ihn längst totgeschlagen. Also, er meine sein Angebot ernst und setze auch Vertrauen in sie: Als Angehöriger alten Adels befinde er sich hier in geheimer Mission. Könne sie nicht gleich hier bei ihm bleiben?

Nein, sagte sie, nein doch ...! Nein für heute oder nein für immer? wollte er wissen. Er ist mein Schicksal, flüsterte sie, daraus entläßt einen nur der Tod. Dann, tief bewegt, hörte sie sich plötzlich fragen, ob er sie einmal auch so haben wolle. Er nickte fast feierlich. Er geleitete sie eine Marmortreppe hinauf und durch Gänge voller Ahnenporträts, der Palazzo war plötzlich wie ausgestorben, und dann stand dort tatsächlich ein Himmelbett. Wohl nie habe sie besser geliebt, genauer gesagt, berichtigte sie sich, nie habe sie es glaubwürdiger gespielt...

Ehe sie sich ankleidete, küßte er sie, als schlage er das Kreuzeszeichen, auf Mund, Brüste und Schoß.

Zu Hause hatte sie Martin aufgeweckt. Sie erzählte ihm alles und wartete darauf, was er sagen würde. Und er... noch hier und jetzt schluckte sie vor Erregung und tastete nach einer neuen Zigarette, der Mistkerl beglückwünschte sie und fragte, ob er ihr beim Packen helfen solle.

«Und ich fing an, ihn zu schlagen, Buback! Zu schlagen und zu treten! Bis es mir genauso weh tat wie ihm. Ich strafte in ihm auch mich selbst. Dafür, daß wir gemeinsam so eine Liebe getötet hatten. Er wehrte sich, und da er kräftig war, drückte er mich mit seinen Armen bald zu Boden. Doch mich kann man nicht zähmen, das weißt du selbst. Ich spuckte, ich kratzte, ja, ich biß ihn sogar. Er jaulte auf, und ich war überzeugt, daß er mir auch etwas antun würde. Doch plötzlich lieferte er sich ganz meinen Schlägen aus und flüsterte, Ich danke dir, ich danke dir, bis ich wütend schrie, Wofür? und er, Daß ich dir das noch wert war. Da fing ich an zu heulen. Und dann haben wir uns bis zum Morgen geliebt, wie damals in Hamburg...»

Morgens hatte sie der Chauffeur herausgeklingelt, der einen Ring von dem Sizilianer brachte. Ein großer Diamant in Platin, von zwei Smaragden in der Farbe seiner Augen eingefaßt. Sie sah, daß er mehr wert war als alles, was sie je verdient hatte. In den wenigen Minuten, die sie ihn in der Hand hielt, kam sie sich vor, wie sie sich immer hatte fühlen wollen: auserwählt unter den Frauen. Dann zeigte sie den Ring Martin und schickte ihn zurück.

Als habe diese letzte Erinnerung sie mehr erschöpft als ihre ganze Lebensgeschichte, legte sie jetzt auch die Stirn auf die Knie. Dagegen fiel von Buback alle Müdigkeit längst ab.

«Warum...?»

«Was warum?»

«Warum hast du den Ring zurückgegeben? Du hast ihn doch nicht betrogen! Im Gegenteil...»

Er ertappte sich, daß er sowohl auf den Italiener als auch auf den Schauspieler eifersüchtig war.

«Das ist eigenartig...», meinte sie kopfschüttelnd.

«Was?»

«Martin hat genauso gefragt. Ja... es ist typisch, daß auch du fragst.»

«Wieso ist das typisch?»

Sie gähnte, warf das Badetuch beiseite und glitt unter die Bettdecke, ohne einen Gedanken ans Badezimmer zu verschwenden.

«Denk darüber nach, Buback. Oder schlaf lieber, das kommt für dich wohl auf dasselbe hinaus. Gute Nacht, mein Geliebter.»

Die Toten fand die Schwester der jungen Frau, die frische Witwe. Das grauenhafte Bild raubte ihr erstaunlicherweise nicht die Besonnenheit, sie fiel weder in Ohnmacht, noch schlug sie Alarm, sie schloß die Wohnung wieder zu und fuhr direkt zur Kriminalpolizei.

Jan Morava konnte, begleitet von allen freien Männern seiner Gruppe und von Buback, endlich einmal als erster den Tatort betreten und sämtliche Spuren sichern. Wenig später war auch Beran zur Stelle, von der blassen Jitka aus einer weiteren überflüssigen Beratung beim Polizeipräsidenten Rajner herausgerufen, der in Unsicherheit schwebte, wie lange er noch den Okkupanten dienen sollte, dürfte, müßte.

Anwesend waren auch die drei Männer, die gestern vormittag auf dem Friedhof Dienst getan hatten. Šebesta erinnerte sich gut an die Tote, er hatte sie durch die Seitenpforte zur Moldau hinablaufen sehen. Er beteuerte, ihr sei kein Mensch gefolgt, und Morava erkannte die folgenschwere Lücke in seinem Netz: Der Mörder konnte Jana Kavanová ihrer Kleidung wegen auch außerhalb des Friedhofs für eine Witwe gehalten haben!

Das Rätsel um den Jüngling klärte auch die Schwester auf. Seine Flucht von den Schanzarbeiten konnte wahrlich keinem mehr schaden.

Für seinen Überfall hatte der Täter wie gewöhnlich die Zeit gewählt, da die Männer des Hauses auf Arbeit, die Kinder in der Schule und die Frauen am Herd waren. Wie Zeugen erklärten, seien in der Straße nur Müllmänner, Kohlenträger, ein Wachmann und ein Postbote zu sehen gewesen, und die sagten aus, sie selber hätten nur ein paar Hausfrauen zu Gesicht bekommen. Auch diesmal hatte der Unbekannte nicht die kleinste Spur hinterlassen, er war erschienen und verschwunden wie Nebeldunst.

Morava nahm seine ganze Kraft zusammen, um so zu wirken, wie er wirken sollte. Tatsächlich sahen ihm seine Männer äußerlich zwar nichts an, doch innerlich war er völlig verzweifelt. Einem war dies nicht entgangen. Nachdem der Deutsche schließlich weggefahren war, um seine Behörde zu informieren, klopfte der Hauptkommissar dem Adjunkten auf die Schulter.

«Nehmen Sie mich mit.»

Da war Morava vor Jammer schon so niedergedrückt, daß er keines Wortes mehr fähig war. Ergeben wartete er darauf, daß Beran ihm endlich sagte, was er angesichts seiner Verantwortung nicht auszusprechen umhin konnte. Der aber brach das Schweigen erst mitten auf der Brücke zur Národní.

«Halten Sie an, Litera. Wir werden ein Stück laufen.»

Morava sah, wie der Fahrer ihm mitleidig einen Blick zuwarf. Wie ein Verurteilter stieg er hinter dem Kommissar zur Schützeninsel hinab. Drunten ging Beran noch eine ganze Weile schweigend den Parkweg entlang, bis er an einer alten Buche stehenblieb und mit zwei Fingern über einen dünnen Zweig strich, der feines Grün treibend aus dem Baum sproß.

«Hübscher Fortschritt seit letztens, wie?»

Eine Antwort wartete er allerdings nicht ab, er wußte, daß seinem Begleiter jetzt der Sinn nicht nach Natur stand.

«Sie wissen, was ich Ihnen sagen möchte, nicht wahr? Was ich Ihnen sagen muß. Ja, ich nehme Ihnen den Fall ab.»

Morava sah wie ein Häuflein Unglück aus, was den Hauptkommissar in Rage brachte.

«Stellen Sie sich nicht so an wie eine Verführte und Verlassene, Morava! Sie haben nichts getan, was Sie nicht hätten tun dürfen, und alles getan, was zu tun war, ich persönlich mache Ihnen keinen Vorwurf, denn ich bin kein Schafskopf. Wir fahnden nach einem heimtückischen Raubtier, das vorerst die Oberhand hat. Sie haben den Kreis der Treiber richtig postiert, der sich schließlich um ihn zusammenziehen wird, falls er seine Gewohnheiten beibehält. Vorläufig sieht es so aus, er ist auf Witwen und auf den Vyšehrader Friedhof fixiert. Ich wollte Ihnen hier unter vier Augen sagen, daß Sie sich nichts vorzuwerfen haben. Ich übernehme den Fall selbst, damit man nicht Ihren Kopf verlangt, Rajner hat die Hosen voll und sucht einen Sündenbock.»

Morava fand seine Sprache wieder.

«Dann nimmt er Ihren», hauchte er.

«Das traut er sich nicht, weil er genau weiß, daß er dann den Laden gleich dichtmachen kann. Meinen möglichen Nachfolger hat man hingerichtet, und der beste Mann jetzt sind nun mal Sie.»

Erstaunt starrte Morava den Kommissar an, der ihn eben erst degradiert hatte und nun auf eine Weise auszeichnete, wie er es sich bisher vergeblich gewünscht hatte.

«Ja, Morava, ich wittere bei Ihnen ein Talent, das ich vielleicht, Bescheidenheit beiseite, selbst einmal gehabt habe. Und eine ähnliche Verbissenheit. Es gibt Hunde, die ihre Beute nicht loslassen, selbst wenn man sie an den Beinen packt und in der Luft herumschleudert. Sie werden die Bestie schnappen!»

«Aber wie, wenn ...»

«Ich hab keine Zeit, vor allem aber keine Lust, den Schubkarren neu zu erfinden. Formal werde ich die Beratungen der

Fahndungsgruppe leiten, doch vorher werde ich immer heimlich Sie fragen, wie es weitergehen soll.»

«Aber ...»

«Machen Sie mir das Leben nicht noch schwerer und sich nicht einfacher. Vor kurzem habe ich Ihnen gesagt, Sie würden eines Tages zwischen den Pflichten wählen müssen, und nun ist es soweit. Ich nehme Ihnen von Amts wegen die Verantwortung ab, doch privat werden Sie sie für mich tragen. Hören Sie mir genau zu! Zu zwei Uhr nachmittags rufe ich die Gruppe zusammen, um sie mir persönlich zu unterstellen. Eine Viertelstunde vorher möchte ich von Ihnen einen genauen Entwurf der Aktionen sowie die Aufgabenverteilung für die nächsten Tage haben, für alle Männer, Sie selbst mit eingeschlossen. Drehen Sie hier noch zwei Runden, und lüften Sie Ihren Kopf aus, ich diktiere inzwischen den Bericht für Rajner und die Nazis.»

Im Gehen drehte er sich noch einmal um.

«Ihrer Herzliebsten können Sie dann heute abend unser süßes Geheimnis verraten, damit sie nicht glaubt, sie kriegt einen Taugenichts zum Mann.»

Als führe er einen Befehl aus, marschierte Morava dann um das sandbestreute Oval und versuchte, sich über seinen öffentlichen Sturz wie über seine geheime Auferstehung ein Bild zu machen. Er wußte selbst, daß er sich keine Fehler hatte zuschulden kommen lassen, klar war ihm aber auch, daß das verdammt wenig war. Einem erfahrenen Kriminalisten genügt es nicht, alles getan zu haben, was er tun sollte! lautete eine der ersten Beranschen Weisheiten, die er einst in sein Heft eingetragen hatte, er muß sich schon ein bißchen mehr einfallen lassen!

Er bezweifelte nicht, daß der Kommissar dieses «bißchen mehr» um Viertel vor zwei von ihm wissen wollte. Ein neuer, noch eindringlicherer Appell in der Zeitung? Ein weiterer Aufruf an einen noch größeren Personenkreis? Er bezweifelte den Erfolg. Den Friedhof stärker bewachen? Er wußte, daß die Kripo längst ihre Reserven erschöpft hatte.

Zum zweitenmal erreichte er die Spitze der Insel. Er lehnte sich an einen Baum und schaute blicklos ins Weite. Die Karlsbrücke, der Hradschin, diese Kulisse richtete ihn jedesmal innerlich auf, jetzt nahm er sie nicht wahr. Das Schlimmste war, gestand er sich ein, daß er den Funken wie den Faden verloren hatte, vielleicht konnte er sich nicht mehr konzentrieren, auch jetzt ertappte er sich dabei, daß er manchmal an Jitka dachte, an seine Mutter, an das kommende Kind, seine Schätze, die der Krieg ungemein stärker bedrohte als der Witwenschlächter.

In sein Blickfeld schob sich ein langer Gegenstand, er registrierte einen kleinen Moldaukahn mit einem einsamen Angler und zwei am Heck befestigten Ruten, ganz langsam glitt er auf das nahe Wehr zu, dessen gewohntes Rauschen ein schwacher Wind zum Altstädter Ufer davontrug.

Morava hatte erlebt, wie täuschend die scheinbare Idylle ist. Seit seiner Dienstfahrt im März nach Mähren ließen ihn die Bilder der mächtigen deutschen, nach Osten ziehenden Armee nicht mehr ruhen. Er war Zivilist, doch er spürte, daß in diesen Soldaten, allen Niederlagen der letzten zwei Jahre zum Trotz, genug Vernichtungskraft steckte, um das Land, durch das sie rollten und in dem sie nicht daheim waren, zu einem Todesacker umzupflügen. Warum entschied er sich in dem Konflikt der Pflichten, den Beran vorausgesehen hatte, nicht für seine persönliche Verantwortung? Warum saß er jetzt nicht in einem der letzten Züge, um seine Mutter herzuholen? Warum hatte er für sie und Jitkas Eltern nicht schon längst eine Unterkunft beschafft, meinethalben bei Bauern in der Umgebung von Prag? Weil das ein Heidengeld kostete? Wofür hatte er denn gespart, wenn nicht dafür, seine Leute zu retten? Warum hatte er Beran nicht kurzerhand abgesagt?

Aus Solidarität mit ihm? Warum sollte er ihr vor der mit den Seinen Vorrang geben? Aus Angst um sich selbst? Die hatte der Hauptkommissar ihm zusammen mit dem Fall abgenommen, den er in sein eigenes Kreuz verwandelte. Also was? War ihm dieses düstere Gewebe etwa so unverzichtbar geworden, daß er bereit war, dafür auch die Gefährdung seiner Nächsten in Kauf zu nehmen?

Ja! antwortete er sich, doch nicht der Karriere wegen. Fang

dieses Ungeheuer! hatte doch Jitka zu ihm gesagt, ich fürchte es mehr als den Hitler. Er hatte sie verstanden. Adolf Hitler war das politische Willensprodukt einer aus den Fugen geratenen Nation, schrecklich, doch erklärbar und demzufolge besiegbar. Der unbekannte und unberechenbare Mörder zog das dünne Häutchen der Zivilisation von der Menschheit ab und schleppte sie in eine bestialische Urzeit zurück.

Der Angler, immer noch gut in Sichtweite, holte die beiden Schnüre ein, machte eine alte Blechbüchse auf und spießte zappelnde Regenwürmer auf die Haken. Dann holte er aus, und die Köder fielen mit einem Schwirren zwischen Kahn und Ufer ins Wasser. Der Mann im Boot grüßte herüber, doch Morava starrte nur dumpf zu ihm hin.

Das war die Idee!

Sämtliche Abteilungsleiter marschierten zu Meckerle. Die Fauteuils reichten nicht, die Adjutanten schafften Stühle vom Vorzimmer und vom Gang herein. Nichts wurde gereicht, keiner kam auf den Gedanken zu rauchen, keiner sprach, alle behielten eine starre Sitzhaltung bei. Ein Panoptikum! dachte Buback. Es kam ihm unwahrscheinlich vor, daß er immer noch zu diesen Figuren gehörte.

Ja, Grete hatte ihn von seiner Kriegsknechtschaft befreit. Obwohl nur uferloses Lieben sie miteinander verband, durchsetzt von Gretes Geschichten, die sich in seinem müden Kopf oftmals in Träume verwandelten, war er sich bewußt geworden, daß er von einem bestimmten Punkt an mehr ihr gehörte als seiner kämpfenden Gemeinschaft.

Hatte Grete ihn wirklich befreit? Oder hatte sie ihn im Gegenteil aller bisherigen Stützen beraubt? Hatte sie ihn nicht vielmehr auf Gedeih und Verderb den Emotionen und Leidenschaften ausgeliefert, hatte sie nicht auch ihn in ein prinzipienloses Lebewesen verwandelt, nicht gewillt und eigentlich auch nicht mehr fähig, für ein Ideal einzustehen?

Doch wäre nicht sie, für welches Ideal würde er hier noch

heute einstehen? Für jenes, das die deutsche Kultur längst unwiderruflich befleckt hatte? Saßen hier nicht vielleicht auch Mörder, die um so ungeheuerlicher waren, als sie ihre unschuldigen Opfer vom Schreibtisch aus oft übers Telefon massakrierten? Ohne den Kopf zu wenden, betrachtete Buback aus den Augenwinkeln Gesicht für Gesicht. Ist er einer von ihnen? Doch wohl nicht ganz, wenn ihm jetzt wichtiger schien, daß Grete auch die kommende Nacht mit ihm verbringen würde.

Schwer wog, daß sie ihn auch von Hilde trennte. Hatte er sich noch unlängst eingeredet, seine tote Frau habe sich in der jungen Tschechin wiederverkörpert, war er sich jetzt sicher, sie hätte Grete nie gutgeheißen, ihr Gefühlsleben verachtet. Schließlich mißfiel es ja auch ihm. Aber wieso? Immerhin war er ein Teil davon geworden. Er bekam und gab, wieviel er wollte. Was ging ihm ab?

Durch die kleine Tür, hinter der sich sein Ruheraum befand, trat der Standartenführer ein, alle Anwesenden sprangen auf und nahmen Haltung an. Er riß den rechten Arm zum deutschen Gruß hoch. Dann, als wäre er allein im Zimmer, begann er die Papiere in der Mappe zu studieren, die ihm sein Adjutant kurz vorher auf den Tisch gelegt hatte.

Buback entsann sich, daß in seiner Brusttasche der Brief für ihn steckte, und verspürte erneut einen Stich.

Warum hatte sie ihn eigentlich verlassen? Und hatte sie wirklich? Was schreibt sie ihm? Die Vorteile dieser Beziehung lagen so auf der Hand, daß es bestimmt eine Frage von kurzer Dauer war, bis er, Buback, zur Episode wurde, von der ihr nicht einmal eine ordentliche Geschichte blieb.

«Meine Herren!» begann sein Rivale, nachdem er den ledernen Deckel geräuschvoll zugeklappt hatte, «heute können wir mit den Bolschewiken zusammen ihre Hymne singen: Auf zum letzten Gefecht! Letzte Nacht ist die ganze Sowjetfront vom Balkan bis zur Ostsee in Bewegung geraten. Wien ist gefallen, und es hat den Anschein, als wäre die Hauptkampflinie an der Oder durchbrochen. Kein Zweifel, die Stoßrichtung zielt auf Berlin.»

Die Teilnehmer der Runde rührten sich nicht. Alle bis auf Buback schienen im Bilde. Hatte Gretes Geschlecht in ihm sogar das Interesse am Verlauf der letzten Tage des Reichs ausgelöscht, die auch seine letzten sein konnten? War es nicht endlich an der Zeit, sich von ihr zu lösen, bevor sie ihm zur Droge würde, ohne die er nicht mehr existieren konnte?

«Vom heutigen Tag an», berichtete Meckerle, «führen die Militärbefehlshaber den strategischen Plan des Führers aus, dessen Ziel die Verteidigung Böhmens und Bayerns als Aufmarschräume für unseren Endsieg ist. Die Heeresgruppe Mitte verfügt über ausreichend Männer, Kampftechnik und Munition sowie Treibstoff, um diese historische Aufgabe zu erfüllen. An uns ist es, ihr hierfür die absolute Ruhe im Hinterland zu verschaffen. Ohne daß wir das Standrecht zu verkünden brauchen, das militante Elemente unter den Einheimischen zu unerwünschtem Widerstand aktivieren könnte, erlangt es mit diesem Augenblick im wesentlichen Geltung. Jede Äußerung von Sabotage oder Schüren feindlicher Aktionen gegen das Reich, gleich ob gegen Soldaten oder Zivilisten, ist zu unterdrücken und drakonisch zu bestrafen!»

Krach. Diesmal zuckten alle zusammen. Wieder einmal waren Meckerles Ellbogen auf den Tisch gedonnert. Bubacks Magen krampfte sich zusammen. Ja, dieser Hüne mußte Grete gefallen... Er fand die Besinnung wieder, als er sich selbst zur Vernunft rief. Ein Imperium stirbt, und ich bin eifersüchtig! Auf einen faselnden Gestapomann und auf eine wildfremde Frau, deren Lebensdevise meistens die Untreue war!

«Machen wir jedermann darauf aufmerksam, daß zwischen uns und der Westfront, die so manchen in Versuchung führt, die Ketten der Feldgendarmen liegen. Beim Verdacht von Desertion strafen Schnellgerichte mit sofortigem Erhängen! Die Stadt Prag, der wichtigste Eisenbahn- und Straßenknotenpunkt Böhmens, wird notfalls als Festung verteidigt, auch um den Preis ihrer totalen Vernichtung. Sie hat sowieso kein besseres Schicksal verdient als unser herrliches Dresden!»

Buback erinnerte sich, wie Meckerle und seine Frau ihm die

Zerstörung ihrer Villa geschildert hatten. Eine unbekannte Person saß dabei, die ein paar Stunden später sein Leben auf den Kopf stellen sollte. War es nicht wirklich höchste Zeit, daß er wieder Herr seiner selbst würde, ehe sich die zuvor verspürte Befreiung in ein neues Joch verwandelte?

Bevor er noch zu Ende denken konnte, wurde er Teil einer Mechanik aus zackigen Bewegungen; die Feder des Drills riß ihn vom Stuhl hoch im Verein mit den anderen, die den Befehlsempfangsraum eilends verließen. Er hätte sich gern vom Strom treiben lassen, da er die letzten Sätze überhaupt nicht mitbekommen und deshalb keine Ahnung hatte, was befohlen wurde. An der Tür vernahm er Meckerle persönlich.

«Sie bleiben, Herr Buback.»

Das Haupt der Prager Gestapo respektierte zuweilen seinen Zivilberuf und sprach ihn an, wie es der Brauch in guten alten Zeiten geboten hatte.

«Zu Befehl, Standartenführer!»

«Haben Sie ihr meinen Brief...?»

Der letzte Offizier schloß die Tür hinter sich, sie waren jetzt allein. Der Große wirkte wieder fast befangen.

«Selbstverständlich...!»

Er fischte die Antwort, die sie heute früh geschrieben hatte, ehe er mit dem Rasieren fertig war, aus der Tasche, und kam sich wie der letzte Lügner vor.

Auch das noch hat sie aus ihm gemacht!

Er übergab den Umschlag und verspürte keine Lust mehr, in dieser peinlichen Komödie weiter mitzuspielen.

«Gestatten Sie, daß ich gehe?»

«Warten Sie!»

Meckerle riß den Umschlag auf und las im Stehen. Buback überlegte verwirrt. Was sollte er antworten, wenn der nach ihr fragen würde? Daß er sich mit ihr traf? Mein Gott, warum hat sie das nicht wenigstens mit ihm besprochen? Der Leser hob den Blick. Darin stand Verwunderung.

«Hat sie Ihnen das gezeigt?»

«Nein!»

«Das sieht ihr ähnlich... das sieht ihr verdammt ähnlich! Setzen Sie sich, Mensch!»

Er holte wieder einmal die Cognacflasche mit den bauchigen Gläsern herbei und schenkte fast bis zum Rand ein.

«Skål!»

Mit einem Zug leerte er die gute Hälfte und kratzte sich dann melancholisch das Genick, den Blick dabei immer auf Buback gerichtet, als kenne er ihn nicht. Der nippte zurückhaltend, versuchte vergebens zu erraten, wovon er da Zeuge war. Meckerle lachte säuerlich.

«Solche Boten wie Sie hat man früher den wilden Tieren vorgeworfen, danken Sie dem Schicksal, daß Sie in einer Zivilisation leben!»

Eine kühne Behauptung, dachte Buback, unsere ist uns ein bißchen danebengeraten. Er harrte gespannt der kommenden Dinge.

«Sie gibt mir einen Korb!»

«Nein...!»

«Sie entbindet mich, wie sie schreibt, von meinem Wort, weil mein Verhalten sie beleidigt. Dabei habe ich ihr erklärt, daß irgendein Saukerl meiner Frau von ihr geschrieben hat und daß ich nach einer Lösung suche!»

Ach... wäre ihm ein Mörder recht...?

«Ich soll verstehen, daß auch sie unter diesen Umständen nicht allein bleiben wird!»

Der Herr über Leben und Tod der Tschechen und Deutschen im Protektorat Böhmen und Mähren schwenkte sacht das Glas mit dem Rest der öligen Flüssigkeit, blickte auf den Brief und nickte trübsinnig.

«Und wissen Sie, was für mich das Seltsamste daran ist?»

Jetzt kommt's, dachte sich Buback. Warum hat sie ihn in eine so unmögliche Situation gebracht?

«Das Seltsamste ist», antwortete sich der Fragende selbst, «daß ich eigentlich erleichtert bin. Ja! Ich hab massenhaft Weiber gehabt, aber mit der hab ich einen gewaltigen Bock geschossen, glauben Sie mir das!»

Buback tat selbstverständlich keinen Mucks, doch das war auch nicht nötig. Meckerle hatte das Bedürfnis, sich dieser Last laut zu entledigen.

«Bevor sie sich an mich ranpirschte, jawohl, sie an mich! dieses gerissene Biest, hatte ich sie auch schon im Chor bemerkt, unter all den Brunhilden wirkte sie wie ein Schulmädchen, doch mein Riecher sagte mir gleich, daß sie gerade deshalb eine Temperamentsbombe sein muß. Ehe sie fest im Sattel saß, war das auch so, sie erhitzte mich bis zur Weißglut, ließ mich aber nicht ran, das Biest, das ganze deutsche Prag wußte, daß ich mit ihr schlafe, nur ich nicht. Erst als sie den Wohnungsschlüssel von mir kriegte. Und dann erwies sich ...»

Er winkte ab. Und versank gleich darauf ins Träumen.

«Beim erstenmal war es sensationell. Ein Trommelfeuer!»

Buback tat jetzt regelrecht der Magen weh.

«Aber dann war's aus! Ein Fisch.»

«Ein Fisch?» echote Buback unwillkürlich.

«Dem Sternzeichen wie dem Charakter nach, und den teilte sie mit einer verwöhnten Katze. In der Öffentlichkeit strahlte sie nach wie vor alle Männer neben mir an, bis ich ... das sag ich Ihnen! vor Eifersucht kochte, und in der Wohnung dann Rührmichnichtan. Ich mußte sie mir immer neu ‹verdienen›, wie sie sagte. Sie rauchte nur Ägyptische, echten Champagner trank sie wie Wasser, sie wollte nur verrückte Negerplatten hören, die ich ihr für ein Heidengeld aus der Schweiz besorgen mußte, und noch dazu jeden Abend die Beine massiert haben! Jawohl, ich wurde zum Masseur, den sie unglaublich kujonierte. Und wenn ihr etwas nicht paßte, wurde sie zum Eiszapfen.»

Buback konnte nur staunen.

«Ja», sagte Meckerle, «kein Mensch hätte das geglaubt. Doch immer, wenn ich die Tür hinter mir zuschmeißen wollte, kriegte sie das eine Minute früher spitz und ließ mich dann was erleben ... Sie ist ein Teufelsweib, Buback. Die Glut, mit der sie zur Liebe lädt, ist offenbar echt, doch sie will dann genausoviel zurückhaben. Bei mir ist ihr klargeworden, daß sie immer an dritter Stelle bleibt, nach meiner Funktion und nach meiner

Frau, auf die ich beide leider nicht verzichten kann. Also ließ sie mich den Stellvertreter spielen, solange sie keinen hatte, der ihr vielleicht geben könnte, was ihr fehlt…»

Der Gestapochef entblödete sich nicht, in seiner Gegenwart einen Seufzer auszustoßen.

«Dieses Aas! Dieses verdammte Aas! Und ich bring es nicht mal fertig, sie zu vernichten, dieses schöne kleine Aas!»

Er stürzte den Rest seines Cognacs hinunter.

«Und Sie auch nicht, Buback…»

Er durchbohrte ihn mit einem Blick wie beim Verhör. Buback hielt es immer noch für das Klügste zu schweigen. Meckerle hob die Hand mit dem Brief.

«Ja doch, sie stellt Sie mir als meinen Nachfolger vor, den ich ihr sogar persönlich ausgesucht habe. Sie hat ganz richtig erraten, wie ich getobt hätte, wenn mir das meine Leute zugetragen hätten. Natürlich sehe ich rot, aber…»

Er richtete sich auf und zerriß das Papier wütend in kleine Fetzen.

«Also gehen Sie zu allen Teufeln! Fangen Sie zusammen mit den Tschechen diesen perversen Hund, gucken Sie ihnen dabei untern Topfdeckel, und kommen Sie mir nicht unnötig unter die Augen, Heil Hitler!»

Schweißgebadet kam er in der Bartolomějská an, gerade noch rechtzeitig, um Beran überzeugen zu können, bevor er seinen Bericht abschicken würde.

«Herr Hauptkommissar», bat er dringend, «ich vergesse Ihnen nie, daß Sie sich vor mich stellen wollten, doch warten Sie damit noch ein bißchen, mir ist da etwas eingefallen, aber das ist so aufwendig und knifflig, daß Sie unmöglich Zeit dafür finden werden!»

Als er mit seiner knappen Darlegung fertig geworden war, vernahm er wieder das Urteil, das ihm Flügel verlieh.

«Gut, Morava.»

Eine Minute vor zwei trat Oberkriminalrat Buback mit seinem heutigen Dolmetscher ein, somit waren sie auch politisch beschlußfähig.

«Einen Köder!» teilte Morava den versammelten Männern, es waren alle da außer der Gruppe vom Vyšehrad, und der protokollierenden Jitka mit, «Tag für Tag werden wir ihm den hinwerfen, bis er anbeißt. Und dann ziehen wir ihn raus.»

Gewohnheitsmäßig gliederte er seine Vorstellungen übersichtlich in Punkten auf.

Zu a: an einem geeigneten freien Platz des Vyšehrader Friedhofs wird gleich morgen ein falsches Grab angelegt, an dem die Techniker ein kleines Schild mit dem Namen des soeben Verstorbenen anbringen;

zu b: Mit dem gleichen Namen wird das Schild einer geeigneten Wohnung nicht allzuweit vom Friedhof versehen;

zu c: Aus dem Apparat der Prager Polizei werden freiwillige Mitarbeiterinnen ausgewählt, die sich in der Rolle der trauernden Witwe abwechseln und zweimal täglich den Friedhof besuchen;

zu d: In Übereinstimmung damit wird die Wohnung jedesmal rechtzeitig von zwei mit Pistolen bewaffneten Männern besetzt;

zu e: Die ‹diensthabende› Witwe schließt die Haustür nicht ab, und wenn jemand klingelt oder klopft, ruft sie aus der Küche: Es ist offen!

zu f: Sobald der Ankömmling die Küche betritt, wird er von den beiden versteckten Männern unschädlich gemacht.

Morava klappte sein Heft zu.

«Natürlich werden wir sämtliche Anzeigen, die noch bei uns eingehen, auch weiterhin auswerten. Diese Falle aber darf keinen Fehler haben. Das Stereotyp des Täters, für das er zweifellos einen gewichtigen Grund hat, da es ihm bisher das Risiko wert war, gibt uns die Hoffnung, daß wir ihn haben werden.»

Er wandte sich zu dem Deutschen um.

«Hat der Herr Oberkriminalrat einen Einwand oder eine Zusatzbemerkung?»

Nachdem man ihm diese Frage übersetzt hatte, schüttelte Buback den Kopf.

Morava schlug also wieder sein Heft auf und verlas die Aufgabenverteilung.

«Noch Fragen?» schloß er.

Der Techniker meldete sich, der für das Grabschild zu sorgen hatte.

«Wie soll der Name lauten?»

«Was Ihnen einfällt.»

«Mir fällt aber nichts ein», sagte der Mann eigensinnig.

«Na dann eben Morava Jan.»

Jitkas Schreck entging ihm nicht, deshalb versuchte er, sie gleich zu beruhigen.

«Ein Aberglaube besagt, daß der Besitzer eines Grabes am längsten lebt.»

Der Techniker hatte den Namen bereits notiert.

«Wo finden wir eine passende Wohnung?» erkundigte sich Šebesta.

Moravas Blick traf erneut Jitkas Augen, diesmal fragend. Es freute ihn, daß sie sofort nickte.

«Jitka Modrá wohnt zur Untermiete auf den Dohlenbergen in einem Häuschen, das sich recht gut für unsere Zwecke eignet. Die Besitzer sind langfristig nicht in Prag, sollten sie zurückkommen, machen wir einfach öffentliches Interesse geltend. Noch was?»

Alle wirkten wie Wettläufer, die bereits in den Startlöchern gekniet hatten. Zum erstenmal in dieser halben Stunde meldete sich jetzt Beran.

«Geben Sie Ihren Kolleginnen wahrheitsgemäß Bescheid, daß Sie zwar für ihren bestmöglichen Schutz sorgen werden, daß aber für eine gewisse Zeit der Mörder näher bei ihnen sein wird als alle anderen, und der kann seine Gewohnheiten urplötzlich ändern. Die Frauen, die trotzdem einverstanden sind, dürfen mit ihrer sofortigen Umsetzung in eine höhere Gehaltsgruppe rechnen, doch es muß ihnen bewußt sein, daß sie sich freiwillig einem gewissen Risiko aussetzen. Um vier möchte ich mit ihnen persönlich sprechen.»

Diese drei Sätze bewirkten, daß die Hochstimmung der Jäger

sogleich verpuffte. Nachdenklich gingen sie auseinander. Beran bat Buback und Morava zu bleiben. Er entließ auch den Dolmetscher und führte das Gespräch auf deutsch.

«Herr Oberkriminalrat, ich möchte Ihnen gern persönlich eine Mitteilung machen, die ich auch dem Herrn Polizeipräsidenten zukommen lassen werde. Der Fall des Witwenschlächters liegt zwar weiterhin in der Kompetenz von Herrn Kriminaladjunkten Morava, doch alle seine Unternehmungen, diese letzte eingeschlossen, wurden mit mir abgesprochen, so daß ich die Verantwortung dafür trage.»

«Ich werde es weitergeben», sagte der Deutsche und fügte unerwartet hinzu, «mit dem Zusatz, daß ich das Vorgehen ebenfalls gutheiße und unterstütze. In dieser Phase der Ermittlungen werde ich mich in meinem hiesigen Büro zur ständigen Verfügung halten.»

Als er dann vor Morava das Vorzimmer durchquert hatte, in dem Jitka wieder allein saß, blieb er vor ihr stehen und fragte.

«Wie geht es dem Herrn Vater?»

Es war das erstemal, daß er sie seit ihrem gemeinsamen Abendessen ansprach, und Jitka stand überrascht auf.

«Danke ...»

«Bitte setzen Sie sich. Ist er wieder in Ordnung?»

«Er hatte nichts ... fast nichts ...», fügte sie im Bedürfnis, die Wahrheit zu sagen, hinzu, «nur ein paar blaue Flecken ...»

«Das tut mir leid.»

«Ach», sagte sie, nach wie vor stehend, «es waren nicht seine ersten. Und die ließen sich bestimmt verschmerzen. Wir sind Ihnen alle sehr dankbar.»

«Gut», sagte Buback einigermaßen abwesend, «gut, gut. Also viel Glück. Ihnen, Ihrer Familie und Ihrem Verlobten. Was ist er eigentlich?»

Morava spürte, daß Jitka sich wie eine Betrügerin vorkam, als sie beklommen antwortete.

«Kriminaladjunkt ...»

Weil er immer noch nicht begriff, richtete sie den Finger auf Morava.

Verblüfft schaute der Deutsche erst ihn an, dann sie und wieder ihn. Es war das erstemal, daß sie ihn lachen hörten.

«Nicht möglich! Nicht möglich!»

Er faßte ihre linke und seine rechte Hand, schüttelte beide gleichzeitig mit einer Herzlichkeit, als hätten sie ihm geradezu eine persönliche Freude bereitet.

«Gratuliere aufrichtig!»

Dann ließ er ihre Hände los und ging noch immer lachend hinaus. Morava war genauso perplex wie Jitka.

«Was ist mit dem passiert...?»

Sie wußten, daß sie vergebens rätseln würden, und Morava trollte sich. Von nun an gab es für ihn wieder nur Sorgen, die er um fünf, abermals bei Beran und im Beisein Bubacks, in der resignierten Meldung zusammenfaßte.

«In keiner Abteilung hat sich nach der in Ihrem Sinne, Herr Hauptkommissar, vorgenommenen Belehrung auch nur eine einzige Angestellte für unseren Zweck zur Verfügung gestellt.»

«Eine Überraschung ist das nicht», sagte der Chef, «aber das sind ja schließlich nicht die einzigen Frauen in Prag.»

«Aber», seufzte Morava, «wo die Passende herholen?»

«Verwandte der Opfer», schlug Beran vor, «das letzte hatte doch eine Schwester, auch die vorherigen sollte man ansprechen. Oder Gefängniswärterinnen, unter denen gibt's schlagkräftige Mädchen.»

«Schauspielerinnen ...», sagte der Deutsche überraschend.

«Aber natürlich», stimmte Beran zu, «diktieren Sie das, Morava, Ihren Leuten in die Feder!»

«Ich hab sie nach Hause geschickt», bekannte der kleinmütig, «sie haben seit einer Woche kein Auge mehr richtig zugekriegt.»

Bevor er seinen Rüffel einstecken konnte, kam Jitka durch die offene Tür.

«Morgen tu ich es, Herr Hauptkommissar!» erklärte sie schlicht, «ich bin dort zu Hause, und Jan wird mich bestimmt aufs beste beschützen, nicht wahr?»

Sie saß wieder in dem großen weißen Badetuch, die gekreuzten Beine unter sich gezogen, auf seinem einzigen Sessel und bog sich vor Lachen, als er ihr von seinem Gespräch mit Meckerle erzählt hatte.

«Du kennst doch Hamlet?»

«Ich erinnere mich dunkel dran, aus der Schulzeit ...»

«Der wird nach Frankreich geschickt mit einem Brief, in dem seine Hinrichtung gefordert wird.»

«Das hast du gewollt?»

«Geliebter! Der große Meckerer hat es dir doch erklärt.»

«Was?»

«Das mit dir mußte er von mir erfahren, und zwar in deiner Gegenwart. Neben seinem Mannesstolz hat sich, wie ich es erwartet habe, auch sein Verstand gemeldet. Er wußte lange nicht, wie er mich los würde.»

«So was Ähnliches versuchte er mir zu erzählen.»

«Er hat sich dir sogar anvertraut?»

Mit eigenen Worten wiederholte er ihr Meckerles Betrachtungen über sie als Schicksalsweib, samt seinem Stoßseufzer, daß er außerstande sei, sie zu vernichten.

«Das glaube ich gern», bemerkte sie, «so was wie mit mir hat er noch mit keiner erlebt, da kann er nur dankbar sein.»

Sie sagte das so selbstverständlich, als redeten sie über eine Banalität, und Buback spürte wieder, wie nahe es ihm ging.

«Was denn so ...?» wagte er trotzdem zu fragen.

«Du hast doch seine Frau gesehen. An der Ehefrau erkennst du den Mann. Um mir zu imponieren, prahlte er mit seinen Geliebten, doch einer davon bin ich begegnet, und die hat meinen Verdacht bestätigt: das gleiche Proletenweib! Erst bei mir hat er erfahren, was königliche Liebe heißt.»

Buback fühlte sich immer elender, hatte aber immer weniger Kraft, diese neue Beichte zu stoppen. Er wollte endlich wissen, wem er sich so ausgeliefert hatte, um die Kraft zu finden, Schluß zu machen.

«Das versteh ich nicht. Er sagte mir, du wärst wortkarg und kalt gewesen. Wie ein Fisch.»

«Ach nein! So intim wart ihr miteinander? Das hat dich eher freuen können, oder nicht? Weil du mich anders kennst.»

«Eher überrascht. Und wenn du mir jetzt sogar sagst, er hätte gerade bei dir erfahren ...»

«Was verstehst du daran nicht? Ich habe doch zugegeben, daß er mir auch ein bißchen imponiert hat. Also gab ich ihm die Möglichkeit, durch mich zu sich selbst zu finden. Laß dich nicht von seiner Reckengestalt beirren, die wirkt vielleicht, wenn er Kommandos gibt, doch als Liebhaber taugte er nicht viel. Erst von mir hat er erfahren, daß es im Bett weder auf Größe noch Gewicht, auf Alter oder Rang ankommt. Erst bei mir begann er sich bei diesen Stierbewegungen etwas vorzustellen. Ich weckte seine Phantasie, schon deshalb, weil ich gerade ihm bis auf Ausnahmen kein Theater vorspielte, sondern ihn gewähren ließ, damit er sich um mich bemühte.»

Buback mußte so sichtbar gelitten haben, daß sie zur Abwechslung unwirsch wurde.

«Was ist los? Freut es dich nicht wirklich, daß ich mich entschlossen habe, nur mit dir zu schlafen?»

«Das weißt du doch!»

Sie ließ das Badetuch über Brüste und Hüften herabgleiten.

«Worauf wartest du dann noch, Geliebter?»

Zwei Stunden später, als sie wieder in voller Hingabe den Kopf auf dem Flügel, wie sie seine Schulter nannte, bettete, das rechte Bein unter seinen Knien und das linke auf seinem Bauch, begann sie ihm zu schildern, wie sie Meckerle kennengelernt hatte. Sie war nach Prag eingeteilt worden, nach dem furchtbaren Rückzug aus Ostpreußen ... doch darüber wird sie niemals reden! Schon als sie das erstemal im Chor des Deutschen Theaters auftrat, warteten am Bühneneingang zwei Unteroffiziere aus Wien, die ihr einen charmanten Abend offerierten. Sie hatte sich bereits bei den Kolleginnen informiert, wer der eigentliche Herr von Prag war: Dann müßten sie bei Standartenführer Meckerle um Erlaubnis nachsuchen, sagte sie zu ihnen mit eisigem Lächeln, worauf sie im Dunkel verschwunden waren.

Die gleiche Antwort gab sie an den folgenden Tagen den

jedesmal neuen Interessenten; den Chor behielten Kenner offensichtlich sorgfältig im Auge. Mit dem Interesse stiegen auch die Ränge, bald gab sie sogar Adjutanten von Generälen den immer gleichen Satz zur Antwort. Wie sie vorausgesetzt hatte, so erzählte sie Buback vergnügt, war nach einem Monat Meckerle in persona im Zuschauerraum erschienen. Nicht die Solisten der «Zauberflöte», sie allein ließ er in der Pause heimlich in seine Loge bitten, um zu fragen, was wahr daran sei, daß sie ihn mit sich in Verbindung bringe.

Er möge verzeihen, aber sie sei im Osten durch die Hölle gegangen und habe sich die hiesigen Aufdringlinge vom Halse halten wollen. Und da weder der Herr Reichsprotektor noch der Herr Staatssekretär so aussahen, als hätten sie Freundinnen wie sie haben können, habe sie beschlossen, sich ohne zu fragen unter den Schutz des dritten starken Mannes im Protektorat zu stellen. Dabei war ihm natürlich der Kamm geschwollen, und nicht nur der! lachte sie rauh, und als sie schuldbewußt versprochen hatte, damit auf der Stelle aufzuhören, bot er ihr an, sie solle mit seinem Wissen ruhig weitermachen.

Von da an gestattete sie ihm keine größere Vertraulichkeit mehr, bis er, wie sie es nannte, brünstig röhrte. Aus Prinzip hatte sie es abgelehnt, sich mit ihm in seiner Wohnung oder im Hotel zu treffen, denn sie wußte sehr wohl, daß er sie auf keinen Fall im deutschen Künstlerheim besuchen konnte; dieses war ihr allein schon darum ein Greuel gewesen, weil es das Siegel der Dutzendhaftigkeit noch verstärkte, das ihr schon als Choristin aufgedrückt war. Im Gesang, gestand sie Buback, hatte sie sich nie geübt und bis heute keine Noten gelernt, in den Chor hatte man sie nur Martins wegen aufgenommen, erst hinterher stellte man fest, daß sie vielen der geschulten Stimmen überlegen war.

Sie hatte richtig kalkuliert, fuhr sie bei der nächsten Zigarette fort, daß allein Meckerle sie aus dem Abgrund, in dem sie steckte, auf die Ebene heraufzuholen vermochte, wo sie sich einst mit Martin in Berlin befunden hatte, bewundert und beneidet, weil sie sich die höchste Gunst errungen hatte, damals eines Stars, jetzt eines Machthabers. Übrigens, wäre Hitler nicht gewesen, sinnierte sie, als habe sie das eben erst entdeckt, hätte sie schon längst einen Beruf ausgeübt, für den sie die besten Voraussetzungen zu besitzen glaubte, ob er errate, welchen?

Ermattet von diesem Wechselbad heißer und eiskalter Gefühle, balancierte Buback schon wieder am Rande des Traumes und mußte sich zusammennehmen, um zu antworten, das errate er nicht.

Eine Mätresse wäre sie geworden, selbstverständlich eine vom Feinsten, die bekanntesten und reichsten Männer hatte sie am Gängelband geführt, doch für die wahre Leidenschaft und Freude, sie küßte ihm zärtlich die Halsgrube, hätte sie ihn behalten! Meckerle, damit kehrte sie wieder in die Geschichte zurück, hatte ihr die passende Wohnung verschafft, und dort veranstaltete sie für ihn also zum Dank ein Gastmahl der Sinne, natürlich kein echtes, versicherte sie Buback, als sollte ihn das beruhigen, aber damit er wenigstens einmal eine Vorstellung davon bekommen hätte, was es so alles gab. Danach hatte er sich schon selbst bemühen müssen. Ob er verstehe?

Die Zigarette war aus, sie nahm seinen Kopf in ihre Hände und küßte ihn gierig. Er hielt still, doch die Erkenntnis, wie wenig sich ihre mitleidlose Schilderung von der Meckerles unterschied, deprimierte ihn. Zum erstenmal, seit er sie kannte, ja eigentlich erstmals in seinem Gefühlsleben drängte alles in ihm zur Explosion. Sie war wahrhaftig eine bessere Hure! Warum, um Himmels willen, so sollte er sie fragen, war sie auf ihn verfallen?? Er wußte allerdings, daß sie im Nu weggehen und nie mehr wiederkommen würde, und verspürte geradezu physisch die Leere, die sie hier hinterlassen hätte.

Die könnte dann nur noch seine Pistole ausfüllen.

Also bezwang er diesen Aufschrei gewaltsam. Statt dessen fragte er sie.

«Und warum riskierst du jetzt seine Ungnade ...?»

«Erstens wird es keine geben!» erklärte sie überzeugt, «das konntest du heute erkennen. Er weiß, er hat gekriegt, was er sich verdient hat, und möchte sich wahrscheinlich eine gewisse Hoffnung erhalten. Und zweitens? Darauf mußt du von allein kommen, Buback, du verfügst zwar über eine hinreißende Phantasie im Bett, doch sonst geht sie dir ziemlich ab. Jetzt aber nutze die Gelegenheit, solange du sie hast.»

Eine Stunde danach lag sie wieder satt in seinen Armen. Zum Schlafen hatte sie aber immer noch keine Lust und wollte auch ihn nicht in den Schlaf entlassen.

«Jetzt erzähl du mir was», befahl sie ihm, «aber nichts von Frauen! Ich will nicht wissen, daß du je eine gehabt hast!»

«Du selbst...», wandte er ein.

«Ich möchte», unterbrach sie ihn, «daß du mich kennst, wie ich bin!»

«Und warum lehnst du es ab, mich zu kennen?»

«Wieder ein Warum! Erzähl mir, was du so machst. Als Kind hab ich geglaubt, die Polizisten beschützen die Welt. Was beschützt denn du, wenn es mit ihr zu Ende geht?»

Seine Arbeit war das einzige, was Hilde an ihm gestört hatte, sie hatte Angst davor, und so hatte er ihr in stiller Übereinkunft nie etwas darüber erzählt. Jetzt versuchte er es und war überrascht, wie knapp und zugleich dramatisch er den Fall des Witwenmörders zu schildern verstand. Vor Erregung setzte Grete sich dabei sogar auf, schlang wieder die Arme um die Knie und drückte ihre kindlichen Brüste dagegen, die, wie sie schon seit einer Woche behauptete, durch sein Zutun endlich wuchsen. Sie hörte so gespannt zu, daß sie nicht mal auf den Gedanken kam, sich eine Zigarette anzuzünden.

Als er mit der vorerst letzten Episode schloß und erzählte, wie beharrlich sich Berans Sekretärin anbot, den Lockvogel zu spielen, fragte Grete.

«Das ist doch deine Lotusblüte?»

«Nun reg dich bloß nicht wieder auf!» sagte er erschrocken.

«Aber wo! Ich werte das als weibliche Solidarität. Und wundere mich, daß du mir nicht vorgeschlagen hast, dabei mitzumachen.»

«Wie kommst du darauf...?»

«Sie hilft ihrem Verlobten, warum denn kann ich dir nicht helfen, Geliebter? Zur Ehefrau bringe ich es nie mehr, darum auch nicht zur Witwe, doch spielen kann ich sie vielleicht genauso wie dein Idol, meinst du nicht? Bloß wirst du mich dann früher schlafen lassen müssen. Aber heute nicht, heute noch nicht...! Ach, weißt du, wie du mich am ersten Morgen gefragt hast, was geschehen ist? Das ist geschehen: Du hast mit deinem Geschlecht meine Seele berührt.»

Morava entdeckte eine neue Jitka. Wo war sie hin, die rührende Scheu, die bei ihrer ersten Begegnung in ihm vor allem einen Wunsch geweckt hatte: sie bis zum Tode zu beschützen. Diese Scheu entdeckte er nur noch dann auf ihrem Gesicht, wenn sie schlief. Es war, als hätte die künftige Mutterschaft, allen Unpäßlichkeiten und Angstzuständen zum Trotz, die ureigensten Merkmale eines Stammes in ihr zum Vorschein gebracht, der Jahrhunderte hindurch in offener Landschaft die von Elementen und Menschen verursachten Katastrophen überdauert hatte.

Er selber hatte das Gefühl, daß er trotz seines begeisterten Städtertums immer noch ein Teil der Natur war, obwohl er nur seine Kindheit in ihrem Schoß verbracht hatte. In bestimmten Lebenssituationen, besonders in Krisen, fand er in sich eine Kraft, die er nicht aus sich selbst haben konnte. Immer dann erinnerte er sich, in welch seltsamer Erhebung er am Totenbett seines Großvaters und Vaters gestanden war. Er wagte nicht, es auszusprechen, doch er glaubte, daß damals jener Teil ihres Wesens, der nicht sterblich ist, in ihn übergegangen war.

Die Schmiede, das hatten Umbauten zutage gebracht, war mindestens zweimal in den schwedischen oder türkischen Kriegen niedergebrannt worden, sogar der Amboß war nicht älter als fünfzig Jahre, weiß Gott, wo die anderen davor geblieben waren, wie auch die Gebeine aller hiesigen Schmiede, da der kleine Friedhof am Ort erst den letzten drei Moravas die ewige Ruhe bot. Ein zufällig ausgegrabenes Hufeisen, das vielleicht über dem Tor gehangen hatte, trug die deutliche Jahreszahl 1621, jenes für das tschechische und mährische Volk tragische

Jahr, und belegte demnach die Existenz von mindestens dreizehn Schmiedegenerationen auf diesem Boden.

Etwa genauso lang, wie die beschriebenen Deckel der Kralitzer Familienbibel bezeugten, lebte ein paar Kirchtürme weiter Jitkas Sippe, anscheinend von Frauen beherrscht, seit die Kaiserlichen ihnen, den Eintragungen nach zu schließen, die meisten Männer nahmen und nicht wieder zurückgaben. Was Morava gerade bei Jitka miterlebte, war offenbar die Wiedererweckung der Urgroßmutter in ihr. Als wäre seiner künftigen Frau innerhalb weniger Wochen deren Kraft verliehen worden.

Als sie das Gespräch der Männer in Berans Arbeitszimmer hörte und eintrat, um sich als menschlicher Köder zu melden, verließ er sich darauf, daß der Hauptkommissar ihr das verweigern würde. Der versuchte es auch, sprach aber, als er sie bis zum Schluß anhörte, das Verbot doch nicht aus.

«Meine Herren», sagte sie auf deutsch, und Morava wurde das Gefühl nicht los, daß sie das nicht mit Rücksicht auf den Deutschen tat, sondern in Erwartung seiner Unterstützung, «Sie kennen alle Risiken und sind trotzdem nach wie vor entschlossen, eine Frau zu finden, die sie im Interesse der Sache auf sich nimmt. Ich möchte Ihnen nicht unterstellen, daß Sie um jede andere weniger Angst hätten als um mich, dann aber muß ich mit Ihrer Zustimmung rechnen.»

Du erwartest ein Kind...! hätte Morava am liebsten laut gerufen, doch Bubacks Gegenwart, auch nach dessen unerwartet herzlicher Gratulation, hemmte ihn. Als antwortete sie ihm, sagte Jitka.

«Ich möchte doch keinen Beruf daraus machen; wenn Sie andere Frauen finden, lasse ich das, oder wir lösen uns ab. Aber morgen zählen Sie auf mich, also leiten Sie die Sicherheitsmaßnahmen ein.»

Beran zuckte anerkennend mit den Schultern, Buback schwieg, und so mußte Morava sich fügen. Um so eifriger arbeitete er einen detaillierten Plan aus, der zweimal täglich einwandfrei funktionieren sollte, wann und wo auch immer der bis zum Schluß unbekannte Täter zupacken würde. Noch in der

Nacht probte er mit Jitka die gefährlichste Szene direkt in der Küche, bis er Gewißheit darüber hatte, woran sie von Anfang an fest glaubte: daß bei dieser Falle nichts schiefgehen konnte.

Kaum waren am nächsten Tag, eine Stunde vor der Öffnung des Friedhofs, seine Leute beisammen, hielten sie bei leichtem Nieseln eine Probe ab. Jitka, für die man noch nach einem schwarzen Kleid und einem schwarzen Mantel gesucht hatte, stand im Gummimantel vor dem falschen Grab. Das hatten Techniker gemeinsam mit dem Totengräber an einem der Seitenwege angelegt; ähnlich lagen die Gräber, bei denen der Mörder sich seine Opfer ausgesucht hatte. Ihn mimte Jetel, der Benjamin der Gruppe, er folgte Jitka von fern, ohne zu ahnen, daß Šebesta in sicherem Abstand kein Auge von ihm ließ. Knapp fünfzehn Minuten dauerte Jitkas Weg bis zu dem Häuschen, dessen Tür sie sehr deutlich mit zwei Umdrehungen aufschloß, um ihre Einsamkeit besonders zu betonen.

Als Jetel klingelte, hörte er sie vernehmlich rufen.

«Es ist offen!»

Er betrat den Flur, in dem er noch nie gewesen war, und benahm sich deshalb etwa so, wie jeder andere sich auch benommen hätte. Er blickte sich um. Vor sich sah er eine Stiege, die zum Obergeschoß führte, und in der rechten Wand zwei Türen, die hintere angelehnt.

«Ist da jemand?» rief er.

«Ich bin da!» meldete sich Jitkas Stimme, «kommen Sie zu mir nach hinten.»

Er ging etwa zehn Schritte weiter und blickte vom Fuß der Treppe her in die Küche. Jitka stand hinter dem großen Eßtisch, den Rücken ihm zugekehrt, und füllte am Herd Milch um.

«Gleich», sagte sie, «ich bin schon dabei, Herr Roubal.»

Jetel zog das Lineal, mit dem man ihn statt des Messers bewaffnet hatte, stieß gegen die Tür und trat rasch über die Schwelle. Im Nu wurde er von hinten in die Zange genommen und konnte sich nicht mehr rühren.

«Gut, Jitka, gut, meine Herren!» sagte gleich darauf Beran zufrieden.

Gemeinsam mit Morava hielt Matlák, der ehemalige Freistilmeister von der Matthäus-Kirchweih, Jetel im Schwitzkasten. Der Aktion sah auch Buback zu, alle vier konnten sich zusammengedrängt in dem dunklen Winkel unter der Treppe gut verstecken, Jetel hatte sie überhaupt nicht bemerkt. Etwa eine halbe Minute später stürzte auch Šebesta von draußen herein, als letzte Sicherung.

Sie bedankten sich bei dem leicht verstörten jungen Mann und bewerteten den Verlauf als ausgesprochen zufriedenstellend. Auch Morava war beruhigt, als er sah, daß alles bestens vonstatten ging und daß seinem teuren Lockvogel praktisch keine Gefahr drohte. Trotzdem versuchte er, Jitka noch einmal von ihrem Vorhaben abzubringen. Während sich die anderen unterhielten, äußerte er halblaut seine Bedenken.

«Aber dir geht es doch nicht gut...»

Als hätte sie nur auf diesen Einwand gewartet, antwortete sie ebenso leise.

«Deine und meine Mutter hatten recht, heute bin ich das erstemal ohne Beschwerden aufgestanden. Vielleicht habe ich diesen Anstoß gebraucht, um aufzuhören, mich nur mit mir selbst zu beschäftigen. Glaub mir, das wird auch unserem Kleinen guttun.»

Überraschend, wie schon mehrmals in letzter Zeit, äußerte sich nun der Deutsche.

«Die Reichskriminalpolizei will bei diesem so wichtigen Unternehmen nicht abseits stehen. Auf meine Verantwortung erhält Fräulein Modrá fürs erste Entlastung durch Marleen Baumann, sie gehört zur Truppenbetreuung durch das Deutsche Theater in Prag und ist bereit, diese Rolle jeden zweiten oder dritten Tag zu übernehmen.»

Dann verschwand er in seinem Dienstwagen, um nach einer halben Stunde mit einem, wie sie alle zunächst glaubten, jungen Mädchen wiederzukehren. Ein Blick aus der Nähe genügte, zu erkennen, daß ihr Gesicht einer erfahrenen Frau gehörte. Sie war der Typ, mit dem Morava sich keinen Rat wußte, was Frauen betraf, war er der Dörfler geblieben, doch war er ihr dankbar, daß sie Jitkas Kreuz mitübernahm, und machte mit ihr eine nicht weniger erfolgreiche Übung. Sie konnte die tschechischen Worte bald flink aussprechen, wenn auch mit Akzent, doch verständlich.

Als Buback wieder mit ihr davonfuhr, setzten sich die Tschechen zu einer letzten Beratung am Tisch zusammen.

«Kinder», begann der Hauptkommissar, nachdem er um eine Tasse Tee aus Brennesseln bat, die Jitka letztes Jahr im Urlaub zu Hause getrocknet hatte, «bis jetzt haben wir schon fünf tote Frauen, zusammen mit der Brünnerin vielleicht sogar sechs, und einen jungen Mann, der nur per Zufall ein Opfer geworden war, macht mir keinen Fehler! Die gute alte europäische Erfahrung noch aus der Vorkriegszeit läßt uns hoffen, daß die Feder, die dieses Monstrum antreibt, auch künftig gleich funktioniert. Bis jetzt haben sich aber so wenig Spuren von ihm erhalten, daß Sie unablässig bedenken müssen: Wir haben es hier mit einer außerordentlichen verbrecherischen Intelligenz zu tun. Nicht einer von Ihnen darf sie auch nur für einen Augenblick unterschätzen, falls er nicht eine neue Tragödie heraufbeschwören will, für die diesmal nur wir verantwortlich wären. Nicht nur die Frauen, die uns so tapfer helfen, sind in Gefahr, sondern jeder, in dem der Mörder eine Bedrohung erkennt. Er bringt ihn ohne zu zögern um, genauso wie jenen Jungen.»

Danach ließen sie Jitka im Hause zurück, inzwischen hatten sie einen Verleih ausgemacht, der die Witwenkleidung lieferte. Morava fuhr mit Beran wieder zur Direktion, um rasch alle Untersuchungsberichte durchzusehen. Die verdächtigen Personen hatten, wie sich herausstellte, für die meisten Daten ein so einwandfreies Alibi, daß man sie streichen konnte. Morava wählte aus den frisch eingegangenen Hinweisen weitere aus, die eine Überprüfung verdienten, und stieß auf die erneute Bitte des Pfarrers aus Klášterec, mit ihm bezüglich des gestohlenen und zurückgegebenen Bildnisses jener Heiligen mit dem überaus seltsamen Namen Reparata in Verbindung zu treten.

Er beauftragte den Stift Jetel, dem noch der Schock von dem vormittäglichen Überfall in den Knochen saß, das verirrte Papier eigenhändig in die zuständige Abteilung zu bringen, und schaute dann in einer momentanen Eingebung bei Buback herein. Nachdem der Deutsche ihm aufgeschlossen hatte, er schloß sich jetzt immer ein, bat Morava um ein kurzes Gespräch und wurde freundlich eingelassen.

Er wollte sich für die moralische und faktische Unterstützung bedanken, die der Herr Oberkriminalrat der ganzen Gruppe und ihm persönlich angedeihen lasse. Das ermutige ihn zu der Frage, ob sich die fruchtbare Zusammenarbeit nicht noch anderweitig vertiefen ließe. Er sehe zum Beispiel keinen Dolmetscher hier, sei die Diensteinteilung womöglich nicht eingehalten worden? Ob er selbst vielleicht zusammen mit Herrn Buback die heutigen Meldungen durchsehen solle?

Nein! wies Buback entschieden zurück, seine Untergebenen erfüllten ihre Aufgaben ihm gegenüber gewissenhaft, der Herr Kollege sehe doch, er wies auf einen sorgfältig aufgehäuften Stapel auf dem Schreibtisch, er sei mit diesem Papierkram fertig und stimme leider mit ihm überein, daß sich der Gesuchte dem großen Zugriff immer noch entziehe. Anscheinend, fuhr er fort, und Morava pflichtete ihm innerlich bei, war er gerade wegen seiner Unauffälligkeit eine ständige Gefahr, ein Dutzendmensch, der sich nur durch seine Untaten Bedeutung anmaßte. So gesehen, scheine das geplante Vorhaben mit dem Köder das wirkungsvollste der wirkungslosen zu sein.

Sie lachten beide über das Wortspiel, dann bat Morava noch, Frau Baumann seinen Dank für ihr Anerbieten auszusprechen, das angesichts der Absage aller Mitarbeiterinnen aus dem Polizeiapparat als tapfer zu bezeichnen sei. Er verhehle nicht, daß er ihr auch aus rein persönlichen Gründen dankbar sei, da sie sich ausgerechnet mit seiner Verlobten das Risiko teile.

«Ich verstehe Sie gut», beendete Buback das Gespräch überraschend, «Frau Baumann ist meine Freundin.»

«Ich kenne mich rein gar nicht mehr in ihm aus», sagte Morava immer noch kopfschüttelnd, als er es Jitka am Abend erzählte, «ich glaube Beran, daß Buback in erster Linie andere Aufgaben bei uns wahrnimmt, vor einem Monat habe ich manchmal sogar Angst vor ihm gehabt, aber jetzt kommt es mir so vor, als ob er diese Herzlichkeit von heute nicht spielte. Verstehst du das?»

«Du hast es doch selbst gesagt.»

«Was?»

«Vor einem Monat war er noch allein, jetzt ist er das nicht mehr.»

«Aber ‹Freundin› muß längst nicht heißen...»

«Es genügte doch, wie sie ihn heute mittag anschaute.»

«Und wie hat sie ihn angeschaut?»

«Na, so doch.»

Jitkas liebevoller Blick wärmte ihn nur kurz.

«Während er sie mit Mühe anschaute, wie du mich in Gegenwart anderer anschaust», fügte sie hinzu.

«Moment, was willst du damit...»

«Jan! Es liegt wohl im Wesen der Männer, daß sie sich schämen, solche Gefühle öffentlich zu bekennen. Die Frauen sind auf ihre Liebe immer und überall stolz. Diese Marleen ist jedenfalls entschlossen, ihn zu behalten. Und er, ob er das nun schon weiß oder nicht, hat in seiner Verlassenheit den entscheidenden Schritt auf sie zugetan.»

Bei diesen Worten sah sie ihn mit ihren braunen Augen unverwandt an, bis er nicht anders konnte, um den Tisch herumkam und sie küßte. Dann bat er sie.

«Leg endlich diese Witwenrobe ab. Ich werde bei jedem Mal sowieso vor Angst von Sinnen sein. Wenn es losgeht, passe ich hier mit Matlák persönlich auf dich auf. Gib nur ja gut auf dich acht, Liebes!»

«Keine Angst. Ich glaube an dich, und wir beide an Gott, was kann da schiefgehen?»

Nichts hätte den Zustand der Ungnade, in der Buback sich seit seiner privaten Unterredung mit Meckerle befand, anschaulicher widerspiegeln können als das Benehmen Kroloffs. Diesem Totenkopf durfte nicht entgangen sein, daß der Standartenführer ihn von einem bestimmten Augenblick an nicht mehr persönlich anrief, sondern Bescheide überbringen ließ.

Den letzten, daß Buback sich unverzüglich beim Kommandeur der Sondereinheit einzufinden habe, teilte Kroloff ihm in einem Ton mit, der zu seiner nach wie vor mustergültigen Haltung nicht paßte; er konnte der Befriedigung über die so offenkundige Demontage seines Vorgesetzten nicht Herr werden. Buback ahnte, daß der Mann sich mit der unbedeutenden Rolle nie zufriedengegeben hatte, die ihm mit seinem Dienstantritt zugefallen war; nun spürte er dessen Groll, der sich bei passender Gelegenheit in einem Racheakt zu entladen drohte.

Er zwang sich zu der üblichen Reaktion und nahm den Befehl wie auch Kroloffs Auftreten unbewegt zur Kenntnis. Er schlüpfte in seinen Mantel und nötigte den anderen mit einem kurzen Blick, ihm wie üblich die Tür zu öffnen. Dann drehte er sich um.

«Kroloff?»

«Ja...?»

«Richten Sie dem Standartenführer aus, ich bedanke mich für den Fisch.»

Er sah noch, wie dem Gerippe der Unterkiefer herunterklappte, und grinste lange. Wird er es ausrichten? Und Meckerle? Wird er es schlucken, oder wird er toben? Grete behauptete, dieser Knochenbrecher habe trotz aller schlechter Eigenschaften das Bedürfnis, seine Mannesehre zu wahren. Die büßte er jetzt ein, da er ihn aus rein persönlichen Gründen, für die er selber verantwortlich war, durch sein Verhalten vor den anderen praktisch degradierte. Höchste Zeit, ihm zu verstehen zu geben, daß er kein Hinz und Kunz war, sondern ein Spezialist, dessen Vorgesetzte schließlich in Berlin saßen.

Das Trotzgefühl in ihm verstärkte sich, als ihn ein Unterscharführer in ein Arbeitszimmer im ersten Stock der früheren tschechischen juristischen Fakultät führte, das angesichts seiner Geräumigkeit und Mahagonitäfelung mindestens der Rektor innegehabt haben mußte. Der pockennarbige Sturmbannführer erhob sich gar nicht erst vom Schreibtisch und bedeutete ihm auch nicht, sich zu setzen, als er ihm den rechten Arm zum Gruß entgegenschleuderte.

«Heil Hitler! Sie haben Befehl, die Stellen zu erkunden und zu kennzeichnen, von denen aus die Prager Polizei einen Aufstand gegen das Reich führen könnte, ist das so?»

Buback kannte seine Pappenheimer in diesem Verein. Eine solche Frechheit durfte er nicht einen Augenblick hinnehmen, sonst würde der Kerl wenig später auf ihm Holz hacken. Er streckte die Hand nach dem nächsten Stuhl aus.

«Darf ich?» fragte er und zog ihn an den Schreibtisch heran; dann nahm er Auge in Auge mit dem Sturmbannführer Platz.

In dem Narbengesicht zuckte es, doch das war alles.

«So ist es», bestätigte Buback, «und mein Bericht liegt Ihnen, wie ich sehe, vor.»

Der SS-Mann hatte seinen Meister erkannt und schlug einen völlig neuen Ton an.

«Wir haben den Plan für eine Aktion ausgearbeitet, bei der wir die Ortsradiopunkte und potentiellen Widerstandsherde binnen zwei Stunden nach Auslösung des Alarms besetzen können. Sie sollen mir verbindlich Auskunft geben, wann wir die Sache in Angriff nehmen sollen. Morgen, heute oder besser schon gestern?»

Nun lachte er schallend und stellte sein goldgepflastertes Gebiß zur Schau.

«Ich habe den Standartenführer darauf aufmerksam gemacht», sagte Buback, «daß uns ein vorzeitiges Abschalten des Stadtfunks der Möglichkeit beraubt, auch die deutsche Bevölkerung Prags vor den Luftangriffen zu warnen und mit lebenswichtigen Informationen zu versorgen.»

«Wir wollen doch nicht die Anlagen vernichten, sondern nur die tschechische Bedienung außer Gefecht setzen. Wir werden uns nur deutsch melden und fertig?»

«Wie soll das funktionieren? Haben Sie zwanzig freie Fernmeldetechniker zur Verfügung?»

«Wenn wir die Zentrale besetzen, genügt doch wohl einer, nicht? Oder zwei, damit sie pinkeln gehen können?»

«Senden kann man von jedem der neunzehn Stadtbezirke.»

«Die Bezirksfunkstationen machen wir dicht.»

«Gerade von dort aus sollen eventuelle Rettungsarbeiten geleitet werden, die andernfalls total gelähmt wären.»

«Na, dann ziehen wir vierzig Fernmelder eben aus den Einheiten ab, na!»

«Und dazu vierzig Dolmetscher, damit sie sich überhaupt zurechtfinden?»

Der SS-Mann holte von neuem aus.

«Sollen wir also die Sauhunde weitermachen lassen, bis sie uns in den Rücken fallen?»

«Ein Aufstand entsteht nicht von einer Minute zur anderen, Sturmbannführer», ach, ich habe den selben Rang! er braucht mindestens ein paar Stunden, bis er wirklich ausbricht. In einem Land, das so vollkommen okkupiert ist wie das Protektorat, dazu in einer Stadt, in der wir militärisch und polizeilich so massiv präsent sind, ist es absolut ausgeschlossen, daß wir nicht schon die ersten Signale mitbekommen. Sind Sie tatsächlich imstande, binnen zwei Stunden voll zuzuschlagen, dann warten wir. Sonst könnten wir selber unnötigerweise eine Lawine lostreten. Übernehmen Sie dafür die Verantwortung?»

Der Pockennarbige hatte bereits Verteidigungsstellung bezogen.

«Und übernehmen Sie die Verantwortung dafür, daß wir rechtzeitig davon erfahren?»

«Ja!»

Buback war sich dessen sicher, gestern hatte er es direkt spüren können, wie Gretes verrückter Vorschlag ihn den tschechischen Polizisten näherbrachte. Und er kannte ihrer jetzt schon so viele, daß ihm ein verdächtiges Verhalten, und sei es nur bei einem von ihnen, nicht entgehen konnte.

Der Kommandeur der Sondereinheit stellte ihm noch ein paar Routinefragen über die Ausrüstung der tschechischen Polizei, und nachdem er sich vergewissert hatte, daß es sich im wesentlichen um eine lächerliche Menge, obendrein genau registrierter Pistolen und Gewehre handelte, derentwegen man keine politisch ungeschickte Razzia machen sollte, verabschiedete er ihn sogar fast freundlich.

Buback ließ sich darauf ohne Mittagessen in die Bartholomäusgasse bringen, um auch für Grete zu erfahren, wie die erste Schlinge gelegt wurde. Der junge Tscheche hatte ihm seine Erregung nicht verhehlt, als er erzählte, daß er beim ersten Gang selbst die Rolle eines der beiden Männer übernommen hatte, die unter der Treppe lauerten. Er schilderte die Spannung, die ihn erfaßte, als er das Geräusch der Schlüssel und Schritte hörte, Jitkas schwarze Halbschuhe über der Küchenschwelle sah und dann endlose Sekunden nur das Pochen seines Herzens vernahm. Wie mußte, seufzte der Adjunkt, ihr wohl zumute sein?

Zu seinem Entsetzen, fuhr er fort, ging die Klinke der Haustür zum zweitenmal, und sie beide, Matlák und er, hielten sich aus dem gleichen Impuls gegenseitig schmerzhaft die Hände fest, damit der andere sich ja nicht etwa vorzeitig verriet. Die schlurfenden Schritte kamen näher, und er kämpfte mit der Versuchung, sofort vorzuspringen, weil ihn der fürchterliche Gedanke packte, sie könnten zu spät kommen.

«Hallo», gab sich dann der Ankömmling zu erkennen, «ich bin's, Šebesta. Weder auf dem Friedhof noch unterwegs hat sich auch nur ein Schwein sehen lassen!»

Jitka beschloß, gleich noch einmal und nachmittags erneut zu gehen...

«Sie hat recht», sagte Grete am Abend, «wenn schon, denn schon, ich geh morgen auch mindestens zweimal, zur Garnison Beneschau fahren wir erst um vier.»

Bevor er nach Hause ging, wo er sie wieder in der Badewanne fand, ließ er sich noch die neu eingegangenen Hinweise übersetzen. Er las sie zwar schneller, als der heutige Dolmetscher sie durchzustottern vermochte, doch er mußte sein Spiel spielen und konnte dabei die Meldungen sogar noch viel gründlicher auswerten. Auch ihm entging die wiederholte Mitteilung des Pfarrers aus Klášterec nicht. Geschieht damit etwas? wollte er wissen, ja, sie sei endgültig den Kollegen vom Diebstahl- und Raubdezernat übergeben worden.

Als er später, in dem Korbsesselchen im Bad sitzend, Grete von seinen heutigen Erlebnissen erzählte, wurde ihm bewußt, daß er dieser vor einem Monat noch völlig fremden Person schon am laufenden Band Dienst- und Militärgeheimnisse verriet. Dabei betrachtete er sie, immer wieder fasziniert von dem gleichen Bild: Jeden Abend spülte sie die Müdigkeit so von sich ab, daß sie die Brause mit beiden Händen lange regungslos über den Kopf hielt, wie eine Brunnenfigur vom Wasser umflossen. Er wurde nicht müde, die unglaubliche Weiblichkeit des schmalen Körpers auf Storchenbeinen zu bewundern und später die unerschöpfliche Energie wieder, die sie beim Lieben besaß.

Dabei schwemmte sie die Mißhelligkeiten und Widrigkeiten aus ihm heraus, die der Tag in ihm hinterlassen hatte, befreite ihn weiter von dem widerwärtigen Krieg und von der scheußlichen Arbeit, ohne ihn, wie er befürchtet hatte, in eine neue Abhängigkeit zu stürzen. Wie kommt es, daß ich ihr so verfallen bin und mich trotzdem so frei bei ihr fühle? Er begriff es nicht, doch bald ließ er das Denken ganz und tauchte verzückt in neue Besinnungslosigkeiten unter.

Nach Mitternacht hatte sie regelmäßig Hunger, und er kam kaum damit nach, ihr die Heereskonserven aufzumachen, auf ein Signal ihrer aufblinzelnden Lider kochte er ihr morgens Kakao oder stellte ihn, wenn er fortmußte, in der Thermoskanne bereit. Nach und nach nahm er ihr auch noch viele andere, ihm aus seiner Ehe unbekannte Aufgaben ab, belohnt von einem kindlich wohligen Maunzen, wenn sie langsam zu vollem Wachsein zurückfand.

«Du bist der Beste von allen, denn du weckst mich nicht und hetzt mich nicht...»

Die durchliebten Stunden ersetzte sie mit ihrem dramatisch intensiven Schlaf, während er es seinem Alter, seiner Kondition und seiner militärischen Ausbildung zu danken hatte, daß sie ihm nicht allzuviel anhaben konnten. Heute jedoch nahm sie ihn nach dem mitternächtlichen Gabelfrühstück nicht wieder in die Arme.

«Wir bleiben mal brav!» entschied sie, «ich will morgen früh eine Witwe abgeben, die dieser Hai durch halb Prag hindurch wittert!»

Als der Werkschutzmann ihm ausrichtete, er soll sich auf der Stelle beim Verwaltungsdirektor melden, gab ihm das einen Knacks. Ist das nicht eine FALLE? Warten DIE dort auf ihn?? Der dicke Opa mit der kleinen Pistole am Schmerbauch zeigte aber nicht die mindeste Lust, ihn selbst nach oben zu begleiten, und so wurde sein Puls, als er die Betriebstreppe hinaufstieg, erstaunlicherweise ruhig. Um so stärker begann der zu pochen, als Ingenieur Marek, wie immer ohne Gruß und Einleitung, ihm eine Aufgabe übertrug.

«Für den Fall eines neuen Angriffs auf Pilsen hat der Luftschutz beschlossen, unseren Schutzraum zu vergrößern. Kümmern Sie sich darum!»

«Für wen, wo wir doch nicht spielen? Fürs Personal reicht der alte!»

Das Theater war schon lange geschlossen, die Schauspieler flochten aus Bast Transporthüllen für Granaten, die Kulissenschieber waren vom Totaleinsatz vereinnahmt, zurück blieben ein halbes Dutzend Ausgemusterter, die sich damit abmühten, daß es ins Gebäude nicht hereinregnet, daß das Rohrsystem nicht durchrostet und die Motten den Fundus nicht auffressen, ehe bessere Zeiten anbrechen. Auch ihn hat man dabehalten, dank der alten Kopfverletzung, aber auch, weil er nicht nur geschickt, sondern für einen gewöhnlichen Arbeiter auch außergewöhnlich intelligent war.

«Angeblich ist es nicht auszuschließen», sagte Marek verärgert, «daß die Stadt zum Kampfgebiet wird. Unser Keller soll deshalb der Öffentlichkeit zugänglich sein. Holen Sie sich einen Trupp zusammen, und räumen Sie alles raus.»

Er hatte nur einen Gedanken.

WO TU ICH DANN MEINE SEELEN HIN??

«Können wir nicht wenigstens die paar Eisblöcke drinlassen? Wenn's warm wird, haben wir dann statt Bier nur noch Lauge!»

Die Theaterkantine diente schon ein Jahr als Gaststätte, um den Ausfall des Eintrittsgeldes wenigstens teilweise wettzumachen. Vor allem Rentner lockte die Chance her, sich zu einem leidlichen Bier ein markenfreies Pferdegulasch zu genehmigen. Marek wischte den Vorschlag mit einer Handbewegung weg.

«Das hab ich natürlich auch versucht. Sie sagten nur, sie würden uns ab Montag für jeden Tag Verzögerung zehntausend Kronen aufpfeffern. Die kriegen es fertig und sperren mich obendrein wegen Sabotage ein. Also Bier hin, Bier her, sehen Sie zu, daß Sie das Eis zum Gully auf dem Hof schaffen.»

Bis Montag blieben vier Tage. Und morgen hat er keine Zeit. ES WIRD DANN EINE WOCHE HER SEIN! In der Not kam ihm ein neuer Einfall.

«Das kriegen wir ruckzuck in den Griff! Vorher will ich noch ein paar Kneipen ablaufen, vielleicht kauft uns irgendwer das Zeug ab. Wenn nicht, schaffen wir's am Sonntag weg.»

Bis dahin KOMMT DIE SECHSTE HINZU! Und er hat Zeit, sich zu überlegen, WOHIN MIT IHNEN. Er muß nur Marek dazu bringen, daß er nickt!

«Aber daß mir der Keller Montag früh leer ist, hören Sie? Und falls man von uns auch die Einrichtung verlangt?»

«Wir können die Praktikabeln hergeben, wo im ‹Freischütz› der Felsen draufstand, nicht, Herr Direktor? Für Frauen mit Kindern die Wirtshausbänke aus der ‹Verkauften Braut›. Und für Herrschaften können wir die Chaiselongues anbieten, die in der ‹Kameliendame› mitspielten.»

«Schön», meinte der Ingenieur beruhigt, «wenn Sie's losschlagen, gehören zehn Prozent Ihnen. Wenn es noch dazu abgeholt wird, fünfzehn.»

Ohne Gruß beugte er sich über die Akten.

Knauser! dachte er beim Hinausgehen, WENN DU WÜSSTEST! Trotzdem war er ihm dankbar, daß er ihm unbewußt die Gelegenheit bot, den ganzen morgigen Tag zu verschwinden. Auf Interessenten für das Eis pfiff er, zwei Blöcke wird er übermorgen in den eigenen Keller schaffen und damit seinen Schatz mindestens für die nächsten zwei Monate sichern.

Ihm kam zum Bewußtsein, daß das sechste immer noch irgendwo in einer sündigen Brust schlägt, und wurde schweißnaß vor Erregung bei dem Gedanken.

MORGEN UM DIESE ZEIT GEHÖRT ES MIR!

Als was wird er diesmal gehen? Da fiel ihm der dicke Werkschutzmann ein.

Nur: Ist es nicht an der Zeit, auch den Friedhof zu wechseln? Er sah SIE durch den Schleier der Jahre, wie sie ihm die Gräber der größten Tschechen zeigte, Hier wirst auch du mal liegen, Tonánek, von allen Landsleuten geehrt... also dann NOCH EINMAL DORT!

Morava beruhigte sich langsam. Jitka hatte drei Amtshandlungen hinter sich gehabt, wie diese im Polizeijournal zu bezeichnen waren, wobei sie den Weg vom Vyšehrad zu den Dohlenbergen siebenmal absolvierte. Bubacks Freundin wechselte sich redlich mit ihr ab; sie legte sich, wie sie es nannte, viermal als Schlinge aus.

Weder die Frauen noch ihre Bewacher hatten dabei das geringste Zeichen von Interesse registriert. Die Männer, die sich auf dem Friedhof einfanden, waren meistens Witwer, viele von ihnen nach ein paar Tagen bekannt, da sie ständig die Gräber ihrer verstorbenen Frauen besuchten.

Für Aufregung hatte nur ein robuster Vierziger gesorgt, der hier zum erstenmal gesichtet wurde. Er war so augenscheinlich auf Jitka aus, daß alle drei Bewacher gemeinsam auf den Gedanken kamen, ihn einzukreisen, er schlurfte in gefährlich geringem Abstand hinter dem Mädchen her. Šebesta, auf dessen Befehl sie in der kritischen Situation angewiesen waren, kam aber dann doch zu dem Schluß, daß hier kein Angriff drohte.

Der Mann, der Jitka nach einer Weile höflich angesprochen hatte, entpuppte sich als Steinmetz aus Kolín, der im fremden Revier auf Kundenfang ausging. Wie er bemerkt habe, erklärte er, fehle ihrem Grab ein würdiges Grabmal, er verfüge daheim über eine große Auswahl und würde ihr auch einen guten Preis machen. Sicherheitshalber nahmen sie ihn fest und führten ihn in Moravas Beisein dem Hausmeister vom Moldaukai vor. Dieser einst unentschlossene Mann bestritt jetzt mit größter Festigkeit, ihn je gesehen zu haben, und in Kolín hatte der Steinmetz für alle Daten mühelos ein perfektes Alibi vorgewiesen.

Die fünf erfolglosen Tage hatten dennoch ein erfreuliches Ergebnis gezeitigt: Die fünf Polizisten, die drei im Freien wie die beiden im Haus, entspannten sich und spielten sich aufeinander ein.

«Sobald er den Schwimmer berührt, haben wir ihn...», versicherte Morava dem Hauptkommissar, der über jeden einzelnen «Einwurf», wie er das umschrieb, unverzüglich Meldung verlangte.

«Daß ihr mir ja nicht in Gewohnheit verfallt!» erklärte er sein quälendes Interesse, «ihr müßt immer darauf gefaßt sein, daß er gerade dann erscheint, wenn eure Aufmerksamkeit nachläßt. Und Morava! Ich setze voraus, daß Sie die gleichen strengen Regeln einhalten, wenn die Deutsche im Einsatz ist.»

Er sah, wie dem Adjunkten die Röte in die Wangen schoß, und beruhigte ihn sogleich.

«Entschuldigen Sie, das war eine ungehörige Bemerkung. So sehen Sie wenigstens, daß auch ein gesegnetes Alter nicht vor Torheit schützt. Ich habe daran gedacht, daß sie ja kein Tschechisch versteht. Vergessen Sie das nur nicht, sobald ihr Gefahr droht.»

Morava nahm diesen Hinweis allerdings so ernst, daß er wegen Marleen Baumann von neuem Buback aufsuchte.

«Danke für Ihre Umsicht», sagte der Deutsche, «Grete, so heißt sie richtig, ist sich dessen bewußt. Sie verläßt sich darauf, daß sie in der Not schon an der Intonation erkennt, was los ist. Und sie verläßt sich auf ihre tänzerische Gewandtheit.»

Morava wollte seine Empfindungen nicht mehr für sich behalten.

«Richten Sie ihr bitte aus, daß ich sie bewundere. Wir, das heißt meine Verlobte und ich, würden sie gern einmal, natürlich mit Ihnen zusammen, zum Abendessen einladen...»

Was rede ich da? dachte er erschrocken.

Buback verbarg sein Erstaunen nicht.

«Wären Deutsche für Sie nicht riskante Gäste in der heutigen Zeit?»

Er sprach genau das aus, was Morava vorschwebte.

«Im Grunde schon...», pflichtete er ihm bei, doch zu seinem Entschluß stand er, «aber wenn sie schon gemeinsam ihre Haut zu Markte tragen, sollten sie sich besser kennenlernen. Und Sie und ich gehören dazu...»

«Ich werde es ausrichten», sagte Buback nach kurzer Pause, «jedenfalls danke ich Ihnen noch einmal. Es ist ebenso logisch wie überraschend. Übrigens gefällt Ihre Verlobte meiner Freundin sehr... ebenso wie mir...»

Dann glitt sein Blick auch schon von ihm zur Uhr.

«Entschuldigen Sie mich jetzt? Ich habe noch verschiedenes durchzuarbeiten. Grete hat morgen und am Sonntag Friedhofsschicht, paßt es Ihnen vielleicht hinterher?»

«Ich werde es ausrichten», sagte jetzt Morava.

Sie verabschiedeten sich mit einem herzlichen Händedruck. Was hat diese Veränderung bewirkt? überlegte er auf dem Weg in sein Büro. Die beiden! bekannte er, die seine wie die meine. Seltsam, seltsam! Reicht gewöhnliche menschliche Sympathie aus, um Gräben und Wälle zuzuschütten und einzuebnen, die unüberwindlich schienen?

Er wollte Jitka die Nachricht sofort überbringen. Beran war wieder einmal überflüssigerweise zu Rajner bestellt worden und hatte sie nach Hause schicken wollen, sie habe heute schon genug getan. Sie lehnte es jedoch ab, die «zwei Frühlingsspaziergänge» als vollen Arbeitstag anzusehen.

«Ich würde mir vor allem selbst keinen Gefallen damit tun», erklärte sie dem Hauptkommissar, «denn Sie hätten mir in den Papieren ein solches Durcheinander angerichtet, daß ich es an den Sonntagen wieder in Ordnung bringen müßte.»

Als sie Moravas verlegenes Geständnis vernahm, er habe auch in ihrem Namen Buback und Grete zu ihr nach Hause eingeladen, brauchte sie nicht lange zu überlegen.

«Sie sind Feinde, das ist unbestritten. Ihr Volk hat so viel Leid über die Menschen gebracht, daß auch auf die beiden Verantwortung fällt. Doch in ein paar Monaten werden sie geschlagen sein, und trotzdem bleiben über sechzig Millionen übrig. Was geschieht mit denen? Mein Papa hat mal drüber nachgedacht, wie er sich verhalten soll, wenn er nach dem Krieg einem Deutschen begegnet. Aus dem Weg, Deutscher! wollte er zu ihm sagen, siehst du nicht, daß hier ein Mensch kommt? Ich glaube, anders würde er keinen strafen, selbst nach allem nicht, was sie ihm neulich angetan haben. Ich weiß nicht, wie es mit diesem Buback steht, übrigens hat er sich bisher anständig benommen, und sie scheint mir mit den Nazis nicht mehr gemeinsam zu haben als die deutsche Herkunft.»

«Doch irgendwer», er mußte es aussprechen, «könnte uns leicht und schnell zu Kollaborateuren stempeln.»

«Ja», nickte sie ernst, «und es ist sogar immer noch nicht ganz auszuschließen, daß beide die Aufgabe erfüllen, von der er», sie wies auf Berans Büro, «gesprochen hat... aber wenn das nun Menschen sind, die begriffen haben? Wenn das nun ihr ernster Versuch einer Buße ist? Haben wir das Recht, sie aus bloßer Angst vor Verleumdung zurückzuweisen?»

Vom Gang herein kam Kommissar Hlavatý, der vor ein paar Jahren noch zu Moravas ersten Lehrern gehörte. Er leitete das Referat, das sich mit Diebstahl befaßte, und war das Schreckbild der Prager Langfinger.

«Servus, Jitka, servus, Morava», grüßte er sie beide, ehe er sich allein an ihn wandte, «was nervst du mich dauernd mit deiner gestohlenen Heiligen? Sie ist längst zurückgegeben worden und die Anzeige storniert.»

«Entschuldigen Sie schon», sagte Morava überrascht, «doch ich wußte damit nichts anzufangen, und der Pfarrer hat sich bereits zweimal gemeldet...»

«Hat er nicht zufällig dein Rundschreiben gekriegt? Ich meine die Tatbeschreibung dieses Abartigen?»

«Das wurde auch an die Pfarrer hinausgeschickt!» sagte nun Jitka zu Morava.

Dem ging noch immer kein Licht auf.

«Aber was hat das damit zu tun...»

«Es hat mir keine Ruhe gelassen», fuhr Hlavatý blinzelnd fort, «so hab ich ein bißchen bei Fachleuten rumgefragt. Wie es heißt, haben dieser Reparata die Römer bei lebendigem Leibe die Därme rausgeholt und Kopf und Brüste abgeschnitten. Nur ihr Herz entkam in Gestalt einer weißen Taube.»

«O nein...», flüsterte Morava tonlos, «o nein!!»

Bevor er mit Jitka nach Hause fuhr, rief er zum erstenmal die Nummer an, die Buback ihm für dringende Fälle gegeben hatte. Er bat, dem Oberkriminalrat morgen früh, falls er in die Bredovská komme, auszurichten, man sei auf eine heiße Spur gestoßen und Kriminaladjunkt Morava warte auf Nachricht, wann und wo er ihn abholen könne.

In dem Häuschen auf den Dohlenbergen wärmte er dann hingebungsvoll Wasser in einem großen gußeisernen Topf, um für Jitka ein Bad zu bereiten. Nachdem er ihn zum fünften- und letztenmal in die abgestoßene Emaillewanne geschüttet hatte, wartete er in der Küche, bis sie ausgezogen und im Wasser war; abgesehen von jenem Augenblick, da sie ihn um das Kind bat, schämte sie sich ihrer Nacktheit noch heute.

Auch jetzt saß er, halb mit dem Rücken zu ihr, auf einem Küchenschemel, den er sich hereingeholt hatte; sie kamen überein, die Hochzeit zu verschieben, Gerede hin, Gerede her, bis diese Hatz und vielleicht auch der Krieg vorbei waren, und träumten dann gemeinsam in vertraut halblautem Ton von den Dingen, die in zehn, zwanzig und noch viel mehr Jahren auf sie warteten, als bedrohte sie neben jener Mordmaschine nicht auch noch die Feuerwalze der Front, die sie möglicherweise jetzt schon von ihren Lieben getrennt hatte, der Herr behüte sie.

Sie beteten wieder einmal gemeinsam und laut für sie, für sich und für ihr Kind, das hier bei ihnen war, und setzten ihr immer leiseres Gespräch auch noch in dem Bett unterm Dach fort, bis sie schließlich, von Müdigkeit wie von Hoffnungen überwältigt, in enger Umarmung eingeschlafen waren, sein Kinn in ihrem Haar, ihr Mund wie an seiner Brust festgesaugt.

Die sanfte Anhöhe nebst Kirche, Pfarrhaus und Gottesacker, die den Ankömmlingen den Blick auf den ganzen Marktflecken Klášterec verwehrte, sproß aus der Ebene auf, als sei sie malerisch in sie verwoben, um der dramatischen Kulisse die Härte zu nehmen, die aus den Kegeln erloschener Vulkane am Horizont entstanden war. Der Pfarrer und seine Köchin wiederum schienen, von den runden Bäuchlein bis zu den rosigen Gesichtern, den bunten Kalendern entstiegen zu sein. Der Seelenhirte ging auf die Sechzig zu und sprach annehmbar deutsch, Morava brauchte nicht zu übersetzen.

Wie er und Buback sich verständigt hatten, wollten sie zuallererst das Bild sehen. Der Pfarrer schloß das Kirchlein mit einem großen Schlüssel auf, den er nach uraltem Brauch aus der Soutane zog und vom Hals abnahm. Die Stätte, in der hier Gott weilte, war weder schön noch prunkvoll, sie zeugte von keiner besonders reichen und frommen Gegend. Einziger Wandschmuck war der Kreuzwegzyklus, auf den ersten Blick billiger Kitsch. Als der Pfarrer ihre forschenden Blicke sah, erklärte er, sie fänden die Reparata in der Sakristei.

«Sie ist hier die einzige Rarität, aber sie hing dort schon, bevor sie für eine Weile abhanden kam. Gleich nach dem Tod des hiesigen Barons, der sie uns gewidmet hat, baten einige Eltern, das Werk den Blicken der Kinder nicht länger auszusetzen ...»

Sie begriffen in stummer Verwunderung, kaum daß sie des Bildes ansichtig wurden. Der barocke Maler hatte mit schockierender Originaltreue in Öl ausgeführt, was Hauptkommissar Beran zu Recht einer breiten Öffentlichkeit zu offenbaren zögerte. Vor ihren Augen stand, wenn auch mit antiken Requisiten, fast derselbe Todesaltar, den der Witwenschlächter an seinen Tatorten zurückgelassen hatte. Der gemarterten Heiligen sind beide Brüste abgeschnitten und ihr die Därme auf eine Haspel aufgewickelt. Darüber hatte der unbekannte Künstler eine weiße Taube gemalt, die sich anschickte, aus dem blutenden Halsstumpf herauszufliegen.

Moravas und Bubacks Blicke trafen sich. Hier hing eine Erklärung. Entschlüsseln mußte sie ihnen jedoch der Geistliche.

«Herr Pfarrer», begann Morava, als man ihnen im Pfarrhaus einen anständigen Kaffee kredenzte und er erriet, daß der Deutsche ihm die Initiative überließ, «entschuldigen Sie, daß ich Ihre Botschaft nicht sogleich verstanden habe. Ich bin kein Katholik, und deshalb ist mir ihr Sinn entgangen. Es ist überaus wahrscheinlich, daß der Mann, der bis heute auf sehr ähnliche Art sechs Frauen zu Tode gequält hat, von ebendiesem Werk inspiriert wurde. Sie schrieben uns, es sei verlorengegangen und wieder zurückgebracht worden, wir bitten Sie, erzählen Sie uns mehr davon.»

War der alte Mann die Bereitwilligkeit selbst, als sie gekommen waren, schien er jetzt sehr verunsichert. Die Kuppen seiner gefalteten Finger preßten die Knöchel, daß Nägel und Haut weiß wurden.

«Dieser Diebstahl ereignete sich noch vor dem Kriege ... falls man von einem Diebstahl sprechen kann. Als der Betreffende das Bild zurückbrachte, bat er mich, ihm zu glauben, er habe es sich nur ausgeliehen.»

«Der betreffende Wer?» fragte Morava fast beiläufig.

Der Pfarrer ging ihm nicht auf den Leim.

«Wenn die Herren gestatten, möchte ich zuerst das ganze Ereignis schildern ...»

Morava nickte also, obwohl er sich sehr zusammennehmen mußte, den Augenblick abzuwarten, da der Name fiel.

«Ich kannte ihn, weil ...», der Pfarrer hielt erneut inne und suchte nach Worten, «nun, ich kannte ihn eben gut. Er war ein rüstiger und gesunder Mann, der ein einziges, dafür aber grundsätzliches Problem hatte: Er konnte sich nie der Fürsorge seiner dominanten Mutter entziehen. Diese hatte ihr Freund, der Vater des Kindes, vor seiner Geburt verlassen, und was sie am tiefsten verletzte: einer viel älteren Witwe wegen!»

Ja! dachte Morava bereits voll Gewißheit, das ist unser Mann! Er warf einen flüchtigen Blick auf den Deutschen, doch der behielt unverwandt die Maske der Amtsperson bei.

«Ich bin nicht gerade ein Kenner der weiblichen Psyche», meinte der Pfarrer und breitete entschuldigend seine kindhaft dicklichen Arme aus, «doch die Erfahrung hat mich gelehrt, daß derartig gebrandmarkte Mütter ihr Kind, vor allem wenn es ein Junge ist, zum Alpha und Omega ihres Lebens machen. Er soll ihre in den Staub getretene Würde aufrichten, soll für sie so etwas wie ein Ritter und Rächer werden.»

Sehr richtig! mußte Morava zugeben, das trifft es genau. Wenn er uns nur endlich den Namen sagen würde!!

«Der einzige Versuch des Sohnes, sich frei zu machen, begann erfolgreich, er wurde Unteroffizier in der neuen tschechoslowakischen Armee, ein vortrefflicher Soldat, wie es schien, den Karriere erwartete. Doch im ungarischen Grenzgebiet erlitt er dann früh eine schwere Kontusion durch eine explodierende Granate. Er wurde entlassen und blieb bis fast zu seinem Vierzigsten von der Mutter abhängig, bis er das erstemal ohne ihr Beisein einem Weib begegnete, so daß sie es ihm nicht auszureden schaffte. Es war eine flüchtige Zugbekanntschaft, wahrscheinlich hätte ihr kein normaler Mann Bedeutung beigemessen, ihn aber in seiner Unerfahrenheit überkam ein schicksalhaftes Gefühl für sie. Auch sie war gerade erst Witwe geworden, immer noch in Schwarz, und unglücklicherweise gab sie ihm ihre Adresse.»

«War sie aus Brünn?» stieß Morava hervor.

«Ja...», sagte der Geistliche verblüfft, «woher wissen Sie das?»

«Fahren Sie bitte fort, Herr Pfarrer!»

«Diese Liebe gestand er seiner Mutter, die außer sich geriet bei dem Gedanken, sie könne ihn so verlieren. Sie versuchte, die Witwen schlechtzumachen, die noch im Trauerjahr anständigen Frauen die Männer und Söhne stehlen. Sie erinnerte ihn an den Vater, den die Geliebte nach kurzer Zeit verlassen und damit in den Selbstmord getrieben hatte. Sie wünschte solchen Witwen das Los der Reparata. Trotzdem fand er zum erstenmal den Mut, aufzubegehren und wegzugehen. Leider zu einer Liebsten, die er sich nur erträumt hatte.»

«Sie war nicht allein?» versuchte Morava zu erraten.

«An jenem Abend war sie es, leider Gottes. Und als ihr in der

Tür ein Mensch, den sie gar nicht mehr erkannte, einen Heiratsantrag gemacht hatte, lachte sie ihn aus ...»

Der Pfarrer verstummte und lief puterrot an. Er schien mit sich zu kämpfen, ob er fortfahren solle. Diesmal fragte Buback.

«Hat er Ihnen auch anvertraut, daß er sie getötet hat?»

«Ja ...», flüsterte der Pfarrer heiser, «eben das ...»

«Wann war das überhaupt ...?»

«Erst zwei Jahre später. Da war unsere Heimat schon okkupiert ...», er zuckte zusammen und warf einen erschrockenen Blick auf Buback, «ich meine unter den Schutz des Reiches gestellt ...»

Der Deutsche lächelte verständnisvoll.

«Er erschien wieder als Stimme im Beichtstuhl. Vater, hörte ich ihn sagen, ohne daß ich ihn gleich erkannte, ich habe das Bild an die Sakristeitür gelehnt. Dann schilderte er mir im einzelnen die Geschichte ...», auf die Stirn des Geistlichen trat Schweiß, «diese grauenhafte Geschichte ... daß er sie auch wegen seiner Mutter genauso bestraft hatte wie die Henkersknechte die arme Märtyrerin ... ich wußte nicht, was ich sagen sollte, noch weniger, was tun ...»

Als wäre er in Erinnerung versunken, hörten beide für ihn zu existieren auf. Lange Sekunden saßen sie alle ohne Bewegung. Dann fragte wieder Buback sachlich.

«Bis Sie gesagt oder getan haben – was denn?»

«Ich glaubte, im Beichtstuhl zu ersticken, deshalb stürzte ich hinaus zu ihm ...»

«Zu wem?» versuchte Morava weiterzukommen.

Der Erzähler befand sich zwar im selben Raum, doch in einer anderen Zeit.

«Ich schloß die Kirche zu und zog ihn in die Sakristei, mitsamt dem Paket, das davor stand. Er sah aus wie früher, stattlich und aufgeweckt, sein Komplex hatte sich nie anders geäußert als in seiner Schüchternheit Frauen gegenüber, und darüber wußte vielleicht nur ich Bescheid, aus seinen Beichten ...»

Er stutzte, als habe er etwas Ungebührliches gesagt, und war auf einmal wieder ganz da.

«Seiner Mutter habe er nichts davon gesagt, ließ er mich wissen, als handelte es sich um etwas Alltägliches, doch nachdem sie später von einem Auto angefahren worden war und starb, muß sie es oben erfahren haben, erzählte er mir weiter, denn sie lobte ihn nicht nur, sondern forderte ihn sogar auf, sein Werk der Reinigung fortzusetzen. Ja, meine Herren, mir ging das gleiche durch den Kopf wie jetzt Ihnen, deshalb beschwor ich ihn, sich untersuchen zu lassen. Er kriegte einen solchen Wutanfall, daß mir angst und bange wurde, als Pfarrer, schrie er mich an, sollte ich an ein Leben nach dem Tode glauben, im übrigen sei er zum Beichten da und nicht, um sich selber anzuzeigen, und warum ich nicht gleich zum Beichtstuhl die Polizei rufe? Ich ermannte mich so weit, daß ich ihm die Absolution verweigerte, so lange, bis er mir sagen würde, daß er seine Tat aufs tiefste bereue und nie wieder Blut vergießen werde ... Schweigend küßte er mir die Hand und ging ... Mir ist dann weder von ihm noch von einer ähnlichen Schreckenstat etwas zu Ohren gekommen, und mit der Zeit redete ich mir ein, das Bild habe nur abartige Phantasien in ihm wachgerufen, weshalb er es dann zurückgegeben habe ... bis mir der hiesige Wachtmeister Ihre Bekanntmachung brachte ...»

«Vater», sprach ihn jetzt auch Morava an, als er merkte, daß der Pfarrer dem nichts mehr hinzuzufügen hatte, «wir sind Ihnen zutiefst verbunden, da sie uns, wie ich überzeugt bin, aus dem Tappen im dunkeln erlösen. Bis jetzt haben wir die Nadel im Heuhaufen gesucht, nun kennen wir ihn endlich. Das heißt, wir werden ihn kennen, wenn Sie uns seine Personalangaben mitteilen. Er kannte das Bild. Stammt er von hier?»

Dem alten Mann begannen die Hände zu zittern.

«Das ist es ja eben ... das ist nun wieder mein Problem. Seit jener Zeit lebe ich damit. Diese meine Kirche ist dem heiligen Johannes Nepomucensius geweiht, der sich lieber zu Tode foltern ließ, als das Geheimnis der heiligen Beichte zu brechen ...»

«Herr Pfarrer!» ließ Morava seiner Erbitterung die Zügel schießen, «dieser Mensch ist ein mordender Irrer! Ein Metzger wehrloser Frauen! Wären Sie schon damals zur Polizei gegangen, hätten Sie offensichtlich viele Leben retten können!»

«Ich weiß...», der Pfarrer keuchte jetzt wie ein Asthmatiker, «ich weiß das, meine Herren, und betrachte es als eine Todsünde, für die ich mich dereinst verantworten muß. Gerade deshalb sollten Sie begreifen, daß ich ihr nicht noch eine neue hinzufügen kann...!»

Bevor Morava aufbrausen konnte, mischte sich mit unverändert ruhiger Stimme Buback ins Gespräch.

«Gibt es für derartige Fälle nicht so etwas wie einen kirchlichen Dispens?»

«Um den müßte ich ersuchen...», hauchte der Pfarrer.

«Warum haben Sie das dann nicht längst getan?»

Der Geistliche versuchte angestrengt, sein Krägelchen aufzuknöpfen, doch die Finger versagten ihm den Dienst.

«Vielleicht... aus Scham darüber, daß zu einer solchen Ruchlosigkeit einen Menschen ein Heiligenbild verleiten kann... Hätten Sie die Freundlichkeit, das Fenster zu öffnen?»

Morava stand auf, um seinen Wunsch zu erfüllen, blieb aber im übrigen erbarmungslos.

«Warum haben Sie es uns dann jetzt mitgeteilt?»

«Diese entsetzlichen Morde... wie hätte ich damit leben können...?»

«Und wie wollen Sie mit den nächsten leben? Wenn wir ihn nicht beizeiten unschädlich machen, wird er es bald wieder tun! Die Zeitumstände helfen ihm geradezu dabei!»

«Ja... ja...»

Er kriegt einen Infarkt! dachte Morava erschrocken, empfand aber nicht einen Funken Mitgefühl, nur hilflosen Zorn, weil dieses Tier in Menschengestalt dann straflos weiter wüten durfte. Ins Zimmer strömte die scharfe Aprilluft, des Pfarrers Gesicht nahm aber schon eine aschgraue Färbung an.

«Ehrwürden», sagte Buback in der klassischen Rolle des «freundlichen» Ermittlers, der nicht die Peitsche spielt, sondern das Zuckerbrot, «könnten Sie diese Zustimmung nicht heute noch bei Ihrer Diözese einholen? Wir bringen Sie gerne...»

In diesem Augenblick fiel der Pfarrer von Klášterec in Ohnmacht, ohne daß ihn einer der beiden auffangen konnte. Die herbeigerufene Wirtschafterin geriet nicht in Panik, sie streckte ihre kegeligen Beine neben seinem Kopf aus, legte sich diesen in den Schoß und tätschelte ihm zärtlich die Wangen.

«Václav...! Venoušek! Quäl dich nicht mehr, du konntest nicht anders!»

Eine Szene wie aus einer banalen antiklerikalen Posse! dachte Buback, sah aber sogleich seinen Irrtum ein. Die Wirtschafterin entpuppte sich gleich als des Pfarrers Schwester, die nach dem Tod ihres Mannes die Fürsorge für ihn übernommen hatte. Buback nahm ihr ab, daß ihr schwergeprüfter Bruder ausschließlich mit ihr beratschlagt hatte, ob er sich denn nun doch mit der Polizei in Verbindung setzen sollte, aber die Person des Diebes und Mörders hatte er auch ihr gegenüber nie preisgegeben.

Sie halfen mit, den Pfarrer, der bald wieder zu sich kam, ins Schlafzimmer zu befördern, mußten sich dann aber ihrem nachdrücklichen Wunsch beugen, ihn heute nicht mehr zu behelligen, er habe hohen Blutdruck, und eine neuerliche Aufregung könne ihm wirklich das Herz zerreißen, dann würden sie weiter im ungewissen bleiben. Sie hatte gewiß recht, und so verständigten sie sich mit ihr beim Rest des erkalteten Kaffees, daß sie morgen wiederkommen würden, um entweder ihn zur Diözese oder jemanden von der Diözese zu ihm zu bringen.

Auf dem Rückweg schwiegen sie lange, sie wußten beide, daß es bis morgen schade um jedes Wort war. Der junge Mann, der wieder auf dem Rücksitz neben ihm saß, war offenbar von tiefer Depression befallen, die Buback schon deshalb verstand, weil Grete gerade Dienst als Lockvogel tat. Nach ihrem spontanen Vorschlag, und als er sich vergewissert hatte, daß die Falle sicher war, glaubte er, sie sehe ihre Aufgabe nur als eine Art aufregender Rolle an. Doch erst letzte Nacht hatte sie ihm gestanden, daß jedesmal, wenn sie durchs Friedhofstor ging, sich ihr Po so, sie zeigte ihm ihre geballte Faust, jawohl, so zusammenzog.

«Ich bitte dich, warum?» erwiderte er, um sie durch seine Sicherheit zu stärken, «du weißt, wie genau das Ganze durchgeprobt worden ist!»

«Viel zu genau!» sagte sie und verzog das Gesicht, «dieses Theater muß nicht unbedingt so über die Bühne gehen, wie ihr es euch zusammengedichtet habt.»

«Er war es, der es schon fünfmal inszeniert hat!» wandte er ein, «alle Frauen haben ihm selbst aufgemacht. Du kommst mit ihm überhaupt nicht in Berührung!»

«Nein? Dein Wort in seinem Ohr!»

«Außerdem warten die ganze Zeit die zwei mit den Pistolen drinnen!»

Grete befreite sich aus seiner Umarmung und holte sich eine Zigarette. Als sie den Rauch ausblies, in ihrer geliebten Pose, die Brüste auf die Knie gestützt, lachte sie nervös.

«Heut hab ich mir ausgemalt, die zwei wären zufällig nicht da.»

«Du hast eine krankhafte Phantasie!» tadelte er sie und erschrak sogleich bei dem Gedanken, sie beleidigt zu haben, «aber wenn du dich besser fühlen willst, mach doch mit ihnen aus, daß sie sich dir jedesmal zu erkennen geben.»

«Buback!» sagte sie abschätzig, «und wenn er mit mir auf der Straße anbandelt und ich zusammen mit ihm ankomme? Soll ich riskieren, daß er mir sofort das Messer reinjagt und die Kurve kratzt?»

Sie hatte ihn ganz schön drangekriegt. Er gab es zu.

«Verzeih mir. Es war dumm und brutal von mir, daß ich es bisher als Selbstverständlichkeit verstand. Mir war nicht bewußt, was dir dabei durch den Kopf gehen muß. Ich bin blöd!»

«Nein! Du bist wunderbar, als Liebhaber wie als Mensch. Eigentlich hast du nur einen Fehler.»

«Und zwar?»

«Ach, Geliebter, ich hab's dir schon mal gesagt: Denk drüber nach.»

Buback entsann sich jetzt des nächtlichen Gesprächs, auf der Rückfahrt aus Mähren, bei dem er den jungen Tschechen näher kennengelernt hatte. Weil der Fahrer Litera auf deutsch nicht mehr konnte als Gutntack oder Auwiedrsähn, brauchte er sich um ihn nicht zu kümmern.

«Herr Morava», fragte er in undienstlichem Ton, «hat Ihre Verlobte bei dieser Aktion Angst?»

Im Gesicht seines Nachbarn zeigte sich Überraschung.

«Darüber denke ich auch gerade nach.»

«Also hat sie?»

«Ich weiß nicht. Sie behauptet nein, doch vielleicht will sie mich nur besänftigen. Geht es Frau Baumann anders?»

«Heute hat sie mir gestanden, sie stellt sich vor, wie der Schutz plötzlich versagt.»

«Wie könnte das geschehen?» fragte Morava beunruhigt.

«Ich glaube mit Ihnen, daß das nicht geschehen kann. Sie hat übrigens gleich vom Thema abgelenkt.»

Er erinnerte sich daran, auf welche Weise, und geriet in Hitze bei dem Gedanken, daß er sich heute nacht wieder mit ihr lieben würde.

«So oder so habe ich Angst für drei», sagte der Tscheche, «wir erwarten nämlich Zuwachs, wissen Sie ...?»

Buback staunte. So etwas gibt es noch? Jeden Augenblick kann hier die Apokalypse ausbrechen, und die beiden schaffen sich dazu auch noch ein Kind an? Und sie geht in diesem Zustand auf Mörderfang?? Er blickte in das junge, gespannte Gesicht und wunderte sich, wie ihn diese fremde Geschichte mitnahm.

«Wann?» fragte er.

«Aller Voraussicht nach zu Weihnachten.»

Ach! Irgendwann zwischen heute und Weihnachten, eher früher als später, würde wahrscheinlich die Schlacht aller Schlachten geschlagen sein. Hatte dieser Junge eine Vorstellung davon? Und was erwartete er sich von ihr? Warum sollte man ihn nicht danach fragen? Er konnte schließlich antworten, wie er wollte.

«Erwarten Sie, daß es schon im Frieden geboren wird?»

Der Tscheche wich seinem Blick nicht aus.

«Ja.»

«Und ahnen Sie, wann und wie der Krieg ausgehen wird?»

«Ja.»

«Möchten Sie es mir vielleicht andeuten?»

«Ja», sagte sein Nachbar zum drittenmal, «ich glaube, das Reich wird sehr bald zusammenbrechen.»

«Und fürchten Sie nicht, daß das auch für Ihr Volk die Katastrophe bedeuten könnte? Ein sterbendes Pferd, sagt man, tritt am heftigsten.»

Die Antwort war eine unerwartete Gegenfrage.

«Möchten Sie nicht leben?»

«Natürlich möchte ich das», antwortete Buback, ohne zu überlegen, und erinnerte sich augenblicklich wieder intensiv an Grete in der Nacht.

«Mir scheint nämlich, als drohe die Katastrophe vor allem den Deutschen. Sie sind der einzige, den ich näher kenne, doch ich glaube, daß Sie eine Ausnahme sind. Ich verlasse mich darauf, daß Deutsche wie Sie das Schlimmste verhindern.»

«So ... und wie?»

«Na, durch rechtzeitige Kapitulation.»

Dieser Morava sagte das ohne die mindesten Zweifel und Hemmungen. Buback wußte nicht, wie er sich dazu stellen sollte.

«So sehr vertrauen Sie mir?»

«Ja.»

«Warum ...?»

«Ab und zu muß der Mensch sich entscheiden. Und ich habe mich entschieden, Ihnen zu glauben.»

«Aber warum??»

Der Tscheche suchte nicht nach Worten.

«Meine Verlobte ... sie ist eigentlich schon meine Frau, wir sind wegen des Krieges nur noch nicht zum Heiraten gekommen, sie behauptet, das untrügliche Spiegelbild der Männer seien ihre Frauen. Und Ihre Freundin gefällt ihr und mir sehr.»

«So...»

Etwas Besseres fiel ihm nicht ein, doch was hätte man darauf sagen sollen? Wie ernst hatte er die Sympathie eines Menschen zu nehmen, der kein Hehl mehr daraus machte, daß er zu der Seite der Welt gehörte, gegen die sein Deutschland einen Kampf auf Leben und Tod führte?

Sein Deutschland?? o ja, leider!!

Im Geiste sah er Hilde inmitten der fränkischen Weinberge und hörte wieder ihre Frage, ob sich der Führer dem Volk nicht mehr entfremdet habe als das Volk dem Führer. Damals, und das ist nicht lange her! hat er noch aus Überzeugung etwas vom eisernen Willen aller Deutschen dahergeredet. Heute wußte er reuig, daß ihre Stimme damals längst nicht mehr die einzige sein konnte, als sie auch seinen Zweifel vorwegnahm. Und Grete? War es nur der natürliche Zynismus einer Generation, die im Krieg herangereift war, daß sie stets vermieden hatte, ihn zu erwähnen? War ihre Besessenheit von Leidenschaft und Liebe nicht vielmehr der einzig mögliche Protest einer Frau gegen diese Art Deutschsein?

Er merkte, daß das Gespräch, das er selbst begonnen hatte, durch ihn in eine Sackgasse geraten war. Eine andere, echte, lag jetzt vor ihnen. Ein großes Schild wies die Kraftfahrer an, von der Hauptstraße auf eine Umleitung abzubiegen. Die hatten sie schon auf der Herfahrt von Prag genommen, als sie einen großen Bogen um die verbotene Zone schlugen, in der, so die Warnungen, ohne Anruf geschossen wurde.

«Er soll geradeaus fahren!» befahl Buback seinem Begleiter aus einem plötzlichen Entschluß.

Der übersetzte sofort, doch Litera hielt an.

«Was spinnt er da?» erkundigte er sich auf tschechisch.

Der Kriminaladjunkt übersetzte dies als höfliche Frage, ob sie tatsächlich weiter dürften.

«Er soll fahren!» wiederholte Buback, «ich regle das schon, wir sparen uns eine halbe Stunde damit.»

Er zweifelte nicht daran, daß die beiden Tschechen zumindest ahnten, was die Wälle der theresianischen Festung und einstigen

Garnisonsstadt verbargen. In einem steinernen Tor wurden sie von einer Schranke und drei Männern in SS-Uniformen angehalten. Sie studierten Bubacks Ausweis weit strenger als die Feldgendarmen in Mähren, verlangten auch die Polizeiausweise der beiden Prager zu sehen, ließen sie aber schließlich wortlos passieren.

Die Landstraße führte sie in Gassen, die auf den ersten Blick nichts Besonderes aufwiesen. Nur das kasernenhafte Aussehen der Gebäude war überraschend, und das Gedränge, in dem sie sich im Handumdrehen befanden. Buback war ein einziges Mal auf einen Sprung im letzten Winter hiergewesen, als ein peinlicher Fall untersucht wurde: Der stellvertretende Kommandant der sogenannten Kleinen Festung hatte andere Offiziere bestohlen und verschwand darauf dank ihm in einer Strafkompanie im Osten. Schon damals hatte Buback die Festungsstadt nur durchquert, doch diese Bilder eines sonderbaren Ameisengewimmels hatten sich ihm ins Gedächtnis eingeprägt.

Niemand hatte sich damals beeilt, ihm und seinem Stellvertreter Rattinger, schon lange nichts mehr von ihm gehört! zu erklären, ob es sich hier um eingesessene Bevölkerung handelte oder nicht, ob hier vielleicht die künftige Form des jüdischen Zusammenlebens im Reich nach dem Endsieg praktiziert oder erprobt wurde oder ob das Ganze nur ein Umsteigebahnhof war. Für eine Fahrt wohin? Dazu fiel nicht die geringste Andeutung und keiner von ihnen beiden rührte mit einer Frage an den Grundsätzen streng militärischer Geheimhaltung.

Aus den Bemerkungen, die er hier und da bei der Gestapo aufgeschnappt hatte, machte er sich trotzdem sein eigenes Bild. Am logischsten schien ihm, und der flüchtige Besuch in Theresienstadt hatte ihn damals darin bestätigt, daß die Juden auf ähnliche Weise wie hier in den Ostgebieten angesiedelt würden, wo seit jeher schon die meisten lebten. Schockiert war er dann unlängst, als Grete ihn wegen einer ähnlichen Bemerkung derb verspottete.

«Buback! Bist du so naiv oder so gerissen?»

«Was willst du damit sagen?» fragte er befremdet.

«Gar nichts. Wenn du so gerissen bist, dann brauche ich nichts zu sagen, und im andern Fall will ich Deutschland nicht seiner allerletzten Lotosblüte berauben.»

Zu einer Erläuterung war sie nicht zu bewegen gewesen, und er hatte zum erstenmal den Verdacht, daß auch sie ihm nicht so recht traute.

Um Gottes willen, diese Himmlerschergen werden sie doch nicht wirklich irgendwo liquidiert haben, wie von Anonymen hartnäckig verbreitet wurde! Als er vorgestern die verbürgte Nachricht hörte, daß sich in diesem tschechischen Ghetto gerade eine Mission des Roten Kreuzes unter der Leitung des schwedischen Grafen Bernadotte aufgehalten hatte, fühlte er sich in seinem vorsichtigen Optimismus bestärkt: Man würde doch keinen prominenten Neutralen herlassen, der das in die ganze Welt hinausposaunte, wenn er auf Verbrechen gestoßen wäre! Zu Grete hatte er darüber lieber kein Wort gesagt ...

Im Unterschied zu seinem letzten Besuch waren aus den überfüllten Gassen nicht nur die Wintermäntel, Pferdedecken und Lumpen verschiedenster Herkunft verschwunden, die vor der Kälte geschützt hatten, sondern auch, wie er sah, die berüchtigten gelben Sterne! Auch war keine einzige deutsche Uniform zu sehen, die Juden, denn die waren es offensichtlich, gingen hier verschiedenem Gewerbe nach, verkauften und kauften, ja hüteten sogar die Ordnung, selbst das gestrenge schwedische Auge hatte an diesem Bild nichts aussetzen können, doch warum nahm ihn das dennoch stärker mit als das letztemal?

Rasch begriff er: weil er es plötzlich mit den Augen dieser beiden staunenden Tschechen erlebte. Die Menge, für die der Anblick eines Autos mit drei Zivilisten genügte, um mit einem Schlag zu verstummen, den Hut zu ziehen und sich eilends nach beiden Straßenseiten zu drängen, mußte ein Grauen in sich tragen, wie es nur die Nähe des Todes bewirkte! Ja, Hilde hat die Wahrheit geahnt, und Grete kannte sie wohl von Meckerle! nur er, Buback, würde bis zum letzten Augenblick Sklave eines Regimes bleiben, welches das genaue Gegenteil dessen verkörpert, dem er im Leben zu dienen vermeinte.

Jetzt war er deprimiert, und das konnte seinen Begleitern nicht entgehen. Warum traktierte er sie mit einem Schauspiel, das zu verbergen er eigentlich verpflichtet war? Auf die Antwort kam er, als die Menschenscharen plötzlich am Ausfahrtstor verschwunden waren, wo die Wache ihren Wagen unbeachtet passieren ließ, der dann an den Schanzen der Kleinen Festung vorbei ins offene Gelände fuhr. Er wandte sich zu Morava.

«Es wäre mir recht, wenn Sie wissen, daß ich das hier nicht gutheiße.»

Und als sein Nachbar schwieg, setzte er hinzu.

«Nehmen Sie das als Vertrauen gegen Vertrauen.»

Bis Prag sprachen sie kein Wort mehr. Buback ahnte nicht, was die beiden dachten, fühlte sich aber erleichtert, weil er endlich getan und gesagt hatte, was er schon längst hätte tun und sagen müssen.

Er ertappte sich dabei, daß er wieder nur an Grete dachte, aber nicht wie man an eine Geliebte denkt, sondern mit einer Zärtlichkeit, die früher allein jene Frau in ihm wachrief, die er verloren hatte. Durch ihn wolle sie sich selbst entdecken, hatte sie zu Beginn ihrer Beziehung gesagt, und statt dessen legt sie ihn für ihn selber bloß, zuerst als Mann, nun als Deutschen. Was bedeutet sie ihm eigentlich? Wieso verbindet er dann mit ihr nicht, was er so inständig bei dem tschechischen Mädchen gesucht hatte, die Zukunft? Doch was ist daran so rätselhaft? Doch aus dem gleichen Grund, aus dem sie nichts von seiner Vergangenheit wissen wollte! Ja, Mann und Frau, so unterschiedlich nach Schicksal und Charakter, kann doch nur das Heute zeitweilig zusammenhalten, für jede tiefere Beziehung hätte einer wie der andere draufzahlen müssen. War es nicht bezeichnend, daß es keinem von ihnen beiden in den Sinn kam, dem anderen die Frage nach dem «Was wäre, wenn» zu stellen? Jeden Tag konnte doch unter ihren Füßen ein Vulkan ausbrechen, und sie hatten nicht einmal ein Wort darüber verloren, ob und wo sie sich dann suchen sollten!!

«Wohin?» fragte der tschechische Fahrer, und Morava wiederholte es auf deutsch.

Das Auto näherte sich dem Zentrum Prags. Buback blickte auf die Uhr. Zwei durch. Grete hat ihre Witwenauftritte hinter sich und schläft sich wahrscheinlich vor dem Ausritt zu den Truppen aus. Irgendwann später würde er sie sehen, sie war jetzt täglich zu ihm gekommen.

«Zu Ihnen», entschied er, «wir wollen uns lieber gleich mit der Diözese verbinden lassen, damit wir morgen keine Zeit verlieren.»

Die Überraschung, die ihrer harrte, als sie von der Nationalstraße abbogen, traf Buback noch härter als die Tschechen. Die Bartholomäusgasse war durch eine Kette Waffen-SS abgeriegelt, die sie aufforderten, das Fahrzeug zu verlassen. Wieder zückte er seinen Ausweis.

«Was ist los hier?»

Der Unterscharführer nahm die Waffe zur Seite und schlug die Hacken zusammen.

«Razzia bei der tschechischen Polizei.»

«Wann hat die angefangen...?»

«Wir haben sie erst ihren Dienst antreten lassen.»

Buback schnürte es die Kehle zu. Gretes Alptraum!!

«Schnell!» schrie er seinen Begleitern zu, «schnell! Zu den Dohlenbergen!!»

Er rannte immer noch, obwohl er schon röchelnd nach Luft schnappte und das Blut ihm die Adern zu sprengen drohte, er schlug Haken von Gäßchen zu Gäßchen, ihrem Gefälle folgend, hinter sich sah er keinen, er begegnete keinem, und dennoch saß ihm das Grauen im Nacken, daß sie ihn kriegen. Ich Idiot, ich Idiot! dröhnte es ihm in den Ohren, ich Idiot, ich Idiot, ICH IDIOT!

Daß ihn nicht schon der Gang dieser Hure stutzig machte, dieser seltsam langsame Gang einer jungen Frau, daß ihm nicht die Lage dieses Häuschens auffiel in der Gasse, die ein steiler Felshang abschloß, daß ihn die unverschlossene Tür nicht warnte, nicht der ungewöhnliche Zuruf, er soll hereinkommen.

Er gewöhnte sich an den Erfolg, wurde hochmütig, allzu vertrauensselig, nachdem er ihrer bereits ein halbes Dutzend wie die Hühner auf die Pfanne kriegte, nicht der geringste Zweifel bohrte in ihm, er trat in das Haus, fest überzeugt, daß ihn da die leichteste Beute erwartet, und legte dabei ums Haar seinen Kopf unters Beil.

Als er ihr schließlich von der Küchenschwelle her ins Gesicht sah, wußte er sofort, daß sie ihn erwartet, daß sie von ihm wissen muß, daß sie ihn herführte, damit er GESCHNAPPT wird! Und wieder überfiel es ihn: Er erstarrte im Türrahmen, verhärtete sich, versteinerte, sicher, er wird im nächsten Moment von vielen kräftigen Armen gepackt.

Er wußte, daß DER TOD ihn holen kommt, und verspürte neben der tierischen Angst, die er schon damals erlebte, als die Granaten um ihn herum einschlugen, auch Wut. HAST DU DAS GEWOLLT, MUTTER??

Dann geschah das Wunder.

In ihre Augen stahl sich jene Angst, die er zu sehen gewohnt war.

Irgendwas klappte da nicht...

«Hier ist er!» schrie sie, «er ist da! Wo seid ihr??»

Im Nu war er wieder bei sich, zog das Messer aus der Scheide und stürzte sich auf sie.

ICH KRIEG DICH DOCH!

Aber dann tat sie etwas, womit er nicht rechnete. Bei der Flucht um den Eßtisch packte sie mit beiden Händen eine Porzellanvase samt Blumen und schleuderte sie mit solcher Wucht ins Fenster, daß sie auch durch die äußere Scheibe flog.

ALSO DRAUSSEN LAUERN SIE!!

Bevor er versucht, mit denen fertig zu werden, muß er sie zum Schweigen bringen! Sonst kann seine Rettung nicht von langer Dauer sein.

Ohne sich beirren zu lassen, sprang er zur Küchentür zurück, auf die sie zulief. Er war rechtzeitig zur Stelle, um ihr das Messer in den Rücken zu stoßen. Wie gefällt sank sie zu Boden.

DAS WÄR'S FÜRS ERSTE!

Sein Gehirn funkte weiter. An der Türschwelle fiel sein Blick auf die dunkle Nische unter der Treppe, und mit einem Satz war er dort, eine Sekunde bevor jemand von der Straße in den Flur hereinstürzte.

Dann sah er den Rücken eines Mannes, der neben der liegenden Frau stehengeblieben war, in der Rechten eine Pistole.

Er wagte es, holte im Sprung aus und rammte dem Mann die lange Klinge bis zum Heft unter das linke Schulterblatt.

Dieser Mensch machte noch eine knappe Wendung und renkte ihm dabei fast den Arm aus, trotzdem bekam er das Messer wieder raus und bohrte es ihm noch einmal in den Leib, direkt ins Herz.

ZUM ZWEITEN! WAS JETZT??

Er hatte keine Ahnung, wie viele von denen noch im Hinterhalt liegen, doch schließlich besaß er jetzt auch noch die Schußwaffe, die er mühelos der erschlafften Hand entwand. Er spürte, daß er immer noch gut damit umgehen kann.

DANKE, HERR ZUGFÜHRER!

Ein Blick auf die beiden sagte ihm, daß er sich keine Sorgen zu machen braucht. Den Spürhund da bedauerte er nicht. Schade nur, daß er ihr DIESE EKELHAFTE TAUBE lassen muß.

Die Pistole im Anschlag, blickte er vorsichtig durch die Tür, die der Mann nicht geschlossen hatte, auf die Straße hinaus.

NIEMAND WEIT UND BREIT!

Langsam trat er ins Freie, die Waffe unter dem Hut verborgen, der dem Toten vom Kopf fiel. Er war erleichtert, als er das erste steile Quergäßchen erreichte, das er hinablaufen konnte. Den Hut warf er nach einer Weile einfach weg, er paßte gar nicht zur Leinenmontur des Werkschutzes. Die Pistole steckte er zuerst in die Hosentasche, doch sie drückte ihm aufs Gemächt, so daß er sie schließlich mit dem Messer zu den Riemen in die Aktentasche schmiß, ein Wunder, daß er die in dem Durcheinander dort nicht stehenließ. Schwer schnaufend trabte er schon längst die Fahrbahn entlang, die zum Fluß hinabführte. Ein weiteres Wunder, daß er das Auto rechtzeitig wahrnahm.

Das näher kommende Jaulen der Pneus in den Kurven paßte

nicht zu diesem abgelegenen Winkel der Stadt, so machte er sofort halt und hielt wie wild Ausschau nach einem Versteck. Die Häuschen hier hatten keine Toreinfahrten, die Mülltonnen boten keinen Schutz, bis zu dem dünnen Hain waren es noch gut hundert Meter. Und wieder kam ihm ein rettender Gedanke. Im Schlenderschritt ging er jetzt den Gehsteig hinunter, wobei er mit aller Kraft die wogende Brust bändigte, während seine Lungen nach Atem rangen.

In dem Auto, das gleich auftauchte, sah er drei Männer in Zivil, doch die Art, wie sie an ihm vorbeirasten, verriet ihren Beruf. Rechtzeitig zog er sein Taschentuch und schnaubte sich die Nase, damit sie ihm nicht ins Gesicht sehen, doch da spürte er von neuem, wie ihm das Erlebnis die Kräfte raubt.

Für ihn gab es keinen Zweifel mehr, daß dies die GROSSE FALLE ist, die man ihm heute stellte, droben entging er ihr um Haaresbreite, jetzt aber zogen sie offensichtlich das Netz zu, und er hatte keine Ahnung, wie dicht es ist. Daß diese Männer nicht anhielten, hieß nicht, daß unten nicht weitere lauern, und er steckte in diesem tückischen Felsental wie in einem Flaschenhals.

WAS TUN??

Zurück kann er nie und nimmer, und so schleppte er sich weiter, jetzt aber nicht mehr den Erschöpften spielend, sondern in einem Zustand der Ermattung, der ihn den anderen wie eine herbstmüde Hummel ausliefert. Und während in ihm die Überzeugung wucherte, daß sie ihn VERRATEN hat, richtete er seine Gedanken nach Jahren wieder auf IHN.

Du weißt am besten, daß ICH NUR IHR GEHORCHTE, ich wollte DEIN REICH BESSER MACHEN, nicht zerstören, errette mich, und ich schwöre dir, daß ICH ES NIE WIEDER TUN WERDE, daß ich dienen werde, WIE DU ES BEFIEHLST!

Als Antwort vernahm er ein Klingeln.

Vor ihm lag die Endstation der Straßenbahn. Der Fahrer bimmelte, er soll sich beeilen.

Morava hatte diese Situation gleichzeitig mit dem Deutschen begriffen, und dennoch, das erste, was er empfand, war Erleichterung: Dienst auf dem Friedhof tat heute Grete Baumann, seine Jitka, was für eine Absurdität! war gerade heute vor der Gefahr durch einen undurchdringlichen Kordon SS bestens beschützt worden.

Ihm wurde bewußt, daß er sich dafür schämen sollte, und so versuchte er, sich wenigstens in die Angst des Mannes neben ihm zu versetzen. Sie stand Buback deutlich im Gesicht geschrieben, was er gar nicht erst zu verbergen suchte.

Sie jagten am Fluß entlang, Litera überholte, was er konnte. Als Morava wieder vernünftig zu denken begann, mutete ihn ihre Panik übertrieben an. Er versuchte, auch seinen Nachbarn zu beruhigen.

«Herr Buback! Es wäre doch ein irrer Zufall, wenn er gerade heute zugeschlagen hätte!»

Der Deutsche reagierte nicht im geringsten, er hielt den Blick über die Schultern des Fahrers auf das entgegenrasende Pflaster vor ihnen gerichtet, als könnte er dadurch die Fahrt beschleunigen.

«Und bestimmt würde ihr unser Mann von oben her folgen, die drei vom Friedhof sollten ihren Dienst wie üblich gleich dort antreten ...!»

Darauf nickte Buback endlich schwach, doch er rührte und äußerte sich immer noch nicht, bis Litera bei vollem Tempo in den schmalen Fahrweg einbog, der von der Wendeschleife der Straßenbahn zu den Dohlenbergen hinaufführte, und die Fliehkraft ihn gegen Morava warf.

«Ich weiß ...», sagte er mit großer Verzögerung und drückte sich wieder in seine Ecke.

Morava dachte an sein Gespräch neulich mit Jitka. Aber der liebt ja seine Grete! begriff er, so ängstigt sich doch kein Mensch um eine bloße Freundin. Zum Schluß wird es ebendieser Ansturm von Angst sein, die ihn mit ihr verbindet. Jitka wird sich freuen ...

Durch den schütteren Hain, der sich über die Felshänge bis

hin nach Pankrác erstreckte, fuhren sie wieder in die Stadt zurück, die Straße hier war von den niedrigen Bauten der einstigen provisorischen Unterkünfte eingefaßt, während des Aufschwungs gebaut, die nach der Wirtschaftskrise zu dauerhaften geworden waren. Sie kamen an einem, dem ersten und einzigen Mann vorbei, der sich Fuß um Fuß zu einer der unteren Hausnummern hinabbewegte, gerade als Morava und der Deutsche sich mit den Händen abstützen mußten, um nicht mit den Köpfen zusammenzustoßen, als das Auto die Kurven auf dem Katzenkopfpflaster schnitt.

Hinter der nächsten wurden sie noch heftiger hin und her geschleudert, als Litera einem Gegenstand am Fahrbahnrand auswich. Ein Hut! dachte Morava verwundert, wie kommt der hierher? Er vergaß ihn aber gleich wieder, denn sie fuhren bereits in ihre Straße ein. Hier schrie er fast vor Schmerz auf, weil Buback ihm die Fingernägel ins Handgelenk bohrte.

Litera bremste schon vor einer großen glitzernden Pfütze. Ein paar Sekunden blickten sie alle drei auf die Glas- und Porzellanscherben, zwischen denen verstreut Nelken lagen... die sind von mir! wußte Morava, für den Mut bei ihrem ersten Einsatz.

Dann sprangen sie alle auf einmal aus dem Wagen.

Der Oberkriminalrat legte eine unglaubliche Geschwindigkeit an den Tag, er stürzte als erster ins Haus.

Dann gab es keinen Zweifel mehr, daß der sinnlose, unmögliche und unmenschliche Zufall Wirklichkeit geworden war.

Aus der Küche in den Flur ragte ein Torso im karierten Sakko. Šebesta stierte mit glasigen Augen zur Decke.

Morava sah, wie Buback mit einemmal das Blut aus dem Gesicht wich. Wie dem Pfarrer, erinnerte er sich.

Nach der ersten Liebe auch die zweite verlieren? Ein schreckliches Schicksal!

Sie stiegen über den toten Körper hinweg und standen in der Küche.

Zwischen Tür und Tisch lag Jitka.

Buback nutzte seine Erfahrungen aus den umkämpften und bombardierten Städten.

Das Mädchen lebte, das Messer mußte knapp das Herz verfehlt haben. Sie gehörte so schnell wie nur möglich auf den Operationstisch.

Während ihr Verlobter sie mit dem Mund beatmete, um ihren Puls wachzuhalten, hoben Buback und der Fahrer die schmale Tür des Küchenschranks aus.

Es gelang den drei Männern, sie wie auf einer Trage auf die Straße zu bringen und behutsam auf den Rücksitz des Wagens zu betten.

Der junge Tscheche zwängte sich in den engen Raum zu ihr, rieb ihre bleichen Wangen und versuchte, sie ins Leben zurückzurufen.

Litera preschte erneut wie ein Verrückter los, die Fahrt bis zum Allgemeinen Krankenhaus dauerte keine Viertelstunde.

Als man Jitka Modrá hineinbrachte, konnte Buback nicht umhin, ihre Hand zu streicheln. Sie war warm.

«Sie wird es schaffen!» sagte er zu dem Adjunkten, als wollte er die Hoffnung auch sich selbst einreden, «sie schafft es!!»

Der junge Mann nickte abwesend und folgte ohne ein Abschiedswort den Pflegern mit dem Wagen.

Buback veranlaßte noch den Abtransport des toten Šebesta und ließ sich dann von Litera in die Bredauergasse bringen. Dort befahl er ihm.

«Fahren Sie wieder ins Spital, und halten Sie sich zu Herrn Moravas Verfügung. Ich sage dem Hauptkommissar telefonisch Bescheid!»

Der Mann versteht doch kein Deutsch! schoß ihm durch den Kopf, da stürzte er aber bereits ins Vorzimmer des Standartenführers, ging am Adjutanten vorbei, trat bei Meckerle ein und schlug die Tür hinter sich zu.

Der Riese saß in eigenartig halbgebrochener Haltung, das Gesicht schmerzverzerrt, im Sessel. Auch seine Reaktion auf Bubacks Überfall war höchst überraschend. Er sah so aus, als erwartete er Prügel.

«Lassen Sie das...», sagte er unsicher, «Mensch, beruhigen Sie sich, ihr ist doch nichts passiert...!»

«Das nennen Sie nichts? Sie ringt mit dem Tod!!»

Meckerle erhob sich bestürzt, seine Miene wurde noch qualvoller, als hätte er starke Schmerzen.

«Grete...?»

«Zum Glück nicht! Doch nur, weil sie ihren Einsatz getauscht hat!» schrie ihm Buback ins Gesicht, «wir hatten ihn schon, er ist uns in die Falle gelaufen, nur war unser Hinterhalt nicht besetzt, so daß er die andere Frau schwer verwunden und den Verfolger töten konnte! Und entkommen! Wer hat den Befehl gegeben, die Prager Polizei zu blockieren?»

«Ich.»

«Und warum??»

Der Standartenführer gewann rasch wieder Haltung.

«Aus Gründen, die ich bei der letzten Lage vorgetragen habe und die von allen verstanden wurden, außer von Ihnen! Ich scheiß auf Ihren Mörder, wenn Sie nicht die Hauptaufgabe erfüllen, die ich Ihnen übertragen habe!»

«Sie haben meinen Bericht doch gebilligt!»

«Aber Sie haben die Sondereinheit am Einsatz gehindert!»

«Solange die dort nichts unterschieben, werden sie nichts finden! Wegen der paar registrierten Pistolen und Gewehre haben wir uns die Möglichkeit genommen, im richtigen Moment überraschend einzugreifen!»

Meckerle hatte sich wieder in der Hand. Gleich schlägt er mich, dachte Buback, als er die rote Ader auf seiner Schläfe anschwellen sah.

«Wann und wofür der richtige Moment ist, darüber entscheide ich! Im übrigen verbitte ich mir die Frechheit, mir für den Fisch zu danken! Sie pusten sich zu dick auf, Buback, und das wird Ihnen bald vergehen! Machen Sie den Abgang! Ich werde demnächst über Ihre neue Verwendung befinden!»

Buback machte vorschriftsmäßig kehrt und verließ den Raum, die Lippen zusammenpressend, um seinen Sturz nicht noch durch ein weiteres Wort zu beschleunigen. Nein, noch ist er formal seines Amtes nicht enthoben. Noch hat er ein paar Stunden Zeit, die Bestie zu fangen!

Sicherheitshalber ging er nicht in sein Büro, sondern sofort zum Leiter des Fahrzeugdienstes. Zum Glück funktionierte das Trägheitsgesetz noch, ohne Schwierigkeiten bekam er für achtundvierzig Stunden einen Kübelwagen nebst einem bewaffneten Unterscharführer am Steuer.

Unterwegs ließ er bei der Villa halten. Er war sicher, dort eine Erklärung vorzufinden, und täuschte sich nicht.

«Ich werde abgeholt, ein Sonderauftritt, fahre bei J. M. vorbei, damit sie für mich einspringt. Grüß Dich, Gel. G.»

Er drehte den Zettel um und schrieb auf die Rückseite.

«Dein böser Traum hat sich erfüllt. Er hat sie allein vorgefunden und schwer verletzt. Ich fahre ihn mir holen, hoffentlich! E.»

Dann fügte er noch hinzu.

«Ich hatte schreckliche Angst, daß Du es warst.»

Morava hielt Jitkas Rechte, die neben ihrem Körper lag. Sie war immer noch ein bißchen warm, und sein Daumen zählte voll Bangen das schwache und langsame Klopfen der Vene in ihrem Handgelenk.

Schon wieder trat der Chirurg ein, der sie operiert hatte, er maß ihr Puls und Temperatur. Bereits vorher hatte er ihm erklärt, er habe alles getan, was in seiner Macht lag: Pneumothorax und Vernähen. Aus dem Schlauch tröpfelte immer noch hellrotes Blut.

Morava wagte endlich die Frage, die ihm seit Stunden auf den Lippen schwebte.

«Und das Kind ...?»

«Wird mit ihr überleben», sagte der Arzt vieldeutig und ging hinaus.

Wollte er ihm Mut machen oder ihn vorbereiten?

Hoffnung schöpfte er aus dem Ausdruck ihres Gesichts. Kein Entsetzen stand mehr darin, der Abglanz jenes scheuen Lächelns lag auf ihm, mit dem sie ihn seit ihrer ersten Begegnung für immer gewonnen hatte.

Für immer?

Liebes, Liebes, o bleib!

Gott, wie könntest du??

Am Bahnsteigende lagen offenbar seit Jahren Betonröhren, sie waren von Gestrüpp überwuchert. Dorthin schlenderte er, tat so, als wolle er im verborgenen pinkeln, und schob die Tasche in eine von ihnen. Für heute hat er genug riskiert.

Er war der erste hier, mußte warten, wie üblich las er dabei Zeitung. Im Rahmen der Frontverkürzung gaben die deutschen Einheiten vorübergehend die mährische Metropole Brünn auf. Der Duce Benito Mussolini wurde samt seiner Gefährtin von Partisanen heimtückisch gefangengenommen, erschossen und neben ihr mit den Füßen nach oben an einer Tankstelle aufgehängt. Der Führer und Reichskanzler zeichnete in seinem Berliner Gefechtsstand Angehörige der Hitlerjugend aus.

Er blickte auf das Foto der Kinder in den viel zu weiten Militärmänteln, denen der Mann mit verlorenem Blick das Eiserne Kreuz anheftete, sah im Geiste jedoch andere Bilder, die Augen dieser Hure, vor Schreck geweitet, und das Gesicht dieses Spitzels, in dem maßlose Überraschung stand.

Der beschleunigte Personenzug rollte über ausgeschlagene Schienenstöße, Menschen stiegen aus, während Prag zurückblieb, und stiegen ein, als Pilsen näher kam. Vor Rokycany bremste er unter ungeheurem Quietschen, und zugleich gellte die Pfeife der Lok. Die Mitreisenden stürzten aus den Waggons und hasteten über die Ackerfurchen zu einer nahen Remise.

Er wußte, daß ein alliierter «Kesselflicker» die Lokomotive angreift, was allzuoft auch die Reisenden traf, trotzdem blieb er mit aufgeschlagener Zeitung weiter sitzen. Eine plötzliche Entscheidung bemächtigte sich seiner.

DAS STEHE ICH DURCH!

UND DANN IST DIE ANGST WEG!

Schon röhrte ein Flugzeugmotor, ein Maschinengewehr ratterte, und ein gespenstisches Zischen setzte ein.

Doch er rührte sich nicht und wurde belohnt: Den Flieger täuschte der Lokführer, Alliierte hin, Alliierte her, mit einem Dampfstrahl.

Als die Leute zurückkamen, bewunderten sie den Zeitungsleser wegen seiner Kaltblütigkeit. Er zuckte nur die Schultern, im stillen jubelte er jedoch.

ICH KANN'S!

Auf dem Bahnhof Pilsen geriet er dann endlich in eine Lebensmittelkontrolle und beglückwünschte sich, daß er leere Hände vorzeigen konnte. Im Gefühl, alles glücklich überstanden zu haben, wollte er fast schon aus der noch fahrenden Elektrischen vor der Haltestelle beim Theater springen, als er sah, wie sich aus dessen Nebeneingang ein langer weißer Gegenstand schob.

SIE TRAGEN DAS EIS HINAUS!

Die Neueingestiegenen preßten ihn nach hinten, desto besser konnte er dafür ungesehen seine Kollegen beobachten, die den glänzenden Block auf die Ladefläche eines Lkws hievten.

SIE VERKAUFEN ES SELBER!

In den wenigen Augenblicken konnte er nicht feststellen, wie weit sie schon kamen, doch das war jetzt auch egal. Nichts konnte sie mehr daran hindern, ihre Arbeit zu Ende zu führen.

UND DANN FINDET MAN SIE!

Wahrscheinlich kapieren sie nicht gleich, was sie da entdekken, doch bestimmt ist da jemand, dem die Neugier keine Ruhe läßt.

UND DANN FINDET MAN MICH!

Der Schaffner ruckte an der ledernen Klingelleine, die Straßenbahn setzte sich quietschend in Bewegung, und das Theater wurde immer kleiner.

Ihm war klar, daß er auch nicht mehr nach Hause darf, dort warten sie womöglich schon. Und auf der ganzen weiten Welt hatte er keinen sonst als SIE. Sein Trotz wich dahin, ratlos fragte er sie.

WO SOLL ICH HIN??

Der Pfarrer hatte sie rechtzeitig genug erspäht, um zu verschwinden, doch Buback hatte scharfe Augen. Als ihm die Haushälterin vorzulügen versuchte, ihr Bruder habe seit dem Besuch heute früh das Bett nicht verlassen, wies er auf die beiden Hacken auf dem halbgejäteten Beet. Um noch größeren Eindruck zu machen, hatte er auch den SS-Fahrer mitgebracht; dessen schwarze Uniform samt einer gewaltigen Pistole verfehlten ihre Wirkung nicht. Ein paar Minuten nachdem sie die Besucher im Salon Platz nehmen ließ, stellte sich auch der Geistliche ein, er war erregt, schien aber in seiner Entscheidung noch gefestigter zu sein.

Buback eröffnete deshalb unverzüglich den Angriff.

«Mein junger Kollege und Ihr Landsmann, mit dem ich heute vormittag hier war, hatte eine Frau, mit der er ein Kind erwartete. Und gerade sie ist vor drei Stunden neben einem weiteren Menschen das neueste Opfer des Mörders geworden, den Sie decken. Ja, decken, und nichts wäscht Sie von der persönlichen Verantwortung für einen möglicherweise dreifachen sinnlosen Tod rein. Ihr Patron Johannes hat das Beichtgeheimnis auf eigene Rechnung gewahrt, Sie aber lassen andere den höchsten Preis zahlen. Ich fordere Sie auf, mir auch ohne Dispens auf der Stelle alles über den Mann mitzuteilen, der Ihnen den Mord in Brünn gestanden hat!»

Einschüchtern wollte er ihn, daß er ihn mitnehmen würde, obwohl er momentan nicht recht wußte, wohin mit ihm. Die Bartholomäusgasse war vorerst außer Betrieb, und bei der Prager Gestapo drohte die Gefahr, daß ihn gleich ein echter Schlag treffen würde. Seine Worte und sein Begleiter reichten zum Glück der Schwester.

«Václav», redete sie ihrem Bruder eindringlich zu, «jetzt mußt du endlich damit heraus!»

«Wie heißt er?» Buback nutzte die Gelegenheit und hob die Stimme an, «wie alt ist er? wo wohnt er? was macht er? Sie tun kein Auge zu, solange er unter den Menschen herumläuft, also los, ich höre!»

Trotz seines ausgezeichneten Gedächtnisses holte er Notizblock und Füller hervor, ich benehme mich schon wie dieser Junge, dachte er, und Bedauern schoß in ihm hoch, ach, der Arme! nun sollte dieser Kuttenbruder mal erleben, daß mit dem Gebabbel Schluß war und die Religion begann, er hatte sich zuschulden kommen lassen, daß auch das Abbild seiner jungen Hilde ausgelöscht worden war... ausgelöscht? Sie ist doch nicht tot! Das unterbrochene Verhör wurde von der Schwester wiederaufgenommen, die im Nu von ihrem gluckenhaften Getue ließ und sich als die wahre Gebieterin dieses kleinen Haushalts zu erkennen gab.

«Sag's ihm schon, Václav! Kann Gott einen solchen Unhold schützen? Warum maßt du dir das in seinem Namen an?»

Als habe er nur darauf gewartet, warf der Pfarrer ihr einen fast dankbaren Blick zu, drehte sich zu Buback um und sprudelte einen Satz heraus, den er auswendig gelernt haben mußte.

«Rypl Antonín, geboren am 27. Mai 1900 in Brünn, tschechischer Nationalität, ledig, gelernter Heizungstechniker, dann Soldat, nach einer Verwundung vorübergehend in Invalidenrente, die letzten vier Vorkriegsjahre hier als Küster angestellt, mit seiner Mutter als Köchin, erwähnte bei seinem Besuch im Jahre 1940, daß er nach ihrem Tod in Pilsen arbeitet... mehr weiß ich nicht...»

Das hatte sich Buback sicherheitshalber notiert und erhob sich nun so heftig, daß der Fahrer unwillkürlich zur Pistole griff. Er winkte ab, es sei alles in Ordnung, versagte sich aber die zornige Schlußbemerkung nicht.

«Bevor Sie Buße tun, weil Sie die Heiligkeit der Beichte gebrochen haben, beten Sie, daß wenigstens die junge Frau und ihre Frucht durchkommen, das wird nützlicher sein!»

Draußen befahl er.

«Nach Pilsen!»

Irgendwann an diesem Abend, Morava hatte den Sinn für Zeit verloren, erschien Beran im Krankenhauszimmer. Die Tränensäcke unter seinen Augen waren schwerer als sonst, heute glich er noch mehr einem alten Bernhardiner. Er stellte keine Fragen, anscheinend hatte er schon mit den Ärzten gesprochen, stand lange, ohne sich zu rühren, hinter Moravas Stuhl und betrachtete traurig das Mädchen, das sein Adjunkt nach wie vor regungslos an der Hand hielt. Schließlich klopfte er ihm leicht auf die Schulter.

«Kommen Sie einen Moment mit raus...»

Morava gehorchte sofort und bereitwillig, als blitzte für ihn eine Hoffnung auf, dieser erfahrene und kluge Mann, sein Lehrer, Ratgeber und eigentlich sein zweiter Vater, würde dafür sorgen, daß Jitka, die er wie eine Tochter liebte, von der Schwelle zwischen Leben und Tod wieder zu ihnen zurückkäme. Der Hauptkommissar nahm ihn beim Arm und führte ihn schweigend um die Ecke des Gangs, wo er die erste Tür aufmachte. Auf dem Konferenztischchen im Ärztezimmer stand Berans Thermosflasche, die Jitka sonst immer mit frischem Malzkaffee auffüllte.

Als er ahnte, woran Morava dachte, sagte der Chef.

«Den hab ich leider selbst gekocht, aber er ist besser als nichts. Sie müssen was in den Magen kriegen.»

Wie der Großvater im Märchen packte er Buchteln aus einem Bündel aus.

«Matláks Vesper. Bei der Razzia ist ihm der Appetit vergangen, und jetzt schickt er Ihnen das als... einfach so, was ist dazu schon zu sagen. Essen Sie.»

«Ich kann nicht», murmelte Morava.

«Sie müssen! Ich habe auch vereinbart, daß Sie hierbleiben dürfen, die Liege da steht zu Ihrer Verfügung, versuchen Sie, hin und wieder einzunicken, wenn Ihnen der Kopf runterfällt. Und essen Sie.»

Gehorsam biß Morava in den Teig, kaute, spürte aber die Füllung nicht. Gleich hörte er wieder auf und sah Beran mit starrem Blick an.

«Und ich habe mir das Ganze ausgedacht...!»

«Ausgedacht und hervorragend geleitet. Ohne die Razzia wären Sie Sieger.»

Dann tat der Hauptkommissar etwas, was noch kein Mensch gesehen hatte. Er strich Morava über den Kopf.

«Buback läßt Sie grüßen. Ein sonderbarer Mann. Hat sich am Telefon für die Deutschen entschuldigt, will von der Aktion keine Ahnung gehabt haben. Der Pfarrer hat ihm den Namen gesagt. Rypl. Antonín Rypl. Er ist jetzt in Pilsen und hofft, daß er ihn kriegt. Essen Sie ...»

«Warum?» stieß er in ratloser Verzweiflung hervor.

«Wie warum? Der Mensch ißt, um zu leben.»

«Wenn sie mir stirbt, will ich auch nicht mehr leben!»

«Sie sind doch ein gläubiger Mensch.»

«Woran sollte ich dann noch glauben??»

Berans Hände legten sich auf seine Schultern.

«Das sage ich Ihnen nicht, mein Junge. Ich bin nicht gläubig. Aber daß ich da und dort zur Ausmerzung des Bösen beitrage, fügt meine Existenz in so was wie eine höhere Ordnung ein. Sie mögen vielleicht den Eindruck haben, ich wüßte mehr vom Leben als Sie, doch gerade jetzt komme ich mir neben Ihnen wie ein Abc-Schüler vor. Ich bin allein geblieben, weil ich es nicht wagte, mein Schicksal mit einem anderen Menschen zu verbinden. Je weniger verletzlich ich dadurch in meinen Augen schien, desto stärker fühlte ich mich. Heute bin ich, verglichen mit Ihnen, arm. Sie leiden, weil Sie lieben, wie ich es nie gekonnt habe, und schon deshalb sind Sie jetzt erfahrener als ich. Und Sie werden auch fester sein im Kampf gegen das Böse. Essen Sie, jetzt müssen Sie einfach essen, um durchzuhalten.»

Morava nahm gehorsam einen Bissen, obwohl ihm die Tränen die Buchteln versalzten.

«Gut, Morava», lobte ihn Beran, «gut, gut!»

Längst schon war es dunkel und auch empfindlich kühl, er verwünschte sich wegen seines Einfalls, heute diese Leinenmontur anzuziehen. Andererseits machte sie ihn unauffällig, in derartigem Aufzug liefen heutzutage viele Leute herum, auch die Škoda-Arbeiter sahen ähnlich aus.

Das Schlimmste war, daß er an seinen Erfolg gewöhnt, heute früh nur den notwendigen Betrag für den Zug und fürs Mittagessen einsteckte; zu dem kam er nicht, doch der Rest reichte kaum für eine Fahrkarte nach Prag.

UND WAS SOLL ICH DORT?

In den Pilsener Jahren verlor er auch die letzte Verbindung zum Rest der Familie, die schon immer von der fast ehelichen Verbindung Mutter – Sohn abgestoßen war. Doch obwohl sie längst nicht mehr lebte, hat er weder im Haus, wo er alle freundlich grüßte, noch in der Arbeit, wo jedermann seine geschickten Hände schätzte, auch nur eine einzige verwandte Seele gefunden.

GELIEBT HAT MICH IMMER NUR SIE!

Der sich steigernde Rausch der letzten Wochen verdunkelte ihm offenbar so den Verstand, daß er den Abstand zwischen der Welt und sich als Folge seiner Auserwähltheit zu verstehen begann. Als er nun am Ende seines Irrwegs, durchkühlt und hungrig, wieder vor dem Bahnhof stand, brach die alte Erkenntnis mit voller Wucht über ihn herein.

ICH BIN ALLEIN!

Was ihm blieb, so wurde ihm bewußt, war der Selbsterhaltungstrieb, der ihn mittags in Prag rettete. Und auch das Glück! erinnerte er sich, hätte er nicht Glück gehabt, wäre er auch hier nichtsahnend ins Verderben gelaufen.

ALSO DOCH ETWAS!

Erneut begann er zu bewundern, wie wenig er brauchte, um sich aus völliger Erschlaffung wieder aufzuraffen. Und selbstverständlich wußte er, wer ihm diese Kraft einflößte. Wie konnte er heute auf der Flucht ihr Andenken nur so schrecklich beleidigen?

VERZEIH, MUTTER!

Schon war ihm klar, was zu tun ist. Er kaufte sich bei einem verschlafenen Schalterbeamten eine Fahrkarte nach Prag. Da sie hier nicht auf ihn warteten, werden sie es auch dort kaum tun.

UND DANN WERDE ICH WEITERWISSEN!

In der Kennkartenabteilung der Pilsener Polizeizentrale erhielt Buback in wenigen Minuten alles, was er brauchte. Wenn die Deutschen der Menschheit etwas Vernünftiges beschert haben, dachte er dabei bitter, dann ist es ohne Zweifel die Einwohnerkartei...

Von dort rief er Hauptkommissar Beran an. Wie er erfuhr, hatte die Razzia schon kurz nach Mittag ein unrühmliches Ende gefunden, da auf dem Gelände der Prager Polizei nicht ein einziger überzähliger Gewehrlauf und nicht eine Patrone zuviel gefunden worden waren. Er selbst konnte nur noch den Bericht der beiden anderen Männer vom Friedhof vervollständigen, die sich am frühen Nachmittag auf die Suche nach Šebesta begeben hatten.

Buback informierte Beran, wo er Jitka sowie Morava und Litera zu suchen habe, und bat, dem Kriminaladjunkten auszurichten, daß er von der Spur nicht mehr lassen werde. Daraufhin erteilte der Hauptkommissar seinen Kollegen in Pilsen entsprechende Ratschläge, die sie richtig als Weisungen verstanden.

Zwei mit je vier Männern besetzte Autos bildeten einen kleinen Konvoi, in dessen Mitte Buback mit seinem SS-Mann fuhr, die hiesige Gestapo überging er lieber, um sie nicht auf den Gedanken zu bringen, sein Unternehmen nach Prag zu melden; er konnte sich vorstellen, daß Meckerle sofort an seiner Statt Rattinger oder sogar Kroloff herbeordert hätte.

Buback war entschlossen, den Beinahe-Mörder von Jitka Modrá in Vertretung ihres Verlobten persönlich zu fassen.

Unterwegs las er das ausführliche Karteiblatt. Der siebzehnjährige Lehrling Antonín Rypl war für den Dienst in der österreichischen Armee als untauglich befunden, ein Jahr später aber auf eigenen Wunsch für das neue tschechoslowakische Militär zugelassen worden. Den Wandel seines Gesundheitszustandes erklärte er vor der Ärztekommission damit, daß seine Mutter ihm einen Kohlensud zu trinken gegeben habe, um ihn vor der Front zu bewahren. In einen kleinen Krieg zog er dann freiwillig, als er, frischgebackener Gefreiter, die Südslowakei von den Magyaren säuberte. Nach einer Verwundung mit dauernden Folgeschäden hatte er vorübergehend Rente bezogen, arbeitete später im heimatlichen Brünn bei einer großen Heizungsfirma, bis diese in der Krise einging. Nach ein paar Jahren, in denen er offenbar von Unterstützungen und von seiner Mutter lebte, wurde er vom Pfarramt zu Klášterec als Küster eingestellt. Von dort siedelte er nach Pilsen um, wo er heute noch als Heizer und Handwerker des Städtischen Theaters tätig war.

Die Mansarde des Mietshauses in der Prager Straße hatten sie gewaltsam geöffnet. Sie fanden sie sauber und aufgeräumt vor wie eine Kasernenstube! Oder besser, wie das Kämmerchen eines Musterknäbleins? dachte Buback. An der Stirnwand hing das große Foto einer etwa vierzigjährigen Frau. Ihre scharfen Züge verrieten Strenge, doch keinesfalls Kälte. Eine leidenschaftliche Frau mußte sie gewesen sein! Als die Aufnahme gemacht wurde, richtete sie die Augen direkt ins Objektiv; hatte sie gewollt, daß sich dann ihr Sohn nirgends vor ihrem Blick verstecken konnte? Buback wußte sich vorzustellen, wie er hier mit ihr durch dieses Bild zu sprechen begonnen hatte ...

Die Durchsuchung hatte nichts erbracht. Sie ließen einen Posten zurück und fuhren zum Theater weiter, das inzwischen von städtischen Polizisten umstellt war. Vergeblich ließ der Verwaltungsdirektor nach Rypl suchen, seit dem frühen Morgen, als er hier durchs Haus gegangen war, hatte ihn niemand mehr gesehen. Dann führte er Buback und den ganzen Verein persönlich in den Kesselraum, schon seit Februar stillgelegt, als sich das deutsche Lazarett den restlichen Koks geholt hatte. Auch auf dem Tischchen dort und in dem Blechspind herrschte mustergültige Ordnung, und nicht die geringste Spur war zu finden. Auf der Treppe mußten sie stehenbleiben und sich an die Wand drücken, damit zwei Männer von der Technik den letzten triefenden Eisbarren an ihnen vorbeibugsieren konnten.

Der dritte Mann hinter ihnen hielt ratlos fünf kleine gefrorene, wachstuchumwickelte Klumpen in der Hand.

Die Buchteln hatte Morava ohne Appetit hinuntergewürgt, auch den Kaffee, den er zu süßen vergaß, trank er aus. Die Liege hatte er nicht benutzt. Gleich nach Berans Weggang kehrte er an Jitkas Bett zurück, hielt wieder ihre leblose Hand und sah wortlos den Schwestern und Ärzten zu, die sich ebenso stumm bei ihr abwechselten. Er fragte nicht. Er wußte, eine gute Nachricht würden sie ihm schon von selbst mitteilen.

Als sie immer öfter mit Spritzen eintraten und Jitka dennoch immer lauter und rascher atmete, war ihm, als tauchte er aus der Starre auf, die der Schock verursacht hatte, und der Kummer über sie begann ihn körperlich zu schmerzen. Ja, Beran irrte sich nicht, er litt so uferlos, wie er sie liebte. Aber er wußte sich nicht vorzustellen, wie und vor allem warum er sie trotz besten Willens überleben sollte.

Bei der Vorstellung ihres Todes schien ihm das ganze lange Leben, von dem sie gestern nacht noch beide gemeinsam geträumt hatten, plötzlich, unerwartet, doch auch unabwendbar abgelebt zu sein, nichts von dem, was vielleicht ersatzweise dafür herhalten könnte, erschien ihm ein Schatten jener Möglichkeit, zu der sich ihrer beider Seele und Körper verbunden hatten. Was bliebe ihm? Noch fester gegen das Böse zu kämpfen, wie sein Mentor es von ihm erwartete? Doch dann hätte er die entscheidende Schlacht schon im voraus verloren gehabt und könnte dem Bösen allenfalls lächerlich und sich selbst zum Weinen vorgekommen sein!

Von Zeit zu Zeit, wenn Herz und Bauch sich ihm bis ins Unerträgliche verkrampften, versuchte er, sich mit dem ganzen Gewicht seiner Natur von der Hoffnungslosigkeit loszureißen, die er zum erstenmal erlebte, und rüttelte in seinem Innern den Glauben wach, mit dem er seit seiner Kindheit erfolgreich die Todesangst verscheucht hatte. Für lange Minuten tauchte er aus seiner Verzagtheit auf, war er sich sicher, daß Jitka dem Blick, mit dem er sich an ihr Gesicht heftete, nicht würde widerstehen können, daß sie jeden Augenblick die Augen aufschlagen würde. Er wußte, wenn dies geschah, wäre es ihm schon ein leichtes, sie auf sein Ufer zu ziehen!

Diese Augen blieben jedoch geschlossen, und auch das Gesicht begann sich zu verändern, als holten die Schreckensbilder sie wieder ein. Jetzt nahm er den Gedanken auf, den er seit Berans Abschied unterdrückt hatte.

Warum bat er denn die ganze Zeit nicht Gott für sie?

Weil er, gestand er sich ein, zum erstenmal mit ihm in Fehde lag. Sollte das, was geschehen war, die Strafe für seine eigenen Sünden sein, warum war dann nicht er verurteilt worden? Und wenn dies nur eine Prüfung seines Gehorsams war? Sollte sie etwa der grausame Tod eines so reinen Wesens sein, das eine noch reinere Frucht in seinem Leib trug?

Die Sicherheiten, in denen er erzogen worden war, verließen ihn. Und in die Leere brach Zweifel ein.

Vielleicht gab es gar keinen Gott. Entsetzlich!

Aber noch schlimmer: Gott lebte und befahl, daß sie und ihr Kind starben, während er ihn am Leben ließ!

Einen solchen Gott wollte er nicht!

Im Unterbewußtsein erschrak er, als könne er damit seinen noch größeren Zorn heraufbeschwören, doch sogleich verhärtete er sich wieder. Nur so konnte er sie noch retten!

Möge Er, wenn er so gerecht und gütig war, wie die Heilige Schrift besagte, sich entsetzen ob dieser Tat und sie erretten.

Drei treu ergebene Schäfchen oder keines.

In der allerhöchsten Erregung war er auf seinem unbequemen Stuhl eingeschlafen.

Sie steht immer noch zu mir!

Wer, wenn nicht sie, brachte ihm in dem fast leeren Zug diesen kleinen Mann ins Abteil?

Er suchte nach einem Streichholz, um sich eine Zigarette anzuzünden, aber als er es von ihm, einem Nichtraucher nicht bekam, blieb er trotzdem, weil er plaudern wollte.

Was er sagte, war ein einziges Trommelfeuer gegen das Reich und seinen Führer, der, wollte man diesem Wicht glauben, soeben in seinem Berliner Bunker krepierte.

Anfangs glaubte er gar, der führt was Unlauteres im Schilde, doch nach einer Weile war er sich gewiß: Das ist kein Provokateur, sondern einfach einer, der nach sechs Jahren von allem die Schnauze voll hat. ES KRACHT SCHON IM GEBÄLK!

Zunächst hörte er nur zu, dann pflichtete er bei, und bald waren sie in ein vertrauliches Gespräch vertieft, das er, wie er fühlte, nicht aus eigenem Willen führte, deshalb wartete er auf IHR Zeichen. Und es kam! Es war buchstäblich wie ein Lichtstrahl.

Darin stand sein ehemaliger Zugführer Králík und hob, wie seinerzeit auf dem Brünner Militärschießplatz, den Daumen hoch.

JA, ICH BIN DOCH SOLDAT!

Er entsann sich auch der Szene im angegriffenen Zug.

UND HABE NERVEN WIE SEILE!

UND PHANTASIE!!

Gleich verriet er dem Mann unter dem Siegel der Verschwiegenheit so überzeugend, daß er es selbst schon glaubte, wer er ist: Der ehemalige Soldat in ihm wußte mühelos den Eindruck zu erwecken, daß seine aktive Laufbahn in der tschechoslowakischen Armee selbst mit der Okkupation der Heimat nicht endete.

Vor Prag wuchs der Kleine bereits vor Stolz an, neben einem echten englischen Fallschirmjäger im gleichen Zugabteil zu sitzen.

Falls ihm noch der Schatten eines Zweifels blieb, beseitigte ihn der Inhalt der Tasche, die auf dem Smíchover Bahnhof in der Betonröhre wartete. Es war freilich riskant, sie auf dem einsamen Bahnsteig herauszuziehen, doch er rechnete schon wieder hundertprozentig mit dem Erfolg.

SIE HÄLT DIE HAND ÜBER MICH!

Die alte ehrliche Armeepistole krönte das Werk. Der Wicht, ein Junggeselle, bot ihm an, von all dem hell begeistert, ihn bei sich zu verstecken.

DANKE, MUTTER!

Jitka Modrá war Punkt fünf Uhr früh gestorben, und mit ihr das, was einmal ihr Kind geworden wäre.

Ins Nichtsein hinüber geleitete sie der feste Druck einer männlichen Hand.

Jan Morava hatte so fest geschlafen, daß ihn erst Erwin Bubacks mitleidige Umarmung aufweckte.

Über dem Kamm der Anhöhe gegenüber, auf der sich die Silhouette Prager Sportstadien abzeichnete, stieg gerade die Sonne empor, als der Wagen vor der Villa angehalten hatte.

Trotz laufenden Motors hörte Buback Musik. Eine dröhnende Melodie, zu der, wie er belehrt worden war, die ganze amerikanische Armee auf den Tanzböden hüpfte, durchpeitschte die Luft: ein Boogie-Woogie, gespielt vom Orchester eines gewissen Glenn Miller, der für Grete eine Art Gott war.

Der junge Fahrer mit dem Totenkopf an der Mütze lauschte aufmerksam. Als seine Augen denen Bubacks begegnet waren, lächelte er beinahe verschwörerisch.

Entgegen seiner Gewohnheit und natürlich ganz gegen die Dienstvorschriften hatte Buback ihm fünfzig Reichsmark gegeben. Der SS-Mann nahm sie so selbstverständlich entgegen wie ein Kellner Trinkgeld.

Der Krieg geht wirklich zu Ende! dachte Buback erfreut, fühlte sich aber sogleich an den Lebenden und die Tote erinnert, die er vor kurzem verlassen hatte. Nur das Böse nicht...

Daß dieser Lärm keinen Menschen störte, zeugte von der unauffälligen Entvölkerung «Klein-Berlins». Als er jedoch in den Vorgarten trat und nach den Schlüsseln suchte, während der Kübelwagen bereits in der unteren Straßenkehre verschwunden war, ging die Haupttür der Villa auf, und der Richter erschien. Zu so früher Stunde schon angekleidet? Nein. Die unrasierten Wangen bezeugten, daß er sich überhaupt noch nicht hingelegt hatte.

«Bemühen Sie sich doch nicht zur Hintertreppe, Herr Oberkriminalrat, hier entlang...!»

Aus der Nähe überzeugte er sich, daß Gretes auf volle Lautstärke gestelltes Radiogrammophon, das sie unlängst zu ihm herübergeschafft hatte, drinnen noch lauter zu hören war als draußen. Er verstand, daß der Richter kein Auge zugemacht hatte, empfand aber nicht das geringste Bedürfnis, sich bei ihm zu entschuldigen.

«Danke, aber ich bin schon dran gewöhnt.»

«Was werden Sie tun??» sprach aus dem Richter die Angst.

Buback versuchte sich vorzustellen, wieviel verzweifelte Schreie sich unzähligen Männern und Frauen entrungen hatten, bevor die Kugel oder das Beil sie hinwegraffte, die dieser klägliche, unausgeschlafene Mann ihnen zugedacht hatte, und es bereitete ihm Vergnügen zu antworten.

«Mir scheint, ich werde tanzen.»

Auf dem Vulkan! dachte er, während er die hintere Wendeltreppe hinaufging, die unter den Synkopen entarteter Musik vibrierte. Nachdem er die Türklinke heruntergedrückt hatte, überschwemmte ihn der Klang, als habe er ein Wehr geöffnet.

Halb liegend, halb sitzend lagerte sich Grete auf dem Bett, in schwarzer Keilhose und schwarzem, langärmligem Trikot, das sie fest umspannte und ihre Brust noch flacher machte, in einer Hand die Spitze mit der Zigarette, in der anderen ein Weinglas, um sich herum frische Flecken und Zigarettenkippen aus dem überquellenden Aschenbecher. Er trat dicht an sie heran und begegnete ihrem beschwipsten Blick, sie war so versunken in die Melodie, die sie ohne Worte mitsang, daß er ihr erst nach Sekunden ins Bewußtsein drang. Zuerst hatte sie ihm nur wie abwesend zugelächelt, warf dann aber alles, was sie hielt, sofort weg und hing ihm mit einem Sprung am Hals.

«Dieser Bastard ist verreckt!» jubelte sie, «dieser Bastard ist verreckt!!»

So erfuhr er vom Tod Adolf Hitlers, der angeblich heldenhaft bei der Verteidigung Berlins gefallen war.

Nachdem sich ihre Begeisterung ein wenig gesättigt hatte, löschte er den glimmenden Teppich und brachte sie dazu, das Gerät leiser zu stellen, nicht aus Rücksicht auf den Richter, sondern damit sie einander hören konnten. Wie es schien, hatte sich der Alkohol schlagartig aus ihr verflüchtigt, so angespannt lauschte sie seinen Worten, ihre grauen Pupillen ohne ein Zwinkern wie Raubtieraugen auf ihn gerichtet. Als er erzählte, wie sie den toten Polizisten und die verletzte Jitka fanden, unterbrach sie ihn mit dem Schrei.

«Nein! Dieser Hurensohn hat mich gerettet!?»

Ihre Trunkenheit hatte sich darin gezeigt, daß sie seine Geschichte vergaß und in ihre eigene hinüberwechselte. Es ging überhaupt nicht um einen Auftritt! rief sie und wies auf ihren Zettel von heute morgen, der immer noch mit seinem Zusatz von mittags dalag, dieser Hurensohn, wiederholte sie, dieses Vieh von Meckerle hatte sie wie die letzte Nutte in ein Hotel außerhalb von Prag schaffen lassen, das, wie sie wußte, den Offizieren auch als Nobelabsteige diente, doch dies stieß ihr selbst dann noch nicht auf, als der unbekannte Fahrer sie zu einem Appartement gebracht hatte, wo sie auf die Kollegen und die Garderobe warten sollte, statt dessen war sie in ein Schlafzimmer gelangt, wie eine dämliche Kuh! tobte sie, wo der Standartenführer nackt auf sie wartete, dieser verdammte Eber! er drohte, ihr Kleid und Wäsche zu zerreißen, wenn sie sich nicht von allein ausziehen würde, und versetzte sie so unheimlich in Wut, daß sie den Mut aufbrachte, ihn zu umarmen und vor sich her zum Bett zu schieben und daraufzustoßen, um ihm, dem von der nahen Wollust Trunkenen, mit dem Kopf langsam über Brust und Bauch zum Schoß zu fahren und dann ...

«... dann hab ich reingebissen, so fest ich konnte», kicherte sie, «in seinen gespannten Flitzbogen!»

«Und er??»

Er habe fürchterlich gebrüllt, wahrscheinlich glaubte er, sie schüttelte sich immer noch vor Lachen, sein Ding wär hinüber, doch er blutete nicht mal, und als ihr schien, er sei wieder kräftig genug, um sie totzuschlagen ...

«... da hab ich angefangen zu kreischen, nie hätte ich geahnt, daß ich so ein grauenhaftes Geräusch von mir geben könnte, und er war so erschrocken, daß er in Panik nackt abhaute.»

Buback hatte sich an Meckerles schmerzvolle Grimasse erinnert und wunderte sich, daß der heute nachmittag im Büro nicht ihn totgeschlagen hatte.

Sie sei dann ebenfalls rausgerannt, fuhr sie fort, begegnet sei sie keinem mehr, bis man an der Rezeption so tat, als sehe man sie das erstemal, nein, von einem Auto, das sie hergebracht haben soll, wüßten sie nichts, und selber hätten sie jetzt keins, doch für sie wäre es bestimmt kein Problem, auf der Fernstraße den nächstbesten deutschen Offizier anzuhalten. Bevor einer dann anhielt, war sie zu Fuß fast wieder in Prag angelangt.

«Er entschädigte mich mit der Nachricht, daß dieser Bastard in Berlin endlich krepiert ist!»

Auch dafür hatte sie, so wütend wie sie war, beinahe mit einer Ohrfeige bezahlt, als er um jeden Preis mit nach oben wollte.

«Um gemeinsam zu trauern! schlug er mir vor, eigentlich ein netter, hübscher Junge, doch mit einem grundsätzlichen Mangel: Er war nicht du!»

Und dann habe sie nur noch voll Ungeduld und Sehnsucht auf ihn gewartet und immer wieder seine Nachricht gelesen, von seiner Angst, daß womöglich sie das Opfer des Mörders geworden wäre.

Das alles hatte sie ihm in ihrer beliebten Haltung erzählt, die Brust an die armumschlungenen Knie gelehnt, und jetzt beugte sie sich vor, streckte die Arme nach ihm aus und zog ihn über sich.

«Geliebter! Mein Geliebter! Wo warst du das ganze Leben? Warum hast du mich so lange warten und lügen lassen?»

Sie hielt seinen Kopf mit gestreckten Armen über den ihren und hob sich zu ihm hoch, um seine Stirn, seine Schläfen, Augen und sein Kinn mit Küssen zu bedecken.

Er wünschte sich, es möge nie enden. Gerührt kostete er diese Verwandlung von Leidenschaft in Zärtlichkeit aus.

«Komm schon zu mir», flüsterte sie nach einer ganzen Weile, «ich will dich schon sehr! Nein, warte ...»

Sie schlüpfte unter ihm hervor und war schon am Grammophon, auf dem sich wieder einmal die abgelaufene Platte seit langem rauschend drehte. Sie wechselte sie und hielt dabei plötzlich inne.

«Wie geht es ihr überhaupt? Verzeih mir! Ich hab sie deinetwegen völlig vergessen.»

Er legte das Sakko ab und knöpfte sich das Hemd auf.

«Sie ist genau eine Stunde tot.»

Er setzte sich aufs Bett, und alles, was er seit dem Morgen erlebt hatte, schlug nun über ihm zusammen.

Grete stand unbewegt da. Sie blickte zum Grammophon, als würde sie die langsame, schwere Melodie direkt vor sich sehen und sie abwägen. Als das Klavier, vom Schlagzeug begleitet, zu Variationen eingesetzt hatte, hob sie beide Hände in Kopfhöhe und glitt in den Rhythmus hinein. Die geschmeidigen Arme knickten zum Fußboden ab und wirbelten zum Lüster hoch, dann folgten die Beine dem Rhythmus, und der schmalen Gestalt in Schwarz gelang es bald, den ganzen Raum zu füllen. Die Musik schien Grete Inhalte einzugeben und Grete die Bewegungen in Worte der Trauer und der Hoffnung zu verwandeln.

Er sah ihr benommen zu. Über allem Schmutz und Blut dieser elenden Welt erstrahlten für ihn gleich zwei unglaubliche Gaben des Schicksals.

Er lebte.

Und er besaß sie.

Mitten in dieser Trauerfeier hatte sie sich plötzlich neben ihm niedergekniet.

«Und warum warst du denn so entsetzt, als du glaubtest, das wäre ich?»

«Auf einmal wußte ich, daß ich dich liebe ...»

«Ach, Buback! Jetzt hast du keinen Fehler mehr!»

MAI

Dieser Wicht war ihm Schutz und Bedrohung zugleich. Seine furchtlose Offenheit, die sie im Zug zusammenführte, erwies sich bei ihm zu Hause als ganz ordinäre Geschwätzigkeit. Garantiert wird er morgen in Beroun, wohin er zur Arbeit im Lokomotivendepot fährt, seinem besten Kumpel anvertrauen, daß er einen Fallschirmjäger aus London bei sich beherbergt. Und selbst wenn er das keinem zweiten auf die Nase bindet, sorgt der erste schon dafür, daß es sich herumspricht, und spätestens am Abend kriegt irgendein Spitzel Wind davon, und nachts nehmen sie ihn hier hopp.

Vom Regen in die Traufe: MÖRDER ODER SPION? DAS BEIL ODER DIE KUGEL!

Er schlang das aufgewärmte Kartoffelgulasch hinunter, das nach schalem Bier schmeckte, doch es füllte wenigstens den Magen, und ließ weiteres Gerede über sich ergehen, das sein Gastgeber namens Karel Malina als überaus wichtige Informationen ausgab.

«Übergeben Sie das Ihrem Funker», flüsterte der eindringlich, «nein, sagen Sie mir nicht, wo der sich versteckt, wir werden mit ihm einen saufen, wenn es hier vorbei ist, doch die Fahrpläne der Protektoratsbahnen können den Alliierten verdammt nützlich sein, gell?»

Er begriff, daß es keinen Zweck hatte, diesem Kasperl zu verbieten, ihn auch nur mit einem Piep zu erwähnen, versprechen wird er es bestimmt, doch garantiert nicht gehorchen, der Wunsch, sich wichtig zu machen, fraß sich bestimmt längst in ihm fest und ging nun in Erfüllung, doch ohne Zuschauer war das nichts wert. Trotzdem beruhigte er sich. Seine Lage war immer noch nicht rosig, glich aber nicht mehr dem Desaster, dem er in Pilsen ins Auge schaute. Und zu der Überlegung, wie es weitergehen soll, hat er so lange Zeit, bis der Mensch sich auf den Weg zur Arbeit macht.

ZUERST MUSS ICH IHN KENNEN.

Für den Fall, daß er vielleicht bei ihm bleibt, muß er herausfinden, wie er lebt, welche Gewohnheiten, Bekanntschaften, Freunde er hat, wer zu ihm kommt, warum und wann. Dieser Malina kam ihm von selbst entgegen, trotz der späten Stunde schloß er nicht den Mund und wartete Fragen gar nicht erst ab, so sehr war er darauf erpicht, sich dem unverhofften Gast, der ihn heute in den Widerstandskampf einbezog, ins Herz zu schmeicheln.

Die Geschichte entsprach dem Erzähler. Sie war primitiv. Nach einer Stunde war er sich sicher.

ICH WEISS ALLES ÜBER IHN.

Er lebte allein, trieb es aber mit der verheirateten Nachbarin, die, er zwinkerte ihm kumpelhaft zu, zum Dank bei ihm saubermachte und umsonst auftischte, ihr Mann war Lokführer, jede zweite Nacht schlief er in einer anderen Stadt und er in seinem Bett. Insofern hat er ausgesorgt und lebt hier wie die Made im Speck.

ALSO DIE NACHBARIN!

Er weiß, sagte er zu dem Wicht, daß der im eigenen Interesse seine Zunge hüten muß, wenn er ihn aber wirklich bis zum Umsturz hier verstecken will, muß er der Frau von nebenan einen Wink geben.

Dieser Malina zwinkerte vor Wonne.

Natürlich darf er ihn ihr nicht vorstellen, er selbst wird versuchen, sich hier unsichtbar zu machen, doch er soll ihr sagen, wer hier ist, falls sie ihn selbst dann vielleicht für ein paar Tage nicht zu Gesicht bekommt, weil... ja! er hat die Absicht, aus ihm einen Verbindungsmann zu seinem Funker zu machen, dessen Existenz er richtig vorausgesetzt hat.

Dieser Malina grunzte fast vor Wonne.

Wenn er ihr das morgen früh anvertraut, soll er noch einmal zurückkommen und ihm melden, wie sie die Mitteilung aufnahm, und dann wie gewohnt zur Arbeit fahren! Bis er heimkommt, wird der erste Bericht anhand seiner Informationen fertig. Am Abend ergänzen sie ihn dann gemeinsam, und tags darauf feiert sein Gastgeber einfach krank, um für die Absendung zu sorgen. Dann sieht man weiter.

Der Wicht war im siebten Himmel. Er überließ ihm sein Bett und schlug sein Lager im hinten gelegenen Badezimmer auf, wo er mühelos in die Wanne paßte.

Als er nach diesem Wahnsinnstag endlich allein in der Stille und der Dunkelheit lag, haftete in seinem Kopf von allen Bildern nur das eine: der sich aus dem Tor herausschiebende Eisblock. Und wenn nun die Herzen auftauen?

FLIEGEN DIE TAUBEN DER SEELEN DENNOCH AUF??

Unsinn! rief er sich mit letzter Kraft zur Vernunft, er tötete sie gut, und jetzt kann er sie vergessen. In seinem Innersten spürte er, daß er heute zu einer anderen Aufgabe erkoren wurde ... was war das ...?

Er sackte in den Schlaf.

Ich liebe dich!» wiederholte Grete in seinen Armen wieder und wieder, «ich liebe dich, Buback, seit der ersten Nacht, und ich litt, weil du das nicht erwidert hast, und kotzte mein Leben vor dir aus, um dich eifersüchtig zu machen, und als ich kein Glück damit hatte, biß ich mir auf die Zunge, um nicht brüllen zu müssen, daß ich dich liebe, deshalb speie ich jetzt alles Verschwiegene über dich aus, ich liebe dich, ich liebe dich!»

Warum? wofür? Er begriff es nicht, zerdrückte sie aber im Glück mit seinem Körper, wie sie es wünschte, und hörte jedesmal, wenn er sie so weit hatte.

«Ich steige, ich schwebe, ich fliege hoch, mein Geliebter, jetzt laß mich nicht los, jetzt halt mich fest, ich bin dein, ich bin wieder dein!»

Als sie schließlich am Ende dieser Nacht, im Gefolge des Tages, da die Welt ihren Hitler losgeworden war, in Schlaf oder vielmehr vor Erschöpfung in Ohnmacht sank, blieb er neben ihr liegen, mit aufgewühlten Sinnen, doch auch im klaren Bewußtsein, daß er zum erstenmal die Verantwortung der Liebe spürte.

In seinem ersten Leben waren er und Hilde jung gewesen und Deutschland anders, im Lande hatten wieder die Werte Geltung erhalten, die aus der blutigen Geburt der Französischen Revolution herangereift waren. Hilde gab sie Heidi ein, und Buback hütete das Gesetz, das die beiden schützte. Die in Welt- und Bürgerkrieg erwachsene Generation war felsenfest überzeugt, daß die gepeinigte und aufgeklärte Menschheit keine Wiederholung der Hölle mehr zulassen würde, das Leben schien ausschließlich von Krankheit oder Mißgeschick bedroht.

Das bestätigte auch die Konjunktur nach der Machtergreifung durch den Führer. Vor dem rauhbeinigen Umgang des Regimes mit der Opposition verschlossen selbst die Liberalen die Augen angesichts der anderen, in dem von der Wirtschaftskrise geschüttelten Europa unerhörten Errungenschaften. Allein die «Neue Beschäftigungspolitik» beseitigte mit einem Schlag die Arbeitslosigkeit und bescherte dem Reich auch das modernste Autobahnnetz, für viele der Beweis, daß eine autoritäre Regierung manchmal mehr für ein Volk tat als Parlamente voll hohlredender Humanisten.

Als Hitler eine mächtige Wehrmacht schuf, um das deutsche Wunder vor der neidischen Welt zu schützen, stellte er die Liebe zum Vaterland über alles andere und nahm sich selbst in die Pflicht. Auch Buback, damals übrigens noch von dem Gedanken erfüllt, das Instrument einer nutzvollen Idee zu sein, konnte nicht mehr das Leben seiner Familie lenken. Deren Wege hatte der Krieg bestimmt, der mit seinen Liebsten wie die Katze mit der Maus spielte, er lockte sie in das scheinbar idyllische Land der Weinberge, um dort mit der Pranke zuzuschlagen.

Jene wenigen endlosen Sekunden gestern nachmittag, als er befürchtete, der Mörder habe Grete getötet, hatten Bubacks Lebensgefühl von Grund auf verändert. Bis zu diesem Augenblick war sie ihm das gewesen, als was sie sich selbst bezeichnete: ein Kriegsliebchen, mit dem ihn auf Zeit die Einsamkeit verband und die plötzlich erwachte Leidenschaft, die auch die

Toten in ihnen beiden verbrannte. Der schreckliche Gedanke, sie verloren zu haben, legte eine Dimension in ihm frei, von der er keine Ahnung gehabt hatte; eisiges Nichts umfing ihn, als bewege er sich lebendigen Leibes im Reich des Todes. Und als er gesehen hatte, daß die andere das Opfer war, empfand er eine fast unmenschliche Erleichterung.

Obwohl er gleich darauf die Last des Unglücks mit dem jungen Tschechen zu tragen versuchte, wich seine Dankbarkeit nicht, daß diesmal nicht er vom Schicksal getroffen worden war. Wenn Jitka Modrá in ihm die Hoffnung geweckt hatte, ihm könne nach Hilde noch irgendwann die Gnade des höchsten Gefühls zuteil werden, so erfüllte Grete sie.

Er blickte auf ihre geschürzten Lippen und wußte mit Sicherheit, daß es hier seine Sache nicht mehr war, den schmutzigen und sowieso verlorenen Krieg weiterzuführen, sondern seine Liebe gerade vor ihm zu schützen und in Sicherheit zu bringen. Nur wie ...?

Jan Morava, der um fünf Uhr früh am Bett der toten Jitka erwachte, war ein ganz anderer als jener, der neben der lebenden eingeschlafen war.

Mit ihm erwachte weder seine nächtliche Verzweiflung noch sein Hader mit Gott. Er hatte den Schwestern geholfen, sie zu waschen und ihr ein reines weißes Hemd anzuziehen, begleitete sie neben der fahrbaren Trage zur Gerichtspathologie und wartete wie ein Botenjunge eine Stunde lang auf dem lysolstinkenden Flur, bis er das Sektionsprotokoll mitnehmen durfte.

«Tod infolge Bluteintritts ins Mediastinum durch Stichverletzung der Aorta.»

Litera, der ihn dort ausfindig gemacht hatte, war der erste, der in Verlegenheit geriet. Noch ehe er seine Teilnahme ausdrücken konnte, teilte Morava ihm den Plan seiner heutigen Fahrten mit, als befänden sie sich auf der Morgenberatung nach einer normalen Nacht.

Auch die anderen Kollegen bei der Kriminalpolizei erlebten

dann einen Menschen, der sich nicht nur äußerlich nicht verändert hatte, sondern sich auch verhielt, als wäre nichts gewesen. Das mitleidvolle Händeschütteln erwiderte er nicht anders als bei täglichen Begegnungen, und wagte dieser oder jener auch noch zu kondolieren, erfuhr er allenfalls ein Kopfnicken.

Vor allem die Frauen in der Bartoloměјská, die sich in ihrem Widerstand gegen die Aktion Lockvogel bestätigt sahen, hatten sich betroffen gezeigt: Sollte dieser erfolglose Junge zu allem auch noch so wenig Gefühl besitzen? Den Männern hatte sein Verhalten teilweise imponiert, trotzdem kam es ihnen unnatürlich vor.

Morava kannte sich in sich selbst gut aus. Ihm war, als sei er in diesem kurzen Schlaf an ihrem Lager gegen Morgen gemeinsam mit ihr gestorben und dann von ihr ins Leben zurückgeschickt worden, damit er hier seine Aufgabe zu Ende führte.

Vielleicht war es wiederum die vereinte Seelenkraft aller seiner Vorfahren, gestählt von endlosen Schicksalsschlägen, die über Jahrhunderte Hungersnöte, Epidemien und Kriege mit sich brachten, vielleicht war es wirklich das Familienerbteil an Widerstandsfähigkeit, ohne das es in jener schwergeprüften südmährischen Landschaft nach Mongolen, Türken, Schweden und brandschatzenden Soldateska ohne Nationalität längst kein Lebewesen mehr gegeben hätte, was ihn so barmherzig abgestumpft hatte. Andernfalls, das wußte er genau, hätte er den Verstand verloren.

Er hätte geweint wie ein Kind, hätte gebrüllt wie ein Tier, hätte das Essen verweigert, hätte auf den Schlaf verzichtet, wäre wohl bald halb wachend, halb schlafend ziellos durch die dunklen Straßen Prags geirrt, das fast schon Frontstadt war, bis ihn, weil er auf Anrufe nicht reagierte, vielleicht eine deutsche Streife erschossen hätte.

Statt dessen vergaß er lieber, daß da irgendwann einmal eine Frau gewesen war, neben der er drei Monate lang eingeschlafen und erwacht war und dabei unablässig beobachtet hatte, wie ihrer beider Kind in ihr wuchs, und er entschloß sich, daß er einzig und allein wieder der würde, der er vorher gewesen war:

ein Kriminalist, der die Morde an Maruška Kubílková in Brünn, an Elisabeth Baronin von Pommeren, an Barbora Pospíchalová, Hedvika Horáková, Marta Pavlátová, Jana Kavanová, Robert Jonáš, František Šebesta und einer gewissen Jitka Modrá untersuchte.

Er wartete auf Beran in dessen Vorzimmer, als hätte es dort nie jemand sonst gegeben.

«Jetzt, da wir seine Identität kennen», sagte er dann ohne jede Einleitung, «können wir die Sondergruppe auflösen. Aber ich würde gern die Fahndung behalten und in Pilsen beginnen.»

«Sollten Sie nicht wenigstens ein bißchen ausschlafen?»

«Ich habe ein ganzes Vierteljahr verschlafen. Das muß ich wettmachen.»

Zuerst wußte er nicht, wo er ist. Er fühlte sich ausgeschlafen, doch ringsum herrschte tiefes Dunkel. Allmählich kam er zu sich, bis er fähig war, aufzustehen und zum Verdunkelungsrollo zu tappen. Trübes Licht drang matt durch das schmutzige Fenster und die verstaubte Gardine, es ließ ihn an die Nachbarin denken, sie tummelte sich hier wohl vor allem im Bett, nur: viel konnte er sich darunter auch nicht vorstellen ...

Dafür erinnerte er sich, mit welcher Wut sein Gastgeber von den Deutschen sprach, ohne zu unterscheiden, ob sie Uniform tragen oder nicht und ob sie vom Reich hergeschickt waren oder schon lange vorher hier lebten. Vom «Vertreiben» steigerte er sich über «Rausprügeln» bis zum «Ausrotten», und immer wieder «Kein Pardon!» hinzugesetzt.

DEM SIND DIE GERMANEN, WAS MIR DIE HUREN!

Diese Entdeckung fesselte ihn so sehr, daß er sogleich mit ihm darüber reden wollte. Das leere Badezimmer überraschte ihn nicht, der Wicht schlich sich wahrscheinlich durch das Wohnzimmer, um ihn nicht aufzuwecken. Die leere Küche ließ ihn erschauern. In Unterhosen stürzte er in die Diele und drückte auf die Klinke der Wohnungstür. Abgeschlossen! Er hastete zum Fenster. Zwischengeschoß, gute sechs Meter glatte Hauswand.

ALSO DOCH EINE FALLE!

Schon wieder überkam ihn dieser verfluchte Lähmungszustand, den er gestern zu überwinden glaubte; auch ihn verdankte er IHR, er überfiel ihn als Kind immer dann, wenn er IN UNGNADE war. «Ungnade» war ihre höchste Strafe, sie sprach nicht mit ihm und sah durch ihn hindurch, als wäre er Luft, er kam sich dabei so verlassen und gedemütigt vor, daß er sie dafür ... ja ... geradezu haßte! Als Heranwachsender verriet er es ihr einmal, und sie war entsetzt, was für eine gefährliche Schwäche sie da in ihm heranzüchtete. Sie tat es niemals wieder, im Gegenteil, sie richtete ihn seitdem auf, mochte er auch etwas falsch machen; er aber wurde diese Reaktion nie mehr los, sie übermannte ihn immer wieder, wenn er in Bedrängnis war, und machte sie ihm um so schwerer.

WAS NUN??

In seiner Panik kam ihm der Gedanke, dieser Mensch ist wohl doch ein Provokateur und gerade unterwegs, ihn anzuzeigen. Dann schafft er es aber vielleicht noch, die Tür aufzubrechen und abzuhauen. Mit bebenden Händen zog er sich Hemd und Hose an und raste wie ein Jagdhund durch die kleine Wohnung, bis er aufstöberte, was er suchte: das Beil beim Holz hinter dem Schüttofen. Er schob es unter das Schloß der Wohnungstür und wollte sie schon aufhebeln, als er Schritte und Schlüsselklappern vernahm. Wieder ganz auf der Hut, sprang er in die Ecke, wo ihn die geöffnete Tür verdecken mußte, und hob das Beil hoch über den Kopf.

Als sein Gastgeber ihn erblickte, fiel er beinahe tot um. Sein übliches Kalbslächeln verzerrte sich zur verzweifelten Grimasse, er ließ die Schlüssel und das Einkaufsnetz fallen, in dem zum Glück nur Brot und Kartoffeln waren.

«Hornochse!» sagte er zu ihm erleichtert, nachdem er die Tür mit dem Fuß kräftig zustieß, «haben Sie nicht Order gekriegt, was Sie zu tun und zu lassen haben?»

«Ich hab ... ich hab gedacht ...», er wies kläglich auf den Fußboden, «ich wollte für Sie ...»

«Sie sind freiwillig meiner Einheit beigetreten, also werden Sie gehorchen wie ein Uhrwerk! Wie konnte ich ausschließen, daß Sie ein Verräter sind?»

Erst jetzt verspürte er die Pistole, die ihm schwer in der Tasche lag. Was spukt er hier mit einem Beil herum, er könnte doch ohne weiteres schießen... Schießen! erinnerte er sich schon wieder an seinen Zugführer Králík, ist wie Radfahren, das verlernt man nie!

«Beinah hätt ich Ihnen den Schädel gespalten, um nicht das ganze Haus aufzuwecken!»

«Entschuldigen Sie... es wird nie wieder vorkommen... ich schwör's...»

Er war so aufrichtig zerknirscht, daß er ihn vielleicht sogar weggehen lassen könnte, was auf jeden Fall bequemer wäre... Einstweilen ließ er sich von ihm einen Kaffee kochen, sich wiederholen, was er tun darf und was er der Nachbarin sagen muß, und schickte ihn zu ihr.

«Noch was!» erinnerte er sich im letzten Moment, «hat sie Ihre Schlüssel?»

«Ja, schon...»

«Dann bringen Sie sie mir! Ich will Gewißheit haben, daß hier, solange ich da bin, keiner außer Ihnen reinkommt.»

«Ja, klar!»

Als die Tür ins Schloß fiel, begann er behutsam die heiße Flüssigkeit zu schlürfen und zu überlegen.

WAS TU ICH MIT IHM?

Noch nie hatte er mit Rouge auf Spiegel geschrieben. «Meine Liebe», begann er, dann brach bereits der erweichte Lippenstift ab. Er betrachtete sein mißlungenes Geständnis und konnte sich nicht genug darüber wundern, wie sehr er sich seit gestern verändert hatte. Obwohl er die ganze Nacht kein Auge zugetan hatte, reichte eine Dusche, um ihn völlig frisch zu machen, sein Gehirn funktionierte wie ein Briefmesser, behend öffnete es Problem um Problem, bis es auf die grundsätzliche Lösung stieß.

Er muß sich um jeden Preis an seinem Platz halten. Und er darf um keinen Preis die Möglichkeit der offiziellen Verbindung mit der tschechischen Polizei verlieren. In letzter Not könnte nur sie Grete und vielleicht auch ihm Schutz geben.

Es hatte keinen Zweck, den Kopf in den Sand zu stecken, abzuwarten, bis Meckerle ihn irgendwo aufstöbern ließ, also fuhr er gleich in die Bredauer. Er war im Recht, und dem Standartenführer mußte es ebenso klargewesen sein wie ihm. Würde er es sich herausnehmen, ihn aus purer Eifersucht zu bestrafen in einer Zeit, da ihm selbst das Wasser bis zum Hals stand? Hitlers Tod hatte das ausgehöhlte Reich vor aller Augen zum Einsturz gebracht, wie der Ausfall des Untermanns eine Zirkuspyramide. Wer hatte eigentlich die allerhöchste Macht in die Hand genommen, um über das weitere Schicksal des deutschen Volkes, über Leben und Verderben von Millionen zu entscheiden? Der auf rätselhafte Weise verschwundene Goebbels? Admiral Dönitz, der mit irgendeinem Führervermächtnis herumfuchtelte? Oder doch letztlich Reichsmarschall Göring, der darin angeblich als Verräter hingestellt worden war?

Jeder von ihnen, das mußte Meckerle wissen, konnte ein möglicher Protektor Bubacks sein. Aber vor allem: Das Licht der bisherigen Fixsterne des Protektorats verblaßte vor dem Glanz eines vor kurzem noch wenig bekannten Mannes, der auf diesem Gebiet praktisch nur Gast war, abgesehen davon, daß er jene Masse Männer befehligte, die auf dem ständig kleiner werdenden Raum wie Teig in der Backmulde überzuquellen drohte: Generalfeldmarschall Schörner.

Einst hatte Buback ein Kartenspiel gelernt, Poker genannt. Die Dresdner Kriminalisten hatten dabei auch ihr eigenes Handwerk trainiert: Wie man Ganoven, die sie damals noch ohne Gewaltanwendung verhören mußten, so daß die ihnen ins Gesicht lachten, ohne mit der Wimper zu zucken auf die falsche Spur locken konnte. Einer nach dem anderen gab dann auf, so suggestiv wußte Buback sie zu überzeugen, daß ihre Komplizen längst gestanden hätten. Heute beschloß er zum erstenmal, seinen Vorgesetzten zu bluffen.

Er hatte sein Büro betreten, indem er gegen seine Gewohnheit die Tür aufstieß. Im Vorzimmer nahm Kroloff hastiger als sonst Haltung an. Als sich in seinen Augen eine Andeutung von Widerstand zeigte, hatte er schon keine Chance mehr.

«Verbinden Sie mich mit dem Adjutanten von Schörner, aber ein bißchen plötzlich! Na los doch, Mann!»

Der Befehlston und vor allem die Gegenstelle machten auf Kroloff tiefen Eindruck; als er zum Hörer griff, war er bereits der Eifer selbst.

Buback lehnte sich in seinem Sessel zurück und wartete. Er war überzeugt, daß ein Anruf der Prager Gestapo nicht ohne rasches Echo bleiben würde, und er hatte sich nicht getäuscht.

«Oberstleutnant Gruner. Was steht an, Herr Kamerad?»

«Sie hatten doch einen Generalleutnant Richard von Pommeren?»

«Stimmt. Aber falls Sie nach dem suchen, sind Sie auf dem Holzweg. Er ist zu Beginn des Rußlandfeldzugs gefallen.»

«Es geht nicht um ihn, sondern um seine Gemahlin, die in Prag brutal ermordet wurde. Obwohl ich den Täter mit Hilfe hiesiger Kriminalisten ausfindig gemacht habe und nur noch festzusetzen brauche, gibt es hier unsererseits Bestrebungen, das Unternehmen abzublasen, mit der Begründung, daß von Pommeren als Soldat keine bedeutende Persönlichkeit war. Hat Ihr Chef ein Interesse daran, daß ich die Sache zu Ende führe?»

«Was ist das für eine Frage? Der Generalfeldmarschall ist fest davon überzeugt, daß gerade die Wehrmacht der letzte Garant der deutschen Ordnung ist. Die Ansicht, die Sie mir da vortragen, egal von wem sie stammt, klingt nicht nur beleidigend, sondern ist auch politisch abwegig. Ich brauche nicht zu fragen, um Ihnen sagen zu können, daß Sie fortfahren sollen, ja fortfahren müssen.»

«Danke, Herr Kamerad», sagte Buback vielleicht das erstemal im Leben, «in diesem Fall ersuche ich um Ihren Rückruf bei meinem Chef, damit ich freie Hand auch für die künftige Zusammenarbeit mit der Protektoratspolizei bekomme.»

«Ich notiere. Wer ist das?»

«Standartenführer Meckerle.»

«Sein Vorname...?»

«Hubertus...», erinnerte sich Buback.

«Ach nein! Hubertus der Große! War mal Prokurist in meiner Hausbank. Könnte es bald wieder werden. Ich rufe ihn gern gleich an. Also, Heil...»

Pause. Und dann in aufrichtiger Verlegenheit.

«... wie heißt das eigentlich seit gestern?»

Während Buback einen Sprung in sein Zimmer tat, um Hut und Mantel zu holen, sagte Beran verwundert zu Morava.

«Sollte ich mich geirrt haben? Was findet der bei Ihnen interessanter als bei uns? Doch nicht etwa den Fall? Dann spannen Sie ihn aber auch ordentlich ein, uns paßt er hier jetzt verdammt schlecht in den Kram, wir haben schon genug damit zu tun, unsere eigenen Kollaborateure im Auge zu behalten. Gut Glück, doch sollte der Trubel inzwischen losgehen, schnell zu mir!»

Er entließ ihn ohne weitere Erklärung, nachdem er ihm noch wortlos den Arm um die Schulter gelegt hatte.

Auf der Fahrt nach Pilsen berichtete Buback Morava, als wäre dazwischen nichts passiert, alles, was er dort gestern in Erfahrung gebracht hatte, und fügte hinzu.

«Ich hatte während meiner Tätigkeit ein paar Fälle, bei denen ebenfalls Dinge ans Licht kamen, die wir als ‹Ritual› bezeichneten. Eine pompöse Tötungsweise pflegten die Täter in der Überzeugung zu wählen, in höherem Interesse zu handeln. Genauso verhält es sich bestimmt auch bei Rypl, er wurde zum Rachewerkzeug seiner Mutter. Damit überdeckte er allerdings nur seine Unfähigkeit, sich von ihr zu lösen, und als er durch das Zutun der armen Näherin das Gefühl für den eigenen Wert einbüßte, verschaffte er sich ihn nachträglich aus den dunklen Trieben, die er unglücklicherweise in sich entdeckte und in eine Berufung kleidete. Vielleicht glaubt er, die Welt von einem Unkraut zu befreien, und deshalb ist er kein depressiver Psychopath, der sich selbst entlarvt. Seine Mitarbeiter wie die Nachbarn im Haus bezeichneten ihn vielmehr als recht angenehmen Menschen, dessen Eigenbrötlerei für sie eher ein Ausdruck tieferer Interessen schien als etwa Kartenspielen oder Stammtischgeschwätz. Die meisten dieser Frauen haben ihm vertrauensvoll geöffnet. Wir müssen uns damit abfinden, daß ihn diese scheue Unauffälligkeit und seriöses Auftreten auch weiter tarnen werden.»

In Pilsen waren sie kurz nach Mittag und hatten sich zuallererst noch einmal Rypls Wohnung vorgenommen, um doch noch ein besseres Porträt von ihm zu finden als das Foto auf dem Antrag für die Kennkarte, vor fünf Jahren gestellt. Nach dem Tod seiner Mutter gab es offenbar keinen Menschen mehr, für den er sich hätte fotografieren lassen, denn sie fanden rein gar nichts.

Danach hatte Morava im Theater das komplette kleine Personal zusammengetrommelt und forderte es auf, in der Erinnerung zu kramen. Vergebens. Nein, zu Vergnügungen, soweit sie noch stattfinden durften, ging er nicht, selbst an gemeinsamen Ausflügen nahm er nicht teil, keiner hatte sich zur Erinnerung ein Mitarbeiteralbum angelegt, auch auf Versammlungen war nicht fotografiert worden, dort schon gar nicht.

In die einsetzende Stille hinein fragte Buback.

«Und hat er nicht mal irgendwann mitgespielt?»

«Nie!» verneinte der Direktor, «er war immer Heizer und Hausmei... Moment!»

Er begab sich ins Archiv, um die Programme zu holen, und noch ehe er zurückgekehrt war, erinnerten sich auch die anderen: Um sich ein Zubrot zu verdienen, habe Rypl kurz vor der Schließung aller tschechischen Bühnen gerade im letzten hier gespielten Stück die stumme Rolle eines Dieners übernommen. Das gefundene Foto war scharf, und man war sich einig, es treffe ziemlich getreu Rypls derzeitiges Aussehen.

Zwei Stunden später durchstreiften bereits die Pilsener Polizisten die Stadt mit Bildern, die ein Techniker der hiesigen Kripo in Eile angefertigt hatte, nach einem Plan, den Morava zusammen mit ihnen aufgestellt hatte; er enthielt die verschiedensten

Punkte, an denen der Gesuchte hätte gesehen werden können, falls er gestern überhaupt in die Stadt zurückgekehrt war. Das von den Werkschutzmännern geführte Ein- und Ausgangsbuch bestätigte unterdessen, daß Rypl an den Tagen, da die diesjährigen Morde begangen worden waren, entweder freigenommen oder angeblich etwas zu erledigen gehabt hatte, doch immer zurückgekehrt war. Noch dazu stimmte alles mit dem Eisenbahnfahrplan überein.

«Warum nicht gestern?» zerbrach Morava sich den Kopf, «oder ist er zurückgekommen und wurde gewarnt? Wie? Von wem?»

Auch Buback verglich die Zeiten.

«Vom Eis!» sagte er, «er sah, wie das Eis rausgetragen wurde, und konnte sich ausrechnen, daß man auch die Herzen finden wird.»

In der Stunde darauf war diese Vermutung durch den Straßenbahnschaffner bestätigt worden, der gestern am Theater vorbeifuhr. Wenig später fanden sich zwei Zeugen, die auf dem Foto den Mann ohne Nerven wiedererkannten, der den Luftangriff auf den Zug im Waggon lesend überstanden hatte. Und schließlich bestätigte der Bahnhofskassierer, der die Abendschicht antrat, daß sich der Passagier, den er bis jetzt nur morgens sah, gestern eine Fahrkarte für den letzten Zug nach Prag gekauft hatte.

«Also zurück», befahl Morava, «die Nadel ist wieder im Heuhaufen verschwunden.»

«In die Bartolomějská?» fragte Litera.

«Nein, nach Hause.»

Einen Augenblick bemächtigte sich Verzweiflung seiner, als er sich an den anderen Teil seines Leibes, seiner Seele erinnerte, der in der Kälte der Pathologie lag. Dann gewann das Pflichtbewußtsein die Oberhand und umschloß ihn von neuem mit einem Panzer, der ihn vor verzehrenden Erinnerungen und Gedanken schützte. Er überzeugte sich, daß er auch seine alten Schlüssel bei sich hatte, und ergänzte.

«Ich gehe in meine Bude zurück.»

Heimwärts fuhren sie schweigend und schnell. Ihre Richtung war frei, dafür wälzte sich ihnen von Prag her eine ununterbrochene Kolonne von Militärfahrzeugen, zivilen Pkws und Speditionswagen entgegen.

Die gelblichen Schlitze der blaugestrichenen Scheinwerfer zogen an Morava vorüber, unbeteiligt wie Augen riesengroßer Katzen.

Richter!» lautete Gretes Urteil, «lauter strenge Richter über die Menschheit, die sie nicht rechtzeitig exekutieren konnten und vor deren Rache sie jetzt fliehen. Wie deiner hier, aus dem Staub hat er sich in der Dämmerung gemacht wie ein Dieb. Also runter zu ihm, mein Geliebter, unsere Vorräte sind alle, und ich hab Durst.»

«Wir haben keine Schlüssel ...», wandte Buback verlegen ein.

«Und vor allem bist du ein Mann des Gesetzes, oder? Bloß das hier ist kein Raub, nicht einmal Mundraub, alles ist schon längst weggeraubt worden. Gut, ich geh allein, vielleicht sind das die letzten Flaschen, die das Schicksal für uns parat hat.»

Schließlich begleitete er sie dann doch und stieß mit dem Ellbogen das Fensterchen der Gartentür ein, dann brauchte er nur noch den Schlüssel von innen umzudrehen. Die offenen, halbleeren Schränke und die halbvollen Schubfächer zeugten von überstürztem Aufbruch. Der Richter trank entweder nicht oder hatte den restlichen Alkohol mitgenommen. Dafür stießen sie im Eisschrank und in der Speisekammer auf geradezu unglaubliche Schätze: ein Stück Schweizer Emmentaler, eine Speckseite, Sardinen und Nüsse. Hinter einer Teekanne entdeckten sie dann doch noch eine Flasche englischen Rum und zwei Schachteln amerikanische Zigaretten.

Sie brauten sich einen Grog, die Spannung in ihnen ließ nach, nach dem zweiten Glas waren sie angenehm träge.

«Geliebter», kehrte sie zum Thema zurück, «wie lange willst du noch auf der Titanic hier abwarten? Alle hauen schon längst in den Rettungsbooten ab!»

«Alle nicht. Ein paar Leute glauben, was sie sich eingebrockt haben, müssen sie auch auslöffeln.»

«Was hast du dir schon eingebrockt?» fuhr sie auf. «Diebe und Mörder hast du gejagt!»

«Hast nicht gerade du mir angedeutet, daß ich die größten hab straflos gewähren lassen? Du hast recht, ich habe ihnen sogar Beifall geklatscht, Grete. Noch voriges Jahr habe ich das letzte Zusammensein mit meiner Frau durch einen Streit kaputtgemacht, weil ich den Führer gegen sie in Schutz nahm!»

Sie zog eine bittere Grimasse.

«Was hab ich dir schon für Vorhaltungen zu machen! Meine Schlachten habe ich im Bett geschlagen. Ach, wie konnte ein Volk wie das unsere so schrecklich tief sinken?»

«Die Epidemie des Jasagens. Die größte Geißel der Menschheit. Ein paar Leute denken sich ein Rezept für eine glückliche Zukunft aus und trompeten damit so lange herum, bis sich ihnen alle Verzweifelten anschließen. Es folgen die Karrieristen. Und auf einmal steht hier eine Kraft und Macht, die nicht mehr anbietet, sondern fordert und befiehlt. Nichtzustimmung wird geahndet, Zustimmung belohnt, für den Dutzendmenschen eine leichte Wahl.»

«Und dann kommt die Rechnung!»

«Ja. Im Augenblick geht es wieder mal ans Bezahlen.»

«Aber haben wir beide nicht schon genug bezahlt, mein Geliebter? Haben wir kein Recht, dieses Schiff zu verlassen? Nur für dich ist das wohl schwerer als für mich, nicht wahr, auf dich lauern die Feldgendarmen!»

«An die denke ich nicht... weit eher stört mich, daß ich plötzlich nicht weiß, was jetzt Ehre ist und was Schande.»

«Kannst du das moralische Rätselraten nicht lassen? Mir steht nicht der Sinn danach.»

«Schörner will Prag in eine Festung verwandeln.»

«Also höchste Zeit, die Kurve zu kratzen wie der Scheißkerl hier unter uns. Wir wissen, was von Festungen übrigbleibt. Und dich hat man zu allem Überfluß hierher nur ausgeborgt, warum kannst du nicht zurück?»

«Wohin?»

«Mein Gott», brauste sie auf, «kannst du dir nicht was ausdenken und besorgen??»

«Du kennst die deutsche Schuld, Grete, wahrscheinlich länger und besser als ich. Vielleicht kann ich sie ein wenig verringern.»

«Du!»

«Ich bin in Prag geboren. Und es ist die letzte Stadt in der Mitte von Europa, deren Schönheit immer noch existiert.»

«Und du wirst sie retten!!»

«Hör mir zu! Ich arbeite doch mit den Tschechen zusammen. Ich kann sie rechtzeitig warnen.»

Sie stockte. Ihre Angriffslust legte sich, der Gedanke nahm sie gefangen.

«Dann tu's.»

Er konnte seinen tiefen Zweifel nicht länger unausgesprochen lassen.

«In allen Sprachen der Welt heißt das Verrat, Grete.»

«Aha ... und wen verrätst du?»

«Nun ...», er stockte.

«Meinst du vielleicht die Heimat? Die haben dieser Geisteskrüppel und seine Ochsentreiber längst verraten. Der Krieg ist, mit Verlaub, verschissen, wie lange willst du ihn noch weiter führen, Buback?»

Er spürte, wie peinlich das war, doch er kam nicht umhin, es laut zu sagen.

«Ich habe geschworen ...!»

«Treue zu Führer und Reich, oder? Bloß der ist abgekratzt, und das Reich hat sich praktisch aufgelöst. Für was willst du da noch sterben? Für wen? Hast du die Absicht, Nibelungentreue zu zeigen, um die Ehre zu haben, für Meckerle und Schörner ins Gras zu beißen? Das ist ja gerade die Schande! Was, Schande! der reine Blödsinn!»

Sie goß sich das Glas fast bis zum Rand voll Rum und gab ein bißchen heißes Wasser dazu.

«Wenn du meinst, du kannst verhindern, daß diese Saukerle

auch diese Stadt vernichten, dann mußt du selbstverständlich alles, was du weißt, diesem deinem Morava sagen, du hast ihn als anständigen Menschen geschildert, und er sieht so aus, aber dann wäscht eine Hand die andere!»

Er verstand sie nicht. Sie brauste erneut auf.

«Muß ich dir sagen, daß wir hier in der Höhle des Löwen sitzen? Ganz Prag weiß, daß dies das deutsche Viertel ist, und die Löwen werden kommen, was heißt schon Löwen! die Hyänen, sobald sie nur Wind kriegen, daß Deutschland tatsächlich auf dem Rücken liegt. Und für die wirst du der Gestapomann sein und ich eine Fritzenhure, mit uns werden sie kein Erbarmen haben. Wieso läßt du mich hier immer noch schmoren? Soll ich so enden wie diese sechs Witwen?»

Der Gedanke verschlug ihm den Atem.

«Warum solltest du ...?»

«Das Festmahl der Mörder beginnt, mein Geliebter, sie fliegen zu ihrem Schmaus wie die Nachtfalter ins Licht, nie und nirgends kann so fröhlich gewütet werden wie in den Sternstunden der Nation, das haben Deutsche Europa gerade vorgeführt, Ich möchte einen Rückzug nicht noch einmal erleben, der eine bleibt mein Alptraum bis zum letzten Tag!»

Er wollte es endlich wissen.

«Was ist damals überhaupt geschehen ...?»

Sie hielt sich die Ohren zu und schrie.

«Nein! Neiin! Neiiin!!»

Dann schlug ihr inneres Wetter wieder so überraschend um. Sie sprach nun ruhig und sachlich.

«Ich bin ein dummes Weib und weiß nicht Bescheid, wie ein Mann in deiner Position sich in dieser Lage verhalten soll und kann. Aber ich verlasse mich darauf, daß du dir rechtzeitig einfallen läßt, wie du uns beide retten kannst. Immerhin sind mir deine Tschechen etwas schuldig.»

Als habe sie in seinem Kopf gelesen, fuhr sie fort.

«Das Schicksal war schuld und nicht ich, daß sie gestorben ist, ich denke nicht daran, ein schlechtes Gewissen zu haben, und du hab auch keins. Gute Nacht.»

Sie stand auf und ging zum Bad.

«Ich möchte dich umarmen», sagte er.

«Heute nicht. Deine Schwäche steckt mich an. Ich brauche deine Kraft und werde auf sie warten. Am liebsten ginge ich zu mir nach Hause, doch dort könnte er sein, also laß mich bleiben und denk dir, ich wäre nicht da.»

Er war so schnell auf den Beinen, daß er ihr den Weg vertreten konnte.

«Meine Liebe! Jeder hat doch ein Recht auf einen schwachen Moment. Und dafür ist doch gerade der andere da...»

«Damit rechne nicht», sagte sie hart, «ich muß stark sein, wenn ich allein bin. Sind wir zusammen, dann ist das ganz deine Sache. Deshalb liebe ich dich doch, Buback.»

Steh auf, Jan, sagte Jitka, du hast schon genug geschlafen, es ist Zeit, an die Arbeit zu gehen. Er spürte die Berührung ihrer Wange, die sich schon an die seine schmiegte, hatte aber kein Verlangen, die Augen zu öffnen, die immer neue morgendliche Rückkehr zu ihr aus den unbekannten Gefilden des Schlafes brachte ihm die glücklichsten Augenblicke seines Lebens. Er verstand einfach nicht, wie er je hatte allein erwachen und ganze Tage ohne die Gewißheit dahinbringen können, abends mit ihr zusammen einschlafen zu dürfen. Liebe, wie er sie bis jetzt bei anderen erlebte, war für ihn ein vorübergehender Sinnestaumel, und die Ehe, seinen Eltern nach zu schließen, eine zwar notwendige, leider Gottes aber recht langweilige Institution, in der Gefühle durch Vernunft ersetzt würden. An Jitkas Seite entdeckte er dagegen die Gewichtigkeit der Liebe und die Lust am gemeinsamen Zusammenleben, die ihm, so glaubte er fest, kein behördlicher Akt und kein Papier mehr nehmen konnte. Jedes der alltäglichen Geschehnisse, vom Saubermachen bis zum Kochen oder Waschen, wurde neben Jitka zu einer frohen Zeremonie, bei der sie sich auf die nächste freuten, und alles zusammen lenkte sie auf die wichtigste hin, die Zeremonie des Liebens. Jan, sagte Jitka erneut, steh auf, Liebster, heute wartet auf dich vielleicht ein großer Tag! Immer noch tat er, als schlafe er fest, nur damit sie zu ihren zärtlichen Zwangsmitteln griff, ihn kitzelnd mit den Lippen berührte und auf seine geschlossenen Lider blies. Statt dessen sagte sie verzweifelt. Schlaf nicht, Jan, geh und finde dieses Ungeheuer! Es hat mich getötet!

Er riß die Augen auf. Auf dem Nachttischchen stand ein Abreißkalender, der am 14. Februar stehengeblieben war. Die Frau, die er einst nach Hause begleitet und bei der er dann geblieben war, lebte nicht mehr, und in den Armen hielt er ein altes Deckbett von der Mutter, hier in seiner Junggesellen-Dienstbehausung nahe der Direktion. Er stand auf, um richtig wach zu werden, ehe sich die Hoffnungslosigkeit in ihn verbiß, machte ein paar Freiübungen, ließ die kalte Dusche auf sich niederprasseln, und als der Hagebuttentee von der Mutter fertig war, umgab ihn wieder die schützende Rüstung, die keinen Gedanken an den gestern noch blühenden Körper im eisigen Dunkel durchließ.

Für den Einsatz bekam er nur Matlák mit Jetel und war froh. Beran erreichte er nicht und suchte auch gar nicht erst nach ihm. Auch die meisten seiner Kollegen, die üblicherweise hätten anwesend sein müssen, waren nicht da. Morava war gescheit genug zu begreifen, daß sich das Nervenzentrum der tschechischen Polizei gegen die wachsende Gefahr einer neuen Bedrohung wappnete.

Ihm fiel auf, daß er heute unterwegs keiner einzigen deutschen Uniform begegnet war. «Ein Unsichtbarer geht durch die Stadt» hieß ein Film, den er mehrere Male vor dem Krieg gesehen und dabei immer Gänsehaut bekommen hatte. Die Deutschen hinter den Mauern ehemaliger Schulen, Universitäten, Studentenheime und Hotels, zu Kasernen und Dienststellen umgestaltet, wirkten auf einmal unheilverkündender als ihre physische Präsenz zuvor. Er erinnerte sich an die steinige Ebene oberhalb seines Dorfes, wo sich auf den ersten Blick unschuldige Reisigbündel blitzschnell in Knäuel angreifender Schlangen verwandelten. So kam ihm jetzt Prag vor.

Um so willkommener war Bubacks Angebot, sie weiterhin zu

begleiten, um ihnen bei einem unerwarteten Zusammenstoß mit seinen Landsleuten zur Seite zu stehen.

Zu viert bildeten sie am Ende des Perrons bei der Ankunft eines jeden Zuges aus Pilsen eine Kette und sprachen sämtliche Fahrgäste an. Die meisten davon kannten sich vom Sehen, da sie täglich gemeinsam zur Arbeit fuhren und von der Arbeit kamen. Den Mann auf dem Foto, das ihnen die Polizisten vor die Augen hielten, hatte keiner erkannt.

Zwischen den einzelnen Zugankünften saß Morava auf einer Bank unterm Dach des ersten Bahnsteigs und starrte vor sich hin. Keiner der anderen störte ihn, und er bemühte sich, seine Gedanken abzulenken, indem er sie auf Unwesentliches richtete. Er schätzte die Höhe und Breite der gegenüberliegenden Häuser ab, zählte die Schwellen, so weit er sehen konnte, und versuchte, so lange es möglich war, lange die gekrümmte Flugbahn eines bestimmten Vogels in dem Schwarm zu verfolgen, der über dem Bahnhof kreiste.

Zu Mittag brachten sie ihm ein Brot mit irgendeinem Aufstrich, abends warme Kartoffelpuffer, nach dem letzten Nachtzug holten sie ihn zum Schlafen ab, vor dem ersten Morgenzug schafften sie ihn wieder her, all das nahm er wie in einem Traum wahr, aus dem er sich riß, sobald der nächste Zug von Pilsen eingetroffen war. Und keiner, keiner, keiner erkannte dieses Gesicht.

«Das sind schon alles dieselben Leute wie gestern», bemerkte Matlák gegen Abend.

Morava sah das selbst. Die Jagd auf den Witwenschlächter hatte sich herumgesprochen, wenn sie die vier Mann mit den Fotos sahen, schüttelten sie im voraus den Kopf oder wehrten mit der Hand ab, es kamen die ersten gepfefferten Fragen, warum sie so untätig herumstünden, dieser Kerl müsse doch bereits wissen, daß sie hier nach ihm fahndeten. Er zuckte mit keiner Wimper und geriet auch nicht in Zweifel, das erste, was Beran ihm von Anfang an eingeschärft hatte, war Geduld, heilige Geduld.

Und die war am Abend belohnt worden!

Es war Benjamin Jetel, der ihm aufgeregt einen älteren Mann anschleppte, er kam von der Schicht im Lokdepot in Beroun. Ja, bestätigte er, an diesen Mann erinnere er sich gut, der hätte zusammen mit Karel Malina hier Sonntag nacht auf die Straßenbahn gewartet, er selbst hätte sich hinter einem Baum versteckt gehalten, weil Malina ein berüchtigter Schwatzkopf sei, er wäre froh gewesen, ihn schon im Zug losgeworden zu sein, als Malina sich auf den Weg nach Streichhölzern machte und nicht mehr wiederkam, er wäre dann im letzten Moment in den Anhänger eingestiegen und bis zur Endstation eingedöst, nein, wo Malina wohne, wüßte er nicht, aber wozu gäbe es eine Polizei?

Inzwischen hatten alle anderen den Bahnhof längst verlassen, und den Polizisten blieb nichts anderes übrig, als schließlich doch noch ins Einwohnermeldeamt zu fahren. Einen Karel Malina gab es in Prag elfmal. Als Morava die optimale Wegstrecke entwerfen wollte, um die Adressen abzufahren, äußerte Buback seinen ersten Einwand.

«Es ist ziemlich spät, und wir könnten Leute in Panik versetzen. Man wird denken, die Gestapo ist da.»

Überrascht blickte Morava den Deutschen an.

«Ja», sagte er, «Sie haben recht, danke. Gute Nacht.»

In seinem Zimmer schien ihm dann, als habe er nur die Augen zu- und wieder aufgemacht, und schon war ein neuer Morgen da. Er hatte die schreckliche Sekunde überwunden, in der sie ihm von neuem dahinstarb, und machte sich auf den Weg, um weiter nach ihrem Mörder zu suchen. Als Gutenmorgengruß teilte man ihm mit, daß nur die deutschen Blätter Rypls Foto veröffentlicht hatten. Die Tschechen hätten ihnen gesagt, die Gestapo sei mit diesem Trick schon mehrmals Widerstandskämpfern auf die Spur gekommen, und sie möchten es nicht riskieren, ihnen eine Minute vor zwölf auf den Leim zu gehen.

Morava entging eine weitere Geste Bubacks nicht: Der ließ auf dem Weg nach Beroun statt seiner den bulligen Matlák neben Litera sitzen, damit es hinten nicht so eng wurde. Der so Bevorzugte nutzte den Umstand, daß der Deutsche ihn nicht verstand, zu einer giftigen Bemerkung.

«Endlich geht es denen auf, daß es aus ist mit ihrer Großspurigkeit.»

Im Depot erfuhren sie mühelos Malinas Adresse und auch eine wichtige Neuigkeit: Der Werkstattschlosser war weder gestern noch heute früh zur Arbeit erschienen, und zwar unentschuldigt. Der Leiter der Personalabteilung setzte betrübt hinzu, das sei jetzt leider oft der Fall, die Leute erfänden tausend Ausreden, und das wäre bestimmt erst der Anfang.

Mit Rücksicht auf Buback wurde das Gespräch auf deutsch geführt, und der bis dahin höfliche Mann mit den Ärmelschonern drehte sich plötzlich zu ihm und drohte ihm plötzlich altväterlich mit dem Finger.

«Sie haben Europa Ordnung versprochen, und jetzt lassen Sie Verheerung und Anarchie hinter sich!»

Die vier warteten ab, was Buback dazu sagen würde.

Was hätte er letztes Jahr wohl gesagt gehabt? fuhr ihm durch den Sinn. Hätte er den Mann einsperren lassen? Nein, das nicht, das hatte er bisher in keinem einzigen politischen Fall getan, er blieb streng bei seinem Leisten. Doch bei dem Gedanken, eine ähnliche Bemerkung hatte ausgereicht, den letzten Tag mit Hilde zu vergiften, mußte er zugeben, daß er ihn sicher seinen Zorn hätte spüren lassen. Jetzt blickte er kurz von einem zum andern und hielt bei dem Beamten inne.

«Falls ein einzelner sich für ein ganzes Volk entschuldigen kann, so tu ich das.»

Darauf sagte keiner ein Wort, und er war froh, daß Morava die Rückfahrt anordnete. Auf dem Weg zum Wagen hörte Buback noch Matlák halblaut sagen.

«Ist er so anständig oder so eine Niete?»

Ja, räumte er ein, die Frage war berechtigt; herrschte tatsächlich die Überzeugung in ihm vor, daß er in seiner Bedeutungslosigkeit der Bürge für die gesamten Vergehen seines Volkes sei, oder hat er sich von Gretes Spruch «Eine Hand wäscht die andere» anstecken lassen? Würde er nicht zum elenden Opportunisten, der das Schiff vielleicht nur mit etwas mehr Noblesse verließ als die mit ihrer Beute fliehenden Bonzen?

Sein Leben lang hat er doch ein einziges, nie erlöschendes Bedürfnis gehabt: sich selbst achten zu dürfen!

Alles das wälzte er auf der Fahrt nach Prag im Kopf, eingezwängt im Auto, wo sich der Fahrer und sein Nebenmann jetzt auf tschechisch erzählten, was die verbotenen Sender über die Lage an den Fronten berichteten. Im Grunde benahm er sich wie ein ganz ordinärer Lockspitzel, wenn schon keiner, so hatte ihm wenigstens Morava so viel Vertrauen entgegengebracht, daß dieses Versteckspiel schändlich war. Doch wie sollte er damit Schluß machen? Und vor allem: Warum sollte er sich eigentlich des letzten Vorteils begeben, den er auf diesem verlorenen Posten noch genoß?

Als sie durch eine Kleinstadt kamen, verstummten die Tschechen und blickten alle in die gleiche Richtung. Vor einer Gastwirtschaft stand ein Mann auf einer Leiter, an der ein Eimer hing, und übermalte mit kreisenden Pinselschwüngen die Aufschriften WARME UND KALTE KÜCHE, BIER, WEIN, LIMONADEN. Sie bogen schon um die Ecke, als Buback erst begriff: Dieser Mensch beseitigte nicht alle Aufschriften an der Wand, sondern nur die deutschen. Und er tat das nicht klammheimlich in der Nacht, sondern bei hellichtem Tag, direkt unter den Augen der deutschen Bewaffneten, die ununterbrochen diese kriegswichtige Verbindungsstrecke passierten.

Ein SS-ler, der Trinkgeld annahm, ein Buchhalter, der einem Gestapo-Angehörigen Europas Verderben zum Vorwurf machte, und ein Mann mit einem Kübel Kalk, die ersten drei sichtbaren Risse in der Kulisse des Dritten Reiches ließen Buback daran denken, wie er beim Rückzug aus Belgien die Sprengung einer Brücke durch Pioniere miterlebt hatte. Nach der Zündung stieg sie, so lang sie war, in die Höhe und schien unwahrscheinlich lange in der Luft zu schweben, bis sie, in tausend Stücke zerborsten, ins Wasser stürzte. In diesem täuschenden Schwebezustand vor dem Zerbersten, so spürte er, befand sich jetzt ganz Deutschland und damit auch jene Frau, die ihm vertraute.

«Entschuldigen Sie», riß ihn Moravas Stimme aus seinen Gedanken, «ich muß mit meinen Leuten das weitere Vorgehen besprechen.»

Er nickte, er wußte inzwischen, daß die meisten Männer der Prager Kriminalpolizei die vorgeschriebene Deutsch-Prüfung nur formal abgelegt hatten, doch ähnlich wie Litera eigentlich nur radebrechen konnten; bei Fachleuten drückten die Reichsbehörden ein Auge zu, damit die Verwaltung des Protektorats überhaupt funktionierte.

«Ob er dort steckt oder nicht», begann Morava auf tschechisch, «er hat Šebestas Pistole, und eure hat man euch bei der Razzia abgenommen.»

Der vierschrötige Matlák drehte sich nach hinten um und winkte mit seiner mächtigen Pranke ab.

«Macht nichts.»

«Überschätzen Sie Ihre Hände nicht!»

«Unsere sind auch nicht leer.»

«Wieso das ...?»

Nun grinste auch Jetel.

«Die Waffenpässe hat man uns gelassen, also haben wir in alten Vorräten gekramt, wie der Herr Hauptkomm ...»

«Schluß jetzt!» warnte ihn Morava fast beiläufig.

Er traut mir nicht, begriff Buback, und bemerkte erst jetzt, daß die Jacken seiner Begleiter leicht ausgebeult waren. Sie hatten also ein Geheimlager aufgemacht! Meckerle hatte einen guten Riecher, ihn dagegen führten sie seit Februar mit Erfolg an der Nase herum. Aber konnten sie das vielleicht nicht auch, weil er sich eigentlich führen ließ? Hatte er dem deutschen Krieg nicht schon innerlich entsagt, als er Jitka Modrá und den jungen Mann neben ihm kennenlernte? Die knappe Unterhaltung der Tschechen verriet ihm etwas Wichtiges: Morava hatte ihn nicht hinters Licht geführt, er war offenbar auch für seine Leute eine jeder Verstellung bare «Lotosblüte», so daß sie ihn sicherheitshalber von allen Informationen abgeschnitten hatten. Wie sollte er sich jetzt, nach dem letzten Gespräch mit Grete, auf Morava und die ganze verteufelte Situation einstellen?

Er brachte diese Überlegung nicht zu Ende, denn sie stiegen schon vor einem Haus aus, das sich in dem feinen, immer noch den Namen Königliche Weinberge tragenden Viertel wie ein armer Verwandter ausnahm. An der abgeblätterten Fassade des Mietshauses vom Ende der Zwanziger konnte man die Stuckinschrift HAUS DER EISENBAHNER gut erkennen.

Die Hausmeisterin, durch das Eintreffen der Polizei wie ein Huhn aufgescheucht, teilte ihnen in einem einzigen langen Satz mit, daß der gesuchte Malina Karel im zweiten Stock Nummer vierzehn wohne, ein ordentlicher und umgänglicher Mann, habe er mal den Hausschlüssel vergessen, bezahle er anstandslos für das Türöffnen, und er sei Junggeselle, weshalb sich die junge Frau seines alten Kumpels Kratina von Nummer fünfzehn um ihn kümmere, die für ihn saubermache und wasche. Nein, sie selbst habe Herrn Malina seit Sonntag nicht gesehen und den Mann da auf dem Foto noch nie.

Vor der Wohnung mit dem Namensschild MALINA, das nach Vorkriegsmanier in gefälliger Schrift ausgeführt war, gab Morava seinen Untergebenen ein Zeichen, auf der vorletzten Stufe zu warten. Buback begriff, daß das wegen des Türspions nötig war, und blieb noch hinter ihnen. Er sah zu, wie Morava zuerst das Ohr an die Tür legte, ehe er klingelte, um eine mögliche Reaktion zu vernehmen, versprach sich aber nichts davon, denn das Haus gab zu viele Geräusche von sich. Selbst auf das zweite Klingeln reagierte niemand, und Morava ging zu der Nachbarwohnung hinüber.

Die ansehnliche Mittdreißigerin, die mit umgebundener Schürze öffnete, wirkte robust, doch die vier Männer beeindruckten sie schon. Sie antwortete brav in ganzen Sätzen. Den Herrn Malina? Den Herrn Malina kenne sie, schließlich verdiene sie sich mit Aushilfe bei ihm ein paar Kronen hinzu. Die Wohnungsschlüssel? Die Wohnungsschlüssel bekomme sie immer nur jeden Mittwoch von ihm, sie wolle in diesen Zeiten nicht für eine fremde Wohnung verantwortlich sein, das verstünden die Herren doch wohl. Gestern? Gestern habe sie Herrn Malina gesehen, gerade als sie die Schlüssel zurückgab, er erwähnte, daß er vielleicht zu seiner Mutter fahre. Wohin? Wohin, das wisse sie nicht, vielleicht nach Kladno ... oder nach Kolín? Ein Fremder in der Wohnung? In der Wohnung sei kein Fremder gewesen, sie habe dort doch saubergemacht!

Als Morava für Buback zu übersetzen begonnen hatte, entging diesem nicht, daß die Frau äußerst nervös wurde. Als Tschechin hatte sie aber sehr wohl Recht dazu. Unwillkürlich ließ sie den Blick zu ihm gleiten, wandte ihn sogleich wieder ab und sprach den Kriminaladjunkten an, als gebe sie ihm ein geheimes Zeichen.

«Karel ... ich meine Herr Malina, hat wohl mal dummes Zeug geschwätzt, aber bestimmt hat er sich nie in etwas eingemischt, schon gar nicht in die Politik!»

«Hat er vielleicht irgendwen bei sich übernachten lassen?» fragte Morava.

«Das müßte ich bemerkt haben!»

«Damit wir uns verstehen: ich frage in seinem Interesse. Wir suchen einen Mann, mit dem er vorgestern abend am Bahnhof gesehen wurde. Höchstwahrscheinlich ist das ein Mörder, nach dem wir fahnden, er könnte auch ihn umbringen!»

«Sie glauben doch nicht, ich würde ihn mir aufs Gewissen laden!»

Dieses Weib hatte ein Verhältnis mit ihm, davon war Buback überzeugt. Und von dem anderen wußte sie anscheinend nichts. Morava war der gleichen Meinung.

«Also hören Sie zu», sagte er, während er ihr Rypls Foto in die Hand drückte, «sowie Herr Malina zurückkommt, schicken Sie ihn sofort, ob tags oder nachts, zur Bartolomějská vier, mein Name ist Morava. Falls er diesen Mann wirklich getroffen hat, muß er mir alles, aber auch alles sagen, was er über ihn weiß. Sie haben ihn wirklich nicht gesehen??»

«Nein!!» erklärte sie so ungeheuchelt und glaubwürdig, als habe sie sich einer Last entledigt, «so wahr ein Herrgott über mir ist, beim Tode aller, die mir lieb sind, niemals!!»

Er kannte sich hier auch in der kurzen Zeit aus, die ganzen zwei Tage hier tat er fast nichts anderes, als das Haus zu belauschen. Die Schritte von vier Männern, so leise sie waren, unterschied er zu dieser ungewöhnlichen Stunde rechtzeitig genug von den anderen, so daß er auf seinen Gummisohlen an der Tür war, noch ehe sie klingelten. SIE lehrte ihn, auf den unwahrscheinlichsten Zufall gefaßt zu sein, das Leben ist ein tückisches Biest, Tonánek, jeden Moment hat es eine neue Gemeinheit auf Lager! Dieser Wicht ließ beim Einkaufen vielleicht doch sein Mundwerk laufen, und irgendwer hat ihn verpfiffen.

Als er Malina dann nach der Rückkehr von der Nachbarin mit der Pistole zwang, sich selbst mit einem Riemen die Füße zu binden, glaubte dieser immer noch, daß er mit seiner Disziplinlosigkeit das Mißtrauen des Freiheitskämpfers weckte, und schwor, ein aufrichtiger Patriot zu sein. Selbst kreuzte er die Hände hinter seinen Rücken, um leichter gefesselt zu werden, und sah es vielleicht wirklich ein, daß sich der Offizier für einige Zeit absichern muß, um ihn dann aber, sobald es möglich wird, sofort in Ehren freizulassen.

In der Tat stellte dieser Kretin eine Gefahr für ihn dar, und er hatte nach seinem Entschluß, sich jetzt an den Germanen zu rächen, DAS RECHT AUF KRIEGSLIST.

Er legte Malina seine Gründe so überzeugend dar, daß dieser nach einiger Zeit zu schlottern aufhörte und sich in sein unangenehmes Schicksal fügte, gefesselt in der Wanne zu liegen. Tagsüber stand die Badezimmertür offen, und er durfte, da er obendrein auch noch einen Knebel erdulden mußte, mit einem Klopfen zu erkennen geben, daß er ein Bedürfnis oder Hunger verspürt; der verging ihm jedoch fast restlos, so daß sein Gast ihm viel öfter die Hosen herunterließ. Nachts schloß er das Bad ab, um sich ohne Risiko ausschlafen zu können. Falls Malina auf die Idee kommt, an die Wand zu klopfen, hinter der die Nachbarin wohnt ... er sprach nicht zu Ende und hielt ihm sein langes schmales Messer an den Hals.

Seltsam war, daß er jetzt, da ihn nur noch die Holztür vom Verhängnis trennte, zum erstenmal weder Herzklopfen noch schwache Beine hatte! Irgend etwas ging in diesen paar Dutzend Stunden hier in der Wohnung in ihm vor, und offenbar hing das mit seiner NEUEN MISSION zusammen. Am meisten aber, weil greifbar, half ihm jenes Ding, das er zuerst gedankenlos aufhob und einsteckte und dann auf dem Bahnhof als Lockmittel benutzte, bis es ihn dann hier in der Ruhe an die besten Tage seines Lebens erinnerte.

DIE PISTOLE.

Ihn überlief ein Glücksgefühl, das er vom Brünner Schießplatz her kannte, wo man im Jahr neunzehn aus den Frischgemusterten ein Bataillon der nagelneuen tschechoslowakischen Armee aufstellte. Damals sollte er auf lange Zeit DAS ERSTEMAL OHNE SIE sein und fürchtete sich unsäglich, denn noch nie ließ sie ihn über Nacht weg, selbst mit den besten Freunden nicht, du holst dir bloß was, Tonánek, oder jemand kann dich verderben! Sie versuchte ihn freistellen zu lassen, allerdings ohne Erfolg, er war kerngesund und als gerade Ausgelernter entbehrlich.

Die Ausbildung leiteten erfahrene Legionäre, aus Rußland zurückgekehrt, sie schindeten die Rekruten dermaßen, daß er tagsüber nicht zum Jammern kam und abends vor Müdigkeit umfiel. Die ungarische Invasion in der Slowakei zwang zur Eile. Schon den siebten Tag marschierten sie zum Scharfschießen aus, und da geschah es. Er bewies ein unerwartetes Talent, denn er traf als einziger aus seiner Kompanie sämtliche Scheiben und wurde deshalb im Tagesbefehl genannt. Noch nie erlebte er, daß er im Mittelpunkt der Aufmerksamkeit steht. Kein Wunder, daß er sogleich für die Armee entbrannte.

ICH WERDE SOLDAT!

Die Frontkämpfer spürten das. Er war der einzige, den sie nicht schikanierten, und nicht nur das: Der gefürchtete Zugführer Králík lud ihn sogar nach einer weiteren Woche, in der er auch bei der Nahkampfübung seine Leistung wiederholte, auf ein Bier in die Kantine ein. In die Slowakei soll er sich melden! hämmerte er ihm ein, es ist wahrscheinlich der letzte Krieg, und nur im Krieg kann man militärisch Karriere machen, er wird als Berufsunteroffizier heimkehren und hat dann, so wie er, bis ans Lebensende ausgesorgt!

Er war nach allen diesen Jahren mit IHR so gar nicht auf diese Möglichkeit vorbereitet und wehrte sich. Er kann doch nicht wissen, wandte er ein, ohne den wahren Grund seines Zweifels zu erläutern, wie er sich verhält, wenn es hart auf hart kommt. Keine Angst! fegte Králík diesen Einwand beiseite, ihm sieht man doch an der Nasenspitze an, was den wahren Soldaten ausmacht. Was? Na, was wohl: DIE LUST AM TÖTEN!

Er erschrak. Ihm war nicht klar, wo in ihm, dem damals noch zarten und scheuen Einzelkind, das für alle das Muttersöhnchen war, diese Lust herkommen sollte, aber er wußte in diesem Augenblick mit Sicherheit, daß Králík sich nicht irrt.

ICH HABE SIE!

UND WILL ENDLICH ICH SELBST SEIN!

In den ersten Angriff ging er wie auf eine Jagd, er bebte geradezu vor Gier zu treffen. Das slowakische Komárno gaben die Ungarn von selbst auf, aus dem Straßenkampf wurde nichts. Am Donauufer lagen sie dann für den Rest des Tages im Dauerfeuer und schleppten ihre Verwundeten fort. Als sie endlich zum Sturmangriff ansetzen konnten, kam die letzte Granate, und ALLES WAR AUS.

Vom Spital konnte er wieder nur zu ihr zurück.

Jene Lust tauchte dann unerwartet fast zwanzig Jahre später wieder in ihm auf, doch da hielt er sich bereits an DAS BILD in der Sakristei der Kirche, das ihn dermaßen in seinen Bann zog, daß er vor allem seinetwegen so lange dablieb und, als er sein VORBILD darin entdeckte, nur mit ihm zusammen fortgehen konnte.

Und diese Lust, diesmal die alte Lust aufs Schießen, hatte er heute wieder, als man sich vor der Tür draußen zu seiner Verhaftung anschickte. Die Pistole in der Hand, lauschte er dem tschechisch-deutschen Gespräch, dem er entnahm, daß er zusammen mit diesem Wicht gesehen wurde, und hatte keine Zweifel: Falls die Hure nebenan doch die Schlüssel hat, oder sie brechen die Tür auf, dann reicht ihm bei seiner Schießkunst das halbe Magazin für sie alle, und kein weiterer wird sich ihm mehr in den Weg stellen.

Dann aber vernahm er den Schwur der Nachbarin und konnte, obwohl das ein Ergebnis seiner Schlauheit war, mit der er alles perfekt einschätzte und einfädelte, eigentlich eine leichte Enttäuschung nicht verhehlen. Sogleich wurde er sich jedoch der Schwierigkeiten bewußt, in die er schon wieder geraten wird. Die Jagd auf die Germanen ging erst los!

ALSO DEMNÄCHST!

Als die Frau geräuschlos in ihre Wohnung zurückkehrte und die Schritte der Männer im Treppenhaus verhallten, ging er durch Küche und Zimmer ins Bad, ob sich der in der Wanne inzwischen nicht aus enttäuschter Hoffnung naß machte.

Mein Geliebter», eröffnete ihm Grete, als er die Mansardentür aufgeschlossen hatte, «sie wollen uns alle fortschaffen.»

Mit diesem Satz hatte er schon seit ein paar Tagen gerechnet, da täglich und stündlich die verschiedensten Institutionen aus Prag verschwanden, doch er hatte sich bis jetzt geweigert, ihn zu Ende zu denken. Selbst wenn Grete schließlich mit festem Ziel abgereist sein würde, ein Wiedersehen mit ihr wäre unwahrscheinlich geworden. Sobald die Feuerwalze über alles hinwegraste, so könnte er sich denken, würde es auch kein Telefon und keine Post mehr geben, und Millionen Heimatlose würden wie Nomaden durch das verwüstete Deutschland ziehen. Vor allem sein Schicksal stand in den Sternen, falls er sich entschied, wie er sich innerlich schon entschieden hatte und auch gar nicht anders hätte entscheiden können, wenn er in seinen und sicherlich auch in ihren Augen nicht ganz an Wert verlieren wollte.

«Wohin?» fragte er also, um nicht zu schweigen, und bemühte sich zu verbergen, wie aufgeregt er war.

«Irgendwohin nach Tirol.»

«Und was dort?»

«Dort sollen vorerst alle Gruppen des Deutschen Theaters untergebracht werden, solange keine Rückkehr möglich ist.»

«Haben sie gesagt!»

«Ja», sagte sie und verzog das Gesicht, «der Herr Generalintendant Kuhnke erschien höchstpersönlich, um uns zuzusichern, daß wir ab Saisonbeginn wieder normal in Prag spielen werden.»

«Und was heißt das nun in Wirklichkeit?»

«Na was schon: Er will abhauen und kann das ohne uns nicht, also ist er darauf gekommen, die Blüte der deutschen Kunst für bessere Zeiten zu bewahren. Er quartiert uns in irgendwelchen verlausten Kasernen ein und schiebt seinen fetten Hintern in die Schweiz, der Herr Bruder spielt dort den Gesandten.»

«Denkst du.»

«Denkt jeder.»

«Und was wollen die anderen tun?»

«Fahren, selbstverständlich! Wer soll abwarten, bis es hier kracht, oder, Geliebter? darüber haben wir hier zuletzt vorgestern gesprochen. Dort wird man dann sehen, wie es weitergeht.»

Vor seinem geistigen Auge stand die aus ihren Fundamenten gesprengte Brücke, die in der Luft zu hängen schien.

«Ja. Das ist bald soweit. Die einzige Frage ist, wer anfängt.»

«Eben.»

Sie sagte nichts mehr und sah ihn abwartend und herausfordernd an. Er nahm alle Kraft zusammen.

«Ich hoffe, du fährst», sagte er.

«Du willst das?»

«Ja.»

«Aha ... das ist interessant.»

«Wieso meinst du?»

«Du hast dich unlängst in dem Sinne geäußert, daß du mich vielleicht richtig liebst.»

«Ja!»

«Also gilt das nicht mehr!»

Das konnte er nicht auf sich sitzen lassen.

«Daß du hierbleibst, kann kein Mensch wollen, der dich wirklich liebt. Ich will, daß du lebst, ich will einen Grund haben, für den es auch mir gelingen muß zu überleben. Wenn es hier losgeht, kann ich dich vielleicht irgendwo verstecken, doch ich könnte kaum bei dir bleiben.»

«Ich weiß», sagte sie.

Er fühlte, wie sich abermals eine Leere in ihm auftat, doch er setzte die Maske des harten Mannes auf, um auf keinen Fall ihr Mitleid zu wecken. Aber warum eigentlich nicht?? Warum gesteht er ihr nicht, daß ohne sie sein Leben jeden Sinn verlieren würde? Denn die Hoffnung, daß er sie dann noch so wiederfinden würde, wie er sie verlassen hatte, war gleich Null. Auf sie wartete der Kampf um die nackte Existenz, deshalb blieb ihr wieder keine andere Wahl, als sich mit einem anderen Mann zu verbinden, um von diesem besser beschützt zu werden, als er es vermocht hatte. Oder sollte er einfach auf den Messiaskomplex seiner Schuld pfeifen und zusammen mit ihr wegfahren? Sie hatte recht: Den Versetzungsbefehl hätte er sich aufgrund seiner Sondervollmachten selbst ausstellen können.

«Also, du liebst mich», sagte sie, bevor er etwas sagte.

«Ja.»

«Und läßt mich wegfahren!»

Er verscheuchte die sinnlosen Gedanken.

«Ja.»

«Dann ist es gut.»

«Was?»

«Daß du mich so liebst.»

Er wußte keine Antwort. In diesem Augenblick, da er sie verlor, war jedes Wort schwach oder falsch. Und das war im Grunde seine Strafe, eine schlimmere konnte er sich nicht vorstellen: Für das maßlose Leiden, das sein Volk der Welt zugefügt hatte, opferte er sein persönliches Glück. Jetzt wollte er rasch alles wissen.

«Wann soll's losgehen?»

«Heute abend um sechs mit den Koffern beim Theater. Um sieben ist unwiderruflich Abfahrt.»

Er blickte verständnislos auf die Uhr.

«Es ist acht...»

«Ich weiß», sagte sie, «ich liebe dich nämlich auch, warum sollst du hier also allein draufgehen?»

Jitkas Beisetzung fand in aller Frühe statt, am Samstag, dem 5. Mai.

Kaum war Jan Morava aus dem Ledigenheim in der Konviktská Gasse getreten, nahm er mit allen Sinnen die neue Witterung wahr. Wie nach dem Luftangriff im Februar hatte sich der Geist der Stadt vollkommen verändert, doch während sie damals von Angst überschattet wurde, war diese heute einer fast krampfhaften Fröhlichkeit gewichen. Über Nacht waren die meisten deutschen Aufschriften verschwunden, und die Nachzügler, die sich der restlichen annahmen, kümmerten sich nicht mehr ums Aussehen, sie strichen einfach mit zwei Pinselzügen Kalk oder Farbe alles Deutsche kreuz und quer durch.

Die Mündung der Bartolomějská hatten diesmal tschechische Polizisten abgeriegelt; sie wirkten einigermaßen fremdländisch, da sie neben ihren schwarzen Helmen und Pistolen nach Jahren auch wieder Gewehre trugen. Sie kamen vielleicht aus anderen Stadtbezirken, trotzdem winkten sie ihn freundschaftlich durch, ohne ihn zu kontrollieren, vielleicht kannten sie ihn von früher, als sie die Tatorte für ihn gesichert hatten. Er wollte nur melden, daß er vorhabe, nach der Beerdigung die Fahndung fortzusetzen, und war überrascht, als Beran ihm erklärte, er werde mit ihm zusammen auf den Friedhof fahren.

«Ich habe für mich schon alles Nötige veranlaßt», fügte er hinzu, «ich zieh mich nur rasch um, und Sie sehen auch zu, daß Sie in Ihre Uniform kommen, heute müssen wir alle gesichtet werden. Und Morava!» rief er ihm noch nach, «lassen Sie sich eine Pistole zuteilen.»

Aus dem oberen Fach des Dienstspinds holte er zum erstenmal nach zwei Jahren seine Uniform, in ihr war er damals zum Adjunkten befördert worden. So sah sie auch aus. Als er wieder mit dem Hauptkommissar zusammenkam, konnten sich beide eines Lächelns nicht erwehren, es sollte das einzige an diesem ganzen endlosen Tag bleiben. Morava hatte vom Turnen kräftige Arme bekommen, die in den plötzlich engen Ärmeln wie Stöpsel steckten, Beran dagegen war von der Hetzerei der letzten Monate abgemagert, sein Hemd schlappte um ihn herum. Die Pistolentaschen baumelten ihnen beiden am Gesäß, dauernd hatten sie das Bedürfnis, sie hochzuzerren. Die Schirmmütze zwängte Moravas Kopf ein, und Beran saß sie auf den Ohren. Zu allem Überfluß stanken sie beide noch nach Naphthalin.

«Mein lieber Mann!» urteilte der ähnlich herausgeputzte Litera, «die Deutschen machen sich bei unserem Anblick in die Hosen und strecken massenweise die Waffen.»

Schweigend fuhren sie dann durch Prag, dessen emsige Verwandlung in eine rein tschechische Stadt beobachtend. Diese hysterische Eile, so zwang sich Morava, nicht an das traurige Ziel der Fahrt zu denken, lief auf die Verwischung eigener Tatspuren hinaus; als sollten dadurch die sechs Jahre feiger Resignation, die allzuoft in eilfertige Kollaboration übergegangen war, getilgt oder zumindest mit dem Mantel bemühten Vergessens zugedeckt werden.

Die tschechische Aktivität war den Deutschen selbstverständlich nicht entgangen, die Folge davon war gewiß der gewaltig verstärkte Einsatz von Militärstreifen. Statt zu zweit gingen sie jetzt zu dritt oder zu viert, und hinter ihren Koppeln steckten neuerdings langstielige Handgranaten.

«Die qualmen!» Litera zeigte auf eine Dreiergruppe, die sie gerade unter der Eisenbahnbrücke passiert hatten.

Die in den Mundwinkeln klebenden Zigaretten paßten tatsächlich kaum zum bisherigen, Ordnungssinn und Disziplin demonstrierenden Bild der deutschen Armee im Hinterland. Für die langgedienten Krieger war Prag offensichtlich schon Frontgebiet geworden.

Als das Auto die steile Gasse längs der Vyšehrader Bastionen hinaufgekrochen und über das Katzenkopfpflaster zur Kirche am Friedhof eingetroffen war, überraschte Beran heute Morava zum zweitenmal.

«Ich hab auch für Sie was besorgt», sagte er, während Litera aus dem Kofferraum zwei Sträuße und einen kleinen Kranz herausnahm.

FÜR JITKA VON JAN – FÜR JITKA VON V. B. – FÜR JITKA VON ALLEN sagten die Schleifen in den Farben der immer noch streng verbotenen tschechoslowakischen Trikolore.

«Sie wollten alle kommen», erklärte der Hauptkommissar, «aber das konnte ich, wie Sie verstehen werden, nicht zulassen, deshalb gehe ich wenigstens selbst auch für die andern mit.»

Auch für die schlichte Zeremonie hatte, nach kurzer Verständigung mit Morava am Mittwoch, Beran gesorgt. Ohne jede Sentimentalität hatte er angeordnet, sie dürfe um keinen Preis zu spät anfangen und auch nicht länger als fünfzehn Minuten dauern. Derselbe Polizeitechniker wie damals hatte bereits gestern von dem falschen Grab, bei dem der Mörder unter einem unseligen Stern angebissen hatte, das Schild mit dem Namen JAN MORAVA entfernt und vorübergehend durch ein ähnliches ersetzt, das nicht mehr der Täuschung diente.

JITKA MODRÁ.

Am Grab, neben dem schlichten Sarg aus Naturholz, der auf Bohlen stand, warteten der Totengräber mit seinen drei Gehilfen und der Vikar der Salvator-Kirche, den Morava hatte bitten lassen. Mit wenigen Sätzen nahm er auch im Namen der Eltern und Verwandten Abschied, die von der Front abgeschnitten worden waren. Dann betete er laut das Vaterunser, und es war das erste Mal, daß Morava dabei weder die Lippen bewegte noch die Worte im Geiste mitsprach.

Selbst jetzt konnte er nur an den Mann denken, den er sich holen wollte. Doch wie sollte er ihn in der Großstadt finden, die zu allem wie ein erhitzter Topf vom Brodeln des nahenden Siedepunktes geschüttelt wurde? Die gleichgeschalteten tschechischen Journalisten, jetzt fünf vor zwölf von Sympathien für den Widerstand besessen, lehnten es nach wie vor ab, das Bild eines unbekannten Mannes zu veröffentlichen. Rypls Foto, das Morava tausendfach vervielfältigen ließ, hatten nur wenige tschechische Polizisten in die Hand bekommen, die schon ohnedies zwei Köpfe besaßen: Sie warteten ab, ob die Deutschen erst recht über sie herfallen oder ob sie gezwungen sein würden, selbst über die Deutschen herzufallen. Wo kann sich ein Mensch verstecken, der offenbar keinen Verwandten oder Bekannten hier hat? Wer würde auch unter größtem Risiko heute einen fremden Menschen bei sich aufnehmen, zumal der immer noch ein untergeschobener Gestapoagent hätte sein können? Es sei ... es sei denn ... es sei denn, jemand glaubte, der Mann verstecke sich vor den Deutschen!

Ja, konnte gerade das fieberhafte Bemühen, sich ein Alibi zuzulegen, das jetzt viele Beschmierer deutscher Ladenschilder massenhaft demonstrierten, denen die Deutschen bis gestern als geschätzte Kunden gegolten hatten, nicht bei so manchem auch zu dem Entschluß führen, einem vermeintlichen, ja wem? vielleicht einem verfolgten Patrioten Unterschlupf zu gewähren? Aber dann konnte ihn sogar die ganze Familie, das ganze Haus, der ganze Ort decken. Wenn das so war, brauchte der sich überhaupt nicht auf der Straße zu zeigen!

In diesem Fall war aber die absolute Schlüsselperson jener Malina, mit dem der Mörder fast sicher den Bahnhof verlassen hatte! Warum gaben sie sich also mit der Aussage der Nachbarin zufrieden, er wäre zu seiner Mutter gefahren und die Wohnung leer? Nein, noch heute, gleich jetzt, würde er sie von Amts wegen öffnen lassen ... fast wandte er sich schon Litera zu, um keine Zeit zu verlieren und loszufahren, als Überlegungen von einer Bewegung verwischt worden waren.

Die vier Männer in den abgewetzten dunklen Sachen strafften gekonnt die Gurte und lockerten sie gleich wieder. Sie führten ihn zu jenem Grab zurück, das seine Erfindung gewesen war und das er sogar mit seinem Namen versehen hatte, um jetzt seine Frau und sein Kind dareinzubetten. Erst als der Sarg zu sinken begann, rief er sich Jitka körperlich zurück, nahm durch seine geschlossenen Lider den Blick ihrer braunen Augen wahr, spürte den ländlich milchigen Duft ihrer Haut, berührte ihre Finger, ihre Gelenke, Ellbogen, Hüften, Brüste.

Eine Sekunde lang drohte ihn das fühllose Schweigen der Seele zu zerreißen, das er sich auferlegt hatte, er war nahe daran, auf die Knie zu sinken und hemmungslos zu weinen oder gar in die Grube zu springen und sich auf dem hölzernen Sargdeckel zusammenzukauern. In ebendiesem Augenblick hatte sich eine Hand um ihn gelegt. Es war Beran, der neben ihm an das Grab getreten war, um mit ihm eine Handvoll Erde auf den Sarg zu werfen. Und nachdem dies getan war und Morava als erster den schmalen Weg zwischen den Behausungen der Toten zum Auto zurückging, vernahm er hinter sich.

«Gut, Morava!»

Erst im Wagen, auf dem Beifahrersitz, fuhr Beran fort.

«Heute werden Sie mit der Fahndung aussetzen und für eine Weile mein persönlicher Adjutant sein, ich bin auf meine alten Tage Befehlshaber geworden. Ja, die Deutschen hatten das richtige Gespür, als sie uns diesen Buback ins Genick setzten.»

«Warum haben Sie mir nicht wenigstens angedeutet...»

«Sie schienen mir Ihrem Charakter nach nicht gerade ein Schauspieler zu sein. Ich wollte, daß Sie glaubwürdig wirkten. Mir genügte Jitka.»

«Sie hat gewußt??»

«Natürlich. Sie war meine rechte Hand. Ich mußte ihr dienstlich befehlen, Ihnen gegenüber kein Wort darüber fallen zu lassen, bevor ich es erlaube.»

Der Gedanke, daß ihm nicht vergönnt worden war, dieses Geschöpf, auf das jetzt die steinige Erde von den Schaufeln herunterpolterte, näher kennenzulernen, drückte Jan Morava erneut das Herz ab.

«Leben Sie nach vorn, lieber Freund», sagte Beran, «Sie stehen am Anfang Ihres Lebens, mag es Ihnen auch so scheinen, als hätten Sie es hinter sich. Vergönnen Sie ihr, daß sie noch lange in Ihnen lebt. Können Sie damit umgehen?»

Ohne Übergang wies er mit dem Kopf auf Moravas Pistolentasche.

«Nein, ich kam gerade damals zu Ihnen, als Rajner die Zahl der berechtigten Waffenträger einschränkte.»

«Ach ja! Also wir erhöhen sie jetzt. Nehmen Sie das Ding heraus und sehen Sie sich's zuerst einmal ordentlich an.»

Morava gehorchte und musterte das Stück Stahl, als sei es ein unbekanntes Lebewesen. Beran beugte sich nach hinten zu ihm über, nahm ihm die Waffe aus der Hand und führte sie vor.

«So nimmt man das Magazin heraus, und so schiebt man es wieder rein. So entsichert und so sichert man. Auseinandernehmen werden wir sie lieber nicht. Ja, und dann drückt man schon auf den Abzug. Versuchen Sie's.»

Morava hatte das Magazin raus- und reingeschoben und legte den Sicherheitshebel um. Zuletzt drückte er den Abzug.

Es gab einen ohrenbetäubenden Knall, und das ganze Wageninnere füllte sich im Nu mit beißendem Pulvergestank.

Litera geriet vor Schreck auf den Bürgersteig, wo zum Glück gerade niemand ging.

Sie standen.

Morava wurde rot und blickte auf die Polsterung des Vordersitzes. Darin befand sich ein kleines schwarzes Loch.

Beran bückte sich und hob das Geschoß auf, das an ihm vorbeigeschwirrt und auf dem Wagenboden gelandet war.

«Der Idiot bin ich», sagte er schließlich, «zumindest werden Sie nie mehr vergessen, daß immer ein Schuß im Lauf steckt. Und daß man nie auf Menschen zielt. Puh, sind wir aber erschrokken!»

Mein Geliebter», sagte Grete, «du gehst dahin, weiß nicht, wohin, kann dir nur mehr die Daumen halten. Aber selbst wenn du tust das, weiß ich nicht, was, vergiß nicht, daß jemand auf dich wartet und dich braucht. Damit du weißt, daß es für dich keinen Grund gibt zu verrecken und mindestens einen zu überleben!»

Was er vorgehabt hatte, erforderte vor allem den Besuch der Leitstelle. Dort erfuhr er, daß seine Vollmachten immer noch galten, was bewies, daß Schörners Stern nach wie vor im Zenit stand. Dafür glich die Meckerlerunde, von der er sich alles versprochen hatte, keiner von denen, die er in diesem Raum erlebt hatte. All die Männer, die unlängst noch die «Meister der

Welt und Umgebung» waren, wie Grete jene Typen spöttisch nannte, zündeten sich nervös eine Zigarette nach der anderen an und benahmen sich verstört. Des Standartenführers Abwesenheit wurde damit erklärt, daß er auf dem Hradschin bei K. H. Frank sei, wo beide sich bemühten, Verbindung zu Dönitz zu bekommen, der als Nachfolger des Führers endlich klare Richtlinien erteilen müsse, wie der Krieg fortzusetzen sei, und darüber hinaus den Kompetenzstreit im Protektorat zu entscheiden hatte, wo die Heeresgruppe Mitte über die alleinige Befehlsgewalt verfügen wollte. Um sich herum vernahm Buback die wildesten Gerüchte und zerbrach sich den Kopf, was davon ernst zu nehmen war, falls er zu einer Lösung beitragen wollte. Da betrat Meckerles Adjutant den Raum.

«Achtung! Der Gruppenführer!»

Alle spritzten hoch, ein paar Sekunden Spannung, was sie da wohl aus dem Restreich für ein hohes Tier hergeschickt hatten, und dann die Überraschung: Herein stolzierte der Altbekannte.

Nachdem er sie, zum erstenmal ohne Hitlergruß, mit einem energischen Wink in ihre Sitze verwiesen und mit einem einzigen Satz bekanntgegeben hatte, ihm sei soeben vom Großadmiral persönlich ein Rang zuerkannt worden, der dem Schörners näher komme, sagte er in fünf Minuten, was Buback wissen mußte: Ab diesem Augenblick liefen die Maßnahmen zur militärischen Besetzung Prags an. Die über die Stadt verteilten Einheiten begannen mittags fürs erste mit der Sicherung der strategischen Punkte, und in der Nacht würde die Vorhut der Armeegruppe einrücken. Diese sollte etwaigen Widerstand brechen und den Elitedivisionen und Stäben die Durchquerung Prags sichern, ehe die russische Zange sie von Norden und Süden abkneifen konnte. Es wurde eine Zeit gewählt, in der die Beschäftigten der großen Betriebe über Sonntag heimfuhren und die meisten Tschechen sich ohnedies dem Trampen und ihren Kleingärten widmeten. Am meisten komplizierte die Situation, daß auch das Korps von General Wlassow, aus ehemaligen sowjetischen Kriegsgefangenen bestehend, auf die Hauptstadt des Protektorats zugestoßen war. In der Heimat wurden diese Söldner ausnahmslos wegen Hochverrats zum Tode verurteilt, und jetzt brachten sie totale Verwirrung in die deutschen Pläne, weil sie sich als erste zu den Amerikanern durchschlagen wollten.

«Sinn des Ganzen», schloß Meckerle, «ist eine neue politische Doktrin, die soeben dechiffriert und um vierzehn null null als Geheimbefehl bekanntgegeben wird. Abtreten!»

Ohne Gruß verschwand er wieder, und Buback, der sich vorstellen konnte, daß nachmittags nur weitere Phantasmagorien aufgetischt würden, hatte genug erfahren, um über seinen Schatten im Bewußtsein springen zu können, daß er zwar das Regime verriet, auf das er geschworen hatte, dies aber im Interesse jener Werte tat, die für einen normalen Menschen Vorrang haben mußten.

Sein erster Lohn war eine gefährliche Überraschung. Während die Prager Innenstadt nach wie vor den Eindruck einer Stadt machte, fest in deutscher Hand, stieß er, kaum daß er von der Nationalstraße abgebogen war, auf tschechische Bewaffnete. Es waren zwar Polizisten, doch ihre Zahl und Ausrüstung schloß die Vermutung aus, das Reich könnte sie hier aufgestellt haben. Zunächst wurde er korrekt aufgefordert, sich auszuweisen, doch schon sein Deutsch bewirkte einen schroffen Wandel in ihrem Verhalten.

«Legen Sie die Hände in den Nacken!» schnauzte ihn der Wachtmeister an, der hier zu befehlen schien.

Buback gehorchte und schaute noch ruhig zu, wie sie ihn durchsuchten und seinen Ausweis überprüften, denn der bewies doch, daß er Angehöriger des Reichskriminalpolizeiamts im Range eines Oberkriminalrats war. Einen Augenblick früher als der Tscheche gewahrte er den runden Stempel, den man ihm gleich bei Dienstantritt als Verbindungsmann in der Bredauergasse der Ordnung halber verpaßt hatte: GEHEIME STAATSPOLIZEISTELLE PRAG.

«Ein Gestapomann!» sagte der Kommandant der Sicherungskette eher erstaunt, doch im Handumdrehen befand Buback sich unter Feinden. Er kannte diesen plötzlich ausbrechenden Haß aus anderen okkupierten Städten, die er schleunigst hatte verlassen müssen, und wußte, wodurch dieser fast überall ausgelöst wurde. Insbesondere jene Ordnungshüter, die zuvor jahrelang im deutschen Sold die Widerstandsregungen ihrer eigenen Landsleute unterdrückt hatten, waren die ersten, die sich an ihren Herren von gestern rächten, gleich, ob sie eine Rechnung für ihre bisherige Ohnmacht begleichen oder sich eine neue Karriere sichern wollten.

«Wie, wenn man ihm ein bißl die Fresse poliert?» fragte aggressiv ein Knabe mit Milchgesicht.

«Ich bin Kriminalist und Mitarbeiter Ihres Kollegen Morava aus dem Vierer», sagte Buback zu dem, der ihn als Gestapomann bezeichnet hatte, um sich nicht durch seine Reaktion auf den tschechisch geäußerten Satz zu verraten.

«Kenn ich nicht!» versetzte der Wachtmeister grob.

«Er ist Kriminaladjunkt ...»

«Ein Spion», warf ein anderer Polizist ein, «jetzt hinterbringt er ihnen, daß wir Flinten haben, und die schicken gleich ihre Tanks gegen uns los!»

«Die Chance wird er nicht haben. Teplý! Votava!»

«Hier!!»

Die Aufgerufenen nahmen Buback geübt in die Mitte.

«Bringt ihn zum Vierer. Und wenn das nicht stimmt, steckt ihn erst mal hinter Gitter!»

«Wie, wenn wir ihn in den Keller mitnehmen und ihn dort direkt um die Ecke bringen?» forderte das Milchgesicht.

Buback sah dem Wachtmeister direkt in die Augen, halt die Daumen, Grete! dachte er.

«Bringen Sie mich zu Hauptkommissar Beran, wir arbeiten zusammen!»

Dieser Name tat seine Wirkung. Er las in den Gesichtern, daß alle Beran kannten.

«Bewacht ihn dort», befahl der Wachtmeister verunsichert den beiden Männern, die Buback inzwischen unter die Arme gegriffen hatten, «damit ihm ja nichts passiert, bis man den

Hauptkommissar findet. Und wenn er gelogen hat, tut, was ihr für richtig haltet.»

In den Polizeikomplex waren sie zu Moravas neuerlicher Überraschung nicht zurückgekehrt. Litera, sicherlich auch längst eingeweiht, bog vom Perstýn in die Húsova ein und irgendwo in ihrer Mitte in eine lange dunkle Toreinfahrt. Auf einem Höfchen stiegen sie unter dem Schild UHLIŘSTVÍ aus, die deutsche Inschrift KOHLENHANDLUNG war allerdings frisch überschmiert. Ein paar rußgeschwärzte Männer, die rauchend auf umgestülpten Kohletragen hockten, begrüßten Beran wie einen alten Bekannten.

«Du, Josef, wartest hier», wies er Litera auf familiäre Art an, und Morava erkannte die Welt nicht wieder, mit der er, wie er glaubte, auf vertrautem Fuße stand.

«Und Sie folgen mir, Jan!» sagte der Hauptkommissar, auch ihm gegenüber einen neuen Ton anschlagend.

Sie betraten ein Kontor, wo zwei Polizisten mit Gewehren und Patronentaschen saßen, die sofort aufstanden, doch Beran winkte nur ab und stieg als erster die Kellertreppe hinunter. Von dem riesigen Kohle- und Holzlager der Firma gelangten sie durch einen frischen Mauerdurchbruch in einen typischen Prager Hauskeller, für die Mietsparteien in Bretterverschläge unterteilt. Der letzte war offen und leer, von dort führte ein großes Loch ins nächste Haus.

In dem Keller dahinter waren mehrere Polizisten damit beschäftigt, Waffen und Munition verschiedenster Art aus kleinen Kästen auszupacken; sie reinigten die Gewehre und lehnten sie reihenweise an die Wand, die Schachteln mit den Patronen und die Handgranaten stapelten sie auf Brettern, die über Böcke gelegt waren. Sie kümmerten sich um die Ankömmlinge nicht, und Beran stapfte zielbewußt weiter, ohne sich auch nur einmal umzublicken. Moravas Verwunderung wuchs. Hatte es noch ein zweites Prag, eine zweite Polizei und einen zweiten Beran gegeben, von denen er nichts wußte?

Offensichtlich, denn sie befanden sich plötzlich in einem weitläufigen Raum mit gotischer Deckenwölbung, in dem es von Menschen in Polizeiuniform und Zivil nur so wimmelte, vielleicht drei Dutzend Mann waren es, die in verschiedenen Winkeln und vor allerlei Apparaturen standen und saßen. Morava erkannte auch die Gesichter der bekannten Kriminaltechniker. Als sie des Hauptkommissars ansichtig wurden, brachen nacheinander alle ihre Arbeit und ihre Gespräche ab, und in wenigen Sekunden traten Stille und Ruhe ein.

«Wie steht's?» fragte Beran.

«Wir haben's durchgeprobt», meldete Veselý, in der Oberwelt Chef über Telefonzentrale und Fernschreiber, «vorerst nur Schallplattenmusik», er wies auf ein altertümliches Trichtergrammophon, «aber man hat uns bestätigt, daß wir überall in Prag ankommen. Derzeit werden die Reserveanlagen auf den Weinbergen überprüft, dann können wir jederzeit auf Sendung gehen.»

«Gut», sagte Beran, «gut, gut. Ist Brunát hier?»

«Hej!» meldete sich mit dem einzigen Wort, das ihm von seinem Vorkriegsdienst in der Slowakei geblieben war, der Direktor der Verkehrspolizei, ein graumähniger Sechziger, der gerade aus dem Durchbruch vom Keller nebenan kam, «hier ist der Beschluß des Rates.»

Morava begriff, daß hier unten beizeiten ein System von Verbindungs- und Fluchtwegen aus allen Dienststellen der Bartolomějská angelegt worden war.

Beran las das Papier und sagte dann zu den Anwesenden, wobei ein steinernes Echo seine Stimme verzerrte.

«Kollegen, bis jetzt wurden Sie in die Aktivitäten des Widerstands stufenweise und je nach Bedarf einbezogen, um zu vermeiden, daß die Konspiration unnötig gefährdet wurde. Sie alle, wie Sie hier sind, genießen dabei mein und Freund Brunáts volles Vertrauen, wie auch wir durch das gleiche Vertrauen des neuen politischen Organs gebunden waren. Das ist von diesem Augenblick an der Tschechische Nationalrat als einstweiliger Vertreter der tschechoslowakischen Regierung, die vorerst ihren Sitz im befreiten slowakischen Košice hat. Auf deren Beschluß hin entbinde ich Sie auch von sämtlichen Verpflichtungen, die sich aus dem Eid ergeben, den Sie gegenüber den Okkupanten hatten ablegen müssen. Der tschechischen Polizei als der am besten organisierten und außerdem, wenn zunächst auch nur bescheiden bewaffneten Bürgerwehr wurde die wichtigste Aufgabe zuerkannt: die Übernahme der Macht mit möglichst geringen Opfern sicherzustellen, die Menschen wie die Stadt zu schützen. Den Frieden vor Augen, darf Prag nicht das Schicksal der meisten europäischen Metropolen ereilen, nachdem es bisher glücklich davor verschont geblieben ist. Unser Ziel besteht also nicht im kopflosen Angriff, dafür haben wir auch gar nicht die Mittel! sondern im klugen, wenn auch prinzipienfesten Verhandeln mit den Deutschen, wobei wir überlegt unsere Kräfte einsetzen müssen. Die Entwicklung kann so viele Varianten haben wie eine Schachpartie, deshalb haben wir beschlossen, uns an keine zu binden und Flexibilität zu bewahren. Die erste Meldung, mit der wir die regelmäßigen Sendungen des Stadtfunks eröffnen ...», er schwenkte das Papier durch die Luft, «enthält einen Aufruf zu Ruhe, Ordnung und Vernunft, der auch den Deutschen einleuchten muß. Im Text gibt es jedoch Wortverbindungen, zugleich Chiffren, die unsere Bezirksabteilungen und die wichtigsten Widerstandsgruppen dazu anhalten, augenblicklich mit der unauffälligen Isolierung der deutschen Einheiten und Dienststellen in der Hauptstadt zu beginnen. Gutes Gelingen, Kollegen, und auf Wiedersehen um dreizehn null null, wenn wir beginnen. Uhrenvergleich, bitte!»

Er gab die genaue Zeit an, und dreißig Männer stellten ihre Uhren.

«Brunát, Morava!» rief der Hauptkommissar und setzte halblaut hinzu, als beide zu ihm traten, «wir drei knöpfen uns jetzt Rajner vor.»

«Ihr habt dringenden Besuch», teilte ihm Brunát mit.

«Was für einen?»

«Ihr deutscher Oberkriminalrat hat sich nebst Bedeckung eingefunden.»

«Die Gestapo?» Beran wurde wachsam.

«Ruhig Blut und warme Füße. Unsere Leute haben ihn vorgeführt. Man hat ihn für einen Gestapomann gehalten, gerettet hat ihn, daß er sich auf dich berief.»

«Was will er?»

«Mit dir oder mit Morava sprechen, angeblich hat er eine Mitteilung, die keinen Aufschub duldet.»

«Wann ist er gekommen?»

«Keine Viertelstunde her.»

«Also hin zu ihm!» drängte der Hauptkommissar zur Eile, der jahrelang für seinen bedächtigen Schritt berühmt war, «wo ist er?»

«Du hast ihm doch ein Büro zugeteilt...»

Tausendmal andere verhaftet, das erstemal selber hoppgenommen! dachte Buback und verzog das Gesicht, obwohl ihm nicht nach Lachen zumute war. Er saß hinter seinem wohlvertrauten Schreibtisch, auf dem sorgfältig geordnet die Meldungen zum Fall Witwenmörder lagen. Der einzige, jedoch grundsätzliche Unterschied zu früher bestand darin, daß der herumgedrehte Schlüssel von außen in der Tür steckte.

Obwohl er niemanden anzurufen hatte, probierte er das Telefon aus. Natürlich hatten sie es abgestellt, er war nicht in der Hand von Stümpern. Darin fühlte er sich jedoch entschieden sicherer als im Kreis tschechischer Polizisten, in denen der Patriotismus aufkeimte.

Also der Rubikon! Cäsars Schicksalsfluß fiel ihm ein. Eben war er dabei, seinen eigenen zu überschreiten, und wußte sehr wohl, daß hinterher nichts mehr so sein würde wie vorher. Er hatte jedoch keine Vorstellung, womit er diesen Schritt hätte aufhalten oder ersetzen können. Also wartete er nur noch gefaßt ab, bis sich, wie er richtig vermutet hatte, der Schlüssel umdrehte und der Hauptkommissar mit dem Kriminaladjunkten und mit einem unbekannten Uniformierten eintraten, der den Eindruck eines alten, aber immer noch reizbaren Löwen machte.

«Guten Tag», sagte Beran im gleichen Ton wie immer, «Sie wünschten uns zu sprechen. Das hier ist Kollege Brunát, ihm und mir wurde vorläufig die Leitung der tschechischen Polizei übertragen.»

«Freut mich», sagte der Löwe und bleckte die Zähne, «bleibt zu vermerken, daß der bisherige Präsident von seinem Glück noch nichts weiß.»

So ermuntert und ermutigt, überschritt Buback den unsichtbaren Fluß und sprang zugleich über seinen Schatten.

«Meine Herren, ich riskiere, von Ihnen für einen Feigling gehalten zu werden, der aus Angst Verrat am eigenen Volk begeht, doch damit finde ich mich eher ab als mit dem Gedanken, daß ich diesen Krieg um nur eine Stunde verlängern und seine Opfer vermehren helfe. Übrigens haben Sie, Herr Morava, unlängst zu mir gesagt, Sie würden auf jene Deutschen setzen, die die völlige Katastrophe zu verhindern versuchen.»

«Ja», bestätigte der junge Tscheche.

Sein Gedächtnis erlaubte es Buback, Meckerles Information fast wörtlich zu wiederholen. Er spürte dabei, wie mit jedem Wort die Spannung von ihm wich, und als er schloß, breitete sich Ruhe in ihm aus. Er hatte es hinter sich und bekannte sich zu dem, was er tat. Seit vielen Jahren, und vielleicht überhaupt zum erstenmal! so gestand er sich ein, war er mit sich als Deutscher und Mensch im Frieden, und dies in einem Augenblick, da er sein Deutschsein zugunsten der Menschlichkeit hintanstellte.

Die beiden älteren Männer wechselten einen Blick.

«Ich werde den Rat verständigen», sagte der zweite und verschwand.

«Wir sind Ihnen sehr verbunden, Herr Buback», sagte Beran schließlich, «und ich persönlich betrachte Ihr Verhalten ganz im Gegenteil als Ausdruck großer Tapferkeit. Bleiben Sie mit uns in Verbindung?»

«Ich werde es versuchen. Mein Auftrag, mit Herrn Morava zusammenzuarbeiten, ist nach wie vor gültig. Er ist allerdings immer noch an die Aufgabe gebunden, die Absichten der tschechischen Polizei auszukundschaften.»

«Ich vermute, viel haben Sie nicht erfahren.»

Er hatte beschlossen, weiterhin aufrichtig zu bleiben.

«Viel nicht.»

«Ich habe es Ihnen dadurch leichter gemacht, daß Herr Morava nicht informiert war.»

In seiner heiklen Lage war Buback auch darüber froh, daß dieser Junge ihm tatsächlich nichts vorgemacht hatte.

«Herr Morava und seine Frau», erklärte er, «von der ich heute allein deshalb nicht Abschied genommen habe, weil meine Anwesenheit äußerst unangebracht gewesen wäre, haben mir mit ihrem Verhalten den letzten Anstoß dazu gegeben, vieles neu zu überdenken, und mich und meine Freundin zu dem Entschluß gebracht, wenigstens einen geringen Teil der deutschen Verschuldung abzutragen. Ich würde gern weitermachen, solange ich kann.»

«Herr Oberkriminalrat...», Beran wog jetzt seine Worte ab, «ein Risiko gegen das andere. Ich lasse Ihnen einen Schutzbrief ausstellen, der Ihnen unsere Zusammenarbeit bei der Untersuchung in der besagten Sache bestätigt. Wir werden Ihnen dankbar für weitere Nachrichten sein. Gibt es sonst noch etwas, was wiederum wir für Sie tun können?»

Buback entsann sich Gretes Weisheit von den zwei Händen.

«Vielleicht wäre es möglich, Sie um Hilfe für einen Menschen zu bitten, der Ihnen ebenfalls unter persönlichem Risiko geholfen hat.»

«Sie meinen Frau Baumann?»

«Ja. Sie hat es leider meinetwegen abgelehnt, mit ihrem Theater den Amerikanern entgegenzufahren. Zur Zeit ist sie in meiner Wohnung, in dem Viertel, das man ‹Klein-Berlin› nennt. Ich fürchte für sie, wenn Emotionen hochkommen.»

«Ihre Befürchtung teile ich», sagte der Hauptkommissar, «und meine auch, daß wir ihr gegenüber in der Schuld stehen. Sie können sie mit unserem Wagen fortschaffen, sofern Sie mit Ihren Leuten klarkommen. Aber wohin?»

«Das ist es, was ich nicht weiß», bekannte Buback, «unsere Heimatstädte und Familien existieren nicht mehr.»

Zugleich begriff er, daß er eine pure Unmöglichkeit von ihnen verlangte. Grete und er konnten sich wie alle Deutschen nur noch in ihr Schicksal fügen.

Der Hauptkommissar sah das anscheinend ähnlich. Er war sichtlich in Verlegenheit und suchte unwillkürlich Rat bei seinem Adjunkten.

Der zog einen Schlüssel aus der Tasche.

«Sie kennt ihn», sagte er Buback, «er ist von jenem Häuschen. Ich weiß nicht, ob sie es dort aushält, ich selber bin lieber ausgezogen. Wenn ja, bringen Sie sie hin. Und bleiben Sie ebenfalls da, wenn Sie wollen. Die Besitzer kommen, so scheint es, erst nach dem Krieg zurück, bis dahin wissen nur wir zwei von Ihnen. Und wir werden einen Ausweg suchen.»

Buback wurde von Rührung ergriffen. Wie hätte er hier in gegenteiliger Situation gehandelt? mußte er denken. Seine Dankbarkeit ihnen gegenüber konnte nur dann ehrlich sein, wenn er auch die letzte Lüge offenbarte.

«Ihre Großzügigkeit, meine Herren, zwingt mich, den geheimen Vorteil preiszugeben, der zu meinem Kommando bei Ihnen geführt hat.»

Dann endlich sagte er in ihrer gemeinsamen Muttersprache:

«Umím česky. Prosím, promiňte mi!»*

Das Präsidium lag um die Ecke, sie gingen also zu Fuß, mußten sich aber von Zeit zu Zeit eher ihren Weg bahnen, die Bartolomějská quoll von Polizisten über, alle waren von irgendwoher nach irgendwohin unterwegs, und die meisten grüßten Beran und Brunát, der wieder dazugestoßen war, auf ungewohnt soldatische Art. Morava wurde nicht müde, den Kopf zu schütteln, bis der Hauptkommissar ihn fragte.

«Was haben Sie?»

«Keiner unserer Jungen hat vor ihm ein Blatt vor den Mund genommen.»

* «Ich kann Tschechisch. Bitte entschuldigen Sie!»

«Egal, was er gehört hat, schließlich hat er getan, was er getan hat. Vielleicht war all das Gehörte auch zu seinem Nutzen.»

«Die ganze Zeit hat er uns hinters Licht geführt ...»

«Ich gebe zu, eine Meisterleistung, darauf wäre ich überhaupt nicht gekommen.»

«Aber Sie haben dafür gesorgt, daß ich nichts wußte!»

«Immerhin», gab Beran mit einem Lächeln zu.

Dann hatte sie auch schon das Eckgebäude geschluckt. Sie ließen die Sekretärin melden, sie bäten darum, empfangen zu werden, warteten schweigend die paar Minuten ab, mit denen auch Rajner seine Stellung demonstrierte, machten vorschriftsmäßig Meldung, durften sich setzen, erhielten das Wort, und erst dann forderte Beran den Polizeipräsidenten auf, seine Funktion an sie abzutreten.

Alles ging so korrekt vonstatten, und der Hauptkommissar trug seine Forderung so höflich vor, daß deren Sinn Rajner zunächst völlig entging. Er hörte sie sich also ein zweites Mal an, und schon trat ihm der Schweiß auf die Stirn.

«Für wen ... wer ... von wem wurden Sie ...», stotterte er.

Morava war überzeugt, daß auch die anderen den Angstgeruch wahrnahmen, der plötzlich von diesem eben noch mächtigen Mann ausging.

«Ermächtigt hat uns der Tschechische Nationalrat», erklärte Beran, als sei dies etwas ganz Selbstverständliches, «der vorerst Kollegen Brunát und mich, mit geteilten Kompetenzen, auf Ihren Posten berufen hat.»

Rajner versuchte sich zu widersetzen.

«Einen solchen Rat kenne ich nicht!»

«Das ist ein neues Organ, beauftragt von der legalen Regierung der erneuerten Tschechoslowakischen Republik, der ursprünglich auch Sie die Treue geschworen haben.»

«Und die Deutschen ... die Deutschen sind damit einverstanden?»

«Sobald sie davon erfahren, wird es ihnen höchstwahrscheinlich willkommen sein, daß es jemand gibt, mit dem sie über ihre Kapitulation verhandeln können.»

«Aber meine Herren...», Rajners Stimme schlug ins Fisteln um, «gegen uns steht eine mehrfache Übermacht! Die werden Prag in Schutt und Asche legen, wollen Sie das?»

«Im Gegenteil», mischte sich Brunát in die Auseinandersetzung ein, «gerade das wollen wir verhindern. Wir werden ihnen vor allem einen geordneten Abzug aus der Stadt anbieten. Wir werden dafür sorgen, daß sie nicht angegriffen werden, solange sie nicht selbst angreifen, aber wir werden ihnen auch jede Lust nehmen, einen Angriff überhaupt erst zu versuchen. Für diesen Fall treffen wir Maßnahmen. Also begeben Sie sich gefälligst in den Trakt der Vorbeugehaft, wo jetzt auch Kollaborateure festgehalten werden, bis das Gericht entscheidet.»

Die Tür flog auf, Rajners Sekretärin stürzte herein.

«Herr Präsident! Stellen Sie das Radio an!»

Sie nahm das Geschehen im Raum überhaupt nicht wahr, rannte um den Schreibtisch herum und stellte den großen Superhet an. Das grüne magische Auge öffnete sich ganz, und eine erregte Stimme, dramatisch untermalt von entfernten Schüssen, schallte durchs Zimmer.

«...ermorden hier unsere Leute! Ich wiederhole. Wir rufen die tschechische Polizei und alle ehemaligen Soldaten, kommt sofort dem Tschechischen Rundfunk zu Hilfe, die Deutschen ermorden hier unsere Leute! Ich wiederhole...»

«Morava!» befehligte Beran, «bei den Garagen steht der Trupp von Polizeihauptmann Sucharda bereit. Begleiten Sie die Männer als Dolmetscher und mein Stellvertreter, bemühen Sie sich um Feuereinstellung, vor allem aber retten Sie die Leute und die Studios, mit den Stadtlautsprechern richten wir nicht viel aus, wir müssen ganz Böhmen über Funk erreichen! Und, Morava!» rief er ihm noch in der Tür nach, «die sollen weitere Gruppen zusammenstellen und losschicken! Falls Autos fehlen, können sie die nächstbeste Straßenbahn umleiten!»

Als Morava die Tür hinter sich schloß, erblickte er zwischen zwei menschlichen Gesichtern ein drittes, das aus Wachs zu sein schien.

Zu Sucharda war er drei Minuten gelaufen, und in den

nächsten zwei sprang ein gutes Dutzend Männer mit Karabinern auf die Pritsche eines kleinen Lkws, den sogar der Garagenmeister Tetera persönlich fuhr. Als sie die Kinnriemen der Polizeihelme festzogen, sahen sie, wie Morava anerkennen mußte, recht imposant aus. Er selbst quetschte sich neben Sucharda ins Führerhaus, und schon raste der Wagen aus dem Tor nach rechts. Durch die offenen Seitenfenster hörten sie dumpfes Poltern und Flüche, ein paar von den Leuten waren anscheinend wie Kegel umgefallen.

Die Národní hatte sich zusehends verändert. Soweit die tschechoslowakischen Fahnen nicht schon heraushingen, wurden sie gerade in den Fenstern entrollt; wo hatten die Menschen in sechs langen Jahren trotz Standgericht und Razzien diese Unmengen von Fahnen nur versteckt, auf die hohe Strafen standen? Auf den Gehsteigen promenierte die Menge wie auf einem Festtagskorso, die Trikolore im Knopfloch, wer hatte denn die so schnell hergestellt? Grüppchen sangen, Bruchstücke der Staatshymne der früheren Republik drangen von ihnen herüber. Das Auto voll bewaffneter tschechischer Polizisten wurde stürmisch begrüßt, Jubel begleitete es wie ein Spalier, die Männer auf der Ladefläche ließen sich von der allgemeinen Begeisterung anstekken und antworteten zur Straße hin mit dem klassischen Gruß der Tschechen aus jener Zeit, da sie sich gerade erst von den Habsburgern zu befreien suchten.

«Nazdááár!»

Vielleicht winkt uns auch Rypl zu, ging es Morava durch den Kopf, doch er hörte gleich wieder dem Hauptmann zu. Der war bis zuletzt telefonisch mit den Kollegen verbunden gewesen, die unauffällig seit dem Morgen die Stärke der deutschen Wachtposten im Rundfunk ausglichen. Gegen halb zwölf war jedoch ein Fahrradkommando der Waffen-SS leise auf den Hof gerollt und hatte das Erdgeschoß des Gebäudes und die beiden unteren Etagen besetzen können, wo sich die Ansagekabinen und die technischen Einrichtungen befanden, von denen aus gesendet wurde, zum Glück war irgendein Köpfchen darauf gekommen, rechtzeitig alle Hinweise und Orientierungsschilder von den

Türen abzunehmen, so daß die Deutschen wie Hänsel und Gretel im finsteren Wald durch das Funkhaus irrten.

«Wir müssen durch sie durch und uns vor den Senderäumen aufbauen!»

Als sie auf den Wenzelsplatz eingeschwenkt waren, befanden sie sich im Handumdrehen in einer anderen Zeit: Stille und Leere schlugen ihnen entgegen. Die Erklärung dafür sahen sie bald. Von der Hauptkreuzung bis zum Museum hinauf waren zickzackförmig MG-Posten in Stellung gegangen, jeweils mit drei Wehrmachtssoldaten besetzt. Einer lag auf dem Pflaster, den Griff des schweren Maschinengewehrs umklammernd, der zweite kniete mit dem Patronengurt neben ihm, und der dritte war bereit, den Befehl zum Feuern zu geben.

Der Garagenmeister fuhr langsamer.

«Soll ich nicht umkehren?» fragte er heiser.

Auf der Pritsche machte sich gespannte Ruhe breit.

«Herr Hauptmann, die Gewehre...»

Morava mußte nicht zu Ende sprechen, Sucharda schrie bereits über ihn hinweg durchs Fenster.

«Knarren verstecken!»

Krachendes Poltern bewies, daß die Karabiner auf den Boden des Lkws gefallen waren.

«Halt an!»

Der Laster blieb mitten auf der Kreuzung stehen, etwa dreißig Meter vor dem ersten Maschinengewehrnest, dessen Kommandant, ein älterer deutscher Leutnant, allem Anschein nach ein Reservist, schon gefährlich die Rechte erhoben hatte. Der Polizeihauptmann schob Morava hinaus, um selbst aussteigen zu können, und ging als erster auf den Leutnant zu. Er grüßte im Gehen und befahl dabei Morava.

«Übersetzen Sie! Die Ordnungsabteilung der tschechischen Polizei erbittet die Genehmigung zur Durchfahrt, um den Schutz des Rundfunks zu gewährleisten.»

Der Offizier war im höchsten Maß aufgeregt, man sah ihm die Verlorenheit des Fremden im Herzen der feindlichen Stadt an. Morava fügte beschwichtigend hinzu.

«Lassen Sie uns durch, Herr Leutnant, wir möchten, daß möglichst viele Menschen das Kriegsende erleben. Auch Ihre!»

Der gleiche Wunsch stand in den Augen der blutjungen MG-Schützen, was dem Deutschen nicht entging, wahrscheinlich dachte er wie sie.

«Weiterfahren!» befahl er ihnen geradezu unnötig laut und legte die Hände als Schalltrichter um den Mund, den nächsten Posten anrufend.

«Tschechische Polizei durchlassen!»

Sucharda winkte, das Auto holte sie ein.

«Bleib nicht stehen!» warnte der Hauptmann den Garagenmeister; wie verabredet bestiegen er und Morava von beiden Seiten die Trittbretter des anfahrenden Wagens und hielten sich an den Türrahmen fest.

«Danke, Herr Leutnant. Viel Glück!» wünschte ihm Morava noch.

Er hoffte, der Offizier fühle sich dadurch weniger veranlaßt, einen Blick in den Wagen zu werfen, das kleine Arsenal hätte ihn womöglich noch aufgeschreckt.

In langsamer Fahrt, um keine panische Reaktion auszulösen, passierten sie nun die nächsten Posten, jeder hätte sie in ein paar Sekunden niedergemäht. Es war jedoch hier ein Spalier der Angst von Menschen, die auch nicht an der Schwelle des Friedens umkommen wollten. Sie fuhren weiter den Platz hinauf und vernahmen Kampflärm.

«Morava!» schrie nun Sucharda über das Dach des Führerhauses hinweg, «wir versuchen, die gleiche Nummer abzuziehen. Männer! Mäntel weg und die Knarren mit ihnen zudecken, damit sie die möglichst spät zu sehen kriegen!»

Sie boten einen bizarren Anblick, diese behelmten Männer, die auf einmal ihre langen Dienstmäntel auszogen und dabei ums Gleichgewicht ringen mußten, als der Wagen die Kurve beim Museum nahm. Hinter einem Betonmäuerchen oberhalb des Weinberger Tunnels winkten ihnen ein paar zusammengekauerte Gestalten warnend zu, doch der aufgescheuchte Tetera gab Gas. Erst auf Suchardas Halt! bremste er scharf vor dem

Haupteingang des Rundfunks, der mit Stacheldrahtrollen verbarrikadiert war.

«Morava, auf geht's! Leute, runter!»

Während er hinter sich das Aufschlagen der Stiefel, das Schnaufen und Keuchen der Polizisten hörte, die ihre eingewickelten Gewehre an die Brust drückten, salutierte Morava zum erstenmal im Leben... ist das die richtige Hand?? dachte er erschrocken, vor den beiden bis zu den Zähnen bewaffneten SS-Männern, die den Eingang fast ausfüllten.

«Grüß Gott», hörte er sich vor Aufregung fast jodeln, «wir sind die Verstärkung der Protektoratspolizei zum Schutz der deutschen Angestellten!»

Erstaunlicherweise gaben die beiden dem trabenden Häuflein den Weg frei, Uniformen, wenn auch fremde, machten immer noch Eindruck auf sie, und die schneidige Meldung vervollständigte ihn noch.

Hinter ihnen hatte sich der Garagenmeister mit dem Lkw schnellstens aus dem Staub gemacht.

«Mir nach!» befahl Sucharda an der Spitze und rannte durch die weiträumige Halle, in der die vor Überraschung erstarrten Deutschen herumstanden, aufs Treppenhaus zu, «rauf in den ersten Stock und dann links hinten zu den Sprechstudios!»

Er selber blieb am Treppenfuß stehen und hieb seinen Männern beim Laufen wie Schafen auf den Hintern. Einer der letzten stolperte, ließ sein Bündel fallen, aus dem Mantel rutschte sein Karabiner und hüpfte die Stufen hinunter.

Genau vor Sucharda stand ein Sturmbannführer, der als erster die Lage erkannte und die Pistole aus dem Halfter riß.

«Schießt doch!» brüllte er zu den anderen hinüber, «so schießt doch, das ist ein Überfall!»

Er drückte aus nächster Nähe auf Sucharda ab und traf ihn in die Stirn; der Hauptmann stürzte tot zu Boden.

Jitka! dachte Morava erstaunt, ist das alles wahr oder ein neuer Traum? Und wenn es wahr ist, werde ich dich dann bald in deinem neuen Zuhause wiedersehen? Er bückte sich noch, hob das herabgefallene Gewehr auf und rannte seinen Leuten im

Hagel der Kugeln nach, die ihn surrend verfehlten und in Decken und Wände Dutzende kleiner Krater schlugen.

Die Kartoffeln hingen ihm schon zum Halse raus, doch er aß weiter, weil er wußte.

ICH MUSS STARK SEIN!

Fünf Nächte schlief er wie ein Hase, um die anderen zuerst zu hören, und jetzt stand ihm ein neuer Weg ins Unbekannte bevor, er setzte hier schon irrsinnig viel aufs Spiel. Also schlug er sich mit dem Appetit einer Mastgans den Magen voll und hörte mit einem Ohr auf das flüsternd spielende Radio, das ihn mit der Welt verband, als ihn eine Melodie aufhorchen ließ. Er erkannte den Sokol-Marsch, die Erkennungsmelodie des patriotischsten aller tschechischen Vereine, der gleich am Tag des deutschen Einmarsches verboten wurde. Auf der bisher von den Okkupanten beherrschten Welle dröhnte jetzt eine Botschaft an das okkupierte Volk, damit es aufs neue «mit Löwenkraft, mit Falkenschlag» voranstürmt.

Ehe er noch recht ins Staunen kommen konnte, brach das Lied ab, und aus dem Äther drang eine erregte Stimme. Sie schien dem bekannten Sprecher nicht mehr zu gehören, der eben noch AUCH NUR TSCHECHISCH! wie ihm im nachhinein aufging, die genaue Zeit, halb eins, ansagte.

«Wir rufen die tschechische Polizei und alle ehemaligen Soldaten, kommt sofort dem Tschechischen Rundfunk zu Hilfe, die Deutschen ermorden hier unsere Leute!»

Dazwischen Geknatter, in dem er bald entferntes Schießen erkannte. Der Sprecher wiederholte den Aufruf ein zweites, ein drittes Mal, und da begriff er.

SIE RUFEN MICH!

Die Stunde schlug und stellte ihm DIE NEUE AUFGABE, die ihn im Nachtzug aus Pilsen wie eine Eingebung durchfuhr: Jetzt kommt es nicht mehr darauf an, ein paar schuldbeladene Unzuchtsweiber abzustrafen, sondern ein GANZES SCHULDIGES VOLK! Eine große Stunde der Tschechen und Mährer erlebte er schon einmal, da war er achtzehn und sollte an den räuberischen Magyaren Rache nehmen. Den siegreichen Feldzug beendete leider gleich zu Beginn jene Granate, die dicht neben seinem Kopf explodierte, ein wahres Wunder, daß die Splitter alle über ihn hinwegfegten; obwohl er SIE damals so rebellisch verließ, wurde er von IHR weiter beschützt, doch danach gab es nur noch das Lazarett, die Zivilkluft und das Bewußtsein totaler Nichtigkeit, das erst vorüber war, als er zum erstenmal DAS BILD sah.

Jetzt schlägt ihm diese Stunde zum zweitenmal und befreit ihn aus dieser Einzelhaft. Zuchtgewohnt schaufelte er den Rest Kartoffeln in sich hinein.

ICH BIN WIEDER SOLDAT!

Er kaute noch, als er sich die lederne Bundjacke anzog, die ihm unter den Sachen im Schrank am besten gefiel und seltsamerweise sogar paßte, gehörte sie vielleicht dem Gehörnten? ihre große Tasche nahm die Pistole auf. Das Ohr an die Wohnungstür gedrückt, lauschte er auf die Sprache des Hauses, um den richtigen Augenblick zum Weggehen zu wählen, als er sich erinnerte.

DER WICHT!

Eigentlich gehörte es sich jetzt, ihm zu sagen, daß er fortgeht, sich bei ihm bedankt und ihm die Freiheit wiedergibt, damit er sich in Ruhe die Riemen lockert... Die Riemen! Die ersten beiden, die kürzeren, mit denen die Knöchel zusammengeschnürt waren, stammten doch noch von dem ersten Schulranzen, den er VON IHR bekam, und die beiden langen, die die Arme bis zu den Schultern fesselten, waren eine Erinnerung an Šimonek und Barečka, die beiden Angorakaninchen, die er daran «auf die Weide» zu führen pflegte, wie er es damals nannte. Und überhaupt, all diese Lederstreifen, zumeist Abfälle aus der benachbarten Schusterwerkstatt, aus denen SIE Einkaufstaschen zu ihrem Erwerb flocht, waren jetzt, da er DIE SEELEN nicht mehr besaß, außer ihrem Lieblingsmesser die einzigen Zeugen einer großen Lebensetappe, die gerade in eine noch größere überging.

Er trat an die Wanne. Der kleine Mann schlief röchelnd, der Knebel erschwerte ihm ein wenig das Atmen.

Übrigens... war es nicht doch mehr als sonderbar, wie Malina ihn da im Zug fand und ansprach? Wie er ohne Zögern und Angst sein eigenes Leben in Gefahr brachte, als er den Hochverräter bei sich versteckte? Führte er nicht vielleicht doch etwas im Schilde? Wurde er daran nicht allein durch seine Geistesgegenwart gehindert? Er hatte keine Zeit, der Sache auf den Grund zu gehen, und beschloß deshalb, sich auch diesmal von seinem Gefühl leiten zu lassen...

Danach säuberte er noch sein Messer blitzblank, wickelte sich die langen Riemen wie einen Räubergürtel um die Hüften und steckte sich die kurzen in die Taschen. Die Tür schloß er geräuschlos mit dem Schlüssel ab, damit das Zuklappen nicht die Nachbarin aufmerksam macht. Wieder begegnete er keinem Menschen im Haus, diesmal hingen alle bestimmt am Radio, um dem Kampf zu lauschen.

ICH GEH KÄMPFEN!

Die Straßenbahn schien nicht mehr in Betrieb, doch er hatte es nicht weit und wechselte rasches Gehen mit langsamem Trab, der Indianerlauf! erklärte SIE ihm einst, ich bringe dir alles bei, Tonánek, was er dir beibringen sollte, kein Mensch wird je erfahren, daß du keinen Papa hast...

Von der Sankt-Ludmila-Kirche an vernahm er deutlich Schüsse. Grüppchen standen ängstlich in Reichweite der Haustüren herum. Beim Weinberge-Theater stieß er auf die ersten Kämpfer, ein paar Männer, im Schnitt an die fünfundzwanzig, gekleidet, wie sie der historische Augenblick gerade antraf, einer in Straßenbahneruniform, die übrigen in Monteursklamotten oder in Zivil, auf den Köpfen Hüte, die man nirgendwo ablegen konnte. Insgesamt verfügten sie über zwei Jagdflinten und wahrten gebührenden Abstand zur Ecke der abschüssigen Straße.

«Was ist los?» fragte er sie.

«Dort ist das Funkhaus!» sagte einer der Hutträger.

«Ja und?»

«Da ist der Nebeneingang! ich weiß, wie man zu den Studios kommt, ich bin Tontechniker!»

«Also, worauf warten wir noch?»

«Hinter den Mülltonnen unten steckt ein Fritz!» verteidigte sich einer der beiden Jäger, «der ballert ununterbrochen zu uns rüber!»

Rypl! meldete sich Zugführer Králík aus der Ferne, schlagen Sie Haken, so wie ich Ihnen das eingebleut hab, und murksen Sie dieses Magyarenschwein ab. Ihr Pech, wenn Sie alles vergessen haben!

Wie damals zog er die Pistole und entsicherte sie.

«Mensch, seien Sie nicht wahnsinnig», sagte der Straßenbahner, «dort liegen schon zwei.»

«Sobald ich ihn flach mache», sagte er zu allen gewendet, «wetzt mir nach!»

Er legte sich auf die Erde, ehe er den Kopf blitzschnell vorstreckte und zurückzog. Nein, sein Talent büßte er nicht ein, wie ein Foto prägte er sich das Bild der Straße in seine Netzhaut ein, einschließlich der beiden daliegenden Körper und der drei Mülltonnen ganz unten beim Rundfunk. Davon trennten ihn noch drei Hauseingänge und eine Toreinfahrt. Er ging langsam rückwärts, in die Richtung, aus der er kam, schräg über den Fahrdamm, bis er den ersten Eingang der Querstraße im Blick hatte. Bestimmt dachten die andern, er gibt sein Vorhaben auf, doch er brauchte nur genügend Anlauf.

Er bekam so viel Schwung, daß er in die Haustürnische gegenüber stürzte, noch ehe der Deutsche zum Schuß kam. Ein Grünschnabel! wußte er. Jetzt zielt er bestimmt auf die Straßenmitte. Er ließ ihm Zeit, bis ihm Hand und Auge ein wenig erlahmten, holte tief Luft und raste zum nächsten Haus auf seiner Seite. Wieder krachte der Schuß zu spät. Er ließ seinen keuchenden Atem zur Ruhe kommen und wiederholte den Trick mit der Ausschau im Liegen. Der Soldat feuerte durch den Spalt zwischen den Mülltonnen, und er kommt doch irgendwie aus seinem Schußwinkel heraus! Also dann? Aufgepaßt, jetzt! Kopf hin und zurück! Und schon war ihm klar: Um ihn zu treffen, müßte sich der Schütze aufrichten und selber zur Zielscheibe werden; dafür war er mit seinem Gewehr immer noch der Pistole überlegen, die von hier aus nicht genau treffen konnte.

Er war unschlüssig. Da ihm niemand Feuerschutz gab, mußte er noch einen weiteren Sprung bis in die Toreinfahrt wagen oder hier hocken bleiben bis zu seinem Tod, der nicht lange auf sich warten läßt, wenn die Deutschen einen kleinen Gegenangriff aus dem Gebäude unternehmen.

BESCHÜTZE MICH, MUTTER!

Sogleich kam ihm der Gedanke.

ICH KANN MICH ALLEIN SCHÜTZEN!

Er überlegte nicht länger, raste längs der Häuser zu den Mülltonnen und drückte gezielt ab, immer darauf aus, in den Spalt zwischen ihnen zu treffen, einmal, zweimal, dreimal, viermal, scheiß dir in die Hosen vor Angst, du Germane, und bleib jetzt selber hocken, sonst knallst du mich doch noch ab, fünfmal, sechsmal, und schon war er in der Einfahrt, die so dicht an den Mülltonnen lag, daß er hinspucken könnte, doch plötzlich rannte er nicht mehr, sondern flog durch die Luft, verlor dabei die Waffe und klatschte wie ein Frosch auf den Beton. Hat es ihn erwischt? Nein. Er wußte sofort, was ihn umwarf: Er stolperte über eine Leiche. Der Zivilist hatte kein Gesicht mehr, anscheinend riß es ihm die Handgranate weg, die unzählige Narben in der Toreinfahrt hinterließ.

Warum gönnte er den sechs Huren eigentlich das Gesicht? Hätte er ihnen außer dem Herzen nicht auch das nehmen sollen? Zumindest fügte er dann dem BILD, das ihn erleuchtete, etwas Eigenes hinzu... Moment... ist das nicht ein Angebot für ihn selbst? Er achtete jetzt nicht auf den Deutschen, sollen ihm doch die Nerven flattern! und begann den Toten zu durchsuchen. Die Kennkarte fand er unversehrt in der Brusttasche, gespannt klappte er sie auf und schluckte vor Begeisterung: Auf dem verblichenen Foto sah ihn ein Mensch mittleren Alters und gewöhnlicher Züge an, wie die halbe Menschheit sie besitzt. Er war leicht zu verwechseln.

AUCH MIT MIR!

Er steckte der Leiche seinen Ausweis in die Tasche und las laut seinen neuen Namen.

LUDVÍK ROUBÍNEK.

So aufgemuntert, wandte er sich mit neuer Lust gegen den Feind. An die ihm zugekehrte Wand der Einfahrt gepreßt, konnte er die obere Straßenecke sehen, von der er bis hierher gelangte. Diese Scheißer trauten sich immer noch nicht, ihm nachzurennen. Aber er brauchte sie nicht, im Gegenteil, er wollte den Mann allein erledigen und hoffte nur, daß der sich nicht vorher verdrückte wie die Magyaren in Komárno.

Schon wieder überkam ihn DIESE LUST, und er war entschlossen, sie sich nicht verderben zu lassen. Er versicherte sich zusätzlich seiner Beute, indem er ihr zurief.

«Sie da!»

Die Luft vibrierte unter den Schüssen und Detonationen, die nach wie vor vom Funkhaus herüberdrangen. Er schrie lauter, diesmal auf deutsch.

«Hej, Sie dort!»

Keine Antwort.

«Ihre Leute helfen Ihnen nicht mehr. Sie sind umzingelt. Ergeben Sie sich!»

Stille, dröhnend vom nahen Kampf.

«Ich habe eine Handgranate und zähle bis drei. Wenn du nicht die Waffe auf die Mülltonne legst», ging er zum Du über, «ist es aus mit dir. Sei kein Narr, und du bleibst am Leben. Eins... zwei...» HILF, MUTTER! sonst hat er die Oberhand!

Metall schlug gegen Metall. Auf der Mülltonne lag ein Sturmgewehr mit gebogenem Magazin, es wippte leicht auf dem schiefen Deckel.

DU BIST HIMMLISCH! Und was mit dem Mann?

«Hände hoch und steh langsam auf!»

Zwei Hände erschienen, stark zitternde Hände. Langsam tauchte eine Mütze auf und darunter ein Kopf. Der hagere Jüngling in der Uniform der Waffen-SS mochte zwanzig sein. ABER ER IST EIN GERMANE! sagte sie streng. UND DU BIST EIN TSCHECHE!

Ja, ja! Er hob die Hand mit der Pistole und ging so nahe heran, wie er konnte, nur noch die Mülltonne trennte sie beide. Die Mündung berührte das grüngraue Tuch in der Herzgegend. Nein, das wäre ein allzu schneller Tod für ein Germanenschwein. Der Soldat leckte sich die Lippen, rührte sich aber nicht, als sich die Waffe schräg zu seinem Bauch senkte.

Er wird ihm Zeit lassen.

ZEIT ZUR BUSSE.

Geliebter», sagte Grete, als er nach vergeblichem Bummern an die von innen verschlossene Tür ihren Namen zu rufen begann und sie ihm endlich öffnete, «ich hab gewartet, bis ich wußte, daß du es bist. Nein, ich fürchte mich nicht, ich fürchte mich hier überhaupt nicht, ich hab nur ein bißchen Angst, weißt du? Ich weiß, du wolltest, daß ich irgendwohin fahre, wo ich keine Angst haben müßte, und ich selbst habe es vorgezogen, mit einem klein bißchen Angst auch dich zu haben, deshalb beklage ich mich überhaupt nicht. Erzähl mir, was los ist, der Rundfunk spricht auf einmal nur tschechisch!»

Das hatte ihm, als sie losfuhren, der Fahrer Litera gesagt.

«Dort wird gekämpft.»

«Und was bedeutet das?»

«Anscheinend der Beginn des Aufstandes. Und vielleicht auch des Angriffs auf Prag.»

«Aha. Und was tun wir zwei?»

«Ich habe die Tschechen gewarnt, Grete. Und ich will weitermachen, solange es geht.»

«Gut so. Werden sie dafür auch was für uns tun?»

Ihr Egoismus brachte ihm die Zweifel wieder, ob es der wahre Grund gewesen war, der ihn die Fronten wechseln ließ. Als hätte sie seine Gedanken lesen können, wurde sie böse.

«Spiel nicht den heiligen Erwin, mein Geliebter. Wenn du dich schon zum Retten entschlossen hast, dann rette, bitte, auch uns beide! Warum sollen von den Deutschen vor allem die Drecksäue den Krieg überleben?»

«Morava hat mir eine Wohnung angeboten», antwortete er, «dieselbe, wo du und seine Frau ... wo es passiert ist. Wirst du es verkraften, bevor wir wissen, wie es weitergeht?»

«Bleibst du bei mir?»

«Ich will alles tun, um wenigstens einmal am Tag bei dir vorbeizuschauen ...»

«Aha ...»

Das klang niedergeschlagen. Er überlegte, was er ihr sagen würde, sollte sie ihm einmal mehr die gemeinsame Flucht vorschlagen.

«Wann?» fragte sie ihn statt dessen.

«Sofort!» sagte er erleichtert, «pack ein, was du brauchst, ich nehme alle Lebensmittel aus dem ganzen Haus mit.»

«Was möchtest du für dich?»

«Ein bißchen Wäsche.»

Als Tourneekünstlerin war sie noch vor ihm fertig. Sie stellten zwei Koffer mit ihrer beweglichen Habe in den Kofferraum, zwei Taschen mit Eßwaren und ein in ein Plaid eingerolltes, frischbezogenes Deckbett samt Kissen, sie würden doch nicht in dem Bettzeug schlafen, meinte sie, in dem die arme ...

Er erinnerte sich dann noch an seine Pistole.

Auf der Schwelle küßte sie ihn.

«Mögen wir nirgends weniger glücklich sein als hier!»

Auf dem Rückweg konnten sie sich überzeugen, daß sie «Klein-Berlin» fünf Minuten nach zwölf verließen. An der Kreuzung bei der untersten Villa versperrte bereits ein Wehrmachts-Lkw, allerdings in tschechischer Hand, die Fahrbahn bis auf einen schmalen Durchlaß. Ein Mann in der Uniform eines Oberleutnants der ehemaligen tschechoslowakischen Armee, der sechs Mottenjahrgänge sichtbar zugesetzt hatten, befehligte ein Häuflein Zivilisten, mit Trikoloren gekennzeichnet. Alle hatten Gewehre.

Der Polizeifahrer und das Polizeiauto genügten dem Oberleutnant, er salutierte auch Buback, der mit Grete hinten saß. Im Baumgarten habe sich die Wachkompanie eines kleinen Arsenals ergeben, berichtete er strahlend, dort hätten sie einen

Haufen Schießeisen gefunden. Hierher habe man sie geschickt, um die Villen durchzukämmen, ob sich auch keine «Werwölfe» darin versteckten.

«Geben Sie acht!» riet Litera, der, wie Buback inzwischen wußte, einmal am Tag, dann aber zur Sache gesprochen hatte, «gleich auf die Helden folgen die Diebe. Jetzt ist das alles nationales Eigentum!»

«Ich bin kein Schandarm!» gab der Oberleutnant beleidigt zurück.

«Unsere Jungen sind keine Soldaten, doch im Unterschied zu euch kämpfen sie schon. Weidmannsheil!»

Er trat aufs Gas und grinste Buback wie einen Verbündeten an.

«Mottenkugelschützen!» stieß er verächtlich hervor, «mit denen werden wir noch was erleben.»

Auf der Mendel-Brücke, die auf einem Pappschild bereits wieder den Namen des tschechischen Malers Mánes trug, wollte die Mannschaft eines deutschen Sturmgeschützes sie zurückjagen. Da griff Buback ein. Mühelos handelte er auch die Durchfahrt an einem Flakgeschütz aus, das am Nationaltheater postiert war. Sie waren in Sichtweite der Bartholomäusgasse, und Literas besorgter Blick ließ ihn den Geschützführer fragen, was hier ihre Aufgabe sei. Keine konkrete, beruhigte ihn die verärgerte Antwort, eine bekloppte Partie, sie besetzten wohl ein freies Feld, damit nicht die anderen hier standen, ein Chaos zum Quadrat.

Bei der Eisenbahnbrücke war es Litera, der die zwei städtischen Busse, welche die Straße zum Vyšehrad und die Kaiverbindung versperrten, dazu brachte, auf Breite seines Wagens auseinanderzurücken. Prag schien in tschechische und deutsche Inseln aufgeteilt, in jenen war die Festtagsstimmung dabei, in Widerstand umzuschlagen, in diesen herrschte gähnende Leere, von gereizten Soldaten überwacht.

«Wie ich sehe, sind wir ein gutes Paar», sagte Litera zu Buback nach dessen Auftritt beim Nationaltheater, «hoffentlich ziehen wir nicht mal irgendwo die falsche Karte.»

Daß Beran ihm persönlich Buback anvertraut und daß jener so sagenhaft schnell Tschechisch gelernt hatte, weckte in dem Fahrer eine Zuneigung, die sich jetzt zu Sympathie steigerte.

Grete war während der ganzen Fahrt mäuschenstill, doch Buback erriet ihren Seelenzustand am krampfhaften Druck ihrer Finger, aus denen er sich bei jeder Kontrolle mit Gewalt lösen mußte, um sich ihnen dann wieder zu überlassen. Was sollte er ihr zum Abschied sagen oder versprechen, womit sollte er sie trösten oder ermuntern? Zwar trug er nicht die Verantwortung für ihren Entschluß, in Prag zu bleiben, aber hatte sie damit nicht seinen geheimen Wunsch erfüllt? Jetzt erkaufte sie sich eine wacklige Sicherheit mit der bedrückenden Einsamkeit an dem von einer Tragödie gezeichneten Ort.

Wie kurz war die Zeit, die sie von der letzten der Nächte trennte, da sie nur die liebestrunkene, ungebundene, geradezu oberflächliche Nutznießerin ihrer eigenen Existenz gewesen war. In dieser schweren Stunde schien ihm Grete plötzlich völlig verändert, es widersprach ihren Selbstbekenntnissen, Meckerles Eröffnungen, doch auch seiner persönlichen Vorstellung von ihr, bevor sie ihm erklärte, sie habe die letzte Chance, der Falle zu entrinnen, absichtlich verpaßt.

Jetzt hatte sie offensichtlich um so mehr gelitten, als er sie ins Unbekannte und Ungewisse verließ, doch sie bediente sich nicht einer einzigen ihrer weiblichen Waffen, die sie so einzigartig beherrschte, um ihn vielleicht zu der Entscheidung zu bewegen, von der sie träumte. Oder würde sie das im letzten Augenblick doch noch versuchen?

Sie waren am Ziel, und er spürte, wie sie beim Anblick des Häuschens erschauerte. Die Küchenfenster waren noch nicht verglast, doch irgendwer hatte sie zugenagelt; der hatte zwischen den Brettern jeweils einen zollbreiten Spalt gelassen, damit man drinnen etwas sehen konnte. Litera trug das ganze Gepäck an ihrer Statt hinein, sie sollten besser nicht zuviel herumpromenieren, hier wohnten zwar nur ein paar alte Leutchen, aber sicher ist sicher! Als er mit der ersten Fracht im Flur verschwand, war für Grete die letzte Gelegenheit gekommen.

Sie umklammerte aber nur weiter schweigend seine Finger und blickte starr vor sich hin. Und als Litera schließlich den Rucksack holte und dann drinnen blieb, um sie dort einzuquartieren, küßte sie Buback weich auf die Lippen und zeichnete ihm überraschend ein Kreuz auf die Stirn.

«Komm zurück, mein Geliebter! Und klingle dann, oder klopf die Schicksalssinfonie. Ta ta ta taaa.»

Womit und wie sollte er hier zurückkommen, fragte er sich. Und wird er überhaupt wiederkommen? Mit Sicherheit wußte er nur, daß er sie liebte und jetzt auch bewunderte.

Dann fuhren er und Litera auf der eigenen Fährte in die Stadt zurück. An der Eisenbahnbrücke standen nun außer den Bussen noch zwei dickleibige Müllautos, Männer in Lederschürzen rollten aus den umliegenden Häusern schwere Mülltonnen herbei, fütterten mit ihnen jedoch die metallenen Bäuche nicht, sondern stellten sie vor den großen Fahrzeugen in Reih und Glied auf. Litera streckte den Kopf aus dem Fenster.

«Was soll das werden, wenn's fertig ist?»

«Der Stadtfunk hat soeben zum Bau von Barrikaden aufgerufen. Von Benešov sollen die Deutschen heranrücken!»

Die Reaktion auf seinen Bericht! glaubte Buback zu wissen, also die erste Folge seines Verrats... nein! rief er sich Gretes Worte zurück, er hatte nur die Folgen des Hochverrats zu mildern versucht, den sein Volk an... an seinem Volk verübte... ja, was ist er eigentlich? Tscheche nach der Mutter oder Deutscher nach dem Vater? Ist er nicht der lebende Beweis für die Sinnlosigkeit eines jeden Nationalismus? Und ist er nicht gerade durch seine Herkunft dazu bestimmt...

Seine Überlegungen unterbrach ein Verkehrspolizist, der aus dem linken Autobus sprang.

«Josef! Wohin so schnell?»

«Zur Bartolomějská.»

«Am Kai kommst du nicht weiter, dort sind die Nazis!»

«Auf dem Herweg haben sie uns durchgelassen.»

«Soeben wurde dort geschossen. Irgendeiner hat durchzuflitzen versucht und hat eine abgekriegt.»

Litera schaute seinen Nachbarn an. Buback fragte den Schutzmann.

«Gibt's einen Umweg?»

«Grad eben ist ein Sanitätswagen aus dem Allgemeinen hier durchgekommen, versucht's dort.»

Als sie wieder allein waren, sagte Buback zu Litera.

«Mit unserer Methode schaffen wir's, solange uns nicht vorher jemand erschießt. Ich versuche mit Ihnen zum letzten deutschen Posten durchzufahren, und sobald ich die Passage für Sie gesichert habe, kehre ich zu Fuß in die Bredauer zurück.»

Er sah, wie der Fahrer vor Überraschung zwinkerte.

«Richten Sie Ihrem Chef aus, daß ich rauskriegen will, ob mein frischbeförderter Vorgesetzter zu verhandeln bereit ist, Prag zur offenen Stadt zu erklären, um die nicht gekämpft wird. Herr Beran soll Ihre Wachposten informieren, daß ich versuchen werde, mit neuen Nachrichten durchzukommen, sobald das irgendwie noch möglich ist.»

«Sie handeln sich da eine Menge ein, Herr Buback, wissen Sie das?»

«Was wiederum Sie nicht wissen: Ich bin hier geboren.»

Auf dem «tschechischen» Gebiet durchquerten sie ungehindert mehrere Kontrollen bis zur Stephansgasse, wo der deutsche Sicherheitsgürtel um die Stadtmitte anfing. Danach hielt sie keiner mehr auf, die Nachricht, einer von der Gestapo sitze im Wagen, mußte über Feldtelefone weitergegeben worden sein. Buback ließ sich bis an die «Grenze» fahren, die aus einer Maschinengewehrkette bestand, jetzt könnte Litera sogar einen Plan der deutschen Stellungen zeichnen. Wurde er, Buback, zu allem noch ein Spion ...?

Als sie sich verabschiedet hatten und der Wagen in Richtung Nationalstraße verschwand, ging Buback ein Stück Wegs zurück und überlegte wieder, welche reale Möglichkeit ein kleines Rädchen in einer riesigen Maschinerie hatte, deren Gang zu beeinflussen. Entweder ging die Nachricht von ihm durch die Postenkette weiter, oder der einsame Fußgänger schien den Soldaten nicht der Aufmerksamkeit wert. Ihre besorgten Blicke waren nach oben auf das Reiterstandbild des heiligen Wenzel gerichtet. Der sah aus, als sprengte er einem Heer voran, das sich durch Kampflärm ankündigte, vom Frühlingswind aus Richtung Rundfunk herübergetragen.

Jan Moravas unmittelbare Kampfbeteiligung am Zweiten Weltkrieg hatte erstmals nur ein paar Sekunden gedauert, die ihm jedoch reichlich lang erschienen. Als er im Platzregen der Schüsse, die ihn wie durch ein Wunder verfehlten, um den Knick des Treppenhauses stürzte, hatten die Polizisten vor ihm mit ihrem unverhofften Überfall schon ohne weitere Verluste die Stiegenabsätze der beiden ersten Etagen von den Deutschen gesäubert. Trotzdem steckten die noch in den Seitengängen wie Pfropfen, die jeden Durchbruch zu den immer noch unentdeckten Ansageräumen vereitelten. So bemühten sich die Angreifer wenigstens, den eroberten Raum nach unten und oben zu sichern. Der dritte Stock, Sitz der deutschen Intendanz, wurde weiter von SS-Männern gehalten; sie hatten mittags das erste Aufgebot tschechischer Polizei in die obersten Stockwerke zurückgedrängt, wo es sich bis jetzt verteidigte.

Während sich rings um Morava in beiden Zwischengeschossen und in den Mündungen der Flure Sperren aus Schreibtischen und Aktenschränken auftürmten, zerbrach er sich den Kopf, wie er die Hauptaufgabe lösen sollte, mit der Beran ihn betraut hatte: den Kampf zu beenden.

Der moderne Zweckbau aus den Dreißigern glich einem Labyrinth, Hunderte verschlossener Türen, von denen die Hinweisschildchen verschwunden waren, stellten einen schon unter normalen Umständen schwer lösbaren Rebus dar, erst recht jetzt, wo die Querschläger wie tollgewordene Bienen umhersurrten. Die Deutschen gaben es aber bestimmt nicht auf, nach den Studios zu suchen, von wo der in ganz Böhmen vernehmbare Hilferuf ausging. Würden sie Erfolg haben, bedeutete das nicht nur den Untergang der tapferen Sprecher und Techniker, sondern auch eine schwere Niederlage für alle Tschechen, die sich soeben bemühten, die Schande der Münchener Kapitulation wettzumachen. Morava begriff: Der Kampf mußte eingestellt oder möglichst rasch entschieden werden. Und auch: Nach Suchardas Tod hatte er hier das Kommando.

Zum Glück funktionierten die städtischen Telefone noch immer, und auch die Telefonzentrale des Rundfunks war nicht gefunden worden. Angestellte, die im Haus steckengeblieben waren, lotsten ihn auf allen vieren zum Apparat in einem der Büros; vom Dachboden gegenüber hielt ein verborgener Schütze die Vorderfront des Gebäudes unter Feuer. Auf das Parkett malten sie ihm mit Kreide einen ungefähren Plan des gesamten Komplexes und ein genaueres Schema des Hintertrakts, aus dem gesendet wurde.

In der Bartolomějská konnte oder wollte man ihm lange weder Beran noch Brunát ans Telefon holen. Endlich übernahm ein Intelligenter den Hörer, Kommissar Hlavatý, der in dem Schreiben des Pfarrers aus Klášterec so genial die Spur des Witwenschlächters aufgespürt hatte. Er verstand auf Anhieb, worum es ging, und wenig später meldete sich Brunát. Auf Anraten zweier Redakteure, früherer Reserveoffiziere, forderte Morava ihn auf, über die Dachböden der Nachbarhäuser und dann über das Flachdach des Rundfunks eine weitere starke Einsatztruppe herzubeordern, die in der Lage wäre, gemeinsam mit den Verteidigern der Obergeschosse und seinen Männern zunächst die mittlere Etage und dann auch das Erdgeschoß den Deutschen zu entreißen.

Denen in der Mitte waren zum Glück die Handgranaten ausgegangen, Panzerfäuste hatten sie keine, so saßen sie in der gleichen Falle wie die Tschechen darunter und darüber, allesamt von Nachschub abgeschnitten. Das Patt konnte nur die Seite entscheiden, die zuerst Verstärkungen einsetzte.

«Ich übernehme persönlich das Kommando», versprach Brunát, «der Rundfunk ist jetzt der Schlüssel zu allem. Du aber versuch zu verhandeln, vielleicht geben sie von selber auf.»

«Das hängt davon ab, ob Schörner schon vorgestoßen ist», wandte Morava ein, «wie sieht es damit aus?»

«Vorerst scheint es, als hätten wir die Nase vorn. Der Stadtfunk sendet Anweisungen, wie man Barrikaden bauen soll. Prag beginnt unpassierbar zu sein, ich fürchte, sogar wir werden bis zu euch eine Weile brauchen.»

«Nehmt die gleiche Strecke wie wir, direkt über den Wenzelsplatz, zwischen den Deutschen durch, ja, dort stehen frisch Eingezogene und Reservisten. Polizeiuniformen und korrektes Benehmen unsererseits bieten denen eine Chance, ihre Haut zu retten, ohne das Gesicht zu verlieren.»

«Moment noch, Jan . . .!» er hörte, wie Brunát sich mit irgendwem verständigte, «Beran läßt dir sagen, du sollst dich namens des Tschechischen Nationalrats mit dem deutschen Rundfunkintendanten in Verbindung setzen, Thürmer heißt er. Du kannst den freien Abzug der deutschen Angestellten und Soldaten anbieten, doch Achtung: nur ohne Waffen! Hals- und Beinbruch, ich hoffe, wir sehen uns bald.»

Sie verließen kriechend das bedrohte Büro und konspirierten auf dem Flur, indem sie sich im Lärm zubrüllten, was zu unternehmen wäre. Er wählte sich zwei aus, die am besten Deutsch sprachen und am wenigsten Angst hatten, sich mit ihm zum Thürmer zu begeben. Das scheinbar größte Problem, wie an ihn heranzukommen wäre, löste wieder das Telefon.

«Der Herr Intendant ist einverstanden», rief nach einer Weile sein Sekretär an, «wenn Sie für die Dauer der Verhandlung nicht nur das Feuer, sondern auch die Hetzsendungen aus diesem Haus einstellen.»

Dies schloß Morava aus. Zwischen den hölzernen Hindernissen, die nicht den Eindruck erweckten, als könnten sie beim Angriff lange standhalten, drängten sich neben den Polizisten Angestellte, die hier von den Ereignissen überrascht worden waren. Einigen drohten die Nerven durchzugehen.

«Aber warum soll man die im Studio nicht anhalten, daß sie eine Zeitlang bloß Musik spielen», schlug eine erbärmlich blasse Frau vor, so schwach, daß sie sich auf die Fliesen setzen und an die Wand lehnen mußte, «den Aufruf hat doch schon jeder gehört, und wir kommen hier nie wieder raus . . .»

«Halt durch, Andula!» griff glücklicherweise ein Kollege ein, ehe sich noch jemand auf ihre Seite hätte stellen können, «die Nazis wissen, daß sie dann um so schwieriger wegkommen, ganz Prag schleift schon die Messer!»

Mehr hatte jedoch bewirkt, daß sich das deutsche Feuer allmählich abzuschwächen begann. Dann kam ein Anruf, der Intendant warte. Die Parlamentarier sollten die Hände in den Nacken legen, bevor sie durchsucht würden.

Morava ließ die Pistole samt Tasche zurück und schlüpfte als erster durch die Palisade aus Büromöbeln auf die breiten, von einer Mörtelschicht bedeckten Stufen nach oben, in der er Spuren hinterließ wie im Schnee. Er mußte dabei die Hände zu Hilfe nehmen, doch Angst hatte er nicht.

«Wenigstens», sagte er sogar halblaut, «bin ich dann schneller bei dir, Liebes.»

Als sie ihm endlich nachrannten und ihn für seinen erstaunlichen Mut mit Lob überschütteten, durchströmte ihn ein nie gekanntes Gefühl.

ICH HAB'S GESCHAFFT!

Fremde Menschen zogen ihn in die Toreinfahrt, wo die Leiche mit seiner Kennkarte lag, um ihm mit Worten und anerkennendem Rückenklopfen zu verstehen zu geben, wie sehr sie ihn bewunderten. Ohne sich bewußt darum zu bemühen, erreichte er, was er vielleicht schon seit dem Schießplatz in Brünn immer herbeisehnte.

ICH BIN WIEDER WER!

Und das machte ihn um so glücklicher, als er seine Tat diesmal nicht zu verstecken brauchte, ganz im Gegenteil.

ICH DARF MICH ÖFFENTLICH ZEIGEN!

Daß SIE nicht unmittelbare Augenzeugin sein konnte, bedauerte er stark, doch er war sich wie immer sicher, daß sie davon wußte, falls sie nicht sogar seine Hand führte.

Auch ein Jüngling mit Drahtbrille verdarb ihm die Stimmung nicht, der von den Mülltonnen herübersprang.

«Meine Herren», sagte er erschüttert, «der lebt!»

Da alle verstummten, vernahm man von draußen ein schwaches Wimmern.

«Wenigstens genießt er es!» gab er dem Bebrillten zur Antwort, «wir haben sie sechs Jahre lang genossen. Oder tut er dir etwa leid?»

«Ein Bauchschuß ist sehr schmerzhaft... ich hab Arzt studiert, solange man durfte...»

Noch ehe er wußte, was er wohl tun sollte, um sich die frisch gewonnenen Sympathien nicht zu verscherzen, grinste ein muskulöser Kerl in Schlossermontur den Schwächling an.

«Dann studier schnell fertig und bring ihn auf die Beine! Oder mach ihn gleich fertig, wenn du was zur Hand hast. Ich würde für das Schwein da keine Munition verplempern! Also», er drehte sich zu der kleinen Gruppe um ihn, «was tun mit dem angebrochenen Abend?»

Und er erlebte, wie alle Blicke AUF IHM ruhten. Sie schauten zu ihm auf wie seinerzeit er zum Zugführer Králík, wurde er sich vor Stolz bewußt.

ICH BIN HIER DER BESTE!

Ihn packte die Lust, seine Führerposition auszubauen.

Dem Rundfunktechniker zufolge war der Eingang neben den Mülltonnen darum so schwach bewacht, weil es da nur zum Archiv hinunterging. Doch gerade von dort, versicherte er, gelangte man zu dem Sprecherraum hinauf, aus dem der Hilferuf kam. Zu dem Sturmgewehr des Soldaten, das selbstverständlich ihm zufiel, nahm er sich noch eine Handgranate, die andere überließ er neben der eigenen Pistole dem Mann, der für ihn Partei ergriff, als dieser zugab, daß er auch beim Militär war. Ihnen folgten die beiden Jäger ins Kellergeschoß hinab, und ein paar Männer mit leeren Händen, die unterwegs eine Waffe zu erbeuten hofften.

Der dreimal gewinkelte Gang brachte sie tatsächlich zu einer schmalen, nach oben führenden Treppe. Sie gingen so langsam und leise, daß sie Schritte und deutsche Stimmen, die von oben kamen, hörten, noch ehe die Soldaten sie entdecken konnten.

War es wieder nur ein Zufall, daß er sich mit seinen Leuten genau an einer Stelle befand, die geradezu ideal war für eine Überrumpelung? Wahrscheinlich weil das Archiv von alten Tonbändern überquoll, stellte man auch in den Gängen schmale Regale auf, in denen sich runde Blechschachteln türmten; dahinter war eine große Nische, in die sie alle hineinpaßten.

Rypl! ermahnte ihn sein Zugführer, zwischen Beton haut Ihnen leicht die eigene Kugel als Querschläger in den Leib, da nützt ein Messer mehr ... ja, er war es auch, der ihm die exakte Arbeit mit den Messern beibrachte, indem er ihn als seinen Günstling in die Schlachterei seines Bruders mitnahm ...

Hier unten kam ihm eine eigene Idee. Er bedeutete dem Mann, der für ihn Partei ergriff, ebenso leise wie er seine Bewaffnung auf die Erde zu legen, und umschloß dann, auch für die anderen verständlich, mit beiden Händen seinen Hals.

Die Deutschen waren zwei und offenbar überzeugt, das Kellergeschoß des Rundfunks sei nach wie vor tschechenfrei, die Schnellfeuergewehre hingen ihnen über die Schulter. Unter der Treppe wollten sie sich auch noch eine Zigarette anzünden. Gegen so viele, die unversehens über sie herfielen, waren sie machtlos. Wenige Sekunden später lagen sie rücklings auf ihren Waffen und schnappten nach Luft, da mindestens drei Mann auf jedem knieten.

Eigentlich bin ich ein Verrückter, dachte er nachträglich erschrocken, so mir nichts, dir nichts neben unbekannten Zivilisten mit bloßen Händen auf gedrillte Soldaten loszugehen, das könnte verdammt ins Auge gehen. Und trotzdem lagen sie da, die beiden stämmigen Unterscharführer, und glotzten blöd.

Ja, Mutter, HEUTE IST MEIN TAG!

«Was fangen wir mit denen an?» fragte natürlich wieder ihn der Mann, der sich seiner vorher annahm; seine Hände erinnerten an Schaufeln.

«Fesseln und bewachen», meinte der Straßenbahner, «für Gefangene gibt's doch so was wie Vorschriften, nicht?»

Die kannte er noch von seiner kurzen Militärzeit und überlegte, ob er nicht zwei seiner Riemen hergeben soll, mit denen er gegurtet war, nur: bekommt er sie zurück? Es wäre auch diesem Malina gegenüber gemein, der sie wieder hatte hergeben müssen. Sicher war, daß er diese zwei weder mit sich schleppen noch mit unerfahrenen Wachen zurücklassen durfte.

«Wo ist hier ein Abort?» fragte er den Rundfunkmann.

«Wir sind gleich vorn dran vorbeigekommen.»

Er ließ die Gruppe an der Treppe unter dem Schutz der beiden neuen Besitzer der Schnellfeuerwaffen zurück und winkte seinem neuen Verbündeten. Die Deutschen gingen vor ihnen her, die Arme hinterm Nacken verschränkt, wie sein Lehrer Králík es ihm beibrachte, Dort erstarren sie am schnellsten, Rypl, jede Lehrerin weiß das vom Schülerstrafen! Das Klo des Archivs lag versteckt in einem kleinen Seitengang, hinter der Pissoirmuschel eine Kabine, die vergilbte Tür endete etwa einen halben Meter unter der Decke. Das paßte großartig zu seinem neuen Einfall.

«Hinein!» bedeutete er mit der Waffe, «beide rein!»

Sie zwängten sich also in den engen Raum, der zweite begann sogar verlegen zu kichern. Er schlug die Tür hinter ihnen zu und fragte seinen Begleiter.

«Läßt sich irgendwas unter die Klinke klemmen?»

Der brauchte nur in die Ecke zu langen, wo in einem Eimer ein Besen stand, und stemmte ihn zwischen Kabinentür und Wand. Ahnte er schon was, weil er ein so gieriges Gesicht machte?

Er legte den Finger auf den Mund, winkte ihm, auf den Gang vorauszugehen, und schätzte mit den Augen die Lücke über der Tür ab. Dann entsicherte er die Handgranate, zählte stumm bis drei und warf sie in die Kabine. Er hörte noch den doppelten Aufschrei, doch da schlug er schon die Aborttür zu und preßte sich seitlich an die Wand.

Die Detonation verzog die Tür dermaßen, daß sie sich nicht mehr öffnen ließ. Schade. Er hätte sich die Sache gern angesehen. Ihn entschädigte jedoch ein bewunderndes Lächeln, und so machte er eine neue Entdeckung.

ICH HAB EINEN KAMERADEN.

An der Ecke Bredauergasse, von zwei leichten Panzern der Waffen-SS überwacht, schlug Buback beißender Geruch in die Nase, der ihn seit der Landung der Alliierten in der Normandie bereits bei der Verabschiedung von drei okkupierten Städten begleitet hatte. Auf dem Hof seiner Dienststelle loderte ein großes Feuer, auf das Aktenbündel geworfen wurden. Warum? fragte er sich erst hier. Man verbrennt doch damit den Beweis, daß selbst in diesen verschrienen Wänden nach dem Recht gehandelt worden ist. Doch eben da lag das Problem!

Die Deutschen waren bei Gott nicht das einzige Volk, das seine Interessen den in der ganzen zivilisierten Welt gültigen Rechtsnormen übergeordnet hatte. Ihnen drohte jedoch, als erste dafür abgeurteilt zu werden, daß sie sich streng an das Gesetz hielten, weil sie es zuvor darauf hatten ankommen lassen, daß das ius Germanicum, das die Todesstrafe für ein kritisches Wort oder eine gekrümmte Nase festschrieb, einen großen Teil des Kontinents in die Finsternis des Mittelalters zurückgeworfen hatte.

Er verspürte Erleichterung, daß die Paragraphen, denen er diente, mochten sie auch ein Element jenes höheren deutschen Rechts sein, die überlieferten Werte geschützt hatten, derentwegen die Menschheit die Rechtsordnung schuf. In allen seinen bisherigen Dienststellen war er vielleicht der einzige, der die Spuren seiner Tätigkeit nicht löschen mußte. Aber reicht das aus, sich der Verantwortung für die Taten zu entledigen, welche die Brandstifter hier zu verwischen bemüht waren?

Worin besteht sein persönlicher Anteil am Vergehen seines Volks? Läßt der sich wirklich absondern? Und vor allem: Kann man ihn wiedergutmachen? Genau das versuchte er gerade, obwohl die Gefahr drohte, das Dritte Reich könnte seine Niederlage doch noch abwehren, worauf das ius germanicum letztlich zum Recht der Sieger würde. Damit rechnete zumindest die neueste deutsche Doktrin, über die Kroloff ihn ins Bild setzte. Sie verschlug ihm den Atem.

Absolut zuverlässigen Quellen zufolge sollten der britische Premierminister Churchill und der neue amerikanische Präsident Truman inzwischen die Überzeugung vertreten, Stalin sei entschlossen, das kommunistische Regime auf alle von der Roten Armee besetzten Territorien auszudehnen, um für sich einen Brückenkopf zur raschen Eroberung des restlichen Europas zu schaffen. Die neue deutsche Führung habe vor, sich von einigen Exzessen der SS zu distanzieren, die sie vielleicht sogar auflösen würde, referierte ihm begeistert der Totenkopf, als wäre die Gestapo damit aus dem Schneider. Sie wolle den Anglo-Amerikanern eine separate Kapitulation anbieten mit dem Vorschlag, den Kampf gegen die Bolschewiken fortzusetzen.

Generalfeldmarschall Schörner habe soeben das Oberkommando auch über die deutschen Stäbe, Zentralen und sonstigen Stellen auf dem Operationsgebiet der Heeresgruppe Mitte übernommen, der auch in diesen Plänen die Hauptaufgabe zufalle. Alle jene, die es bewirkt hätten, daß die Situation in Prag einstweilen aus der Hand geglitten war, würden bestraft und abgelöst werden. Gruppenführer Meckerle entsende die besten Leute zur politischen Verstärkung der bedrohten Abschnitte. Er, Kroloff, rechne es sich zur Ehre an, den Herrn Oberkriminalrat zu begleiten, und zwar in ein südöstliches Prager Stadtviertel namens Pankrác, um den Anfang der Trasse zu sichern, über die in absehbarer Zeit täglich mindestens fünfzigtausend Mann einschließlich Kampftechnik gen Westen ausgeführt werden sollten.

Nein! dachte er verblüfft, man schickt ihn zu Grete! Bei diesem Gedanken fand er sich rasch mit der Änderung seiner Vorhaben ab. Übrigens war Meckerle, wie er gleich erfuhr, im Augenblick nicht da, und draußen im Terrain käme ihm weit mehr zu Ohren als das Geschwätz und die Märchen, die er hier zu hören bekommen hatte.

«Wie gelangen wir dort hin?» wollte er wissen, «mir scheint, wir halten nur die Stadtmitte.»

«Die Bevollmächtigten werden mit gepanzerten Transportern abgeholt», erklärte Kroloff, «die Tschechen haben nur leichte Waffen.»

Zu denen auch Panzerfäuste gehören, setzte Buback im stillen hinzu. Er nahm sich vor, lieber Gretes drei Kreuzchen zu vertrauen.

Auf die Fahrzeuge hatten sie fast drei Stunden gewartet. Der Führer der Kolonne sah dann aus, als wolle er sich erschießen, als er fast unter Tränen schilderte, wie sie irgendwo in der Vorstadt ewig im Kreise herumgeirrt waren, weil die Tschechen raffinierterweise nicht nur alle Richtungsweiser umgehängt hatten, sondern sogar die Schilder und Namen der Straßen, ihre perfekten Meßtischblätter waren einen Dreck wert! erst eine Prager Deutsche habe sie gerettet: Als sie ihrer zum drittenmal ansichtig wurde, hatte sie den Mut, aus dem Haus zu laufen, in seinen Panzer zu klettern und sie herzulotsen.

Unterwegs konnte sich Buback davon überzeugen, daß die primitiven Sperren, die er mittags gesehen hatte, mit Bienenfleiß immer weiter verstärkt wurden. Das Gerümpelsammelsurium aus Werkstätten, Baustellen und Haushalten stellte aber immer noch kein ernsthaftes Hindernis für die Raupenfahrzeuge dar, und die Tschechen spritzten rasch zu den nächsten Häusern auseinander. Nirgendwo waren die Transporter auf Widerstand gestoßen.

Beim Durchqueren des tiefen, Nusle-Tal genannten Einschnitts kam Buback nach langer Zeit wieder die Topographie der Stadt zum Bewußtsein, die ihre Verteidigung erleichterte. Er kannte jedoch die Macht, die zum Schlag ausholte, und konnte sich lebhaft vorstellen, welche Wüstenei sie hier zurücklassen würde. Als sie nach Pankrác hinauffuhren, tat sich für einen Moment ein ungewohntes Panorama vor ihnen auf, links die Türme von Vyšehrad, rechts die Kuppeln der Karlov-Kirche und, in der Blickschneise zwischen beiden, jenseits des Flusses, der ferne Hradschin, der in der Luft zu schweben schien. Herrgott, welche Schönheit – und immer noch da!

Sehr eigenartig: Obwohl er die meiste Zeit seines Lebens in Dresden verbracht hatte, erfüllte ihn die späte Vernichtung dieser Stadt zwar mit tiefer Trauer, zugleich aber sah er darin den Akt einer gewissen höheren Gerechtigkeit, deren furchtbarer Vorbote der Tod von Hilde und Heidi war. Die Deutschen, dessen war er sich jetzt bereits sicher, hatten einen unmoralischen Krieg entfesselt, Europa in Blut und Tränen erstickt und wurden dafür mit der grausamsten Niederlage der Geschichte bestraft, tragisch, aber logisch. Dieses Prag wurde vor sechs Jahren brutal vergewaltigt, und jetzt, da ihm die Freiheit winkte und eine neue Würde, sollte es ins Verderben stürzen?

Seltsam, seltsam! Er hatte hier nur seine Kindheit verbracht, aus der sich ihm ein paar flüchtige und dazu banale Erinnerungen eingeprägt hatten, warum fühlte er sich von diesem Ort stärker angezogen als von der Stadt, in der er studierte, seine Arbeit und seine Liebe fand, in der er sich sogar weit besser auskannte? Und sogleich wußte er es: Zu diesem geheimnisvollen Band war das geworden, was in der Unbewußtheit der menschlichen Frucht namens Erwin Buback Gedanken und Gefühle geweckt hatte. Dieses Etwas war dann für Jahre von der Flut anderer Eindrücke überspült worden, aber obwohl es nicht gebraucht wurde, ging es doch nicht verloren, sondern bewahrte und erneuerte sich in ursprünglicher Kraft, kaum daß er hierher zurückgekehrt war: die Sprache, die die Mutter ihm gab, so daß sie für immer seine Muttersprache blieb.

Darum war er noch kein Tscheche, doch er konnte auch nicht behaupten, ein reiner Deutscher zu sein. Also war er, was übrig blieb: ein Prager, ein Erbe jener zwei und mehr Kulturen, die es Jahrhunderte hindurch verstanden hatten, hier zwar getrennt, aber nicht feindlich nebeneinander zu leben. Diesem Prag gehörte er offenbar mehr an, als er früher geahnt hatte, wenn er jetzt als Tscheche und Deutscher den gleichen Wunsch hatte, sein herrliches Bild möge auch den Nachkommen erhalten bleiben.

Nein, wirklich nicht: Er beging keinen Verrat, er machte ihn wett, allein durch seine Herkunft dazu bestimmt, mit allen seinen bescheidenen Kräften das Ende des Tötens und Zerstörens zu beschleunigen und den Tag näher zu bringen, da in seiner Heimatstadt Tschechen und Deutsche wieder auf dem gleichen Trottoir einander begegneten und sich mit einem Lüften ihres Hutes grüßten...

Der von Brunát geführten Verstärkung hatten nur die Prager Schwierigkeiten bereitet. Durch das Beispiel der Rundfunkverteidiger angeregt, hatten sie im Nu den Wenzelsplatz überschwemmt, wobei die Deutschen die Lust am Schießen verloren und froh waren, sich in Richtung Bredovská zurückziehen zu können. Nachdem die Polizisten sich einen Weg gebahnt hatten, gelangten sie über die Dächer ins Gebäude und drängten die SS vom fünften bis in den dritten Stock zurück. Denen war der Versuch, über Morava nach unten in die Halle durchzubrechen, nicht geglückt, und da auch die im Foyer von den zuströmenden Freiwilligen umzingelt worden waren, bat Intendant Thürmer diesmal selbst um ein Gespräch.

Er war nur noch der Schatten jenes Mannes, der zwei Stunden zuvor mit der Pistole in der Hand verhandelt hatte, und betrachtete die Situation, zumindest seine eigene, anscheinend als hoffnungslos. Vom Abzug mit Waffen war keine Rede mehr, er verlangte nur, oder besser, er bat, den deutschen Angestellten und Soldaten freies Geleit zum Hauptbahnhof zu gewähren, der immer noch in der Hand der Wehrmacht war. Dieser Abmachung schloß sich auch der Führer der Waffen-SS in der Halle an. Brunát übernahm den Befehl, entließ Morava aber nicht.

«Sobald sie das Gebäude räumen, laß es von oben bis unten durchkämmen, damit sie uns kein Trojanisches Pferd dalassen. Die werden bestimmt wieder anfangen, den Rundfunk mit allen Mitteln zurückzuerobern, da dürfen wir keinen im Rücken haben! Und, Morava: Laß uns hier von Anfang an Ordnung schaffen. Wir kennen unsere Landsleute zu gut, bald werden Tausende von Rundfunkkämpfern zur Belohnung eine Trafik oder eine Wurstbude verlangen. Spann sämtliche Ärmelschoner ein, die hier sind, sie sollen eine Liste der Leute aufstellen, die von halb eins bis jetzt hier waren. Und vor allen Dingen ein Verzeichnis der Gefallenen, gleich wird die Suche nach ihnen losgehen. Danach aber hopp zu Beran, du fehlst ihm!»

Während sich vor zwei Stunden noch alle verzweifelt gewünscht hatten, von dieser Falle aus Eisenbeton möglichst weit weg zu sein, verließ jetzt fast keiner das Gebäude. Trotz der

Warnung, die Deutschen würden einen erneuten Angriff unternehmen, erwachte in allen hier der begeisterte Wunsch, den endgültigen Sieg mitzuerleben. Neugierige begafften die Kampfplätze, Fleißige räumten die Trümmer fort, die das Durchkommen erschwerten, die gefeierten Sprecher zogen in ein Studio um, das man zur Sicherheit blitzschnell im Luftschutzbunker einrichtete, die Leichtverwundeten wurden von herbeigeholten Ärzten an Ort und Stelle versorgt, schwere Fälle in die Krankenhäuser geschafft. In einen der hinteren Höfe brachte man die Gefallenen.

Hier hatte Morava Leute eingesetzt, die ihm am zuverlässigsten erschienen, er instruierte sie, daß zuallererst das persönliche Eigentum der Opfer zu sichern sei, ehe die Hyänen kämen. Man glaubte ihm zwar nicht, daß diese Gefahr in einem so erhabenen Augenblick bestünde, versprach ihm aber, immer nur zu zweit zu arbeiten und gemeinsam jede Kleinigkeit zu notifizieren.

Ein wildes Geballer vor dem Rundfunk zwang ihn beinahe, der Stimme des Kampfes zu folgen, doch es ebbte gleich wieder ebenso überraschend ab, wie es begonnen hatte, und er erfuhr bald, daß irgendwer sich darangemacht hatte, die abziehenden Deutschen zu massakrieren. Hier wurden immer noch tote Tschechen zusammengetragen, die man in den verschiedenen Winkeln des verwüsteten Gebäudes entdeckte, und Morava war bemüht, sich so gut, aber auch so schnell wie möglich aller Aufgaben zu entledigen, die Brunát ihm übertragen hatte, um über Beran zu seinem Auftrag zurückkehren zu können.

Schon nach einer Stunde hatte er die Gewißheit erlangt, daß sich im Funkhaus keine Deutschen mehr versteckt hielten und daß auch die Heckenschützen in den benachbarten Häuserblökken liquidiert worden waren. Noch ein letztes Mal kehrte er auf den hinteren Hof zurück. Die Gefallenen lagen dort auf den flauschigen Vorhängen aus dem großen Musikstudio, ihnen zu Füßen Bündelchen aus Kantinenwischtüchern mit dem Tascheninhalt. Manchen hatte man die persönliche Habe in die Schulter- oder Aktentaschen getan, mit denen sie über einen Umweg, wo der Tod sie ereilt hatte, von der Arbeit heimkehrten.

Morava versprach, möglichst bald einen Mann aus der Zentrale herzuschicken, der sich auskannte und alles Weitere veranlassen würde, nahm eine Kopie der Liste und ging zu Brunát, um sich abzumelden. Zuvor konnte er sich selbst davon überzeugen, daß diese Maßnahme ihren Sinn hatte.

«Ich bitt Sie, Herr Polizist...», sprach ihn in der von Schüssen zernarbten Eingangshalle ängstlich eine Frau an, deren Baskenmütze nicht zu ihren grauen Zöpfen paßte, «mein Sohn ist heut mittag hergerannt und hat nichts mehr von sich hören lassen, ich möcht wissen, ob ihm was zugestoßen ist...»

Als er seine Papiere aufgeschlagen hatte, wurde ihm bewußt, daß er ihr sowieso keine völlige Klarheit verschaffen könnte, er hätte irgendwen auch mit der Erfassung der Verwundeten beauftragen müssen, jetzt müßten die Angehörigen die Krankenhäuser abklappern! Er war auf sich böse, hoffte aber, ihr vielleicht die größte Angst zu nehmen.

«Wie heißt er?»

«Rychta. Rychta Rudolf.»

Er suchte, fand aber nichts.

«Ich kann Sie wenigstens insoweit beruhigen: unter den Gefallenen...»

Er verstummte. Starrte auf den Namen, der an der Stelle des Gesuchten stand.

RYPL ANTONÍN, geb. 27. Mai 1900 in Brünn, wohnhaft in Pilsen...

Jitka! So leicht sollte er davongekommen sein??

Das Entsetzen in den Augen der Frau nötigte ihn, ihr zu zeigen, daß der Name ihres Sohnes nicht auf der Liste stand. Dann eilte er auf den Hof zurück. Der Tote hatte die Registriernummer 35, seinen Kopf bedeckte ein blutgetränktes Handtuch. Als er es anhob, erschauderte er, obwohl er an gräßliche Bilder zur Genüge gewöhnt war. Der Mann hatte nur noch die hintere Schädelhälfte, die vordere war fast völlig weggerissen.

Er knüpfte das Bündel auf. Die Kennkarte! Erregt öffnete er sie. Tatsächlich blickte ihn das Gesicht von der polizeilichen Anmeldung in Pilsen an.

Doch alles in ihm, was ihn zum Kriminalisten gemacht hatte, protestierte. Wieso hatte unter allen Toten ausgerechnet dieser kein Gesicht mehr? Ein so unglaublicher Zufall? Oder eine so raffinierte List?

Er kniete sich hin, kippte den Rest der persönlichen Sachen zwischen die Beine, in den Hosen aus Vorkriegsmanchester erstarrt, Achtung! Schuhe und Kleider zur späteren Vorlage für Rypls Kollegen und Nachbarn sichern! und legte einen Gegenstand nach dem andern auf das Handtuch. Ein Kamm. Eine Nickeltaschenuhr. Ein Schlüsselbund! besonders wichtig für die Identifizierung. Eine Börse. Und darin? Ein paar Geldscheine und Münzen. Des weiteren eine halbleere Streichholzschachtel. Keine Zigaretten. Ein Messerchen in Fischform. Ein Taschentuch. Mit Monogramm?? Ohne...

Allein die Verbissenheit des Spürhundes, die Hauptkommissar Beran ihm auf ihrem letzten Spaziergang an der Moldau zuerkannt hatte, flößte ihm ein, daß dies nicht der Mann war und daß der wahre Besitzer des Ausweises deshalb nicht weit sein konnte. Also warum suchte er ihn nicht??

Er hatte einen verläßlich wirkenden Wachtmeister angewiesen, damit aufzuhören, den Sieg zu feiern, und statt dessen für den Abtransport des Toten Nummer 35 mit all dem, was ihm gehörte, zur Gerichtsmedizin zu sorgen, und eilte selbst ins Gebäude zurück. Dort hatte sich tatsächlich schon ein «Verein der Rundfunkkämpfer» gebildet, die Brunát zuvorgekommen waren, indem sie ihre Listen selber aufstellten und eifersüchtig jeden davonjagten, der sich in ihren Augen zu spät oder zu Unrecht in ihrem künftigen Ruhm mitsonnen wollte. Er war bis ins oberste Stockwerk hinaufgetrabt und lief die Flure ab, den Kopf in jedes Zimmer steckend. Das gleiche setzte er von Etage zu Etage fort, in der Absicht, den einmaligen Vorteil zu nutzen, daß er die Beute kannte, diese aber den Jäger nicht. Erst auf der Straße hielt er inne.

Er sah in unzählige Gesichter, doch keins gehörte Jitkas Mörder.

Er stand zwischen den begeisterten Menschen, deren Selbstbewußtsein mit jeder Stunde stieg, weil sie endlich die Okkupanten gedemütigt sahen und weil außerdem die Nachricht die Runde machte, die Amerikaner hätten von Pilsen aus eine Panzerdivision in Marsch gesetzt, die noch bei Nacht Prag erreichen sollte. Er nahm die Menschen nicht wahr. Ihm war nach Heulen zumute. Jitka, er ist hier, vielleicht in Reichweite, entgleitet mir aber schon wieder! Oder war er nur hiergewesen, um eine passende Leiche abzupassen, den Austausch vorzunehmen und sich in Luft aufzulösen?

Er würde gleich zu Beran gehen, der mußte ihn sofort freistellen. Aufstand hin, Aufstand her, Freiheit durfte hier dieser Kreatur nicht begegnen!

Ein plötzlicher Entschluß ließ ihn zu dem nächsten diskutierenden Grüppchen treten und allen den geöffneten Ausweis Rypls hinhalten.

«Mitbürger! Dieser Mann wird vermißt. Hat ihn vielleicht jemand gesehen?»

«Das ist doch der», rief ein Postler mit deutschem Helm, um den wie ein Hutband die Trikolore geschlungen war, «der hier dazwischengeballert hat!»

Einander ins Wort fallend, schilderten sie ihm, wie ein Mann, diesem da ähnlich, in den Zug der Deutschen hineingeschossen hatte, denen freier Abzug zugesichert war. Ihrer Beschreibung nach war es dann Brunát gewesen, der ein noch größeres Massaker verhindert hatte.

«Herr Kommissar», sagte ein anderer, ein junger Mann mit Drahtbrille, «den hab ich schon vorher erlebt, der Kerl ist pervers, der macht uns den Aufstand zum Gemetzel! Er schießt Gefangene in den Bauch und richtet sie mit Handgranaten hin!»

«Aber hier hat er nicht danebengehauen», widersprach ihm der Briefträger, «sie führten doch versteckte Waffen mit sich!»

Morava war in seiner Ungeduld dem aufflackernden Streit mit der nachdrücklichen Frage zuvorgekommen.

«Wo ist er jetzt?»

«Er war nicht mehr allein», berichtete der Brillenjunge, «zwei weitere sind mit ihm losgezogen. Weil wir hier lauter Feiglinge sind, hat er gesagt, wollen sie sich anderswo ein paar Germanen schnappen.»

Wo? Wo?? Wo???

Am liebsten wäre Morava wie ein Jagdhund losgerannt, um die Straßen abzusuchen, doch da verspürte er den schmerzhaften Ruck der Dienstleine. Schweren Herzens begab er sich in die Bartoloměјská.

Mit Ladislav, dem Heizer aus der Großbäckerei Odkolek, verstand er sich sozusagen auf Anhieb. Dafür verdrückten sich alle anderen, bevor sie beide von dem Abort zurückkamen. Allein hatten sie hier im Keller keine Chance, deshalb kehrten sie zum Eingang zurück. Hinter den Mülltonnen ragten die zwei Stiefel des inzwischen Verstummten hervor. Die Waffen im Funkgebäude schwiegen plötzlich, doch in der Grabesstille wirkte die Straße um so unheimlicher. Zwei Schüsse peitschten eng an ihnen vorbei. Sie warfen sich zu Boden neben den Toten. Sie berieten, wie es weitergehen soll.

«Hallo!» kam es da von der anderen Straßenseite.

Im Flur des Mietshauses gegenüber zeichnete sich der Umriß eines Mannes ab, der ihnen zuwinkte.

«Wenn ihr rüberwollt, bepflastere ich sie.»

Sie blickten sich an und nickten ihm zu. Sie sahen, wie er die Waffe hob.

«Ich zähle bis drei. Achtung! Eins! Zwei...»

Das letzte Wort ging im Lärm unter, der Mann bestrich die Seitenfront des Funkhauses mit einem langen Feuerstoß. Sie schnauften nebeneinander wie die Gäule, ihm war, als wollte der schmale Fahrdamm kein Ende nehmen. Fast hätten sie den Schützen umgerannt. Darauf feixten alle.

«Danke!» sagte er.

«Einen Dreck wert.»

Der untersetzte Glatzkopf im wildkarierten, schweißstinkenden Hemd bleckte sein Gebiß, in dem drei häßliche Lücken klafften; er wirkte hinfällig, obwohl er kaum dreißig sein durfte.

«Was gibt's?» erkundigten sie sich bei ihm.

«Scheiße», sagte der Glatzkopf, «wie ich höre, wartet man beiderseits auf die Amerikaner. Ich hab mir die Sache anders vorgestellt.»

«Wie?»

«Daß ich 'n bißl Spaß mit den braunen Brüdern hab. Ich soll denen was heimzahlen.»

«Dann haben die dich wohl so plombiert?» wollte Ladislav wissen.

«Genau. Auf Totaleinsatz war ich, in Düsseldorf, und hab da 'ne Deutsche aufgerissen. Außer 'ner Abreibung haben sie mir wegen Rassenschande Lager verpaßt, bloß haben dann Tommys sie in der Nacht maßgenommen und dabei auch den Knast durchlöchert. Ein paar Wochen hab ich in Straßengräben gepennt und Knollen vom vorigen Jahr gefressen. Nun würd ich mir gern 'n paar Deutsche zu Gemüte führen.»

«Wir haben schon zwei zu Granatgulasch verkocht», rühmte sich Ladislav, «auf dem Scheißhaus! Brauchen bloß noch runtergespült zu werden.»

Eine Handgranate ist nicht die richtige Strafe, dachte er, während er zuhörte, man kann nicht aus der Nähe zusehen, und vor allem: Es geht viel zu schnell, nicht nur diese widerlichen Huren von Witwen, auch die Hurensöhne von Germanen haben eine spürbarere Vergeltung verdient. Plötzlich hatte er eine ganz klare Vorstellung, wie sie aussehen soll, und es war

NUR MEINE IDEE!

noch nie war ihm etwas wie das zu Ohren gekommen. Er schrieb es sich ins Gehirn.

«Klasse!» lobte ihn der Rächer seines Gebisses, «kann ich bei euch einsteigen? Ich bin der Lojza.»

Der Heizer wiederholte seine offenbar geliebte Frage, was mit dem angebrochenen Abend, als die Stille draußen endete. Die zunächst vereinzelten Jubelschreie flossen zu freudigem Lärm zusammen. Nicht nur in den Nebengassen, sondern auch auf der Hauptstraße, von der man erst jetzt die gleich zu Kampfbeginn gefallenen Tschechen wegtrug, wimmelte es von Menschen.

Also machte auch er sich mit seinen Gefährten zur Kreuzung auf. Über dem Portal des Rundfunks und im dritten Stock flatterten Fetzen von weißen Tischtüchern, doch um den Haupteingang herum bildete die Menge einen Halbkreis in ehrerbietiger Entfernung. Aus der zerschossenen Tür hinter dem Drahtverhau wallte noch immer ein Rauchvorhang. Lange Minuten tat sich nicht das Geringste, und die soeben geborene Hoffnung wich Befürchtungen: Ist das nicht eine List? Das gespannte Schweigen war zum Schneiden, ein Schuß genügt, das spürte er, und die Menschenmasse zertrampelte sich hier in panischer Flucht.

Statt dessen trat jedoch ein ranghoher tschechischer Polizist aus dem Gebäude, nahm den Helm ab und fuhr sich mit den Fingern durch die befreite weiße Mähne. Dann hob er ein Megafon.

«Mitbürger!» dröhnte seine Stimme, «der Rundfunk ist unser. Die Deutschen haben kapituliert.»

Die Angst sprang plötzlich in Rausch über, die Menge raste.

Er und seine beiden Begleiter warteten gespannt ab.

Der Polizist schwenkte lange die Hand mit dem Megafon, bis die Ansammlung sich beruhigte.

«Der Widerstand wurde gegen die Zusage aufgegeben, daß allen Deutschen, Angestellten wie Soldaten, freier Abzug ohne Waffen zum Hauptbahnhof ermöglicht wird.»

Hier und da wurden Unwillensäußerungen laut.

«Mitbürger! Diese Vereinbarung wurde im Auftrag des Tschechischen Nationalrats geschlossen. Dieser übernimmt hier die ausübende Macht bis zur Rückkehr der Regierung der Tschechoslowakischen Republik, die durch den Herrn Präsidenten Beneš ernannt wurde und bereits im befreiten slowakischen Košice tagt. Dem Tschechischen Nationalrat wurde der Auftrag erteilt, ähnliche Verhandlungen mit allen deutschen Stäben im ehemaligen Protektorat zu führen. Dadurch soll vor allem unser Prag von weiteren Kriegswunden verschont und die Prinzipien der Menschlichkeit gewahrt werden, zu denen wir uns wieder bekennen wollen!»

Dieser Polizist brachte ihn mehr und mehr in Rage. Plötzlich schrak er zusammen, denn dicht neben ihm stieß jemand einen Pfiff aus, daß ihm die Ohren gellten. Doch es war Lojza, der Glatzkopf, der die Hände um den Mund legte und schrie.

«Die Deutschen sind keine Menschen!»

Er und ein paar Umstehende klatschten ihm Beifall. Man begann zu skandieren.

«Die Deutschen sind keine Menschen! Die Deutschen sind keine Menschen!»

Der Weißhaarige trat unbeirrt ein paar Schritte auf sie zu und donnerte weiter.

«Die Ideale der Humanität, wie uns Präsident Masaryk gelehrt hat, lassen eine Kollektivschuld von Rassen oder Völkern nicht zu. Das hier waren Soldaten, sie haben einen Befehl befolgt und sich trotzdem ergeben. Wir können den Beschluß des Tschechischen Nationalrats nicht änd ...»

«Auf den scheißen wir!» schrie ihm Lojza entgegen, «hier haben wir geblutet, und wir verlangen Zahn um Zahn!»

Fast wäre er losgeplatzt, denn Lojza hätte auch gleich «Gebiß um Gebiß!» sagen können, doch es ärgerte ihn, daß der Polizist bei den Leuten so gut ankam. DIESE MEMMEN HÖREN DRAUF!

In dem Augenblick trat die Spitze der Eskortierten zwischen den tschechischen Wachtposten aus dem Gebäude. Die aschfahlen Frauen vorn, anscheinend Sekretärinnen, lösten eher Verlegenheit aus; die deutschen Beamten, durch weiße Armbinden gekennzeichnet, wurden bereits von Pfiffen empfangen. Die Bewacher lächelten, als verstünden sie die Erbitterung, doch die Zuschauer würden bestimmt auch sie verstehen.

Lojza stritt sich wild mit dem Polizisten, er jedoch ließ sie streiten und trat nach vorn, um besser zu sehen.

Nun strömten die Soldaten auf die Straße. Ihr Kommandant hatte den Fehler gemacht, ihr Selbstvertrauen heben zu wollen; die Zeichen der Niederlage würden ihnen jetzt bei der Menge besser bekommen. Die streng ausgerichteten Reihen der Männer in der verhaßten Uniform, die sich den Staub abklopften, die Blusen zuknöpften und den Kopf wie zur Parade hielten, ließen die Zuschauer die Rücksichten vergessen.

Erst jetzt stieg auch in ihm ein wahrer, ein geradezu heiliger Zorn auf die Deutschen auf, vergleichbar jenem, mit dem SIE ihn vor Jahren gegen die Unzucht der Weiber wappnete.

Ehe einer es bemerken konnte, hob er das Sturmgewehr, zielte sorgfältig, um keinen von den Tschechen zu gefährden, und gab einen Feuerstoß ab. Neben sich hörte er ein anderes Gewehr, bestimmt Ladislav! und sah aus den Augenwinkeln, wie Lojza mit dem Polizisten raufte.

Frauen kreischten, der ganze Transport suchte sein Heil auf dem Pflaster, doch auch von dort kamen Schüsse.

Diese Schweine haben Waffen!

ICH WAR IM RECHT!!

Der weißhaarige Wüterich hinderte zwar auch ihn sofort daran, gezielt weiterzuschießen, indem er ihm den Lauf nach oben schlug, doch in dem ausgebrochenen Chaos hatte der Mann so viel andere Sorgen, daß er sie nicht weiter behelligte; er hatte damit zu tun, die Gefangenen wieder zu sammeln, zu durchsuchen und mit ihren Toten rasch wegzubringen. Er steckte jedoch ziemlich viele Leute an, die jetzt nicht aufhörten, gegen sie drei loszugehen. Zu ihnen gehörte vor allem der Brillenknabe, der ihn schon vorher bei den Mülltonnen reizte.

«Du Deviant!» griff der ihn jetzt mit einem sinnlosen Wort an, «hau ab in dein Irrenhaus, das hier ist eine demokratische Revolution!»

Der Irre bist du! wollte er ihm schon ins Gesicht schreien, und vor allem, EIN VERRÄTER UNSERER SACHE, der das gleiche verdient.

SOLL ICH IHN NICHT ABKNALLEN?

Diesmal direkt ins Herz, um nicht erst zarte Gemüter zu erschrecken... doch er besann sich rasch. Auch viele ihrer Gegner waren inzwischen gut bewaffnet.

Dazu fiel ihm ein, daß er zwar einen neuen Namen, doch sein altes Gesicht hatte. Hier trieben sich massenhaft Polizisten rum, wenn nun zufällig einer...?

«Burschen», sagte er zu seinen Begleitern auf mährisch, «hier ist sowieso der Hund verreckt, wir pfeifen auf diese Feiglinge, woanders gibt es noch Germanen genug!»

Geliebter!» sagte Grete, «ach, Geliebter, endlich! Ich hab dich eine Ewigkeit nicht gesehen!»

Freilich, ihre Zeit war stillgestanden, während die seine dahinraste, ihm schien es, als habe sie erst kürzlich dieses Häuschen betreten. Inzwischen hatte sich aber diese gestern noch übersichtliche Stadt in einen Dschungel verwandelt, wo sich nicht einmal Einheimische mehr auskannten.

Das Stadtviertel Pankrác, in das man ihn mit Kroloff geschickt und das er ohne Schwierigkeiten erreicht hatte, schien eine Ausnahme zu sein, es befand sich fest in deutscher Hand. Entweder hatten die Tschechen hier auf der durch das Tal isolierten Hochebene, die auf der einen Seite steil zur Moldau abfiel und auf der anderen in Felder überging, nicht genug Rückhalt und deshalb sich auch nicht soviel Courage zugemutet wie im Zentrum, oder die deutsche Führung funktionierte besser. Bei dem Gerichtsgebäude erinnerte eine einzige Barrikade aus Straßenbahnen, die man mit einem Kran aus den Schienen gehoben hatte, an Unruhen; ihre Erbauer wurden augenblicklich ins Tal hinuntergejagt, und gleich darauf setzte sich ein Karussell motorisierter Posten in Bewegung, das allen anderen Barrikadenbauern die Lust vergehen ließ.

Für Schörners schwere Panzer gab es hier gewaltige Aufmarschgebiete, von wo sie die Barrikaden im Tal niederwalzen und die Durchfahrt zur Stadtmitte und weiter nach Westen mühelos öffnen konnten. Zu hören war jedoch nichts bis auf sporadische Schießereien aus verschiedenen Richtungen, nach Eintritt der Dämmerung brachen nur von Südosten her Kradspäher durch. Sie berichteten von Sperren, die auch in den Dörfern und Kleinstädten vor Prag in die Höhe wuchsen, so daß man sie auf Feldwegen hatte umfahren müssen. Für die mächtige Kriegstechnik konnten sie jedoch kein Hindernis sein, und so wucherten neue Gerüchte. Vorherrschend war die Meinung, daß die Amerikaner näher rückten, was eine deutsche Truppenverschiebung überflüssig machte. Kroloff verbreitete eifrig die Information vom Nachmittag, in seiner Phantasie war das Protektorat bereits zum Aufmarschgebiet der künftigen westlichen Allianz einschließlich Deutschlands gegen den Kommunismus geworden.

«Und das ist sie, die Geheimwaffe!» wurde er nicht müde zu wiederholen, «die geniale Geheimwaffe, die uns der Führer vorausschauend hinterlassen hat.»

Der Stab, aus den Kommandanten verschiedener nachgeordneter Einheiten bestehend, hatte außer der Organisation der Patrouillenfahrten nichts zu tun, die Heeresgruppe schwieg, und die Prager Garnison fragte nur jede Stunde nach, was es Neues gebe. Buback dachte an Grete, an ihre Einsamkeit und Machtlosigkeit. Das brachte ihn auf einen Gedanken, wie alle anwesenden Chargen ihre Wartezeit nützlich verbringen könnten. Er äußerte sein Erstaunen darüber, daß sich keiner den Kopf über das Schicksal der Tausende deutscher Zivilisten zerbrach, und schlug vor, daß zumindest jene, die in diesem bislang ruhigen Stadtteil lebten, zwar notdürftig, doch unter dem Schutz des Heeres zusammengefaßt würden, bis ihnen der sichere Abzug oder das Verbleiben garantiert wäre.

Persönlich machte das keinen heiß, und keiner war bereit, sich das Leben mit Aktionen zu erschweren, die nicht von oben angeordnet worden waren, selbst Bubacks Autorität eines Gestapoemissärs richtete da nichts aus. Kroloff untergrub sie sogar noch: Das Andenken des Führers, schwadronierte er, wäre durch nichts besser zu ehren als durch unerschütterliches Beharren auf den Grundsätzen des totalen Krieges, den deutschen Bürgern Prags sei längst die Möglichkeit geboten worden, sich zu bewaffnen, wenn sie das getan hätten, dann sicherlich mit der Absicht, jede deutsche Wohnung hier in eine Festung zu verwandeln, wenn nicht, wären sie selber schuld und hätten sich aus der Gemeinschaft des heldenmütig kämpfenden Volkes ausgeschlossen.

Buback erinnerte an jene deutsche Frau, die am Nachmittag die gepanzerten Transporter aus dem Teufelskreis der plötzlich namenlosen Straßen herausgeführt hatte. Falls sie dabei auch nur von einem einzigen tschechischen Nachbarn gesehen worden war, drohte ihr Vergeltung. Von Zivilisten könne man doch nicht verlangen, daß sie sich in ihren Wohnungen wie Soldaten in den Gefechtsständen fühlten und verhielten; wenn nichts anderes, so fehlten ihnen eine einheitliche Führung und klare Befehle. Solche habe niemand verordnet!

Weil, triumphierte Kroloff, dem nicht entgangen war, daß die lustlose Mehrheit auch weiter lieber auf die Stimme der Stärke als auf die der Vernunft hörte, weil es hierfür, wie alle begreifen würden, keinen Grund gebe, im Gegenteil, eine Evakuierung der Zivilisten bestätige die Tschechen in der irrigen Meinung, das Dritte Reich hätte kapituliert, und provoziere tatsächlich einen Aufstand, von dem die bisherigen Versuche der Extremisten glücklicherweise immer noch weit entfernt seien, schließlich sei auch diese unglückliche Episode mit dem Rundfunk, wie sie hier soeben erfahren hatten, mit einer einzigen Luftmine beendet worden!

Buback zog den Streit nicht in die Länge, um sich seine Autorität für wirklich brenzlige Situationen zu bewahren. Auf jeden Fall war er aber entschlossen, sich bald wieder mit Morava oder Beran zu treffen, um sie auf diese Not aufmerksam zu machen; Gretes gespenstisches Bild vom Festmahl der Mörder hatte sich ihm ins Gedächtnis gegraben. Grete! Er mußte sie sehen, um auch sich selbst zu beruhigen.

Den konfusen Mutmaßungen bereiteten zwei höchst unangenehme Geschehnisse vorerst ein Ende. Auf der Rundfunkwelle, der ein gelungener Luftangriff das Wort abgeschnitten hatte, meldete sich ein paar Stunden später, wahrscheinlich aus einem Ausweichstudio, derselbe tschechische Sprecher. Und in der Gastwirtschaft, wo der deutsche Stab hier Quartier bezogen hatte, verstummte das Telefon, die Tschechen hatten also auch die städtische Zentrale in der Hand. Diesen Umstand nutzte Buback aus.

«Sie bleiben hier», befahl er Kroloff, «solange wie nötig, ich werde versuchen, mich zur Bredauergasse durchzuschlagen. Unsere Aufgabe haben wir erfüllt, doch mir gefällt nicht, daß wir für mögliche Situationen keine weiteren Befehle haben. Es ist nicht wichtig, wer von uns beiden persönlich recht hat, sondern welche generellen Richtlinien unterdessen ausgearbeitet wurden.»

«Zurück wird man mit Ihnen nachts nicht durchkommen, und im Tal kann schon mehr als eine Barrikade stehen.»

Buback konnte sich ergötzen, wie sehr das Kroloffs vorhergehenden kraftmeierischen Ergüssen widersprach.

«Das habe ich auch gar nicht vor. Am sichersten ist der Weg zu Fuß.»

«Es gilt das Ausgehverbot!»

«Um so besser. Ich nehme mir eine Begleitung bis zu unseren Vorposten mit. Auf der anderen Seite tauche ich als Zivilist unter.»

«Aber wie kommen Sie morgen zurück?»

«Wenn es bis dahin nicht gelingt, die Durchfahrt frei zu machen, dann auf die gleiche Weise. Was Sie nicht wissen, Kroloff, aber warum man mich hierher beordert hat: Ich bin aus Prag gebürtig.»

Der Totenkopf war das verkörperte Mißtrauen, doch immerhin Buback unterstellt, er mußte es zur Kenntnis nehmen. Buback ließ sich die Karte mit den markierten Postenstellungen zeigen. Wie er angenommen hatte, befand sich die letzte bei den Dohlenbergen, nicht weit von dem Häuschen. Dort winkte er dem Kradmelder, der ihn hergefahren hatte, und auch den Soldaten zu, die sich gerade mit Zeltbahnen vor dem aufkommenden Regen schützten, er schlug den Mantelkragen hoch und machte sich auf den Weg ins Dunkel.

Seinen Dienstausweis schob er in Socken und Schuh auf der Innenseite des rechten Fußgelenks, den von Beran ausgestellten Geleitbrief versteckte er links. Für alle Fälle entsicherte er die Pistole. Eilig durchquerte er die Gäßchen zwischen den niedrigen Anwesen. Vor dem Nachbarhaus blieb er stehen, um sich zu vergewissern, daß er hier wirklich allein war, erst dann trat er zur Tür, klingelte dreimal kurz und einmal lang. Er war nicht darauf gefaßt, daß die Tür sofort aufging, und griff hastig zur Waffe, doch da spürte er schon ihren Duft und dann auch die Hände, die ihn ins Haus zogen.

Ohne hinzusehen schloß sie ab, als er sie darum bat, ließ ihn aber nicht los. Nein, sprach sie, ohne ihn zu Wort kommen zu lassen, wobei sie ihn hinauf zur Dachkammer eher zog als führte, seit Stunden sei sie unfähig gewesen zu schlafen, hatte sich aber auch nicht mehr wach halten können, so sehr verscheuchte ihre Erregung die Müdigkeit, und so sehr dämpfte ihre Müdigkeit wiederum die Erregung, bis sie in eine eigenartige Trance verfallen war, in der sie sich nicht rühren konnte, ihre Vorstellungen ihr aber um so wirklicher erschienen. Sie sah wie im Fieber ihr ganzes Leben und dann auch den Tod, denn sie hatte sich plötzlich in Jitka Modrá verwandelt, die so vertrauensvoll ihr Schicksal mit ihrem getauscht hatte.

«Auf einmal war ich es, die genau hier den schrecklichen Stoß versetzt bekam, aber ich war nicht tot, nur habt ihr das nicht erkannt, und ich erlebte, wie du mich in den Sarg gelegt hast und nicht meine verzweifelten Versuche wahrnahmst, dir ein Zeichen zu geben, und dann wurde der Deckel zugeklappt, und Hämmer klopften, und man trug mich weg und senkte mich hinab, und mir gelang es endlich aufzuschreien, nur polterte genau in dem Augenblick die Erde auf den Sarg, und so hab ich das letzte versucht: Ich nahm meine ganze Kraft zusammen und richtete mich mit solcher Gewalt auf, daß ich mit der Stirn den Deckel aufstieß und mich gegen den Strom des Erdreichs stemmte, doch ich hatte keine Chance, weißt du, die Erde raubte mir den Atem und das Bewußtsein, und auf einmal ist alles weg, nur die Stirn tut mir weh, und ich steh an der Tür, und du klingelst, wo warst du so lange, mein Geliebter??»

Als er feststellte, daß sie nicht einen Bissen gegessen hatte, wollte er etwas von den Vorräten heraufholen, doch sie kam mit nach unten und ließ ihn keinen Augenblick los; als erneuere sich durch die Berührung mit ihm die entschwundene Energie, hielt sie ihn ständig bei der Hand, selbst dann noch, als er das schon harte Brot schnitt und eine Verpflegungskonserve mit Wurst aufmachte. Beim Hinaufgehen trat er an der Treppe gegen die leere Ginflasche, die er bei der Flucht im Badezimmer des Richters gerade noch entdecken konnte; da wußte er, die hatte sie beim Warten auf ihn ausgetrunken und war danach an der Haustür eingeschlafen.

Er nötigte sie zu essen und entschloß sich, bis zum nächsten Morgen bei ihr zu bleiben, es war für ihn bei Tageslicht auch leichter und sicherer, ins Zentrum zu gelangen. Als er sich ausgezogen und neben sie gelegt hatte, erlebte er zum erstenmal, daß sie ihn nicht als Mann wahrnahm. Sie preßte sich an ihn wie eine Erfrierende, die nur animalische Wärme retten konnte.

Er begann sie zu streicheln, langsam und behutsam, nur mit den Fingerkuppen, über den Rücken, die Schultern und, so wie sie ihm nachgab und sich ihm darbot, über die Arme, die Schenkel, die Fußsohlen, nicht eine einzige Stelle ihres Körpers ließ er aus. Nie zuvor hatte er so etwas getan, doch er spürte selbst, wie genau er sie berührte, wie sich die Angst und die Aufregung in ihr legten, wie Ruhe und Sicherheit in sie zurückkamen.

«Ach, mein Geliebter», sagte sie, «vielleicht ist das noch mehr als Lieben ...»

Dann hielt sie nur noch weiter seine Hand, und während da und dort Schüsse in der Ferne krachten, begann sie unversehens, ganz wie in jenen Zeiten, die ihm jetzt idyllisch erschienen, das Ende ihrer Geschichte zu erzählen.

Nach Rom, wo sie und Martin sich dank des rätselhaften Sizilianers endlich zusammengetan hatten, erwartete sie in Berlin eine böse Überraschung, der Vater von Martins früherer Frau, ein hoher Nazi, hatte seine Abkommandierung zu einem Fronttheater in Ostpreußen erwirkt. Das war zwar ein Teil des Reiches, doch unter den obwaltenden Umständen höchst ungastlich, darüber schwebte das Gespenst einer neuen russischen Offensive. Wer die Bolschewiken waren, ließ sich an der Verfassung der deutschen Soldaten ablesen, für die sie auftraten. Da gab es keine braungebrannten Sportler wie in Italien, die den Krieg mit den Anglo-Amerikanern trotz der letzten Niederlagen als eine Begegnung von Gentlemen ansahen; die Kämpfer hier wirkten trotz ihrer Jugend wie Greise, an Handball oder Fußball kein Gedanke, nicht einmal der berühmte Komiker der Schauspielertruppe brachte sie zum Lachen, in der Etappe schliefen sie zumeist oder starrten mit erloschenem Blick ins Unbekannte.

Das Milieu, die Atmosphäre und die schalen pseudokünstlerischen Programme, die das Bestreben verrieten, ihn zu demütigen, all das hatte Martin veranlaßt, daß er eines Tages nach Berlin schrieb, man möge ihnen Kasperl schicken. Nie zuvor habe sie etwas für Hunde übriggehabt, erzählte Grete und schaute im Halbdunkel in die andere Zeit, doch den mochte sie. Eine verliebte Verehrerin hatte ihn Martin zu irgendeiner Premiere geschenkt, vielleicht sollte er ihr die Tür zu seinem Privatleben öffnen, dort aber hielt sich schon Grete auf; trotzdem gab er das Hündchen nicht zurück. Es war ein entzückender kleiner Straßenköter, sie entdeckten die untrüglichen Merkmale von mindestens fünf Rassen an ihm, doch er hatte von jeder die besten Eigenschaften mitbekommen, vor allem einen ausgesprochen guten Charakter. Er wußte ein prachtvoller Kumpel zu sein, gerade bei Streitereien, von denen er Herrchen und Frauchen immer dadurch abbrachte, daß er, Buback könne ihr das glauben, zu lachen anfing, ja, er zog ganz wie ein Mensch die Lefzen breit, bis seine Zähne blinkten, grinste und iahte vor Lachen. Wer konnte da widerstehen?

Als Martin aufs Wandertheater hatte umsteigen müssen und sie mitdurfte, nahm seine ältere Schwester begeistert den Hund zu sich. Damals begann er ihnen regelrecht zu fehlen. Bei jeder Fahrt über Berlin verschäkerten sie die meiste Zeit mit ihm, in ihrer Entfremdung war es eigentlich Kasperle gewesen, der sie zusammenhielt, über ihn, behauptete Grete, strömte ihre unverbrauchte Zärtlichkeit zu Martin hinüber und vielleicht auch die seine zu ihr, behauptete zumindest später er.

In Königsberg bedurften sie seiner Dienste zum Glück nicht

mehr, sie erklommen beide zusammen die Himalajagipfelhöhen, wie Grete es nannte, und Buback verspürte seit langem wieder den Stachel der Eifersucht, der ihn in dieser unmenschlichen Nacht wenigstens an das Menschliche erinnerte, doch sie hatte mit Martin geglaubt, das liebe Tier könnte auf seine Art Freude in ihr ansonsten tristes Kriegsvegetieren bringen. Der einzige Vorteil, den ihnen ihre Zeit in Preußen einbrachte, war die geräumige Wohnung im Hause eines deutschen Lehrers, der Martin jahrelang im Kino vergöttert hatte und noch immer nicht sein Glück faßte, daß er ihn unter seinem Dach haben durfte.

In jenem heißen Sommer vor der ersten Evakuierung, Buback spürte das neue Beben ihrer Seele, doch diesmal war es die Geschichte selbst, die sie sogleich beruhigt hatte, arbeiteten Post und Eisenbahn trotz der Luftangriffe fast friedensmäßig. Sie gaben also der Schwester telefonisch Bescheid, mit welchem Zug sie Kasperl in einer Kiste, in die man Löcher bohren müßte, schicken sollte, damit sie ihn gleich beim Postwagen abholen könnten, die sieben Stunden mußte doch ein vitaler Hund, der sein Geschäft gemacht und sein Futter bekommen hatte, ohne weiteres aushalten. Als die Schwester ihnen die Zugnummer bestätigte, weinte sie.

Dafür freuten sie beide sich fast närrisch, der Wirbelwind war schon im vorhinein zum Maskottchen geworden, das die Rückkehr der wölfisch gewordenen Zeit in den Zustand elementarer Unschuld vorzeichnete. Um so größer ihre Enttäuschung und ihr Schreck, als sie die avisierte Sendung im Gepäckwagen nicht vorgefunden hatten. Sie gingen schon zum Vorsteher, damit er telegrafisch die vorhergehenden Stationen abfragte, als Grete, eine Eingebung! staunte sie jetzt noch, vor einem anderen Waggon stehengeblieben war, den man gerade entlud, eine riesige Gefriertruhe auf Rädern, die Fleisch, Butter und Eier für die Armee transportierte. Mit Erlaubnis der Wachen kletterte sie hinauf, und sogleich fiel ihr Blick auf ein Kistchen mit ihrer Adresse. Wie benommen trug sie es zur Tür und reichte es dem erbleichten Martin hinunter, beide bekamen sie sofort klamme Finger. Noch heute sehe sie, wie er die kleine Fracht waagerecht in beiden Händen hielt und langsam absetzte: Man hörte, wie drinnen die tote Materie verrutschte.

Ohne ein Wort gingen sie nach Hause, schockiert von diesem sinnlosen Eistod. Die Kreatur, die ihnen Hoffnung bringen sollte, war zum Symbol ihres eigenen Verderbens geworden. Keiner von ihnen beiden hatte den Mut, das Naheliegendste zu tun, aus der Stadt hinauszufahren und den kleinen Leichnam zu verscharren. Als hätten sie beide den Verstand verloren, trugen sie den kleinen Sarg in ihr Wohnzimmer und stellten ihn auf den Tisch. Die Mittagssonne hatte ihre Unterkunft in einen Ofen verwandelt, doch sie öffneten nicht einmal das Fenster, niedergeschmettert saßen sie am Tisch, von Minute zu Minute weniger fähig, sich aus ihrer Erstarrung zu reißen, wie in jenem Märchen sei sie sich vorgekommen, sagte Grete, wo alle versteinerten, bis ein Wunder geschah; sie war überzeugt, daß sie noch nach drei Stunden nicht die Kraft gefunden hätten, aufzustehen und auf Tournee zu gehen, was eine neue Katastrophe bedeutet haben würde.

Und dann geschah das Wunder! Aus der kleinen Kiste drang ein Geräusch wie ein Schluchzer. Keiner von beiden rührte sich. Als sich nach einer Weile das Geräusch wiederholte, sah Grete, wie Martin den Atem anhielt, um besser zu hören, wie er rot anlief, zu ersticken schien, doch da kippelte der hölzerne Schrein auch schon leicht und ruckte unter Stößen, als dränge der leblose Gegenstand ins Freie. Mit einem Zischen stieß Martin die Luft aus, stürzte in den Flur und kam mit dem Beil für Brennholz zurück. Hastig hebelte er den Deckel auf, der sofort nachgab, und heraus schoß eine zottige Kugel.

Nie wieder habe sie so etwas gesehen! staunte Grete, noch jetzt in dem fremden Haus und in der feindlichen Stadt vor Glück strahlend, als habe sie diese Wiedererweckung eben erst erlebt, Kasperl, den die Hitze in letzter Minute aus der Unterkühlung gerettet hatte, raste wie ein Verrückter im Zimmer hin und her, lief kreuz und quer, rauf und runter, mit Riesensätzen sprang er über die Möbel, rannte senkrecht die Wände hoch, bis er kobolzschießend niederstürzte, um sich sogleich daranzumachen, die Erdanziehung auf der anderen Seite des Zimmers zu überwinden.

«Das war ein Ausbruch von Leben, weißt du? Wir blieben sitzen, hielten uns aber krampfhaft bei den Händen und sahen dieser Auferstehung von den Toten zehn, zwanzig, vielleicht dreißig Minuten lang zu, und er lief, sprang, bellte, er zerrte und knabberte an uns, konnte nicht genug haben von seinem Dasein, wie wir nicht von diesem uferlosen, uneinfrierbaren Wunsch nach Existieren, der dabei auf uns übersprang, so erschöpft wir vom fortschreitenden Verderben auch waren.»

Grete lächelte.

«Und er hielt an bis . . .»

Grete brach in Tränen aus.

Es war ein Anfall wilder Trauer, und Buback hatte begriffen, daß er sie, da er ihre Ursache nicht kannte, nicht mit einer platten Beschwichtigung stillen konnte. So schlang er nur seine Arme fest um Grete, als wollte er verhindern, daß sie zerbarst, und lauschte ohnmächtig dem menschlichen Geheul. Auch von ihm war dann eine Last abgefallen, als es sich abschwächte; welch ein Glück, daß auch uferlose Verzweiflung meistens auf die Grenze der Möglichkeiten von Geist und Körper stößt und dann langsam abstumpft.

Selbst jetzt sagte er nichts, er begann, sie nur fast unmerklich wie ein Kind zu wiegen. Ihr Schluchzen wurde gelindert, ihre gespannten Muskeln gaben nach. Nach einer Weile hob sie fast wie gewohnt zu sprechen an, als beginne sie eine neue ihrer vielen Geschichten zu erzählen.

«Beim ersten Rückzug, der im übrigen ganz geordnet vor sich ging, nachdem wir einen Tag auf einem Pritschenwagen verbracht hatten, Benzin gab es nur noch für die Armee, stiegen wir bei einem Halt der Kolonne ab, um Kasperl ein wenig auszuführen. Ein Feuer hinter einem Birkenhain zog uns an, strahlte Frieden aus, wir hatten völlig vergessen, daß Lagerfeuer im ganzen Reich streng verboten waren. Zu spät erkannten wir, daß es irgendeine Soldateska, anscheinend Deserteure waren. Wir wollten lieber freundlich grüßen und rasch umkehren. Doch einer von denen hob Kasperl schon hoch und spielte eine Weile mit ihm. Der belohnte ihn mit seinem Grinsen, das fast alle ringsum zum Lachen brachte. Auch wir beide lachten, unsere Beklemmung war verflogen. Dann sagte der Soldat in schlechtem Deutsch, das wäre was für ihre Suppe. Martin sagte nervös, das sei doch ein Witz, doch der andere ließ den Hund nicht los, hielt ihn mit der Linken beim Rückenfell gepackt. Martin versuchte, ihn ihm zu entreißen. Da zog der Mann mit der Rechten die Pistole und schoß Martin aus unmittelbarer Nähe in die Schläfe. Ich sah das Gehirn regnen. Dann warf er Kasperl lebendigen Leibes in den Kessel. Ein Spritzer verbrühte mir das Gesicht. Ich konnte gerade noch ins Dunkel flüchten, wenn auch in die falsche Richtung. Sie machten Jagd auf mich, fingen mich aber nicht ein. Ich weiß nicht, wie ich diese Nacht überlebt habe. Erst am Morgen verließ ich den Wald. Ich fand die Überreste der Feuerstelle, sonst nichts, kein einziges Knöchlein. Irgendwie stieß ich auf einen Weg zur Chaussee. Unsere Kolonne war schon fort. Ein Pkw hielt an. Darin saßen Kriegsberichterstatter, sie hatten eine Menge Cognac dabei. Ich trank und trank und erzählte ihnen wie im Traum bis Berlin lustige Theatergeschichten. Sie bogen sich vor Lachen. Einer hat sich in mich verliebt und verschaffte mir das Engagement in Prag. Mehr weiß ich davon nicht. Jetzt muß ich schlafen, Geliebter. Aber laß mich nicht los...!»

Sie war im Nu hinüber, und er hielt sie unbewegt in den Armen, von Zeit zu Zeit berührte er mit den Lippen die feuerrote Narbe auf ihrem Hals, als könne dies die verbrannte Seele heilen.

Daß er todmüde war, bestätigte sich ihm im Treppenhaus. Es nahm heute kein Ende, als seien Stockwerke hinzugebaut worden, zum Schluß schleppte er sich wie ein Krüppel treppauf. Erst ein unheilverkündendes Signal machte ihn wach. Was ist das? Unter der Tür seiner Einzimmerwohnung ein scharfer Lichtstreif. Er war sicher, die Lampe ausgemacht zu haben. Im Haus wohnten zumeist ledige Polizisten, keiner von denen wäre bei ihm eingedrungen. Also wer? Der!! Sogleich begriff er. Der muß in der Nähe gewesen sein, als er beim Rundfunk nach ihm fragte, und war ihm bis zur Bartolomějská gefolgt. Aber wie war er an die Adresse gekommen? Und vor allem: was nun? Umkehren und Verstärkung holen? Und wenn er unterdessen fliehen würde? Da fiel ihm ein, daß er ja eine Pistole bei sich trug, mit der er ein einziges Mal geschossen und dabei ums Haar Beran getötet hatte, der vor ihm saß. Vorsichtig zog und entsicherte er sie. Wenn er recht hat und Jitkas Mörder auf ihn wartete, würde er das zweite und letzte Mal schießen, um den Richtigen zu töten. Abwarten... das wollte er wirklich tun? Hatte er nicht seinen Neulingen eingebleut, was der Hauptkommissar ihm und den Generationen vor ihm beigebracht hatte? Reden Sie sich niemals ein, meine Herren, Sie wären das Gesetz, Sie sind unter allen Umständen seine Diener, der Souverän ist das Gesetz selbst! Hinter dieser Tür lauerte jedoch etwas, das nur äußerlich einem Menschen glich, das pure Böse, das sich zum Gespött des Himmels vor seinen Opfern mit menschlichen Zügen zu maskieren wußte. Konnte sich Berans Lehrsatz auf so etwas beziehen? Nein! entschied er, wenn der Schlächter hier war, würde er ihn töten, und seine Disziplin blieb darin bestehen, daß er trotz seiner Ungeübtheit versuchen würde, ihn gut zu töten, um ihn allem zum Trotz nicht wie jene leiden zu lassen, die er zu Tode gemartert hatte. Millimeterweise schob er den Schlüssel ins Schloß, um nicht das kleinste Geräusch zu verursachen. Den Finger am Abzug, trat er die Tür auf und riß auch schon entsetzt die Hand mit der Waffe nach unten. An dem gedeckten Tisch saß seine Mutter, sie lächelte ihn an, die Hände ruhig im Schoß gefaltet. Junge, hast du mich aber erschreckt, warum so holterdipolter? Mami, er verbarg unauffällig die Waffe, die sie zum Glück nicht bemerkt hatte, was machst du hier...? Hast du, Jeníček, nicht gesagt, ich soll herkommen, falls uns der Krieg erreicht? Aber bei euch, sagte er verwundert, sind doch schon die Russen...! Ja, sie waren früher da als erwartet, aber der Pächter hat dir doch hoch und heilig versprochen... Aber wie, er begriff immer noch nichts, hat er dich durch die Front gebracht ...? Ich weiß es nicht genau, mein Junge, na, Hauptsache, ich bin da, freust du dich nicht? Natürlich, Maminka, aber ... wer hat dir hier aufgemacht? Wer schon, lachte sie wieder, du verdrehter Kerl, doch deine Jitka!

Da wußte er natürlich schon, daß er wieder in einem Traum gefangen war, doch er wußte auch, daß dieser Zustand zwar trügerisch, jedoch viel barmherziger war als das volle Bewußtsein, in das er soeben hineingezogen wurde. Er versuchte, ihn zu verlängern. So blieb er ohne Bewegung und mit geschlossenen Augen liegen, bemüht, sich die unverwirklichte Begegnung der beiden Lieben seines Lebens vorzustellen. Er rief sich die Gestalt und die Gesten der Mutter bei seinem Märzbesuch in Erinnerung, weckte Jitkas Bilder aus den letzten Tagen und beschwor den wunderbaren Augenblick herauf, da in seiner Phantasie beide auf einmal lebendig geworden waren, als hätten sie sich seit langem gekannt. Das erste Mal seit Jitkas Tod hatte die Erinnerung an sie ihm nicht das Herz zerrissen. Und falls seine Mutter lebte, was er in seinem tiefsten Innern glaubte, dann hatte er immerhin noch einen festen Punkt, auf den sich sein Leben stützen konnte.

Darauf war ihm der scheußliche Beginn seines Traums bewußt geworden, und die geliebten Gesichter verblaßten rasch wie ein Regenbogen. Er war wieder zurück in der blutigen Zeit und überlegte, wie er Rypl fangen könnte, jetzt, wo er über Nacht von den Witwen zu den Deutschen übergewechselt war und sich hinter der Gloriole des Patrioten verschanzte. Nichts anderes hatte er im Sinn, selbst gestern nicht, als er vom Rundfunk zur Bartolomějská fuhr, er schaffte es in ein paar Minuten, denn die Innenstadt war plötzlich frei, alle schienen beim Funkhaus zu feiern. Als er jedoch in der Polizeidirektion eingetroffen war, meldete sich die revolutionäre Welle im 415-Meterband nicht mehr.

Ein deutsches Turbinenflugzeug hatte das Gebäude in kühnem Anflug knapp über den Dächern getroffen, die Luftmine landete genau in der Eingangshalle, die Morava kurz vorher verlassen hatte. Die Detonation forderte viele Opfer und hatte auch den Ausfall der Telefon- und Sendeleitungen zur Folge. An der Reparatur und Inbetriebnahme des Ersatzsenders wurde jedoch auch in den Trümmern mit aller Kraft gearbeitet, und Beran hatte Morava sofort zurückgejagt, damit Brunát die Sendung einer Proklamation rechtzeitig verhinderte, die womöglich eine Spaltung im Tschechischen Nationalrat hätte verursachen können.

Den weißen Löwen hatte er nur an der Stimme erkannt, seine Mähne war unter einem Verband verschwunden, ein einzelner Splitter hatte ihm ein Stück Ohr abgerissen, die anderen waren von einem Betonpfeiler abgefangen worden, der Mann, mit dem er gerade redete, war auf der Stelle tot. Brunát las Berans Papier durch, sagte was von Pissern und verschwand.

Als Morava in den Vierer zurückgekehrt war, lud Beran ihn zum Rapport in sein altes Arbeitszimmer ein, er wolle sich, begrüßte er ihn, einen Moment Ruhe von der Soldatenspielerei gönnen; es war erstaunlich, wie sich der alte joviale Herr trotz der Uniform, in der er wie eine Vogelscheuche aussah, unversehens in einen Befehlshaber verwandelt hatte. Das Ergebnis seiner mittäglichen Mission trug Morava ihm im Telegrammstil vor, es war nicht mehr aktuell. Im einzelnen schilderte er dann, wie er auf die Spur Antonín Rypls gestoßen war, und äußerte seine Bitte.

«Herr Hauptkommissar, das ist keine persönliche Besessenheit, so verständlich sie auch sein mag...», durch die offene Tür hinter sich verspürte er von Jitkas Schreibtisch die Grabeskälte, «sondern Sorge um die Reinheit dieser Revolution, die doch Schluß machen soll mit jeder Unmenschlichkeit. Allein seit heute mittag hat er laut Zeugen an die zehn Menschen umgebracht, drei auf sadistische Art und alle grundlos, sie hatten sich vorher ergeben. Wer da abwinkt, es handle sich ja nur um Deutsche, begeht einen furchtbaren Fehler. Der Mann mordet sie so passioniert, weil es plötzlich erlaubt ist, für manch einen ist er vielleicht schon ein Held, wie es heißt, haben sich ihm weitere ähnliche Typen angeschlossen. Wenn aus denen nun bald eine Mörderbande wird? Was werden sie tun, wenn ihnen die Deutschen ausgehen? Sich über ihre Landsleute hermachen? Werden sie dazu übergehen, echte und vermeintliche Kollaborateure hinzurichten? Und wen dann? Herr Beran ...», hörte er sich vertraulich sagen, «den Dolmetscher machen oder den Rundfunk erobern, das können hier viele besser, doch ihn fangen, das kann am ehesten immer noch ich. Es ist Ehrensache für die Prager Kriminalpolizei zu verhindern, daß dieser selbsternannte Henker als freier Bürger den Frieden mit Blut besudeln darf!»

Er sieht über mich hinweg auf ihren Stuhl, er kann doch nicht ablehnen! glaubte Morava fest.

Beran stand auf und ging die Tür zuzumachen. Dann setzte er sich, wie es ganz und gar nicht seine Art war, auf die Platte seines Schreibtisches und blickte durch Morava hindurch auf die Wand. So kannte er seinen Chef nicht.

«Ehrensache für die Prager Polizei», begann er endlich, «falls Sie das wissen wollen, ist es, Prag vor den Deutschen wie vor den Pragern zu schützen. Mit unseren bescheidenen Mitteln und Kräften haben wir die Forderungen der politischen und militärischen Führung des Aufstands erfüllt: Die Stadt ist unpassierbar, die Deutschen darin fürs erste paralysiert. Das Unglück besteht darin, daß die tschechische Repräsentation auseinandergeraten ist, ehe sie sich zu vereinigen wußte.»

Er sah, daß Morava ihn nicht verstand.

«Ich zähle mich zu der aussterbenden Gattung von Beamten, die niemals Parteien angehörten, um dem Gemeinwesen dienen zu können. Ich bin jetzt schon seit vielen Wochen dabei, und je länger, desto mehr bangte ich. Daß eine Erhebung das Risiko verstärkt, die Stadt könne vernichtet werden, und in einer Zeit so gewaltiger Frontbewegungen obendrein keinen großen militärischen Wert hat, das war den einen wie den anderen klar. Blieb der politische Wert: Das Spiel, einen Aufstand zu machen oder nicht, gewinnt, wer den frommen Wunsch jenes Alliierten errät, der hierorts das entscheidende Wort zu sagen haben wird. Letztlich haben die Demokraten ihn in Gang gebracht, vom schnellen Vormarsch der Amerikaner ermuntert, setzten sie auf diese und haben jetzt den Schwarzen Peter. Die Trümpfe halten zur Zeit die Kommunisten in der Hand, weil die westlichen Verbündeten bei Pilsen haltgemacht haben.»

«Nein ...!» entfuhr es Morava.

«Ja! Die großen Drei sind offenbar übereingekommen, daß die Rote Armee Prag befreien wird. Was das für Folgen haben kann, muß ich Ihnen nicht erst auseinandersetzen.»

«Ich kenne mich da nicht so aus», gestand Morava ehrlich, «aber wann wird sie hier sein? Von Dresden wie von Linz ist das ein Katzensprung, diese Zange würde Schörner vom Rest des Reiches abschneiden, und der Krieg ist aus.»

«Denken Sie an den Warschauer und an den slowakischen Aufstand», erwiderte Beran düster, «die hat man doch verbluten lassen.»

«Sie meinen mit Absicht? Aber warum??»

«Ein Befreier sieht es nicht gern, wenn sich jemand vorher selbst befreit, denn von dem erhält er nicht so viel Dank, wie er braucht.»

Morava war erschüttert.

«Das heißt, die Kommunisten haben den Aufstand aufgegeben?»

«Im Gegenteil. Sie bemühen sich sogar, die Führung in die Hand zu bekommen.»

«Wie geht das zusammen ...?»

«Sehr einfach. Sie haben doch nicht damit begonnen, und jetzt proklamieren sie ihre Pflicht, zu retten, was zu retten ist. Im Falle eines Erfolgs sind sie es, die den Sowjets die Schlüssel von Prag übergeben. Im Falle einer Niederlage stempeln sie die Demokraten zu Abenteurern, die für die unnötigen Verluste und Schäden verantwortlich sind. Doch gerade unsere Roten waren es, die heute den Beschluß aufgehoben haben, den Deutschen für die Kapitulation den freien Abzug nach Westen anzubieten, das nennen sie nur eine Art Separatfrieden, der die Verbündeten, sprich: die Sowjets, nur reizen würde. Die Folgen sind vorhersehbar. Ein Kampf gegen eine vielfache Übermacht.»

«Also ein zynisches Spiel ...?»

«Warum? Die Geschichte lehrt, daß die meisten Ungeheuerlichkeiten von den Besitzern einer heiligen Wahrheit begangen wurden, die aufrichtig an ihre Sendung glaubten. Dazu gehörte immer die Liquidierung jeder anderen Wahrheit, weil die doch nichts anderes als Lüge sein kann, selbstverständlich samt ihren Anhängern.»

Das Telefon klingelte.

«Schön, dich zu hören», sagte Beran erfreut, «als das Ding da bei euch runterging, hatte ich allerlei Angst um dich. Ja, ich bin sofort unten.»

Er legte auf und verzog das Gesicht.

«Brunát soll mich zur Tagung des Rats bringen. Sicherlich ein neuer Streit.»

«Ich werde hier die Stellung halten.»

«Nichts werden Sie halten, Sie gehen schlafen. Haben Sie vergessen, was heute alles hinter Ihnen liegt?»

Er erinnerte sich. Die Beerdigung von Frau und Kind. Und ein bißchen Krieg. Plötzlich war die ganze Last nicht zu ertragen. Beran faßte ihn geradezu zärtlich unter.

«Steh auf, Jeník... ich darf doch du zu dir sagen, ja? Das hatte ich schon längst vor und finde vielleicht nicht so schnell wieder die Gelegenheit dazu. Steh auf und geh schlafen. Du hast völlig recht, du tust für die Heimat am meisten, wenn du ihn fängst. Ich gebe dir Litera.»

Dann die taumelnden Schritte, vorüber an Jitkas Schreibtisch.

Dann das Bett und der Fall ins Dunkel.

Dann der Traum von Rypl und der Mutter.

Dann das Erwachen mit den Bildern von der Mutter und Jitka.

Jetzt die scharfe Erinnerung an das Gespräch mit Beran.

Und schließlich die Hoffnung, er würde, falls er es noch schaffte, in den Schlaf zurückzusinken, den beiden Teuren wieder begegnen.

Nachdem sie sich eine Gasse durch all diese Gaffer und Scheißer bahnten, hängte sich ein magerer Rotschopf an sie, der sich irgendwo eine Panzerfaust beschaffte.

«Darf ich mit? Ihr seid die richtigen harten Kerle, ihr macht kurzen Prozeß mit den Hitlerschen!»

«Sag mal, bist du schon fünfzehn?» fragte ihn Lojza.

«Klar.»

«Spinn nicht rum. Wenn du mitwillst, rück mit der Wahrheit raus, mit Lügnern haben wir nichts am Hut.»

«In einem halben Jahr», bekannte der Knabe, «aber ich hab schon lange vor nichts mehr Schiß.»

«Und deine Leute haben dich heute lassen?»

«Mein Alter ist tot, und auf die Mutter scheiß ich», erklärte er in erwachsenem Ton, «die hätt es am liebsten, wenn ich ein Röckchen trage.»

Das interessierte ihn mächtig.

«Bist du ein Einzelkind?»

«Ja. Wieso?»

«Hat sie dich manchmal geschlagen?»

«Das soll sie mal versuchen! Sie weiß, dann wird sie eine fangen, daß sie bis zu den Wolken fliegt.»

Er war verwirrt.

«Das würdest du dir rausnehmen ...?»

«Na und? Ich hab sie doch nicht gebeten, mich in die Scheißwelt zu kacken. Auch ist mir scheißegal, ob ich lebe. Warum sollen dann gerade die Scheißdeutschen leben? Kann ich also bei euch mitmachen?»

«Warum eigentlich nicht», sagte er zu den beiden andern, «vielleicht lernt er auch ein paar andere Worte kennen!»

Er wird ihn im Auge behalten. Er muß rauskriegen, WIE ER VON IHR LOSKAM.

Sie waren keine zweihundert Meter straßauf vom Rundfunk entfernt, als ein anschwellendes Motorengeräusch ihre Aufmerksamkeit fand, zuerst dachte er, es ist ein Panzer, und schielte schon nach der dicken Röhre des Knaben, doch als er sich umdrehte, erschien knapp über den Dächern ein Flugzeug unbekannten Typs, von dem sich langsam eine Riesenzigarre löste. Sekunden später gab es einen so ungeheuren Knall, daß sogar die Straße unter ihren Füßen bebte. Aus dem Funkhaus wälzte sich kalkweißer Staub, und bis zu ihnen rollten polternd kleine Betonbrocken.

«Das war ein irrer Furz!» freute sich der Knabe, «das ist dafür, daß sie sich vor die Hitlerschen stellten, nun können sie sich gegenseitig ihre Fingerchen einsammeln.»

Darüber mußten alle lachen.

Waffenbehängt zogen sie in einer Reihe nebeneinander die Hauptstraße hinauf, so daß die Menschen, die zum Helfen herabeilten, respektvoll zur Seite traten. Bald stellten sie fest, daß es heute nicht mehr viel Spaß für sie geben wird. Die Prager wurden verrückt, fast jeder fand Gefallen daran, Pflastersteine herauszureißen und wegzuschleppen. Es begann zu gießen, und die entblößte Straßensohle verwandelte sich im weiten Umkreis der Barrikaden unter den zahllosen Fußstapfen ihrer Erbauer schnell in Matsch.

Sie hatten nichts gegen so ein Wetter an.

«Wo machen wir hin?» sprach der Minderjährige, der einfach Pepík genannt werden wollte, seinen eigenen besorgten Gedanken aus.

«Ich komm aus Brünn», teilte er ihnen mit, was die halbe Wahrheit war, «habe hier keine Bleibe.»

Ladislav wohnte am anderen, jetzt unerreichbaren Ende der Stadt, Lojza war bei seiner Freundin auf einen anderen gestoßen, und die Mutter des Bengels kam nicht in Betracht. Nach langer Zeit schoß ihm der Hausmeister am Kai durch den Kopf. Wie wär's, gleich heute die Rechnung mit ihm zu begleichen und anschließend dort zu übernachten ...?

«Herrgott noch mal!» regte sich der Zahnlückige auf, «hier stehen doch haufenweise Wohnungen von den Fritzen leer. Von einer weiß ich, ganz in der Näh. Da wohnte der Direktor von der Leimbude, wo ich geschuftet hab, bis mich dieses Arschloch freigestellt hat. An allem, was mir dann passiert ist, hat er schuld. Gehn wir!»

«Wenn sie aber noch da sind?» fragte Pepík.

«Dann haben sie Pech. Sie hielten sich in der Fabrik 'ne Ziege, und ich brachte ihnen jeden Mittag die Milch zu Hause vorbei. Zweimal hab ich da 'n fremden Kerl gesehn, ich glaub, die Frau hat dann ihrem Alten 'n Wink gegeben, er soll die Milch abends selber mitbringen, also hat er mich rausgesetzt. Dieser Hure würde ich gern mal Pfötchen und Küßchen geben.»

Das wohlvertraute Wort weckte starke Neugier in ihm. Er war nicht dagegen.

Die Jugendstilgasse fern den Hauptstraßen bemühte sich, den Anschein zu erwecken, als ginge der ganze Aufstand sie gar nichts an. Auf die Nachtglocke reagierte niemand. Der Glatzkopf fluchte bedauernd.

«Was tun mit dem angebrochenen Abend?» wiederholte der Heizer seinen offenbar einzigen Witz.

Er wollte nicht so leicht aufgeben.

«Das Ding wär doch aufzukriegen. Haben wir was dabei?»

«Ich könnte höchstens die Panzerfaust reinballern», grinste der Knabe.

Darüber lachten sie nicht einmal. Sie schleppten ein ganzes Arsenal mit sich rum, das ihnen hier einen Dreck nützte. Jahrelang lernte er im Theater, daß sich notfalls alles durch alles ersetzen läßt. Jetzt fiel ihm sein Messer ein. Als er es aus der dicht am Leib hängenden Scheide herauszog, pfiff Lojza anerkennend.

«Hübsches Tranchiergerät. Bist du etwa Metzger?»

«Das nicht», sagte er, «aber ich tranchiere herzlich gern.»

Der Riegel sprang beim ersten Versuch auf. Sie machten sich mit Streichhölzern Licht. Die Wohnung, zu der Lojza sie führte, nahm das ganze zweite Geschoß ein. Das Rähmchen für die Visitenkarte war leer, begreiflicherweise. Sie klingelten. Nichts. Sie klingelten lange. Sie hörten die Klingel in der Tiefe der Wohnung. Wieder nichts.

«Das Messer?» fragte der Knabe ungeduldig.

Dann wurden weibliche Schritte vernehmbar. Als die Frau, eine selbst in diesem Zustand ansehnliche Vierzigerin, die Tür bis zur Sicherheitskette öffnete und er wie gewohnt sofort den Fuß in den Spalt schob, erfaßte ihn die gleiche Erregung wie stets zuvor. Sie nahm zu, als Lojza sie überredete, keine Dummheiten zu machen und sie hereinzulassen, man hat sie zu ihrem Schutz hergeschickt, und ihn kennt sie noch dazu, er war doch lange bei ihrem Mann.

«Ich hab ínen zígnmilch hóln, gnédige frau.»

Danach ging bei ihr alles anders, als er es gewohnt war. Lojza und Ladislav spielten ein Stündchen mit ihr Katz und Maus. Sie ließen sie Nachthemd und Morgenrock aus- und dann die Sachen anziehen, in denen sie zum Sammelplatz für die Deutschen gehen wird, Wertgegenstände darf sie natürlich mitnehmen. Sie überschlug sich vor Eilfertigkeit, selbst ihm lief das Wasser im Mund zusammen, als sie einen halben Liter zerquirlter Eier in die Pfanne goß.

Allmählich kriegte sie Farbe und wiederholte bis zum Überdruß, wie dankbar sie dem Herrn Alois ist, gerade weil er persönlich ihren Mann kennt, der anscheinend nicht nach Hause durchkommen konnte, weiß er am besten, wie anständig sie sich beide den Tschechen gegenüber benahmen.

Auch er aß sich satt, hielt sich aber sonst abseits, im Gespräch mit Frauen fühlte er sich nicht wohl, eigentlich führte er nur ein allereinziges, damals im Zug, und wie ging es aus? Und SIE? War sie denn nicht auch eine Frau? Wie ist das, die Frage zwang sich ihm erst heute auf: Sind Mütter für ihre Söhne auch Frauen oder nicht? Zweifellos war sie das, und zwar eine so starke Frau, daß für andere in seinem Leben kein Platz blieb. Als er ein einziges Mal seine Wißbegier stillen wollte, was ihm dadurch vielleicht entging, erntete er Spott, den er gleich bestrafte, und haßte seither Frauen schlechthin oder nahm sie einfach nicht zur Kenntnis. Jetzt war er das erstemal Zeuge, wie Männer mit Frauen umgehen und was sie von ihnen wollen können. Er mußte sich höllisch zusammennehmen, um nicht wie dieser Knabe da mit offenem Mund zuzuschauen.

Man ließ sie noch das Geschirr abwaschen, damit die Tschechen, die hierherkommen, redete ihr der Glatzkopf ein, nicht glauben, die Deutschen sind Schweine, und dann gingen alle mit, damit sie ordentlich das Bett macht. Sie nickte unentwegt und gehorchte aufs Wort, bis Lojza ihr fast gutmütig befahl.

«Cí dych aus!»

Sie wurde von neuem aschfahl und verlegte sich aufs Bitten. Er wunderte sich sehr, daß sie sich unter ihnen vieren ausgerechnet ihn als Fürsprecher aussuchte. Ehe er reagieren konnte, brachte Lojza sie mit einer heftigen Maulschelle zum Schweigen.

«Siehst du diesen Steinbruch?» er bleckte sein halbleeres Gebiß, «das hat dein Mann, dieses Arschloch, auf'm Kerbholz, weil er mich ins Reich geschickt hat. Dafür bedienst du uns alle, und wir sind quitt. Gut so?»

Sie stand wie versteinert da, gab keinen Ton von sich. Und ließ die ganze Zeit die entsetzten Augen nicht VON IHM. Warum??

«Wir werden dich nicht vergewaltigen», fuhr Lojza fort, «als Tschechen erniedrigen wir uns dazu nicht, wir können dir, wie du es eher verdienst, fünfzig auf den nackten Arsch zählen!»

Lojza zog den Pullover hoch und schnallte sich den dicken Gürtel ab. Schwirrend schlug er ihn gegen die Kante des Messingbettes.

«Mindestens einen Monat wirst du mit zerfetztem Hintern auf dem Bauch schlafen. Ist mein erster Vorschlag nicht besser? Obendrein hast du noch was davon. Also wie?»

Er hob wieder die Hand, brauchte aber nichts mehr zu demonstrieren. Sie begann sich ebenso überstürzt auszuziehen, wie sie zuvor kochte und abwusch.

Nun geriet er ebenfalls in Erregung. Noch nie sah er, wie sich eine Frau von selbst entblößt, und zwischen den vier bewaffneten Männern wirkte der Anblick noch stärker. Es irritierte ihn, daß sie immerfort ihn ansah und UNGEFESSELT war.

«Knebel!» schlug er vor.

«Zu was?» widersprach Lojza scherzhaft, «so kann sie uns wenigstens sagen, wer es ihr am besten besorgt.»

«Damit sie nicht schreit ...»

Wie auf ein Stichwort stieß sie einen gellenden Schrei aus, doch seit dem Debakel mit dieser Brünner Schlampe lief schon viel Wasser den Berg runter, und sein Kopf war entsprechend klüger; ehe die drei sich's versahen, riß er sein Taschentuch heraus und stopfte es ihr in den Mund, dabei schmiß er sie aufs Bett, kniete sich auf ihre Beine, hielt ihr mit einer Hand ihre beiden Hände fest und hantierte mit der anderen unter seiner Jacke, bis er seine Riemen hervorzog. Bereits mit Hilfe der anderen band er ihr dann alle vier Gliedmaßen an den Eckpfosten des Bettes fest. Wie auf ein mittelalterliches Streckbett gespannt, lag sie da und konnte sich weder bewegen noch sprechen.

«Mann», staunte Ladislav nachträglich, «du bist vielleicht eine Granate.»

«Dafür stich sie an!» gab Lojza ihm die Ehre.

Der Knabe machte nur Glotzaugen und schluckte vor Spannung.

Auch ihm trat Blut ins Gesicht, er hoffte, daß es bei dem kleinen Nachttischlämpchen keiner bemerkte. Er suchte Zeit zu gewinnen. Konnte kurz auflachen.

«Es ist dein Mädel!»

«Spielt keine Rolle!» gab der Glatzkopf zurück, «für 'nen Kameraden alles.»

Wahnsinn! schoß es ihm durch den Kopf, es fängt so ähnlich an.

MEINE BEIDEN MISSIONEN VEREINEN SICH!

«Also, bedien dich», sagte der Heizer ein wenig ungeduldig.

Nun hatte er sich bereits in der Hand und war gewappnet.

«Tut mir leid, doch mit einer Germanin nie.»

«Mir stinkt keine Fotze», lachte Lojza zahnlos, «wenn du nicht willst, laß es sein, also fang ich aus alter Bekanntschaft an, Gnédige.»

Er ließ sich gar nicht erst die Hosen runter, knöpfte sie nur auf, holte das steife Glied heraus und legte sich auf die Frau. Er machte ein paar Bewegungen auf ihr, ächzte einige Male und knöpfte sich schon zufrieden zu.

«Der nächste Herr zum Rasieren!»

Ladislavs Nummer dauerte länger, er schnaufte tüchtig dabei.

Am Schluß gab er ein paar Laute von sich, die sich wie Muhen anhörten.

Er gab acht, daß die anderen nicht mitbekommen, wie er sie beobachtet. Und das ist alles? staunte er jetzt. Deswegen heiraten die Menschen, lassen sich scheiden, lieben und hassen sich? Dann hatte SIE ja hundertmal recht, als sie ihn davor bewahrte. Ist es das, diese lächerlich plumpen Bewegungen, was man Leidenschaft nennt?

DIE MEINE IST STÄRKER!

Der Knabe war an der Reihe. Er ruckelte merkwürdig auf der Liegenden herum.

«Was ist los?» erkundigte sich Ladislav.

«Ich spür nichts ...»

Der Heizer beugte sich mit fachmännischem Interesse zu ihm hinunter.

«Laß sehn ... der steht dir ja gar nicht!»

«Und was soll ich tun?»

«Steig runter», feixte Ladislav, «du bist impotent. Oder schwul.»

«Was ist das?»

Seltsamerweise erbarmte sich der Zahnlose seiner.

«Laß ihn, Lád'a. Schau, Pepík, mach dir nichts draus, du bist eben noch 'n bißl zu jung. Also Leute, wir lassen sie angerichtet für morgen früh da und pennen woanders, es sind genügend Betten hier. Ehe wir verduften, genehmigen wir sie uns noch zum Frühstück.»

Er grinste den Knaben an.

«Vielleicht wächst dir der Pimmel über Nacht, das geht eins, zwei! Und du machst vielleicht auch noch 'ne Nummer mit ihr, Ludva.»

Immer noch gewöhnte er sich nicht an seinen neuen Namen, schon gar nicht an dessen gebräuchliche Form. Und dieses Gequatsche ging ihm schon längst auf die Nerven. Wieso glauben die, echte Männlichkeit drückt sich bloß darin aus? Selbst dieser Milchbart wird im Nu erwachsen, wenn er erlebt, wie... Warum eigentlich kann er nicht auch ihn dafür gewinnen, warum nicht sie alle... kann es etwa GRÖSSERE HUREN geben als DEUTSCHE WEIBER?

Und warum sieht diese da ihn dauernd so an?? Ja, auch sie erkennt schon ihren Meister!!

«Wenn's euch keinen Spaß mehr macht», entschied er, «dann zeig ich euch morgen, wie ich es mit Germanenhuren treibe.»

Er überlegte, ob er von Grete fortgehen sollte, während sie schlief, um ihnen beiden das Abschiednehmen zu ersparen. Als er sich aber unten in der Küche einen Tee gekocht hatte und einen Zwieback darin eintunkte, um etwas in den Magen zu kriegen, war er plötzlich außerstande zu verschwinden, ohne sie wenigstens noch einmal geküßt und ihr Glück gewünscht zu haben.

Als er sie des Nachts, bevor er selbst einschlief, noch lange schlafend in den Armen hielt, das erstemal, daß sie sich nicht geliebt hatten, begriff er, warum sie ihn mehr anzog als jemals seine Frau. Diese Erkenntnis schien ihm ebenso ungerecht wie wahr: Weil er Hildes Erster gewesen war, hatte sie für ihn, wußte er plötzlich, nie etwas Geheimnisvolles gehabt, sie gehörte ihm einfach. Grete wirkte um so rätselhafter, je mehr sie sich ihm mit ihrer Beichte preisgab. Hildes Leben hatte er gänzlich ausgefüllt, in Gretes kam er sich überzählig und manchmal ganz überflüssig vor.

Er irre sich, hatte sie vor langer Zeit einmal zu ihm gesagt... vor langer Zeit? er kannte sie sieben Wochen! er irre sich gewaltig, wenn er seine Vorgänger als Rivalen ansehe, der Mensch liebe doch nur einmal, und das sein Leben lang, nur trage diese Liebe verschiedene Namen, die letzte aber sei dann die Summe und der Höhepunkt aller, und das sei, wie er wisse, er selbst, also warum quäle er sich?

Er konnte nicht bestreiten, daß das für ihn genauso galt. Es war, als habe er von jeher nur sie geliebt.

Martins Ende jedoch, dessen war er sich gewiß, mußte alles in den Schatten stellen, was vorher und nachher gewesen war, dieser Tod aus heiterem Himmel, dieser spurlose Tod drängte jeden nächsten Mann in die Rolle eines Ersatzmannes.

Doch wiederum: War ihre plötzliche Hinwendung von dem mächtigen Riesen zu ihm, dem vergleichsweise unbedeutenden Menschen, nicht Beweis genug, daß sie eine eigene Wertvorstellung besaß und er darin seinen Platz fand? Sogar so, daß sie bei ihm in dieser Falle blieb und dafür jetzt die meiste Zeit allein war?

Doch wozu sich den Kopf zerbrechen? Er liebte sie, und seine Liebe hing nicht von der ihren ab. Jetzt ging es allein darum, daß sie beide überlebten.

Auf Socken ging er nach oben zurück und versuchte noch eine Weile, sie mit einem festen Blick aufzuwecken. Sie schlief wieder so angestrengt, daß er sich schließlich entschied, neben ihr niederzuknien.

«Meine Liebe ...», flüsterte er ihr ins Ohr, «meine Liebe, hörst du mich?»

Sie tauchte überraschend schnell zur Oberfläche ihres Bewußtseins auf.

«Warum weckst du mich, Buback? Du willst mir doch nicht sagen, daß du hierbleibst?»

«Nein ...»

«Auch nicht, daß du mich mitnimmst?»

«Du weißt doch genau, daß ich das nicht kann!»

«Also warum? Ich hätte vielleicht noch Stunden nicht wissen müssen, daß du weggegangen bist. Nicht wissen, daß du mich ganz und gar im Stich gelassen hast und dem Erstbesten, der kommt, ausgeliefert. Vielleicht wird das gerade euer Mörder sein. Mörder kehren immer an den Tatort zurück, oder?»

Er war entsetzt.

«Um Gottes willen, ich habe dir zu erklären versucht ...»

In ihren verschlafenen Augen lag ein ironischer Schimmer.

«Du hast mir jetzt geglaubt, nicht wahr, mein Geliebter? Natürlich hast du es mir erklärt. Und natürlich sehe ich dich lieber jetzt, als daß ich hier in der Einöde erwache. Willst du mich?»

Danach aber, nachdem er sie und sie ihn wie in den Champagnernächten, bevor der verlorene Krieg auch sie beide in seinen Strudel riß, besessen hatte, schloß sie die Augen und wiederholte halsstarrig.

«Und nun hau wirklich ab und laß mich hier allein! Ich will dich nie mehr sehen!»

«Grete ...»

«Ich will dich nicht sehen, bis ich dich wiederhabe!»

Er raffte sich für den Abschied zusammen.

«Du mußt hinter mir abschließen.»

«Jetzt nicht. Jetzt hab ich dich in mir und komme mir nicht so verlassen vor, ich versuche noch zu schlafen. Schließ mich ein und behalt den Schlüssel, andere Gäste empfange ich heute nicht mehr. Auf Wiedersehen, Geliebter.»

Ein Herumschlagen des Deckbetts. Das letzte, was ihm auf der Netzhaut blieb, war das kleine Feuermal.

Gretes Gesicht, das, wie er bereits wußte, ständig von Verzweiflung und Leidenschaft umkämpft war, begleitete ihn während des ganzen Wegs zur Gestapo. Er war unbehelligt geblieben, Schüsse fielen keine, die Barrikaden waren zu geselligen Treffpunkten geworden, wo man beim Warten auf die Amerikaner die Möglichkeiten der künftigen Entwicklung durchhechelte, überall, so hörte er aus Gesprächsfetzen heraus, überwog die Überzeugung, für Prag sei der Krieg vorbei.

Auf die eigenen Leute traf er erst in der Bredauer, doch auch hier bewegten sich die auf «deutschem» Gebiet wohnenden Tschechen ungezwungen. Im Gebäude stellte er fest, daß das Verbrennen der Akten aufgehört und das Saufen begonnen hatte. Der Verfall der Werte wie der Personen, die sich selber eine tausendjährige Existenz angemaßt hatten, ließ die nationale Tragödie in eine blutige Groteske umschlagen. An Bubacks bisherigen Wirkungsstätten war die Machtelite immerhin im Notfall zu einer Triebfeder geworden, imstande, mindestens für einen geordneten Rückzug zu sorgen. Jetzt war die Feder gesprungen und sogar die Gestapo zu einem verschüchterten Verein geworden, der sich darum stritt, wem man sich ergeben sollte und wie. Zu Bubacks Entsetzen waren sie sich in einer Frage einig: Alle Insassen der unterirdischen Bunker müßten zuvor liquidiert werden, damit sie ihre Verhörer nicht anzeigen könnten.

Ungeachtet seines Verhältnisses zu Meckerle wollte er auf der Stelle mit ihm sprechen und lief ihm wie durch eine Schicksalsfügung in die Arme. Der frischgebackene Gruppenführer trat gerade aus seiner Tür; als er ihn erblickte, winkte er ihm und ging vor ihm in sein Dienstzimmer zurück. Noch im Gehen schenkte er dort zuerst zwei große Cognacs ein, leerte sein Glas in einem Zug und sprach dann stehend.

«Sie hatten recht, dieser SS-Trottel hat zuerst mit seiner Razzia danebengehauen und dann beim Rundfunk total versagt. Prag ist verloren, und unsere Hoffnung ist nicht mal mehr Schörner. Haben Sie immer noch Ihren direkten Draht zur Prager Polizei?»

Ist das eine Falle? überlegte Buback hastig. Möchte er sich gern rächen und mein Geständnis haben, das ihm dann für ein Feldgericht und eine Hinrichtung genügte, die eher an das Abknallen eines Köters erinnern würde? Doch vielleicht hatte man ihn schon gestern beschattet, dann würde sein Nein nur seine Schuld bestätigen! So wollte er sich wenigstens absichern.

«Ja. Weder Ihr noch Schörners Befehl über meine Zusammenarbeit mit ihnen wurde bisher zurückgenommen!»

«Ich nehme ihn auch nicht zurück, Mensch. Wenn es Ihnen und denen Spaß macht, dann suchen Sie in diesem Tohuwabohu gemeinsam weiter nach Ihrem Triebtäter, doch helfen Sie dabei Ihren Landsleuten!»

Es war das erstemal, daß er diesem Wort den Vorzug vor den «Volksgenossen» gab.

«Gern, wenn ich weiß wie, und falls das in meinen Kräften steht.»

«Wir müssen raus aus dieser Falle, nichts mehr und nichts weniger, sonst nimmt uns hier bald der Russe hopp und stellt uns an die Wand. Jawohl, die Westfront hat standgehalten. Man soll uns den Abzug dorthin gestatten, selbstverständlich mit

Waffen, sonst fängt noch jeder Bengel an, auf uns einzuprügeln, aber die überlassen wir ihnen gern, sobald wir den ersten Ami zu Gesicht kriegen.»

Ach nein! War das etwa seine Chance?

«Und was bieten wir?» fragte Buback gespannt.

«Daß wir ihren Barock hier nicht in einen Geröllhaufen zerschießen, was können sie mehr verlangen?»

«Ich glaube nicht, daß ihnen das reicht. Sie haben die besseren Karten.»

«Anscheinend ja. Und was würden Sie dazugeben?»

«Ihre eigenen Leute, die hier und im Pankrácer Gefängnis eingesperrt sind. Mir ist zu Ohren gekommen, sie sollen erschossen werden.»

«Es herrscht die Befürchtung, sie könnten sich auf der Stelle rächen.»

Buback hatte sich die Antwort schon vorher zurechtgelegt.

«Wir übergeben sie zusammen mit dem Schlüssel zum Gebäude, sobald wir von hier aufbrechen dürfen.»

«Einverstanden», sagte der Riese, ohne zu zögern, «also hauen Sie schon ab, Mensch, und regeln das!»

Buback konnte nicht das Risiko eingehen, daß irgendwer sich die Sache anders überlegte und ihn fertigmachte.

«Ich bitte um einen schriftlichen Befehl.»

«Lassen Sie sich den vorn ausstellen, und halten Sie sich nicht auf dabei!»

Buback rührte sich nicht.

«Ich habe noch einen Wunsch, Herr Meckerle.»

Mit Absicht bat er ihn nicht und sprach ihn auch nicht mit seinem Rang an. Soviel nahm er sich heraus, um zu sehen, wie weit er tatsächlich gehen konnte.

«Reden Sie!»

Keine weitere Reaktion. Das hieß, er war reif.

«Haben Sie auch schon Ihre Frau nach Hause geschickt?»

Die Frage traf. Die Antwort klang ziemlich unsicher.

«Sie wissen genau, daß ich kein Zuhause mehr habe. Unsere Villa ist ein Schutthaufen!»

«Aber in Prag ist sie wohl nicht mehr.»

Meckerle begann wie früher zu kochen.

«Nein. Sie ist bei ihrer Schwester in Bayern. Was verhören Sie mich, Buback?»

«Ich betrachte es als die oberste Pflicht eines Mannes, für seine Nächsten zu sorgen. Für Sie in Ihrer Position sollten dazu alle deutschen Zivilisten in Prag gehören.»

Selbst jetzt explodierte der frischgebackene Gruppenführer nicht. Statt dessen schenkte er ihnen beiden sogar noch einmal nach. Doch er trank nicht, mit einem Gedanken beschäftigt, den er schließlich aussprach.

«Ist sie immer noch hier...?»

«Ja.»

«Wo?»

«Das haben Sie schon mal erfahren und sie dann quasi entführen lassen.»

Noch einmal sollte er sehen, wie der mächtige Mann in beinah kindlicher Verlegenheit schwamm.

«Na gut, ja! Geschehen ist geschehen. Jeder dreht mal durch, Sie nicht? Übrigens hat sie mir das sofort heimgezahlt. Daraus ließe sich eine Anzeige wegen unangemessener Verteidigung machen... Behalten Sie für sich, wo Sie sie verstecken, aber passen Sie auf sie auf, es wäre immerhin schade um sie!»

«Das kann ich, solange die Tschechen nicht völlig die Stadt kontrollieren. Danach bleibt auch sie zusammen mit den übrigen Deutschen auf Gnade oder Ungnade hier. Für Soldaten gelten anerkannte Bestimmungen, die werden auch von Aufständischen mehr oder weniger respektiert. Für die anderen gibt es nur allgemeine Deklarationen, die bisher immer und überall vom Haß hinweggefegt wurden. So habe ich gestern bei der Lage in Pankrác vorgeschlagen, alle deutschen Zivilpersonen unter unseren Schutz zusammenzubringen, die sitzen sicher lieber in Kasernen auf hartem Boden, als daß sie in gemütlichen Wohnungen abwarten, bis man die mit der Axt öffnet. Kroloff überzeugte die anwesenden Herren davon, daß jede deutsche Wohnung in Prag zur Festung werden muß.»

«Kroloff ist ein fanatischer Idiot!»

«Kroloff will Sie zitiert haben.»

«Mensch...!» Meckerle war dabei loszubrüllen, beherrschte sich aber sogleich, «bis gestern führte ich den Befehl der höchsten Reichsstellen aus, die Moral der Truppe und des Apparats um jeden Preis zu wahren. Ich verließ mich darauf, daß jeder von Ihnen Verstand im Kopf hat!»

Darüber kann man wohl nur mit Schweigen hinweggehen, Herr Prokurist! dachte Buback. Meckerle begriff die Absurdität seiner Äußerung selbst.

«Na gut, ja...», wiederholte er sich, «wir haben dem Gaul, auf den wir gesetzt haben, die Sporen gegeben, bis er uns abwarf. Ihre Idee mit den Gefangenen verdolmetschen Sie den Tschechen als mein Angebot. Unsere Zivilisten lasse ich zusammensuchen, doch viel verspreche ich mir nicht davon, der größere Teil der Stadt ist nicht mehr in unserer Hand, und ich hoffe, offen gestanden, keiner von unseren Brüdern macht den Versuch, sie zurückzuerobern, das würde uns jetzt am wenigsten nützen. Übrigens haben die Tschechen seit heute nacht einen neuen Verbündeten. Wlassows russische Division ist auf Prag vorgerückt, in dem naiven Glauben, von Stalin Pardon zu bekommen, wenn sie noch jetzt anfängt, die Slawen vor den Germanen zu verteidigen. Aber das erzählen Sie den Tschechen besser nicht, denen würde bloß der Kamm schwellen. Ich sage es klipp und klar: Mit dem Reich ist es aus, und das Protektorat existiert nicht mehr. Ich habe keinen Schimmer, was Schörner noch tun will, und ich ahne nicht, was Frank sich ausheckt, aber ich weiß, was ich will: Ich verfüge hier in der Innenstadt immer noch über ein paar tausend bis an die Zähne bewaffnete Männer, die man sich als Tscheche bestimmt gern vom Halse schaffen würde, denn, wer weiß! Ich biete eine kleine, für beide Seiten tragbare und annehmbare Kapitulation im Tausch gegen den Abzug, bei dem auch wir und weitere Deutsche mitgehen. Sorgen Sie bei Ihren Polizisten dafür, daß sie uns grünes Licht geben, und retten Sie dabei auch sich und sie, Mensch!»

Energisch setzte er das Glas ab, ging zum Schreibtisch und

wühlte in den Schubladen. Buback hielt die Audienz für beendet und wollte sich formlos entfernen.

«Warten Sie!» hielt Meckerle ihn zurück, «hat sie überhaupt was zu ihrer Verteidigung?»

«Wie meinen Sie das...?»

«Wie schon! Haben Sie ihr wenigstens eine Waffe besorgt?»

«Nein...», sagte Buback verdutzt, «ich glaube, sie könnte damit nicht mal...»

«Was? Sie wissen nicht, daß sie ein Waffennarr ist? Einer ihrer Liebhaber muß ein geradezu leidenschaftliches Interesse für Pistolen in ihr geweckt haben. Meine konnte sie sogar auseinandernehmen, zur Sicherheit entlud ich sie immer. Warten Sie...!»

Er suchte weiter und fand. Was er ihm dann gab, war eine kleine Damenpistole mit perlmuttverziertem Kolben.

«Dieses Schmuckstück, das übrigens ganz normale Löcher macht, hab ich ihr nicht mehr schenken können. Wenn es Ihnen nichts ausmacht, geben Sie es ihr mit meiner Entschuldigung. Sie kann mich nachträglich noch totschießen. Das ist alles.»

Buback fiel nichts Besseres ein, als sich das Ding in die Tasche zu stecken. Er hatte Meckerle schon den Rücken zugewandt, als der nostalgisch sagte.

«Grüßen Sie sie... dieses kleine hübsche Biest...»

Wieder verspürte er einen jener Stiche, mit denen die Liebe von ihm den Krieg wegscheuchte.

Während der Fotograf vergrößerte und vergrößerte, hielt Morava wieder in seinem Notizbuch fest, was jetzt und später geschehen sollte. Er hatte sich vorerst mit fünfhundert Abzügen begnügt und trug sie zu Literas Auto, sich den Kopf zerbrechend, wie er die Fahrerei durch die zerstückelte Stadt ohne Bubacks Hilfe schaffen sollte, als er ihn erblickte. Der Oberkriminalrat kam vom Kontrollpunkt an der Sperre auf ihn zu und winkte, als wären sie schon seit langem hier zu einem freundschaftlichen Treffen verabredet. Aus der Nähe hatte er nicht so locker gewirkt, er bat Morava dringend um eine Unterredung mit Beran.

Der, in Rajners Arbeitszimmer residierend, nahm sich augenblicklich Zeit für ihn und ließ auch Brunát dazuholen. Dessen Kopfverband hatte über Nacht seine schneeweiße Farbe eingebüßt. Er sehe aus, als wäre er durch die Kanalisation gelaufen, scherzte der Hauptkommissar, und sein alter Gefährte, jetzt ein halber Polizeipräsident wie er, bestätigte dies überraschend, Ja! wahrhaftig, er habe die Absperrmaßnahmen am zentralen Abwasserkanal geleitet, der direkt unter ihren Füßen verlief, damit sie nicht, wie er sich ausdrückte, Besuche aus dem Arsch bekämen.

Buback hatte sie über die Stimmungen in der Gestapo informiert und danach im einzelnen über Meckerles Vorschläge. Danach war er ins Vorzimmer gebeten worden. Noch ganz unter dem Eindruck von Berans nächtlicher Information hätte Morava erwartet, daß der Bericht über den Zerfall der einheitlichen Führung der Deutschen seine beiden Vorgesetzten freuen würde, doch ein Blick auf ihre ernsten Gesichter ließ ihn begreifen: Das Kriegsende in Prag und in ganz Böhmen begann der Kontrolle beider Seiten zu entgleiten.

Zum anderen überraschte es ihn, welches Problem ein möglicher Einsatz von General Wlassows Einheiten gegen ihre bisherigen deutschen Verbündeten, für die Aufständischen eine enorme Hilfe! politisch darstellte. Jegliches Zusammengehen mit ihnen, so habe laut Beran die gute Hälfte des Rates entschieden, käme einer Anerkennung ihrer Haltung gleich, die sie ursprünglich zum Kampf gegen das eigene Land geführt hatte.

Die Kommandanten vom südöstlichen Stadtrand wollten dringend wissen, warum sie die Wlassow-Verbände nicht als Retter in der Not behandeln sollten? Verärgert machten sie keinen Hehl aus ihrer Überzeugung, daß politische Querelen sie angesichts der tödlichen Umklammerung von zwei Seiten herzlich wenig interessierten.

Hingegen ließe sich der vorgeschlagene Abzug der Deutschen,

sogar bewaffnet, aus der Umgebung des Hauptbahnhofs, von dem aus ein etwaiger Angriff Schörners auf Prag in gefährlicher Weise unterstützt werden konnte, bei etwas gutem Willen als örtliche Lösung ansehen, die sich dem Grundsatz der Alliierten, eine vollständige und bedingungslose Kapitulation betreffend, nicht widersetzte.

In diesem Sinne, so verständigten sich Beran und Brunát, würden sie die Empfehlungen zur politischen Beschlußfassung an den Tschechischen Nationalrat weiterreichen.

Und was Wlassow betraf? Er, sagte Beran, und Brunát pflichtete ihm bei, lasse keinen Menschen unnötig bluten. Dann hatte er zum Telefon gegriffen.

«Sollten die Deutschen bei euch einen Angriff vom Zaun brechen», befahl er jemandem, «dann dürfen auch die Wlassow-Leute gemeinsam mit euch gegen sie antreten, ich nehme es auf meine Kappe!»

Buback, so war dann beschlossen worden, sollte unterdessen hier warten, in sicherem Schutz vor den sich vermehrenden Patrioten, die nach dem Wissen beider Chefs auch schon hier in der Bartolomějská einen scharfen Ton anzuschlagen versuchten. Einige angeblich vom Garagenmeister geführte Kollegen hatten sich plötzlich mit Armbinden geschmückt, auf denen die Buchstaben RG, lies: Revolutionsgarde, standen.

Sonderbar, dachte Morava, gerade Tetera, der Schönling genannt, dessen bekannteste Leistung die Schürzenjägerei war, ausgerechnet einer jener Leute, vor denen man hier jahrelang mehr oder weniger den Mund hütete, da ihnen nie auch nur andeutungsweise ein Wort entschlüpft war, das sich gegen die Okkupation richtete! Doch schon gestern im Rundfunk hatte er bemerkt, wie schnell sich altbewährte Angstmeier zu forschen Helden mauserten. Er selbst erlebte dort, wie die von den Kollegen Andula genannte Frau, die im kritischen Augenblick vorgeschlagen hatte, der Forderung der Deutschen nachzukommen und die Sendung der Hilferufe einzustellen, als erste die Liste der «Rundfunkkämpfer» anlegte.

Dann gab es für ihn kein Halten mehr. Er hatte mit Buback

zur Sicherheit gleich dreifach ausgemacht, wo und wann sie zusammentreffen sollten, und ging zu Litera und dem Auto auf dem Hof hinunter. Nachdem ihm unterwegs der diensthabende Offizier versichert hatte, daß sich zusammenhängende Stadtgebiete, das Zentrum und Pankrác ausgenommen, nach wie vor in tschechischer Hand befanden, entschieden sie sich wiederum für die Uniform, um keine Zeit bei den Kontrollen zu verlieren. Den Deutschen wollten sie aus dem Weg gehen, doch Morava war inzwischen überzeugt, daß sich auch mit vielen von ihnen reden ließe. Es blieb ihnen immer noch der Vorschlag, daß man sie zur Gestapo schaffte, kurioserweise schien ihnen dort dank Buback die größte Sicherheit garantiert zu sein.

Zuerst hatten sie den Hausmeister aufgesucht. Das Haus am Moldaukai war abgeschlossen, und sie wollten schon das Läuten aufgeben, als unerwartet ein Fenster im erhöhten Parterre über ihnen geöffnet wurde. Bis Freitag hätten die Deutschen hier Wache gehalten, erklärte der Mann, während er ihnen die Tür aufmachte, gestern seien alle mit einem Lkw voller Aktenordner verschwunden, also passe er allein auf sich auf. Sie hätten den Mörder immer noch nicht gefangen? Nein, bekannte Morava, und sie könnten ihm jetzt nicht einmal helfen, er wisse, was los sei, also weiterhin: zuschließen und keinem aufmachen! Sie würden aber gern jetzt gleich noch einmal sein Gedächtnis auf die Probe stellen.

Als Morava neben Rypls Foto neun andere, willkürlich aus dem Archiv herausgegriffene Gesichter auf den Tisch legte, folgte er eher seinem Gewissen, das Berans Erziehung in ihm herausgebildet hatte, als dem Verstand; den Hausmeister hatte er als glaubwürdigen Zeugen abgeschrieben. Sogleich wurde er eines Irrtums überführt.

Als sei es damals nur der Schock über den Mord und den Bombenangriff sowie anschließend der beschämende Aufruhr seines Gedärms gewesen, was dem Mann zeitweilig das Erinnerungsvermögen verfinstert hatte, der zeitliche Abstand frischte es gewaltig auf: Ohne zu zögern zeigte der Hausmeister auf Rypl.

Sie hatten ihren Kronzeugen!

Ob er nicht für eine Zeitlang anderswohin ziehen könne? erkundigte sich Morava, nein, jetzt kaum noch, den Weg zu der Verwandtschaft in Ostböhmen drohe doch täglich die Front abzuschneiden, und wie käme er überhaupt aus Prag hinaus? Morava fiel ein, daß er den Schutz des Mannes am ehesten erreichen könnte unter dem Vorwand, die verlassenen deutschen Dienststellen müßten gesichert werden, der Chef hatte wieder einmal recht!

Unterwegs mutete es Morava sonderbar an, daß er solche Angst um diesen einen Zeugen hatte, wo doch Rypl inzwischen öffentlich mordete. Oder hörte ein Mord rechtlich auf, Mord zu sein, wenn das Opfer Angehöriger eines Volkes war, das anderen Völkern das Recht des Stärkeren mit Gewalt aufgezwungen hatte? Und was hieß das, wenn sich innerhalb der Polizei eine neue Polizei herauszubilden begann? Traute sich Tetera zu, dem Gesetz besser zu dienen als Beran? Diesen verzwickten Betrachtungen gab er sich hin, bis sie ein Dutzend Barrikaden passiert hatten und vor dem Haus anhielten, wo er schon einmal, und zwar vergeblich, nach Karel Malina gesucht hatte.

«Nehmen Sie irgendwas mit», bat er Litera, «womit man eine Tür aufbrechen kann.»

Er klingelte gleich bei der Nachbarin. Ein knochiger Mann öffnete und kam seiner Frage zuvor.

«Treten Sie ein. Eliška erwartet Sie.»

Sie empfing die Polizisten mit glühendem Gesicht, auf dem das Geständnis geschrieben stand.

«Warum haben Sie uns nicht die Wahrheit gesagt?» fragte Morava zornig, er war vor allem auf sich selbst wütend.

«Sie hatten keine Uniform an ...»

«Ich hab mich ausgewiesen!»

«Aber mit Ihnen war ein Deutscher ...»

«Auch von der Kripo. Er hilft uns.»

«Und wie hätte ich das erkennen sollen??»

«Ich hab Ihnen klar und deutlich gesagt, daß wir einen Mörder suchen!»

Bis jetzt hatte ihr Mann Morava fragend gemustert. Nun hatte er sich entschlossen.

«Sag's ihnen. Nach Provokateuren sehen die nicht aus. Es kracht ja sowieso schon! Na! Wenn Malina nun wirklich was passiert ist?»

«Karel...», sie schluckte und verbesserte sich, «Herr Malina kam Dienstag früh zu mir, um mir anzuvertrauen, daß er einen Fallschirmjäger bei sich beherbergt...»

Nein! dachte Morava verzweifelt, er war hier! Sicher waren sie nur durch die Tür von ihm getrennt gewesen!

«...daß er seinen Mitspringer suchen geht und dabei vielleicht einige Zeit weg ist. Er nahm mir die Schlüssel ab, ich mußte schwören, daß ich nicht mal meinem Mann davon erzähle.»

«Und Sie haben es erzählt!» sagte er zu beiden vorwurfsvoll.

«Erst gestern. Mir kam das alles so lang und jetzt auch schon verdächtig vor...»

«Haben Sie während der Zeit nebenan etwas gehört?»

«Nicht das Geringste. Aber Polizisten dürfen doch nachsehen, nicht?»

«Für uns gilt auch heute», sagte Morava und spürte wieder einmal die Ohnmacht der alten Werte, «daß wir zum gewaltsamen Betreten einer Wohnung einen Durchsuchungsbefehl brauchen. Ich weiß aber nicht, wo ich in dieser Situation jemand Zuständigen auftreiben würde, also tu ich das auf eigene Verantwortung. Ich benötige Sie beide als Zeugen beim Öffnen, Durchsuchen und Absichern der Wohnung.»

Der Nachbar erklärte sich auch für seine Frau einverstanden. Um die Tür aufzuhebeln, brachte der Lokführer dann aus seiner Wohnung einen ganzen Kasten Werkzeug herbei und setzte selber ein massives Stemmeisen an. Zwei Schläge mit dem Hammer, und das Schloß gab nach. Ihnen schlug ein Geruch entgegen, als hätten sie einen Gully geöffnet.

Es nimmt kein Ende! dachte sich Morava niedergeschlagen. Stumm verständigte er sich mit Litera, der die Hand mit der Pistole nicht mehr verbarg, und schlug der Frau vor.

«Bleiben Sie lieber hier, es reicht, wenn Ihr Mann mitkommt. Ich fürchte, uns steht kein angenehmer Anblick bevor.»

«Geh zurück, Eliška!» befahl ihr Mann.

Erst jetzt verstand sie, gehorchte aber nicht. Sie lehnte sich an die Wand des Treppenhauses und umschloß mit der Hand ihre Kehle.

In der Küche lag allerlei Abfall herum, im Zimmer stießen sie auf ein zerwühltes Bett und den offenstehenden Kleiderschrank. Morava schlang sich aus Gewohnheit ein Taschentuch um die Hand, bevor er die letzte Klinke herunterdrückte.

Auf einem Stück Inlett, das mit Exkrementen besudelt war, lag in der Wanne ein kleiner Mann, der keine vierundzwanzig Stunden tot sein konnte.

Jan Morava hatte sich im gleichen Moment einen anderen Körper vergegenwärtigt, der ebenso lange unter einer Decke aus Erde lag, und wieder packte ihn Verzweiflung.

Er wachte als erster auf, da sich seine Harnblase meldete, doch so richtig munter wurde er erst in dem Augenblick, als er sich tüchtig mit der Stirn an die Wand stieß, die dort nichts zu suchen hatte. Blitzartig wußte er, daß er nicht in Pilsen ist, doch alles andere wurde ihm erst nach und nach klar, wie eine Fotografie im Entwicklerbad.

Die Deutsche ließen sie über Nacht »in Frieden ruhen«, wie sich der zahnlose Glatzkopf Lojza ausdrückte, weil in der geräumigen Wohnung, einst sicher im Besitz von Juden, deren Porträts, von berühmten Malern verfertigt, immer noch hier hingen, Betten zur Genüge vorhanden waren. Ihn verließ die Vorsicht nicht: Er wählte die Mädchenkammer, wo er allein schlief und sich einschließen konnte; dafür bezahlte er jetzt mit einer Beule am Kopf.

Es regnete. Nicht stark, dafür ausdauernd, die armseligen Bäume auf dem Hof riefen an dem trüben Morgen die freudlose Stimmung eines verschnupften Vorfrühlings hervor. Hier und da ertönte ein patschendes Geräusch, als ließe jemand in der

Nachbarschaft eine aufgepustete Papiertüte zerknallen, es erinnerte kaum an ferne Schüsse. Und es kam so selten, daß ihn die Sorge übermannte, alles könnte schon vorüber sein. DAS WÄRE SCHADE!

Der gestrige Tag, das stand für ihn fest, war für ihn ein ebensolcher Meilenstein wie jener, an dem er die Schlampe in Brünn abstrafte. Mit dem Unterschied, daß er damals an seinem Nichtskönnen elend scheiterte und sich auf Jahre hinaus in ein Schneckenhaus zurückzog, aus dem er seit diesem Februar zwar ganz erfolgreich, aber letztlich nur mit Müh und Not herauskroch, da sie ihn beinahe schnappten. Im Aufstand dagegen gelang ihm seit gestern alles, was er sich vorstellen konnte, und auch jetzt strotzte er vor Selbstbewußtsein wie einst der unverhofft erfolgreiche Rekrut auf dem Brünner Schießstand.

Vor allem hatte er EIN ÜBER ALLE MASSEN BESSERES GEFÜHL. Solange er nur IHREN Befehl befolgte, suchten ihn doch heimtückische Anfälle von Erschlafftheit heim, deren Ursache er plötzlich zu kennen glaubte: Die heuchlerische Moral der Gesellschaft zwang ihn, sich zu verstecken, weil sie die gerechte Vergeltung ein Verbrechen nannte und ihn wie ein wildes Tier hetzte, um das widerwärtige Halsgericht an ihm zu vollziehen. Nun aber blies die Gesellschaft selbst zur Jagd auf die Okkupanten, so daß er im Gegenteil zu ihrer eigenen strafenden Hand wurde.

ICH BIN DIE NATION!

Doch wie er seine Landsleute kannte und sie gestern schon bis zum Überdruß erlebte, dauert die Erbitterung der meisten nur an, solange die Deutschen kämpfen. Sobald sie die Hände hochheben, wecken sie bei der Masse Schlappschwänze Mitgefühl. Deshalb ist alles gut, was den Kampf verlängert. Und deshalb besteht für ihren Vierertrupp das Gebot der Stunde darin, sich so schnell wie möglich in seine Richtung zu begeben, um das Feuer unter dem Kessel zu schüren.

Auf dem Gang zum Bad weckte er die anderen wie beim Militär, so daß sie tatsächlich, nachdem er duschte, wenn auch noch schlaftrunken in der Küche saßen, bis der echte Kaffee, den sie hier selbstverständlich vorfanden, sie so weit munter machte, daß Lojza sich der Deutschen im Schlafzimmer entsann.

«Macht einer noch ’ne Runde?» fragte er.

Der Knabe wurde rot, während er den Kopf schüttelte, natürlich hatte er Angst vor neuem Spott.

«Mir macht sie so an der Leine keinen Spaß», gestand der Heizer, «ich muß ein Weib überall um mich rum fühlen.»

«Na, dann mach ich noch ’n kurzen Ritt, und wir hauen ab», sagte der Glatzkopf, «du willst wirklich nicht, Ludva?»

Jetzt war er bereits vorbereitet und stand über der Sache.

«Doch», sagte er, «aber erst wenn du fertig bist und dann auf meine Art. Gib mir Bescheid.»

Als Lojza nach einem Weilchen mit der Nachricht zurückkam, es ist soweit und er freut sich auf seine Nummer, da hielten auch die beiden anderen ihre Neugier nicht zurück. Die Nacht half der Frau wenig, bestimmt schlief sie nicht und war von der unbequemen Lage vielleicht mehr erschöpft als von der Gier der Männer. Als sie alle wieder zu ihr kamen, öffnete sie nicht einmal die Augen.

«Ich weiß schon», riet Ladislav, «du besorgst es ihr in der Montur, damit du dich nicht dreckig machst.»

Er sah den Heizer mitleidig an, zog wieder sein Messer hervor und kniete sich neben die Liegende.

«Schau mich an!» sagte er auf deutsch zu ihr wie im Februar zu der Baronin, mit allen nach ihr sprach er dann tschechisch.

Auch sie gehorchte, und er sah jetzt in ihren Augen, was er zu sehen gewöhnt war: das Umschlagen der tierischen Angst in demütige Hingabe, als läge darin noch eine Hoffnung.

Plötzlich wandelte ihn die Lust an, IHNEN ALLES VORZUFÜHREN. Wenn er in dem Theater, wo er angestellt war, auch nie verstand, wie es einen erwachsenen Menschen befriedigen kann, sich anderen Leuten vorzuführen, so war er jetzt geradezu darauf versessen. Natürlich interessierte ihn vor allem der Knabe, wenn der es wirklich fertigbringt, die eigene Mutter zu schlagen, könnte er sehr wohl sein erster Lehrling werden. DOCH VORSICHT!

In seinem Gehirn schien ein rotes Warnlämpchen aufzublinken. Ist wirklich schon jede Gefahr gebannt, daß ihn jemand erkennt und ihn zum gemeinen Mörder zu stempeln versucht? Noch entledigte er sich des einzigen Zeugen nicht, der ihm nicht aus dem Kopf geht, und schon will er sich zwei weitere, den Pubertätsknaben nicht eingerechnet, auf den Hals laden?

BIN DOCH NICHT DUMM!

Schließlich kann er sich ihnen auch anders präsentieren, ähnlich und trotzdem nicht so erkennbar. Er wird nur diese verräterische Taube unschädlich machen, in der sich verdorbene Seelen in Sicherheit zu bringen suchen!

Er überprüfte, ob ihr der Knebel noch fest genug sitzt, und legte die Messerspitze unter der Brustwarze an.

«Ich mache das so», sagte er.

Dann stach er zu, sanft, doch unnachgiebig. Die scharfe Klinge drang nur so tief in die Haut, daß sie einen roten Riß hinterließ. Der Körper bäumte sich auf, soweit die Fesseln das zuließen, das unter dem Knebel hervordringende Geräusch glich ehestens dem langen Ton eines gestopften Blasinstruments.

Ja, jetzt, jetzt war er wirklich erregt, so richtig erregt wie ein über Leben und Tod entscheidender Mann, doch seine Hand blieb unerschüttert, während sie gleichmäßig auf den Messergriff drückte, obwohl sich die Frau immer rasender hin und her warf. Ihre Augen schienen überzulaufen, doch desgleichen, wie er mit Befriedigung wahrnahm, auch die Augen seiner Gefährten. Keiner gab einen Laut von sich, gebannt verfolgten sie das langsame Eindringen des Stahls in die Brust.

Dann endlich, wie sein Tastsinn ihm schon zu sagen wußte, berührte er das Herz. Normalerweise machte er hier halt, um erst nach allem übrigen zur Vollstreckung zurückzukehren. Auch jetzt hielt er inne, aber nur, um für einen Augenblick die Faust zu öffnen und ihnen das fest im Fleisch steckende Messer zu zeigen. Die Deutsche schloß unterdessen die Augen, vielleicht versuchte sie gerade, im Geiste zu entweichen.

Die drei waren bleich. Er wollte nicht riskieren, daß ihr

Staunen unwillkürlich in Abscheu umschlägt. Wieder ergriff er mit den Fingern den Stiel und führte das Messer so tief hinein, wie es nur ging. Der Körper kam sogleich zur Ruhe. Er zog die Klinge heraus und war selbst überrascht: an der Schneide nicht ein Tropfen Blut.

«'n Wahnsinn ...», flüsterte Lojza.

Das war alles, was gesagt wurde.

Als er die Riemen zu lösen begann und sie sich wieder um die Hüften wickelte, gingen sie ihm alle eilfertig zur Hand, jeder an einer anderen Ecke des Bettes. Dann war er es, der sich des Heizerwitzes bediente.

«Was mit dem angebrochenen Morgen?»

Damit sie wieder zu sich kommen, ließ er sie zählen, wieviel Geld sie alle miteinander haben. Als er gestern aus der Wohnung des Wichts zum Rundfunk aufbrach, vergaß er total, daß bei ihm völlig Ebbe war. Auch die drei wurden von den Ereignissen überrascht, die Älteren führten ein paar Kronen bei sich, der Knabe gar nichts. Sie suchten also die Wohnung ab, stellten aber fest, daß diese Gewieften ihren Geld- und Schmuckbesitz wohl an einen sicheren Ort im Reich schafften. In einem Damentäschchen fanden sie eine Handvoll zerknüllter Protektoratskronen, für die erste Zeit mußten sie ihnen reichen.

«Na und?» beruhigte er sie, «die Ernte beginnt erst jetzt, wir räumen anderswo ab.»

Als sie sich im Flur die Waffen umhängten, schrillte die Türklingel. Auch ihn durchzuckte es, doch sofort war ihm klar, daß der Vorteil auf ihrer Seite liegt. Er winkte Ladislav und Lojza, die Läufe gleich ihm auf die Wohnungstür zu richten, und bedeutete dem Knaben, sie zu öffnen. Der bewies seine Gerissenheit, als er sich anschließend zu Boden bückte, um den anderen freies Schußfeld zu bieten.

Die beiden Männer ihnen gegenüber, einer in Polizeiuniform, der andere in Zivil, doch mit Helm und Bajonett, bekamen einen gehörigen Schreck.

Durch die Reaktion seiner Kameraden auf die Szene im Schlafzimmer fühlte er sich als ihr Anführer bestätigt.

«Was wollen Sie?» fragte er scharf.

Der Zivilist hörte nicht auf zu schlottern, dagegen war der Uniformierte nicht mehr der Jüngste und fand rasch seine Sprache wieder.

«Wir sichern die deutschen Wohnungen. Und was suchen Sie hier?»

«Nichts. Im Gegenteil. Mein Kamerad wollte hier was heimzahlen», sagte er zu Lojza gewandt.

Der bleckte das löcherige Gebiß.

«Seid ihr vielleicht 'n Ausschuß zum Schutz des Fritzenpacks?» brauste er auf.

Das wollte der Polizist nicht auf sich sitzen lassen.

«Wir wollen sie nicht schützen», wies er den Verdacht von sich, «wir sollen ihr Eigentum sichern und sie mit dem Allernötigsten in die Höhere Mädchenschule abführen, wo sie vorläufig gesammelt werden.»

«Die hier kann allenfalls noch ins Massengrab gesammelt werden!» lachte Lojza.

Der Mensch wich nicht von seiner Beamtensturheit.

«Ich bin verpflichtet, mich an die Richtlinie zu halten, daß die deutschen Zivilisten in Prag vom Roten Kreuz übernommen werden, wie es den internationalen Abmachungen ...»

«Wo war denn Ihr Kreuz, als sie mir die Zähne ausbaggerten?» erregte sich Lojza.

«Die wiedererstandene Tschechoslowakische Republik will ein Rechtsstaat sein, da darf es keine private Rache geben!» beharrte der Polizist.

Er wußte, daß die anderen darauf warten, was er sagt oder tut, und alles in ihm kochte, als er sich dieses Gewäsch von neuem anhören mußte.

«Die hier hat ihre Schuld selber zugegeben. Sie hat Selbstmord verübt.»

«Wie?» der Mann hörte nicht auf zu bohren.

SOLL ICH DAS AN IHNEN VORFÜHREN?

Diese Versuchung verscheuchte er auf der Stelle. Hier können noch mehr von der Sorte rumschnüffeln, und dann geht er mit einem Schlag der Weihe verlustig, die ihm und seinen Leuten ALLEIN DER KAMPF GEGEN DIE DEUTSCHEN verleiht.

Da ließ sich der Knabe vernehmen.

«Sie ist mir ins Messer gelaufen», erklärte er, «diese Scheißhure wollte mich verführen, und ich hab ihr mit dem Messer so gezeigt, sie soll sich geschwind anziehen, da ist sie wie eine Verrückte auf mich losgegangen. Sie war gleich hinüber.»

«Wo ist das Messer?»

«Ich hab es in der Aufregung aus dem Fenster geschmissen. Ihr werdet es irgendwo auf den Beeten finden.»

«Willst du mich auf den Arm nehmen?»

«Nein!» sprang jetzt wieder er für den Knaben ein, «und wenn nötig, kommen gleich drei Zeugen mit.»

Dem Uniformierten war bereits klar, daß er hier den kürzeren zieht, doch er wollte wenigstens sein Gesicht wahren. Er forderte den Knaben auf.

«Deinen Ausweis.»

«Liegt zu Hause», sagte ihm ihr Pepík, «ich hatte keinen Dunst, daß ein tschechischer Poli heut noch deutsche Scheißpapiere von mir haben will.»

«Falls Ihnen meiner genügt», erbot er sich in einer augenblicklichen Laune, «hier.»

Zur Verwunderung der anderen sah er amüsiert zu, wie dieser Blödian sich Ludvik Roubíneks Adresse abschrieb. Als der Polizist jedoch noch die anderen Namen haben wollte, setzte er dem Theater energisch ein Ende.

«Ein Zeuge reicht doch wohl für eine Hitlerdirne, nach der kräht sowieso kein Hahn. Spielt hier ruhig Samariter und Detektive weiter, wir gehen kämpfen.»

Der Zwischenfall hatte ein unerwartet angenehmes Nachspiel. Unten vorm Haus stand ein großer Mercedes, er trug noch eine Berliner Nummer, doch seine Fenster waren bereits mit hiesigen Fähnchen geschmückt. Hinterm Lenkrad gähnte gerade ein schnurrbärtiger junger Geck mit der Mütze des Afrikakorps, an die eine Trikolore geheftet war.

UNSER KAMPF MUSS MOBIL WERDEN!

Er brauchte sich mit den anderen nicht erst abzusprechen.

«Sie warten auf die Kollegen?»

«Ja ...», der Fahrer wurde munter.

«Sie sollen uns dorthin bringen.»

«Wohin ...?» fragte er zweifelnd.

«Na, zur Höheren Mädchenschule, wohin sonst. Aber unterwegs halten wir noch kurz an, um uns einen Denunzianten zu greifen.»

Ihn befriedigte, daß keiner seiner Leute mehr fragte. Er ahnte, warum: Zunächst hatten sie vor ihm RESPEKT; nach der Sache mit der Deutschen schienen sie leicht angesteckt von deren ANGST. Mit einer solchen Entwicklung war er zufrieden. Der Chauffeur zuckte mit den Schultern und startete.

«Wie beliebt. Wo geht's hin?»

«Kommt man zur Moldau durch?»

«Bis jetzt ja.»

Prag veränderte sich seit dem gestrigen Abend nicht allzu sehr. Der Krieg machte sich nur zuweilen als fernes Getrommel bemerkbar, und die Ameisen schleppten immer noch fleißig Pflastersteine, um die Barrikaden aufzustocken. Es gab mehr Waffen und dazu unrasierte Männer, die um ein kriegerisches Aussehen bemüht waren.

Auch ihm sprossen die Bartstoppeln, wie ärgerlich, daß er sich bei dem Wicht rasierte, sonst könnte er zu seinem neuen Namen bald ein anderes Gesicht haben. Dann also demnächst! Vom Vordersitz aus erteilte er Befehle: Sie fahren jetzt zu einem Hausmeister, der möglicherweise einen Fallschirmjäger aus London und dann auch seinen Funker an die Gestapo verriet. Er hat die Absicht, mehr aus ihm rauszuholen, darf aber deshalb nicht vorzeitig erkannt werden. Abholen werden ihn die anderen drei und ihm gut die Augen verbinden. Dann bringen sie ihn alle zusammen unter die Brücke, wo er ihn ein bißchen ins Gebet nimmt. Gesteht er, liefern sie ihn in der Höheren Mädchenschule bei den anderen Deutschen ab, zu denen er dann gehört.

«Und wenn nicht?» wollte der Glatzkopf wissen.

Auch dem gab er sein gestriges Witzchen zurück.

«Dann hat er Pech.»

Der Gesuchte spielte ein paar Minuten lang den toten Käfer. Weiteres Klingeln schien ihnen bereits vergeblich, als der Mann unauffällig nachsehen wollte, wer da bei ihm Einlaß begehrt. Die Bewegung der schmutzigen Gardine hatte zur Folge, daß der Knabe dem Heizer auf die Schultern stieg und mit der Faust gegen das Fenster im erhöhten Erdgeschoß wummerte. Der Hausmeister verlor endlich die Nerven und ging, sie ins Haus einzulassen.

Wenig später führten sie ihn mit verbundenen Augen heraus, eine vorbeikommende Frau verstand das so, wie sie es verstehen sollte, und spuckte angewidert aus. Als sie sich mit ihm auf den Rücksitz zwängten, verbreitete sich im Auto saurer Gestank. Der verlegene Chauffeur fuhr befehlsgemäß über die Kreuzung und bog auf die abschüssige Rampe der Regulation ein.

«Wo bringen Sie mich hin?» fragte der Hausmeister angstvoll.

«Nur hier ein Stückchen runter», beruhigte ihn der Heizer.

Er beobachtete inzwischen, wie dem Menschen Schweißspuren unter dem Geschirrtuch hervorrannen, das seine Augen verdeckte, und geriet in Zweifel: Ist der wirklich gefährlich? Schließlich hat er ihn vor einem Vierteljahr nur für ein paar Sekunden gesehen. Er ist ein Mann und ist Tscheche.

ALSO GEB ICH IHM EINE CHANCE!

Er befahl dem Chauffeur, dicht vor dem Brückenbogen anzuhalten, und den drei hinten, den Hausmeister da runterzubringen. Das hallende Echo ihrer Schritte erschreckte diesen noch mehr.

«Was wollen Sie von mir?»

«Nur was fragen», antwortete Lojza.

Er überlegte, wie er es anstellen kann, mit dem Mann einen Augenblick allein zu bleiben, als ihm ein unerwartetes Geräusch und eine Bewegung zu Hilfe kamen. Der Anlasser sprang an, und der Mercedes begann rückwärts zur Uferstraße hinaufzufahren. Der Glatzkopf begriff als erster.

«Der kratzt die Kurve!»

Er wartete nicht länger und rannte los, der Heizer und der

Knabe hinterdrein. Jetzt also bekam der Hausmeister seine Chance.

«Nehmen Sie das Ding runter ...»

In den Menschen kam wieder Leben, als er mit bebenden Fingern den Lappen abnahm. Seine Augen blinzelten, weil sie sich wieder an das Licht gewöhnen mußten. Der Motor oben auf der Schräge verstummte, und die Männer stritten sich da. Er fragte den Hausmeister.

«Kennen Sie mich?»

Was er sah, genügte. Der Mensch vor ihm war schon drauf und dran, den Kopf zu schütteln, als ein Zucken über sein Gesicht lief. Er war nicht geistesgegenwärtig genug, es zu verbergen. Er erstarrte.

DA BLEIBT NICHTS ANDERES ...

«Pepík!» schrie er zum Auto hinüber.

Der Knabe eilte herbei.

«Da!» er reichte ihm sein entsichertes Sturmgewehr, «er hat gestanden. Er gehört dir!»

Pepík war so außer sich, daß er beinahe seine Panzerfaust fallen ließ. Er nahm sie ihm lieber ab und ging voraus zum Wagen. Hinter sich hörte er den Hausmeister flehen.

«Lassen Sie mich! Ich bin Zeuge, daß er ein Mörder ist, mich beschützt die Poliz ...»

Die letzte Silbe fetzte ein langer Feuerstoß hinweg, der Pepík kennt kein Maß, er macht ihn zum Sieb!

Aber er drehte sich nicht um, ging nur langsamer, um nicht früher bei dem versteinerten Grüppchen am Mercedes anzukommen als der Knabe. Ohne ein Wort tauschte er dann dessen Waffe gegen die seine.

«Danke, Herr Ludva!» sagte Pepík dankbar, «mit mir können Sie jede Menge Pferde stehlen.»

In den drei Stunden, die er auf dem Polizeipräsidium verbracht hatte, begriff Buback, daß die Tschechen mit dem Aufstand die gleichen Schwierigkeiten hatten wie die Deutschen: Der Kampf gegen die Okkupanten glitt ihnen über Meinungsverschiedenheiten des Widerstands zunehmend aus der Hand.

Die militärische Lage in Prag wie in Böhmen hatte sich über Nacht kaum verändert, doch Buback glaubte, es besser zu wissen, daß dies immer noch die Stille vor dem Sturm war. Früher oder später mußte das deutsche Warten auf die Amerikaner der Flucht vor den Russen weichen. Und sobald sich diese gewaltige Masse Soldaten und Kriegsgerät in Bewegung setzen würde, begrub sie wie Lava alles unter sich, was ihr im Wege stand. Zu verhindern war das wohl wirklich nur durch die Öffnung der Barrikaden und den freien Abzug der Deutschen nach Westen, doch gerade in dieser Frage ermangelte es bei den Tschechen der politischen Übereinstimmung.

Vergessen in einem Winkel des Vorzimmers, durch das ununterbrochen Polizisten, Soldaten und Zivilisten hin und her liefen, konnte er leidenschaftliche Streitereien hören und sich die Frage stellen, ob Beran ihm so sehr vertraute oder so unvorsichtig war. Die Erklärung erhielt er von ihm persönlich.

«Ich glaube nicht, daß es noch einen zweiten Menschen in Prag gibt, der ähnliche Möglichkeiten hat wie Sie, Herr Buback. Deshalb will ich, daß Sie ein klares Bild von uns bekommen. Sie haben hier kein militärisches Geheimnis erfahren, sondern eine Erkenntnis erhalten, über die Sie Ihre Vorgesetzten ins Bild setzen sollten, damit denen um Gottes willen nicht einfällt, so zu handeln, wie sie es vielleicht von der Front oder aus anderen besetzten Ländern gewöhnt sind. Die Prager sind keine einheitlich geführte und befehlshörige Kraft. Selbst wir hier versuchen nur Ordnung in die Aktionen zu bringen, die bereits gelaufen sind oder gerade laufen, und wir wissen noch nicht wie. Sollten sich die Deutschen aber dafür entscheiden, dem Beschluß des Rates mit einem Angriff zuvorzukommen, dann werden sich diese Zersplittertheit und Spontaneität gegen sie wenden, dann wird der Kommandant einer jeden Prager Barrikade über ihr Schicksal entscheiden. Vor einer derartigen Entwicklung warne ich ausdrücklich!»

Er fügte hinzu, daß sich der Rat über Funk mit der Regierung in Košice zu verständigen versuche und mit einem Ergebnis nicht vor Abend zu rechnen sei, es habe also keinen Sinn, daß Buback hier seine Zeit vergeude, den Weg durch das tschechische Prag würde ihm ein neuer Geleitbrief mit einer unmerklichen «optischen» Korrektur seines Namens öffnen...

Er nahm ihn entgegen und las.

ERVÍN BUBÁK.

Aus dieser tschechischen Form seines Namens stieg ihm der Mottenpulvergeruch der ausgestopften Vögel in die Nase, die er als Bevorzugter des Klassenlehrers aus dem Kabinett hatte holen dürfen, und in seinem Gedächtnis haftete noch das Geschrei der tschechischen Klassenkameraden: Bubák buht bu bu bu, der Streber kriegt was mit dem Schuh! Damals hatte ihm das zugesetzt, für einen Musterschüler hielt er sich nicht, er besaß einfach nur ein ausgezeichnetes Erinnerungsvermögen, das ihn auch später niemals auf Moravas komisches Heft zurückgreifen ließ. Bestätigte dies nicht auch, daß er nach so vielen Jahren flüssig und akzentfrei tschechisch sprach?

In der Innenstadt standen immer noch keine Barrikaden, die deutschen Posten ließen nach wie vor die Bewohner der umliegenden Straßen passieren, als einer von ihnen gelangte Buback ungehindert in die Bredauer hinein und von dort wieder hinaus. Für den abwesenden Meckerle schrieb er einen kurzen Zwischenbericht und machte sich dann mit dessen Geschenk auf den Weg zu Grete. Seit er die kleine Pistole für sie bekommen hatte, machte er sich Vorwürfe, nicht selbst an ihre Verteidigung gedacht zu haben. Doch wie sollte er ahnen, daß sie schießen konnte?

Über das deutsch besetzte Pankrác wollte er nicht, um nicht Kroloff über den Weg zu laufen, der sollte doch weiter auf diesem verlorenen Posten ausharren. Zu Fuß die Moldau entlang und dann bergan brauchte er über eine Stunde. Wieder hatte der Regen eingesetzt, und es hatte sich noch weiter abgekühlt, der Mai verwandelte sich in naßkalten Herbst. Die Begeisterung des Vortags hatte sich aus den Straßen verflüchtigt, das lange Warten teilte die Prager in zwei Lager. Die einen hielten den Krieg für beendet und betrachteten die anderen mit scheelem Blick, weil sie weiter Soldat spielten und die Straßen demolierten, wer sollte das je wieder reparieren? Die anderen dagegen verstärkten und verbesserten die Barrikaden noch, inzwischen um die Erfahrung reicher, daß sie die Straßen nicht auch für sich selbst zumachen durften: Lastwagenbreite Durchfahrten entstanden, die sich notfalls sofort stabil verrammeln ließen.

Die Sackgasse war wieder ohne Leben, wohnten hier überhaupt noch Leute? Diesmal ging er, ohne stehenzubleiben, geradewegs auf die Tür des Häuschens zu und schloß sie selbstsicher auf, da ihm das am wenigsten auffällig erschien. Das vereinbarte Signal klopfte er drinnen auf das hölzerne Treppengeländer und erschrak erst, als Grete sich nicht gemeldet hatte. Je zwei Stufen auf einmal nehmend, rannte er nach oben, jetzt auch noch darüber entsetzt, daß er sie hier immer noch allein zwischen den Wänden sitzen ließ, von zwei Morden belastet.

«Grete!»

Stille. Er geriet in Schweiß bei der wahnwitzigen Vorstellung, vielleicht auch sie auf dem Linoleum hinter der Küchentür vorzufinden. Voll Panik machte er auf dem Absatz kehrt und hätte sich auf der steilen Treppe womöglich etwas gebrochen, hätte ihn nicht ihre erstickte Stimme rechtzeitig zum Stehen gebracht.

«Geliebter ...»

Sie kroch unter dem Bett hervor wie ein kleines Tier aus dem Versteck.

«Hättest du nicht gewußt, daß ich hier bin, dann hättest du mich vielleicht nicht entdeckt, oder?»

In seinen Augen stand immer noch der Schrecken, während aus ihr aufgestaute Gedanken heraussprudelten.

«Sei mir nicht bös, mein Geliebter, aber ich wollte sichergehen, sonderbar, so lange weiß ich schon, daß dieser Krieg schlecht ist und daß Deutschland ihn verliert, doch erst jetzt ging mir auf, was das auch für mich bedeuten wird, dieser Scharlatan hat so viel falsche Kraft ausgestrahlt, daß er bis zum Schluß auch mich in die Irre führte, als würde nach seinem Abkratzen nur der Vorhang fallen und ein neues Stück ohne ihn beginnen, mir fiel überhaupt nicht ein, daß dann der Augenblick kommt, wo sich der Haß Europas gegen mich persönlich richtet, daß ich, Grete Baumann, es sein werde, die zur Kasse gebeten wird, um für jene zu bezahlen, die gemordet haben, ich sollte mir denken, daß das gerecht ist, doch ich spüre, das ist es nicht, Geliebter, jetzt, wo ich dich habe, könnte ich endlich anfangen, ein paar glückliche Jahre zu verleben, bis ... sieh nur, was mir passiert ist!»

Bedrückt durch ihre Furcht und in Erwartung eines neuerlichen Schlages sah er ihr zu, wie sie hastig ihr langes Leinenkleid aufknöpfte und einen Kniestrumpf herunterstreifte. Sie entblößte ihr Bein bis zum Oberschenkel und zeigte blind mit dem Finger drauf, ohne den klagenden Blick von ihm zu wenden.

«Da ...!»

«Ich weiß nicht, was du meinst ...»

«Siehst du es denn nicht??»

Sie stöhnte es fast. Er näherte seine Augen der bezeichneten Stelle und sah schließlich etwas: Auf dem kleinen Viereck der hellen Haut zeichnete sich schwach ein bläuliches Spitzengeflecht ab.

«Und was ist das ...?»

«Die Äderchen sind mir geplatzt!»

Er war so erleichtert, daß er abwinkte.

«Hättest du mir das nicht gezeigt ...»

«Buback! Wäre die Welt um uns herum nicht in Trümmer gegangen und hättest du Zeit gehabt, wieder meine Beine zu betrachten wie am Anfang, hättest du das von selbst entdeckt. Damit fängt es an! Die ehemalige Tänzerin weiß, wovon sie redet, sie hat die verhunzten Beine ihrer Kolleginnen gesehen, die vor ihrem Vierzigsten erledigt waren, bloß da war sie selbst noch keine zwanzig und hielt sich für unsterblich.»

Jetzt begriff er: In ihrer angsterfüllten Einsamkeit wurde das Thema Alter zum Schutzwall gegen das Thema Tod. Dankbar ging er darauf ein.

«Hast du noch was gefunden?»

«Ja ...», sie schlüpfte aus dem Kleid, streifte das weiße Höschen herunter und wandte ihm den Rücken zu, «da!»

Er betrachtete die schöne Wölbung und fand sie ohne Makel. Er sagte es ihr.

«Komm näher ran!» sie zog ihn an der Hand zu dem schrägen Fenster, «siehst du dic Schatten?»

Dort mußten logischerweise welche sein.

«Na und?»

«Da siehst du, daß du sie siehst!» triumphierte sie selbstquälerisch, «diese Schatten habe ich vor kurzem noch nicht gesehen. Mein Fleisch wird schlaff, verstehst du?»

Wennschon – dennschon wünschte er sich, möge sie ihm nur ihre ganze Last aufbürden!

«Was noch?»

«Das Kinn! War ganz fest. Und jetzt ...», ihre Fingerspitzen erfaßten die Haut unterm Kinn, «sieh mal, wie weit ich sie wegziehe.»

«So ziehst du selbst die festeste Haut weg!»

Er machte ihr das an seinem Handgelenk vor. Bevor sie fortfahren konnte, fragte er.

«Und die Brust?»

Sie fuhr zusammen. Er legte seine Hände unter beide Brüste.

«Hast du nicht behauptet, daß sie viel fester sind, seit ich sie täglich liebkose? Daß du niemals hübschere hattest?»

«Das ist wahr ...»

«Du gibst es zu, als wärst du nicht froh darüber!» ging er zum Angriff über, um sie endlich aus ihrer Verzagtheit zu reißen.

«Du weißt, daß ich froh bin ...»

«Wir müssen uns wieder mehr lieben», sagte er, «und du wirst ganz und gar schöner werden, immer schöner, mit allen Äderchen, Runzeln und was sonst noch.»

«Wo siehst du Runzeln??» fragte sie gekränkt, «ich hab noch keine! Oder aber man kann sie fast nicht sehen!»

Der spontane Ausbruch weiblicher Eitelkeit brachte beide zum Lachen.

«Nur hat das einen kleinen Haken, mein Geliebter», sagte sie plötzlich ernst, «ich kann jetzt nicht so sehr. Ich fühle dich plötzlich kaum. Ich habe keine Ruhe. Dazu müssen wir zuerst den Krieg überleben. Das heißt, daß wir hier wegmüssen. Und uns auch, falls man uns trennt, irgendwo wiederfinden.»

Jetzt sprach sie ihm aus der Seele.

«Hast du eine Idee?»

«Ja, ich hab's mir schon ausgedacht!» sie lebte richtig auf, die Vision der Wiederbegegnung verscheuchte die Vorstellung des Abschiednehmens, «ein Bahnhof! Die Eisenbahn wird bestimmt von allem zuerst wieder in Betrieb gesetzt. Auf einem Bahnhof kann man von überall her am leichtesten ankommen und auch am sichersten warten, oder? Da ist immer eine Menge Menschen.»

«Aber wo?»

«Wo ein Bahnhof ist, muß auch ein Fahrkartenschalter sein, bei dem können wir uns am besten sehen.»

«Ich meine die Stadt. In welcher Stadt?»

«Die denk du dir doch aus.»

«Hast du irgendwo Verwandte?»

«Der einzige wirst du sein, falls du mich irgendwann heiraten wirst.»

«Danke, gleichfalls!»

«Um so leichter können wir wählen. Hamburg ist weit, Berlin und Dresden ein Trümmerhaufen und voll von Erinnerungen. Was liegt hier sonst noch näher dran und steht ein bißchen? München! Ja, mein Geliebter, wir treffen uns in München, was meinst du? Spätestens eine Woche nach dem Krieg bin ich dort und rühre mich nicht vom Bahnhof weg, bis du auftauchst!»

Sie war immer noch nackt, wie sie ihm gerade ihren angeblich alternden Körper gezeigt hatte, und erschauerte jetzt unter der Kälte. Und in ihm mischte sich in die Liebe und Zärtlichkeit wieder das Bedauern, daß sie auch zu zweit so schrecklich allein dem Krieg gegenüberstanden und daß dies hier, wer weiß, trotz seiner Anstrengungen und ihrer Hoffnungen vielleicht die letzten Augenblicke ihres Zusammenseins waren. Um sie nichts merken zu lassen, polterte er los.

«Nimm dir doch die Decke um, es ist kalt hier. Ich will nicht, daß du dich erkältest!»

Er hüllte sie selbst ein, doch sie achtete nicht darauf.

«Also in München?»

«Ich werde tun, was in meiner Macht steht», fing er vorsichtig an, «wir müssen auch damit rechnen, daß es mir nicht so schnell gelingt.»

«Macht nichts, ich werde warten. Und sollte ich inzwischen eine Bleibe für uns aufgetrieben haben, werde ich jeden Mittag zu den Schaltern kommen.»

«Ich kann mich viel länger aufhalten, als du denkst...»

«Einen Monat? Zwei...?»

Er mußte es endlich beim Namen nennen.

«Besiegte Soldaten haben mit Gefangenschaft zu rechnen.»

«Aber du bist kein Soldat!»

«Um so schlimmer, daß ich bin, was ich bin. Es kann eine Weile dauern, bis sich die Sieger überzeugt haben, daß nicht jeder von der Gestapo ist, der bei der Gestapo war.»

«Wie lange etwa...?»

Er hatte nicht das Herz, ihr zu sagen, worauf er in der Tat gefaßt war.

«Ein halbes Jahr, ein ganzes...»

Schon das genügte, sie in Panik zu versetzen.

«Nein!!»

«Weißt du was?» er versuchte sie mit einer ungeschmälerten Aussicht eines Wiedersehens zu beruhigen, «wenn ich in vier Wochen nicht dort bin und du findest inzwischen Arbeit und Wohnen woanders, dann komm jeden ersten Sonntagmittag auf den Münchner Bahnhof, einverstanden?»

«Jeden ersten und dritten!» verlangte sie.

Er nickte zustimmend, doch selbst bei großer Phantasie konnte er sich nicht vorstellen, daß dieses lebenshungrige Geschöpf ein langes Alleinsein aushielt. Er und Hilde mußten einander nicht nahe sein, über die Grenzen von Entfernungen und Zeit hinweg hielten ihre Gefühle sie zusammen. Gretes Liebe verlangte nach animalischer Wärme, ohne die hörte sie auf zu existieren. Ihre Beichte war für ihn vor allem die Warnung gewesen, sie nie allein zu lassen. Jetzt trat auch sie seinetwegen über ihren eigenen Schatten, doch immer im Kraftfeld ihrer beider körperlichen Nähe. Sollte die länger nicht gegeben sein, so ahnte er, würde sich ihr Selbsterhaltungstrieb über alles hinwegsetzen, konnte er sie deswegen verurteilen? Nein, auch wegen dieser Schwäche liebte er sie, doch um so mehr galt es, sich in acht zu nehmen, damit er, von jeher vom Verstand beherrscht, nicht zur formlosen Gefühlsmasse zerfloß.

Ihn überkam das Verlangen, mit ihr zu schlafen. Also stand er lieber auf.

«Abgemacht.»

«Was denn, mein Geliebter», fragte sie bestürzt, «du willst schon gehen??»

«Ich will nicht, ich muß ...»

Sie machte es ihm nicht noch schwerer.

«Ich weiß», bemühte sie sich vernehmbar um Courage, «sag mir nur, ob du heute nacht wieder kommst. Du kommst doch, oder?»

Er glaubte nicht, daß ihm das noch einmal gelingen würde.

«Ich werd's versuchen, aber ...»

«Versuch es ohne aber! Behalt den Schlüssel.»

«Ja ...»

«Vielleicht nimmst du mich dann schon mit.»

«Vielleicht ... Ach! Ich habe was für dich.»

Er zog die kleine Pistole hervor und staunte, wie begierig sie danach griff und wie gekonnt sie sich überzeugte, daß sie geladen war.

«Die ist herrlich! Danke!»

«Ich hatte keine Ahnung, daß Waffen dich so anziehen ...»

Sie stutzte.

«Und wie bist du überhaupt darauf ...?»

Er wiederholte ihr Meckerles Worte. Sie war verlegen.

«Bloß der hat im Unterschied zu dir nicht gewußt, warum.»

«Ich soll das wissen?»

«Dir hab ich erzählt, wie Martin gestorben ist. Für ihn war

das ein schneller und leichter Tod, den ich gerne weitergeben würde.»

«Du?? An wen??»

Sie begann heiser zu lachen.

«Rate mal, du kannst nur einmal! Ich möchte mein eigenes Leben in der Hand haben, Geliebter. Ich danke dir, daß du deine männliche Eitelkeit überwunden und mir das Ding gegeben hast. Du kannst ruhig sein. Falls man mir hier zu nahe kommen will, werde ich keine Angst mehr haben, ich weiß, wie ich die auch schnell und leicht in Regen verwandeln kann.»

Die Aktion Suche nach der Nadel im Heuhaufen, eine solche war sie unbestreitbar, verlief erfolgreicher, als man hätte erwarten können. Der Wagen der tschechischen Polizei passierte ohne Schwierigkeiten sämtliche Barrikaden, sie blieben überall nur so lange, bis sie jemanden aufgetrieben hatten, der das Kommando innehatte, zumeist einen ehemaligen Offizier, ab und zu einen Kollegen und immer öfter mutige, zu allem entschlossene Zivilisten, die auch um den Preis des eigenen Lebens ihr Prag retten wollten. Doch nirgendwo hatte irgendwer Rypl zu Gesicht bekommen. Sie hinterließen überall je zwei, drei Fotos samt Steckbrief, mit der Bitte um äußerst vorsichtige Festnahme, und fuhren eine Straße weiter.

Den Stadtplan in der Hand, in den Morava während der Fahrt die Lage der Straßensperren und deren geschätzte Widerstandskraft eintrug, durchkämmte er mit Litera strahlenförmig die weite Umgebung des Rundfunks, in der Hoffnung, der mordende Trupp habe Gefallen am Zentrum gefunden; verspätet kam ihnen der Gedanke, daß der sich eher dort aufhielt, wo er Berührung mit den Deutschen hatte und die Jagd auf sie fortsetzen konnte. Der erste Stoß Fotos war ihnen bereits ausgegangen, und den zweiten sollten sie erst am Nachmittag bekommen. Als Litera beim Fahren in der Ablage unterm Lenkrad herumtastete, um wenigstens einen Zigarettenrest zu finden, klingelte ein Schlüssel. Morava hob ihn auf und erkannte ihn.

Er gehörte Jitka, das letztemal hatte sie damit ihrem Mörder aufgemacht, er mußte ihr auf dem Weg zum Spital aus dem Rocktäschchen gefallen sein. Litera hatte ihn dann gefunden, weggelegt und vergessen. Jetzt hielt Morava dieses Stück Metall in der Hand, und zu seinem Herzen stieg davon die Erinnerung auf an jeden ihrer gemeinsamen Heimwege, wo ihnen nur noch zwei Umdrehungen genügten, um aus der Welt der Mörder mit und ohne Uniform in die kleine, für sie beide dennoch grenzenlose Welt ihrer Liebe einzutreten.

Wieso lebte er weiter?? Er war wieder am Verzweifeln.

Dann fing er Literas mitleidigen Blick auf und verwandelte sich selbst in Metall. Er wollte sich sogar zum Überschreiten jener Schwelle zwingen, über die er sich seit jenem Tag nicht mehr getraut hatte, auch diese Schwäche mußte er aus sich hinaustreiben! Sein Fahrer verstand und stimmte dem Vorschlag zu, der dünnen Deutschen etwas Frisches zum Essen zu bringen, falls Buback zufälligerweise bei ihr war, konnten sie ihn in die Stadt mitnehmen. In der Polizeikantine faßten sie zu dem Viertel Brot eine Emailkanne Kartoffelsuppe. Sie nahmen wie üblich den Weg an der Moldau entlang bis zur Endhaltestelle der Tram, um dann über die schmale Wald- und Felsstraße den Hang hinaufzufahren. Schon hinter der zweiten Kurve gerieten sie unverhofft der SS in die Fänge.

«Hände hoch!» rief ein bulliger Oberscharführer, «aussteigen, dalli, dalli!»

Die Polizeiuniformen taten diesmal keine Wirkung, im Nu wurden beide grob aus dem Wagen gezerrt, entwaffnet und auf den Gehsteig gestoßen, der hier gerade wieder anfing. Morava versuchte zu verhandeln.

«Wir sind von der Kriminalpolizei, die mit der Prager Gestapo zusammenarbeitet...»

«Maul halten!»

Der Oberscharführer scherte sich nicht weiter um sie, ganz damit beschäftigt, das Tun seiner Männer zu beaufsichtigen. Diese schlugen grüppchenweise mit den Gewehrkolben an die Türen der niedrigen Häuser.

Als Morava noch mit Jitka in diesem Winkel gewohnt hatte, war ihm selten ein Mensch zu Gesicht gekommen, und wenn, dann nur Mummelgreise, die Fuß für Fuß vom Spaziergang oder Einkauf heimschlurften. Jetzt zeigten sich zum erstenmal alle Einwohner auf der Straße, und es war ein trübseliges Bild, als räumte man ein Altersheim samt Armenhaus. Die Ausnahme bildeten zwei junge Männer, die man aus dem nächsten Anwesen herausholte und zu den beiden Polizisten stellte. Um die vier mit den erhobenen Armen kümmerte sich in diesem Augenblick keiner, die SS-Leute musterten die Beute, allzu Gebrechliche schickten sie zurück.

«Wer seid ihr?» flüsterte Morava.

«Studenten. Vom Totaleinsatz abgehauen. Was haben die mit uns vor?»

«Keine Ahnung.»

«Wollen wir nicht lieber verduften?» schlug der zweite vor, ein kräftiger blauäugiger Blondschopf mit einem hübschen Gesicht, «jetzt passen sie nicht auf!»

Er wartete nicht ab und rannte auch schon mit langen Sätzen zur Kurve hinunter. Der Oberscharführer drehte sich beinahe lässig um und zog dabei den Abzug seines Sturmgewehrs durch. Man sah die Geschosse regelrecht in den Körper einschlagen, der trotzdem endlose Sekunden weiterlief, bis er dabei zu straucheln begann; noch im Liegen ruckten die Füße im Rhythmus links–rechts weiter. Die schrecklichen Bewegungen brachte erst der Schütze zum Stillstand, der zu ihm hinüberging und ihm den Gnadenschuß gab... Gnade! dachte Morava bebend, was für ein Hohn für den höchsten Ausdruck des Mitgefühls...

«Amen...», hauchte der bleiche Litera.

Der übriggebliebene Student sah aus, als würde er in Ohnmacht fallen. Seine Arme sanken.

«Lassen Sie sie oben!» zischte Morava ihm zu.

Die Leichtigkeit des Tötens zeigte an, daß diese Deutschen bereits alle Hemmungen verloren hatten. Dann kam der Oberscharführer auf sie zu, blickte auf ihre Arme und fragte fast teilnahmsvoll.

«Tut's weh?»

Morava war auf eine weitere Tücke gefaßt, statt dessen hörte er aber eine fast freundliche Empfehlung.

«Dann legt sie in den Nacken!»

Das hatte ihn an seinen nächtlichen Traum erinnert. Auch diese Tötungsmaschine sah aus wie ein Mensch und wußte sich wohl auch so zu benehmen. Wie sollte man ihn, wie sollte man sie alle erkennen, wenn es ihnen gelingen würde, davonzukommen, die Uniform abzulegen und zu werden, was sie vorher waren? Er suchte schon den dritten Monat ergebnislos nach einem einzigen Mörder, um ihn der Gerechtigkeit zu überliefern. Wie sollte man jene Abertausende ihm verwandter Täter finden, die anonym mordeten wie dieser hier, wenn sie sich rechtzeitig wieder in ehrbare Lehrer, Geschäftsleute und Arbeiter verwandelten? Wie sollte man einen so gänzlich überflüssigen Tod wie den des hübschen Blondschopfs mit den blauen Augen bestrafen? War es da noch moralisch, sie abziehen zu lassen? Hätten also doch die Kommunisten recht und nicht Beran?

Unausgesetzt dachte er darüber nach, während die Soldaten ein paar Dreiergruppen von Männern und Frauen zu ihnen stellten, die trotz ihres Alters einigermaßen rüstig wirkten, und sie allesamt von dem Platz wegführten, an dem nur der tote Junge und der Polizeiwagen zurückblieben.

Bis sie den Scheitel der Steigung erreichten, nahm ihre Zahl unter der schwerbewaffneten Bedeckung um ein paar ähnliche Häuflein zu. Von der letzten Kreuzung aus konnte Morava das vertraute Häuschen sehen. Ach, Liebes, wenn nicht geschehen wäre, was geschehen ist und sich nicht ungeschehen machen ließ, gingest du jetzt vielleicht statt meiner hier. Wenigstens darf ich das für dich tun!

Es waren ihrer bereits ein paar Dutzend ins Netz gegangen, als sie die modernen Häuserreihen erreichten, von denen die Pankrácer Hochebene gesäumt war. Vor ihnen tat sich ein hinreißendes Bild auf, der Blick ging über das Tal hinweg bis zum Hradschin, doch ihre ganze Aufmerksamkeit galt dem fortschreitenden Drama, in das sie hineingezogen worden waren.

Eine andere SS-Kompanie trieb jetzt schon wesentlich jüngere Männer und Frauen aus den Häusern, ja sogar Kinder.

Der aus dem Totaleinsatz Geflüchtete, der immer noch unter Schock stand und stolperte, so daß Litera und Morava ihn fast schon zwischen sich trugen, fragte ununterbrochen.

«Wir sind Geiseln, nicht wahr...? Uns werden sie auch erschießen, nicht wahr...?»

Beruhigung schien das Eintreffen eines Stabsfahrzeugs auszulösen, die Unterführer rissen die Hacken zusammen und grüßten, und die übrigen Männer schränkten stark ihr Treiben ein. Doch das Paar, das aus dem Wagen stieg, nahm Morava sogleich jegliche Hoffnung. Der hohe SS-Offizier mit dem von Pockennarben verunstalteten Gesicht und der Zivilist, dessen glattrasierter Kopf einem Totenschädel glich, waren eine geradezu gespenstische Verkörperung des Regimes, das hier in der Agonie noch einmal seine Natur preisgab.

«Meldung!» verlangte der Pockennarbige halblaut.

Selbst die am weitesten entfernten Chargen hörten ihn trotzdem und stürzten herbei, um ihm schneidig mitzuteilen, daß sie fertig waren. Bis auf einen.

«Noch nicht, Sturmbannführer, sie konnten sich in einem Luftschutzbunker einschließen. Dort war früher eine Bank, er hat Stahltüren.»

«Alle?»

«Einer hat es nicht geschafft.»

«Her mit ihm!»

Im Trab führte man einen Mann mittleren Alters herbei, auch am Nachmittag trug er noch einen Morgenrock und Pantoffeln. Befragt, wie viele Leute unten seien, zählte er nervös und in leidlichem Deutsch, bis er auf sechs Männer, zehn Frauen und acht Kinder kam.

«Sind Ihre auch dabei?»

«Ja, ein Junge und ein Mädchen... Frau und Schwiegermutter...»

«Zeichnen Sie mir den Bunker auf!»

Mit zitternden Händen malte er auf die Rückseite irgendeiner

Rechnung, die der Offizier in seiner Brusttasche fand, ein einfaches Rechteck und eine gewinkelte Treppe.

«Wie ist die Belüftung?»

«Vom Parterre führt ein schräger Schacht hinab ...», er zeichnete ihn ein, «er ist hinter den Aschkästen versteckt.»

«Hört man Sie, wenn Sie dort hineinrufen?»

«Vielleicht ...»

«Dann tun Sie's!»

«Was soll ich Ihnen ...»

«Daß wir ihnen genau drei Minuten geben, aufzumachen, sonst lasse ich Sie erschießen.»

Über das Gesicht des Mannes flog fiebrige Röte, er erinnerte an den Pfarrer in Klášterec, doch er brachte genug Mut in sich auf, um zu fragen.

«Und was geschieht dann mit ihnen ... mit uns allen?»

Seine Kopfbewegung umfaßte die Straße, voll von den ins Freie getriebenen Menschen.

«Ihre Leute unten in Nusl haben uns die Durchfahrt durch die Stadt verbarrikadiert. Sie werden vor meinen Soldaten als lebende Schilder hergehen.»

«Aber das kann ich meinen ... ich kann sie doch nicht ...»

Der Pockennarbige zog die Pistole.

«Gehn Sie!»

Mein Gott, du läßt es ... Morava unterbrach sich selbst. Gerade das war es, weshalb er mit Gott gebrochen hatte. Ihm verkrampfte sich das Herz beim Anblick des Unglücklichen, dem keine Wahl blieb. Ja, es funktioniert wieder und wieder, über den Glauben, über die Liebe, über die Moral und die Ehre, die sich der Mensch im lebenslangen Kampf um sein besseres Ich aneignet, siegt angesichts der tödlichen Bedrohung der blinde Selbsterhaltungstrieb, darin sind wir schlimmer als das Tier, das seine Herde bis zur Zerfleischung verteidigt.

Der Blick des Mannes irrte zu den Uniformen der tschechischen Polizei. Morava war auf einmal froh, sich nicht von den anderen Geiseln zu unterscheiden. Doch der Mann in Pantoffeln lächelte ihm gleich darauf traurig zu.

«Sollten Sie überleben, dann sagen Sie den Meinen, daß ich sie liebe.»

«Deutsch!» brüllte der Sturmbannführer.

«Sie haben kein Recht!» sagte der Mann also in dessen Sprache, «wir sind Zivilisten. Dafür wird man Sie verurt...»

Den Satz beendete ein Schuß.

Der Pockennarbige steckte die Waffe ein und hielt seinem erfolglosen Untergebenen die Skizze hin.

«Hier irgendwo ist die Öffnung. Schmeißen Sie ein paar Rauchpatronen rein und, wenn die nicht aufmachen, ein paar Handgranaten. Die übrigen im Laufschritt marsch!»

Unter Gebrüll und Gestoße hatte man ungleiche Fünferreihen aus Männern, Frauen, Greisen und Kindern zusammengestellt, und der Kordon versuchte, sie vorwärts zu jagen, doch bald war klar, daß zu viele das Tempo nicht durchhalten konnten. Auf dem nächsten kleinen Platz sortierte man die Alten und die Jüngsten aus. Morava war hilfloser Zeuge herzzerreißender Szenen, keiner wußte, wie er die Kinder am besten retten konnte, einige nahmen sie auf dem Arm oder auf den Schultern mit, andere dagegen schickten sie hinter die Postenkette und riefen ihnen die Adressen von Verwandten nach.

Die neuen Fünferreihen trabten dann in scharfem Tempo bis zum Pankrácer Gericht. Auf dem höchsten Punkt der Hauptstraße, die von hier in weitem Bogen ins Nusl-Tal hinabführte, hatte ein Schleppfahrzeug soeben den Straßenbahnwagen aus der von den Deutschen eingenommenen Barrikade zum Straßenrand abgeschleppt; es war ein Anhänger, und der pockennarbige SS-Mann trat auf die mittlere Plattform, den kahlköpfigen Zivilisten neben sich.

«Einen Dolmetscher!»

Die vorangegangenen Erlebnisse hatten allen den Mut genommen, aus dem Haufen vorzutreten, der für sie zur letzten Zuflucht geworden war.

Auf die zweite Aufforderung meldete sich Morava. Der Offizier bedeutete ihm, sich neben sie zu stellen, und nickte seinem Begleiter zu.

«Ihre Mitbürger», rief der Kahlschädel in die Menge, «haben den Verstand verloren. Sie haben Hunderttausenden deutscher Kämpfer, die weiterhin Europa vor dem Bolschewismus bewahren, den Weg verstellt. Da sie ihn uns nicht von allein freigeben, müssen Sie sie davon überzeugen, das ist unser Recht und ihre Pflicht! Übersetzung!»

Morava tat es absichtlich in der dritten Person, um deutlich zu zeigen, er diene nur den Seinen.

«Wer behauptet, Sie wären Zivilisten, der lügt bewußt! Durch die Schuld einer Handvoll Banditen sind auch Sie alle Aufständische geworden, die keinem Schutz unterstehen. Wenn wir unnötig Blut vergießen müssen, dann mögen die Tschechen den gleichen Zoll zahlen. Sollten Ihre Leute den Widerstand aufgeben, werden wir Sie als normale Bevölkerung behandeln, auf die sich internationale Abkommen beziehen. Das ist alles. Übersetzung!»

Als Morava endete, fragte er den Kommandanten.

«Darf ich etwas hinzufügen?»

«Nein!»

«Es ist in Ihrem Interesse, daß diese Leute nicht in Panik geraten. Ich wollte ihnen sagen, daß es vielleicht gar nicht zu einem Angriff kommt, weil Standartenführer Meckerle mit dem Tschechischen Nationalrat verhandelt.»

Die beiden Deutschen staunten, jeder auf seine Art.

«Woher wollen Sie das wissen?» fragte der SS-Mann.

«Woher kennen Sie ihn?» fragte der Zivilist.

«Ich habe Ihren Männern bereits bei unserer Festnahme gemeldet, daß wir», er zeigte auf Litera, «Angehörige des hiesigen Kriminaldienstes sind, der eng mit dem Ihrigen zusammenarbeitet. Ich war heute früh bei der Begegnung meines Chefs mit einem Bevollmächtigten der Gestapo, man sucht nach Wegen, den Kampf zu verhindern. Sicherlich haben Sie kein persönliches Interesse an unnötigen Verlusten!»

Sie führten das Gespräch weiterhin auf der Plattform des Anhängers, von Hunderten tschechischen und deutschen Augen gespannt verfolgt. Der Sturmbannführer schwankte.

«Ich bin ebenfalls Mitarbeiter vom Gruppenführer», der Zivilist betonte die höhere Rangbezeichnung, «Meckerle. Wer war denn unser Bevollmächtigter?»

«Oberkriminalrat Buback», sagte Morava und erkannte sofort, daß das ein Fehler war.

«Hab ich's Ihnen nicht gesagt?» rief der Schädel triumphierend zu dem SS-Mann, «der Gruppenführer würde niemals einen Verräter und neuerlich auch Deserteur mit einer solchen Aufgabe betrauen. Seine Funktion ist automatisch auf mich übergegangen, und deshalb gilt, wozu ich hergeschickt wurde: Die Durchfahrt ist frei zu machen!»

Hatte Morava noch einen kurzen Augenblick das Gefühl, er könnte den Offizier überzeugen, so sagten ihm seine Augen jetzt, daß er sich geirrt hatte. Dem Mann und seinen Leuten blieb anscheinend nichts anderes übrig, als sich eine Schneise zu bahnen, die sie so weit wie möglich von den Orten ihrer Verbrechen wegführte. Ohne ein weiteres Wort wandte der sich zu seinem Untergebenen um.

«Also los.»

Nach ein paar Augenblicken röhrten die Motoren der Panzer auf, die aus einer Nebenstraße anrollten. Die SS drängte den hundertköpfigen tschechischen Zug die abschüssige Straße hinab. Den beiden Polizisten wurde noch eine Geste falscher Ritterlichkeit zuteil.

«Ich möchte Sie als Parlamentäre ansehen, meine Herren!» erklärte der Sturmbannführer, «Sie werden zurückgebracht, wo man Sie festgehalten hat.»

Vor Moravas Augen erstand der Mann, der sich so tapfer für seine Familie geopfert hatte. Mochte diese Tat auch vergeblich gewesen sein, sie war ein Vermächtnis. Er sah Litera an und las in seinen Augen Zustimmung.

«Wir gehen mit den anderen», sagte er also, «vielleicht findet sich doch noch eine Lösung... falls Sie nicht zu früh das Feuer freigeben.»

«Das hängt ganz von Ihren Leuten ab!» beendete der andere schroff das Gespräch und bedeutete ihnen, vor ihm von der

Plattform zu steigen, als lasse er ihnen den Vortritt in einer Kaffeehaustür.

Dichtauf hinter ihnen rollten schon die Panzer. Sie mußten wieder laufen, um die Tschechen einzuholen, die jetzt über die ganze Straßenbahnbreite hinweg vor den Reihen der SS hergingen. Die Soldaten wie die Landsleute waren überrascht, als sich zwei Polizeiuniformen zwischen ihnen nach vorn durchdrängten. Den ganzen Weg über sprachen sie nicht miteinander, Worte waren jetzt bedeutungslos.

Warum mache ich das? überlegte Morava. Jitka, Liebes, suche ich wieder einmal den kürzesten Weg zu dir? Oder will ich dem Leben ohne–dich–nach–dir einen Sinn geben? Aber warum, erschauderte er plötzlich, schleppe ich den guten Litera mit, der hängt so an seiner Familie, und sie an ihm! Doch jetzt war es zu spät!

Die Szene war um so unglaubhafter, als sie sich am hellichten Tag in einem Großstadtviertel abspielte, das fast jungfräulich unberührt vom Krieg war. Die Doppelreihe der verschlossenen, wie ausgestorben scheinenden Mietshäuser bildete eine Kluft, durch die eine Menge Menschen ohne die geringste Möglichkeit des Entkommens ihrem Schicksal entgegenging, die eben noch in gleichen Häusern ein normales Leben geführt hatten. Hinter ihnen donnerten die Panzer, die Ketten quietschten über Katzenkopfpflaster und Schienenstränge.

Die tschechische Spitze erreichte den Punkt, an dem sich die Hauptstraße nach rechts wandte. Hinter der Biegung kam eine etwa dreihundert Meter entfernte Barrikade in Sicht. Die gewaltige Sperre bestand gleichfalls aus quergestellten Straßenbahnwagen, hier jedoch mit einem hohen Wall aus Pflastersteinen verstärkt und schier uneinnehmbar. Darüber wehte die tschechoslowakische Fahne.

Die Geiseln hielten inne. Seltsamerweise unternahm auch die SS nicht gleich einen Versuch, sie weiterzutreiben. Nach und nach verstummte das Rasseln der Panzerketten. Über dem Straßenabschnitt voller Menschen und Gerät lag plötzlich eine Stille, die nur von einem seltsamen Geräusch gestört wurde, wie

Morava es noch nie zuvor gehört hatte. Dann wurde ihm bewußt, wie laut er selber atmete, um seinen irren Herzschlag einzudämmen. Das unbekannte Geräusch war der vereinte Atem der verzweifelten Menschenmasse.

Auch die Barrikade schwieg. Aber die müssen doch schießen, müssen es riskieren!! Seltsam, überlegte Morava, jetzt habe ich Zeit, mir klarzuwerden, daß es mit mir bald vorbei sein wird, und wieder habe ich keine Angst. Bist du es, Jitka, mit der mein Gefühl unwiederbringlich gestorben ist? Oder ist es schon Resignation, als Folge der Feststellung, daß nach dem Verlust Gottes auch das Leben selbst keinen Wert mehr hat, wenn es wiederholt auf eine so zufällige und dumme Art enden kann?

Aus diesen Gedanken riß ihn eine Stimme.

«Sollen wir nicht losrennen? Damit nehmen wir den Deutschen die Deckung, und die Unsern können schießen?»

So fragte ein ganz junges Mädchen zu seiner Rechten.

Warum bin nicht ich drauf gekommen? dachte er verwundert. Sie hat recht!

Bevor er antworten konnte, brach ein wilder Kampf an ganz anderer Stelle los, als sie es erwartet hatten, wildes Geschützfeuer und Maschinengewehrgeratter hob hinter ihnen an, irgendwo oben auf dem Hügel, den sie gerade heruntergegangen waren. Alle, Getriebene wie Treiber, wandten sich jäh dorthin um. Sie nahmen den Funkenregen wahr, den die Raupen der hastig umkehrenden Panzer schlugen, und dann auch schon die Verwirrung in den deutschen Reihen. Die SS-Männer ließen die Geiseln Geiseln sein und rannten zurück.

«Die Amerikaner!» jubelte eine Stimme.

Die Wlassowschen! glaubte Morava zu erraten. Beran sei Dank!

Den Gedanken des Mädchens hatten offenbar viele geteilt, sie waren mit einemmal nach vorn losgerannt, alle übrigen mit sich reißend.

Da begann die Barrikade zu schießen. Zwar über die Köpfe der Landsleute hinweg, doch die Deutschen eröffneten gleich darauf ihr Vergeltungsfeuer auf die Geiseln.

Panik brach aus. Die einen warfen sich zu Boden, andere flohen weiter in die Sicherheit. Ein gellender Schrei durchdrang den Schußlärm. Das Mädchen war über einen liegenden Körper gestolpert, fand sein Gleichgewicht nicht wieder und stürzte. Morava kehrte zu ihr zurück und hob sie auf. Plötzlich sah er rot. Erfolglos zwinkerte er. Dann spürte er ein scharfes Brennen auf der Stirn. Er langte hin und faßte in klebrige Flüssigkeit. Gleich schleppten ihn starke Arme vorwärts, und von irgendwoher drang Literas Stimme zu ihm.

«Noch ein Stück, Jenda, noch ein kleines Stückchen!»

Auf dem durchnäßten Sand, den ursprünglich die Pflastersteine verdeckten, kam er zu sich. Das Mädchen verband ihm soeben den Kopf.

«Sie haben aber Glück, Herr Polizist! Um ein Haar!»

Die ferne Schlacht tobte weiter, hier hatte sie ein wilder Streit von Männern und Frauen ersetzt.

Seine Stirn brannte immer noch höllisch, in seinem Kopf summte es unablässig, doch er konnte schon wieder sehen. Er versuchte über die Schulter zu blicken.

In der kleinen Gruppe von Bewaffneten, die im Streit mit der empörten Mehrheit lag, erblickte er ein grinsendes Gesicht, das ihm bekannt vorkam. Er traute seinen Augen nicht.

«Herr Litera...», er suchte nach ihm, «Josef...!»

«Bleiben Sie liegen!» ermahnte ihn das Mädchen, «Sie haben eine Menge Blut verloren. Er holt einen Wagen.»

Er spannte den Blick an.

Er war es!

Rypl!!

Dann verschwamm er wieder vor seinen Augen wie ein Trugbild.

Das Schnurrbärtchen hinter dem Lenkrad des Mercedes sah mit glasigem Blick zur Brücke hin und hatte kalkweiße Wangen; um so deutlicher blühte das blaue Veilchen unter seinem rechten Auge.

«Er kann uns angeblich nicht mehr leiden», war Lojzas Erklärung dafür, «geben wir ihn auch unserem Pepík?»

Dem Chauffeur zitterten jetzt die Lippen wie einem Meerschweinchen.

«Oder was sollen wir mit ihm machen, Kommandant?»

Diese Anrede wärmte ihn.

HÖRST DU, MUTTER?

«Kann einer von euch fahren?» fragte er.

Einträchtig schüttelten sie die Köpfe. Er wiederholte Lojzas Spruch.

«Dann hat er Pech. Er wird es mit uns aushalten müssen, bis wir einen Ersatzmann auftreiben. Pepík ...!» diesmal gab er ihm die Pistole, die er von dem blöden Spitzel da oben erbte, «demnächst gehört er dir auch. Abfahrt!»

Erst jetzt warf auch er einen Blick zur Brücke und war unangenehm überrascht.

«Wo ist er ...?»

«Ich hab ihn bis an die Kante getrieben», prahlte ihr Knabe, «und nun badet er!»

Der Körper trieb hart an der Steinmauer der Regulation in Richtung des Wehrs beim Schwarzen Turm. Seine langsame Bewegung setzte einen Schlußpunkt hinter die Vergangenheit.

JETZT ÜBERFÜHRT MICH NIEMAND MEHR!

Inzwischen schwoll der Regen wieder an, ebenso das ferne Schießen. Er entschied, der Stimme des Kampfes zu folgen. Zwischen den Prager Hügeln und Tälern bildeten sich jedoch falsche Echos, und so verschwand für sie der Aufstand plötzlich in der Ferne, als sie bei der letzten Barrikade im Nusle-Tal anlangten. Hier dachte kein Mensch daran, hinauf nach Pankrác zu ziehen, das von SS geradezu strotzen sollte, und er hatte nicht übel Lust, wieder umzukehren, als von der anderen Seite Melder mit zwei Nachrichten kamen.

Die erste weckte Entsetzen: die SS treibt droben die Bewohner ganzer Blocks aus den Häusern, um sie als Schutzschild bei dem geplanten Durchbruch durch die Stadt zu benutzen; sie mußten diesen Weg hier nehmen. Die zweite war allzu wunderbar, als daß man sie gleich glauben wollte, doch da zum Glück genügend Telefone in Betrieb waren, wurde sie bald von einigen probeweise Angerufenen an der Peripherie bestätigt.

Ja! teilte einer nach dem anderen begeistert mit, sie feiern schon, vor einer Stunde befreiten die Russen sie, als deutsche Soldaten verkleidet, keiner kenne sich darin aus, doch sicher ist, daß die weiter nach Pankrác zogen, um es zu säubern.

Er befahl, den Mercedes in der nächsten Seitenstraße hinter der Barrikade abzustellen, damit sie ihn notfalls unbeschädigt zur Hand hätten, und vorläufig hierzubleiben. Die Wagenschlüssel nahm der Knabe an sich, dem der Chauffeur seit der Geschichte mit dem Hausmeister wie ein Uhrwerk gehorchte.

MEIN JÜNGER!

Nicht, daß er den anderen mißtraut hätte, doch er war sich völlig sicher, daß er ihm jederzeit unbesorgt den Rücken zukehren konnte.

Die Ankunft der gutbewaffneten Vierergruppe bewirkte, daß sofort ein Mann in der Uniform eines Reserve-Stabshauptmanns der Vorkriegszeit auf sie zueilte, um sie in die Mannschaft aufzunehmen. Er versucht wenigstens hier, erklärte er eifrig, Ordnung in das gestrige Chaos zu bringen, um eine wirksame Verteidigung unter minimalen Verlusten zu gewährleisten. Ob einer von ihnen zufällig einen Dienstgrad hatte? Der einzige, der sich meldete, war er. Ach doch? und welchen denn? Er erinnerte sich an Brünn und gab sich den Rang, den Králík für ihn vorsah.

«Zugführer.»

«Nicht möglich!» der Reservist war außer sich vor Wonne, «ein Zugführer! Sie schickt mir der Himmel!»

Er nahm ihn beiseite und vertraute ihm an, daß ausgerechnet an dieser Stelle, eine Schlüsselposition, trotz seines Drängens keine weitere Charge anwesend ist und daß ihr Trüppchen die Feuerkraft mehr als verdoppelt, denn sonst hat er nur noch ein leichtes MG da und ein paar Karabiner. Trotzdem ist er entschlossen, die Barrikade zu halten, und erwartet, daß der Zugführer für die restlose Erfüllung aller Befehle sorgen wird.

Nachdem er den Wichtigtuer los war, sagte er zu seinen Leuten.

«Diese Stabsratte versteht vom Krieg so viel wie die Kuh vom Tanzen. Behaltet mich im Auge, sobald ich den Kram hier hinschmeiße, treffen wir uns alle beim Auto!»

«Aufgepaßt!» warnte der Knabe das erschlaffte Schnurrbärtchen, «wenn du früher abhaust, kommst du nicht weit!»

Aus der nahen Gastwirtschaft brachte man ihnen erfreulicherweise ein fast vorkriegsmäßiges Schweinefleisch mit Kraut und Knödeln, doch anschließend warteten sie nur noch verdrossen. Währenddessen ging eine neue Parole um, zu den Deutschen in der Stadt stoßen Verstärkungen durch, der Bahnhof Mitte fiel ihnen in die Hand, und ein neuer Angriff auf den Rundfunk steht bevor. Er begann schon zu erwägen, ob sie sich nicht lieber wieder dorthin begeben sollen, als der Stabshauptmann wieder angehetzt kam. Die Deutschen auf dem Hügel setzen sich in Bewegung, berichtete er atemlos, und treiben tatsächlich tschechische Zivilpersonen vor sich her, doch binnen kurzem, eine verbürgte Nachricht! wird denen die Russendivision von General Wlassow in den Rücken fallen. Ihre eigene Aufgabe, beschwor er sie, besteht darin, Ruhe zu bewahren und die Geiseln herankommen zu lassen, damit die versuchen können, sich in die Sicherheit der Barrikade zu retten. Er bleibt weiter am Telefon, und der Zugführer garantiert ihm, daß weder verfrüht das Feuer eröffnet noch vorzeitig der Rückzug befohlen wird.

Er nickte seinen Leuten zu, ja, es bleibt dabei: Die endgültige Entscheidung liegt bei ihm.

Da drang auch schon ein Getöse an ihre Ohren, wie es nur von Panzerketten stammen konnte. Die Sperre hier war mehr als solide, der Kern aus Straßenbahnwagen mit allerlei Baumaterial bis zur Höhe des ersten Stocks der Eckhäuser befestigt, Panzer konnten sie nicht, ohne sie wegzuräumen, überwinden. Er vermochte sich jedoch vorzustellen, was eine einzige Panzergranate anrichtet: Wie die Splitter eines riesigen Schrapnells werden die Pflastersteine der Barrikade nach allen Seiten auseinanderfliegen. Wohin würde ich zielen, überlegte er, wenn ich ihr Richtschütze wäre? Natürlich dorthin, wo sich der mögliche Durchlaß abzeichnet. Also wählte er die entgegengesetzte Seite als ihren Standort.

Der Stabshauptmann, das mußte man anerkennen, ließ auf der Oberkante der Sperre fast vorbildliche Schießscharten aus Zementsäcken bauen, hinter denen sie sich jetzt bäuchlings niederließen, er zwischen Lojza und Ladislav, der Knabe bewachte unten den Chauffeur und gab ihnen außerdem für alle Fälle Rückendeckung.

In dieser sonderbar stehengebliebenen Zeit, die unter dem stärker werdenden Gedröhn vibrierte, konnte er endlich über alles nachdenken, was seit dem Morgen geschah. Er war sich längst sicher, daß nichts in seinem Leben zufällig war. Lange war SIE es, die ihm eingab, was zu tun war und wie; aus jener anderen Welt, in die sie hinüberging, noch nachdrücklicher als zu Lebzeiten. Eine gewisse Zeit, wenn ihn so überraschend wiederholt die Kräfte verließen, zweifelte er daran. Jetzt wußte er, daß sie wieder fest neben ihm steht und ihm einen Weg zeigt, den er sich schon nicht mehr erhoffte.

AUS DEM SCHATTEN IN DIE SONNE!

Antonín Rypl war tot, gefallen im Kampf um den Rundfunk, und sollte nie auferstehen, um wegen der paar Huren den Rächer der nationalen Schmach in Gefahr zu bringen. Auch Ludvík Roubínek, der ihm jetzt den Namen und ein annähernd ähnliches Gesicht leiht, ist nicht die definitive Lösung, sein unbekanntes Schicksal verbirgt auch unbekannte Verwandte oder Freunde, die ihn suchen könnten. Dieser Austausch wird ihm auf lange Sicht nicht helfen.

ICH BRAUCHE EIN VÖLLIG NEUES ICH!

Die gestern und heute gesammelte Erfahrung zeigte ihm leider, daß aus den Trümmern der Protektoratsmacht zwar eine andere ersteht, deren Stützen jedoch dieselben Polizisten bleiben. Hoffnung verlieh ihm, daß er nicht mehr allein ist; nach knapp vierundzwanzig Stunden gebot er über eine kleine, aber zu allem fähige Einheit, bereits als Kerntruppe dieser Barrikade anerkannt. Seine innere Stimme sagte ihm, daß gerade hier etwas Bedeutendes in Gang kommt, das ihn ein großes Stück näher ans Ziel bringt.

DAS GESETZ IN DIE EIGENE HAND NEHMEN!

Nein, er wollte nicht den Helden spielen und sinnlos auf verlorenem Posten krepieren, doch er mußte in jedem Fall etwas riskieren, um hier das Kommando übernehmen zu können und von hier aus seinen Machtbereich zu erweitern, soweit es geht. Dort kann dann ein NEUER ER geboren werden, ein Flüchtling aus dem Totaleinsatz? ein Partisan? das hat Zeit! seine Vergangenheit darf keine Büromaus des neuen Regimes anzuzweifeln wagen, man muß ihm Papiere ausstellen, wie er sie haben will.

Das Rasseln der Panzerketten wurde stärker, und in der Kurve der abschüssigen Straße kamen schon die Opfer in Sicht, eine breite Reihe Männer und Frauen und dahinter eine zweite, eine dritte und noch weitere. Auf die Entfernung von einigen hundert Metern war der Ausdruck der Gesichter unmöglich wahrnehmbar, doch allein der Gang war ein Bild der Ohnmacht und Angst, einige hielten sich an den Händen, andere hatten die Arme um die Schultern des Nachbarn gelegt, und die wiegenden Schritte aller verrieten die Kraftlosigkeit ihrer Beine.

Die Verteidiger der Barrikade stießen zugleich laut die Luft aus.

«Jesus Maria ...», sagte ein Mann in der Nähe.

Nun kam auch die erste Reihe der SS-Männer in Sicht, sie rückten fast einheitlich vor, die Waffe in beiden Händen haltend wie die Jäger.

«Was tun wir?» fragte die gleiche Stimme entsetzt.

Wieder erschien der Stabshauptmann und bemühte sich, für alle verständlich das Getöse zu überschreien.

«Rückzug! Rückzug zur nächsten Barrikade! Die Wlassow-Leute sind schon im Anmarsch, in Kürze greifen sie die Deutschen von hinten an!»

Lojza und Láď'a blickten auf ihren Kommandanten. Der blieb hinter seiner Schießscharte liegen und rief zu dem Offizier hinunter.

«Warum denn das hier aufgeben?»

«Wegen der Geiseln! Kommen Sie runter, Zugführer!»

«Bleiben!» sagte er leise zu den Männern an seiner Seite.

Unten fuchtelte der Junge mit der Panzerfaust.

«Soll ich mit meinem Böller rüber?»

«Nein!» brüllte er hinunter, «kümmre dich um das Auto!»

Die anderen räumten bereits allzu gern die Stellungen.

«Zugführer! Haben Sie nicht gehört??»

«Ich will denen Feuerschutz geben!» schrie er ihm zu und auch seinen Leuten.

«Mann, das ist ein Befehl!»

Die Geiseln wie die Soldaten kamen gerade in Schußweite, und in die Kurve rollte der erste Tank, als auf dem Hügel über ihnen der Himmel zerbarst. Irgendwas bekam dort einen Volltreffer ab und flog in die Luft. Ein wildes Geschieße aus leichten und schweren Waffen setzte ein.

Als erste blieben die Deutschen stehen, unsicher drehten sie sich nach hinten um, ihre Formation löste sich auf. Auch die Tschechen wandten sich um, wurden aber vom Trägheitsgesetz immer weiter vorangetrieben, von der Spitze der Barrikade sah man, wie sie dadurch den Soldaten die Deckung nahmen.

Jetzt lag ein Ziel vor ihm, das er sich nicht träumen ließ!

Auch der Mann an dem leichten MG ein Stück neben ihm hatte sichtlich keine Lust zurückzugehen und schielte zu ihm hin. Und so entschloß er sich.

«Auf die Germanen, Feuer!»

Die drei Schnellfeuergewehre und das Maschinengewehr schlugen Schneisen in die Reihen der SS. Obwohl betäubt, hörte er ein wildes Kreischen. Es kam von den Tschechen, die auf sie zuliefen. Die verbliebenen SS-Männer warfen sich bereits zu Boden; zum Teil hinter den Gefallenen verschanzt, erwiderten sie das Feuer aus allen Rohren. Da sie die Schützen nicht sahen, zielten sie auf die dazwischen.

«Feuer einstellen! Feuer einstellen!!»

Aus den Augenwinkeln beobachtete er, wie der Stabshauptmann den Mann von seinem MG wegzureißen versuchte. Auch sie wurden schon von anderen Verteidigern der Barrikade bedrängt und dann von den ersten Fliehenden, die glücklich hinter die Sperre gelangten.

«Um Gottes willen, schießt nicht!!»

Erbost ließ er davon ab, die Deutschen zogen sich gerade kopflos zurück, die Panzer rückten zuerst ab, man könnte sie alle kriegen! Nur weil unter den Tschechen auch ein paar Leicht- und Schwerverwundete waren, neben zwei oder drei Toten, brach hier ein noch schlimmeres Theater los als beim Rundfunk.

Sie handelten gegen seinen ausdrücklichen Befehl! ließ sich der Stabshauptmann wie ein kleiner Petzer von anderen bestätigen. Sie handelten wie Soldaten, die von einem Hosenscheißer kommandiert werden! geiferte Lojza. Selbst der MG-Mann schlug sich auf ihre Seite: Auf die Deutschen loszugehen war ihre heilige Pflicht, der Krieg ist noch nicht zu Ende, und jeder Tote von denen zählt, wer weiß, wieviel andere Leben sie damit retteten! Dieser Ansicht schlossen sich dann auch ein paar Geiseln an, doch die große Mehrheit war nicht zu beruhigen. Auch hier hatte es keinen Zweck, länger zu bleiben.

«Einpacken!» sagte er also, «wir holen uns unsere Beute schon anderswo. Haben Sie nicht Lust mitzukommen?»

Das galt dem MG-Schützen.

«Na klar!» gab der auffällig blasse Mann erfreut zurück, der auf den ersten Blick zu schwach für seine lange Waffe auf dem Zweibein schien.

«Sie sind wohl verrückt geworden!» ging der Stabshauptmann auf ihn los, «ohne Sie halte ich diese Stellung nicht!»

«Dann eben nicht!» rief der andere ihm aufbrausend zu, «mir knallte man wegen dieses Dings beinah den Kopf weg, und ich buckel mich nicht damit ab, um auf Kaninchen zu schießen. Abhauen können Sie auch ohne mich, wir rücken vor!»

«Cowboys!» schleuderte der Hauptmann ihnen in ohnmächtiger Wut entgegen, fast heulend, «was wollt ihr hier überhaupt? Unsere Toten gehen auf eure Rechnung, die fielen umsonst!»

In das Geknatter der Infanteriewaffen, das von Pankrác herunterkam, mischte sich ein deutlich vernehmbares Hurraaa.

Als er die Barrikade verließ, trat er beinahe auf einen tschechischen Polizisten, den ein dreckbespritztes Mädchen wiederzubeleben versuchte. Krepier! wünschte er ihm bei sich.

Der Regen wurde stärker, während die Schlacht oben spürbar abebbte. Ja, warum sollten sie nicht dorthin gehen, fiel ihm ein. Da gibt's bestimmt noch lange was zum Ausräuchern. Und die Leute, die eben erst die SS-Schlächterei erlebten, stellen sich bestimmt nicht so zimperlich an.

Dann erinnerte er sich plötzlich, wo sie sich gegebenenfalls in Ruhe trocknen und dabei vielleicht sogar eine weitere Rechnung begleichen können...

Wie ein Feuer, das unerwartet aus einer Brandstätte hochschlug, überraschte der Krieg Buback abermals. Er hatte gerade die Mitte der bewährten Abkürzung erreicht, eines unter der alten Festung zur Eisenbahnbrücke abfallenden Fußwegs, als sich die bisher nur vereinzelten Schüsse zu einem geballten Gefechtslärm verdichteten, der aus mehreren Richtungen zugleich kam.

Er blieb stehen und überlegte, ob er zurückgehen sollte, alles in ihm verlangte danach, bei ihr zu sein. Doch sein Verstand sagte ihm, daß er nichts damit erreichte, er gab damit vielmehr ihrer beider Leben endgültig aus der Hand und überlieferte es dem Zufall. Dieser Gedanke obsiegte, doch seine Zerrissenheit blieb, ein Teil von ihm war ununterbrochen von ihrer Angst bedrängt.

Diesmal brauchte er seinen Passierschein fast an jeder Sperre, und zweimal schüttelte man bei dessen Anblick lange den Kopf. Er konnte sich nicht vorstellen, daß es ihm auch morgen noch glückte, zu ihr hin- und dann wieder zurückzukommen. Wollte er Grete retten, mußte er das noch heute zuwege bringen.

In der Stadt kamen ihm die neuesten Gerüchte zu Ohren. Am wahrscheinlichsten schien, daß ein paar kasernierte deutsche Einheiten, deren Kommandanten gegen das Versprechen eines freien Abzugs ohne Waffen schon formal kapituliert hatten, auf ein Signal hin gemeinsam aufgebrochen waren, um sich aus Furcht vor der nunmehr bewaffneten Straße einen sicheren Abzug kämpfend zu erzwingen.

Kurz vor dem Polizeipräsidium traf er auf ein bekanntes Gesicht. Der breitschultrige Mann blickte sich unauffällig um und teilte ihm dann halblaut mit, er sei doch der Matlák aus Moravas Mordkommission und warte hier in Berans Auftrag auf ihn, er solle ihm in einiger Entfernung folgen. Bald landeten sie in einer der verwinkelten Durchfahrten der Altstadt, und Matlák legte los.

Beran und Brunát, erfuhr Buback, wären vor einer knappen Stunde ihres gemeinsamen Amtes enthoben und unter eine Art Hausarrest gestellt worden. Warum? Buback war vollkommen verblüfft. Darum! im Tschechischen Nationalrat hätten sich momentan die Kommunisten durchgesetzt; die nannten das grüne Licht für den Wlassow-Einsatz ein politisches Hasardspiel, das die sowjetischen Verbündeten absichtlich kränken sollte. Ähnlich auch die von ihnen zuvor gebilligten lokalen Abmachungen mit den Deutschen, die diese dann zu allem vielerorts gebrochen hatten. Beran ließe Buback ausrichten, er könne jetzt weder für ihn noch für seine Freundin etwas tun, halte jedoch nach wie vor eine jede Aktion zur Rettung Anständiger und Unschuldiger für gerecht und hoffe, daß die meisten von ihnen unversehrt den Frieden erleben würden.

Ob es trotzdem möglich sei, mit den Nachfolgern zu sprechen? fragte Buback verstört, es bestehe doch kein Zweifel, daß es sich bei den Waffenstillstandsverletzungen um eine Provokation verstockter Nazis handelte, die retteten ihre Haut auf Kosten ihrer wehrlosen Landsleute, Frauen und Kinder, denen dafür jetzt die Rache der aufgebrachten Tschechen drohte. Davon würde er dringend abraten, warnte Matlák, zum revolutionären Polizeipräsidenten sei nämlich der bisherige Garagenmeister ernannt worden, und gerade der fahre hier seit gestern den härtesten Kurs gegen die Deutschen und ihre tschechischen Helfer.

Der Garagenmeister! erinnerte sich Buback, o Gott, sie alle

unterstehen jetzt unserem Konfidenten!! Wem sollte er es aber sagen??

Auf beiden Seiten, vertraute ihm Matlák ferner an, hätten die Radikalen die Gemäßigten kurzerhand überrumpelt, die könnten sich nur noch bemühen, das Schlimmste zu verhindern. Er selbst gehöre zu denen, die Buback hier schätzengelernt hätten, deshalb riskiere er dieses Gespräch und helfe ihm persönlich gern auch weiter, falls er könne. Er müsse ihm dringend wenigstens den Kriminaladjunkten Morava auftreiben! bat Buback. Der sei irgendwohin mit Suppe gefahren, ja, wiederholte Matlák vielsagend, er sei dabeigewesen, als Morava zusammen mit Litera in der Kantine für irgendwen eine Kanne Suppe und Brot abgeholt habe.

Buback wußte genau, für wen. Sie mußten sich knapp verfehlt haben, so daß die schon längst nicht mehr bei Grete sein würden, doch auch dafür Dank! Er wollte noch einen Abstecher in die Bredauer wagen, um neue Informationen über die Absichten der deutschen Seite zu erhalten, und dann mußte er auf jeden Fall auf die Dohlenberge, länger allein lassen konnte er Grete jetzt schon nicht mehr.

«Ich bitte Sie», schloß er also, «wenn Sie glauben, ich gehöre zu den anderen Deutschen, die das Wüten ihres eigenen Volkes wiedergutmachen möchten, richten Sie Herrn Morava so bald wie möglich aus, daß ich ihn in allerhöchstem tschechischen Interesse an bekanntem Ort erwarte.»

«In dem Häuschen da oben?» fragte Matlák und versuchte, ihn gleich zu beruhigen, als er seinen Schreck gewahrte. «Verzeihung, das ist mir nur so eingefallen, schon vergessen . . .!»

Was einem einfällt, kann auch anderen einfallen! Dieser Gedanke spukte Buback im Kopf herum, als er weiterzog, sich mit einem Geleitbrief ausweisend, dessen Unterschrift nicht mehr gültig war. Er mußte Grete um jeden Preis aus der Stadt, die jeden Augenblick zur tödlichen Falle werden konnte, herausbekommen, und seine einzige Hoffnung war Morava. Die einzige? Und was war mit Meckerle??

Gleich schämte er sich. War er schon so tief gesunken, daß er imstande wäre, erneut überzulaufen? Worin unterschied er sich dann von Wlassow, den er verachtete? Aber wollte er sich wirklich verdrücken? Hat er vielmehr nicht das Recht, nicht geradezu die Pflicht, keine Möglichkeit auszulassen, die zur Rettung seiner Liebe führte? Falls Meckerle sich und seine Leute doch noch aus der Umzingelung herausführen würde, könnte er sich bestimmt nicht weigern, sie mitzunehmen! Dann aber blieb ihm, wenn er vor seinem eigenen Gewissen bestehen wollte, kein anderer Ausweg, als selber bis zum Ende hier auszuharren, wie immer dies auch aussehen sollte.

Während solcher Überlegungen war er am Wenzelsplatz angelangt. Der letzte tschechische Posten hatte seinen Passierschein nicht angezweifelt, warnte ihn aber um so nachdrücklicher: Die Deutschen geraten auf einmal außer Rand und Band, sie nehmen alle Einheimischen fest, die sich drüben auf der Straße zeigen. Außerdem nimmt hier ein versteckter Werwolf jeden unter Feuer, der die Straße überquert. Gegen den setzte Buback auf sein Glück und gewann. Hinter der nächsten Ecke wurde er jedoch verhaftet.

Was gerade ihm nicht das geringste Problem hätte bieten sollen, verwandelte sich in ein gespenstisches Geschehen mit immer wahnwitzigerem Verlauf. Noch ehe er überhaupt ein Wort äußern konnte, packten ihn zwei SS-Männer wie Fleischer ein Schlachtkalb und schleuderten ihn zu einem Haufen von Tschechen, die sie vor ihm geschnappt haben mußten. Er fand nicht den Mut, direkt vor deren Augen den Gestapo-Dienstausweis aus Socken und Schuh zu ziehen, und beschloß, anonym zu bleiben, bis sich ihm eine weniger peinliche Gelegenheit bot. Übrigens könnte sein persönliches Zeugnis über den Umgang der Deutschen mit den Einheimischen in diesen kritischen Stunden für sein Gespräch mit Meckerle von außerordentlicher Bedeutung sein!

Kurz darauf traf ein geschlossener Lastwagen ein, und die Festgenommenen wurden unter die Plane getrieben. Keiner gab einen Laut von sich, und auch die Eskorte blieb grimmig stumm, dafür betätigten sich ihre Kolben um so ausgiebiger. Auch

Buback kassierte einen harten Stoß gegen die Schulter, doch das bestärkte ihn nur in der Absicht, das Verhalten dieser Volksgenossen am eigenen Leib persönlich zu erfahren.

So und nicht anders, entdeckte er niedergeschlagen, während sie ineinander eingehakt, um in den Kurven nicht hinzufallen, ihrem Ziel entgegengefahren wurden, so und nicht anders hatte in den letzten fünfeinhalb Jahren halb Europa sein Volk kennengelernt, als bewaffnete Roboter, die ihre Opfer willkürlich aufgriffen, um den ihrer Ansicht nach minderwertigen Völkern ihren göttlichen Willen aufzuzwingen. Und er an seinem Schreibtisch und in seiner Funktion, die an jedem anderen Ort als ehrenwert galt, gehörte auch dazu, er war einer von ihnen und trug die volle Mitverantwortung für eine jede ihrer Taten.

Den ganzen Krieg hatte er mit der Fahndung nach Gaunern, Dieben und anderen Verbrechern in den eigenen Reihen verbracht, die Front kannte er nur vom Hörensagen; sobald die Akten in Flammen aufgingen, verfrachtete man ihn um ein Land weiter. War er sich vielleicht deshalb so sicher, daß er saubere Hände hatte? Schließlich waren doch andererseits diese Primitiven mit den ausradierten Augen, die allzuwenig Gutes oder allzuviel Böses gesehen hatten, nur wenig mehr für die deutsche Katastrophe als Uhrzeiger für die Zeit, die sie angaben. Wogegen er von Anfang an ein begeistert und später zumindest gehorsam greifendes Zähnchen im Räderwerk des Führers und Reichsuhrmachermeisters gewesen war.

Ach, Hilde, warum hast du deinen Streit mit mir nicht viel früher geführt?

Ach, Buback, vielleicht hättest du sie dann in deiner Verblendung verlassen ...

Ach, Grete, möge uns die Gnade der späten Reue vergönnt sein!

Aber wer soll diese Gnade den Deutschen je erlauben, wenn sie noch im jetzigen Augenblick, da alle Lügen zerplatzten und das Reich aus dem letzten Loch pfiff, mit den Bewohnern einer fremden Stadt wie mit Schlachtvieh umspringen? Was verfolgt man damit? Irgendeinen Sinn würde doch wohl nur ihr Austausch gegen Deutsche ergeben, die in tschechische Hände gefallen waren. Falls das so war, wollte er sich als Vermittler anbieten, unter der Bedingung, daß die SS sich endlich zivilisiert benehmen würde.

Der Lkw stoppte, und die Begleitmannschaft machte sich daran, sie von der Ladefläche zu stoßen. Wer die Höhe falsch abschätzte oder nicht behende genug war, landete auf allen vieren. Ein älterer Mann kam nicht mehr vom Asphalt hoch und wimmerte vor Schmerz, er hatte sich das Knie schlimm verletzt. Buback blickte sich nach dem Unterführer um, jetzt war es an der Zeit, sich zu erkennen zu geben, doch in dem sie umzingelnden Ring sah er keinen höheren Dienstgrad. Da hoben auch schon zwei der Tschechen den Stöhnenden auf ihre gekreuzten Hände und trugen ihn zu den übrigen in die Halle, die Buback gut kannte.

Sie war Teil jenes Kopfbahnhofs, zu dem nie internationale Linien geführt hatten, von hier gingen nur die Züge zu kleineren Städten ab, und deshalb fuhren hier auch die meisten Prager Kinder in die Ferien. Den Umständen zum Trotz überkam ihn wie ein Streicheln die Erinnerung an seine Mutter, wie sie sein verweintes Gesicht an ihre duftende Bluse drückte und ihm versprach, er müsse im Sommerlager nur siebenmal wach werden, dann würden sie und der Vater nach ihm schauen. Und lebhaft vergegenwärtigte er sich den Geschmack der Mandarinen, die sie ihm hier immer gegen den Durst in den Zug gereicht hatten.

Die große Ankunftshalle, im Jugendstil erbaut, trug die Spuren frischen Kampfes und war voll von Uniformierten, überwiegend schwarzer Farbe. Schnellen Schrittes führte man sie zum Anfang des ersten Bahnsteigs. Seltsam war, daß nirgendwo Waggons standen, selbst draußen vor der Halle nicht, wo sich der Verschiebebahnhof verzweigte. Und eben von dort herüber kam ein Geräusch wie das Knallen einer riesigen Peitsche. Dessen Sinn wurde ihm klar, als man sie unter Kolbenstößen in einer langen Reihe aufstellte und abzuzählen begann, eins, zwei, drei, vier, fünf. Jeden fünften zwang man, vom Bahnsteig auf die Gleise hinunterzuspringen, die vier Leute vor ihm jagte man im Trab zum Paketschuppen.

Während er unter den letzten wartete, bis die Reihe an ihn kam, knatterte vorn eine neue Garbe, und er faßte den festen Entschluß: Daß diese seine Landsleute den monströsen Einfall hatten, noch auf der Schwelle zum Frieden Menschen für nichts und wieder nichts hinzurichten, konnte er nur noch mit seinem eigenen Leben aufwiegen. Sollte er ein fünfter werden, würde er sich nicht ausweisen! Sich selbst um den Preis zu retten, daß er statt seiner jemanden anderen diesem Roulett des Todes ausliefern würde, das lag für ihn jenseits des Menschseins, in dem Falle hörte er auf, er selbst zu sein.

Falls dies eintreten würde, müßte er auch die von ihm so Geliebte ihrem Schicksal anheimstellen und sterben mit dem Gedanken an sie.

Jeder der Tschechen, das las er in ihren Gesichtern, verstand, um was es hier ging, und dennoch gab keiner ein Zeichen von Furcht zu erkennen. Als hätten sie alle begriffen, daß ihnen einzig und allein die eigene Würde blieb, verwandten sie ihre Kraft darauf, sie zu wahren. Die vier, auf die das Los nicht gefallen war, unterdrückten ihre Erleichterung, die fünften ihre Todesangst. So wenig er die Tschechen das ganze Leben ihrer schlauen Geriebenheit und ihres unverhüllten Egoismus wegen auch mochte, in dieser Prüfung, die so sinnlos über ihr Sein oder Nichtsein entschied, erwiesen sie sich als geradezu erhaben.

Man verwies soeben zu denen auf den Gleisen den Mann mit dem verletzten Bein, dessen Schmerzen also eine Kugel beenden sollte, zu der sollten ihn zwei andere Todgeweihte tragen. Als dann die Abzähler zu ihm kamen, straffte er sich wie die meisten anderen und sah ihnen ins Gesicht. Darin entdeckte er nicht mehr als die Sorge, sich nicht zu verzählen. Deutsche Gerechtigkeit, zeige auf mich!

Er war nur der vierte.

Als sie ihn zum Paketschuppen jagen wollten, langte er schließlich in den richtigen Socken und sprach seinen Bewacher so laut und so hart an, daß dieser sich den Ausweis gar nicht erst anschaute, sondern, wie Buback ihm befahl, mit ihm zum Verschiebebahnhof eilte, um vor den Verurteilten aus seiner Gruppe dort zu sein.

Das Werk der Vernichtung erblickte er schon am Ende des Bahnsteigs. Man erschoß die ausgesonderten Männer vor der Mauer des Lokomotivschuppens. Jede neue Reihe ließ man um eine Körperlänge vorrücken. Die Toten bildeten bereits ein großes zusammenhängendes buntscheckiges Feld, in dem das Rot vorherrschte. Gerade machte sich ein neues Erschießungskommando bereit. Die abgelösten Schützen steckten sich alle auf einmal ihre Zigaretten an. Von hinten wurde bereits das nächste Dutzend der Opfer zugeführt, die Männer aus seinem Lkw.

Ganz in der Nähe stand ein Oberscharführer, der so aussah, als befehligte er die Exekutionen. Dem hieb er seinen Ausweis in die Hand und benützte ausnahmsweise den verliehenen Rang.

«Sturmbannführer Buback von der Prager Gestapo! Was geht hier vor?»

Der Mann wandte ihm sein Pferdegesicht zu. Solch markanten Zügen zum Trotz blickten auch hier wieder diese inhaltsleeren Augen unter dem Helm hervor.

«Wir richten zur Abschreckung Banditen hin.»

«Es sind bloß zufällige Passanten! Ich weiß das, weil ich mit ihnen festgehalten wurde. Hören Sie auf der Stelle damit auf. Ich werde den Fall Gruppenführer Meckerle melden!»

«Da brauchen Sie nicht weit zu gehen», der Mann deutete auf eine Gruppe sich unterhaltender Chargen, die vorher durch die abrückenden Schützen verdeckt worden waren, «da drüben steht er.»

Der Riese schritt ihm bereits entgegen.

Wir sind gleich da, Liebster, sagte Maminka, sie saß auf dem Bock, denn als er keine Luft mehr bekam, war der Vater auf dem Schloß, für die Herrschaftsrösser hatten sie dort eine Schmiedeesse angelegt, damit sie nicht durch die Schneewehen mußten, doch die Mutter wußte auch, wie man den Schlitten anspannte, und das Pferd lief bei ihr genauso gut wie beim Papa, atme durch die Nase, mein Liebes! rief sie besorgt nach hinten, wo sie ihn in eine Decke eingemummt hatte, wie nennt sie mich? dachte er verwundert trotz des beißenden Schmerzes am Kopf, so hat doch erst Jitka zu mir gesagt! oder ich zu ihr? da wandte sie sich auf dem Bock zu ihm um, und es war Jitka, doch schon umfing ihn die Ohnmacht...

Dann hielt der Schlitten an, und er wußte, es dauerte nicht mehr lange, und Doktor Babůreks gutmütiges Gesicht erschien über ihm. Er schlug also die Augen auf und erblickte Litera.

«Bleib liegen, Jenda», sagte der, «wir haben uns an Splittern einen Platten geholt, wir wechseln nur schnell das Rad.»

Bis sie damit fertig waren, hatte Morava Zeit, zur Besinnung zu kommen und sich an alles zu erinnern. Und als er gewahr wurde, daß man ihn mit einem anderen Polizeiauto wegfuhr, um ihm einen ordentlichen Verband anlegen zu lassen, machte er ihnen sogleich einen Strich durch die Rechnung.

«Wir müssen ihn verhaften!»

«Jan», sagte Litera zweifelnd, «vielleicht war das nur Einbildung, nach der blauen Bohne. Ich hab ihn nicht bemerkt.»

Ja, dachte er betroffen, vielleicht hatte er ihn nur so gesehen wie seine Mutter und Jitka... doch sein Kriminalistengedächtnis empörte sich.

«Er war's! Er und mit ihm bestimmt seine Bande. Und wahrscheinlich sind sie immer noch da, kehrt um, wir müssen sofort zurück!»

«Du kannst eine Blutvergiftung kriegen!»

«Wenn er mir wieder ausrückt, krieg ich Seelenvergiftung!»

Er war entschlossen, es auch ohne sie zu Fuß zu schaffen, doch sie hatten verstanden und gehorchten.

Sie kamen zu spät, der Trupp war weg, doch die Aussage des Barrikadenkommandanten und seine Beschreibung der vier gaben ihnen die Gewißheit, daß Morava sich nicht geirrt hatte. Angeblich um einen weiteren Mann verstärkt, waren die Rypl-

Leute, sobald bestätigt wurde, daß die SS-Männer oben in Pankrác in die Flucht geschlagen worden waren, in einem Mercedes mit Berliner Kennzeichen hinaufgefahren.

Morava setzte ihnen sofort nach.

Der Platz am Gerichtsgebäude, vor dem einige ausgebrannte Panzer standen, bot das bizarre Bild der Verbrüderung von Tschechen und Deutschen. Die Soldaten in den Wehrmachtsuniformen waren jedoch General Wlassows berüchtigte Russen. Den Pragern, die hier gerade erst Stunden des Grauens durchgemacht hatten, genügte deren singendes Slawisch, um sie für ihre Hilfe als Befreier zu feiern. Durch Beran und Buback wußte Morava, daß diese Ovationen die Verzweiflung der Männer, die nichts mehr retten konnte, nur noch vertiefen mußten. Einer von ihnen spielte auf der Ziehharmonika eine rasend wilde Melodie, zu der andere Soldaten bravourös tanzten. Allesamt hatten sie Gesichter von Leuten, die Gäste bei der eigenen Beerdigung waren.

Diese Bilder nahm Morava am Rande wahr. Er bot alle Sinne auf, um zu wittern, wohin sein Raubwild sich von hier aus gewendet haben konnte. Bald hatte er erkannt, daß sie ohne Rypls Foto nicht weiterfahnden konnten, und schickte den zweiten Fahrer los, den neuen Pack Aufnahmen aus der Bartolomějská zu holen.

«Falls einer in der Abteilung ist, soll er mit herkommen!» schlug Litera vor, «bestimmt ist Matlák da, ein tüchtiger Pistolero. Wir können nicht mit bloßen Händen auf sie los, ordentliche Maschinenpistolen wären schon gut!»

Morava stimmte zu, und da ein paar Schritte von hier ein Sanitätswagen der Ersten Hilfe stand, konnte Litera ihn überreden, sich auf der Stelle behandeln zu lassen. Schließlich war er selber froh, denn die scheußliche Streifschußwunde war inzwischen verkrustet, und so bekam er anstelle des Turbans, der dem von Brunát glich, ein Pflaster verpaßt. Danach kämmte er schon wieder unermüdlich die Straßen durch, in die Überzeugung verbissen, daß Rypl gerade in dieser Anarchie sein trübes Gewässer fand.

Auf dem Platz und in den anliegenden Straßen herrschte ein Durcheinander, die Freudenausbrüche der einen, die den heutigen Tag und vielleicht auch schon den ganzen Krieg überlebt hatten, mischten sich mit der Trauer der anderen, die ihre Lieben beklagten. Keller, die von der SS mit Handgranaten geräumt worden waren, gab es etliche. Freiwillige trugen jetzt die verstümmelten Leichen in den Dauerregen hinaus und legten sie vorläufig auf Zeltbahnen ab, die sie vor den Häusern ausgebreitet hatten. Die meisten Opfer waren Frauen und Kinder.

Dann erhob sich um Morava ein Getümmel. Mitten auf der Fahrbahn näherte sich zwischen Aufständischen, die allesamt mit RG-Binden und erbeuteten deutschen Waffen ausgerüstet waren, eine kleine Schar Zivilisten, ebenfalls vorwiegend Frauen, Kinder und Greise, in der einen Hand einen Koffer oder ein Bündel, soviel jeder tragen konnte, die andere Hand über den Kopf erhoben, immer öfter mußten sie die Hände wechseln. Von den Häusern, vor denen die Toten lagen, bewegten sich die Menschen plötzlich auf die Kolonne zu. Ein Spalier eisigen Schweigens empfing den Zug blasser Gesichter.

Was empfinde ich für sie? Diese Frage bewegte Morava, und die Antwort überraschte ihn: nichts. Die unschuldigen Opfer, die hier im Regen lagen, schlossen jedes Mitleid aus. Doch auch der Haß wollte sich nicht einstellen beim Anblick der Wehrlosen und Verstörten, die mehr oder weniger für andere büßten. In ihm herrschte das Bedürfnis vor, sie alle, mochten sie auch hier geboren sein, per Schub in die Trümmer ihrer Urheimat zu vertreiben, die mit ihrem Segen diese Hölle entfesselt hatte, und dann nie mehr im Leben etwas von ihnen sehen und hören zu müssen.

Ehe er zu Ende denken konnte, veränderte ein kurzer Zwischenfall mit einem Schlag alles. Eine der tschechischen Frauen, anscheinend halb wahnsinnig vor Kummer, sprang an den Wachen vorbei und fiel über eine große Deutsche her, die mit ihrem blonden Zopf selbst in der Demütigung an das Nazi-Schönheitsideal erinnerte, wie es Filme und Plakate jahrelang zur Schau gestellt hatten; als wollte sie mit ihr das ganze Volk ausrotten, schlug die Tschechin ihr die Fingernägel ins Gesicht und zerkratzte ihre Haut. Die Überfallene schrie vor Schmerz auf, ließ die pralle Tasche fallen und schützte mit beiden Händen ihre Wangen, zwei kleine Mädchen neben ihr fingen plärrend zu weinen an.

Im Nu waren die Männer der Eskorte zur Stelle, rissen die Angreiferin zurück und bemühten sich, sie möglichst rücksichtsvoll auf den Gehsteig zu führen, doch schon entlud sich rundum der reine Haß. Ein Wald aus drohenden Fäusten, Schimpfworten und Drohungen entstand hier, über die Köpfe der Begleitmannschaft hinweg trafen Speichelbatzen die Deutschen. In vielen Augen las Morava Unzurechnungsfähigkeit, und ihm war klar, daß nach Jitkas Tod auch in ihm die Sicherungen vielleicht ähnlich durchgebrannt wären, wenn ihn sein Auftrag nicht zu eiserner Disziplin gezwungen hätte.

Als dann sogar noch Steine flogen, die alle miteinander in Gefahr brachten, zog der Kommandant der Eskorte die Pistole und schoß in die Luft. Dafür erntete er ein ohrenbetäubendes Pfeifen, die bedrängten Gardisten luden durch, und es sah schon danach aus, als würde es zu einem allgemeinen Massaker kommen. Morava faßte sich rechtzeitig.

«Litera!» rief er ihm zu, «nach hinten!»

Er selbst bahnte sich den Weg nach vorn, bis an die Seite des Kommandanten, imstande, den Lärm zu überschreien.

«Machen Sie den Weg frei! Ich fordere Sie im Namen des Gesetzes auf! Die Schuldigen werden ihre Strafe erhalten! Machen Sie dem Gesetz Platz! Weg frei!»

Allein die beiden Polizeiuniformen zeitigten eine verblüffende Wirkung, die Besonneneren halfen mit, die Wutentbrannten zu beruhigen, auch die Deutsche nahm wieder ihr Gepäck auf, die blutigen Kratzer in ihrem Gesicht und die immer noch schluchzenden Mädel taten ein übriges, so daß das Fieber der Menge rasch wieder sank. Man kehrte zu den Toten zurück, verlegen die Frau meidend, die den Zwischenfall verursacht hatte und jetzt an der Schulter einer anderen weinte. Morava empfand, daß in den meisten hier wie in ihm das Verlangen nach gerechter

Genugtuung im Widerstreit lag mit der Furcht, die gleiche Schwelle zu überschreiten wie jene, die erst vor kurzem ebenda gemordet hatten.

Das führte ihn zu der Überlegung zurück, was nach diesem Krieg mit den Deutschen geschehen sollte. Die Vorstellung von einem Böhmen und Mähren, wo man nur tschechisch sprach und wo die Zeitbombe, die schon zweimal in der Geschichte das nationale Staatswesen gesprengt hatte, für immer weg war, trug etwas sehr Verlockendes in sich, barg aber zugleich eine große Gefahr: Auch ein Antonín Rypl war Tscheche und jetzt sogar ein tschechischer Rächer, dessen letzter Schachzug bewies, daß er in seiner wahnwitzigen Ruchlosigkeit zu allem Unglück eine außergewöhnliche Intelligenz und Intuition besaß. Morava wünschte sich eine rasche Begegnung mit Beran herbei, um über seine jüngsten Schlußfolgerungen zu beraten.

Rypl hatte sein altes Ich bei der unbekannten Leiche abgelegt und baute jetzt an einer eigenen Streitmacht, um sich mit ihrer Unterstützung durch besondere Grausamkeiten an Deutschen und, wenn es sein mußte, auch an Landsleuten die Gunst der Straße wie der neuen Revolutionsorgane zu erzwingen und damit auch ein neues Ich.

Mehr als «Gut, Morava!» wollte er hören, daß die Polizeipräsidenten Beran und Brunát diese furchtbare Bedrohung der künftigen freien Republik begriffen und selbst in dieser Lage die gesamte Polizei mobilisierten, um das von den Nazis befreite Land nicht gleich wieder von anderem Gesindel besetzen zu lassen, nur weil es tschechisch sprach.

Von dem dankbaren Kommandanten der Begleitmannschaft erfuhr er, daß sie die hiesigen Deutschen erst einmal in die nahegelegene Volksschule schafften. Die Information weckte in ihm eine jener Vorahnungen, die ihn schon mehrfach auf die richtige Spur geführt hatten, wenn logisches Denken ihm nichts mehr nützte. War doch schon die Auswahl der Opfer des Witwenschlächters ohne die geringste Logik gewesen, warum sollte dann das massenhafte Niedermachen der Deutschen eine haben? Instinkt, Morava, sagte der Hauptkommissar einmal, hat in unserem Gewerbe das gleiche Gewicht wie lebenslange Erfahrung, perfekte Organisation und Bienenfleiß.

Ja! warum sollte Rypl, warum sollten seine Totschläger dieses Eldorado hier verlassen, wo allein die Massenpsychose, wie er sie gerade erlebt hatte, Gewalttäter, die die primitivsten Vorstellungen von Rache erfüllten, von vornherein guthieß. Ja, ja! spürte er, irgendwo hier waren sie, doch je näher er ihnen auf den Leib rückte, desto klarer wurde ihm, daß es leichter war, sie zu entdecken als zu verhaften. Auf keinen Fall durften sie die Bande vorzeitig aufscheuchen! Vor der Schule, in der die Kolonne dann verschwunden war, besprach er mit Litera, er solle am vereinbarten Ort auf die Verstärkung warten und sie dann ohne großes Aufsehen hierherbringen.

Da packte Litera ihn am Ärmel und flüsterte gebannt.

«Da ...!»

«Was ...?»

«Der Mercedes ... haben die unten uns nicht gesagt, er hätte eine Berliner Nummer?»

«Ja ...»

Der Wagen stand direkt gegenüber dem Eingang der Schule, der von zwei jungen Burschen bewacht war; Morava ging aber lieber nicht gleich hin.

«Beeilen Sie sich», begann er seinen Fahrer aus jahrelanger Gewohnheit wieder zu siezen, «ich versuche inzwischen rauszukriegen, wie wir vorgehen können!»

Auch Litera vergaß die kaum entstandene Vertraulichkeit.

«Wollen Sie nicht hier draußen auf uns warten? Damit er Sie nicht vorher kaltmacht!»

«Er kennt mich doch nicht. Für ihn bin ich allenfalls der Polizist von der nahen Barrikade.»

«Eine Pistole haben Sie?»

«Ja ...»

Im selben Moment dachten beide an den Schuß, der aus Versehen im Auto losgegangen war. Morava lächelte.

«Keine Angst. In der Not werde ich versuchen, mich lieber in ihn zu verbeißen.»

Litera fand das nicht so lustig.

«Er hat schon eine kleine Armee!»

«Gerade deshalb muß ich unauffällig erkunden, welche Rolle sie hier spielen. Unser Vorteil liegt darin, daß die meisten Leute sich wohl keinem abartigen Mörder tschechischer Frauen anschließen werden.»

«Aber wie wollen Sie ihn überführen?»

«Da muß ich mir noch was einfallen lassen. Also ziehen Sie los, vielleicht sind die Unseren schon da!»

Litera eilte davon. Morava ging jetzt langsam auf den Mercedes zu, um bei ihm die Straße zu überqueren und dabei unauffällig einen Blick hineinzuwerfen. Nichts Interessantes. Die Überraschung kam für ihn gleich danach, als die beiden Posten, zwei mit SS-Schießeisen behängte Halbwüchsige mit weißen Armbinden, auf die wieder das große RG gemalt war, ihn nicht in die Schule hineingelassen hatten.

«Wer hat euch angewiesen, die Polizei am Eintreten zu hindern?» fragte er ungläubig.

«Unser Kommandant», sagte der linke.

«Ruft ihn mir her!»

«Schieb ab, Kollo!» riet ihm der rechte, «bevor wir dir Beine machen!»

Was ist ein Kollo? fragte er sich ratlos.

Geliebter», sagte Grete, «weißt du, was ich mir hier inzwischen ausgedacht habe?»

«Nein...»

Ihm stand immer noch die grausige Szene auf dem Bahnhof seiner Kindheit vor Augen, und ebenso der Weg, den er unter größter Anstrengung zurückgelegt hatte, als ihn die untrüglichen Anzeichen der beginnenden Jagd auf deutsche Zivilisten nötigten, die letzten Barrikaden besser zu umgehen und über Hofmauern zu klettern.

«Rate!»

Er hatte sie rücklings auf dem Bett liegend gefunden, den Blick an die Decke geheftet. Auch jetzt wandte sie ihre Augen nicht ab. Er blickte sich um, ob nicht irgendwo eine leere Flasche stand, bis er sich erinnerte, daß es hier keinen Tropfen Alkohol mehr gab.

«Ich geb's auf...»

«Ich habe mir ausgedacht, wie wir beide miteinander leben werden, bis daß der Tod uns scheidet.»

Was mußte ihr alles durch den Kopf gegangen sein in ihrer Einsamkeit! Er warf die Jacke ab, legte sich neben sie und schob ihr den Arm unter den Kopf. Was er soeben erlebt hatte, versuchte er für jetzt zu vergessen.

«Erzähl! Wie?»

«Wir fahren zusammen nach Sylt.»

«Aha... und warum ausgerechnet...»

«Weil du dort das letztemal im Frieden glücklich warst. Und dicht dabei, in Hamburg, war lange ich bei meinen Sylter Muscheln glücklich. Wir kehren dorthin zurück, um uns unser Glück zu holen, und wenn wir es gemeinsam gefunden haben, machst du ein Foto von mir an der gleichen Stelle wie damals von den beiden. Ein Kreis schließt sich, ein anderer öffnet sich. Wir werden in Deutschland sein und schon nicht mehr in Deutschland. Und wir werden versuchen, andere Deutsche zu sein, als wir es waren.»

Ihn erleichterte, daß er sie nicht voller Angst angetroffen hatte, doch auch ihr seltsamer Zustand von Ruhe versetzte ihn in Sorge. Verträumt lächelnd sprach sie zur Zimmerdecke.

«Wir werden anfangen, der Menschheit zurückzugeben, was wir ihr vor allem genommen haben.»

«Und das ist?»

«Na, das Gute. Du hast wenigstens ein bißchen gegen die Schlechtigkeit gekämpft, ich hab mich nie daran versucht. Wir haben der Welt große Musik gegeben, große Literatur, die große Ordnung und das große Miese. Das wurde dann unsere Musik, Sprache und Ordnung, bis es schließlich alles Deutsche verkörperte. Die Menschheit hat ein kurzes Gedächtnis, für gewöhnlich stirbt die Erinnerung mit der jeweiligen Generation, oder?

Doch wir werden für alle Zeiten darin verbleiben. Lange hat es mir leid getan, daß ich keine Kinder habe und nie welche haben kann, und jetzt? Weißt du, was ich nun bin?»

«Nun bist du froh...?»

«Nun erst bin ich deswegen ausgesprochen unglücklich, verstehst du nicht? Wir allein werden nicht gutmachen können, was in unserem Namen angerichtet wurde, das schaffen kaum die Kinder unserer Kinder.»

Er schloß die Augen und sah wieder jenes ordnungsbeflissene bunte Erntewerk vor sich, dieses fast vollkommene Rechteck aus frisch gemähten Leibern.

«Da hast du recht...»

«Nach uns werden selbst die noch das gestohlene Gute ersetzen müssen.»

«Aber wie?»

Jetzt lachte sie triumphierend, wie jemand, der ein unentwirrbares Rätsel gelöst hat.

«Darauf muß jeder von allein kommen. Ich werde wieder tanzen.»

«Wo?»

«Überall!»

«Verstehe nicht...»

«Hat es dir nicht gefallen, wie ich vor kurzem für dich getanzt hab? Hat es dir nicht so gefallen, daß dir die Tränen in den Augen standen? Die Deutschen haben schon genug vom Brüllen und Schießen, ich werde jetzt anfangen, für sie zu tanzen. Ich gehe, halte an, tanze und gehe wieder weiter. Meinst du nicht, das könnte ihnen so gefallen wie dir? Und könnten sie nicht gerade durch diese Tränen besser sein, als sie bisher waren?»

Da beugte er sich bereits beunruhigt über sie und sah, daß ihre sonst so hellen Augen trüb und trunken waren.

«Was hast du, Grete?»

«Was soll ich haben, mein Geliebter...»

Endlich kam er darauf, ihre Stirn anzufassen. Sie glühte. Das entsetzte ihn um so mehr, als ihre Wangen die gewohnte Farbe hatten.

«Tut dir was weh?»

«Nein, nein...»

«Mir scheint, du hast Fieber!»

«Ich hab kein Fieber. Na, was sagst du zu allem, Geliebter? Freust du dich auf Sylt?»

Ihm kam ein Verdacht, er sprang auf und durchsuchte routiniert das Zimmer. Nichts. Unter dem Waschbecken stand ein geflochtener Abfallkorb. Er stülpte ihn auf die Dielenbretter und wühlte in dem Inhalt. Dann hob er ein kobaltblaues Fläschchen auf. Gegen das Licht war es völlig leer. Er entkorkte es und schnupperte daran. Es roch schwach nach Kampfer. Mit einem Satz war er bei ihr.

«Was ist das?»

«Was...»

«Was war da drin?»

Ihr sanken die Lider schwer herab.

«Grete, sprich!»

Er schlug ihr auf die Backen, zuerst leicht, doch als sie nicht reagierte, immer stärker, bis es schmerzhaft in ihr Bewußtsein eingedrungen war.

«Au!»

«Was hast du da drin gehabt??»

Seine Rechte ließ nicht locker.

«Au, Buback, das tut weh...»

«Sag's mir!!»

«Tabletten...»

«Was für Tabletten??»

«Zum Schlafen... Aus der Schweiz... Der hat sie mir von seinen abgegeben... Der Meckerer...»

«Wieviel hast du genommen?»

«Den Rest...»

«Wieviel??»

«Weiß nicht... vielleicht fünf... oder zehn...»

«Oder mehr?»

«Oder mehr...»

Hastig überlegte er. Mochte sie auch noch soviel davon

genommen haben, seiner Erfahrung nach besagte ihr Zustand nicht, daß sie sich schon in ihrem Magen aufgelöst hatten. Es gab für ihn nur eine Möglichkeit.

«Steh auf! Aufstehn!»

Er packte sie bei den Händen und riß sie mit Gewalt hoch.

«Aua! Du bist brutal!»

Er zog sie zum Waschbecken, um sie nicht die Treppe hinunter auf das Klo schleppen zu müssen.

«Steck den Finger in den Hals!!»

«Laß mich!!»

«Los!!»

«Ich will nicht, du Schwein!!»

Er steckte ihr seinen Zeigefinger in den Mund. Sie biß zu. Er unterdrückte einen Aufschrei, vermochte sie aber mit der Rechten in den Schwitzkasten zu nehmen und ihr mit der Linken die Zahnbürste in den Rachen zu stecken.

Im selben Moment gab sie den Widerstand auf, sie erschlaffte, er hatte alle Mühe, daß er sie mit beiden Händen um die Taille zu fassen kriegte, bevor sie ihm umkippte, und dann übergab sie sich nur noch gehorsam und übergab sich und übergab... bis er fand, es genügte.

Danach legte er sie wieder auf das Bett zurück und setzte sich zu ihr.

Die taubengrauen Augen wurden allmählich klarer und schärfer, doch der Mund blieb stumm.

«Warum?» fragte er, «um Gottes willen, warum??»

«Dieser Traum...», flüsterte sie, «wie ich gestorben bin, du weißt! der war so schlimm, daß ich mich betrunken hab... und heute mittag hatte ich einen noch schlimmeren...!»

«Mittag?»

«Ich schlafe immerzu, weißt du? Was soll ich sonst tun, um hier nicht verrückt zu werden?»

Der Vorwurf, der darin nicht einmal anklang, traf ihn.

«Inwiefern war er schlimmer...?»

«Weil sie dich umgebracht haben!»

«Ach nein...»

«Ja! Und wieder vor meinen Augen. Dann bin ich aufgewacht... und dann kam das Schlimmste. Ich hab's plötzlich geglaubt.»

Er bemühte sich um ein Lächeln.

«Und haben sie mich umgebracht?»

Beinah...! gestand er ihr, sprach es aber nicht aus, von dem Gedanken geschockt, daß sie seinen Tod zur gleichen Zeit durchlebte, als der ihn tatsächlich berührt hatte.

«Nein. Aber sie werden es tun!»

Sie sagte das so verzweifelt, daß ihn ein Frösteln überlief, als habe die animalische Angst, die er beim Abzählen dort nicht verspürte, ihn erst jetzt und hier eingeholt.

«Wie meinst du das...?»

«Buback...», sagte sie schwach, aber mit der gleichen rauhen Stimme, die ihn im Bunker des Deutschen Hauses so fasziniert hatte, «mein Geliebter, du und ich haben doch so viel Chance wie zwei Goldfischchen im Hechtteich. Meinst du, mir ist nicht bekannt, daß du ein jedes Mal, wenn du hingehst, ich weiß nicht, wohin, und kommst dann her, ich weiß nicht, woher, wieder und wieder den Hals riskierst? Und wenn du ihn verlierst, wie es wohl geschehen wird, bin ich doch verloren! Ich wollte dem entkommen, was man mir danach antun würde.»

Er hörte aus ihrem Mund seine ureigensten Befürchtungen, doch er wies sie sogleich hartnäckig zurück, weil er fühlte, daß er, wenn er sie zuließe, den letzten Damm zerstörte, der zwischen den Menschen und dem Tod steht: die Hoffnung.

«Geliebte!» sprach er sie jetzt mit ihrem Lieblingswort an, «daß unser beider Leben an einem seidenen Faden hängt, ist keine große Erkenntnis, und daß du schlimmer dran bist als ich, auch nicht. Aber unsere Chance, mit heiler Haut von hier wegzukommen, ist nicht geringer als fünfzig Prozent. Wieso wolltest du mich dazu verurteilen, daß du stirbst und ich mich vielleicht rette? Was wäre das für ein Leben ohne dich?? Schließen wir ein Abkommen: Ich geh nicht mehr von dir fort, du weißt nicht, wohin! Ich habe erkannt, daß ich allenfalls dich noch retten kann, und das will ich. Ich glaube, ja ich rechne fest damit, daß Morava uns rechtzeitig holen kommt und einen Ausweg findet. Und kommt er nicht...»

Dann muß es doch der Meckerle tun! wollte er nicht mehr aussprechen. Vor seinen Augen erstand der blutige Prokurist, als er ihm peinlich bilanzierte, auf Hinrichtungen keinen Einfluß zu haben, Staatssekretär Frank habe sie als Vergeltung für die Erschießung gefangener deutscher Soldaten angeordnet. Wenigstens das wollte er ihr jetzt ersparen.

«Sollte er aber nicht kommen», sprach er statt dessen weiter, «und sie kriegen mich vorher hier, dann drückst du deinen hübschen kleinen Revolver ab, einverstanden?»

«Du hast recht, mein Geliebter!» sagte sie fast frohgemut und zugleich gähnend vor Erschöpfung, «so kann ich bis zum Ende an dich denken. Vorher aber, sobald ich ein bißchen ausgeschlafen hab, bin ich dir noch was ganz Wichtiges schuldig...»

Die Volksschule war einer der üblichen soliden Bauten aus der Mitte der zwanziger Jahre, seine zwei Flügel, der für die Knaben und der für die Mädchen, waren durch den rückwärtigen Trakt mit Turnhalle und Aula miteinander verbunden und durch den Hof getrennt, vorn ein schweres Gitter mit einem Gittertor, vor dem die Wache stand. Während der Zeit, da Morava, wie in das Strafeck gestellt, auf dem Gehsteig gegenüber wartete, von den gehässigen Blicken der beiden Halbwüchsigen gemustert, ließ man nur noch eine Gruppe von Deutschen und ihre Begleitmannschaft ein, ebenfalls mit dem RG versehen. Was Morava bisher für die Erfindung einiger Hurrapatrioten aus der Bartolomějská gehalten hatte, erwies sich als verzweigte Organisation. Wo kam die sogar in diesem Stadtteil her, der vor kurzem noch von der SS kontrolliert wurde?

Gleich ihm wurde wenig später am Schultor ein Mann in der Uniform eines Leutnants der alten Armee abgewiesen, der zu Fuß erschien, gemeinsam mit dem ihn begleitenden Zugführer der aufgelösten Regierungstruppe des Protektorats. Sie bemerkten Morava und kamen zu ihm herüber.

«Herr Kollege», der Offizier salutierte, «die Stadtkommandantur hat uns herbeordert, das Zusammenführen der deutschen Zivilisten im Sinne der Haager Konvention zu organisieren, bis die Kämpfe vorüber sind und ihre Abschiebung erfolgt. Könnten Sie bitte veranlassen, daß wir reinkönnen?»

«Bedaure», sagte Morava, «ich bin hier ebenfalls nicht erwünscht.»

«Was soll das heißen? Und was bedeutet RG?»

«Ich denke, Revolutionäre Garden.»

«Davon habe ich noch nie etwas gehört. Wem unterstehen die?»

«Keine Ahnung.»

Quer über den Schulhof kam ein Mensch gelaufen, als er das Tor passierte, erkannte Morava den Kommandanten der Eskorte, der auch ihn hergebracht hatte. Als er die Uniformen sah, eilte er über die Straße auf sie zu. Er war bleich, und in seinen Augen stand der Schrecken.

«Ich bitte Sie, tun Sie was!»

«Was ist los?»

«Die ... schlagen sie dort ... und ...»

Mehr brachte er im Augenblick nicht aus sich heraus.

«Wer?»

Er zeigte auf seine Armbinde und streifte sie gleichzeitig vom Ärmel seiner Lederjacke ab. Erst danach hatte er sich soweit gefaßt, daß er den Satz beenden konnte.

«... und töten sie ...»

«Was machen wir ...?» wandte sich der Leutnant ratlos an Morava und den Zugführer.

«Ich warte auf Verstärkung», sagte Morava, «aber nun weiß ich nicht, ob sie ausreichen wird.»

In die Straße schwenkte scharf ein Wagen ein und kam unmittelbar vor den Wachtposten zum Stehen. Ihm entstiegen drei Bewaffnete in Tarnanzügen und mit RG-Binden sowie ein hochgewachsener Mann in schwarzem Überzieher und Hut; sein hageres Gesicht mit dem schwarzen Kinnbart wurde von den tief in den Höhlen liegenden schwarzen Augen beherrscht. An wen erinnert der nur? Morava wußte es sogleich: an niemand, doch etwa so hatte er sich immer den Märtyrer Jan Hus vorgestellt. Er überquerte die Straße.

«Hallo!» machte er auf sich aufmerksam.

Die vier blieben stehen.

«Was wollen Sie?» fuhr ihn gereizt der Kleinste an, der seine fehlenden Zentimeter durch energisches Auftreten ersetzte und wie eine gespannte Sprungfeder wirkte.

«Haben Sie hier Zutritt?» fragte Morava.

«Warum?»

Es klang, als bellte er oder knallte mit der Peitsche. Neben Morava traten auch die anderen beiden Soldaten, dazu der verstörte Mann mit der Armbinde in der Hand.

«Der Herr Leutnant hier ist mit der Vorbereitung für die Abschiebung der Deutschen beauftragt und darf das Gebäude nicht betreten. Selbst mich lassen die Posten nicht ein.»

«Sie führen einen Befehl aus! Und der lautet, keine Diener des ehemaligen Regimes einzulassen.»

Nach langer Zeit spürte Morava zum erstenmal wieder, daß er schamvoll rot wurde, das wahre Hänschen aus der Verkauften Braut! pflegte Beran spöttisch zu sagen.

«Ich bin von der Kriminalpolizei», verwahrte er sich, «und der Herr Leutnant hat der Republik gedient ...»

«Der Republik der Ausbeuter und Kapitulanten!» erklärte der Sprungfedermann, «die aber hat für immer ausgespielt, und Sie dazu! Wir sind die Ordnungskräfte der künftigen Tschechoslowakei, in der allein die Werktätigen über sich bestimmen werden!»

Inzwischen hatte sich der Offizier gefaßt.

«Die Tschechoslowakei bleibt eine Demokratie, die von Präsident Beneš und der Regierung in Košice repräsentiert wird, ich bin also auch in deren Auftrag hier. Bereiten Sie etwa, meine Herren, einen Putsch vor? Was denn für einen?»

«Natürlich nicht», mischte sich jetzt ganz leise der Mann in Schwarz in das Gespräch, und sogleich war klar, daß er der Entscheidende von ihnen war, «auch wir sind im Auftrag der legalen Regierung vom Tschechischen Nationalrat entsandt worden. Bitte!»

Er zückte, schlug auf und zeigte ihnen sein Papier.

«Das hab ich auch!» aufgebracht suchte der Offizier so lange, bis er es fand, «gibt es etwa zwei verschiedene Nationalräte?»

«Natürlich nicht», wiederholte der Hagere, der Morava jetzt an einen geduldigen Lehrer erinnerte, «doch verschiedene Flügel, die Demokratie erneuert sich eben, und wir sind die Vertreter der Kraft, die im Rat die klare Mehrheit errungen hat. Auf ihren Beschluß stellen wir eine neue revolutionäre Miliz aus Personen auf, die unbelastet von der Vergangenheit sind. Ihre Aufgabe hier besteht neben anderem darin, zu verhindern, daß Kollaborateure aus den Reihen der Bourgeoisie und der Bürokratie versuchen, sich der deutschen Zeugen ihres Verrats zu entledigen.»

«Aber genau das geschieht doch da!» schrie der Abtrünnige.

«Was?»

«Die foltern sie dort sogar!»

«Wer? Wen?»

«Ihre Gardisten! Sie foltern die Deutschen! Die Zivilisten! Nehmen Sie das...», er drückte ihm seine Armbinde in die Hand, «ich will nicht so sein wie die Nazis!»

Hinter Moravas Rücken stoppte ein weiterer Wagen, Türen klappten. Wachsam blickte er sich um und jubelte insgeheim. Nach Litera stiegen Matlák und Jetel aus, beide trugen Maschinenpistolen. Die Kräfte hatten sich ausgeglichen, und auch Morava erwachte aus seiner Erstarrung.

«Ist Foltern ebenfalls Ihre Aufgabe?» fragte er hart.

«Unsinn!»

Der schwarze Mann geriet zum erstenmal aus der Fassung und wurde lauter. Morava ließ nicht mehr locker. Er zeigte ihm seine Dienstmarke.

«Hier wurde der Verdacht einer schwerwiegenden strafbaren Handlung laut, und wir», er zeigte auf seine vier Männer, zu denen sich auch der neue Polizeifahrer hinzugesellte, «sind Kriminalbeamte. Sollte sich das bestätigen, dann wird hier zusätzlich das internationale Abkommen über den Umgang mit Zivilgefangenen verletzt...» Grete Baumann! schoß es ihm dabei durch den Kopf, wie steht es um sie? so schnell wie möglich feststellen! doch schon fuhr er fort, «wenn wir alle ein und derselben Regierung unterstehen, fordere ich Sie auf, das erneuerte Gesetz zu wahren und gemeinsam mit uns der Beschuldigung nachzugehen!»

Der Fedrige wollte Widerstand leisten, doch der Mann mit dem Hut bedeutete ihm zu schweigen.

«Wir haben nichts zu verbergen. Falls das aber gelogen ist, dann werden Sie ihn belangen», er wies auf den immer noch atemlosen Mann, «wegen Verunglimpfung der revolutionären Macht!»

Die Jüngelchen am Tor spielten Soldat, doch keiner schenkte ihnen mehr Aufmerksamkeit. Der aufgeregte Mann eilte allen voran zur linken Tür, ließ ihnen aber dort, obwohl gerade erneut starker Regen einsetzte, furchtsam den Vortritt. Der Schwarze ging als erster hinein, dicht gefolgt von Morava. Dem stieg ein Geruch in die Nase, wie er ihn aus der Kindheit in Mähren kannte, anscheinend der Einheitsmief aller Volksschulen, ein Gemisch aus Staub, Schweiß und Desinfektion, das überall gleichermaßen aus den Toiletten und offenen Umkleideräumen drang. Als sie zu denen kamen, blieben sie verwundert stehen.

Diese, mit einer verschließbaren Maschendrahtwand eingezäunt, waren voller Menschen, die sie früher gesichtet als gehört hatten. Ihren Blicken ausgesetzt, den Tieren im Zoo ähnlich, doch dicht zusammengepfercht wie in einer überfüllten Straßenbahn, standen hier schweigend vor allem Alte, Frauen und Kinder. Da und dort schluchzte eins der Kleinen auf, und die Angekommenen konnten die rasche Bewegung der Erwachsenenhand kaum wahrnehmen, die ihm den Mund zuhielt.

Erst jetzt, als sie ihre Haltung wiedergewonnen hatten, schlug ihnen ein entferntes Geräusch von Männerstimmen ans Ohr. Es wurde vorübergehend lauter, als eine Tür am Ende des Flurs aufging und ein Trüppchen Gardisten heraustrat. Sie erblickten die Uniformen, stürzten auf sie los und überschrien sich geradezu hysterisch.

«Halt! Wer hat euch reingelassen? Was habt ihr hier zu suchen?»

Der schwarze Mann trat vor Morava und machte sich diesmal gar nicht erst die Mühe, sich anders als durch seine Erklärung auszuweisen.

«Mein Name ist Svoboda, ich bin Mitglied des Tschechischen Nationalrats und des nunmehr legalen Zentralkomitees der Kommunistischen Partei. Wer sind Sie?»

Das schreiende Trio, das inzwischen auch die RG-Männer bemerkt hatte, wurde kleinlaut, sein Sprecher gab sich im Handumdrehen geradezu peinlich beflissen.

«Entschuldigung, Herr... Entschuldigung, Genosse... ich heiße Lokaj und bin der Vertreter des hiesigen Kommandanten...»

Nomen est omen! dachte Morava. Der schwarze Mann dagegen kam ihm von Mal zu Mal interessanter vor. Unwillkürlich kam ihm in den Sinn, wie sein Großvater, sein Vater und alle Nachbarn, die zu Fronleichnam in der Schenke saßen, auf einen schmächtigen Mann zeigten, der am Tresen stehend seinen Sliwowitz trank. Schau! knuffte der Vater den kleinen Jan an, der unter der Bank den Hauskater neckte und schon ganz schön zerkratzt war, da steht ein Kommunist! Was ist das? fragte er und erfuhr: Der geht nicht in die Kirche und will uns alles wegnehmen!

Lange beobachtete er damals furchtsam das stoppelbärtige Männchen mit dem üppigen Haarschopf, fühlte sich gleichzeitig aber von seiner einsamen Trotzigkeit irgendwie angezogen. An ihn, das schwarze Schaf in dem gottesfürchtigen und allein durch Plackerei florierenden Landstrich, hatte er oft denken müssen, wenn im Krieg Presse, Funk und Film von den Verbrechen der Kommunisten berichteten. Jetzt also begegnete er dem zweiten in seinem Leben.

Dieser Szene schauten die Gefangenen, die sich in den engen Kindergarderoben drängten, lautlos zu. Für den Mann mit dem nicht minder symbolischen Namen Svoboda, was Freiheit bedeutete, mußte das ebenso unangenehm sein wie für Morava.

«Kommen wir ein Stück weg von hier!»

Sie gingen um die Ecke in die Eingangshalle zurück.

«Warum sind sie nicht auf die Klassen aufgeteilt?» fragte Svoboda leise Lokaj, «wer um Himmels willen hat den Einfall gehabt, sie wie das Wild einzusperren?»

«Das haben die Männer beschlossen ...», verteidigte sich der stellvertretende Kommandant, «schließlich haben die hier vorher wie die wilden Tiere gehaust!»

Einer seiner Begleiter ereiferte sich.

«Wissen Sie, wie sie es hier getrieben haben? Handgranaten haben sie in Bunker mit Kindern geschmissen! Vor den Panzern haben sie uns hergejagt!»

«Die da wohl kaum, meinen Sie nicht?»

«Ein Deutscher bleibt ein Deutscher!» widersprach der Mann wütend, «Auge um Auge, Zahn um Zahn! Damit Sie's wissen, ich bin auch Kommunist!»

«Ja?» versetzte der schwarze Mann eisig, «dann zitieren Sie statt der Bibel lieber dies: ‹Die Hitler kommen und gehen, das deutsche Volk aber bleibt bestehen.› Wissen Sie, wer das gesagt hat?»

Schon wieder glich er einem Lehrer, und der erwachsene Mann vor ihm klappte erstaunlicherweise wie ein unverhofft aufgerufener Schüler zusammen.

«Nein ...»

«Der Genosse Stalin. Und wenn du wirklich ein Genosse bist», begann ihn sein Schulungsleiter bedeutsam zu duzen, «mußt du auch an die Deutschen nie den nationalen, sondern stets den Klassenmaßstab anlegen. Jawohl!» wandte er sich dann eindringlich an die Gardisten, Polizisten und Soldaten, als wolle er dieses ganz unterschiedliche Dutzend Männer zu einer gemeinsamen Aufgabe zusammenschweißen, «wir werden hart und erbarmungslos alle Deutschen bestrafen, die Verbrechen begangen haben, doch danach werden wir uns um so fester auf die deutschen Werktätigen stützen, um auch gemeinsam mit ihnen die sozialistische Revolution in die Tat umzusetzen. Dieses menschliche Wildgatter», er wies zum Flur, «besudelt unsere Idee. Verteilt sie augenblicklich auf die Klassen, Genossen, die Männer getrennt, Frauen und Kinder zusammen!»

«Ja...», piepste mit den anderen auch der Rebell.

«Und was geht dort hinten vor sich?»

Svoboda zeigte in die Richtung, aus der die Männerstimmen schallten. Die drei wurden noch unsicherer.

«Dort...», würgte der Stellvertreter hervor, «wird verhört...»

«Wer, wen und wozu?»

«Wir... die Deutschen... nach verstecktem Besitz...»

Der hohe Funktionär schritt aus, und wortlos folgten ihm alle noch einmal durch diesen bedrückenden Teil des Flurs, vorbei an den Käfigen mit den Menschen, wo jetzt nur zu hören war, wie eine Kindernase hochgezogen wurde. Dagegen nahm der Krach fortwährend zu, bis nur noch die Tür sie von seiner Quelle trennte.

«Gehen Sie voran!» forderte Svoboda die hiesigen Gardisten auf.

Hinter ihren Rücken betraten sie die Turnhalle, die so sehr jener glich, in welcher der Schüler Jan Morava pflichtgemäß seine Muskeln gestählt hatte, um, wie ihn der Vorturner des Sportvereins «Sokol» anspornte, ein ebenso tüchtiger Schmied zu werden wie sein Großvater und Vater. Nie wäre ihm der Gedanke gekommen, daß sich eine Turnhalle in eine Folterkammer verwandeln könnte.

Ähnlich den Riegen, in die früher eine Klasse aufgeteilt wurde, um gleichzeitig verschiedene Übungen vollführen zu können, standen Gruppen von RG-Leuten um die Geräte herum. In jeder von ihnen hielt jemand einen Bleistift in der Hand, dazu ein Heft, ein Notizbuch oder ein Stück Papier, als zensiere er die Leistungen. Die Augen aller waren aber nicht auf Turner gerichtet, sondern auf halbnackte Männer, die an die jeweiligen Geräte gefesselt waren. Einer an die Pauschen eines Pferdes, ein anderer an die Sprossenwand, ein weiterer an die Haltegriffe eines Sprungkastens. Ein vierter, auf einer schrägen Leiter, wurde wie in einem Scharfrichtergewölbe an Armen und Beinen gestreckt. Der letzte schaukelte krummgeschlossen an den tief herabhängenden Ringen.

Morava traute seinen Augen nicht.

Ihr Eintritt hatte keinerlei Aufsehen erregt, allen Anwesenden bereitete ihr Tun sichtbares Vergnügen. Der Tür am nächsten waren die Ringe; der daran hängende Mann hatte gerade eine Ohrfeige gekriegt, die ausreichte, ihn ins Schaukeln zu versetzen.

«Erinner dich an jedes einzelne Versteck!» forderte ihn auf deutsch einer mit einem Zettel auf, «finden wir in der Wohnung auch nur eins mehr, dann ist Schluß mit der Vorstellung, daß du deine Familie wiedersiehst!»

«Wir hatten alle Wertsachen bei uns», gab der Schaukelnde abgehackt röchelnd von sich, «die haben Sie uns schon weggenommen...»

Morava zwang sich, seine Gefühle zu verdrängen und auch auf diesem erschütternden Schauplatz nach seinem Mann zu suchen.

Auch Svoboda war deutlich anzusehen, wie er sich beherrschen mußte, um nicht zu explodieren.

«Unterbinden Sie das!» befahl er Lokaj, «sie sollen sie losmachen und wegbringen, ich will dann, wenn wir Tschechen unter uns sind, ein paar Worte sagen. Und stellen Sie mich vor!»

Der überraschende Befehl wurde mit einigen unwilligen Bemerkungen quittiert, aber befolgt. Da war sich Morava bereits sicher, daß Rypl nicht in der Turnhalle war, auch Litera, Matlák und Jetel zuckten einmütig die Schultern. Er bemerkte jedoch, wie ein Unbekannter mit Glatze den Raum durch die gegenüberliegende Tür hastig verließ.

«Wohin geht es da?» fragte er Lokaj.

«Zur Aula, zum Keller und auf die Klos...»

«Sehen Sie sich dort um!» bat er Litera, «aber vorsichtig.»

Als nur noch Tschechen anwesend waren und Svoboda ihnen

vorgestellt wurde, wiederholte er etwa seine Worte aus der Eingangshalle, diesmal aber erfüllte seine Stimme klangvoll die große Turnhalle, er muß ein erfahrener Versammlungsredner sein. Morava bewunderte, wie er selbst vor diesen fanatisierten Deutschenfressern kein Blatt vor den Mund nahm.

«Statt revolutionärer Gerechtigkeit», schloß er, «habt ihr hier ein peinliches Recht wie im Mittelalter eingeführt!»

Der anfängliche Respekt, den seine Funktion und Erscheinung geweckt hatte, war mit einem Schlag dahin, der Unwille steigerte sich vom Murren bis zum offenen Widerspruch. Der Mann in Schwarz vermochte sich auch jetzt mühelos durchzusetzen.

«Mit den Verhören in dieser Form ist Schluß! Beschafft den Internierten einstweilen Wasser und etwas zum Essen. Dann registriert sie und stellt ihnen Fragen, aber wie kultivierte Menschen! In ihren Wohnungen finden sowieso alles die Beamten, die sie von Staats wegen in Beschlag nehmen. Oder wollte sich vielleicht jemand hier privat bereichern??»

Morava sah zu, wie sich die Turnhalle schnell in drei Lager spaltete: Die einen waren erkennbar beschämt, andere zischten wie getroffene Gänse, und die dritten schienen aus tiefstem Herzen erbittert.

«Sehen Sie her!» einer der Protokollanten drückte Svoboda seine Listen in die Hand, «jede Reichsmark, jeder Ring, alles ist erfaßt, ich bin kein Dieb, ich bin ein Patriot, der mit der berechtigten Retribution begonnen hat!»

«Du vielleicht, Genosse!» rief Svoboda an alle gewandt, «aber eine solche Gelegenheit macht Diebe, und wir Kommunisten lassen nicht zu, daß jemand absichtlich das Wasser trübt und dann darin für sich nach Besitztümern fischt, die von jetzt an allen gehören!»

Um seinem eigenen Ziel näher zu kommen, sagte Morava ihm leise ein.

«Wo ist der Kommandant...?»

«Wer hat hier das Kommando?» wandelte der Kommunist die Frage ab.

«Hauptmann Roubínek.»

«Hat man euch nicht gesagt, daß die RG keine alten Dienstgrade führt?»

«Er ist Partisan. Er hat eine ganze Gruppe aus den Wäldern mitgebracht.»

«Und wo ist er?»

«Sie sind im Keller ... sie verhören die deutschen Frauen ...»

Er! Sie! Morava hatte keinen Zweifel, verspürte aber plötzlich Nervosität. Wo ist Litera? Warum war er noch nicht wieder da?

«Soll ich ihn herholen?» fragte Lokaj.

«Wir gehen selber hin», entschied der Beauftragte, «ihr schafft hier inzwischen Ordnung, Genossen!»

Durch sein Auftreten hatte er Morava gewonnen.

«Darf ich Sie», sprach er Svoboda an, «auf ein paar Worte unter uns bitten?»

«Na bitte», sagte der immer noch ein wenig widerstrebend, «aber schnell!»

Einige Schritte genügten, um ein lärmerfülltes Alleinsein zu erreichen. Morava sah ihm direkt in die Augen.

«Als ein Kollo, wie sie hier die Kollaboranten mit dem alten Regime nennen, tat ich in den letzten zehn Wochen nichts anderes, als mit meinen Kollegen nach einem abartigen Mörder zu fahnden, der sechs Frauen zu Tode gemartert hat, drei weitere Menschen umgebracht hat und jetzt am laufenden Band Deutsche massakriert. Ihr Mann, der uns hergebracht hat, behauptete, daß auch hier gemordet wird; ich glaube, wir finden den Täter im Keller, es ist der falsche Hauptmann Roubínek.»

Svoboda hörte aufmerksam zu, ohne ihn zu unterbrechen.

«Ich will ihn festnehmen und mit einem Zeugen konfrontieren, damit er bestraft werden kann. Doch er befehligt inzwischen eine eigene gutausgerüstete Bande und hat sich mit seinen Leuten unter Ihre Ordnungskräfte gedrängt, hier sogar bis an die Spitze. Werden Sie uns helfen?»

Der Kommunist gab sich Mühe, das zu verdauen.

«Sind Sie sich dessen absolut sicher?»

«Absolut!»

«Das ist Wahnsinn ...»

So unmittelbar nach allem, was er hier bisher in Kürze zu Gesicht bekommen hatte, erschütterte ihn diese neue Hiobsbotschaft, doch man sah ihm an, daß er nicht an ihr zweifelte.

«Was schlagen Sie vor?» fragte er schon wieder sachlich.

«Persönlich kennen wir nur ihn», Morava zog Rypls vervielfältigtes Foto aus der Tasche und gab es ihm, «die übrigen nur der Beschreibung nach, und ihre Zahl hat vielleicht schon wieder zugenommen, dieser Mensch muß über ein teuflisches Charisma verfügen, attraktiv für alle, die im Innern ihrer Seele deviant sind, er setzt in ihnen Mordgelüste frei. Herr Svoboda ... ich weiß nicht, wie ich Sie titulieren soll, nie hab ich mich für Politik interessiert, aber in den allerersten Anfängen des Nazismus müssen sich doch auch alle Abartigen zusammengerottet haben, die auf ihre Stunde warteten. Ich fürchte, hierher lockt sie ebenfalls, selbst wenn viele das noch nicht von sich wissen, der Dunst straflos vergossenen Blutes. Was geschieht dann mit meiner Heimat? Mit Ihrer Idee?»

Der Kommunist beobachtete, wie ihn die Davongehenden entweder ehrfürchtig grüßten oder wütend übersahen.

«Ich bin mit jeder Aktion einverstanden, die sie unschädlich macht!» sagte er dann, «doch wie sicher läßt sich so etwas durchführen?»

«Sind Ihre Begleiter zuverlässig?»

«Für die bürge ich. Es sind alte Genossen aus dem Widerstand.»

«Dann sind wir, zusammen mit meinen Leuten und den beiden Soldaten», ganz selbstverständlich bezog er diese mit ein und stieß dabei auf keinen weiteren Protest, «stark genug. Sobald mein Kollege zurück ist, der sich unauffällig nach ihnen umsehen sollte, beraten wir, wie wir vorgehen.»

Die Turnhalle hatte sich mittlerweile geleert; soweit sie sich nicht beleidigt oder enttäuscht an einen anderen Ort begeben hatten, waren die Männer damit beschäftigt, die Deutschen aus den Käfigen in die Klassen zu bringen. Zurück blieb der kleine Trupp, der sich zuvor auf der Straße zusammengefunden hatte, allein Litera fehlte noch. Morava wiederholte seine Information den anderen, und Svoboda ergänzte sie.

«An der Schwelle der Revolution, die unserem Volk Frieden und Wohlstand ohne Ausbeuter sichern soll, geraten wir in die höchste Gefahr, die so viele fortschrittliche Bewegungen vor uns kaputtgemacht hat: Mit dem Sieg schleichen sich in die Reihen der Kämpfer Parasiten ein und nun also auch schon gemeine Mörder. Trotz der Meinungsunterschiede zwischen uns glaube ich, daß wir da der gleichen Ansicht sind. Wo bleibt denn Ihr Kollege?»

«Ich weiß nicht», sagte Morava beunruhigt; eine böse Ahnung beschlich ihn.

«Ich geh ihm nach», erbot sich Matlák und entsicherte seine Waffe.

«Nein!»

«Warum nicht...?»

Ich habe schon zuviel riskiert! dachte Morava erschrocken. Und dazu die Haut von anderen...!

«Wir gehen alle; darf ich das Kommando übernehmen?» schlug erstaunlicherweise der Zugführer vor und nicht der Leutnant, «ich bin im Häuserkampf ausgebildet.»

Der Fedrige hatte schon einen Einwand auf der Zunge, doch Svoboda kam ihm zuvor.

«Machen Sie los!»

Moravas Wertschätzung für ihn wuchs immer mehr an. Unerwartet hatte er gerade in diesem Mann seinen Rückhalt gefunden.

Der Zugführer beschrieb ihnen mit einfachen Worten, wie man sich gegenseitig zu sichern habe.

«Falls die das Feuer eröffnen, müssen wir sie einfach überbieten», endete er schlicht, «und falls sie nicht schießen», wandte er sich an Morava, «was dann, Herr Inspektor?»

«Ich bin kein Inspektor», sagte er, «doch dann muß ich ohnehin den bewußten Satz aussprechen.»

«Welchen?»

«Na ja: Ich verhafte Sie im Namen des Gesetzes.»

Das klang wie in den guten alten Groschenromanen. Alle bis auf Morava lachten erleichtert.

«Allerdings ...», gestand er bedrückt, «habe ich einen großen Fehler gemacht... wenn er nun unseren Kollegen als Geisel festhält?»

Er begegnete Matláks und Jetels entsetzten Augen und mußte seine Frage selbst beantworten.

«Dann müßte ich ihn laufen lassen ...»

Nein, eine andere Möglichkeit gab es nicht, es blieb nur die Hoffnung, daß Litera, den keiner der Leute kennen konnte, die dort so lange in Unkenntnis hielt, bis sie kamen.

«Dann nehmen Sie ihn später fest, wir werden Ihnen helfen», sagte der Kommunist verständnisvoll, «ich werde eine Hetzjagd auf sie eröffnen im ganzen Land!»

Mein neuer Beran! dachte Morava dankbar. Zum zweitenmal im Leben hatte ihn jemand in wenigen Minuten völlig für sich eingenommen. Sobald alles vorbei war, mußte er sie miteinander bekannt machen, diese beiden Männer, die bei ihrem lauteren Charakter wie die verschiedenen Seiten derselben Münze waren. Dann konzentrierte er sich nur noch auf alles, was kommen konnte.

Eile war geboten!

In der vom Zugführer, der sich mit Jetels Maschinenpistole selbst an die Spitze setzte, festgelegten Formation verließen sie die Turnhalle und standen nun am Fuß eines festlichen Treppenhauses; K AULE teilte die tschechische Aufschrift unter einem Pfeil mit, das deutsche ZU DER AULA war vorläufig nur durchgestrichen. Die allein mit Pistolen bewaffneten Männer, also auch Morava und Svoboda, hatte der Zugführer ans Ende beordert. Während sie leise nach oben stiegen, spielte er ihnen allen stumm vor, wie sie sich im Notfall gegenseitig Feuerschutz geben sollten.

Die Flügeltür überm Treppenhorizont stand sperrangelweit offen, der große Saal war leer.

Sie gingen wieder nach unten, der Soldat und Matlák suchten zur Sicherheit die Toiletten ab. Nichts. Hinter der Stiege stießen sie auf eine Tür, von der eine gut beleuchtete Treppe zum Keller führte. Der Zugführer trat über die Schwelle und lauschte.

«Alles still ...», flüsterte er aufmunternd den anderen zu.

Morava wußte bereits, daß Stille das Schlimmste war, was zu wünschen war. Inzwischen hatte er festgestellt, daß die Haupttür zum Hof, an dessen gegenüberliegendem Ende er die Wachtposten am Gittertor sah, unverschlossen war.

Der Mann mit Glatze! erinnerte er sich. Er hat sie gewarnt, und Rypl ist einmal mehr entkommen!!

Und Litera? Der gute Litera nahm natürlich ihre Spur auf, um die Verfolgung fortsetzen zu können! Daß Berans Lieblingsfahrer, der in all den gemeinsamen Jahren selbst zum beispielhaften Polizisten geworden war, ein tschechischer Tausendsassa und Tüftler, der aus jeder Patsche rauszukommen wußte, die Gefahr unterschätzt hätte und in die Falle gegangen war, schien ihm ausgeschlossen!

Von dieser Hoffnung beflügelt, ging er mit den anderen daran, den Keller zu durchsuchen. Der Zugführer befahl, daß sie nach wie vor den taktischen Abstand voneinander einhielten. Morava war wieder letzter. Deshalb konnte er schon mitten auf der Treppe am Rücken eines jeden vor ihm erkennen, was ihn unten erwartete. Die Hände mit den schußbereiten Waffen sanken langsam seitlich herab, die Männer blieben stehen und blickten wortlos nach vorn.

Morava hielt den Atem an und trat zu ihnen.

Auf dem Fußboden des Kellers lagen fünf mit dem Draht gefesselte Frauen, alle schienen zu schlafen, auf den ersten Blick nirgendwo eine sichtbare Wunde. Nur bei der nächsten ragte noch ein langes dünnes Messer aus der Brust.

Trotz dieses schaurigen Anblicks fühlte er sich erleichtert. Gott, ich danke dir, daß du wenigstens ihn verschont ...

Dann bemerkte er, wohin jetzt alle schauten, und drehte sich um.

In einem versteckten Winkel am Eingang lag in einer Blutlache Litera neben einem unbekannten jungen Mann mit Schnurrbart. Beiden waren die Hälse durchgeschnitten.

Sie ist stets bei mir!
Daß der zahn- und haarlose Lojza sich gerade in dem Moment in der Turnhalle rumdrückte, als die ganze Strafexpedition dort reinmarschiert kam, und daß er unter den vier Polizisten sogar den erkannte, der an der Barrikade unten den Schwerverwundeten mimte, konnte wieder nur sie bewirken!

Dann war es einmal mehr sein Riecher, der ihn ihren Pepík unverzüglich in den Saal raufschicken ließ, damit er ihnen rechtzeitig einen Wink gibt, sie hatten gerade eine reiche Alte am Wickel, die schon damit rausrückte, daß sie ihre Juwelen überall im Garten ihrer Villa verbuddelte, und holten aus ihr die genaue Lage der Verstecke heraus. Der Knabe rannte dem vorausgeschickten Schnüffler direkt in die Arme und zog sich mit Bravour aus der Klemme: Er rief ihm zu, da unten foltert irgendein Kerl eine Deutsche, und er läuft nach Hilfe. Dieser Dummkopf zog die Pistole und rannte runter, Pepík ihm nach, so konnte er ihm auf halber Treppe mit dem Fuß die Beine wegreißen.

Genau wie der Hausmeister verriet der Mann dann mit den Augen, daß er in ihm Rypl erkannte. So blieb ihm keine andere Wahl, er ließ ihm die Hände fesseln. Der Typ versuchte noch seine Leute einzuschüchtern.

«Ich trage Uniform! Auf Polizistenmord steht der Strick!»

Er lachte ihn aus mit dem schönen neuen Wort.

«Auf die Hinrichtung eines Kollos steht ein Orden!»

Zur Belohnung durfte der Knabe ihm die Kehle durchschneiden, der das, ganz sein Meister! mit einem Streich besorgte. Weniger geschickt erledigte Lojza das Chauffeursbärtchen, das sie garantiert angezeigt hätte; es erwies sich, daß der blasse MG-Schütze, ein Kaminkehrer, auch Auto fahren kann. Dann passierte ihnen ein Mißgeschick, als Ladislav, bereits nervös, die Alte abstach, bevor sie ihnen ihre Adresse gab.

Aus der Schule kamen sie ohne Schwierigkeiten über den Hof, die Wache grüßte den Kommandanten schneidig, und ein paar verärgerte Kerle, die vor irgendeinem hohen Mistkerl abhauten, wollten mitkommen. Leider war es jetzt und hier schlecht möglich, einen ordentlichen Zug aus ihnen aufzustellen.

DOCH ICH HAB SCHON EINEN PLAN!

Die paar Stunden, seit er den Zirkus hier befehligte, der ihn wie eine kopflose Meute willkommen hieß, reichten aus, ihn neue Möglichkeiten entdecken zu lassen. Die Deutschen in Prag schienen allenfalls die bloße Vorspeise für den fetten Happen zu sein, der allem Anschein nach in den Sudeten wartete. Das ehemalige Grenzgebiet, so prophezeiten kennerisch besonders scharfe Jungen, die während dieser kurzen Zeit ihre Zukunft in der Revolutionsgarde erkannten, wird in den Schoß der Tschechoslowakei zurückkehren, und die Deutschen wird man offensichtlich dorthin jagen, wo sie hinwollten, heim ins Reich, und zwar genau wie in Prag höchstens mit dem, was sie selber tragen können, na und der Rest...?

Da gab es auch einen, den die Nazis achtunddreißig genauso aus den Sudeten vertrieben, nachdem sein Bruder, ein Zoller, von ihnen aus dem Hinterhalt erschossen wurde, und der erzählte, er konnte keinem Huhn etwas antun, doch auf einmal bricht das Bedürfnis nach Genugtuung in ihm durch. Er wird sich dort nehmen, was man seiner Familie nahm, und noch was dazu, als Entschädigung. Und mucken sie dort auf, dann knallt er mindestens einen von denen ebenfalls ab!

Er sah, wie das Eindruck auf seine Leute machte. Klondajk! schnaufte Lojza selig, ob der Chef nicht auch meint, daß gerade sie dabei nicht fehlen dürfen? Er meinte es. Mit Prag, so mußte er sich eingestehen, waren sie fertig, diese verdammten Sherlock Holmesse hatten selbst im Aufstand nichts Besseres zu tun, als ihm nachzulaufen. Anscheinend kriegten sie eine Beschreibung von ihm, sogar ein Foto, und er konnte nicht wissen, daß er ihnen überall in der Feuerkraft überlegen bleibt.

MEINE CHANCE SIND DIE SUDETEN!

Sobald die Germanen total erledigt sind, und das ist nur eine Frage von Tagen oder Stunden, zieht er mit seinen Leuten per Mercedes in irgendein größeres deutsches Nest um und übernimmt dort die Herrschaft mit allem Drum und Dran. Er zweifelte nicht, daß er das ebenso leicht packt wie in dieser lausigen Schule.

ICH BIN DER GEBORENE FÜHRER!

Bevor Prag seine Kanzleiratten dorthin entsendet, wird er seine eigenen Behörden haben, und seine Leibgarde wird die auswärtigen Polizisten per Schub zu ihren Muttis zurückschikken, seine Getreuen, die jedem beibringen werden, nach seiner Pfeife zu tanzen, solange er ihnen erlaubt, alle anderen nach ihrer Pfeife tanzen zu lassen.

Fürs erste befahl er, sich nur ein paar Straßen weiter abzusetzen, so weit waren die Spitzel schließlich noch nicht, daß sie in diesem Durcheinander die ganze Stadt durchkämmen können. In dem Pankrác-Viertel hier waren jetzt im übrigen mehr Russen in deutschen Monturen zu sehen als hiesige Bewohner. In Zeltbahnteile gehüllt, lugten sie im Dauerregen aus Panzertürmen und über Geschützmündungen in gespannter Lauerstellung, die eine weitere Schlacht ahnen ließ.

Nein, der Krieg ist trotz allem noch nicht zu Ende, und es wäre Wahnsinn, Prag schon jetzt zu verlassen; als erster im Grenzgebiet zu sein konnte bedeuten, auch als erster tot zu sein, und darauf war er keinesfalls aus. Doch wo abwarten? Sich in deutschen Wohnungen einzuquartieren, die sie kurzerhand zu requirieren gedachten, brachte das Risiko mit sich, daß habgierige Nachbarn oder amtliche Beschlagnahmer dort auftauchen. Schon wollte er den Knaben auffordern, sie mit zu sich nach Hause zu nehmen, er schaut sich dabei an, wie der mit der Mutter umspringt, doch da hatte er einen neuen Einfall.

UNTER DER KERZE IST'S DUNKEL!

Wenn man ihn irgendwo zuletzt suchen wird, dann in einem der Quartiere, wo er die Huren abstrafte. Am meisten sagte ihm das an der Moldau zu, doch dort schwamm der tote Hausmeister, der sich vielleicht am Wehr verfing. Am nächsten lag die Wohnung, wo er die zwei kochfreudigen Lesben ausnahm, doch als sie dort vorfuhren, trug ein Haufen Leute eine Ladung Leichen heraus, na bitte, er ist nur der SS zuvorgekommen! für ein Versteck freilich war dieses Totenhaus viel zu belebt.

Nahrung bekam seine Idee durch eine Erinnerung, die ihm schon an der Barrikade durch den Kopf schoß.

DAS HÄUSCHEN!

Diese verdammte Bude in der Sackgasse, wo man das Fangeisen für ihn auslegte! Egal, ob es nun einem Polizisten gehörte oder irgendwem, der es für diese Schweinerei zur Verfügung stellte, der verdient es, daß auch er sich auf seine Weise bei ihm bedankt, doch vorher kann ihnen der Schuldige ebenso nützlich sein wie der Wicht aus dem Zug.

Den vieren band er natürlich nicht auf die Nase, was er dort erlebte. ER muß nichts erklären.

«Da wohnen Kollos», teilte er ihnen bündig mit, «sind sie nicht zu Hause, verschnaufen wir bei ihnen, bis unsere Klamotten trocken sind, na, und falls doch, dann haben sie eben Pech!»

Er fand das Häuschen, indem er sie zum Friedhof dirigierte, und dort erinnerte er sich, wohin er dieser Hure vor einer Woche folgte. Es war ein angenehmes Gefühl, sich diesem Ort nicht als ein verblödeter Fuchs zu nähern, der dem Köder blind in die Falle nachrennt, sondern als Sieger und Rächer. Immer wieder kehrte er zu der Vorstellung der neuen Strafart zurück, die ihm erst heute früh kam und ihn dennoch beherrschte wie seinerzeit das Bild im Pfarrhaus von Klášterec. Sie war ohne Vorbild.

MEINE ERFINDUNG!

Das Werk seiner eigenen Phantasie. Und als er heute morgen den am Kotflügel des Mercedes befestigten Kanister sah, wußte er, es ist ihm vorausbestimmt.

Wenn auch nur notdürftig mit Brettern verrammelt, ließ das Fenster erkennen, daß das Häuschen bewohnt war. Um so besser! Er stieg als erster aus und klingelte. Als sich nichts rührte, klingelte er zweimal und nach einer weiteren Pause dreimal; jedesmal drückte er länger auf den Knopf. Er spürte die Neugier der Männer hinter sich, aber auch ihre Willfährigkeit. Sie warteten einfach. Und er hatte keine Eile. Er erinnerte sich, wie SIE ihm das Märchen von dem Teufel mit den drei goldenen Haaren vorlas.

ICH RIECHE, RIECHE MENSCHENFLEISCH!

Viermal lang. Urplötzlich ließ das Rauschen des Regens nach, und drinnen hörte man Schritte.

Was ist sie mir schuldig? überlegte er, während er die in tiefem Schlaf Liegende betrachtete. Kaum kam er, so neben ihr sitzend, nach all dem soeben Erlebten, langsam wieder zu sich, mußte auch er gegen eine ohnmachtähnliche Müdigkeit ankämpfen. War die Zeit heute stehengeblieben? Dieser Tag schien ihm so lang wie der ganze Krieg. Und alles, was er für die Schlafende empfand, weckte vielmehr in ihm den Wunsch, seine Schuld ihr gegenüber zu begleichen.

Er zwang sich aufzustehen und zog dann leise alle Schubfächer in der Dachkammer auf, bis er zu seinem Erstaunen tatsächlich fand, was er brauchte: Papier, ja sogar Briefpapier! Daß es rosa war und mit einem kitschigen Vergißmeinnicht verziert, war das letzte, was ihn störte.

Nie hatte er sich zugetraut, anderes in Worte zu fassen als Fakten für seine dienstlichen Meldungen, deshalb hatte er nie im Leben einen Liebesbrief geschrieben. Als der Krieg ihn von Hilde trennte, teilte er ihr fast im Telegrammstil per Feldpost nur die äußeren Umstände seiner Existenz mit; das Gesetz über militärische Geheimhaltung machte es ihm noch leichter. Auskünfte über seinen Seelenzustand hoben sie sich beide für persönliche Begegnungen auf.

Hildes unverhoffter Tod hatte ihm schmerzlich zu verstehen gegeben, daß es mit ihnen ganz plötzlich vorbei sein konnte. Wie sehr entbehrte er danach Zeilen, die ihm den Klang ihrer Worte zurückgebracht, der toten Fotografie Leben eingehaucht hätten. Und so drängte es ihn, falls diesmal er es sein sollte, der auf immer verstummte, Grete einmal zu schreiben, was er ihr bis jetzt nicht hatte sagen können.

«Meine Geliebte», mit ihrer Anrede fing er den Brief an, der keine Briefmarke sehen sollte, «meine so kurze und dennoch größte Liebe! Obwohl ich nie verstehen werde, warum Du unter all den Männern, die Dich bewundern müssen, gerade mich gewählt hast, bin ich glücklich. Sollte wahr werden, daß von uns beiden ich es bin, der für die deutsche Schuld den höchstmöglichen Preis bezahlt, dann bitte ich Dich, daß Du ...»

«Was schreibst du da?» hörte er sie fragen.

Ihre Züge wirkten eingefallen, sie war aber schon wieder ruhig, nur in ihrem Blick lag etwas, das er nicht kannte, als ringe sie sich zu einem schweren Entschluß durch.

«Einen Brief...», sagte er verlegen.

«An wen?»

«An dich», gestand er.

«Aha... und was schreibst du mir?»

«Du wirst es lesen. Aber nicht gleich.»

«Ich verstehe», sagte sie, «ja, ich verstehe dich gut... doch gerade deshalb sollst du wissen, wovor ich mich in Wirklichkeit so gefürchtet habe, daß ich davor weglaufen wollte, dorthin, weiß nicht, wohin...!»

«Wovor hast du dich gefürchtet?»

«Daß wir beide überleben...»

Er glaubte sich verhört zu haben.

«Daß wir beide nicht...»

«Daß wir überleben! Und daß du mir draufkommst...!»

«Worauf?»

«Buback... mein Geliebter! Du hast dir so lange geduldig meine Geschichten angehört, versuch noch einmal, mich nicht zu unterbrechen und dann nicht fortzugehen, selbst wenn du noch so große Lust dazu haben solltest. Versprich mir das!»

Es waren keine fünfzig Tage, als er sie das erstemal verstohlen im grellen Licht des Bunkers unter dem Deutschen Haus gemustert hatte. Zwischen damals und heute lag aber eine ganze Ewigkeit. Noch vor fünfzig Tagen, gestand er sich voll Scham ein, wollte er an die verschwindend geringe Möglichkeit glauben, Deutschland könne einer totalen und schmachvollen Niederlage entgehen. Und schon kurze Zeit später hatte diese Frau ihm den Weg zu der Pistole verstellt, die seiner plötzlichen Verzweiflung aus Erkenntnis ein Ende machen sollte. Doch gerade sie war es heute, die am Tiefpunkt ihres Lebenswillens angelangt war. Warum?

«Ich versprech's!» sagte er.

«Geliebter... als man uns hierherbrachte, gestern erst, doch inzwischen hatte ich zum Altwerden Zeit! da habe ich mehr als alles andere das prachtvolle Bild der hiesigen Türme wahrgenommen und mir die Steinwüste vorgestellt, die uns daheim erwartet, Deutschland liegt in Schutt und Asche, auf Generationen geschlagen und gedemütigt, denn Rache ist süß, und die Welt wird sich doch nicht die Gelegenheit entgehen lassen, zur Strafe Sklaven aus uns zu machen, auf uns warten Elend, Kälte und Knechtschaft mindestens bis zum Jahrtausendende! und ich bin leider eine der vielen deutschen Frauen, die so viele deutsche Männer zu Berserkern verwildern ließen, verglichen mit denen euer Witwenmörder ein Stümper ist! ich weiß nicht mehr, welcher Grieche sich das zusammengereimt hat, daß die Scheide zur Waffe werden könnte, die Männer dazu zwingt, Kriege zu beenden, damit sie wieder vögeln dürfen, was für ein Gewäsch! denn Millionen deutscher Weibchen zitterten vor Ungeduld, daß ihre Männchen ihnen französisches Parfüm oder einen russischen Pelz schickten, und Millionen anderer, so wie ich, redeten sich ein, sie lebten nur für Liebe, und Haß sei nicht ihr Teil, ja! auch ich habe den Untergang unserer Welt verschuldet, und das will ich wettmachen, indem ich auf Sylt tanze? ach, Geliebter, und jetzt paß genau auf, auch das ist nur eine Ausgeburt meiner krankhaften Phantasie! so wie alle Märchen, mit denen ich meine besseren Liebhaber bestrickte, damit sie mich um so eher behielten, wie das Märchen vom braven jungen Ehemann, das Märchen vom geheimnisvollen Giancarlo oder Gianfranco, wie es mir grade auf die Zunge kam, und das Märchen von der tragischen Liebe zu dem Bühnenstern, bloß Hansi hat damals seinen Freund mir vorgezogen, und wenn sie nicht gefallen sind, dann lieben sie sich heimlich noch heute, jener Mafioso in Rom hat einmal mit mir im Nobelhotel geschlafen und ist dann verduftet, die weiteren Abende verbrachte ich mit dem Hotelchauffeur, damit er mich nach Mitternacht mit dem silbernen Lancia in die Pension zurückbrachte, zum Neid meiner Kolleginnen, aber leider nicht Martin Siegels, der liebte seine schöne junge Frau bis an sein und seines Hundes schauriges Ende, das sie, die vor Schmerz verstörte Witwe, mir danach so bildhaft geschildert hat, diese Geschichten wurden nach und nach zu meiner eigenen

Vergangenheit, so wie ich sie gern gehabt hätte, deshalb war ich selber vor Schmerz verstört, wann immer die Herkunft dieser Narbe zur Sprache kam, ich hatte meinen Vater, einen Klempner, völlig verdrängt, er war es doch, der mich als Kind aus Versehen mit der Lötlampe verletzt hat, ja, Geliebter, das ist die wahre Wahrheit, und alle diese Lügen hab ich letztlich auch dem Menschen aufgetischt, den ich meinen Geliebten nannte, zum erstenmal im Leben, weil er als einziger das geworden ist, als einziger mich dazu gebracht hat, seinetwegen meine Sicherheit zugunsten von Unsicherheit aufzugeben, und jetzt sogar dazu, dir nach meinem echten Namen auch mein echtes Schicksal als erfolglose Frau und Dutzendkünstlerin einzugestehen, als mir aufging, daß du der einzige bist, der mich je wirklich geliebt hat, da entschloß ich mich, hör mir gut zu, vor dir schlechter zu sein, als ich mich gemacht habe, um vielleicht besser zu sein, als ich bin, verstehst du mich, Geliebter??»

Weiter fragten nur noch die grauen Augen.

Er mußte antworten, doch ihm fielen keine Worte ein, die das Gefühl hätten aussprechen können, von dem er durchdrungen war: daß er gerade in diesem Geständnis, in ihrer Beichtenbeichte, eine nützliche Spur seiner irdischen Wanderung fand.

«Du achtest mich nicht mehr, oder ...?» sagte sie niedergeschlagen, «aber ich mußte dir das ...»

Die nötigen Worte stellten sich im Nu ein, doch noch ehe er sie sagen konnte, schrillte drunten die Klingel.

«Wer ist das ...?» fragte sie verschreckt.

«Weiß ich nicht ...»

«Kennt dein Morava das Signal ...?»

«Er könnte es vergessen haben ...», er wollte sie beruhigen, glaubte das aber selbst nicht.

Irgendwer drückte zweimal auf den Klingelknopf und hielt ihn länger fest.

Er sah, wie Angst Grete überfiel, und handelte.

«Das Kleid! Schnell! Und mit der Pistole unters Bett! Du darfst dich nicht sehen lassen, bis ich's dir nicht selbst sage!»

«Wenn sie dich aber ...»

«Was auch geschieht, ich komm schon klar!»

«Aber...»

Dreifaches langes Läuten.

«Mach schon!!»

«Ja...»

«Und keine Panik! Du hast doch deine Waffe!»

«Ja...»

Sie zog sich blitzschnell an, und er wartete, bis sie unter dem Bett verschwunden war, das er währenddessen in Ordnung bringen konnte. Soweit er noch Sachen von ihr sah, stieß er sie mit dem Fuß zu ihr. Ihm schien, hier zeugte nichts mehr von ihrer Anwesenheit.

Das vierte Läuten erreichte ihn auf der Treppe. Erst da wurde ihm bewußt, daß sie sich nicht voneinander verabschiedet hatten. Aber warum auch? warum ist ihm der Gedanke überhaupt gekommen? er ist doch gleich wieder bei ihr. Es kann der Fahrer von Morava sein, gewiß mit dem Essen, doch auch wenn nicht: Seine Ausweise boten ihm für eine Zeitlang nach beiden Seiten Schutz!

Die Haustür öffnete er ohne Gruß, er wollte beizeiten erkennen, ob er deutsch oder tschechisch sprechen mußte.

Als er den Mann an der Klingel erblickte, wußte er: Es ist völlig egal.

Als sie Litera hinaustrugen, weinte Morava. Die Tränen, gegen die er sich seit Jitkas Tod so hart gewehrt hatte, daß es schon bei manchen Empörung weckte, strömten ihm jetzt übers Gesicht, er sah die Stufen nicht, mußte sich mit der Hand an die Kellerwand stützen.

Er bekam mit, wie seine Kollegen ihm nacheinander um die Schulter faßten und ihn zu beruhigen versuchten, doch in ihm war der Damm gebrochen, den er mit aller Macht eben gegen diese uferlose Verzweiflung errichtet hatte. Dabei war Jitka, so dachte er selbstquälerisch, ein Teil seines Ichs gewesen, mit ihr hatte er zur Strafe auch ein Stück von sich selbst getötet; mit

Litera, beschuldigte er sich, hatte er einen Menschen geopfert, der anderen gehörte. Seit Jahren kannte er seine Frau und seine Kinder, wußte, wie innig sie ihn liebten. Nun hatte er ihnen Josef genommen, hatte sie der Verlassenheit ausgeliefert.

Die Ursache seines Zusammenbruchs war schlichte Scham. Er hatte das Vertrauen eines Nahestehenden verraten, weil er in seinem Können versagte, hatte ihn wie ein Anfänger in einen sinnlosen Tod geschickt! Und das gerade in dem Augenblick, da sich ein mächtiger Verbündeter fand, der bereit war, alle ehrlichen Kommunisten in Prag auf Rypls Spur anzusetzen, damit sich das Gesindel nicht woanders einnistete.

Statt dessen beweinte er den dritten Toten, den er auf dem Gewissen hatte. Und dreimal! wiederholte er im Schock bei sich, dreimal hat er ihren Mörder zum Greifen nah gehabt! Wer würde noch für seine Unfähigkeit bezahlen müssen??

Dabei fielen ihm die beiden Deutschen ein, Buback und seine Freundin, für die er, dessen war er sich nun sicher, die einzige Rettung in dem losbrechenden Wüten war. Und kaum erinnerte er sich ihrer, da packte ihn neues Entsetzen.

Mehr als einmal hatte er erlebt, wie sich überraschend das Sprichwort bestätigte, Verbrecher kehrten immer an den Tatort zurück. Demnach konnte auch Rypl in die Versuchung kommen, seine Horde in dem verlassenen Haus zu verstecken ...!

Seine bisherige Blindheit wich der Hellsicht. Auf einmal sah er sie dort vor sich!

Die Männer, die ihn umstanden, machten große Augen, als der eben noch Gebrochene plötzlich fest auf den Beinen stand und Svoboda zurief.

«Alarm! Zwei Wagen und zehn Leute!!»

Zunächst hielt er ihn für einen Spitzel, der hier immer noch auf ihn lauerte, deshalb wäre ihm das Messer sicher, wenn der Tölpel von Heizer es in seiner Hysterie nicht in der Alten hätte stekken lassen. Dann aber filzten sie den Kerl und glotzten: Sie erwischten ein rares Exemplar, einen waschechten Gestapomann!

Der schwieg von Anfang an verstockt, doch er hatte gar nicht die Absicht, ihm Fragen zu stellen, je weniger seine Leute wußten, desto besser, jedenfalls hatten sie den lebendigen Beweis vor Augen, daß die Deutschen seit langem hinter ihrem Kommandanten her waren.

Den Verlust des Messers konnte er jetzt als Symbol dessen ansehen, daß die Zeit des Kleinkrams zu Ende ging. An dieser Bestie konnte er erproben, was ihn als Idee so faszinierte.

DIE NEUE REINIGUNG.

Er wird ein anderes Bibelwort in die Tat umsetzen, das SIE immer in den Mund nahm, sobald sie an die Ungarn dachte, die ihn einst verwundeten.

MIT FEUER VERBRENNEN DIESES OTTERNGEZÜCHT!

Warum es nicht auf die Germanen anwenden? Warum nicht die Finsternis, die sie hierherbrachten, mit ihren eigenen Fackeln vertreiben?

Er ließ den Nazimörder mit den Riemen zusammenbinden, die er sich ein letztes Mal vom Leib abwickelte, auch sie haben einen solchen Abschied verdient. Dann staunten sie, als er ihn an den Beinen an der Laterne hochziehen ließ, die hier ohne Glühbirne vor sich hin rostete.

Gerade brach die Dämmerung am Ende dieses langen Tages herein, und er freute sich, ihnen allen und der ganzen Umgebung ein ordentliches Licht aufzustecken.

«Den Kanister!» befahl er.

Seine abgeschnürten Knöchel, die jetzt die ganze Last des Körpers trugen, hörten erstaunlicherweise bald zu schmerzen auf, und in seinem Kopf, der nach unten zur Erde hing, rauschte immer angenehmer das Blut, zu seiner Überraschung verspürte er allenfalls eine gewisse Neugier, als geschehe das Ganze nicht ihm, sondern irgendwem, dem das nichts ausmachte.

Während er sich langsam drehte, hin und zurück, hin und zurück, betrachtete er aus der Vogel-Frosch-Perspektive ungewöhnliche Bilder, hin, das sich über seinem Kopf drehende

Pflaster, noch glänzend vom Regen, zurück, einen Fliederstrauch, der soeben Blüten zu treiben begann, hin, die im Trocknen an der Flurwand lehnenden Waffen, zurück, einen Handelnden und einige Zuschauende.

Der angenehme Geruch des feuchten Bodens und Grüns wurde von beißendem Benzingestank überlagert. Er erriet die Absicht und war neugierig, ob es ihm gelingen würde, dabei nicht loszuschreien. Die Benzindämpfe bewirkten, daß er sich betäubend leicht fühlte.

Ihn störte nur, daß er nichts Erhabenes empfand, das seine Existenz gekrönt hätte. Vielleicht sollte er an jemanden denken, ja, das ist es!

Doch er war außerstande, sich auch nur eines Namens oder Gesichts zu entsinnen...

Er verspritzte den Inhalt gleichmäßig über den zusammengerutschten Hosenbeinen, über der ganzen Jacke und dann auch über dem Haar.

Alles war vorbereitet, doch er zog diese Zeremonie absichtlich in die Länge, um sich ihrer bis in jede Einzelheit bewußt zu werden.

Damals in Brünn, an jenem verpatzten Beginn des Weges, der ihn bis hierher führte, war er so aufgeregt und so unbesonnen, daß er sich später allein an das erinnerte, was scheußlich daran war.

Vom gegenwärtigen Augenblick wollte er das behalten, was ihn so festlich einmalig machte. Er war nicht mehr das unbekannte Faktotum aus dem Theaterkeller, er stand jetzt auf einer Bühne, bewundert und gefürchtet, vor einem Auftritt, wie ihn noch niemand hier sah.

ICH BIN AM ZIEL, MUTTER!

«Streichhölzer!» verlangte er und war im Grunde erfreut, als ihm keiner welche gab, so gebannt waren sie.

Er zog selbst die Schachtel hervor, die er in der Küche nahm.

Er war in der letzten Drehung so stehengeblieben, daß er jetzt diesen Menschen gegen die Tür des Häuschens sah. Aus kurzer Entfernung verfolgte er, wie seine Finger der Schachtel ein Streichholz entnahmen, wie sie die Schachtel wieder zuschoben und das Köpfchen an die Reibfläche legten.

Dann regte sich etwas in der Tür, irgendwer, seine Augen waren schon verschleiert, so daß er ihn nicht erkannte, trat heraus und kam schnell auf sie zu.

Ein Ritsch. Das Köpfchen fing aufblitzend neben seiner Braue Feuer. Irgendwo in der Nähe warnendes Geschrei.

Die Gestalt hob die Hand mit etwas Glitzerndem an den Kopf des Mannes.

In dieser endlos langen Sekunde, bevor er aufloderte, sah Buback Gehirn regnen.

Was Morava, unterwegs von Matlák über Beran, Brunát und Buback informiert, vom Auto aus erkannte, sah aus, als habe sich puffend ein riesiger Gasbrenner entzündet. Dann erblickte er eine brennende Spindel, eine schießende Frau und fliehende Männer. In der durchsichtigen Flamme erschien eine Gestalt, die mit dem Kopf nach unten in blendend blankes Glas eingeschmolzen schien.

Da waren sie schon aus dem Wagen heraus und hörten in der gespenstischen Stille Knochen in der Glut knacken.

Grete Baumann hielt immer noch die Waffe erhoben und schaute regungslos in die Hitze.

Der Körper darin begann zu schrumpfen und sich dabei zu bewegen, als turnte er. Als die Riemen durchbrannten, sprang er herab und umarmte feurig die Leiche Rypls.

DANACH

Guten Abend, mein Liebes, grüßte er sie und ließ sich ihr gegenüber nieder, also ist es doch so gekommen, Tetera, weißt du noch? wie du ihm so gefallen hast, daß ich es nicht mehr aushielt und mich dir zu erklären getraute, früher unser Garagenmeister und jetzt Chef der Nationalen Sicherheit in Prag, hat seinen eigenen Kandidaten gehabt, doch Svoboda, gerade zum General und Stellvertreter des Innenministers befördert, blieb hart, ausschlaggebend für mich war allerdings Beran selbst, glaub an dich, Jan, sagte er zu mir im Krankenhaus heute früh, das wäre auch meine Wahl gewesen, wenn ich noch eine gehabt hätte, nur gib acht, Jan, sagte er noch und mehr nicht, ich konnte mir schon denken, daß er mich warnte, nicht nur vor Tetera, sondern auch vor Svoboda, du verstehst, er ist schon so daran gewöhnt, außerhalb von Politik zu stehen, und fühlt sich seit seiner kurzen Verhaftung so gekränkt, daß er überall nur noch Schmutz sieht, vor allem bei den Kommunisten, ich versuchte ihm zu erklären, daß es heute überall Gesindel gibt und daß Kommunist nicht gleich Kommunist ist, ich habe doch frisch erlebt, wie Svoboda für Ordnung in der Löwengrube sorgte, habe gesehen, daß er fähig war, einem jungen Mann in der Uniform, die ihm zutiefst zuwider war, eher recht zu geben als seinen lebenslangen Genossen, die fünf Tage Aufstand haben mir mehr gegeben als die Jahre von Schule und Dienst, Sie natürlich ausgenommen! habe ich zu Beran gesagt, und mir scheint, fügte ich hinzu, daß aufgeklärte Kommunisten wie Svoboda diesem Land größeren Nutzen bringen werden als die verblendeten Demokraten, wenn sie nicht wahrhaben wollen, daß gerade sie die Wirtschaftskrise als auch München mitverschuldet haben! wenn sie heute erneut den Westen anbeten, obwohl er uns im Stich gelassen hat, und die Sowjetunion verleumden, obwohl die uns befreit hat, noch immer blühen die Fliederbüsche, Liebes, die an jenem Mittwoch vor einer Woche in Prag auf einmal austrieben, als in der allerhöchsten Not auf so wundersame Weise die Rotarmisten erschienen und den Schlußpunkt hinter den Krieg setzten, ihnen wirft man jetzt vor, daß sie ihre Landsleute in den deutschen Uniformen wie die Kaninchen jagten und sich nicht erst mit Gefangennahme aufhielten, hart! aber die Wlassow-Leute haben mit ihrer Hilfe für Prag doch nur vertuscht, daß sie in den Westen wollten, um weiter gegen ihre Heimat kämpfen zu können, sagt Svoboda, und ich glaube ihm, er gleicht, je weniger er schläft, um so mehr dem Magister Hus, wie mein Großvater und Vater habe auch ich Hus immer geliebt und sein Opfer bewundert! als Svoboda für die Ausgebeuteten eintrat, pflegte die Vorkriegsdemokratie ihn dafür mit Gefängnis zu belohnen, und er vergoß trotzdem sein Blut in Spanien für sie, sechs Jahre lang vegetierte er danach als Geächteter in Kellern und Wäldern, kämpfte, während wir warteten, seine Gesundheit ist zerrüttet und er oft erschöpft, aber selbst dann erinnert er mich an einen Pfeiler, der bei Hochwasser allein die Brücke trägt, schon sein Verhalten den gefangenen Deutschen gegenüber weckt Achtung und bringt jene in Wut, die sich erst hinterher zu den Siegern gesellten, um zu ernten, was sie nicht gesät haben, und sich zu rächen, für was sie nicht gelitten haben, es war makaber, unter ihnen sogar auf deinen Mörder zu treffen, Liebes, er ist zum Glück tot, gerichtet von ebenjener Deutschen, die uns geholfen hat und der ich jetzt helfen konnte, doch die übrigen sind entkommen, und wir kennen sie nicht einmal, wenigstens ist Svoboda jetzt gewarnt, daß sie sich in den Revolutionswirren auch woanders in seine schnell wachsende Partei einschleichen können, beunruhigend ist das und gefährlich, doch um so mehr verstehe ich seine heutige Frage, ob auch ich wie Beran über den Fronten schweben will, da gerade jetzt um die Zukunft gekämpft wird? und warum ich nicht an seine Seite trete? und ich denke ernsthaft darüber nach, Liebes, ich überlege, was einen Jan Morava daran hindern sollte, von Leuten wie

Svoboda Genosse genannt zu werden, ich habe schon zuviel Ekel gesehen und selbst zu viele Fehler gemacht, höchste Zeit, mich denen anzuschließen, die die Vision einer besseren Welt haben, und mich auch für dich um sie zu bemühen, das habe ich dir heute sagen wollen, Liebes, dann Lebewohl bis morgen …

Der frischernannte Hauptkommissar der Prager Kriminalpolizei Jan Morava erhob sich von der Bank, auf der er Abend für Abend schweigend saß, wie immer berührte er mit beiden Handflächen das Grab und ging rasch zu dem wartenden Wagen zurück.

Er ahnte nicht, daß er seinem größten Irrtum entgegeneilt.

Die Idee dieses Romans entstand am 13. April 1989 in San Nazzaro, Tessin, das Manuskript – zunächst unter dem Titel «Der Witwenschlächter» – in der Zeit vom 12. Juli 1992 bis 9. März 1995 an folgenden Orten:
Anacapri – Emmetten – Stuttgart – Düsseldorf – Hildesheim – Magdeburg – Wien – Zürs – Zell am See – Praha – Sázava – Capri – Berlin – Dresden – München, Eden Wolff

INHALT

Dewitz
XIX
Bubentsch
XIX
Sonnenbergstraße
S.K.
Slavia
Ludmilla-
Bastei
Moldau
Mendel-
Brücke
Hradschin
IV
St.Veit-Dom
Burg
Josefsta
V
Manes-
Brücke
Altstädter
Ring
Rathaus
Kleinseite
III
Karls-
Brücke
Altstadt
I
Konviktgasse
Bartholomäus-
gasse
Nationalstraße
Laurenziberg
Smetana-
Brücke
R.Heydrich-Ufer
Schützen-
Insel
Färber-
Insel
Macha-
Pl.
Dienzen-
hofer-
Brücke
Karls-Pl.
Moldau-Kai
Podskalska
Allgem. Krankenh
Rudolfs-
platz
Mozart-
Brücke
Moldau
Körbern
XVII
Smichow
XVI
Eisen-
bahn-
brücke
VI
Wyschehr
Dohlenberge
Radlitz
XVI
Pod
XV